U0453196

清代诗文研究丛书

丛书主编　杜桂萍

清初计东文学活动与文坛生态

于金苗　著

中国社会科学出版社

图书在版编目(CIP)数据

清初计东文学活动与文坛生态 / 于金苗著. —北京：中国社会科学出版社，2023.12

（清代诗文研究丛书）

ISBN 978-7-5227-2909-1

Ⅰ.①清… Ⅱ.①于… Ⅲ.①中国文学—古典文学研究—清前期 Ⅳ.①I206.49

中国国家版本馆 CIP 数据核字（2023）第 242624 号

出 版 人	赵剑英
责任编辑	张　潜
责任校对	王丽媛
责任印制	王　超

出　　版	中国社会科学出版社
社　　址	北京鼓楼西大街甲 158 号
邮　　编	100720
网　　址	http://www.csspw.cn
发 行 部	010-84083685
门 市 部	010-84029450
经　　销	新华书店及其他书店
印　　刷	北京明恒达印务有限公司
装　　订	廊坊市广阳区广增装订厂
版　　次	2023 年 12 月第 1 版
印　　次	2023 年 12 月第 1 次印刷
开　　本	710×1000　1/16
印　　张	24.5
插　　页	2
字　　数	349 千字
定　　价	128.00 元

凡购买中国社会科学出版社图书，如有质量问题请与本社营销中心联系调换
电话：010-84083683
版权所有　侵权必究

现状与反思：
清代诗文研究的学术进境
（代总序）

杜桂萍

1999年，清代诗文研究还是"一个期待关注的学术领域"①，和明代诗文一样，亟待走出"冷落寂寞"的困境；至2011年，"明清诗文研究由冷趋热的发展过程非常明显"②，清代诗文研究涉及之内容更为宽广、理解之视域更为开放、涉及之方法也更为多元。如今，明清诗文研究已然成为古代文学研究的一个新的学术生长点，而清代诗文与明代诗文研究在方法、内容乃至旨趣诸方面均有所不同，独有自己的境界、格局和热闹、繁荣之处，取得的成绩也自不待言。无论是用科研项目、研究论著或从业人数等来评估，都足以验证这个结论，而所谓的作家、作品、地域性、家族性乃至总集、别集的研究等，皆有深浅不一的留痕之著，一些可誉为翘楚之作的学术成果则为研究者们不断提及。这其中，爬梳文献的工作尤其轰轰烈烈，新著频出，引人关注。吴承学教授说："经过七十年的发展，近年来的明清诗文研究可谓跨越学科、众体兼备，几乎是全方位、无死角地覆盖了明清诗文的各个方面。"③ 对于清代诗文的研究而言，大体

---

① 吴承学、曹虹、蒋寅：《一个期待关注的学术领域——明清诗文研究三人谈》，《文学遗产》1999年第4期。
② 周明初：《走出冷落的明清诗文研究——近十年来明清诗文研究述评》，《文学遗产》2011年第6期。
③ 吴承学：《明清诗文研究七十年》，《文学遗产》2019年第5期。

也是如此。回首百廿年之学术演进,反观二十年来之研究状态,促使清代诗文学术进境进一步打开,应是当下反思的策略性指向,即不仅是如何理解研究现状的问题,也关涉研究主体知识、素养和理念优化和建构的问题。袁世硕先生曾就人文学者的知识构成如是表述:"文科各专业的知识结构基本上是由三种性质的因素组成的:一是理论性的,二是专业知识性的,三是工具手段性的。缺乏任何一种因素都是不行的,但是,在整个的知识结构中,理论因素是带有方向性、最有活力的因素。因此,我认为从事文学、历史等社会科学研究的人应当重视学习哲学,提高理论素养,形成科学的思维方法。"① 以此来反思清代诗文的研究,是一个颇为理想的展开起点与思考路径。

一

清代文化中的实证学风,带给一代诗文以独特的性征,促成其史料生成之初就具有前代文学文献难以比拟的完善性、丰富性和总结性,这给当下的清代诗文整理和研究带来难得的机遇,促使其率先彰显出重要的文学史、学术史价值。史料繁多,地上、地下文物时常被发现,公、私收藏之什不断得到公布,让研究者常常产生无所措手足之感,何况还有大量的民间、海外收藏有待于进一步确认与挖掘。这带来了机遇和热情,也不免遭遇困惑与焦虑。顾此而失彼,甚至于不经意间就可能陷入材料的裹挟中,甚而忽略了本来处于进行中的历史梳理,抑或文本阐释工作。史料的堆砌和复制现象曾经饱受诟病,目前依然构成一种"顽疾",误读和错判也时常可见,甚至有过度阐释、强制解说等现象。清代诗文研究的展开过程中,不明所以的问题可以找到很多原因,来自文献的"焦虑"是其中一个重点。这当然不是清代诗文研究的初衷,却往往构成了学术过程的直接结果。张伯伟教授说:"我们的确在材料的挖掘、整理方

---

① 袁世硕:《治学经验谈——问题意识、唯物史观和走向理论》,《中国研究生》2018年第2期。

面取得了很好的成绩，而且还应该继续，但如果在学术理念上，把文献的网罗、考据认作学术研究的最高追求，回避、放弃学术理念的更新和研究方法的探索，那么，我们的一些看似辉煌的研究业绩，就很可能仅仅是'没有灵魂的卓越'。"① 是的，清代诗文研究应该追求"灵魂的卓越"。

文献类型的丰富多元，或云史料形态的多样化，其实是清代诗文研究的独家偏得，如今竟然成就了一种独特性困境，也是我们始料不及。或者来自对于史料存在认知之不足，或者忽略了史料新特征的探求，或者风云变幻的宏观时代遮蔽了有关史料知识谱系的思考。的确，我们要面对如同以往的一般性史料，如别集、总集、笔记等，又有不同于以往的图像、碑刻乃至口述史料等；尤其是，这一切至清代已经呈现了更为复杂的文献样态，需细致甄别、厘定，而家谱、方志、日记等史料因为无比繁复甚而有时跻身于文献结构中心的重要位置。如研究清代行旅诗专题，各类方志中的搜获即可构成一类独立的景观，这与彼时文人喜欢出游、偏爱游览名胜古迹的行迹特征与创作习惯显然关系密切。在面对大量的地域性文人时，有时地方文献如乡镇志、乡镇诗文集都可能发挥决定性作用；而对类型丰富的年谱史料的特别关注，往往形成对人物关系的更具体、细致的解读，促成一些重要作家的别致理解。笔者对乾嘉时期苏州诗人徐爔生平及创作的研究即深得此益。就徐爔与著名诗人袁枚的关系而言，一贯不喜欢听戏读曲的袁枚几次为其戏曲作品《写心杂剧》题词，固然与徐爔之于当世名人的有意攀附有关，但袁枚基于生存、交际诉求进入戏曲文本阅读的经验，几乎改变了他的戏曲观念，一度产生了创作的冲动。② 题跋、札记、日记等史料的大量保存，为文人心灵世界的探究提供了便利，张剑教授立足于近代丰富的日记史料遗存所进行的思考，揭示了日常生活场景中普通文人的

---

① 张伯伟：《现代学术史中的"教外别传"——陈寅恪"以文证史"法新探》，《文学评论》2017年第3期。
② 杜桂萍：《戏曲家徐爔生平及创作新考》，《苏州大学学报》（哲学社会科学版）2007年第3期。

生活与创作情况，并于这些不易面世的文字缝隙处发现了生命史、心态史的丰富信息，为理解个体与时代的真实关系提供了新的维度和视角。① 显然，在面对具体的研究对象与问题时，史料的一般性认知与民间遗存特征有时甚至需要一种轩轾乃至颠覆传统认知的错位式理解。只有学术理念的不断优化，才可能冷静面对、正确处理这些来自史料的各种复杂性，并借助科学的分析方法和理性、淡定的心态，在条分缕析中寻找脉络、发现意义。知其然又能知其所以然，其中之困难重重，实在不亚于行进在"山阴道上"；不能说没有"山重水复"之后的"柳暗花明"，但无功而返、无能为力乃至困顿不堪等，也是必须面对之现实。

　　清代诗文研究过程中的困惑、拘囿或者也是其魅惑所在，一种难以索解的吸引力法则似乎释放着一种能量，引领并吸纳我们：及时占有那些似乎触手可及之存在的获得感与快感，成为一个富有时代性的学术症候。近二十年来，清代诗文研究的队伍扩充很快，从事其他研究的学者转入其中，为这一领域的突破性进展做出了重要贡献，著名学者如蒋寅、罗时进教授等由"唐"入"清"，带来了清代诗文研究崛起所稀缺的理念与经验；如今青年学者参与耕耘的热情更令人叹为观止："明清诗文的研究者主要集中在三十岁至五十岁之间，很多博士硕士研究生加入到元明清诗文研究的行列中，新生代学人已经成为元明清诗文研究的生力军，越来越多地涉足明清诗文的研究。"② 而相关研究成果更是以几何倍数在增长，涉及的话题已呈现出穷尽这一领域各个角落的态势。这一切，首先得益于清代诗文及其相关领域深厚的史料宝藏。各类史料的及时参与和独特观照，为清代诗文研究提供了多元、开阔的视野，为真正打开文本空间、发现价值和意义提供了更多可能："每一条史料的发掘背后几乎都有一个故事，这也是一部历史，充满血和泪，联结着人的活的

---

① 详见张剑《华裳之蚤——晚清高官的日常烦恼》一书相关论析，中华书局2020年版。
② 石雷：《明清诗文研究的观念、方法和格局漫谈》，《文学遗产》2011年第3期。

生命。"① 每当这个时刻，发现历史及其隐于漫漶尘埃中的那些惊心动魄，尤其那可能揭示"你"作为一种本质性存在的真正意义时，文学的价值也随之生成、呈现，成功的喜悦和收获的满足感一定无以复加。蒋寅教授说："明清两代丰富的文献材料为真正进入文学史过程的研究提供了可能。"② 21世纪以来清代诗文研究的多维展开已然证明了这一判断。只有对"过程"有了足够的理解，才可能发现"内在层面的重大变革或寓于平静的文学时代，而喧嚣的时代虽花样百出，底层或全无波澜"③的真正内涵，而以此来理解清代诗文构成的那个似近实远的文学现实，实在是最恰切不过。譬如乾嘉时期的诗文，创作人群和作品数量何其巨大，文本形态又何其繁复，以"轰轰烈烈"形容这个诗文"盛世"并非不当；然深入其过程、揆诸其肌理，就会洞见这"轰轰烈烈"的底部、另一面，那些可被视为"波澜"的因子实在难以捕捉，其潜隐着、蛰伏着，甚至可以"隐秘"称之："彼时一般文人的笔下，似乎不易体察到来自个体心灵深处的压迫感、窒息感，审美的'乏力'让'我'的声音很难化为有力的'呻吟'穿透文本，刺破云霭厚重的时代天空。即便袁枚、赵翼、蒋士铨、张问陶等讲求性灵创作的诗人，现实赋予他们的创作动力和审美激情都只能或转入道德激情，或转入世俗闲情。"④ 如是，过程视角下的面面观，可能让我们深入到历史的褶皱处，撷出样态迥异的不同存在，借助历史与逻辑相统一的基本方法，廓清其表里关系，解释文学现象的生成机理，进而揭示文学史发展的多样性、复杂性。

作为特殊史料构成的文学文本也应得到特别关注。由于对清代诗文创作成绩的低估，认为清代诗文作品不如前代（唐宋），进而忽

---

① 钱理群：《重视史料的"独立准备"》，《中国现代文学研究丛刊》2004年第3期。
② 蒋寅：《进入"过程"的文学史研究》，《王渔洋与康熙诗坛》，"导论"，中国社会科学出版社2001年版，第2页。
③ 蒋寅：《进入"过程"的文学史研究》，《王渔洋与康熙诗坛》，"导论"，中国社会科学出版社2001年版，第3页。
④ 杜桂萍：《重写与回溯：清代文学创作中的"明代"想象》，《中国社会科学报》2022年9月5日第4版。

略文本细读的现象依旧十分普遍。文学作品在本时期具有更加丰沛的史料意义,已毋庸讳言,大量副文本的存在尤其可以强化这样的认知。实际上,将诗文作品置放于史料编织的"共时性结构"中给予观照,可以为知人论世的研究传统提供很多生动的个案。如陆林教授借助金圣叹的一首诗歌及其他史料的互文,细致考证出其生命结束之前的一次朋友聚会,不仅诗歌创作的时间、地点和参加聚会者的姓名等十分精确,还明晰推断出聚会的前因后果、来龙去脉,尤其是细掘出"哭庙案"发生后即金圣叹生命后期的心态、思想、交往方式等,还原了一次具有特殊意义的人生"欢会",金圣叹的人格风采亦栩栩如生。① 很多时候,文学文本被视为与外部世界、与读者接受关系密切的开放式而不是封闭性结构,这是值得赞同之处,但到底如何发现与理解其审美性内容,也是研究清代诗文必须直面的关键性问题。蒋寅教授《生活在别处——清诗的写作困境及其应对策略》从全新的视角理解清代文人的创作努力,极富启发意义,值得特别关注。② 从美学、哲学、文化学或心理学等理论维度进入文本,对清代诗文进行意义阐发,是对作为一种古代文化"不可再生的资源"的价值发现,也是一种基于当代文化的审美建构过程。事实上,清代文人从没有放弃文学创作的审美追求,对审美性的有意忽略恰恰是当下清代诗文研究趋于历史化的原因之一。而对文学审美性选择性忽略的研究现状,也从一个侧面说明基础研究仍然处于缺位的状态。只有具有方法论意义的理论介入,才可能将史料与文本建构为一个完整的意义世界,形成对其隐含的各种审美普遍性的揭示、论证和判断。

的确,我们从未如今天一样如此全面、深切地走进清代诗文的世界,考察其历史境遇,借助政治、地域、家族、作家等维度的研究促其"重返历史现场",或使其禀有"重返历史现场"的资质和

---

① 陆林:《生命中的最后一次欢会——金圣叹晚期事迹探微》,《南京师大学报》(社会科学版) 2000 年第 6 期。
② 蒋寅:《生活在别处——清诗的写作困境及其应对策略》,《文学评论》2020 年第 5 期。

能力；我们由此发现了清代诗文带来的纷繁的、具体的和独特的文学现象，索解之，阐释之，并以同情之理解的眼光看待置身其中的大大小小的"人"，小心地行使着如何选择、怎样创作、为什么评价等权力。当然，我们也不应放弃探索深厚的文化传统的塑造之力以及清人对有关文学艺术经验的建构与解构；人文研究所应禀赋的主体价值判断，不应因缺乏澄明的理论话语而逐渐"晦暗"。微妙地蛰伏于清代诗文及其相关史料中的那个灵魂性的存在，将因话语方式的丰富、凸显而成就其当代学术研究的意义。丰富的学术话题，将日益彰显清代诗文研究独有的深度与厚度，以及超越其他时代文学的总结性、综合性的优势，而多视角、跨学科的逐渐深入与多元切入，将伴随着继续"走进"的过程而让清代诗文呈现为一种更加丰盈的学术现实。

二

葛兆光教授说："我们做历史叙述时，过去存在的遗迹、文献、传说、故事等等，始终制约着我们不要胡说八道。"① 其实，将"历史叙述"引进文学研究的话语结构中，即借助史料阐释已然发生的文学现象时，也需要有一种力量"制约着我们不要胡说八道"，那应该是思想的力量。我们应该追求有思想的学术。古人云"文章且须放荡"②，既是内容的，也是理念的，而从理念的维度出发，最重要者毫无疑问是方法论的变革。在史料梳理、考订的基础上回应文学现象的发生以及原因，辨章学术，考镜源流，揭示其中各种学术观点和思想的产生、演变及渊源关系，又能逻辑地提取问题、评价其生成的原因，借助准确的话语阐释发明其在文学史构成中的地位和价值，这是清代诗文研究面临的更重要的任务。我们并不急于提出

---

① 葛兆光：《思想史研究课堂讲录：视野、角度与方法》，生活·读书·新知三联书店2005年版，第94页。

② （梁）萧纲：《诫当阳公大心书》，（清）严可均辑《全梁文》卷十一，商务印书馆1999年版，第113页。

有关人类命运的思考，但人文学科的思想引领确实需要这样一个终极指向；而在当下，只有基于方法论变革的理论性思考，才能推动清代诗文研究学术境界的拓展和学术品格的提升。将理论、批评与史料"相互包容"并纳入对文学现象的整体评价，是当代学术史视野下一项涵盖面甚广的系统性工程。

近年，当代文学学科一直在促进学科历史化上进行讨论，古代文学则因为过于历史化而需认真面对新的问题。史料在学科体系中的基础地位，已然成为一种传统，然如何实现史料、批评、理论的三位一体，进而推动古代文学研究理论品格的提升，是人文学科研究应该担负的历史责任。清代诗文研究的水平提升和进境拓展尤其需要这一维度的关切。常见史料与稀见史料的辨别和运用、各类型史料的边界与关系、因主客观因素而形成的认知歧义等比比皆在的问题，皆需要理论性话语的广泛介入。在某种意义上，研究主体理论素养的提升是史料建设工作的根基。清代诗文别集的整理之所以提出"深度整理"的原则，也是基于这样一种理念所进行的学术选择。仅仅视别集整理工作为通常的版本校勘、一般性的句读处理，忽略对其所应具备之学理性内涵的发掘，会形成对别集整理工作的简单化理解。可以说，这种不够科学的态度是别集整理质量低下、粗制滥造之作频出的重要原因。钱理群教授说："文献学是具有发动学术的意义的，不应该将其视为前学术阶段的工作。"[①] 即是对文献研究深邃的理论内涵的强调。将史料及其处理方式视为文献学的重要方法，是专业性、学术性的表达，也是具有鲜明理论意义的方法论原则。在史料所提供的纵横坐标中为一个人、一件事或一种现象寻找历史定位，在史实还原中完成对真相的探索是必要的，然将其置放于一个完整的意义链中，展示或发现其价值和影响，才能促成真正有思想的学术。随意取舍史料，不仅容易被史料遮蔽了眼睛，难以捕捉到一些重要的细节和关键性的线索，也无法发现与阐释那

[①] 王风：《现代文本的文献学问题——有关〈废名集〉整理的文与言》，《中国现代文学研究丛刊》2004年第3期。

些具有重要价值的论题,无法将文学问题、事实、现象置于与之共生的背景、语境进行长时段考察,而揭示其人文意涵、文学史价值,更可能是一句大而无当的空话。注入了价值判断的史料才能进入文学史过程,而具备了理论思考的研究方法才能为诸多价值判断提供观念、方式和视野。

当然,我们也应该避免将一些理论性话语变成某些理论所统摄的"材料",将史料的文献学研究真正转变为有意味、有生命意识和人文担当的理论研究,这是古代文史研究中尤其需要关切的方法论问题。清代诗文研究中,普遍存在似"唐"类"宋"类的批评性话语,以"唐""宋"论说诗文创作之特色与成就已然体现为一种习见思维。如钱锺书先生之所论,甚为学者瞩目:"夫人禀性,各有偏至。发为声诗,高明者近唐,沉潜者近宋,有不期而然者,故自宋以来,历元、明、清,才人辈出,而所作不能出唐宋之范围,皆可分唐宋之畛域。"[①] 诗分唐宋,尊唐或佞宋,助力于唐宋诗文的发现及其经典化,也打造了清代诗文演进中最有标志性的批评话语。唐宋诗文成就之高,以之为标的本无可厚非,然清代诗文的存在感、价值呈现度究竟如何呢?揆诸相关研究成果,或不免有所失望。唐宋,作为考察清代诗文时一种颇具理想性的话语方式,其旨趣不仅在乎其自身的理论内涵、价值揭示,更应助力于清代诗文系统化理论形态的发现与完成,而这样的自觉尚未形成,显然是相关理论话语缺乏阐释力量的反映。"酷似""相似"等词语弥漫于清代诗文评点和批评中,作为一种意义建构方式,其内蕴的文学思想和批评观念有时竟如此模糊、含混,固然有传统文论行文偏于感性的影响,也昭示出有关清代诗文创作的批评姿态,即其与唐宋之高峰地位永远不可能相提并论。我们并不纠结孰高孰低的评价,清代诗文的独特性和价值定位却是不能不回答的学术问题。作为清代诗文批评的方法论,"唐""宋"应该成为富含内质的话语方式,以之进行相关理论思考时,应关注清人相关概念使用的个性色彩,或修辞色彩,

---

① 钱锺书:《谈艺录》,生活·读书·新知三联书店2001年版,第3页。

创作或理论审视的历史语境，甚至私人化的意义指向，不能强人就我，或过度阐释。整合碎片化的话语成就一个整体性的理论体系内容，对古代文论中的理论性话语给予现代性扬弃，是清代诗文研究理论性提升不可或缺的路径。

进入21世纪的清代诗文研究，早已摆脱简单套用一般社会历史研究诸方法的时代，有意识地探索多学科方法的交叉并用，日益理性地针对史料和时代性话题选用最具科学性的研究方法，已成为观念性共识，并因学科之间的贯通彰显了方法的张力与活力。在具体话题的选取和展开中，来自西方的历史主义、接受美学、结构主义、原型批评等方法，成为与中国传统的知人论世等观照原则融通互助的方法，西方话语的生成语境与中国经验之间的独特关系得到了充分的尊重与关注；以往经常出现的悖逆、违和之现象已得到明显的改善，而对中国传统文论话语的重视也给予文学研究以足够的理论自信。借助于中西经验和多学科方法论的审视，清代诗文丰富的学术内涵正得到有效发现和阐释。但是，如何保持文学研究的独立性和学术旨归，尚需要进一步的深入探讨。如交叉研究方法，已逐渐成为一个广泛使用的方法，在面对复杂的文学现象时，集中、专门、精准地发挥其特点，调动其功能，往往能取得事半功倍的效果。新文科倡导所带来的方法论思考，于人文学科的融合与创新质素的强调亦提供了重要的思维方式和阐释路径。在守正创新的前提下，借助不拘一格的研究方法的使用，进一步发现清代文人的日常生活、心态特征和精神面貌，发现其创作的别样形式以及凝结其中的丰富意义，所生成的发现之乐和成就感，正是清代诗文研究多样性和价值的体现。沐浴在一个文化多元的时代，让我们有机会辗转腾挪于各种不同性质的方法之间，并以方法的形式完成对研究对象的反思、调整、建构和应用，在这一过程中与古人对话，建构一种新的生命过程，这是清代诗文研究带给当代学人的特殊福利。我们看到，近十年许多具有精彩论点或垂范性意义的论著先后问世，青年学者携带着学术个性迥异的成果纷纷登台亮相，清代诗文研究所富有的开拓性进展昭示了一个值得期盼的学术未来。

文学毕竟是人学，是一种基于想象的关于人类存在的思考。发现并理解人作为主体性存在的价值，呈现其曼妙的内心世界景观，借此理解现实世界和精神世界的构成方式，其实是文学研究必须坚持的起点、理应守护的终点，清代诗文研究也必须最后回到文学研究所确立的这一基本规定性。我们不仅应关注"他"是谁，发现其文学活动生成与展开的心理动因，且应回答"他"为文学史贡献了什么，进而理解政治、经济乃至文化如何借助作家及其创作表达出来、折射出来。我们已经优化了以往仅仅关注重要作家的审视习惯，不仅对钱谦益、王士禛等文坛领袖类文人进行着重点研究，也开始关注那些"不太重要"的文人，恰恰是这一类人构成了清代诗文创作的主体，成就了那些繁复而生动的文学现象，让今天的我们还有机会探寻到文学史朦胧晦暗的底部，进而发现一些弥足珍贵的现象。笔者多年前曾关注的苏州人袁骏就是这样一位下层文士，其积五十年之久征集表彰其母节烈的《霜哺篇》，梳理研究后才发现包含着作为"名士牙行"的谋生动力，借助这一征集过程所涉及的文人及彼此的交往、创作情况，能够透视出类似普通文人其实对文学生态的影响非同凡响①，而这是以往关注不够的。作为袁骏乡党的金圣叹本是一介文士，但关于其生平心态和精神世界的挖掘几乎为零。陆林教授的专著《金圣叹史实研究》改变了这一现状。针对这位后世"名人"生平语焉不详的状况，他集中二十多年进行"史实研究"，最终还原了这位当时"一介寒儒"的生平、交游及文学活动。相关研究厘清了金圣叹及相关史实，以往有关其评点理论等的众说纷纭恐怕也需要"重说"；更重要的是还揭秘了一大批名不见经传的普通文人的生活景观："金氏所交大多是遁世隐者、普通士人，对他的交游研究，势必要钩稽出明末清初一大批中下层文士的生平事迹，涉及当时江南地区身处边缘阶层的普通文人的活动和情感，涉及许多向来缺乏研究的、却是构成文学史和文化史丰满血肉和真实肌理的

---

① 杜桂萍：《袁骏〈霜哺篇〉与清初文学生态》，《文学评论》2010年第5期。

人和事的细节。"① 这形成了金圣叹研究的"复调",构造了一个丰满且具有精神史意义的文学世界。所以,越过一般性的史料认知,借助文本阐释等方法,达成实证研究与理论解析的有机结合,进而形成对"人"的审视和意义世界的探讨,才可能建构自足性的文学研究。意义的缺失会使本来可以充满生机的清代诗文研究生命力锐减,其研究的停滞不前自然难以避免。

阮元说:"学术盛衰,当于百年前后论升降焉。"② 清代文学的结束距离我们已百年有余,足可以论"升降"了,而作为距离我们最近的"古代",存在着说不尽、道不完缠绕的诸多问题,亦属正常。彼时的当代评价、20 世纪以来的批评乃至如今我们的不同看法,也在纠缠、汇聚、凝结中参与着清代诗文研究的现实叙事;我们不断"后撤",力求对学术史做出有效的"历史"回望,而"历史"则在不断近逼中吸纳了日渐繁杂的内容,让看似日趋狭窄的"过程性"挤压着、浓缩着、建构着更为丰富的内容,这对当代学人而言,实在是一种艰难的考验和富有魅力的吸引。史实的细密、坚实考索,离不开学术史评价的纵横考量,不仅文学史需进入"过程",文学史研究也应进入"过程",只有当"过程"本身也构成为当代文学理论审视的对象,有关学术创获才更具维度、更见深度。文学史运动中的复杂性是难以想象的,学术史评价更是难而又难,研究者个人的气质、趣味和人格等皆不免渗入其中,对于清代诗文研究亦是如此。好在对一个时段的文学研究进行反思和盘点,也是时代的现实需求和精神走向的表达,作为个中之人,我们有足够的清醒意识与担当之责。吴承学教授在总结七十年来明清诗文研究的成就与不足时,针对研究盛况下应当面对的各种问题,强调填补"空白"和获得"知识"已不是目前的首要问题,如何"站在学术

---

① 陆林:《论明清文学史实研究的学术理念——以金圣叹史实研究为中心的反思与践行》,《社会科学战线》2015 年第 11 期。
② (清)阮元:《十驾斋养新录序》,钱大昕《十驾斋养新录》,杨勇军整理,上海书店出版社 2011 年版,第 1 页。

史的高度,以追求学术深度与思想底蕴为指归"① 才是亟需思考的重点。的确如此。琐碎与无谓的研究随处可见,浮泛和平庸隐然存在着引发学术下行的可能性,我们必须克服日渐侵入的诸多焦虑,在过程中补充、拓展、修正、改写清代文学研究的现状。"学术史的高度"某种意义上也是一个时代的高度,清代诗文研究真正成为一代之学,是生长于斯的当代学者们回应时代赋能的最好文化实践。

三

转眼,21世纪又有20年之久了。无论是否从朝代角度总结中国古代文学研究的成绩,清代诗文研究作为一个重要内容和学术热点已然绕不过去。研究成果之数量自不待言,涉及之领域亦非常宽广,重要的文学现象多有人耕耘,而不见于经传的作家、作品也借助于新史料的发现、新视野的拓展而得到关注,相关的独特性禀赋甚至带来一些不同凡响的新的生长点。包容性、专门化和细致化等特征多受肯定,而牵涉问题的深度和切入角度之独特等也提供了启人新思的不同维度。一句话,清代诗文的优长与不足、艺术创获之多寡与特色及其文学史价值等都在廓清中、生长中、定位中。面对纷繁的内容和大大小小的问题,我们往往惴惴不安,而撷取若干问题以申浅论,当是清代诗文研究中需要不断请益的有效方式之一。

譬如清代是一个善于总结的文学时代,这是当代学人颇为一致的观点。然彼时的文人会意识到他们是在总结吗?面对丰厚的文学遗产,清人的压力和焦虑一定超出我们今天的想象。或者,所谓的"总结"不过跟历代相沿的"复古"一样,是一种创新诉求的另辟蹊径。如是,力求在累积的经典和传统的制约中创新,应该构成了有清一代文人的累积性压力。职是之故,他们的创作不仅在努力突破前人提供的题材范围、表现方式和主题传达等,还有很多文人注重日常与非日常的关联、创作活动与非创作活动的结合;不仅仅关

---

① 吴承学:《明清诗文研究七十年》,《文学遗产》2019年第5期。

注并从事整理、注释和评介等工作，还努力注入其中一种"科学"的意识，并将之转化为一种学术。在清代诗文乃至戏曲小说的研究中，我们已经发现了那些足以与现代学术接轨的思想、观念乃至话语，其为时代文化使然，也是一代文学开始的底色。

清代文坛总体来看一片"宽和"之气，并没有呈现出如明人那般强烈的门户之见乃至争持；二元对立的思维并不是他们思考问题的特点，恰恰相反，融合式的思考是有清一代文人的主导性思维。比如"分唐界宋"的问题，有时是一个伪命题，相关论述多有不足或欠缺；就清代诗文的总体性来评价，唐宋兼宗最为普遍，"唐""宋"本身又有诸多层面的分类。"融通"其实是多数清人的观念，"转益多师"才是他们最为真实的态度。在这方面，明代无疑提供了一种范式性存在，明人充满戾气的论辩尤其为有清一代文人自觉摒弃。入清之初，汉族文人已在伤悼故国的同时开启了多元反思中的复古新论与文化践行。尽管在规避明人的错误时，清人仍不免重复类似的错误，比如摹拟之风、应酬之气等①，不过"向内转"的努力也是他们践行的创作自觉。如关于诗文创作之"情""志"的讨论，如关于趣、真、自然等观念的重新阐释，等等。只是日渐窄化的思维模式并未给诗文创作带来明显的突破与创获，反而让我们看到了文学如何受制于特定历史时期的政治、文化的诸多尴尬，以及文学的精神力量和审美动能日渐衰退的过程。而清人所有基于整体性回顾而进行的诸种探究，为彼时诗文创作、理论乃至观念上呈现出的总结性特征提供了充分的证据。

譬如清代诗文创作"繁荣"的评价，一度构成了今人认知上的诸多困扰。清代诗文数量、作者群体等方面的优势，造成了其冠于历代之首的现实。人们常常以乾隆皇帝的诗歌作品与有唐一代诗歌相比较，讨论其以一人之力促成的数量之惑。而有清一代诗文创作经典作家、作品产量所占数量比之稀少，又凸显了其总体创作成绩

---

① 参见廖可斌《关于明代文学与清代文学的关系——以诗学为中心的考察》一文相关论述，《文学评论》2016年第5期。

的不够理想。清代诗文作品研究曾饱受冷落的现实，让这种轩轾变得简单明了，易于言说。量与质的评说，对于文学创作而言是一个仅靠单一、外在诸因素难以判断的问题吗？显然不是。实际上，存世量巨大的清代诗歌作品，很多时候来自普通文人对庸常现实生活的超越，因之而带来内容的日常化乃至艺术的平庸化，审美上的狭隘和琐碎比比皆然，不过其中蕴积的细腻情感、变革力量和剥离过往的努力等，也体现了对以往文学经验和传统的挣脱；没有这样的过程，"传统"怎么可能在行至晚清时突然走向"现代"？

近十年如火如荼的研究，让我们对清代诗文有了更进一步的体认，与之并生的是难以释解的定位困惑。我们往往愿意通过与前代诗文的比较进行价值评判。唐诗宋词一直与清诗研究如影随形，汉魏文、两宋文乃至明文，往往是进行清代文章审视时不可或缺的话语方式。我们常常不由自主地回首那些制造出经典的时代，用以观照当下，寻找坐标或范式。李白以诗歌表达生命的汪洋恣肆，诗歌构成了他的生命意识，杜甫、李商隐、李贺等皆然；但清人似并非如此。在生命的某一个空间，或一个具体的区间，确实发现了诗构成其生命形式的现象，却往往是飘忽而短暂的。以"余事为诗人"在很多时候是一种心照不宣的"假话"或"套话"，这决定了清代诗文创作的工具性特征，而与生命渐行渐远的创作现象似乎很多，并构成了我们今天进行审视的障碍。也因此，相比于那些已经被确认的诗文创作高峰时期，如何理解有清一代诗文创作的所谓"繁荣"，或将继续困顿我们一段时间。

譬如来自不同社会层面的诗文创作主体，形成了群体评价上的"众声喧哗"。几乎所有可能涉及的领域，都有清代诗文作家的"留痕"，所传达之信息的丰富、广泛也超过了历代："上至庙堂赓和、酬赠送迎，下至柴米油盐、婚丧嫁娶，包括顾曲观剧、赏玩骨董等闲情雅趣，日常生活的方方面面全都成为诗歌书写的内容，甚至作诗活动本身也成为诗歌素材。"① 这其中，洋溢着日常的俗雅之趣，

---

① 蒋寅：《生活在别处——清诗的写作困境及其应对策略》，《文学评论》2020年第5期。

也深深镌刻出那些非日常的凝重与紧张，为我们了解和理解文人的生活世界与心灵景观提供了更多可能；在清代诗文作品中，更容易谛见以往难以捕捉的多面性和复杂形态。很多时候，我们撷取的一些文学现象来自所谓的精英创造，他们在实际的社会文化结构中位置突出，有条件也很容易留下特别深刻的历史印迹；但其在那个时代的影响究竟如何，是需要谨慎评价和斟酌话语方式的。袁枚的随园、翁方纲的苏斋，其中文学活动缤纷，颇为今人所瞩目，但其在当时这些主要属于少数文人的诗意活动，对那些长距离空间的芸芸众生究竟怎样影响的？影响到底如何评价呢？至于某些为人瞩目的思想观点，最初"常常是理想的、高调的、苛刻的，但是，真正在传播与实施过程中间，它就要变得妥协一些、实际一些"①；当我们跨越时空将之与某些具有接受性质素的思想或话语相提并论时，大概应该考量的就不仅是接受者的常规情况，也还需要加入一个"传播与实施"关系的维度。因之，我们应特别关注"创造性思想"到"妥协性思想"的变化理路。

如是再回到清人是否以诗文为性命问题，又有另一种思考。李之仪"除却吟诗总是尘"②之说历来影响甚大，以之观照清人的情感世界和抒情方式，却少了很多诗情画意，多了喧嚣的世俗烟火气。文字不单单是生命的形式，更是生命存在的附加物，其生成往往与生存的平庸、逼仄相关。功名利禄与诗的关系从来不是有你无我的存在，而是你中有我、我中有你的现实。为了生存而进行繁复的诗歌活动，是阅读清代诗文时见到最多、感受最为深刻的印象。我们必须面对清代文学中更多的"非诗"存在，正视清诗中的缺少真情，或诗味之寡淡，并以理解之同情面对一切。诗文创作有时不是为了心灵之趣尚，也不是为了审美，反而是欲望的开始、目标和实现方式，由此而生成的复杂的诗歌活动、文学生态，其实是清代诗文带

---

① 葛兆光：《思想史研究课堂讲录：视野、角度与方法》，生活·读书·新知三联书店2005年版，第296页。
② （宋）李之仪：《和友人见寄三首》其三，北京大学古文献研究所编《全宋诗》卷九五四，北京大学出版社1995年版，第11174页。

来的一言难尽的复杂话题，其价值也在这里：这不仅仅是清代诗歌研究的本体问题，也能够牵涉出关于"人"的诸多思考。

譬如文献的生成方式及其形态特征等，带来了关于文献发生的重新审视与评价。以文字而追求不朽，曾经是文人追求形而上生命理想的主要方式，然在文献形态多元的清代，这一以名山事业为目的的实现方式具有了更多的机缘。大量诗文作品有机会留存，众多别集得以"完整"传世，地域总集总在不断被编辑中，这是清代成为诗文"盛世"的表征之一。"牙签数卷烦收拾，莫负生前一片功"①，很多文人通过汇集各个时段的诗文作品表达人生的独特状态，已然成为一种生命存在的方式。如是，在面对丰富的集部文献以及大量序跋、诗话、笔记等，实证研究往往轻而易举，面对汉唐、先秦文献的那种力不从心几乎可以被忽略。不过，清代诗文史料的类型繁复以及动态变化之性征，也容易造成其传播过程中知识的繁杂错讹，甚至促成"新"的知识生成，进而影响到后人的价值判断、学术评价等；而"新""旧"史料的传播过程、原因以及蛰伏其中的一些隐秘性因素，都可能生成新的问题，进而带来文学性评价的似是而非、变化不定。如何裁定？怎样评判？对于今天的我们实在是一个挑战性的选择，是一个难度系数极高的判断过程。根据学术话题对史料进行新的集合性处理，借助其不断生成的新意义链及时行使相关的学术判断，决定了我们对文献学意义的新理解，而避免主观化、主义化乃至强制阐释等，又涉及研究主体学养、修为乃至心态等的要求。如是，在有关文本、文献与文化的方法论结构中，理论具有特殊的建构意义，有时可能超过了勤奋、慧心、知识等一般意义上的文献功力要求。

譬如传统文学对周边文化群的影响和建构，已构成清代诗文研究不可或缺的重要内容。境外史料的不断发现提供了一个重要维度，中国汉语文学不同程度地参与了其他国家与地区文学的发展；但也

---

① （清）邓汉仪撰，陆林、王卓华辑：《慎墨堂诗话》卷十"余垫"条，中华书局2017年版，第409页。

应重视另外一个维度,在沐浴"他乡"文化风雨的过程后,史料的文献形态中多多少少会带有新的质素,即"回归"故国的史料绝对不仅仅是简单的"还原"问题。如何面对返回现场后的史料形态?如何评价其对本土文学建设的重新参与?这是需要格外重视的问题。如是,究竟有哪些异质文化元素曾经对清代诗文创作发生过影响,影响程度究竟如何,都会得到有效判断。19世纪末以来,中国逐渐进入世界结构体系,"他者"不仅参与到近代以来的文学建构,还以一种独特的眼光审视着清代乃至之前的社会、文化和文学;具备平等、类同的世界性视角,才能形成与海外文化的多向度对话,彰显一种国际观念、开阔视野,以及不断变革的方法论理念。立足于历史、现实人生和世界体系中回望清代文学,我们才可能超越传统疆域界限,以全球化视野,进行更全面、准确、深刻的清代诗文省察和评价。就如郭英德教授所言:"一个民族的文化要立足于世界文化之林,就应该在众声喧哗的世界文化中葆有自身独特的声音,在五彩缤纷的世界图景中突显自身迷人的姿态,在各具风姿的世界思想中彰显自身特出的精神。"①

也还有更多的"譬如"。清代诗文各阶段研究的不平衡,已经得到了有效改善,但各具特色的研究板块之间的关系尚需辨析、总结;诗文创作的地域问题,涉及对不同区间地理、人文尤其是"人"的观照,仅仅聚焦经济文化发达的江南并非最佳方略,在北方文明及其传统下的士心浮动、人情展演和文学呈现自有独特生动之处;就清代而言,多民族汉语创作的情况呈现出更为复杂的状态,蒙古族、满族作家对于传统诗文贡献的艺术经验,以斑驳风姿形成汉语雅文化的面貌和风情,值得进一步总结。当然还有清代诗文复古之说,作为寻求思想解放、文学创新的思想方式,有待清理的问题多不胜数,这与中国的文化传统有关,与政治权力之于文学的干预有关,也与作家思维方式中注重变易、趋近看远的习惯等有关。清人复古

---

① 郭英德:《探寻中国趣味:中国古代文学之历史文化思考》,商务印书馆2017年版,第3—4页。

的多向度探索来自一种基于创新的文化焦虑,应给予理解之同情。而学者们关注的唐宋诗之争,不仅是诗歌取向的问题,也不仅是诗歌本质、批评原则、审美特征诸多命题的反映,更不仅仅涉及文学思潮、文学流派等,还是交往原则、权力话语等的体现,标新立异、标旗树帜等的反映,所牵系的一代文学研究中或深或浅的问题,亦有待深入。所以,面对清代诗文研究中的繁复现象,"不断放下"与"重新拾起",都是我们严谨态度、思考过程的生动彰显,而在不远的将来实现丰富、鲜明和具有延展性的学术愿景,才是清代诗文研究进境不断打开、真正敞开之必然。

四

钱谦益说:"夫诗文之道,萌折于灵心,蜇启于世运,而茁长于学问。"[①] 衡量诗文创作的状况应如此,评估当下清代诗文研究之大势,也不能忽略世道人心之于学术主体的重要作用。一代又一代的学者在这样的历史语境中开启了文化实践的过程,让百廿年的清代诗文研究成长为一门"学问",如今已经很"富有"。基本文献如袁行云《清人诗集叙录》,李灵年、杨忠《清人别集总目》,柯愈春《清人诗文集总目提要》等工程浩大,其贡献不言而喻;而就阐释性著述的学术影响而言,著名学者刘世南先生、严迪昌先生等成绩斐然,其开辟荆荒的研究至今具有不可替代性,正发生着范式性的影响。朱则杰先生依然在有计划地推出《清诗考证》系列成果,进行甘为人梯的基础性文献研究工作,也实践着他有关《全清诗》编纂的执念;蒋寅先生立足于清代诗学史的建构,力求从理论上廓清清代诗歌演进中的重要性问题,也还在有条不紊的探索中。新一代学者的崛起正在成为一种"现象",清代诗文研究的学者群将无比庞大而贡献卓越。作为年富力强的后起之秀,他们的活力不仅体现在著

---

① (清)钱谦益:《题杜苍略自评诗文》,《牧斋有学集》卷四十九,钱曾笺注,钱仲联标校,上海古籍出版社1996年版,第1594页。

述之丰富、论点之纷纭诸方面，更重要的是让清代诗文研究呈现出喧嚣嘈杂的声音聚合，活力、新意和人文精神都将通过这个群体的研究工作得以更好的表达。

  作为历史的一个部分，我们应时刻注意自身的局限性以及与历史呈现的关系，研究主体与"世运"的互文从来不仅仅是一个学术问题。一个尊重学术的时代不需要刻意追求主调，清代诗文研究也应在复调中灿烂生存，"喧嚣嘈杂"正可以为"主调"的澎湃而起进行准备、给予激发。而只有处于这样的文化进境中，我们才能切实释解清代诗文的独特性所在，真正捕捉到清代文人的心灵密码，促成一代文献及其文学研究意义的丰沛、丰满，并由此出发，形成有关清代诗文及其理论的重新诠释，进而重构中国古代诗文理论及其美学传统。郭英德教授说："在改革开放的时代语境中，学术研究仍然必须坚守'仁以为己任'的自觉、自重和自持，始终以'正而新'为鹄的，以'守而出'为内驱，'以文会友，以友辅仁'。"[①] 反观清代诗文的当代研究，这确实是一个至为重要的原则。谨以此言为结，并与海内外志同道合者共勉。

[①] 郭英德：《守正出新：四十年中国古代文学研究随想》，《文学遗产》2019 年第 1 期。

目 录

绪 论 ……………………………………………………………… (1)

第一章 计东家世、生平行迹考论 ……………………………… (21)

第一节 家世与家学考 ……………………………………… (21)
  一 家世：京兆世泽长，越国家声远 ………………… (22)
  二 家学传统：文化传家，科第兴族 ………………… (31)

第二节 计东入清前行迹考 ………………………………… (40)
  一 生卒年考 …………………………………………… (40)
  二 入清前行迹考论 …………………………………… (46)

第三节 "御试第二"后何以"三上春官不第"
      ——科举之路初探 ……………………………… (51)
  一 参加科举前与后之行迹 …………………………… (51)
  二 "御试第二"后却"三上春官不第"之因由 …… (60)

第四节 "'荫'字违式"与诖误"奏销"内情
      ——科举之路再探 ……………………………… (63)
  一 "'荫'字违式"之真相再现 ……………………… (63)
  二 诖误"奏销"之内情试析 ………………………… (66)

第五节 晚年游食行踪与心态述考 ………………………… (68)
  一 游食行踪还原 ……………………………………… (69)
  二 遍谒友人的苦与乐 ………………………………… (75)

第二章 计东姻亲关系的建立与清初江南士人交游……（82）
第一节 吴江梅堰吴氏
——"荻上三吴"……（83）
第二节 吴江松陵吴氏
——"延陵三凤"……（93）
第三节 "长洲三宋"与"嘉兴三严子"……（100）
第四节 长洲汪氏
——汪琬……（107）

第三章 计东古文创作与清初文坛……（118）
第一节 计东文学思想与师教的"承""背"……（119）
一 对经、理、心学的融通及对复古思潮的扬弃……（120）
二 尊经穷理却避忌心学，由重文转为重道……（127）
三 对吴地宗法欧、归的承袭与突破……（135）
第二节 计东古文创作与清初南北文学的互动……（140）
一 吴地宗法欧、归的离与合……（141）
二 与中州文人群体的互动……（150）
三 与寓京文人士大夫的切磋……（163）
第三节 计东矛盾的骈散文学观及其文学书写……（172）
一 骈散兼学，转益多师：从时文到古文的学文之路……（172）
二 矛盾的骈散文学观与官方文化政策的趋同性……（176）
三 矛盾骈散观视域下的文学书写……（184）
第四节 计东古文观与清初古文论争……（190）
一 主明道、轻文法，古今并重——与汪琬、陈僖的论争……（191）
二 经道文合———与汪琬、梁熙的论争……（198）
三 醇肆之辩与文法说——与汪琬、魏禧的论争……（203）

第四章 计东诗文创作及相关问题考论……（208）
第一节 诗学思想诠说
——以《答诸弟子论诗》为中心……（209）

一　诗歌无用论 …………………………………………………… (210)
　　二　古体、近体兼学而有序，取法乎上且宗唐崇杜 …… (213)
　　三　对和韵、诗题、诗序等相关问题的看法 …………… (218)
　第二节　计东诗歌创作刍论 ………………………………………… (220)
　　一　情深意挚的怀亲悼友 ………………………………… (222)
　　二　哀怨悲愤的游谒旅食 ………………………………… (227)
　　三　壮美遒劲的山川风物 ………………………………… (233)
　第三节　思子亭诗文征集与清初"根柢六经"的
　　　　　古文宗尚 ………………………………………………… (239)
　　一　思子亭诗文征集之缘起 ……………………………… (239)
　　二　征集主题引发的"情""礼"论争 ……………………… (246)
　　三　从情礼观论争看清初士人的古文宗尚 …………… (252)
　第四节　"松陵四子"的确立及相关问题论略 …………………… (258)
　　一　"松陵四子"称谓的提出与地位的确立 …………… (260)
　　二　"松陵四子"的交游与文学活动揭橥 ……………… (264)
　　三　"松陵四子"并称缘由及其文学史意义 …………… (272)

第五章　奏销案与江南文人心态、文学表达 ……………………… (281)
　第一节　奏销案的背景与经过 ……………………………………… (281)
　　一　奏销案前的江南文学、政治生态 …………………… (282)
　　二　奏销案的经过 ………………………………………… (292)
　第二节　奏销案发后的文人关系与士行士风转变 ……………… (301)
　　一　施救与自救视野下的文人交往关系释读 ………… (303)
　　二　生存视域下士风、士行的转变 ……………………… (316)
　第三节　奏销案与江南文人的文学表达 ………………………… (329)
　　一　隐曲幽微的记述与表达 ……………………………… (329)
　　二　人生行迹与文学趣尚的转变 ………………………… (336)

全书结语……………………………………………………（347）

参考文献……………………………………………………（349）

后　记………………………………………………………（363）

绪　　论

　　计东（1624—1676），字甫草，号改亭，江苏吴江人，清初诗人，古文家。七岁能文，年十五补诸生，文誉日高，尝以王猛、马周自比。甲申之变（1644），著《不共书·筹南五论》上史可法陈说南都攻守之策，"可法奇之，弗能用也"[①]。南明亡后，不愿应举，闭门苦读经史。入清后因贫无以养，于顺治八年（1651）开始参加科举考试。顺治十二年（1655），贡入太学。顺治十四年（1657），举顺天乡试，名动京师。顺治十八年（1661），受"奏销案"所累，被褫革举人身份，遂绝意仕进，纵游四方，结交贤士大夫，为衣食四处奔波游食，年五十二而卒。现存著述有《改亭诗文集》22卷（诗集6卷，文集16卷），《不共书》4卷，《甫里集》6卷等。

一　计东相关研究现状

　　计东一生郁郁不得志，为衣食奔波游走的同时，也得以遍览名山大川，诗文以"好游而益工"[②]。他"以诗笔雄视当世"[③]，古文创作成就也尤为突出，被宋荦赞为"足以不朽于世"[④]，在清初文学史上有着不容忽视的地位，理应受到应有的学术观照。现按时间顺

---

　　① 赵尔巽：《二十五史·清史稿（下）》卷二百七十一，上海古籍出版社2018年版。
　　② （清）汪琬：《计甫草中州集序》，《钝翁前后类稿》文稿十七，载李圣华笺校《汪琬全集笺校（二）》，人民文学出版社2010年版，第626页。
　　③ （清）陈康祺：《郎潜纪闻》卷八，清光绪刻本。
　　④ （清）宋荦：《序》，计东《改亭文集》卷首，清乾隆十三年计瑮读书乐园刻本。

序对现有关于计东的研究成果试作述评，梳理清初以来三百余年围绕计东所作的记述与研究，以期明晰当今学界对计东研究所取得的成果和存在的不足，并在此基础上提出进一步研究的可行路径和方向，从而深入了解计东对清初江南乃至整个文坛生态的影响。

（一）清代研究综述

对计东的关注和记录始于清人，有清一代有关计东生平事迹、创作评价等多散见在地方志、传记丛刊、文集序跋等中。生平事迹，现可见的有《国朝先正事略》《国朝耆献类徵》《国朝诗人徵略》《清诗别裁集》《艮斋杂说》《四库全书总目》《四库总目提要》《文献徵存录》《（同治）苏州府志》《国朝松陵诗徵》《莲坡诗话》《今世说》等。正是这些文献为计东生平经历的梳理和考辨存遗提供了基础而珍贵的史料。创作评价多见于众友人诗文集以及为其《改亭诗集》《改亭文集》《甫里集》《不共书》所写的序跋、评语、书信之中。计东文集是其去世后由好友宋荦于康熙三十二年（1693）出资所刻，而诗集直至康熙四十七年（1708）才经王士禛后人王廷扬资助刊刻问世，故多少削弱了其在当时的影响以及诗文集在后世的流传。实际上，计东的古文创作在当时就获得了相当高的评价，与文相比，诗歌略逊一等，但仍获得了关注与赞许。兹就清人对计东古文、诗歌的相关研究梳理如下。

1. 论定计东文坛、诗坛地位

就古文而言，与计东同时代的亲友故旧已将其古文置于较高的地位，评价多不吝赞美之词。好友董以宁高度评价了计东的散文，将之与当时的古文名家汪琬并称，认为"当世之真能为文章者不数家，如二子者，既已为吾党之所称服"[1]。董说更是直言"甫草文章霸一代"[2]，对之颇为敬服。魏禧将他与当世的古文名家侯方域、姜

---

[1] （清）董以宁：《计甫草文集序》，《正谊堂文集》不分卷，清康熙书林兰苏堂刻本。
[2] （清）董说：《计甫草诗序　癸未》，《丰草庵前集》卷二，《清代诗文集汇编》第 7 册。

宸英、汪琬并列，指出"数君子者，皆今天下能文之人"①。正是由于友人有意或无意的赞赏和推许，奠定了后世对计东认识和评价的基调。除好友外，同时代的文人、学者亦将计东与同时代的古文名家并提，对其古文持肯定态度，予以了文学层面的观照和重视。胡介祉在《侯朝宗公子传》②中认为计东是当世与王猷定、魏禧一同可接踵侯方域者，古文与诸人不相伯仲，亦是清初文坛的重要代表人物。而王士禛的后人王廷扬从侧面证明了王士禛与计东的交情以及对之的服膺："先生与家新城大司寇公为忘形友。"③亦转述了王士禛对计东其人其文的看法："公每称述先生具不世才，其著作直可信今传后。"④而王廷扬亦承袭并进一步阐扬了王士禛的论断，认为计东之文合欧阳修、曾巩为一，将之与归有光并提："近代归太仆而后，目中实罕其俦。"⑤以上诸人或为计东生前好友，或为同时代者，多是赞美之词多，而批评之语少，这也在一定程度上为后来者评价定了一个基调和标准，这种评价一直持续至晚清。乾隆时期的文人周春在历数清初古文名家时将计东置于名家之列："君留心古文，汪钝翁、侯朝宗、魏叔子、王于一、计改亭、邵青门诸家，莫不遍览好作。"⑥晚清的孙原湘亦将之与当时的古文名家并称："本朝之能为韩、柳、欧、曾之文者，魏叔子、汪尧峰外，如方望溪、姜湛园、邵子湘、计甫草诸公，皆能根柢经传，规矩理法以蕲。"⑦同是晚清的文人李元度亦承袭前人观点，对计东的古文地位加以肯定："而论文章，则在顺康朝有若顾亭林、黄梨洲、汪尧峰、魏叔子、侯朝宗、王于一、贺子翼、汤文正、施愚山、陈文贞、计甫草、

---

① （清）魏禧著，胡守仁、姚品文、王能宪校点：《答计甫草书》，载《魏叔子文集》卷五，中华书局2003年版，第247页。
② （清）李桓：《国朝耆献类徵初编》，载《清代传记丛刊·综录类》第181册，台北明文书局1985年版，第488页。
③ （清）王廷扬：《序》，计东《改亭诗集》卷首，清乾隆十三年计琰读书乐园刻本。
④ （清）王廷扬：《序》，计东《改亭诗集》卷首，清乾隆十三年计琰读书乐园刻本。
⑤ （清）王廷扬：《序》，计东《改亭诗集》卷首，清乾隆十三年计琰读书乐园刻本。
⑥ （清）周春：《耄余诗话》卷十，清抄本。
⑦ （清）孙原湘：《天真阁集》卷四十五，清嘉庆五年刻增修本。

张文贞、李文贞、陆清献、朱竹垞、潘次耕诸同人。"① 这种评价直至晚清乃至民国时期,如张廷济大赞计东"经世文章动帝乡"②。时贤、后人对除了侯方域、汪琬、魏禧三家外,对清初古文家的名次排列可谓见仁见智,而计东亦能在大多数情况下屡屡被提及,立于此间而颇受肯定,由此我们可以认定,在清人眼中,计东被视为与当时著名古文家魏禧、汪琬、方苞等人不相伯仲者,其古文成就与文坛地位也是较有分量的。综上,足见计东古文在当时乃至后来的地位、影响和价值之所在,值得予以关注和探究。

此外,清人对计东古文成就的接纳和认可也可从选本角度得到证明。出身桐城派的姚椿依姚鼐《古文辞类纂》体例编纂《国朝文录》,甄选文章自然以当时大盛一时的桐城派古文为圭臬,选文以陆陇其、汪琬、方苞、刘大櫆、姚鼐等诸家为多,别派亦有收录,并不坚守门户之见。该集选计文3卷共23篇(正、续编收录4卷者只1人:全祖望。3卷者9人:计东、陈宏绪、陈廷敬、邵长蘅、姜宸英、黄宗羲、李容陛、蓝鼎元、陈兆会。二卷者共有34人),在众古文作手中分量属中上等,足见对计文之重视。而同是桐城派的李祖陶编撰的《国朝文录续编》中选录计东"文之尤者为三卷",共24篇。该集所选各家均有小序,每篇后皆有评语,对计文评价颇高。截至此一时期,计东的古文受到了一定程度的重视和关注,而其后的关注度虽有所下降,选文数量与当时知名的古文家有些许差距,但仍受到了一定的观照,从清中晚期以降的各类文选集中可见一斑。沈粹芬等纂《国朝文汇》选计文8篇。(其中:魏禧34篇、汪琬27篇、邵长蘅24篇、朱鹤龄17篇、潘耒16篇、侯方域13篇、尤侗5篇、顾有孝1篇等)。陈兆麒纂《国朝古文所见集》收计文1篇(其中:魏禧3篇、邵长蘅3篇、姜宸英3篇、汪琬3篇等)。孙澍纂《国朝古文选本》选计文1篇(其中:方苞5篇、顾炎武5篇、邵长蘅3篇、汪琬2篇、王猷定2篇、储欣1篇、侯方域1篇等)。

---

① (清)李元度:《国朝先正事略序》,《天岳山馆文钞》卷二十六,清光绪六年刻本。
② (清)张廷济:《桂馨堂集·顺安诗草》卷三,清道光刻本。

徐斐然纂《国朝二十四家文钞》选计文6篇（其中：魏禧47篇、汪琬37篇、袁枚27篇、朱彝尊26篇、侯方域26篇、茅星来21篇、方苞20篇、姜宸英19篇、邵长蘅16篇、王猷定13篇、施闰章12篇、顾炎武12篇、李良年8篇、汤斌7篇、陆陇其7篇、储欣7篇、毛际可5篇）。由这些选本可见，计东的古文家身份得到了历代编选者的认可，其古文在有清一代确有重要的地位和价值，值得进一步关注。

除古文外，清人对计东诗歌的评价虽数量不多、关注较古文少，但仍有较高的评价，同样值得进一步关注。计东生平所作诗歌颇多，现今所知有《狂山集》《广陵集》《关塞集》《竹林集》等，惜不得传，仅余今之《改亭诗集》，乃由以上诸集删减而成。但可以肯定的是，计东诗歌在当时便已获时人认可。友人陈僖更是不吝赞美之词："吴江计甫草，天下才也。当日在词坛中，吾党有飞将军之目，其相期为吾道干城者，真不可量。世之得交甫草，亦人人以为光宠。"① 稍后的沈德潜承袭谢榛、王世贞等人的"格调"论，在清初大力倡导格调说，故对计东诗歌中表现出的对谢榛的尊尚大为赞赏，提倡应尊古、学古："王、李始推茂秦为盟长，后称眇山人而黜之，见交道之不古也，后半大为布衣吐气。予有《论诗绝句》云：'眇目山人足性灵，诗盟寒后苦飘零。后来谁吊荒坟者，只有吴江计改亭。'"② 可以说是对计东诗歌的一种关注和认可。到了乾嘉时期，对计东诗歌的关注则相对较少。陈文述将其与杜牧相比，评价颇高："花月沧桑酒一杯，文人短气剧堪哀。罪言原卫都零落，谁识樊川杜牧才。"③ 直至晚清时期的陈康祺才对计东诗歌有所评价，且是沿袭了前人的看法，认为计东等"吴江四子""计甫草东、顾茂伦有孝、潘稼堂耒、吴汉槎兆骞，皆吴江人，皆以诗笔雄视当世"④。由此可以看出，计东虽以文闻名于世，然诗歌在诗坛的地位亦不容忽视。可以说，清人对计东诗歌的关注不如古文，这也与其诗作多散佚、

---

① （清）陈僖：《答严侍郎书》，《燕山草堂集》卷一，清康熙刻本。
② （清）沈德潜：《清诗别裁集》卷五，清乾隆二十五年教忠堂刻本。
③ （清）陈文述：《题计改亭集》，《颐道诗外集》卷五，清嘉庆十二年刻道光增修本。
④ （清）陈康祺：《郎潜纪闻》卷八，清光绪刻本。

流传不广有关。

同样，清人对计东诗歌的接纳和认可也可从选本角度来考察一二。如清初魏宪编选的《百名家诗选》是当代人选当代诗的代表之一，影响颇大，其中选计诗12首，与当时著名诗家数量不相上下。其时，计东尚在人世，而能获选家的肯定，足见其诗之价值所在。而与计东交好的王士祯在《感旧集》中选计诗仅1首，从生平交往资料看，二人关系匪浅，计东诗集还是王士祯后人出资刊刻而成的，但计诗只入选1首颇令人费解。稍后的沈德潜《清诗别裁集》则选计诗5首。而晚清的徐世昌《晚晴簃诗汇》亦选计诗5首。总体来说，清人选本对计诗的关注总体呈平稳趋势，所选计诗虽不多，但已在一定程度上体现了清人对其诗歌的关注和认可，有值得后人研究的价值和挖掘的空间。

2. 阐发计东古文、诗歌特色

清人从不同的视角和维度对计东古文的特色做了精到而深刻的阐释。顺康时期，在统治者文治政策的引导之下，"清真雅正"的审美风尚正逐步成为诗、词、文创作的主流之一，而计东入清后多次参加科考，热衷于功名，对当朝文治政策的顺应也自觉或不自觉地反映在文学创作中，"醇雅"成了他的文风之一。为其出资刊刻遗集的宋荦就关注了计文醇雅的一面："故其为文，具有本原，而一出于醇正和雅。"① 注意到计东古文"醇"与"雅"的特点，此评价颇有启发性。其后，王士祯后人王廷扬亦赞其"宜诗与文醇而肆"②，除了"醇"之外，还指出其文"肆"的特点，当亦是对当时文治政策和文坛风尚的呼应。到了乾隆时期，受康熙崇尚雅正的影响，乾隆继续倡导"醇正典雅"，强调"温柔敦厚"，适度有法。在官修典籍如《（乾隆）江南通志》中则关注了计文醇雅而有法度的特点："其文醇雅有矩矱。"③ 强调为文在"醇雅"之外还要有"矩矱"，可谓

---

① （清）宋荦：《序》，计东《改亭文集》卷首，清乾隆十三年计琰读书乐园刻本。
② （清）王廷扬：《序》，计东《改亭诗集》卷首，清乾隆十三年计琰读书乐园刻本。
③ （清）黄之隽编纂，赵弘恩监修：《（乾隆）江南通志》卷一百六十五，江苏广陵书社有限公司2010年版，第2707页。

是对计文特色的官方认可。由此,"醇雅矩矱"成了计东古文最鲜明的一个特色,但实际上,官方认可的"矩矱"与王廷扬所称的"肆"是两种矛盾的风格,从官方立场来看,更为看重、着意强调的是"醇雅""矩矱"一类符合儒家"温柔敦厚"的传统文学审美。此外,李祖陶作为桐城派的成员,自然对桐城一脉推崇异常,从其编纂《国朝文录》便可见一斑,对同样受归有光滋养和熏陶的计东也表现出非同寻常的赞扬和称许,认为计文"行文善于摆脱,高洁不群"[①],处于归有光一派又能自成气象。综上来说,同时代的友人、后世的文人学者等对计东其人、其文的评价多是合乎其实的,比较中允,然评价者皆是基于不同的身份、立场来评析计文,未尝不存在评价失当的情况,如宋荦等人将计东的散文看成汪琬的附庸、官修书籍忽视计东古文"肆"的一面等,都是没有真正把握计东古文特色的明证。

顺康时期,一些不愿出仕的遗民、科考不得志的士人等多选择入幕作为立身之计,计东便是其中之一。友人汪琬认为计东的散文便得益于他多年四处游食的经历,得江山之助,指出"好游而益工"[②] 是其古文的特点之一。徐乾学则注意到计东因科考、游食坎壈不得志而形成的不平之气于文多有展露:"夫计子之名自以其才之不竟用于世也,往往多牢落不平,且见于其文者有之。"[③] 董以宁也同样关注到了这一点,认为计东行文浩博、雄放、疏爽,与苏轼如行云流水的文风有异曲同工之妙:"当其得意疾书,如平原大陆之一望而不可拘也,如长江大川之直下而不可御也,如惊雷闪电之忽至而不可测也。"[④] 更精到地阐发了计东古文"以气胜"的特色:"甫草以气胜。"[⑤]

---

① (清)李祖陶:《改亭集文录引》,《国朝文录续编》,《续修四库全书》集部第 1671 册,第 95 页。
② (清)汪琬:《计甫草中州集序》,《钝翁前后类稿》文稿十七,载李圣华笺校《汪琬全集笺校(二)》,人民文学出版社 2010 年版,第 626 页。
③ (清)徐乾学:《憺园文集》卷二十一,清康熙刻冠山堂印本。
④ (清)董以宁:《计甫草文集序》,《正谊堂文集》不分卷,清康熙书林兰荪堂刻本。
⑤ (清)董以宁:《计甫草文集序》,《正谊堂文集》不分卷,清康熙书林兰荪堂刻本。

除对计东古文多作肯定外,清人也对其不足予以指摘和揭橥,友人魏禧客观、中肯地指出了计东为文的不足之处:"窃谓足下文多高论,读之爽心动魄,失在出手易而微多。"① 此论可谓一针见血,言如其实,展现了清人深邃的眼光和应有的勇气。在《与周耒论文书》中历叙清初古文家如汪琬、魏禧、姜宸英、侯方域、田兰芳、黄宗羲、王宏撰、邱维屏、邵长蘅、王猷定、计东、施闰章、李因笃、方苞等得失,认为计东古文"失之浅":"国朝文章首推苕文,《明史》诸传信擅场,惜在史局仅属分撰,若出一手如震川所云作唐一经,为汉三史者,想无愧焉。其他规模气体,议论笔述,欧曾其师法也。然近平近俗间有之,固不害其名作者。冰叔以醇而未肆目之似矣。至以醇肆之间许西溟则未敢以为然。冰叔刻画巉峭,生气勃勃,若苕文若胜,而规模又不能如其平易醇大也。朝宗浮情客气未能扫除,簏山刻画真挚不减古人,而才气纵横、笔墨洁净又似不逮朝宗。梨洲、山史亦皆铮铮。邦士雄而杂,子湘隽而溢,于一未免于浮,甫草则失之浅。愚山、天生一以学道称,一以博学闻,皆有可观,惜所见止一斑,未获睹全豹也。近得灵皋数作,似学介甫。"② 稍后的李祖陶则将计东归入归有光一派,直言其文受"唐宋派"影响之深,同时也指出计东"爱古人而薄今人,高睨大谈"③的特点。总体来看,计东之文在有清一代已多获肯定,清人对其古文之地位、特色及不足的评价是较为准确精当的,为进一步对其展开研究奠定了良好的基础。

对于计东的诗歌风格,清人也以不同的视角作了精到的阐释。时人已注意到与古文一样,计东的诗歌因好游而益工,亦不自觉地体现了其以气胜的特点。王士禛亦认为其诗"勃勃有飞扬之气"④。

---

① (清)魏禧:《答计甫草书》,载《魏叔子文集外篇》卷五,胡守仁、姚品文、王能宪校点,中华书局2003年版,第247页。

② 曹月堂主编、王树林卷主编:《中国文化世家·中州卷》,湖北教育出版社2004年版,第731页。

③ (清)李祖陶:《改亭文录序》,《国朝文录续编》,《续修四库全书》集部第1671册,第95页。

④ 王士禛辑:《渔洋山人感旧集(上)》卷十二,上海古籍出版社2014年版,第830页。

友人董说赞其"诗挟小四海,卑视万古,或鼓或罢,或泣或歌"①。而汪琬则注意到计东诗歌主题不同风格的差异:"其为道途逆旅诸作也宜,其多彷徨而凄恻。"②"其为登临怀古诸作也宜,其多幽陷而深长。"③"其为往来赠答宴饮别离诸作也宜,其多激昂沉郁而出之以顿挫。"④稍后的沈德潜则从内容层面评价其"诗不苟作,时露胸中抱负"⑤。作为沈德潜门人的袁景辂亦认为计诗"所作皆以气骨胜"⑥。这种评价一直持续到晚清,林昌彝亦认为"气"是计东诗歌中不可或缺的重要风格:"孝廉诸体俱工,余尤喜其五七律,气体浑雄,不可多得。"⑦总体来看,清人对计东诗歌的评价具有承继性,诸人观点多有交叉和重合,然仅注意到计诗风格的某一侧面,对其清丽爽朗、倜傥跌宕等诗风则未有提及,评价不够全面,但能对计东诗歌予以关注并发掘诗歌价值,在一定程度上点明了计东诗歌的重要风格,较有深度。

此外,对计东诗歌的不足,清人亦予以了客观评价。友人尤侗便明确指出计东诗合古法、爱逞才的特点:"纵横跌宕,务合古人之法,亦极其才力而后已。"⑧计东曾从汤斌讲学,又得仰事刘宗周、黄道周、张溥,探源《诗》三百篇及楚辞与汉魏诸家,论诗、学诗均主张"从古体入,若先学近体,骨必单薄,气必寒弱,材必俭陋,调必卑微"⑨,但仍未能完全摆脱明七子的余绪,清人显然未能对之予以正确评价。在名家辈出的清初诗坛,时人能于众多诗家中对计

---

① (清)董说:《计甫草诗序 癸未》,《丰草庵前集》卷二,《清代诗文集汇编》第71册。
② (清)汪琬:《计甫草中州集序》,《钝翁前后类稿》文稿十七,载李圣华笺校《汪琬全集笺校(二)》,人民文学出版社2010年版,第626页。
③ (清)汪琬:《计甫草中州集序》,《钝翁前后类稿》文稿十七,载李圣华笺校《汪琬全集笺校(二)》,人民文学出版社2010年版,第626页。
④ (清)汪琬:《计甫草中州集序》,《钝翁前后类稿》文稿十七,载李圣华笺校《汪琬全集笺校(二)》,人民文学出版社2010年版,第626页。
⑤ (清)沈德潜:《清诗别裁集》卷五,清乾隆二十五年教忠堂刻本。
⑥ (清)袁景辂:《国朝松陵诗徵》,清乾隆三十二年爱吟斋刻本。
⑦ (清)林昌彝:《射鹰楼诗话》卷二十二,清咸丰元年刻本。
⑧ (清)尤侗:《传》,计东《改亭文集》卷首,清乾隆十三年计琔读书乐园刻本。
⑨ (清)林昌彝:《衣讔山房诗集》卷七,清同治二年广州刻本。

东投以关注的目光且予以称扬肯定,虽有片面草率的评价,亦是难能可贵的。要之,清人不仅认识到计东诗歌的宗法和风格,对其在清初诗家中的地位也予以了肯定,但对计东师承的关注有失偏颇。

总之,以上诸多序跋、评点、诗文为后人研究计东的文学创作和创作理念提供了翔实的素材。总体来说,清代文献对计东的生平事迹记载虽粗率质同,但基本情况得到了保存和介绍。对计东的创作评价虽然不全面、未成系统,这些评论多是直观的、简要的话语式评价,未能深入具体作品,缺乏理性的分析与切实的评价,但也给后人研究计东乃至清初文坛提供了极富参考价值的素材。

(二) 20世纪以来研究述评

进入20世纪,有关计东的研究进入了新阶段,研究更为细化、具体化,涉及计东生平、著述的方方面面。尤其是21世纪以来的研究,出现了一系列的研究成果,然研究的不足亦并行其间,为后续研究留下了可供拓展和深化的空间。

1. 20世纪研究述评

1919年至1949年,受"五四"新文化运动的影响和西方文化思潮的冲击,明清小说研究成为一时风尚,清代诗文则少为学界研究和关注。赵尔巽自1914年开始修撰的史书《清史稿》承袭清人史料典籍对计东的相关记载,对其生平作了概括式的总结,且将之与众多古文家一同列入文苑。柳亚子作《读松陵诸前辈遗集,尚论其人,各系以诗》以组诗的形式叙写清初松陵志士才俊,其中评计东"渊源学派衍黄刘,阁部军前借箸筹。一跌可怜浑不似,只余诗笔占千秋"[①]。此外,并无太多学者对计东予以关注。

1949年至1979年这段时间,文学和政治联系日益密切,在古代文学领域,研究者多集中于研究名家名著,计东只出现在各类目录文献类资料中,有关计东的研究不受重视也是情理之中。张舜徽在《清人文集别录》(1963)中称其"在清初诸文家中,自不失为才气

---

① 中国革命博物馆编:《磨剑室诗词集(上)》,上海人民出版社1985年版,第52页。

纵横之士"①。邓之诚在《清诗纪事初编》（1965）中称"其文凌厉直前，略近眉山，与琬文颇不类，顾于钱谦益盛所推许"②。这些学者的评价仍是传统的零散、点评式的，于深入研究价值有限。自20世纪80年代开始，文学研究出现新的热潮和转机，明清文学研究日益受到重视，在此背景下，计东也逐渐引起学界的研究兴趣。袁行云在《清人诗集叙录》中深入具体作品，指出计东诗作"含音激楚""皆有风致""只合利钝互陈"③的特点，同时也点明计东虽主张学古体、宗唐黜宋，仍"不脱明七子余绪"④之弊。

这一时期，清诗受到了学界的重视，然与其他领域相比，有影响的研究著作寥寥无几，但还是有相当学术分量和价值的断代史专著问世。如1992年出版的朱则杰《清诗史》、1995年出版的刘世南《清诗流派史》、1998年出版的严迪昌《清诗史》和1999年出版的张健《清代诗学研究》等。严迪昌《清诗史》中多次出现计东，多是附于他人而出现。如在《王苹》一节中引用了计东《百尺梧桐阁集序》，赞计东序中对汪琬和王士禛交往的状态为"既准确又很深切"⑤。值得注意的是，在《王士禛主盟诗界的时间考辨》一节将计东定义为遗民诗老："遗民诗老中……计东已病故五年。"⑥然计东入清后多次参与科举考试，且取得了功名，将之划入"遗民"恐不甚恰当，但称之为"诗老"当是对计东诗歌的一种肯定。刘世南在《清诗流派史》中则仅在有关吴兆骞的篇章中对计东一笔带过，然计东与吴兆骞实为生死之交，实应深入挖掘，这一点得到一些学者的关注。如1993年高亢在《吴兆骞年谱》⑦中梳理了吴兆骞与计东的交往，为后世研究者提供了翔实的参考资料。此外，1994年漆绪邦《中国散文通史》（下）第八卷清代散文第三章"康雍散文"第二节

---

① 张舜徽：《清人文集别录》，华中师范大学出版社2004年版，第70页。
② 邓之诚：《清诗纪事初编（上）》，上海古籍出版社2013年版，第378页。
③ 袁行云：《清人诗集叙录》，文化艺术出版社1994年版，第245页。
④ 袁行云：《清人诗集叙录》，文化艺术出版社1994年版，第246页。
⑤ 严迪昌：《清诗史（上册）》，浙江古籍出版社2002年版，第490页。
⑥ 严迪昌：《清诗史（上册）》，浙江古籍出版社2002年版，第450页。
⑦ 高亢：《吴兆骞年谱》，《承德民族师专学报》（社会科学版）1993年第1期。

"姜宸英、计东、邵长蘅、廖燕"中对计东的散文予以了肯定："'好游而益工',是计东散文的一个特点。他生活于清朝初年,加上他的怀才不遇,在游历交往中,不免会有苍凉不平、幽远深长之思。加上他的阅历较深,见闻较广,因而不少文章都写得富有情致。"并以《颖州菊花记》为例,认为"此文清通雅训,叙事描写,议论考订,娓娓道来,井然有序。宋荦认为计东的散文'醇正和雅',从文字表达上看,这是不错的"①,赞许宋荦的说法,对计东的散文风格表示了肯定。

总体来说,20世纪近百年的时间里,计东还只是其他研究的附带成果,学界未出现较有价值的学术论文和专著,但关于计东的研究已处于起步阶段,为后世研究奠定了基础。

2. 21世纪以来研究述评

21世纪以来,计东日益得到学者的关注,研究状况呈现向上趋势。检视学界近20年来的研究成果,相关论文共计10余篇,硕士论文2篇,尚未出现博士论文和专著。2002年出版的《续修四库全书》率先收录了《改亭诗集》和《改亭文集》清乾隆十三年计璸刻本的影印本,为计东研究提供了文献基础。2010年出版的《清代诗文集汇编》也予以了收录。综观目前已发表的论文和著作可以发现,研究的重点主要围绕计东的生平、诗歌、古文、交游情况等展开,内容与观点有一定的交叉,多是从传统的文本分析着手,视野囿于计东其人其作,存在一定的局限性。

散文方面,张则桐《计东与康熙初年文风》② 是第一篇关注计东古文且价值较高的专论论文。作者将计东立于康熙文坛当中,认为他是有目的、有意识地以古文为中心展开他的文学交游和文学创作的,与清初擅长古文的作家如汪琬、魏禧、姜宸英等人建立了深厚的友谊,并且就古文创作的某些问题展开了深入的探讨,且认为计东转向古文的志趣是康熙初年江南文人的代表,具有普遍性意义。

---

① 漆绪邦:《中国散文通史》(增订本下),首都师范大学出版社2014年版,第295页。
② 张则桐:《计东与康熙初年文风》,《古典文献研究》2010年第6期。

该文立论较高且学术视野开阔，富有前瞻性，在一定程度上揭示了计东古文与康熙初年文风的关系，且认为计东应是可入散文史的作家，为后续研究计东古文奠定了良好的基础。

在计东的文学创作构成中，普遍认为文比诗更有价值和意义。但从目前的研究成果看，诗比文更受关注，成果也相对较多。诗歌方面，周雪根《计东诗歌浅析》① 可以说是第一个对计东诗歌进行深入关注和阐释的专篇论文，作者结合计东的身世、经历，把其诗歌特点分成"哀伤于落拓不偶，悲冤于士子不遇""真性情""幽凄与壮美并重"② 三个层面展开分析，做到了知人论世，且认为在其文、赠答诗中能见出有一定价值的诗学理论，颇有见地，惜未展开探讨，亦未对计东诗歌的总体艺术风貌作出客观评价，过于浅显。周雪根的博士论文《清代吴江诗歌研究》③ 在《吴兆骞与计东》一章对计东的生平、诗歌创作作了详细论述，认为其诗歌有"悲冤哀伤之情"和"凄厉雄壮之美"两大特色，此论沿袭了其一贯的观点，只关注了计东诗歌风格的某些侧面，尚不全面。

交游方面，辛丽文的博士论文《汪琬交游考述》④ 考证了汪琬与计东的交往。黄建军《宋荦与康熙文学交往考论》⑤ 对宋荦与计东的交往作了总结。周雪根《清代吴江诗歌研究》⑥ 对吴兆骞和计东的交游展开了探析。杜广学《姜宸英研究》⑦ 考证了姜宸英和计东的交往情况，且详细分析了姜、计二人得以维系真挚友谊的缘由。以上诸篇皆是将计东作为依附来展开，未将目光主要集中在计东身上，论述比较笼统。

其他方面，如李忠明《计东〈上太仓吴祭酒书〉涉及的若干史

---

① 周雪根：《计东诗歌浅析》，《作家杂志》2008 年第 8 期。
② 周雪根：《计东诗歌浅析》，《作家杂志》2008 年第 8 期。
③ 周雪根：《清代吴江诗歌研究》，博士学位论文，苏州大学，2010 年。
④ 辛丽文：《汪琬交游考述》，博士学位论文，广西师范大学，2010 年。
⑤ 黄建军：《宋荦与康熙文学交往考论》，《湖北民族学院学报》（哲学社会科学版）2010 年第 6 期。
⑥ 周雪根：《清代吴江诗歌研究》，博士学位论文，苏州大学，2010 年。
⑦ 杜广学：《姜宸英研究》，博士学位论文，黑龙江大学，2016 年。

实考证》①对计东的《上太仓吴祭酒书》《又上太仓吴祭酒书》所涉及的复社之事进行了考证,认为其对吴伟业之批评不甚合理,且其对复社地位、价值、历史影响的认识远不如吴伟业。此外,李洁非《计东尺牍读感》②对计东的《与周鹿峰书》展开论述,探讨了用才的问题,价值不高。

值得注意的是,近几年出现了两部计东研究的专论论文。一是邹瑜的硕士论文《计东年谱》③,对计东生平进行了编年,对了解计东一生行迹有重要的参考价值,但其中有很多粗疏、讹误之处尚待后来者予以纠正厘清。二是姜盼的硕士论文《计东诗文研究》④,是目前计东研究最全面的专论论文。作者对计东的生平做了详细的考证,弥补了前人研究的不足,但有关计东家世、师学传承等问题仍有可挖掘考量的空间。交游部分主要关注了汪琬、吴兆骞、王士禛、施闰章、尤侗等文坛名家,从交往地域和交往群体双重标准来揭示计东性格的复杂性,但对其交往对象来说仅为冰山一角,还不够全面。诗文创作则在承袭前人的基础上对创作题材和艺术特色展开了分析和探讨,未能揭示计东诗文尤其是古文在清初文坛的价值和地位,囿于篇幅和时间限制,还存在着不同程度的缺憾,计东其人其作的诸多问题均有待深入探究。至此,计东研究才有了实质性进展。

计东古文在清初颇有文名,然长期以来流行的文学史和散文史著作却少有提及。历年编著的文学史教材,对计东少有重视。袁行霈主编《中国文学史》(2003)、刘大杰《中国文学发展史》(2006)、章培恒等《中国文学史新著》(2007)均未提及。古文专史中情况稍好,除漆绪邦《中国散文通史》(1994)对计东的散文予以肯定外,郭预衡《中国散文史》中多次提及计东,认为计东和友人宋荦相互推重,"总结前明'文衰'之弊,批评'七子',颂扬

---

① 李忠明:《计东〈上太仓吴祭酒书〉涉及的若干史实考证》,《南京师范大学文学院学报》2008年第4期。
② 李洁非:《计东尺牍读感》,《文化月刊》1997年第7期。
③ 邹瑜:《计东年谱》,硕士学位论文,上海财经大学,2011年。
④ 姜盼:《计东诗文研究》,硕士学位论文,黑龙江大学,2015年。

归、唐，取法欧、曾"①。还认为："在这时期，还有一些作者，如毛先舒、计东、陈维崧、姜宸英、施闰章和朱彝尊等，为文立论，亦多似儒者，已有此后盛世之文的特色。"② 肯定了计东等人在清初古文风向转变中的承接地位，却仍旧没有专门的篇章。

综上，即使已有文章对计东生平、诗歌、散文等做了研究，但尚有诸多薄弱之处，依然存在可研究的空间和价值。

（三）计东研究亟待拓展的路径

综观三百余年来关于计东研究的情况，在有了一定推进的同时，依然存在诸多问题：计东的重要性未得到认可，难以形成共识；生平仍有须待辨析的疑点和空白点；散文成就待肯定；诗歌研究存在偏颇；诗文集尚待整理等。

其一，家学与师友。家学与师友两层关系对文士产生着重要影响，相互交织。吴江为诗人渊薮，家学与师友双重影响的情况是普遍存在的。家学与师承的关系，在计东身上得到较好的体现。其家数代皆以诗名，叔祖计需亭，从祖计大章，父计名，子计默、准，孙计元坊，从孙计璸等都能传承家学。他又曾师事刘宗周、黄道周、张溥、汪琬、曹本荣、王崇简、宋之绳，又与王士禛、陈维崧、徐作肃、宋实颖、宋荦、魏禧、刘体仁等交最善，与同里顾有孝、潘耒、吴兆骞并称"松陵四子"。目前的研究大多集中在汪琬、吴兆骞、王士禛、尤侗、施闰章等较为知名的人物，而计东游走南北二十余年，"纵游四方，自京师北走宣、云，南历漳、沼、邢、魏，东之济、兖，览山川之形胜，所至交其贤士大夫，相与投分赠言而去"③。就《改亭集》中所涉及的人物就不在百人之下，其交游所涉人物之多、范围之广，均有待进一步研究。有关计东的交游研究多流于常见文献中的诗文唱和，家学、姻亲与师友的深度与广度挖掘

---

① 郭预衡：《中国散文史（下）》，上海古籍出版社2000年版，第337页。
② 郭预衡：《中国散文史（下）》，上海古籍出版社2000年版，第423页。
③ （清）尤侗：《传》，计东《改亭文集》卷首，清乾隆十三年计璸读书乐园刻本。

不够，对与计东相关人物的应答作序、书信往来等基础文献的搜集梳理还有待进一步发掘，而这些文献对计东研究有着不可替代的价值。

其二，结社与奏销案。顺治十八年（1661），清廷发动奏销案，对全国逋欠钱粮的绅衿地主大加惩处，"特当时以故明海上之师，激怒于南方人心之未尽帖服，假大狱以示威，又牵连逆案以成狱"①。江南绅衿一万三千余人，计东、吴伟业、邵长蘅、顾予咸、汪琬、徐乾学、徐元文、钱陆灿、秦松龄、宋实颖、曹尔堪、彭孙遹、董含、董俞、王昊、邹祗谟等都在此案中罹罪。计东自明代起便一直参与各类结社活动，入清仍热衷于此，他在奏销案中获罪与此有莫大关联，故结社与奏销案之关联值得深入探析。可以说，奏销案是计东人生的重要转折点。他在遭受奏销案打击后便放弃科考，转向古文写作而成就突出，在四方奔走、授经游食过程中开阔了眼界，加深了对社会和人生的认识，不幸的遭遇和丰富的阅历为他的诗文创作提供了充实的素材和多维的情思，古文创作有了坚实的生活基础。以计东为代表的江南士人的经历和写作转向给清初古文创作注入了生气和活力，从而推动了古文的繁荣。因此，以奏销案为节点，分析计东前后的心理状态、人生选择和文学活动有重要的意义。

其三，诗文创作。目前有关计东诗文研究的成果多限于文本层面的内容、思想、特色分析，未能突破个体研究的藩篱，充分地将计东的诗文创作与当时的诗文家、文学流派、诗歌流派，如汪琬、魏禧、姜宸英等清初散文名家，吴伟业、王士禛、施闰章等诗坛名家联系起来，进而深入地探究其内在的异同、讨论各自的得失渊源，关于计东诗文的时代特定性也有待进一步进行考察。计东的诗文观念深受当时诗文风尚的影响，作品中有诸多与当时的诗文名家的文艺切磋和探讨，有许多独到的学术见解和文艺思想，涉及当时文学、学术、文化、思想等多方面，值得深入探析。而他罹罪奏销案和游历南北的经历也促使他的诗文理论和创作突破了欧阳修、归有光一

---

① 孟森：《心史丛刊》，辽宁教育出版社1998年版，第1页。

系的范围,自立新"境"。总之,计东的人生经历和古文创作展示了清初散文演变的另一个被湮没的路径,其散文史的价值尚待深入探究。而目今研究亦尚未将计东的诗歌置于清初诗坛的发展历程中,缺乏文学史纵深的观照和眼光。

其四,思子亭。计东长子准聪慧过人,号称"神童",年十六而逝。计东十分悲痛,故筑"思子亭"以寄哀思,刊刻计准遗文,并遍邀好友作序、题跋、写诗。聘妻宋实颖女宋景昭在计准去世时年仅十三岁,为之守节数年,"后闻有求婚者,遂不食死"①,与计准合葬。当时及后人为二人赋诗、作文者众多,目前所知有:董以宁、金之俊、雷士俊、冒襄、魏禧、汪琬、尤侗、归庄、秦松龄等。明清时期,常有文人就某一主题进行诗文征集,如孙默以"归黄山"为主题而征集诗文②,袁骏为旌节母而集的《霜哺篇》③等,多是出于功利目的或祈求提升声名。而计东以"思子"为主题所进行的诗文征集活动则与之不同,多是出于对爱子的不舍和怀念。从现存诗文作品看,计东对长子计准的早逝十分哀痛,这种感情真挚深刻,持续了十余年之久,他也因过于悲痛而身染重病去世。计东征集诗文所请者多为当时的诗文名家,这类诗文征集活动无论是出于何种目的而进行的,都值得去探究其背后的目的和意义,还原当时文人间的交往生态。

其五,诗文集版本。计东诗文集目前还没有点校本,亟待搜集整理,现存著述有:崇祯十七年计氏枕戈堂刻本《不共书》4卷,康熙五年刻本《甫里集》6卷,康熙四十七年刻本《改亭诗集》6卷,康熙福清魏氏枕江堂刻皇清百名家诗本《计甫草诗》1卷,而乾隆十三年读书乐园版《改亭诗文集》则是计东从孙璜将以上诸集删改而成。而目前有关计东的研究多是仅限于《改亭诗文集》。而现藏于国家图书馆的《不共书》和《甫里集》与《改亭诗文集》有何

---

① (清)冯桂芬:《(同治)苏州府志》卷一百三十一,清光绪九年刊本。
② 杜桂萍:《"名士牙行"与清初"赠送之文"的繁荣——以袁骏、孙默征集活动为中心的考察》,《求是学刊》2016年第5期。
③ 杜桂萍:《袁骏〈霜哺篇〉与清初文学生态》,《文学评论》2010年第5期。

异同尚未有对比分析。国图藏《不共书》抄本4卷，有清江标批点并跋，收录了计东自崇祯十五年十月以来所作《筹南论》，纵论明朝东南形势及攻守策略，实为先灼之见。此版本中称明太祖为"高皇帝"，且对列宗、洪武等处均抬头，对清则称"奴酋""虏骑""胡马"等，而在《改亭诗文集》中，各论皆已删节，忌字也多改易，足见此版之弥足珍贵。而国图所藏《甫里集》中目录和正文不统一，在《改亭文集》中也有同有异。有些在《甫里集》中有目无文，却存于《改亭文集》，应是流传中遗失之故。《甫里集》目录显示有68篇文，而正文则仅存有26篇，《改亭文集》则收录了其中的43篇，且《甫里集》目录、正文和《改亭文集》的标题也有所不同，内容也有所删改。该集卷首有王崇简书及汪琬序。而正文则有王崇简、王士禛、汪琬、宋实颖、魏裔介、陈祚明、屈大均、徐作肃、姜宸英、刘体仁等名家的批注和点评，其中尤以王士禛最多。这些批注和评点是当时散文名家学术思想和观点的交锋与荟萃，实为珍贵的学术史料，值得深入探究。此外，计东诗文集版本情况尚未厘清，目前尚未有点校本，亟待详加搜集整理。

以上梳理了三百余年来计东研究的成果，进一步的研究可以计东为对象，考证和梳理其家世、生平、师学传承等，对其独特的游食经历所折射出的清初文人生存状态、南北文风交流所起的绾结、纽带作用予以探究，并分析和还原奏销案给江南文人的人生轨迹、文学创作带来的冲击和影响，从而强化对清初江南乃至整个文坛生态的认知。因此，有关计东的进一步研究可基于以下几点进行考量。

其一，计东独特的生活经历值得研究。明朝危亡时，计东是一位热切关心时局国势的文人，入清后迫于生计，屡次参加科考。顺治十八年（1661）的奏销案起对他的一生产生了重要影响。他本人被褫革举人身份，同时以计东为代表的江南文人因奏销案罹罪后在心态、人生选择、文学创作上都发生了不同程度的改变，这对了解当时的政治环境、文人的心态、生存状况、文学创作等有重要的价值和意义。

其二，计东在考取功名无望后，为了生计不得不选择四处奔波游食，而这是当时很多文人的选择。他的游食经历可以说是清初士人生存状态的一个缩影，透过他可以检视当时文人的文学活动和生存境况的真实面目，借此了解明清之际的文学生态以及这类文学活动或现象繁盛的多种动因和生成力量，可对文人生存和文学生成的关系予以一定的剖析和解读。

其三，计东诗文的价值和地位须待重新考量。计东古文生前便已深获时誉，而在近现代各类文学史、散文史中则少受重视，其人其文的价值和地位均被低估，其诗亦然。计东在世时便被时人誉为"松陵四子"之一，而与之并称的吴兆骞、潘耒、顾有孝均是吴中地区著名文人，且以诗闻名，计东能立于其间，足见其诗之价值所在。故计东的诗与文的价值和地位均须重新考量和定位。

其四，计东古文创作活动是清初南北文风交融影响下的典型映照。计东一生行迹遍及南北，在北京、扬州、河南以及家乡吴江等地与全国的能文之士如汪琬、魏禧、姜宸英、董以宁、陈维崧、王士禛、徐乾学、周亮工、宋荦等往还，其文学活动可以看出清初文坛大背景下南北文风的交流和融通。

总而言之，计东研究还缺乏整体性的观照，尚未将其创作置身于空间的历史性与时间的时代性相结合的视野下，彰显其作为诗人、古文家身份的创作特征、创作成就及其在诗歌史、古文史乃至文学史上的地位，从基本的文献整理到进一步的学术探索都有很多研究工作要做。

二 研究过程中的主要问题、难点和解决方法

本书撰写面临的主要问题、难点如下所示。

其一，相关文献的搜集和整理。计东生前著述颇丰，今存之《改亭集》是其后人将《狂山集》《广陵集》《关塞集》《竹林集》《不共书》等诸集删减而成，尚未出现点校本。其中《不共书》藏于国图，而其余诸集是否存世须待走访全国各大收藏机构搜求，而部分收藏机构尚未对外开放。此外，计东一生交游广泛，所涉不下

数十位，相关诗文集浩繁庞杂。这些都给当下研究带来了一定的困难。

其二，历史定位。计东作品丰富，时人对其诗其文评价甚高。然而，长期以来学界对计东的关注不够，现有各种版本清代文学史中，对计东提及甚少。因而，对计东进行全面研究，指明其在文学史上的贡献和影响，如何客观、准确地阐释其在清代文学史上的地位是本书的难点所在。

其三，部分整合，难以统筹兼顾。本书在研究方法上，努力坚持文献、文本、文化三者结合的整体研究思路，从士人心态、文学生态、地域、家族等视角切入具体研究，头绪纷繁，难免顾此失彼。

解决办法：

其一，文献方面：继续多方访查，以求"竭泽而渔"，最大限度地占有第一手资料。

其二，研究方面：宏观与微观相结合。在总结明末清初遗民文化生态境遇的基础上去阐释计东文学创作的意义与价值，既注意到整体环境对其影响，又注重挖掘计东自身的不同风貌。

其三，学风方面：认真，细致，勤奋；勤与导师交流，以便及时得到指正，避免走弯路。

第一章　计东家世、生平行迹考论

计东，字甫草，号改亭，江苏吴江（今江苏省吴江县盛泽镇茅塔村）人。清初著名古文家、诗人。他"以诗笔雄视当世"①，与当时吴中著名文人吴兆骞、潘耒、顾有孝并称"松陵四子"；一生为衣食奔走，郁郁不得志，行迹遍及南北，古文亦因"好游而益工"②。他和吴伟业、汪琬、王时敏、吴兆宽、彭孙遹、宋实颖、宋德宜等人一样，是奏销案影响下个人心态、人生轨迹、文学创作等方面发生不同程度转变的江南文人代表，而其长达十余年的独特游食经历又折射出清初文人真实的生存状态。本章将详细考察计东家族世系情况，并以其人生中的重要事件明朝灭亡（1644）和奏销案发（1661）为节点进行划分，正好对应他人生的重要时期，来勾勒其生平事迹、剖析其心路历程，并在此基础上以问题为中心，结合相关文献资料，考辨其生平中存在的诸多存疑和舛误之处，力图还原一个清晰而丰满的文人计东形象，再现明清易代之际非仕非隐的士人群体生存状况之艰难曲折。

第一节　家世与家学考

在中国传统文化中，"家"一直是最重要的关键词之一。由家而

---

① （清）陈康祺：《郎潜纪闻》卷八，清光绪刻本。
② （清）汪琬：《计甫草中州集序》，《钝翁前后类稿》文稿十七，载李圣华笺校《汪琬全集笺校（二）》，人民文学出版社2010年版，第626页。

国乃至天下，一体共生，家族的兴衰荣辱与朝代的政治、经济、文化等息息相关，而同时，世家望族更能影响一时一地的文化思潮，乃至文学生态。那么，相较世家望族而言，那些综合实力一般的文化世家，得以流传数十世，一定有其赖以延绵存续之因法和维系家族的纽带。兹以计氏一族为中心，详细考察其世系传承和家学渊源情况，探究计氏族人如何秉持"努力振衰宗"的宗旨，为振兴计氏一族所做的种种尝试和努力，进而再现江南文化读书之家的真实面貌与清初的文学生态。

一 家世：京兆世泽长，越国家声远

计氏为稀姓，考其姓源有三。① 计东这一支的始祖则是春秋时期的计然，以辛姓所改，是京兆计氏开基之祖。计然祖先本为夏启之后，封于辛，以封地为姓，后为晋国贵族公子。计然（公元前550年—？）本姓辛，名钘，字季默，号文子。姒赵氏、李氏。葵丘濮上（今河南省商丘市民权县）人，春秋时越国谋士、学者、经济学家，为老子弟子、范蠡师，曾授范蠡七计。范蠡辅佐越王勾践，用其五计而灭吴国，以辅佐有功，赐姓为计，终居会稽计筹山（在今浙江省武康县东南）。计然甚有识人之明，曾预言勾践"长颈乌喙，可与同患难，不可与同安乐"②，后果应验。一生潜心于学，博学善计算，著有《文子》《七策》等，也由此为计氏一族文化读书世家奠定了基础。对于始祖计然，后世子孙时时追忆感念，颂咏其不世功勋。浮梁松公支《计氏宗谱·计然像赞》："经纬兼管乐，才略过萧张。十策兴南越，功垂万古长。"东浙《计氏宗谱·计然像赞》："更辛为计，晋国之裔。鸱夷来师，献策匡济。亡吴霸越，陶公皆

---

① 1. 源自姒姓，是禹的后代，以封国为姓。夏商时有计国（在今山东胶县西南），是夏禹后人的封国，计国被周人灭后，禹的后人就以封国名命姓，遂成计氏。2. 出自少昊金天氏，形成于西周初，系以地名命姓。周武王封少昊之后于莒，建都于计斤（在今山东胶县西南），即《左传》中所说的"介根"。莒国公族的后裔，以祖上建都地名命姓，成为计姓的又一支。3. 为他姓所改。《通志·氏族略》载："辛氏改为计氏。"参见赵凡禹、孙豆豆编《中华姓氏大典》，新世界出版社2011年版，第159页。

② （宋）林之奇：《尚书全解·微子》卷二十一，清文渊阁四库全书本。

逝。卓乎一时，翙翙世系。"计东尝有诗云，"吴兴诸名山，越皆赐姓计。披图羡丽农，慨然念先世"①，还曾"上陶朱公书，自称世通家，索其始祖计然《七策》，以为致富之方"②。计光炘以"永安计氏砖"③遍征诗文，追念先祖计然。

此计氏一支自始祖计然起便官宦辈出，成为绵延千百年的仕宦家族，官至公侯者大有人在。计东七世祖计泰中（公元前405年—？），淮泗侯，东周威烈王时人；十世祖计椿（公元前209—？），京兆令，秦朝人；十五世祖计琬（公元前73—？），中书侍郎，汉初人；二十一世祖计仲（108—？），醴陵侯，汉安帝时人；二十九世祖计祖谦（324—？），散骑常侍，东晋明帝时人；三十七世祖计憺（521—？），中书侍郎，梁武帝时人；四十一世祖计敬（589—？），黎阳伯，隋文帝时人；四十六世祖计彦锺（768—？），太守，唐代宗时人；五十世祖计伸（853—？），散骑常侍，唐宣宗时人。④

至北宋时，计氏五十余世以来都以诗礼传家，仕宦显赫。然而，据计东考其《家乘》言，自"靖康之难"宋高宗南渡后，计氏一族便遭遇危机，日渐式微。幸得族人秦国夫人计氏之力，后代子孙方得闻于世。秦国夫人计氏，宋神宗时名臣张咸⑤妻，节孝两全，教子有方，勉子张浚为南宋良相，教导其孙张拭成为当世大儒，终以子贵，封秦国夫人："秦国能诵其夫张咸制科对策之语，勉其子张浚为良相，教其孙拭为大儒，称南轩先生。"⑥夫家显贵，秦国夫人亦未

---

① （清）计东：《题黄复仲画册二首》，《改亭诗集》卷一，清乾隆十三年计瑸读书乐园刻本。
② （清）尤侗：《传》，计东《改亭文集》卷首，清乾隆十三年计瑸读书乐园刻本。
③ 砖九字曰："永安六年七月计氏造。"以汉虑俿尺度之长尺有六寸半，纵五分之二，砖出湖州武康县之计筹山，即古禺山，海宁僧六舟得之，以赠计君二田，以为是计氏之所作也。参见（清）张鉴《冬青馆乙集》文集卷三，《清代诗文集汇编》第490册。
④ 摘自浮梁《计氏宗谱》，2017丁酉年重修本。
⑤ 张咸，字君说，号汉源，汉州绵竹人。宋神宗元丰二年（1079）举进士，官宣德郎，签书剑南西川节度判官，因考中"贤良方正"和"能言直谏"两科被称为"张贤良"，以子贵赠太师、封雍国公，配计氏、任氏、赵氏。
⑥ （清）计东：《姑吴孺人传》，《改亭文集》卷十三，清乾隆十三年计瑸读书乐园刻本。

忘母族，征君计有功①、御史计衡②等，皆得其提携帮扶，计氏后裔无不感念称颂秦国夫人："又以其余力及其族子计有功为征君，以著述显于世。计衡为真御史，以直谏显于朝。迄于今五百年。而计氏之裔孙，相与颂秦国之遗泽不衰。"③ 多赖秦国夫人的恩惠，计氏又得以再次复兴，直至明末，都代有闻人。

计东六十世祖计簧（1159—1221），宋绍熙元年（1190）进士，初任德安府司户参军、筠州新昌县尉、夔州路转运司等。嘉定十二年（1219）封奉议郎，出任宁国府泾县县令。六十三世祖计初（1272—1322），入元由太保府掾史，授承事郎，知赣州路宁都州事。六十七世祖计澄（1396—1461），明永乐甲辰（1424）进士，历任浙江永康县令、山东商河县令，正统三年（1438）拜山西道监察御史，后拜云南道监察御史，左迁庐州府推官，寻升楚雄知府，复升广西按察使。六十八世祖计昌（1428—?），明天顺元年（1457）进士，历任山东武定知州、山西潞州知州、湖北德安知府。六十八世祖计礼（1431—?），明天顺六年（1462）江西解元，天顺八年（1464）进士，授南京刑部主事。

从历代祖先看，计氏一族传家，或以耕，或以读，或以贾，然仍像其他文化世家一样，以读书制举为重，且成绩斐然，这与其深厚的家族文化传统是分不开的。他们早已意识到，重视教育和科第绵长方是保持家族长盛不衰的不二法门。自宋高宗南渡后，计氏子孙四散而居，然仍以科举为重，江西、广东的支裔科名最盛，而吴江计东一支为大宗，人丁最旺："我家为希姓，宗族鲜少，然自宋绍兴中南渡后，子孙散处南方者，科名相望，江右、粤西为盛，蜀、

---

① 计有功，五十九世祖，字敏夫，号锦江，晚灌园居士，安仁（今属湖南）人。宣和三年（1121）进士，绍兴五年（1135）知简州。历任成都府路提刑、知眉州、利州路转运判官等职。绍兴三十一年（1161），以直秘阁知嘉州。曾搜集唐代文献及传说之诗歌逸事，汇成《唐诗纪事》行于世，对后代研究唐代诗人及诗歌的发展有重要参考价值。

② 计衡，五十九世祖，字致平，江西浮梁县人。绍兴三十二年（1162）进士。历徽州教授、淮西安抚干办主管、国子博士、监察御史、国子司业。博洽强毅，居官多善政。死之日，家无余资，得誉"清白吏"。

③ （清）计东：《姑吴孺人传》，《改亭文集》卷十三，清乾隆十三年计琐读书乐园刻本。

吴、浙次之，然皆以我吴江为大宗。"① 计东一支始迁江苏溪阳时间不详，始迁祖为无辩先生（名讳不详），自五世祖计廷元（名讳未详）起世籍吴江，至计东辈已十一世，子姓四百余人，聚族而居，经商、耕读不一，远不过三四里内："我家子姓十一传，今四百余人，或以耕，或以读，独吾兄圣初以贾。"②

据目前所知，至少自计东祖父起，便已迁居吴江县盛泽镇茅塔村，或许时间更早。此地在吴江县西南，毗邻浙江，已有两千余年历史。吴江县下属的嘉兴、盛泽、秀水诸镇互相接壤，两地居民混居。自明清以来，常有盛泽人在户籍上以秀水或嘉兴籍自居。计东便在入贡和中举时报籍为"秀水"，而实系盛泽籍："计东，秀水籍见举人，拔贡俱十一年。"③ "计东，秀水籍，顺天中式。"④ 明嘉靖年间，盛泽居民渐多，以绸绫为市，成为有名的丝绸之府，有"日出万绸，衣被天下"之称，入市交易日逾万金，"其间川流回环，烟火稠密。四方商旅云樯风帆相望至此，号为巨镇"⑤。此镇向以崇文重教、文化昌盛闻名，书院、义塾齐备。人文蔚起、科名相望、物产丰饶、商旅云集，这些应是计氏一族定居于此的重要因素。

诚如计东所言，计氏一族"自宋南渡后，子姓之仕宦为台阁，散处江东西、浙东西数郡间，不可悉数"⑥。此支计氏仍世代多富且贵，或制举或耕作，少数人从商。而据计东祖父曾为国学生、父为诸生这一信息可以推测，计家仍谨承祖上举业为重的传统，由计东祖父一辈三兄弟及后代的发展便可略见一斑。

计东祖父（？—1648）生平资料阙如，名讳未详。据计东《济南名宦祠中肃拜先从祖大参公木主感赋》和《从祖需亭先生七十寿

---

① （清）计东：《圣初兄五十寿序》，《改亭文集》卷七，清乾隆十三年计璸读书乐园刻本。
② （清）计东：《圣初兄五十寿序》，《改亭文集》卷七，清乾隆十三年计璸读书乐园刻本。
③ （清）冯桂芬：《（同治）苏州府志》卷六十六，清光绪九年刊本。
④ （清）冯桂芬：《（同治）苏州府志》卷六十四，清光绪九年刊本。
⑤ （清）汪琬：《仲翁文涛墓志铭》，《钝翁续稿》卷二十六，载李圣华笺校《汪琬全集笺校（三）》，人民文学出版社2010年版，第1602页。
⑥ （清）计东：《需亭先生家庆诗序》，《改亭文集》卷七，清乾隆十三年计璸读书乐园刻本。

序》可知，其祖父辈至少有兄弟三人：除计东祖父外，另外两名兄弟一名元勋（1560—1633），一名大章（1603—1675，一说1605—1677）。据三人生卒年，加之计东以"叔祖"称计大章推测，计东祖父较计大章年长，而另二人长幼未知。然三人并非同胞兄弟：计元勋服丧期满后便于天启五年出任济南布政司右参政，可知其父计尚文①亡于天启二年（1622）左右："丁父艰，服阕，迁考功郎，升济南道。"② 而计大章为计东祖父从弟，其父于顺治十六年（1659）前后去世。由这三支日后的发展看，迁入溪阳的计氏家族已日渐没落，鲜有闻人，步入官场者更是不多。

　　三支相比，计元勋一支发展相对较好，得中进士，步入朝阁。计元勋，字冠五，号明葵，籍嘉善。嘉善虽属浙江，然与吴江接壤，步行至盛泽不过半日路程。祖父南麟公（名讳未详）对这个孙子抱有很大的期望，以"亢宗"期其能庇护宗族，光耀门楣。计元勋秉承家学，用心科举，自幼博览群书，"为文得周秦风格，诗拟晋魏，书法类钟太傅一流"③，然屡试不第，家道益落。最终在47岁时得中举人，并连登科第，次年高中进士，就此走入官场。因钦慕名臣夏原吉、刘大夏起于下层任职锻炼而成为国家柱石，遂拒就馆试，除龙溪知县。颇有善政，深得民望。父丧期满后，便被拔擢，于天启五年至六年（1625—1626）任济南布政司右参政，"胜朝德陵丙丁间，我家大参摄方伯"④，深受百姓爱戴。当时正值天启年间，魏党专权，朝局昏暗，忠臣名士都受到打击和迫害。当时"六君子之狱"正起，其中的周朝瑞、袁化中、顾大章、杨涟、左光斗、魏大中皆是计元勋同年进士，魏大中更是同乡。计元勋当时任职的济南，有小人为谄媚魏忠贤，纷纷争立"尚公祠"。计元勋上级亦属其中，召他探讨建祠规制。眼见友人对抗阉党殉节而死，计元勋深感"诸公

---

① 计尚文，生卒年、字号等未详，赠济南道参政。
② （清）邹漪：《计参政传》，《启祯野乘二集》卷三，清康熙十八年金阊存仁堂素政堂刻本。
③ （清）邹漪：《计参政传》，《启祯野乘二集》卷三，清康熙十八年金阊存仁堂素政堂刻本。
④ （清）计东：《济南名宦祠中肃拜先从祖大参公木主感赋》，《改亭诗集》卷二，清乾隆十三年计斑读书乐园刻本。

骨碎且不辞，我今拂衣便归去"①，遂正色拒绝，因此得罪魏党，被押解进京，革去官职，"民追随至京师，几数百人。后珰败，旋复官"②，于崇祯元年（1628）特被拔擢为总宪臬，然坚拒不就，晚年归隐林泉，日杜门读书，诵读老庄以自娱，"耕我心田，留这些延年谷种，让人头地，省许多扑面风波"③。著有《拙圃集》，惜不得见。计元勋一生清廉刚正，不以科第晚中而急功近利，人品、学识足为计氏族人表率，去世后入乡贤祠，济南、龙溪等地亦为之建祠奉祀以感其德，后人以"一完节人"④许之。多年后，计东游食济南，在名宦祠中肃拜这位从祖，以表追思。而计元勋的子女一辈材料稀少，仅知一名计可权⑤，然从计东所赞"传经独信后人才，诸叔声华果英绝"⑥看，亦是英华群伦，不坠家声。至孙辈，则有嘉善"六计"：善⑦、能⑧、敬⑨、正、法、辨。兄弟六人秉承家学，亲贤乐善，博有才名，然科场不顺，六人中功名最高者也仅为诸生。善、能、敬三人诗词犹盛，均属柳洲诗派、柳洲词派重要成员。《柳洲诗集》选录计善、计能、计敬的诗若干首；《柳洲词选》收计善词8首，计能词5首，计敬词6首；《瑶华集》收计善词2首，计能词1首。计氏兄弟的才名给时人留下了这样的印象："计氏昆仲才名拟于凉州三明、会稽三康。"⑩而这一印象的达成不仅得益于江南深厚的人文积淀，也与嘉善计氏一族的家族文化传统密切相关。在科举制艺之外，不忘兼顾诗文创作，正是一个个江南文化读书世家一门数

---

① （清）计东：《济南名宦祠中肃拜先从祖大参公木主感赋》，《改亭诗集》卷二，清乾隆十三年计琎读书乐园刻本。
② （清）成瓘：《（道光）济南府志》卷三十五，清道光二十年刻本。
③ （清）邹漪：《计参政传》，《启祯野乘二集》卷三，清康熙十八年金闾存仁堂素政堂刻本。
④ （清）邹漪：《计参政传》，《启祯野乘二集》卷三，清康熙十八年金闾存仁堂素政堂刻本。
⑤ 仅在《瑞鹧鸪·雨夜范漫翁宅观女童演剧，同吴子往、计可权、倪倩令》提及，参见饶宗颐初纂，张璋总纂《全明词》（第4册），中华书局2004年版，第1656页。
⑥ （清）计东：《济南名宦祠中肃拜先从祖大参公木主感赋》，《改亭诗集》卷二，清乾隆十三年计琎读书乐园刻本。
⑦ 计善，字廉伯，诸生。博极群书，才名与文名相埒。著有《宜园集》。
⑧ 计能，字无能。诗才与兄伯仲。
⑨ 计敬，字晶州，号勖丹。诸生，工诗文。
⑩ 龚华智：《嘉兴明清望族疏证（下卷）》，方志出版社2011年版，第934页。

代、风雅相继的关键所在。"故知家族文学之'濡化'即家族文脉的承传与影响,其指向是'风雅之集,萃于一族'的境界。这是以家族的'结构力量'形成家族文学圈——在不同世代层面将家族'佳子弟'联结、聚合成文学集群。这个集群一方面由于文学情趣与声气相通,可以使文学热情和力量放大;另一方面为后代的成长设置了天然的文学环境,成为文学家的培育基地。正是在这个具有'结构力量'的家族文学圈中,人们不但看到文化家族的文学创造力,还能够看到新世代家族文学群体经过濡化的再生和成长。"①

这种"濡化"还体现在家族族长身上,一族之长对家族文脉的承传起着重要作用,计东从祖计大章便是这样一位。计大章的科场生涯并不顺利,然他对科名亦不甚执着,这主要源于他淡泊的性格。计大章(1603—1675)②,字需亭,号采臣,居盛泽镇茅塔村琪字圩,与计东一家相去不远,两家关系较计元勋一支更为亲厚,计东自幼便从计大章学。计大章自少年起便勤学不辍,敦励志行,在诸生中甚有声望,深受浙江学使黎元宽③的器重,"试得高等或第一"④,惜后屡试不第。明亡后,便不求仕进,隐居设馆,教授濂洛之学,以养父母,无愧"隐君子"之名。值得一提的是,计氏似乎有长寿基因,计大章父年八十余方以寿终,母亲更是九十三高龄仍健在。而计大章享年73岁,计元勋则享年74岁,计东祖父未详。相信以这种高寿来说,计大章若用心科举,未尝不会如计元勋一般以47岁之龄高中进士。但计大章志不在此,且肩负计氏族长之职,

---

① 罗时进:《家族累世婚姻与文学"濡化"》,《光明日报》2020年2月24日第13版。
② 参见(清)计东《从祖需亭先生七十寿序》,《改亭文集》卷七,清乾隆十三年计璸读书乐园刻本。"我从祖七十为寿之辰,东在京师,不得偕族人拜堂下。逾年,而族子炳、儿子默走人至恒山索东文为寿。夫东之有愧于我从祖大矣,敢为文乎?……今东年五十,我每年亦将七十矣。"可知,生于1624年的计东作此序时年五十,当为康熙十二年(1673),而此年的计大章已71岁,以此逆推可知当生于1603年。
③ 黎元宽,字佐岩,一字博庵,江西南昌人。崇祯元年(1628)进士,历官工部主事、兵部郎中、浙江提学副史。明亡后,于谷鹿洲讲学以终。诗文书法怪崛,人呼"黎体"。著有《进坚堂稿》。
④ (清)计东:《从祖需亭先生七十寿序》,《改亭文集》卷七,清乾隆十三年计璸读书乐园刻本。

有责任"教宗族及里中少年，使成令器"①。成为一族之长，要经过严格的筛选，"择其族长且贤者一人，主宗祀之规制"②，且责任重大，规矩繁多，"凡月之吉，长、少皆会于祠。拜谒毕，齿坐。长且贤者命一贤子弟庭诵古训。诵已，长且贤者绎其义讽导之，书会者于册。再会，使互陈其所为，其有孝弟忠信者，使卑且幼旅拜之。有悖戾之行者，命遍拜群坐之尊者以愧之。书其事于册，逾月而能改者，待之如初，否则摈不使坐；逾年而不改者，斥勿齿不得入于祠。其与于祠会无过慝者，疾相抚、患相拯、老弱相养、祭脯相召"③。自任族长以来，计大章便躬身力行，秉持"立教在宽"的原则，并未如宋濂所设宗法那般严苛，据计东所言，对家族子弟宽严相济："我家子弟之顽梗暴戾者，尚知畏族长就质曲直。我从祖矜其愚而教诲之，其孤且弱者怜抚之，俾卑幼者不得凌犯尊长，而强暴者不得横噬孤幼，不可谓无德于宗族之人矣。"④从计东为叔父计台所作行状看，族长一职并不轻松，常有顽暴无德的族子寻衅滋事，"家衅起""家衅复大作""衅又作""忽修衅者攘臂殴叔父如雨下，血涔涔阶除前"⑤。每每此时，便需族长出面调停，主持公道，"东为请救于从祖需亭，翁得免""从祖及东力救得脱"⑥。有时候，计大章也力不从心，不能解决族内纷争，不得不讼于公堂"长跽力争于邑令吴公立斋讼庭"⑦。无论如何，这些都是身为族长难以逃避的事务和职责。所幸，在计大章的带领下，秉承其祖"廷元府君以来六七世，弗替之衣冠、诗书、稼穑，艰难勤俭之德泽"⑧，计氏一族蔚然兴起。计大章也由此深受族人的敬重、爱戴，在其七十寿辰之

---

① （清）计东：《从祖需亭先生七十寿序》，《改亭文集》卷七，清乾隆十三年计瑸读书乐园刻本。
② （清）计东：《需亭先生家庆诗序》，《改亭文集》卷七，清乾隆十三年计瑸读书乐园刻本。
③ （清）计东：《需亭先生家庆诗序》，《改亭文集》卷七，清乾隆十三年计瑸读书乐园刻本。
④ （清）计东：《需亭先生家庆诗序》，《改亭文集》卷七，清乾隆十三年计瑸读书乐园刻本。
⑤ （清）计东：《叔父文辕府君行状》，《改亭文集》卷十六，清乾隆十三年计瑸读书乐园刻本。
⑥ （清）计东：《叔父文辕府君行状》，《改亭文集》卷十六，清乾隆十三年计瑸读书乐园刻本。
⑦ （清）计东：《叔父文辕府君行状》，《改亭文集》卷十六，清乾隆十三年计瑸读书乐园刻本。
⑧ （清）计东：《需亭先生家庆诗序》，《改亭文集》卷七，清乾隆十三年计瑸读书乐园刻本。

际,"宗族子弟毕贺,其素爱戴之而能文者,又各为诗及文以献汇曰《家庆集》"①。除族人外,计大章还获得了乡里的敬重。为庆贺他的古稀之寿,恰值其"志趣同、年齿同、交游同"②的四位好友同登七十,里人纷纷撰文作诗相贺。此五人③经明行修,皆有隐操。在友人海盐何商隐的主持下,遍请诸友撰写诗文以贺。征集的诗文目前所知有:何商隐作《五老同寿引》、潘耒《五老同寿序》、张履祥《跋五老同寿卷》等。计大章一生高隐,"落落于世,年弥增,德弥劭"④,笃信"勤俭、孝友、廉耻"六字,著书乐道,有《大学解》《中庸解》《玩易随笔》《洗心斋语录》、诗文六卷。计大章子孙未详,从计东所云"视我从祖得晨夕率子及孙治鱼菽进食九十余岁之母"⑤,应是儿孙绕膝,安享天伦,当无饥馁之虞。

至计东祖父一支,家境仍尚殷实:"我祖既饶于资。"⑥而资产从何而来并未言明,然从计东所言"独吾兄圣初以贾"⑦来看,并非靠经商所得。计家谨承祖上举业为重的传统,然祖父并未在科场有所建树,天启初,还曾在国子监触忤魏忠贤党人,具体原因不详,但此举使计氏几遭不测,幸得晏清⑧力保方得以全:"天启初,东先大父在成均触忤魏忠贤党人,中以家难几不测,而时以县令力为保全者,黄冈晏泰征吏部也。"⑨魏忠贤所部之珰党,欲使计化"蒙家难,珰党之大有力者压先生,俾破我家。先生屹不动,我祖赖以全。"⑩计氏刚直清正的家风于此足可明见。可以说,计东祖父辈的

---

① (清)计东:《需亭先生家庆诗序》,《改亭文集》卷七,清乾隆十三年计瑸读书乐园刻本。
② (清)潘耒:《五老同寿序》,《遂初堂集》文集卷十,清康熙刻本。
③ 五老者,昆陵丘维正、龙山董潜庵、盛泽计需亭、海宁陈乾初、嘉兴周仲华。
④ (清)张履祥:《纪交赠计需亭》,《杨园先生全集》卷十六,清同治十年刻重订杨园先生全集本。
⑤ (清)计东:《从祖需亭先生七十寿序》,《改亭文集》卷七,清乾隆十三年计瑸读书乐园刻本。
⑥ (清)计东:《赠孟伯健序》,《改亭文集》卷六,清乾隆十三年计瑸读书乐园刻本。
⑦ (清)计东:《圣初兄五十寿序》,《改亭文集》卷七,清乾隆十三年计瑸读书乐园刻本。
⑧ 晏清,字泰征,号铉州,湖广黄冈(今湖北黄州)人。万历三十四年(1606)举人,万历四十七年(1619)进士,天启元年(1621)官吴江知县。
⑨ (清)计东:《赠王又沂序》,《改亭文集》卷五,清乾隆十三年计瑸读书乐园刻本。
⑩ (清)计东:《赠孟伯健序》,《改亭文集》卷六,清乾隆十三年计瑸读书乐园刻本。

三位兄弟面对家国多难，阉党专权，都不约而同地做出了相同的选择，绝不同流合污，誓与之抗争。一家一氏的门风恰在此时得到展现，并激励后世子孙效仿传承。

到了计东父计名一辈，据现有资料看，至少有兄弟三人。计东伯父名讳不详，次父计名，再次叔父计台。虽然自己在科举上未能有所成就，计东的祖父仍将希望寄托在三个儿子身上，但都收效甚微。长子是否获得功名未知，然从其娶妻为唐宋派领袖茅坤的从孙女，以及后又纳妾的种种行径看，家境当不至于穷困。次子计名字青麟，生年不详，明诸生，"性沉静简默，不妄交游，每谈，士竞引重"①，积学有识。家道至此虽逊于祖上，当不至于穷困，尚有家塾可请先生至家教授计东等计氏子弟读书："忆三十年前，予就家塾于禾中。"② 计名举业艰难，年二十一仍困于童子试，幸得父友晏清赏识，方一路顺畅拔至诸生："先生奇先君文，拔置第一，再试再第一，邑人哗，谓以资得之于先生也。既而先君郡、院两试亦俱第一，邑人乃服。"③ 计名参加科举，仅止于诸生，是主动放弃抑或屡试未第，尚不得而知，平素以教授为生："父时时以馆谷留江城中。"④ 第三子计台（1624—1669），字文辕，取文昌、轩辕二星在台星旁之意。后改名远，为妾张氏所出，与侄计东同岁，亦仅止于诸生。

二　家学传统：文化传家，科第兴族

计氏一族自始祖计然起便人文蔚起，代有官宦名士，早已形成了家族的"家法"抑或"学统"，成为家族得以世代绵延传承的基石。目今难以考证计氏世代传承的家学传统究竟为何，但从历代计氏子孙的表现看，以文化传家、以科第兴族是毋庸置疑的。为了家族能够绵延不衰，读书、应举早已成了计氏子弟承继文化读书之家的积极践行的目标。

---

① （清）计东：《赠王又沂序》，《改亭文集》卷五，清乾隆十三年计琰读书乐园刻本。
② （清）计东：《送黄复仲序》，《改亭文集》卷六，清乾隆十三年计琰读书乐园刻本。
③ （清）计东：《赠孟伯健序》，《改亭文集》卷六，清乾隆十三年计琰读书乐园刻本。
④ （清）计东：《蛰庵记》，《改亭文集》卷九，清乾隆十三年计琰读书乐园刻本。

计氏一族设有家塾，以供家族子弟读书，似乎每个有资质的计氏成员都自觉地承担起教授族中子弟读书的责任。从计东的文集中常能见到"与东同受章句于我祖，年十余，学文于我父"①"从我先君受经"②"忆东童时，即从我从祖受知"③一类的记载，可知其从祖计大章、祖父以及父计名都身兼先生一职，在应举、养家之余义务教授族中子弟。这种世代传承下来的家族传统早已形成了一种向心力，敦促族中子弟用心于读书、科举，振兴家族，甚至终其一生都在为此而努力。计东与族中子侄便是在这种家族文化熏陶下，早早地便开始入学读书，为将来的科举考试做准备。叔父计台，伯父计某的三个儿子：长子本④、次子秉⑤、三子采⑥，计东等一众计氏子弟年龄相仿，自幼便一同入家塾读书，群从友爱又相互竞争。这种竞争多是良性的。子弟们在这样的氛围的熏染下都渐知诗书，颇通文雅，且科举成绩斐然。计本"性沉毅端重，长能属文、知读书"⑦。计台"弱冠能属文""时时读《易》，习五行星命家言，与人言祸福多奇中"⑧。"东与本、秉两弟俱髫龀补诸生"⑨，计本"年十七，补嘉兴府学生"⑩，计台"既除服，即补诸生"⑪。当然，这种竞争也会产生负面影响。如计台身为叔父辈，自幼与子侄一同受教读书，眼见后辈都得获功名，渐有声望，身为长辈却屡试不第的屈辱感让他不能不自怨自伤，"弱冠，能属文，应试屡不利，见东与本、秉两弟俱髫龀补诸生，默然自伤，自此希复见诸侄矣"⑫，逐渐形成

---

① （清）计东：《叔父文辕府君行状》，《改亭文集》卷十六，清乾隆十三年计琎读书乐园刻本。
② （清）计东：《从弟谏草家传》，《改亭文集》卷十三，清乾隆十三年计琎读书乐园刻本。
③ （清）计东：《从祖需亭先生七十寿序》，《改亭文集》卷七，清乾隆十三年计琎读书乐园刻本。
④ 计本（1625—1671），字谏草，计东伯父之妻茅孺人所出。
⑤ 计秉（1627—?），字劲草，与兄本一母同出。
⑥ 计采（1629—?），字元草，与兄本、秉均一母同出。
⑦ （清）计东：《从弟谏草家传》，《改亭文集》卷十三，清乾隆十三年计琎读书乐园刻本。
⑧ （清）计东：《叔父文辕府君行状》，《改亭文集》卷十六，清乾隆十三年计琎读书乐园刻本。
⑨ （清）计东：《叔父文辕府君行状》，《改亭文集》卷十六，清乾隆十三年计琎读书乐园刻本。
⑩ （清）计东：《从弟谏草家传》，《改亭文集》卷十三，清乾隆十三年计琎读书乐园刻本。
⑪ （清）计东：《叔父文辕府君行状》，《改亭文集》卷十六，清乾隆十三年计琎读书乐园刻本。
⑫ （清）计东：《叔父文辕府君行状》，《改亭文集》卷十六，清乾隆十三年计琎读书乐园刻本。

了"懦弱不习世事""悒郁侘傺终其身，不获见其开口一笑"① 的个性，加之屡受家衅滋扰，最终抑郁致疾以死，"病脾经年，医者谓积郁所致，非药石可疗也。遂以明年八月十六日，卒年四十六"②。

令人欣慰的是，无论是否获得功名，都并未影响彼此之间的关系，兄弟叔侄相亲友善，这种情谊保持终生："每岁时伏腊，或予远归，弟辈必来集，携茗碗，促坐剧谈，相慰劳为乐。"③ "戊申夏，东从广陵归，携鲫鱼、樱桃脯诸物，治具邀伯叔暨从祖、从弟辈饮酒谈笑。"④ 这样真挚友爱的情感使彼此早已心神相通，以至于能在对方临去世前获得心灵感应，赶回见最后一面。如，计东对叔父计台的离世早有所感，"殁之前半月，东从座主宋中允公在嘉善，梦中赋诗有'明月满床多涕泪'之句，因固请于座主归视叔病。叔曰：'我当中秋后一夕死。'死时果月明如昼，东哭不能止"⑤。对计本亦然："予亦出游，至武塘，忽心动思归。夜半谏草见梦，曰：'兄急归，我行矣。'予至家六日而殁。"⑥ 而叔父、从弟亦对计东信任有加，将身家后世嘱托于他。计台将儿女的婚姻大事托于计东，计东亦将对叔父的感情延续投注到其子女身上，操持完丧葬事宜，还亲为子侄操办婚事："叔娶王氏，生子男一人，蕃；女一人，俱未婚嫁，以属东。东为蕃娶妇李氏，即我母从弟女；女嫁陈文庄公族子正心。"⑦ 计本则将后事一一托付于计东，并嘱其为自己撰文立传。计东不负所托，不仅亲写传文，还遍请好友亦是当时的散文名家汪琬、姜宸英、魏禧为弟撰写墓志铭："其以后事属予也，语最多，其末句曰：'乞兄一篇文章，为身后计。'呜呼！予文章足不朽弟乎？然哀其遗言，不敢辞，故于殁后四十九日，雪夜大风寒中，呵冻炙

---

① （清）计东：《叔父文辕府君行状》，《改亭文集》卷十六，清乾隆十三年计琰读书乐园刻本。
② （清）计东：《叔父文辕府君行状》，《改亭文集》卷十六，清乾隆十三年计琰读书乐园刻本。
③ （清）计东：《从弟谏草家传》，《改亭文集》卷十三，清乾隆十三年计琰读书乐园刻本。
④ （清）计东：《叔父文辕府君行状》，《改亭文集》卷十六，清乾隆十三年计琰读书乐园刻本。
⑤ （清）计东：《叔父文辕府君行状》，《改亭文集》卷十六，清乾隆十三年计琰读书乐园刻本。
⑥ （清）计东：《从弟谏草家传》，《改亭文集》卷十三，清乾隆十三年计琰读书乐园刻本。
⑦ （清）计东：《叔父文辕府君行状》，《改亭文集》卷十六，清乾隆十三年计琰读书乐园刻本。

砚，为立传，将以乞当世能文章家如汪钝翁、姜西溟、魏叔子为志其墓，以不朽我弟。"①

明朝灭亡的劫难对计氏一族造成了重大的打击，战争纷乱致使他们不得不四处避难、流离失所，家道亦日益败落。当然，计氏家族的衰败与族内子弟多次分家割产也大有关系。其实，对传承数十世乃至百世的世族读书之家来说，一朝一代的灭亡与家族荣辱兴衰相较起来，并不是那么被重视。尤其晚明心学的出现，"国家"观念已逐渐淡化，文人的责任不再限于治国平天下。诚如顾炎武所说："保国者，其君其臣，肉食者谋之。"② 文人们更为在意的是"亡天下"与否。而面对朝代的更迭，如何能在劫难中保住家族、保护家人，才是他们更为关心和在意的。于是，计氏一族在入清后经历了一段时间的休整，重新投入到了新一轮的科举考试中来，计台、计东、计本等计氏子弟都相继应试清廷，试图再次通过读书应举振兴家族。对于他们来说，振兴家族总是充满期待和希望的。诚如计东所言，"努力振衰宗"③ 不仅是他的责任，也是每一位计氏子弟的义务。经过数年的努力，计东终于在顺治十四年（1657）考中举人，得以告慰先人。相信彼时的他一定是开怀欣慰的，或许，振兴家族能在他身上得以实现。然而，他十年的应考生涯坎坷曲折，最终还是被夺去举人身份，这不能不让他感到灰心绝望，后半生十余年的时间里不得不另辟他径，四处游食，依人做幕，希冀能得人重用而获得高位，振兴家族。令人欣慰的是，此际的子侄辈已渐成立，计东便将希望投注到他们身上。

自古以来，子嗣生育不绝，才能保证家族世代繁衍不息，古人历来尤其重视子嗣，多子多孙、儿孙满堂被视为福气的象征。而计氏一族繁衍至计东一辈，亦是多赖子嗣传承。计东伯父育有五子一

---

① （清）计东：《从弟谏草家传》，《改亭文集》卷十三，清乾隆十三年计璜读书乐园刻本。
② （清）顾炎武：《正始》，黄汝成集释，栾保群、吕宗力校点《日知录集释（全校本）上》卷十三，上海古籍出版社2013年版，第590页。
③ （清）计东：《示兄子炳》，《改亭诗集》卷一，清乾隆十三年计璜读书乐园刻本。

女，叔父计台则有一子一女。而父计名亦有一子一女①，计东居长，以致他深以为憾，自感"生无同产"②，在言语中时常流露出对同宗兄弟的羡慕之情："谏草兄弟三人，齿相次，小时济济林立，予羡之。"③ 故在其成婚后，也如祖父、伯父一样除发妻外还另娶一妾，有二子：长准，次默。一女嫁吴兆宽子吴计恭，计东所云"予腊月失一爱女"④，不知即是此女抑或另有一女。然不幸的是，长子准十五岁因病早逝，次子默亦仅有一子元坊，可谓是门庭衰薄。无论如何，彼时的计东除自身努力振衰宗外，亦将希望放在爱子准、默和从子炳身上。

长子计准（1647—1662），字念祖。幼慧而能文章，好儒先之学。有"神童"之目，颇具乃父之风。计东对长子一直颇为爱惜，寄予厚望。顺治十八年（1661），年仅十五的计准不负众望补为诸生。计东自是喜不自禁，深慰门风振济有人，让他得以暂时忘记因奏销案讹误而失去功名所带来的痛楚。然而，计准却不幸在第二年冬殇于痘，"壬寅岁将尽，我丧贤长子"⑤。计东自是悲伤难禁，"起居寝食，则有缠绵愤恻之声；岁时腊腊，则有涕泣憔悴不能忍之色"⑥。这种悔恨和悲伤一直伴随着计东，抑郁终生，岁止五十二当与此有莫大关联。在长子去世四年后，计东于寓所旁构思子亭，并以此为主题遍请名士大夫作文题诗以纪。

次子计默，字希深，号蓁村。自幼濡染家学，在父亲的教导下

---

① 计东之妹"适柳塘张翁季鹰之长君平六。季鹰以治毛、郑家言，为邑诸生祭酒，颇饶于赀。……平六自幼亦励志行，与我妹共孝养，然素羸善病，不能肆力于制科之业，独好诗及史，于诗则自离骚、苏、李以下至宋元诸家之作，无不窥也；于史则自三史以下至近代稗官野乘、虞初七十二家之志，无不涉也"。参见计东《咏史诗序》，《改亭诗集》卷四，清乾隆十三年计璸读书乐园刻本。
② （清）计东：《从弟谏草家传》，《改亭文集》卷十三，清乾隆十三年计璸读书乐园刻本。
③ （清）计东：《从弟谏草家传》，《改亭文集》卷十三，清乾隆十三年计璸读书乐园刻本。
④ （清）计东：《雨雪迟，虞升不至，兼示电发》，《改亭诗集》卷三，清乾隆十三年计璸读书乐园刻本。
⑤ （清）计东：《梦严四览民》，《改亭诗集》卷一，清乾隆十三年计璸读书乐园刻本。
⑥ （清）汪琬：《计氏思子亭记》，《钝翁前后类稿》卷三十二，载李圣华笺校《汪琬全集笺校（二）》，人民文学出版社2010年版，第688页。

读书应举。自计名起便手书"蛰庵"二字赐予计东,以龙蛇之喻教导子孙。计默谨承父训,用心科举,惜终未有所成,仅通过纳捐得附贡生,时人深以为憾:"吴江计氏,自改亭卓厉词坛,诗文虽美而弗甚著哲嗣。"① 父亲去世,计默"不幸未壮而孤,日奔走四方,笔耕以养其祖母、母、夫人"②。然不忘诗书传家之训,"生平惨淡经营以自惬,可不悖先人论文之旨者"③,诗文卓绝一时,为诗"风格高老,章法句法悉从杜,出其大旨。每饭不忘其亲,不以交游易其寝膳之思,不以驰逐缓其晨昏之慕。发乎情,见乎词,俨然《南郊》《百华》遗意"④;为文则"闳深浑朴,结构缜密,位置停匀,辞简洁而气磅礴,真得曾神髓,而不徒形似者"⑤,"指斥世俗文士模拟剽窃之习,至为峻厉,深中当时病痛。故其所为诗文,率自出机杼,不相因袭"⑥。尤其晚年著作"静细古淡,有少陵晚年风概,而出入于长庆诸公,本唐人气骨而兼宋元人隽永"⑦。计默"尝游京师,执牛耳,踔躏于珠盘玉敦间,传为盛事"⑧,虽然才力不及其父,但识议或能与之一较高下。他对父计东也是推崇有加且颇为自豪的:"先子《改亭集》固汪、魏诸君子推为文豪,争相传写者也。单行于世久矣,似无借巨公表章。"⑨ 许是受父影响过深的缘故,计默在科场不顺的情形下,也如父亲一样选择了四处游食为客,作为养亲安身之道。对于这样的选择,他也遇到了和父亲一样的难题,有时连至亲之人也不能理解,曾寄家书表达不满:"家人书至,责余厌贫久

---

① (清)张镒:《序》,计默《菉村文集》卷首,清咸丰九年秀水计氏刻本。
② (清)曾安世:《原序》,计默《菉村文集》卷首,清咸丰九年秀水计氏刻本。
③ (清)曾安世:《原序》,计默《菉村文集》卷首,清咸丰九年秀水计氏刻本。
④ 盛泽镇人民政府、吴江市档案局编:《盛湖志(上)》,江苏广陵书社有限公司2011年版,第159页。
⑤ (清)季椒森:《原序》,计默《菉村文集》卷首,清咸丰九年秀水计氏刻本。
⑥ 张舜徽:《清人文集别录》,华中师范大学出版社2004年版,第71页。
⑦ (清)顾衡文:《原序》,计默《菉村文集》卷首,清咸丰九年秀水计氏刻本。
⑧ (清)潘衍桐著,夏勇、熊湘整理:《两浙輶轩续录(第3册)》卷十二,浙江古籍出版社2014年版,第698页。
⑨ (清)计默:《答金秀才书》,《菉村文集》卷四,清咸丰九年秀水计氏刻本。

客，且独子，不应远馆。"① 计默自是有苦难言，自辩"由来吾道安荼苦，岂有中年怨窭贫？弹铗冯谖聊作客，登楼三餐且依人。深闺错料狂夫意，归判溪阳理钓纶"②。不仅家人有所不满，也有友人不解他"曷为久游而不归"③。实际上，他做出这样的选择一定是基于对父亲的理解和支持，且综合考量自身"既文弱，不能胼胝力作。又近士，无笔耕地，不能不越千里职记室，遥寄薪俸以供其亲"④。所幸尚有友人对他抱以深切的理解，尤其从其诗文见出所流露的怀亲自伤之思，"希深之客尤非得已。母老矣，无以为养也。以远游为负米，以离忧为在侧，篇中屡写其所难言有伤心者"⑤。当然，也正得益于四处游走，计默所作文章得新城王士禛、长洲叶封推举奖掖，得以名满艺林，声誉遍天下。

计默有一子元坊，字维严，诸生，博览多闻，"幼禀庭训，读书务有用之学，不屑屑于一名一物，韵语亦然，诸体五古尤佳"⑥。作诗兼学唐宋，得力于韩愈、白居易、苏轼和陆游而自成一家，"硁硁自好，诗有源流"⑦，已臻古淡。著有《春山小草》。从子朱培，字传一，诸生。好学，重交游，有名于时。尝仿《韩诗外传》体，著有《尚书外传》《蓑笠亭诗钞》等。可见，计氏一门之内的文化传递方向虽不尽相同，但大体不离诗文传家的家学传统，尤其父子、祖孙等直系亲属之间，彼此相互影响程度较深，从中更能见出家学的传承与变化。计氏一族虽未能在科第上有所成就，以

---

① （清）计默：《计希深菉村诗抄》，清抄本。
② （清）计默：《计希深菉村诗抄》，清抄本。
③ 盛泽镇人民政府、吴江市档案局编：《盛湖志（上）》，江苏广陵书社有限公司 2011 年版，第 259 页。
④ 盛泽镇人民政府、吴江市档案局编：《盛湖志（上）》，江苏广陵书社有限公司 2011 年版，第 259 页。
⑤ 盛泽镇人民政府、吴江市档案局编：《盛湖志（上）》，江苏广陵书社有限公司 2011 年版，第 259 页。
⑥ （清）潘衍桐著，夏勇、熊湘整理：《两浙輶轩续录（三）》卷十二，浙江古籍出版社 2014 年版，第 698 页。
⑦ （清）潘衍桐著，夏勇、熊湘整理：《两浙輶轩续录（三）》卷十二，浙江古籍出版社 2014 年版，第 698 页。

至渐次没落，但子孙后代仍坚持诗文传家，也可说是无愧先人、不辱家学了。

计氏后人也十分重视家学的传承，留心于族人文学作品的搜集和整理，许多族人的作品得以刊行于世。目今可知计氏族长计大章七十之觞时，宗族子弟中能文擅诗者皆各为诗与文以贺，汇为《家庆集》，可见计氏人文之盛。计东《改亭诗集》得子计默积极奔走，得王廷扬出资刊刻，《改亭文集》则得友人宋荦资助。五十余年后，屡经蟫蠹侵蚀，多已散佚，又得族子计泰、从孙计琰及仝侄计嘉禾之力，合为《改亭诗文集》流传至今。计东诗文集版本情况略考如下。

《不共书》4 卷：明崇祯十七年计氏枕戈草堂刻本，周永年序，清江标批点并跋，国家图书馆藏。

《甫里集》6 卷：清康熙五年刻本，汪琬助刻，江西省图书馆、国家图书馆、日本大阪图书馆等藏，均缺第四卷。卷首有王崇简书、汪琬序，集中有王士禛、王崇简、汪琬、宋实颖、魏裔介、陈祚明、屈大均、徐作肃、姜宸英、刘体仁等名家评点。

《计甫草诗》1 卷：清康熙福清魏氏枕江堂刻《皇清百名家诗》本，《丛书综录》、南京图书馆、日本人文图书馆藏。

《改亭文抄》1 卷：清抄本，日本国立国念图书馆藏；清乾隆六十年刻《国朝二十四家文抄》本，《丛书综录》收。

《改亭文录》3 卷：道光十九年瑞州凤仪书院刻《国朝文录》本，《丛书综录》收；咸丰元年终南山馆刻国朝文录本，《丛书综录》收；光绪二十六年上海扫叶山房石印国朝文录本，《丛书综录》收。

《改亭诗文集》（计东从孙计琰据宋刻、王刻重校合刊为此本）具体包括：

《改亭文集》16 卷：由江苏巡抚宋荦出资刊刻、汪琬选辑《甫里集》《汝颖集》《竹林集》《中州集》诸集而成，清康熙三十二年刻，有宋荦、汪琬序，尤侗作传，南京图书馆、中国人民大学图书馆、北师大图书馆、南开图书馆、复旦图书馆等藏；清乾隆十三年吴江计氏读书乐园重刻本，计东从孙计瑸刻，国家图书馆、南京图书馆等藏；清刻本，中科院图书馆、江西省图书馆、广东省图书馆藏。

《改亭诗集》6 卷：初名《狂山吟》，其子计默编为《改亭诗集》6 卷，分体编年，清熙四十七年王廷扬助刻，国家图书馆、上海图书馆、南京图书馆、南开大学图书馆，日本静嘉堂文库；清乾隆十三年吴江计氏读书乐园重刻本，从孙计瑸重刻，上海图书馆、福建省图书馆、内蒙古自治区图书馆、湖南省图书馆、中科院图书馆、中科院文研所、历史所、北京文物局、中国人民大学图书馆、南开大学图书馆、安徽师大图书馆、山西大学图书馆、台湾"中研院史语所"等藏。（中科院藏本有邓之诚跋）

《天尺楼纪年草》（一说《天尺楼纪年诗》）1 卷：皆顺治五年计东 25 岁居忧服阕时所作，吴□作序，版刻未详。集有《拟五君咏》，黄裳谓"此集罕传，计改亭集中未刻入"，惜今未见。

此外，有《狂山集》《广陵集》《关塞集》等，未见著录，存疑待考。《广说铃》一卷、《名家英华》、《读庄日记》均被认为是计东著作，存疑待考。另词作今不传，参与评点《南溪词》《蓉渡词》《香严词》《棠村词》《春芜词》《锦瑟词》等，其中《棠村词》国家图书馆有藏，未见计东评点，故存疑。

此外，计氏其他后人如计默《菉村诗文集》稿多散佚，幸得道光朝之族裔计光忻搜辑编刻，为诗 6 卷、文 6 卷，于咸丰九年付刊，始有传本行世："甫草先生为一代伟人，其文章气节固已彪炳于世。而菉村能传家学，徒以奔走衣食橐笔远游卖文养母，其至行更有过人者，乃生既无所遇，殁复遗稿零落，若非二田搜辑而付诸梓，人不且沦于灰烬，终至淹没不彰乎？"[①] 计光忻又自刻《守甓斋诗文集》等。而计大章、计元勋、计名、计元坊、计朱培等人的作品则以保管不力，惜未能流传后世。

---

① （清）翁广平：《序》，计默《菉村文集》卷首，清咸丰九年秀水计氏刻本。

第二节　计东入清前行迹考

关于计东的生卒年，时人已有记载，今人亦多有考证，然仍有待进一步考辨讹误，明晰是非；而其在明亡前的种种行迹，尚不甚明晰，且记载资料较少，亟待详加梳理，还原个中细节。故本节着重考证和还原计东生平这两个重要问题。

一　生卒年考

关于计东生卒年，现至少有三种说法。有鉴于此，关于计东生卒年问题亟待考辨各说源流，辨正讹误，并立足于计东《改亭诗文集》，辅以外延资料，从中找出更加翔实可信的证据，以为确证。

第一种说法：生于天启六年（1626），卒于康熙十六年（1677）。

考其出处，则源自计东好友宋荦（1634—1713）在康熙三十二年（1693）受计东次子默所请刊刻《改亭文集》时所作之序："今上举博学鸿词科，天下材艺之士皆征诣阙，而君不幸先一年殁矣。"[①]那么，所谓"先一年殁"，指的是哪年？据史料记载，康熙十七年（1678）正月，皇帝诏命中外臣工荐举"学行兼优、文词卓越"的博学鸿儒赴京考试，以备授职录用。计东一直颇受大学士王熙赏识，亦在被荐之列。以此推算，所称"先一年殁"，计则卒于康熙十六年（1677），据"年五十二卒"推，生年当为天启六年（1626）。宋荦的记载得到多方转载认可，从清初一直延续至民国，乃至近现代不乏其人。仲廷机《同治盛湖志》引宋荦所论，认为计东"卒年五十有二。逾岁，天子开鸿词科，有欲荐之者，而东不及待矣"[②]。李元度亦作如是说："卒年五十有二。逾岁，天子开鸿词

[①]（清）宋荦：《序》，计东《改亭文集》卷首，清乾隆十三年计璸读书乐园刻本。
[②] 盛泽镇人民政府、吴江市档案局编：《盛湖志（上）》，江苏广陵书社有限公司2011年版，第139页。

科,而先生不及待矣。"① 钱保塘亦言:"计东,吴江人,年五十二卒,逾岁开词科。"② 至民国,赵尔巽编撰《清史稿》提及计东亦从此论:"会诏举鸿博,而东已前一年卒,深悼惜焉。"③《清史列传·计东》亦云:"工为文,年十五补诸生,声誉日起。顺治十四年,举顺天乡试。十八年,以江南奏销案被黜。大学士王熙器重东,屡欲荐之,未果。会诏举博学鸿儒,而东已前一年卒,年五十二。"④ 由此可见,始自宋荦的这一说法在后世的递传过程中多被采信,同时代之人乃至后世诸多学人、方志持计东于博学鸿词科前一年去世说者不在少数,可谓影响深远。

第二种说法:生于天启五年(1625),卒于康熙十五年(1676)。

此说源自尤侗为计东所作《计孝廉传》:"旋遭奏销一案诖误被黜,黜后十六年,婴痁疾以卒,岁止五十有二。""计子卒后三载,天子开博学鸿词科。"⑤ 尤侗并未言明计东确切的生卒年,而这段记载所涉时间点容易造成歧义,导致后人在采信尤侗所言基础上产生不同的理解,也就导致计东生卒年又出现另外两种说法,其中一种就是认为计东生于天启五年(1625),卒于康熙十五年(1676)。如乾隆《吴江县志》卷三十二"计东"条,其中虽未言明计东生卒年的具体年份,但从内容来看,皆是摘选自尤侗所作传记,其中所涉生卒年的信息应是默同其说:"年十五补诸生。""卒年五十二。"⑥ 张维屏《国朝诗人徵略》:"黜后十六年殁。岁止五十二。"⑦ 钱椒《补疑年录》即是据尤侗传记所补,并推测出计东具体生卒年:"尤

---

① (清)李元度纂,易孟醇点校:《国朝先正事略(下)》卷三十八,岳麓书社1991年版,第1053页。
② (清)钱保塘:《历代名人生卒录》卷八,北京图书馆出版社2002年版,第739页。
③ 赵尔巽:《二十五史·清史稿(下)》卷四百八十四,天津古籍出版社2000年版,第747页。
④ 清国史馆:《清史列传》卷七十,载《清代传记丛刊·综录类》,台北明文书局1985年版,第743页。
⑤ (清)尤侗:《传》,计东《改亭文集》卷首,清乾隆十三年计琰读书乐园刻本。
⑥ (清)《(乾隆)吴江县志》卷三十二,载《中国地方志集成·江苏府县志辑20》,凤凰出版社2008年版,第132页。
⑦ (清)张维屏编撰,陈永正点校,苏展鸿审定:《国朝诗人徵略》卷四,中山大学出版社2004年版,第78页。

侗撰传，论曰：计子卒后三年，天子开博学鸿儒科云云，推之，天启五年乙丑生，康熙十五年丙辰卒。"① 近现代的学者从此说者亦不在少数。梁廷灿编《历代名人生卒年表》言计东："明天启五年乙丑 1625 生，清康熙十五年丙辰 1676 卒，年五十二。"② 谭正璧编《中国文学家大辞典》对《清史列传》中的记载提出质疑，并赞同《补疑年录》中的推测，认为计东应是"生于明熹宗天启五年（1625），卒于清圣祖康熙十五年（1676），年五十二岁（《清史列传》云：会诏举博学鸿儒，而东已前一年卒，则当卒于康熙十五年。此从《补疑年录》据尤侗撰传）。"③ 张慧剑编《明清江苏文人年表》也是根据《补疑年录》的记载，谓计东"1625 乙丑天启五年吴江计东（甫草）生（《疑年录汇编》九）"④，"1676 丙辰康熙十五年吴江计东死，年五十二（《疑年录汇编》九）"⑤。此外，《吴江县志》《吴江名人录》《吴江艺文志》《吴江先贤》《盛泽历代名人传》等书中均认为计东生卒年为 1625 年至 1676 年。

第三种说法：生于天启四年（1624），卒于康熙十四年（1675）。

后人对尤侗所作传记的解读和考订，还导致了计东生卒年出现另一种说法，即生于明天启四年（1624），卒于清康熙十四年（1675）。持这一说法的代表性人物是著名学者邓之诚，在《清诗纪事初编》中对宋荦的记载提出质疑，认为他于康熙三十二年（1693）方为计东文集作序，时年六十，此时距计东去世已十余年，年久错记亦未可知："年五十二，尤侗为之作传云，卒后三载，天子开博学鸿儒之科，而宋所为序，则云不幸一年殁矣，荦荒耄，纪事多误。"⑥ 故认为计东"卒在康熙十四年乙卯"⑦，但并未标示其公历

---

① （清）钱椒：《补疑年录》卷四，《续修四库全书》517 史部·传记类，上海古籍出版社 1996 年版，第 241 页。
② 梁廷灿编：《历代名人生卒年表》，商务印书馆 1933 年版，第 163 页。
③ 谭正璧编：《中国文学家大辞典》，上海书店 1981 年版，第 1356 页。
④ 张慧剑编：《明清江苏文人年表》，上海古籍出版社 1986 年版，第 475 页。
⑤ 张慧剑编：《明清江苏文人年表》，上海古籍出版社 1986 年版，第 793 页。
⑥ 邓之诚：《清诗纪事初编》，台北明文书局 1985 年版，第 400 页。
⑦ 邓之诚：《清诗纪事初编》，台北明文书局 1985 年版，第 400 页。

年份，以"年五十二"逆推，则可知邓先生认为计东生年应是明天启四年甲子（1624）。钱仲联先生《中国文学家大辞典清代卷》也认为计东明天启四年甲子（1624）生，清康熙十四年乙卯（1675）。姜盼在硕士论文《计东诗文研究》中认为尤侗"考虑到尤侗的生平，亦是由明入清的文人，且在康熙十八年举博学鸿儒科，加上本身尤侗是长洲人，和计东所在的吴江相距不远，所以尤侗的说法更可信，基于上述考量，认定计东生于明熹宗四年（1624），卒于清康熙十四年（1675），生年五十二岁"①。李兴盛在《吴兆骞年谱》中著录计东生于天启四年（1624），卒于康熙十四年（1675），并有详细考辨："朱鹤龄《愚庵小集》卷五《丙辰元旦》诗及《叶学山先生诗稿》卷四丙辰稿《春正三日，安宜署中闻计子甫草凶问》诗推知。按：姜亮夫先生《历代人物年里碑传综表》据尤侗之言定计东生卒年为天启五年与康熙十五年，盖偶尔失误，实则应为天启四年与康熙十四年。"②但实际上，以上结论也并不完全准确。

其实，关于生年，最有说服力者当是计东本人，在其诗文集中已多有交代，可为确证。《从弟谏草家传》云："谏草少予一岁，以天启乙丑二月十八日生，以康熙辛亥十月二十八日殁，年四十七。"③据此可知，计东长从弟计本一岁，计本生于天启五年乙丑（1625），计东当生于明天启四年甲子（1624）。《叔父文辕府君行状》："叔父讳台，我祖第三子，庶祖母张氏出，与东生同岁。……戊申夏，东从广陵归，携鲫鱼、樱桃脯诸物，治具邀伯叔暨从祖、从弟辈饮酒谈笑。……遂以明年八月十六日卒，年四十六。"④"戊申"，应是康熙七年（1668），"以明年八月十六日卒，年四十六"，可知计远卒于康熙八年（1669），并可推算其生年为明天启四年（1624），"与东生同岁"，计东亦当生于是年。此外，从计东《改亭诗集》中亦可考证其生年。诗集乃分体编年，《七月朔卧病宣镇城中

---

① 姜盼：《计东诗文研究》，硕士学位论文，黑龙江大学，2015年。
② 李兴盛主编：《吴兆骞年谱》，黑龙江大学出版社2014年版，第20—21页。
③ （清）计东：《改亭文集》卷十三，清乾隆十三年计琰读书乐园刻本。
④ （清）计东：《叔父文辕府君行状》，《改亭文集》卷十六，清乾隆十三年计琰读书乐园刻本。

二首，时坠马次日》《七夕二首，时在宣城官舍》《七月初八夜听雨边城，有作寄内》等均写于康熙十一年（1672）。而宣镇坠马之年又恰逢闰七月，经查，此年亦为康熙十一年。而据卷一《坠马宣镇城南，六月二十八日》："四十九年来，此苦尝亦寡。"①时计东四十九岁，逆推其生年亦为明天启四年（1624）。

再考其卒年。计东弟子徐釚《祭业师计甫草先生文》云："寅卯间，西南用兵，故乡风鹤，方念师在燕中，难慰倚闾之望。六月暂归，而师已回里门矣。十月初，某忽有鸰原之痛，师从郡城枉吊敝庐……留数行言别，且云'忽有足疾，出自意外，故亟归'。呜呼！孰意吾师竟因此疾以殁也。"②文中之"寅卯间"，系指清康熙十三年甲寅、十四年乙卯间，"十月初"当在康熙十四年乙卯（1675），可知计东在此际仍在世。挚友汪琬有悼诗《闻甫草凶问，予既为位以哭，明日作四绝句寓哀》，李圣华先生笺注："作于康熙十四年冬。并按，是年冬，计东为饥所驱，将北游，汪琬赋诗送之，不虞十余日即闻其耗。"③据此可知计东卒于康熙十四年冬。再考同居吴江的姻亲朱鹤龄《丙辰元旦》诗句下的自注："眉生、篆在、确庵、孝章、甫草相继讣至"④，可知计东与沈寿民、沈麟生、陈瑚（1613—1675））、金俊明（1602—1675）皆卒于康熙十五年（1676）元旦（即正月初一）之前，也就是康熙十四年（1675）。而据叶舒颖《叶学山先生诗稿》卷四丙辰稿《春正月三日安宜署中闻计子甫草凶问至中元后始得往吊》所云，时在安宜（今扬州市宝应县）的叶舒颖是康熙十五年正月初三得知计东去世消息的，与朱鹤龄所载仅差三天，互为参证，可信度较高。而安宜距吴江数百里之遥，在交通、通信尚不便捷的古代，接到计东去世消息定然会有所滞后，由此可得知计东当在丙辰元旦前不久去世。另据叶燮自云：

---

① （清）计东：《坠马宣镇城南，六月二十八日》，《改亭诗集》卷一，清乾隆十三年计璸读书乐园刻本。
② （清）徐釚：《祭业师计甫草先生文》，《南州草堂集》卷三十，清康熙三十四年刻本。
③ （清）汪琬著，李圣华笺校：《汪琬全集笺校》，人民文学出版社2010年版，第389页。
④ （清）朱鹤龄：《愚庵小集》卷五，清文渊阁四库全书本。

"癸卯冬，予与山子、计甫草北行。两兄并物故五年矣。"① 经查可知赵沄卒于康熙十四年（1675），则"并物故"的计东当亦卒于此年，此一条资料也可作为计东卒年的辅证。

然而，以上结论仍存在一定的偏差。综观以上诸论可知，计东当是卒于康熙十四年冬十月之后，康熙十五年正月初一之前，然细考该公历年份，则应在1676年2月14日之前，实际上其卒年的公历已然进入1676年。造成讹误的原因在于干支纪年与公元纪年的混淆。按干支纪年法，计东卒于康熙十四年年末；按公元纪年法，计东则卒于1676年2月14日之前。故计东实际上应是卒于康熙十四年年末，而按公历纪年则应是1676年，因此本论文提及计东卒年一律以康熙十四年（1676）标示。至此，计东的生卒年可算得以确实，即生于明天启四年（1624），卒于清康熙十四年（1676）。

其实，关于生年，计东本人在诗文集中已有明确交代，为何时人、后世乃至其至亲却并未去作品中寻找这样令人信服的证据？令人颇为疑惑的还有，计东去世的确切年份也是从其生前好友笔下传出，按常理来说，当不至于出错，却偏又与事实不符，造成一年到三年不等的偏差。据尤侗所言，他撰写此篇传记是受计默所请，以附于计东文集之中，写作时间在宋荦之后，应是看过抑或至少是知道宋荦为计东作过序的："今君殁二十年，而宋公开府江南，声望赫然，世皆称君为知人，故《改亭集》之刻宋公序以传焉。"② 而尤侗与计东交情匪浅，为何会与宋荦之言相异如此之大？同样令人费解的是，计默将两篇文章视为不刊之论，并未有所更正便刊刻出版，致使其父遗集中传和序内容多有混淆、相悖，亦不能不视为失察，对此负有不可推卸的责任。无独有偶，与计东交情匪浅的友人姜宸英、汪琬也都出现了这种情况，其生卒年亦出现了不同程度的讹误，而实际上大多数古人的生卒年时常说法不一已是一种普遍现象，实

---

① （清）叶燮：《与赵书年话旧追忆其尊人山子》，《己畦诗集》卷二，清康熙叶氏二弃草堂刻本。
② （清）尤侗：《传》，计东《改亭文集》卷首，清乾隆十三年计璸读书乐园刻本。

是官方记载抑或民间文人学者不辨正误、盲从偏信者之过。这不能不引发我们思考,在对待古人的生卒年问题乃至古代文学相关问题研究过程中,应秉持严谨的态度,不盲从,不偏信,不能仅看时人怎么说、今人如何考。首先要重视作家本人的作品,这类文献可信度很高。其次是重视作家亲友的诗文集,但要注意辨析,相互参证,其可信度虽略逊于作家本人作品,但仍有重要参考价值。再就是可以采证正史和其他典籍资料,且注意辨正,看引用者是否有辨正和分析,多年来是否被辗转引用,错讹相继。综合以上方式追根溯源、多方考证,方可得出更为确切可信的答案。要之,如何不陈陈相因,让"拿来主义"在古代文学研究中流行,方是我们要不断思考和改正的症结。

二 入清前行迹考论

计东的名与字颇有内涵,寄托了父母对他的期望。名东与字甫草均源自记述周宣王会同诸侯举行田猎一事的《诗经·小雅·车攻》:"东有甫草,驾言行狩。"① 他童子时的教育多是源于父亲,品性构成受乃父影响颇深。父亲常言传身教以诲之:"予童稚时,每岁见先君焚香涤砚,修赫蹏候先生惟谨。"② 而尊师重道这一品质在计东身上也得到了良好传承,当夫子曹本荣"病革于扬州也,东自吴门冒冰雪,疾趋侍汤药"③。计名于文章一事颇为自许,曾言于计东:"尔父生平无他技能,亦无快心满志之事,惟为文章抉幽钩深,穷其变化,惟吾意所欲达,而能不诡于古圣贤之指,此我之至乐也。我文章自己卯后益工,前此知我者数人,晏泰征、张太羹两先生为最,后此知我者亦数人,知我尤深者凌忠清公与当湖倪先生而已。"④ 这种自信在计东身上也得以展现,成年后的计东就曾自比于

---

① 程俊英译注:《诗经》,上海古籍出版社2006年版,第269页。
② (清) 计东:《赠孟伯健序》,《改亭文集》卷六,清乾隆十三年计瑸读书乐园刻本。
③ (清) 计东:《清故中宪大夫内国史院侍读学士曹公行状》,《改亭文集》卷十六,清乾隆十三年计瑸读书乐园刻本。
④ (清) 计东:《倪伯屏先生七十寿序》,《改亭文集》卷七,清乾隆十三年计瑸读书乐园刻本。

王猛、马周，颇有致君尧舜的豪气。计名还颇有识人之明，早有预言门人吴兆骞将来会招致祸事："吴四少时简傲，不拘礼法。在塾中见人所脱巾冠，辄窃取溺之。其师计青辚先生大加捶楚，后见渠所作《胆赋》，乃嗟赏曰：'此子异时必有盛名，然当不免于祸。'至丁酉科场事起，众谓先生知言。"① 且对儿子计东的个性也颇为担忧："（东）幼跳荡不羁，父忧之。先辈吴翻一见曰：'非常儿也。'"② 而友人吴翻③却颇为赏识计东，将爱女字之："父友吴翻独器之，妻以女。"吴翻乃吴江名士，与计名等实为崇祯初年复社的创始人："人知吴江人助之，不知吴江人实首之者也。首之者谁，吴扶九、计青辚、沈圣符、张将子、张九临也。扶九家颇塘，与青辚辈交，乃破产输粟，俾同邑畸士孙孟朴联络之。青辚者，甫草父也，而扶九者，甫草之妻父也。"④ 少年计东能得到吴翻的赏识，足见学识、品行自有其过人之处。

当父亲无暇管教时，母亲便承担起课子之责："予童子时，每日暮从家塾归，辄拥几一斗室中。父时时以馆谷留江城中。母夜纺绩，课子篝灯读书。"⑤ 计母生于万历三十四年（1606），父家待考。母亲体质弱于常人："然自生东时得肺病，至今每一发，辄委顿数日。"⑥"然早衰，发齿尽脱，容貌若八十余岁者。"⑦ 计东也遗传了母亲的这一体质："余少婴羸疾。"⑧ 年仅五十二便离世与此当有莫大关联，其时母亲尚在。母亲为家操劳一生，"性勤纤绩，虽老不倦"⑨，计东都看在眼里，故晚年的四处奔波，孝顺母亲、负米养亲

---

① 李兴盛主编：《吴兆骞杨瑄研究资料汇编》，黑龙江大学出版社2014年版，第21页。
② （清）李元度纂，易孟醇点校：《国朝先正事略（下）》卷三十八，岳麓书社1991年版，第1053页。
③ 吴翻（1609—1655），字扶九，吴江荻塘人。明诸生。少负才名，喜结客。家居论断历代史，分为《存信》《存疑》二部。著有《升恒堂集》《复社同人姓氏》等。
④ （清）张镒：《溪阳展墓园记》，《冬青馆甲集》卷四，《清代诗文集汇编》第490册。
⑤ （清）计东：《茧庵记》，《改亭文集》卷九，清乾隆十三年计琪读书乐园刻本。
⑥ （清）计东：《赠朱菊庐归觐序》，《改亭文集》卷五，清乾隆十三年计琪读书乐园刻本。
⑦ （清）计东：《赠朱菊庐归觐序》，《改亭文集》卷五，清乾隆十三年计琪读书乐园刻本。
⑧ （清）计东：《招鹤集序》，《改亭文集》卷三，清乾隆十三年计琪读书乐园刻本。
⑨ （清）计东：《赠朱菊庐归觐序》，《改亭文集》卷五，清乾隆十三年计琪读书乐园刻本。

亦是其游走四方的重要原因之一。

可以说，除家学外，师承在计东身上也得到了较好的体现。少时他便受业于当时的名公大儒，常随身侍候，得其亲授经学、理学及作诗为文之道。自十三岁起，计东便跟随未来妇翁吴翻以及复社领袖张溥游学："予十三岁从妇翁吴扶九先生、我师西铭先生游。"① 他如理学大家刘宗周："稍长，从学于念台刘先生，命读吾乡高、顾两先生遗书及邹忠宪公集。"② 再如经学大家黄道周："昔漳浦黄先生与其友涂德公，以戌至浙江讲学大涤山中。予年十六七，奉几杖从先生间与言诗。"③ "及年十六七，亦遂得与皋旭时时角逐文酒之役"④，可知。诸先生谆谆以教穷理尽性之学，为他早期的思想打下了坚实的基础。

少年的计东在父母、恩师的教诲下早早就开始为应试做准备，可贵的是，这并未磨灭其跳荡不羁的个性："七岁能文，乡里奇之。"⑤ "伊予年十一，摇笔为文章。健如初生犊，跳荡不自量。"⑥ 崇祯十二年（1639）春，许豸主柄浙江，时年十六岁的计东参加童子试，便补为诸生。然在后世诸多史料记载中，均谓其"年十五补诸生"⑦，此误当始自尤侗。其实，计东在诗文中早有交代，十五岁始学八股，且童子试举行时他方十六岁："伊予年十五，学为场屋文。"⑧ 在崇祯十三年（1640）进行的士子考评，计东得到了主考官许豸的激赏，由此声名大起："逾年再校士，赏誉倏非常。呼予曰神骏，叹予才无双。自此大有声，交游起辉光。"⑨ 这一阶段，父亲仍会督促计东课业："己卯湖广省试毕，天下争传诵王氏怀人、亦世之

---

① （清）计东：《郭母张夫人寿序》，《改亭文集》卷七，清乾隆十三年计璸读书乐园刻本。
② （清）计东：《谒吕新吾先生祠堂诗序》，《改亭文集》卷一，清乾隆十三年计璸读书乐园刻本。
③ （清）计东：《王尔玉诗集序》，《改亭文集》卷二，清乾隆十三年计璸读书乐园刻本。
④ （清）计东：《郭母张夫人寿序》，《改亭文集》卷七，清乾隆十三年计璸读书乐园刻本。
⑤ 《（康熙）吴江县志》卷十三，清光绪抄本。
⑥ （清）计东：《赠许于王侍御》，《改亭诗集》卷一，清乾隆十三年计璸读书乐园刻本。
⑦ （清）尤侗：《传》，计东《改亭文集》卷首，清乾隆十三年计璸读书乐园刻本。
⑧ （清）计东：《广陵五日宴集作》，《改亭诗集》卷一，清乾隆十三年计璸读书乐园刻本。
⑨ （清）计东：《赠许于王侍御》，《改亭诗集》卷一，清乾隆十三年计璸读书乐园刻本。

文。先君子举以督课，予必成诵乃已。"① 且有意引领计东结交四方贤长："忆予束发初，即多识四方贤豪长者。"② 尤其是自己的师友，如赵炳："先君命东以父执之礼事先生。"③ 再如倪伯屏："因感泣出先生手书二纸，命东他日持以见先生。东用是从我父执张愧庵后，获侍先生几杖。"④ 再如张愧庵："东从先君子，后得交先生甚久。"⑤ 计名还在崇祯十三年（1640）夏带计东、吴兆宫、吴兆骞等从赵炳读书于楞伽山寺。也以计名为吴兆骞业师之故，吴、计两家世代通好，这也为后来吴兆骞以丁酉科场案获罪，计东倾力营救以及罹祸奏销案埋下伏笔。

崇祯十五年（1642）秋的乡试，计东并未参加。此际年方十九的他对时局有着清醒的认识，不愿再参加科举，一心闭门读书："会遭世变，不愿应举，家居，取《十三经》《二十一史》诸书，尽读之，求义理旨归、治乱得失之要，下至权衡、兵法、阴阳、占候之术，靡不通习。"⑥ 读书之余，计东也未停止文学创作。年甫二十的他已写了不少诗篇，并托人请董说作序：

> 严子既方寓书于余，与甫草诗俱来。甫草文章霸一代，是能读《三坟》《五典》《八索》《九丘》，与之言，益人意气，豪杰士也。不得其平，愤发不可止，拔剑击地，散发问天，当此之时，怨而诗。挟小四海、卑视万古，或鼓或罢，或泣或歌，当此之时，狂而诗。荣乖卫逆，多卧少起，以药为浆，日永夜长，当此之时，病而诗。读甫草诗，余更欲学诗也。⑦

从董说序中可以看出，此时计东的创作慷慨激昂，尽是不平之

---

① （清）计东：《云间赠言册序》，《改亭诗集》卷二，清乾隆十三年计瑸读书乐园刻本。
② （清）计东：《云间赠言册序》，《改亭诗集》卷二，清乾隆十三年计瑸读书乐园刻本。
③ （清）计东：《赠赵明远序》，《改亭文集》卷五，清乾隆十三年计瑸读书乐园刻本。
④ （清）计东：《倪伯屏先生七十寿序》，《改亭文集》卷七，清乾隆十三年计瑸读书乐园刻本。
⑤ （清）计东：《独倚楼记》，《改亭文集》卷九，清乾隆十三年计瑸读书乐园刻本。
⑥ （清）尤侗：《传》，计东《改亭文集》卷首，清乾隆十三年计瑸读书乐园刻本。
⑦ （清）董说：《计甫草诗序 癸未》，《丰草庵前集》卷二，《清代诗文集汇编》第71册。

鸣，已形成自己的风格，与其跳荡不羁的个性相合。但此际天下已乱，并没有一个让他专心读书、创作的安稳环境。李自成带领的农民军正四处屠戮，楚洛一带尤为严重："壬午岁，中州即大被寇难，屠戮梁园才士几尽，制科亦不行，自是以后，风流凋丧，南北声问阻绝不通者数年。"① 计东虽闲居在家，仍深忧时局，将堂号名为"枕戈堂"，取枕戈待旦之意，可知其济世救国之心并未泯灭，仍在百般思索救世之方，于此一年便辑几十万言，约为《筹南五论》："约其壬午以来所辑之筹南书而更其名也。书作于壬午之十月，时值贼氛突踞楚洛间，窃忧金陵上流失险，外甸单露，乃取天下形势要书，自唐之《括地》，迄明之《一统》，反复究论，辑书几十万言。"②《筹南五论》一总论先固东南要害，二论应天根本，三论两淮门户，四论全楚形势，五论四川要害，"洋洋巨篇，非洞究形势险要，熟悉历代用兵之迹者不能为"③。此五论"绝无一驾虚凿空语，且每设为三策，又辄仅取其中，此其计虑尤深远矣。不独工于揣摩，精于考证已也"④。崇祯十七年（1644），该集行将刊刻之际，适逢国变，计东悲痛难禁，无暇他顾，刊刻一事便就此搁置："嗣将付之厥氏矣，猝闻国变，痛涕焚书，身且不知所竟，遑及夫著作之事。"⑤ 值得一提的是，该集中称明太祖为"高皇帝"，且对列宗、洪武等处均抬头，对清则称"奴酋""虏骑""胡马"等。在后来刊刻的《改亭诗文集》中，各论皆已删节，忌字也多改易，当是出于避祸所致。在诸多史料中均载计东"著《筹南五论》干阁部史公，公奇之，时人未之测也"⑥，可惜"以时势所值，弗能用也"⑦。但据计东写于崇祯十七年十一月的《自述》所言，刊刻付梓以及上呈史可法并非写作的初衷："一旦刻成而寄予正其讹字，私心快之，遂不

---

① （清）计东：《偶更堂诗集序》，《改亭文集》卷二，清乾隆十三年计瑛读书乐园刻本。
② （清）计东：《自述》，《不共书》卷首，明崇祯十七年计氏枕戈草堂本。
③ 张舜徽：《清人文集别录》，华中师范大学出版社2004年版，第70页。
④ （清）计东：《自述》，《不共书》卷首，明崇祯十七年计氏枕戈草堂本。
⑤ （清）计东：《自述》，《不共书》卷首，明崇祯十七年计氏枕戈草堂本。
⑥ （清）尤侗：《传》，计东《改亭文集》卷首，清乾隆十三年计瑛读书乐园刻本。
⑦ 王钟翰点校：《清史列传（第18册）》卷七十，中华书局1987年版，第5739页。

得不正之同人。然岂作书之本怀哉？抑岂有献书之妄念哉？"① 应是眼见南明局势不见明朗，遂有上书史可法之念。而随着南明局势的崩溃衰颓，计东的济世救国之心也付之一空。

第三节 "御试第二"后何以"三上春官不第"
——科举之路初探

作为由明入清的文人，计东并不是立即就参加科举的，曾经历了一番挣扎。而他的科举之路则充满了传奇曲折色彩和种种令人疑惑之处。其传奇曲折之处在于，自顺治八年（1651）首次参加科举至顺治十八年（1661）被革去举人身份，计东就经历了影响万千士子前途命运的四件大事："不再立副榜""丁酉科场案""'蔭'字违式"和"奏销案"，而计东究竟与这些"大事件"如何产生关系，个中因由、经过究竟为何，尚有诸多空白点和舛误之处，本节将着重探析前两件。而令人疑惑之处还有，据尤侗《计孝廉传》所言，计东既然已"御试第二，名动长安"②，后为何又"三上春官不第"③呢？

一 参加科举前与后之行迹

要解开种种谜团，需从计东走上科举一途前后的心路历程谈起。1644年明朝灭亡，在计东还来不及思索家国何以破灭之时，国破带来的种种苦难便加诸计氏一家身上。顺治二年（1645）正月，计东的祖母去世："先君方出，谢友人之会，吊先大母。"④ 父计名哀毁过度，几致呕血："先君白衣冠，颜色憔悴，若重有哀者。……盖先君以是年春三月，哀毁呕血。"⑤ 不幸于次年春去世："至明年春，不胜丧，

---

① （清）计东：《自述》，《不共书》卷首，明崇祯十七年计氏枕戈草堂本。
② （清）尤侗：《传》，计东《改亭文集》卷首，清乾隆十三年计瑸读书乐园刻本。
③ （清）尤侗：《传》，计东《改亭文集》卷首，清乾隆十三年计瑸读书乐园刻本。
④ （清）计东：《赠王又沂序》，《改亭文集》卷五，清乾隆十三年计瑸读书乐园刻本。
⑤ （清）计东：《赠王又沂序》，《改亭文集》卷五，清乾隆十三年计瑸读书乐园刻本。

殁矣。"① 计名对亲人离世的难以排解，甚而哀毁致死这一重情的特质在计东身上也有所展现。长子淮年十六早逝，计东亦是哀毁难禁，长达十余年而未曾稍减。在经历祖母离世期间，计氏还要举家四处逃窜避难："乙酉，先生奉赠公偕太君及弟中翰君夫妇避兵至我家，我先君洒扫宅之西偏以居之。又舣一舟同逃窜，饥渴风雨，惊怖患难，两家未尝不相共也。"② 与计家一同避难的是严观一家亲友。可见在那个动乱不安的年代，无论何种身份，奔波避难已是一种常态，都是在所难免的。许是在避难过程中结下了更为深厚的情谊，严观后将爱女许于计东次子默。此年计默尚未出生，结亲之事是为后话。

　　计东所言"避兵"，不知是指避清兵、农民军还是明朝亡散的军队。时清兵正南下镇压农民军，四处圈地、屠戮，威压汉人，江南人民的抗清斗争此起彼伏。身为饱有济世之心的爱国青年，计东也参与了抗清活动。虽在现存诗文集中甚少提及，语焉不详，但仍能透过历史烟云找到蛛丝马迹。康熙七年（1668），计东因太仓州王时敏"招集某公园亭，遇苏昆生，有感旧事，即席成二首"③：

　　　　二十四年前此日，布帆曾共楚天游。朱门灯下重相见，不道何戡已白头。
　　　　当时急难在龙门，楚客秦庭欲断魂。风义只会摇落尽，新声美酒又黄昏。

诗中所谓"二十四年前"即顺治二年（1645），亦指弘光元年，南京被清军占领前后。诗中所谓"龙门"隐指都城，又隐指朝廷。以时间推算，"当时急难在龙门"应意指南京弘光朝廷在危难之中。而所谓"布帆曾共楚天游"，当时国势危亡，计东与苏昆生为何会前往湖广？结合"楚客秦庭欲断魂"，应是说计东与苏昆生一同去湖广

---

① （清）计东：《赠王又沂序》，《改亭文集》卷五，清乾隆十三年计璜读书乐园刻本。
② （清）计东：《严母顾太君行状》，《改亭文集》卷十六，清乾隆十三年计璜读书乐园刻本。
③ （清）计东：《娄东王奉常招集某公园亭，遇苏昆生有感旧事，即席成二首》，《改亭诗集》卷六，清乾隆十三年计璜读书乐园刻本。

求援，却未获结果。而此去湖广是向何人求援？据考，当时的湖广驻守总督为何腾蛟。孟亮揆《赠苏昆生》说他"曾随羊祜客湘潭"①。羊祜为西晋名将，曾坐镇襄阳、都督荆州诸军事。由此看来，诗中的"羊祜"应指何腾蛟，苏昆生后又随何腾蛟驻守湖南。可见二人此行是去向何腾蛟等人求援。可惜的是，当时的何腾蛟正与左良玉对抗，自顾不暇，二人最终并未达成目的。无论如何，面对国家危亡，计东还是尽了一介书生应有的义务和责任。

另从殳丹生的笔下也让我们窥知计东曾在国难之际相助他人的行径。顺治二年（1645），嘉兴陷落，甲申之变自缢殉国的户部尚书倪元璐之子倪会鼎②适来此地避难，得计东不顾安危予以收留，从殳丹生诗中可知当时兵戈四起，境况危急："缟装素甲起州城，瞿然请入共愁兵。邯郸围急锐兵至，云是翩翩魏公子。仓卒难分秦魏君，一握兵符付与君（计东）。"③倪会鼎遂将父生前所绘扇面一幅赠之："握一箑授客计生。"④此处以"客"称之，许是计东因与倪会鼎同出黄道周门下，而有机缘尝客于倪元璐父子。而所赠扇面实乃倪元璐遗作，其上所书"各出辟兵符一道，散为续命缕千丝"近于诗谶，赠扇之举大有传承之意。计东亦爱重异常，珍藏十余年之久，在顺治十七年（1660）夏还曾与友人殳丹生共赏，大有追悼故国寄哀思之意："至今便面入君手，苌弘碧血藏怀袖。玉堂点染云烟善，并马联镳曲江宴。五月五日追胜游，同年同邸长相见。檇李夫椒事渺茫，青绫一幅悬君堂。可怜四万陈陶尽，野老年年枉断肠。"⑤在目今所见计东诗文集中，我们更多见到的是他对新朝的接纳与适应，似乎

---

① （清）孟亮揆：《赠苏昆生》，邓汉仪《诗观二集》卷九，慎墨堂刻本。
② 倪会鼎（1620—1706），字子新，晚号无功，私谥孝靖。倪元璐子。浙江上虞人，明诸生，著有《治格会通》《明儒源流录》《越水詹言》等。
③ 殳丹生：《吴江观倪文正公赠徐忠襄公书画箑幛子作歌留赠计生 并序》，载周斌编《柳溪诗征》卷五，上海中华书局1937年版，第12页。
④ 殳丹生：《吴江观倪文正公赠徐忠襄公书画箑幛子作歌留赠计生 并序》，载周斌编《柳溪诗征》卷五，上海中华书局1937年版，第12页。
⑤ 殳丹生：《吴江观倪文正公赠徐忠襄公书画箑幛子作歌留赠计生 并序》，载周斌编《柳溪诗征》卷五，上海中华书局1937年版，第12页。

很难见到他之于故国的怀悼,难以窥见其内心的痛苦,所幸从殳丹生的诗中得以窥知他内心世界一隅,亡国哀思历十余年依然尚在。

顺治三年(1646)三月,随着父计名的去世,养家的重担便落到了计东的肩上。而这一时期,计东正值丁忧,要为父守孝,若要走科举一途自是不通,且亡国之悲尚在,据弟子徐釚所述,年甫弱冠的计东当是在此际开始开馆授徒的:"记某十四五时,从先君子读书南州草堂。疏篱野水,竹木蓊郁,石塘横跨其右。师与先君子有旧,每倚棹过堂中,先君子呼小子出揖,执经问难,因委贽焉。明年,从师游学禾中。"① 徐釚生于崇祯九年(1636),十四五岁正是顺治六年(1649)前后。顺治三年(1646),计东忧居期间,发生一件使计氏几至不保的事。当时吴中有一巨寇被捕入狱,四处攀咬诬蔑,计家也在被诬之列。但究竟因何被此巨寇牵连诬陷尚不得而知,此事仅于徐釚文中得见,没有其余材料予以佐证补充。此事幸得徐釚父徐韫奇以奇计解之:"岁丙戌,计先生方忧居,而里中巨寇系狱,扳诬延蔓,计氏几至不保,府君出奇计,殱毙巨憨,而此狱顿解,人皆称快。"②

在忧居期间,计东除了四处授徒以维持生计,还匿迹乡里,潜心向学,以解失父之忧思。据吴时森《梅里》诗注所云,计东此际与挚友吴兆骞读书于县中梅里村沈自炳宅内东楼:"家叔汉槎同计孝廉甫草,曾读书于(沈中翰)所居之东楼。"③ 读书之余,进行文学创作也在情理之中,且作品数量、质量颇为可观:"秀水计曦伯光忻尝得《天尺楼纪年草》一卷,世少传本,皆戊子一年之诗。时顺治五年,东方二十五岁,居忧服阕时所作。"④ 集中有《拟五君咏》,所歌咏者殷伯夷、汉诸葛、焦光、晋陶潜、宋郑思肖,皆是易代守节的典范,可见此际的计东尚矢志坚守遗民之志。戊子为顺治五年

---

① (清)徐釚:《祭业师计甫草先生文》,《南州草堂集》卷三十,清康熙三十四年刻本。
② (清)徐釚:《先府君事略》,《南州草堂集》卷三十,清康熙三十四年刻本。
③ 李兴盛主编:《吴兆骞杨瑄研究资料汇编》,黑龙江大学出版社2014年版,第276页。
④ 盛泽镇人民政府、吴江市档案局编:《盛湖志(上)》,江苏广陵书社有限公司2011年版,第393页。

（1648），而董说在顺治四年（1647）有《复计甫草书》：

> 对兄著作，如叔孙通读《苍颉石室记》，仅通数字；又如看米家山水，云树微茫；又如梦中听钧天之乐，铿锵震骇，未可定其声律；又如头白宫人，见舞柘枝，色喜心悲。读《古今臣表》，如良常山萤芝五采，裁食一枚，灵府洞彻；又如仁寿殿前，铜镜写人，形体了了；如《五岳图》，结构嵯峨；如浑天仪，星辰错落；如照夜之珪，如崩霜之剑。诗草寄怀千秋，如中郎弹愁女之丝，闻者堕泪；又如通玄仙人演洞真经语，难告人间。①

董说对计东的推崇言语稍显夸张，然书信中所指著作不知是否即是《天尺楼纪年草》，但至少证明计东此际已创作了不少诗文，且质量可观，在士人间已有一定的知名度。

此外，文学交游、社集亦是计东这一时期生活中必不可少的活动。基于父辈时期结交的友人以及复社经历，加之江南地域之利、人文之便，计东入清后所参与的结社活动亦不在少数。在吴中，计东与当时著名文人徐乾学、汪琬、尤侗等交互主持盟坛："在吴中，与徐健庵、汪尧峰、尤西堂诸君狎主齐盟。"② 顺治五年（1648）秋，南闱乡试，明末复社、几社中的旧人多已应试。而计东尚在丁忧，不能参加，却热衷于参与各类社事活动。明末以来，东南文士以立社自豪。复社、几社诸人借此科举之机，会于秦淮河上，筹划兴举文社，为慎交社、同声社的成立奠定基础："（明亡，复社、几社中）旧人，大半伏处草间，至戊子科尽出而应秋试。余于是役识宋子既庭实颖、宋子右之德宜、宋子畴三德宏……于秦淮河上，订言社事。"③ 顺治六年（1649）冬，明末几社遗派沧浪会因内部纷

---

① （清）董说：《复计甫草书》，《丰草庵文集》卷一，《清代诗文集汇编》第71册。
② （清）尤侗：《传》，计东《改亭文集》卷首，清乾隆十三年计琉读书乐园刻本。
③ （清）杜登春：《社事始末》，参见（清）蒋平阶编、（清）吴伟业纂、（清）杜登春纂《东林始末　复社记事　社事始末》，中华书局1991年版，第13页。

争，在商讨如何对待王其长①的问题上出现分歧，遂分为同声社和慎交社。顺治七年（1650），在计东与朱彝尊等人的主持下举慎交社："顺治七年庚寅，宛平金冶公鋐孝廉来寻盟，盟者十子，彭云客珑、缪子长慧远、章素文在兹、吴敬生愉、宋既庭实颖、汪苕文琬、宋右之德宜、宋畴三德宏及予也。予与彭、宋、计甫草东举慎交社，七郡从焉。"② 不久，同声社继起，由章素文主持，赵炳、沈韩倬、钱宫声、王其长等佐之。二社自此便各立门户，势同水火。而为消弭同声、慎交二社的矛盾，在钱谦益的授意下，吴伟业联合苏州、松江两府及附近诸府士人在嘉兴举十郡大社，声势浩大，影响一时："连舟数百艘，集于嘉兴南湖。太仓吴伟业，长洲宋德宜、实颖，吴县沈世英、彭珑、尤侗，华亭徐致远，吴江计东，宜兴黄永、邹祗谟，无锡顾宸，昆山徐乾学，嘉兴朱茂晭、彝尊，嘉善曹尔堪，德清章金牧、金范，杭州陆圻，越三日乃定交去。"③ 同为慎交社成员的计东表弟毕映辰④记载了当时文人社集的盛况："华堂胜集启琼筵，名彦盈门望若仙。品藻应刘今更睹，风流王谢世争传。影摇银烛兼星动，光灿珠盘映月圆。缟伫一时敦旧好，人文江左自翩翩。"⑤ 此后，该社又举行了几次规模甚大的集会。对于这类社集活动，计东游走其间，结交四方官宦名士，迎来送往，诗酒酬唱，表现得尤为活跃和热衷。而计东所结交的友人身份复杂，既有仕清者，亦有抗清者。终生不仕者如侯研德、顾有孝、朱鹤龄等，矢志抗清者如魏耕、祁班孙、陈三岛等。其中的魏耕系联络海上抗清义师（郑成功与张煌言）者和地下反清组织策划者之一，后因通海案发，殉节以死。社集期间，魏耕曾多次来吴江，并与计东唱和赠答，有

---

① 王其长，字发，王贞明之子，章素文妹丈。性豪奢不检，尝骗取吴兴沈某数万金，寻入狱被斩。见佚名《研堂见闻杂记》。
② （清）杨谦：《朱竹垞先生年谱》，《曝书亭集诗注》，清刻本，第6页。
③ （清）顾师轼：《吴梅村先生年谱》卷三，清光绪三年太仓吴氏重刻本。
④ 毕映辰，生卒年不详，字西临、宿宫，吴江诸生，著有《西临诗钞》。
⑤ 毕映辰：《社集涵春堂，呈张九临、吴海序、赵若千、山子、陈长发、吴弘人、闻夏、汉槎、叶学山、沈二闻、丁绣夫诸盟长、表兄计甫草、吴邺衣》，参见李兴盛主编《吴兆骞杨瑄研究资料汇编》，黑龙江大学出版社2014年版，第151—152页。

第一章 计东家世、生平行迹考论

诗《奉别计东、赵沄、汪琬、汪永恺、吴兆宽、兆宫、兆骞还苕》等。在交往中，这些志节之士不能不对计东产生一定影响。而明末诸多友人相继应试，对计东也多少会产生一定的触动，为将来参与科举提供了理由和借鉴，或许还能稍减内心的愧疚。与不同阵营的友人往还，加之生存压力、功利之心的裹挟，也就造就了一个矛盾、复杂又真实的计东。虽然计东等人参加的此类社集活动入清后已不能再影响朝政，但仍可视作一种民间政治，于清廷而言，实为潜在的威胁。顺康之际的"丁酉科场案""奏销案""哭庙案"等，打击的几乎都是江南的社团中人。"江浙文人，涉丁酉一案不下百辈，社局于此索然，几几乎熄矣。"① 顺治十七年（1660），清廷颁布了严禁结社订盟的政令，结社活动从此告一段落。②

服丧期满后，随着长子准、次子默的相继出生，教书的收入并不足以支撑一家老小的生活，加之家贫多难，计东不得不开始走科举一途："丁父丧，家多难，母老贫，无以养，于是慨然投袂，出试于有司。"③ 于是在顺治八年（1651）秋参加了入清后的第一场乡试，由此开启了他幸亦不幸的科举之路："辛卯岁，吾郡方复有文会之事，而予于是年秋选海内闱墨。"④ 所幸成绩尚可，得中浙江乡试副榜第三："辛卯科，予应浙江省试，中副榜第三。"⑤ 至此，计东的科举之路还算顺遂。按上届科举惯例，"中副榜者，入成均读书，满一年，送吏部历事，考用如廪生"⑥，且会有一定的收入。如若按上届科举恩诏，计东本可就此获得一官半职，衣食无忧，不幸的是，这份恩诏并未眷顾辛卯科的仕子，顺治帝谕令中副榜者不再授予官职，且此后不再设立副榜："本朝独戊子科诏天下廪生中副榜者，贡

---

① （清）杜登春：《社事始末》，参见（清）蒋平阶编、（清）吴伟业纂、（清）杜登春纂《东林始末　复社记事　社事始末》，中华书局1991年版，第20页。
② 参见赵园《明清之际士大夫研究》、谢国桢《明清党社运动考》、何宗美《明清之际文人结社研究》等书。
③ （清）尤侗：《传》，计东《改亭文集》卷首，清乾隆十三年计琰读书乐园刻本。
④ （清）计东：《偶更堂诗集序》，《改亭文集》卷二，清乾隆十三年计琰读书乐园刻本。
⑤ （清）计东：《赠陈翁余序》，《改亭文集》卷五，清乾隆十三年计琰读书乐园刻本。
⑥ （清）计东：《赠陈翁余序》，《改亭文集》卷五，清乾隆十三年计琰读书乐园刻本。

至吏部谒选人，最者以推官用，次知县，次州郡，佐增广附学。"① 因此，计东最终仍被罢为诸生，这其中颇有一番曲折：

> 顺天副榜第一张叔泰上疏乞如戊子科，得旨下部议。时礼部尚书陈公之遴，以次子容永在副榜前列，引嫌，逡巡未定。明年，给事中王公桢具疏请，谓诸生以一二字之疵，或限于额，有毫厘千里之叹，诚可悯恻，乞以前十名充贡。疏再下礼部，而满汉尚书遂议"自后直隶大小省或二十名、十名、八名、五名，前准贡诏着为令"，以有"自后"两字，余辈在辛卯者仍罢为诸生，而甲午、丁酉、庚子三科皆行之。②

经过君臣的反复磋商，最终顺治帝还是决定不再设立副榜，谕令"自后"中副榜者不再授予官职。因此，计东最终仍被罢为诸生。那些如计东般得中副榜者期盼以此步入仕途，却就此失去了进身之阶，无不为之扼腕叹息，期盼能再设副榜："迨癸卯科历丙午、己酉俱不许立副榜名色，士之限于额数及微疵，不得当且寂然无所考据，多扼腕而思副榜之复设矣。"③ 但不知何故，计东还是在选例时受到同为十郡大社成员且是主司选例人才的顾宸④赏识，在京都渐有声名："辛卯壬辰间，予方读书荒江寂寞之滨，不敢与汹汹拳拳者流角逐声华之末。先生于选例中独推许予能卓然不与俗同，所评论能与先生合，天下由是稍稍益知予。而予所甲乙丹黄之文，亦得齿先生。"⑤ 但从其此后行迹看，应是未获官职。

直至顺治十一年（1654）再次举行科举，计东一直游走于江浙、中州与京师之间。顺治十一年（1654），他得到了由地方贡入国子

---

① （清）计东：《赠陈翁馀序》，《改亭文集》卷五，清乾隆十三年计琰读书乐园刻本。
② （清）计东：《赠陈翁馀序》，《改亭文集》卷五，清乾隆十三年计琰读书乐园刻本。
③ （清）计东：《赠陈翁馀序》，《改亭文集》卷五，清乾隆十三年计琰读书乐园刻本。
④ 顾宸（1607—1674），字修远，号荃宜，江苏无锡人。崇祯十二年（1639）举人，藏书家。学问淹博，明清易代之际影响江南文风甚巨，操文场选柄数十年之久，著有《辟疆园文集》《辟疆园杜诗注解》，辑有《宋文选》三十卷。
⑤ （清）计东：《顾天石诗集序》，《改亭文集》卷三，清乾隆十三年计琰读书乐园刻本。

监的机会:"计东,秀水籍见举人,拔贡俱十一年。"① 但碍于生计,计东的浪游之路并未停止,四处寻找晋谒的机会,于顺治十一年(1654)冬十月杪出门,一路先至中州,入燕台,再至京师:"容易辞家到帝州,北门聊避室人愁。田园正是须钱买,那得贫来不浪游。"② 终于在顺治十二年(1655)贡入太学:"乙未贡入太学。"③ 汪琬曾在顺治十三年(1656)有《松陵江歌送计甫草》诗:"故人方尽别离觞,一任扁舟入帝乡。"④ 知是时计东以选举北上京师,此次同行的还有严临:"去年北上及三春,况是扁舟有故人。谓严览民。"⑤ 在京师,计东亦未停止投谒,结交了许多名公仕宦:"甫草在京师,接名公卿甚多。"⑥ 他得从王崇简学:"东之从学于敬哉王夫子,自乙未岁始。时夫子年五十余,自后每三年,东以计偕入都门谒夫子。"⑦ 还得到王崇简儿子王熙的器重,屡次向朝廷举荐,可惜并未获恩准。此外,计东还与王士乾、王世显兄弟⑧在京师相聚:"至顺治乙未,予始得与两王氏遇京师,嗣后数相见。"⑨ 还在贡学之余与好友陈维崧一同读书于当时的翰林院编修宋德宜家,且二人颇为相得:"其年好为惊艳绝丽之文,予且嗜苍凉古直之作,两人性不相易,然最相得也。"⑩ 可见这一时期,计东的诗文风格已臻于苍凉古直,这主要得益于他多年来客游南北的经历。计东性格狂纵跳

---

① (清)冯桂芬:《(同治)苏州府志》卷六十六,清光绪九年刊本。
② (清)计东:《马上吟有序》,《改亭诗集》卷六,清乾隆十三年计璸读书乐园刻本。
③ (清)尤侗:《传》,计东《改亭文集》卷首,清乾隆十三年计璸读书乐园刻本。
④ (清)汪琬:《钝翁前后类稿》卷一,载李圣华笺校《汪琬全集笺校(一)》,人民文学出版社2010年版,第28页。
⑤ (清)计东:《马上吟有序》,《改亭诗集》卷六,清乾隆十三年计璸读书乐园刻本。
⑥ (清)叶方蔼:《送计孝廉序》,《叶文敏公集》不分卷,清抄本。
⑦ (清)计东:《太保王先生七十寿序》,《改亭文集》卷七,清乾隆十三年计璸读书乐园刻本。
⑧ 王士乾,字怀人,湖北汉阳人,明崇十二年(1639)科举人,康熙中官长沙学正。王世显,字亦世,号仙潜,湖北汉阳人,清顺治十五年(1658)进士,康熙元年(1662)任知县,颇有政声,著有《仙潜文集》。
⑨ (清)计东:《云间赠言册序》,《改亭文集》卷一,清乾隆十三年计璸读书乐园刻本。
⑩ (清)计东:《赠陈子万归宜兴省兄其年序》,《改亭文集》卷五,清乾隆十三年计璸读书乐园刻本。

荡，在酒宴上异常活跃，慷慨陈词，善于调笑戏谑，在其诗文作品中常能见到此类自我评价式的话语："忆丁酉夏，予遇君燕市，君与王锬、宋荦同逆旅。每召予，酒酣，予与王、宋皆慷慨为大言、为调笑，起舞属君。"① 由此，计东在世人眼中展示的多是自己喜戏谑、善笑骂的印象，大多数时候，这种行事方式都能受到宾主的欢迎，从友人尤侗口中便能见之一二："其在吾吴，狎主齐盟，与予辈横经说剑，议论风生，一座尽倾，间或激不平之鸣，嘻笑怒骂，无所不有，见者怪之。"② 当然，也会偶有对此并不买账之人，让他颜面受挫，其中一次就发生在徐乾学召集的宴会上："酒半，计孝廉甫草议论蜂起，谈谐间作，随叔毅然以庄语折之而罢。"③ 从张玉书对翰林申涵盼④的推崇来看，有些人对计东行事作风是颇有微词的："随叔与人交，疏中介气，不随俗俛仰，自应制举时已然。余一见即心醒其为人，此余与随叔定交之始也。"⑤ 无论这种行事方式是出于本性抑或为了交际需要，可以说，这是他在面对外部世界时所展现的精神面貌和人格特征之一。其实，在狂纵不羁的外表下，还隐藏着一个内行恭谨、孝友重情的计东："然君内行修谨，事母至孝，友于同父兄弟，推及群从，皆亲且爱之。"⑥ 而这鲜为人知的一面只有与之交往深切者才能见到。

二 "御试第二"后却"三上春官不第"之因由

纵使贡入太学，计东仍未停止游走，其诗文集中诸如"予丙申

---

① （清）计东：《贡士侯君墓志铭》，《改亭文集》卷十四，清乾隆十三年计璸读书乐园刻本。
② （清）尤侗：《传》，计东《改亭文集》卷首，清乾隆十三年计璸读书乐园刻本。
③ （清）张玉书：《敕授文林郎翰林院检讨申君墓志铭》，《张文贞集》卷十一，清文渊阁四库全书本。
④ 申涵盼（1638—1682），字随叔，号定舫，直隶永年（今属河北）人。顺治十八年（1661）进士，改庶吉士，授检讨。
⑤ （清）张玉书：《敕授文林郎翰林院检讨申君墓志铭》，《张文贞集》卷十一，清文渊阁四库全书本。
⑥ （清）尤侗：《传》，计东《改亭文集》卷首，清乾隆十三年计璸读书乐园刻本。

游商邱"①"丙申岁暮我游宋"②的记载时能见到。应是贡入太学的收入，加之四处游走晋谒，这一时期计东的生活已有所改善，尚有余钱可蓄养两名姬妾以娱声色：

> 丙申得维姬，产自湘江北。少小解弹筝，青衣抱锦瑟。
> 更有厮养妇，生长王谢宅。能传南九宫，明慧善自匿。
> 两人同刺绣，闭阁辨音律。隐隐度曲声，侧听且历历。
> 予时最怡悦，聊用蠲愁疾。娇丝与急管，竞奏满庭室。③

这一时期计东的生活还算顺遂，科举与晋谒所带来的境遇转变，让他更坚定了走仕途的决心，故计东毫无意外地以京师太学生身份参加了顺治十四年（1657）的顺天乡试，并得中举人："计东，秀水籍，顺天中式。"④此届乡试解元为蒋钦宸，而计东则取第七名。然尤侗在《计孝廉传》中关于计东此段经历的记载颇令人疑惑：

> 丁酉举京兆第七人，御试第二，名动长安。时吏部选人，集者千余，闻唱君名，相顾欢曰："是江南计甫草邪？"争迎而揖之。然君三上春官不第。⑤

按尤侗所说，计东既已举京兆第七，御试第二，当为榜眼，为何还会"三上春官不第"呢？要厘清其中缘由，须对当时的政坛生态详加考订，方可知晓。

顺治十四年（1657）举行的乡试，便是清初著名的三大案之一

---

① （清）计东：《赠侯贻孙序》，《改亭文集》卷五，清乾隆十三年计璸读书乐园刻本。
② （清）计东：《济上喜晤李屺瞻，感述一首，并呈王贻上、汪苕文、宋牧仲》，《改亭诗集》卷二，清乾隆十三年计璸读书乐园刻本。
③ （清）计东：《望夕听同门魏山公弹琴感旧有作》，《改亭诗集》卷一，清乾隆十三年计璸读书乐园刻本。
④ （清）冯桂芬：《（同治）苏州府志》卷六十四，清光绪九年刊本。
⑤ （清）尤侗：《传》，计东《改亭文集》卷首，清乾隆十三年计璸读书乐园刻本。

"丁酉科场案",起于顺天,延至江南、河南、山东、山西等考场。计东此次参加顺天中式,而友人吴兆骞则是参加江南中式。是年八月,顺治帝谕命左春坊左庶子曹本荣、右春坊右中允宋之绳为顺天考试官,故曹本荣即为计东座主,后计东便一直以学生自居。九月,顺天乡试举行,此次因参试者多,录取者少,于是奔走钻营者四处行贿。发榜之后,考生哗然。十月,北闱科场案起。十一月十六日,刑科右给事中任克溥具本参奏科场舞弊之事,顺治帝得知后大怒,认为"科场为取士大典,关系最重,况辇毂近地,系各省观瞻,岂可恣意贪墨行私,所审受贿、用贿、过付种种实情,可谓目无三尺,若不重加惩治,何以惩戒将来"①。十一月谕礼部,中式的举人全部进行复试:"复试今年顺天乡试中式举人,已有谕旨。如有托故规避不赴试者,即革去举人,永不许应考,仍提解来京,严究规避之由,尔部再速行传饬。"② 一石激起千层浪,同月二十四日,南闱科场案发。十二月,河南闱科场案又起,不久,山东、山西等地继起。顺治十五年(1658)正月,顺治帝亲自复试丁酉科顺天举人。计东在此次考试中名列第二,与米汉雯等一百八十二名举人均被准会试,故而才有了"御试第二"之说,并借此在京师士人间声名大震,人人以得识计东为荣。而苏洪浚、尤可真、张元生、张国器、霍于京、时汝身、陈守文、周根郧等八名文理不通,俱着革去举人。二月,会试举行,计东在此次科举未能得中。至于"三上春官不第"之说,若细考计东参加会试次数,当发现记载有误。计东分别于顺治十四年和顺治十八年参加会试,参加会试次数仅二次,且在顺治十八年又罹罪奏销案,被革去举人身份,不得再继续参加会试,故不存在三次应试春官之说。

顺天中式,参加考试的生员达4000人,贡监生1700余人,能取中的名额只206名,计东能于数千人中脱颖而出得中举人并位列第七,足见其优秀。其后,顺治帝亲加复试,考场兵甲森严,每名

---

① 王炜编校:《清实录·科举史料汇编》,武汉大学出版社2009年版,第40页。
② 王炜编校:《清实录·科举史料汇编》,武汉大学出版社2009年版,第40页。

举人身侧都配有两员持刀护军，此时京师天气尚寒，惊慌战栗的士子要在此等严峻紧张的形势下完成三场考试：二书、一赋、一诗。而计东能在此等状况下考取第二名，除却聪明才智外，心理素质之强也是毋庸置疑的。而在三月，顺治帝又亲加复试丁酉科江南举人，友人吴兆骞则以战栗失次，几不能终卷。① 丁酉科场一案，乃是清廷有意借此威劫江南士人之举："盖明季江南义师多倡于文士，清廷怀恨最深，故泄愤亦倍烈也。"② 江南士子大受打击，无辜受累者不在少数，吴兆骞即是为人陷害而含冤被黜流徙宁古塔。

第四节 "'蔭'字违式"与诖误"奏销"内情
———科举之路再探

顺治十八年（1661）对于计东来说，是喜忧参半的一年，也是他生命中重要转折的一年。这一年，长子准年十五，补为诸生，于计氏一家而言，是门户可振、后继有人。也是在这一年的三月，计东第二次参加会试，却"未待撤闱，先报罢"③。六月，江南奏销案起，计东又被褫革举人身份。那么，计东究竟为何会未待撤闱便被告下第？又是何种因由致使他在奏销案中被剥夺功名呢？这些疑问因缺乏相关史料，历来尚未有人能详述其情。

一 "'蔭'字违式"之真相再现

自会试下第后，计东仍往返于故里与京师之间，四处投谒集会，同时伺待下届会试举行。如前所言，顺治十七年（1660），计东参加了徐乾学、盛珍示在城西馆舍召集的宴会，与会之人皆是四方名士："方顺治庚子，随叔初举孝廉，从其伯兄凫盟寓居京师，时则今

---

① 关于吴兆骞因何被黜，众说纷纭，亦有为仇家构陷之说，兹不赘言。
② 夏承焘：《顾贞观寄吴汉槎金缕曲词征事》，载《唐宋词论丛》，古典文学出版社1956年版，第41页。
③ （清）计东：《严方贻稿序》，《改亭文集》卷四，清乾隆十三年计琬读书乐园刻本。

徐宫赞健庵、盛礼部珍示为人文领袖,召集四方知名士燕饮城西馆舍,得十有九人。凫盟最长,余与随叔最少,酒半,计孝廉甫草议论蜂起,谈谐间作,随叔毅然以庄语折之而罢。"① 可见会试下第并未给计东带来太多打击,此时的他依然保有独特的个性,活跃跳荡,言谈戏谑,但已然受到冷遇,为翰林申涵盼所斥。这也只是他众多交往场景的一个缩影,各种酸楚当可以想见。

顺治十八年(1661)三月初九,在"丁酉科场案"中幸免于难的计东再次以举人的身份参加了会试。踌躇满志的他相信自己此次定能一举得中、光耀门楣,却万没想到再次铩羽而归,未待撤闱便下第。据他赠友人的诗中所言,此次会试下第并非因自己的文章未得考官赏识,真实的原因却是"'蔭'字违式",而此次会试中仅因"'蔭'字违式"被迫下第者就不下百人,足见牵连之多,多少士子的前途命运因此而发生转变。对此,计东以"衔冤"呼之:

> 古《周礼》六官之掌各分,独攻文之官既有外史、外令,掌三皇五帝之书,达书名于四方,专其职于宗伯之属矣,而家胥、鼟史,谕书名之职复统之行人。朱子又云:"每岁使大行之属巡行天下,考文正否,统于大司寇,则为罚必严,而法无所贷。"今者不但废其官,即三年之中一行其令于科举,一点画不可误,司其事者先不识正、通、俗三等之形,不知《三苍》《说文》为何书,"蔭""廕"两字正、俗之辨,考官既厘究于章皇帝之前,而辛丑南宫之役,以"蔭"字衔冤者百人,则颠倒淆乱,莫此为甚。②

清代科举的各级考试中,对内容、试卷书写及誊录均有严苛的规定,其中,《钦定科场条例》卷四十二"违式"条明确规定了临

---

① (清)张玉书:《敕授文林郎翰林院检讨申君墓志铭》,《张文贞集》卷十一,清文渊阁四库全书本。
② (清)计东:《赠胡涛公序》,《改亭文集》卷六,清乾隆十三年计璸读书乐园刻本。

文敬避、抬写格式、杂项违式的标准，而计东等人所违者应是未用官定正字。明清时期，并未设立大司寇一类的职位，专门负责修订官方统一使用的正字标准，这就容易造成科举考试后负责磨勘的官员在考察士子是否"违式"时"不识正、通、俗三等之形，不知《三苍》《说文》为何书"。而此次磨勘的官员正是混淆了"蔭""廕"的正字与俗字之别，认为"蔭"是"廕"的别字，故将所有写"蔭"字的士子均予黜落。

此次与计东一同下第的还有友人严曾榘①："予与方贻俱以'蔭'字违式被落。"② 这次落榜给二人精神上带来的打击着实不小。未待撤闱，二人便被告落第，伤心无奈之下，只得各自返回故乡，"方贻陆行，予沿流而下，各不相见，至广陵复相遇，握手慰劳。予既支离凄恻，而方贻亦有憔悴风尘之色矣"③。计东以"支离凄恻"来自我形容，而严曾榘亦有"憔悴风尘之色"，在南归途中所题旅壁之作《至任丘醉后》一律，满是慷慨悲凉之语。其实，严曾榘为严沆④长子，少入太学，自幼便随父出入官场，"昔共金闺彦，题诗玉殿间。挥毫来禁苑，如堵看朝班"⑤，高中进士自是早晚之事，最终却是"天语如名熟，公车报罢还"⑥，灰心失望的他只能感叹"慰藉惭知己，飘零自不才"⑦。多年后，计东漂泊途中见到友人这首题壁诗作。此时的二人境遇翻转，严曾榘于康熙三年（1664）得中进士，仕途顺畅；而计东则罹罪奏销案，被褫革举人身份，只能四处

---

① 严曾榘（1639—1700），字方贻，号柱峰，严沆长子，浙江余杭（今杭州）人。顺治十四年（1657）举人，康熙三年（1664）进士，改庶吉士，擢升广西道监察御史，历官至兵部右侍郎。著有《德聚堂集》《西台奏疏》《醇发堂文集》《燕台诗草》等，评点《月湄词》《香严词》《棠村词》等。

② （清）计东：《任邱旅壁见严方贻辛丑四月南归醉题一律次韵和之》，《改亭诗集》卷五，清乾隆十三年计璸读书乐园刻本。

③ （清）计东：《严方贻稿序》，《改亭文集》卷四，清乾隆十三年计璸读书乐园刻本。

④ 严沆（1617—1678），字子餐，号颢亭，浙江余杭（今杭州）人，明太常严大纪孙。顺治十二年（1655）进士，选庶吉士。官至户部侍郎。善书画，山水近米氏，又在倪、黄之间。诗文为"西泠十子"之一，著《严少司农集》《古秋堂集》。

⑤ （清）严曾榘：《闲居漫兴》，魏宪《诗持一集》卷四，魏氏枕江堂清康熙刻本。

⑥ （清）严曾榘：《闲居漫兴》，魏宪《诗持一集》卷四，魏氏枕江堂清康熙刻本。

⑦ （清）严曾榘：《闲居漫兴》，魏宪《诗持一集》卷四，魏氏枕江堂清康熙刻本。

游走乞食。无怪乎计东大呼"君已飞腾摩日月,我仍摇落度冬春"①,感慨人生际遇之起伏变幻。

二 诖误"奏销"之内情试析

让沉浸在落第忧伤中的计东没想到的是,更大的打击又随之而来。顺治十八(1661)年六月,奏销案起,江宁巡抚朱国治自造欠册,名曰抗粮册,疏请朝廷追缴江南各府积年所欠税粮,得旨:"绅衿抗粮,殊为可恶。该部照定例严加议处。"②江南一万三千余人俱在褫革之列,计东、吴伟业、吴兆宽、汪琬、叶方蔼、邵长蘅、韩菼、董含、董俞、顾予咸、徐乾学、徐元文、曹尔堪、钱陆灿、秦松龄、宋实颖、翁叔元、龚百药、邹祗谟等名士均未幸免,不论拖欠多少,都或褫革或降谪:"奏销一案,绅衿一网打尽,从来所未见也。"③罹祸士绅镣铐加身,衣冠扫地,斯文不再。从表面上看,奏销案是在追缴各地历年所欠税粮,但其真实意图与政治有关。江南历来是经济重心,赋税高于他省:"江南赋役,百倍他省,而苏、松尤重。"④而时值清兵南下,江南的抵抗尤烈,郑成功、张煌言的几次成功北上,让清廷产生恐惧,并认为是得江南士人暗中相助之果,故屡兴大狱,施以威压。

计东的很多友人也在此次奏销案中罹罪,如吴兆宽、汪琬、吴伟业、徐乾学、王时敏、宋实颖、叶方蔼、宋德宜、徐元文等,或因欠钱或以姻友门生牵连,其中探花叶方蔼仅因欠一钱而被黜,民间遂有"探花不值一文钱"之谣。对于计东缘何获罪,尤侗为之所作传记中并未明言,只以"诖误"带过:"旋遭奏销一案,诖误被黜。"⑤有关此事的史料记载亦是语焉不详。然翻检计东文集,或能

---

① (清)计东:《任邱旅壁见严方贻辛丑四月南归醉题一律次韵和之》,《改亭诗集》卷五,清乾隆十三年计琰读书乐园刻本。
② (清)《清实录·圣祖仁皇帝实录》卷三,中华书局1985年版,第3页。
③ (清)王抃:《王巢松年谱》,江苏省立苏州图书馆1939年版,第29页。
④ (清)董含撰,致之校点:《三冈识略》卷四,辽宁教育出版社2000年版,第81页。
⑤ (清)尤侗:《传》,计东《改亭文集》卷首,清乾隆十三年计琰读书乐园刻本。

解开疑惑。计东自言"而予以姻友诖误不得入闱策,蹇出国门"①,而所指"姻友"又是指何人?

据考,计东有二子一女:长子准,年方十五,聘宋实颖女,时尚未婚娶;次子默,聘严观女,亦未婚娶。严观并未在罹罪之列,而与宋实颖尚未有姻亲之实。那么,便有可能是女儿夫家有人获罪。据尤侗所述,友人吴兆骞流徙出关后,计东仍不断周济吴家,并将爱女嫁予吴兆骞之子:"为恤其家,以爱女字其弱子。"②《清史稿》《国朝先正事略》诸书亦从此言,此实大谬。据汪琬所言,计东爱女曾许其次子汪蘅:"甫草有女,曾许予亡男蘅。"③ 不幸的是,这门父母订立的儿女婚姻并未能如愿,汪蘅于顺治十三年(1656)正月殇于痘疾,年尚不满六岁。那么,计东之女就有可能在成人之后嫁予吴兆骞之子吴桭臣。然经考证,出关之前,吴兆骞尚未生子,仅有二女,分别安置在杨俊三与李宾侯家,儿子吴桭臣于康熙三年(1664)生于戍所,并娶叶氏为妻。而据计东自云,与之结姻者实为吴兆骞之兄吴兆宽,且是以入赘的形式,并改名为吴计焘④:"既闻夏之兄子焘赘于东,东以儿子蓄之。"⑤ 闻夏即吴兆宫,吴晋锡次子,"闻夏之兄"即吴晋锡长子兆宽⑥,吴计焘则为吴兆宽次子。故计东爱女所嫁之人实为吴兆宽次子吴计焘,而尤侗所言实为张冠李戴之误。要之,奏销案发时,计东已与吴兆宽订立儿女婚约,很有可能是因吴计焘在案发时已养在计家,却又身属吴兆宽之子,才会在吴兆宽诖误奏销案时致使计东是因与之有姻亲关系,即在被革之列。无独有偶,与计东有相似遭遇者大有人在。友人彭孙遹亦是受族人彭师度所累而被含冤削籍。可见此案牵连之广、惩处之烈。

此次奏销案中无辜受累的计东不仅被褫革举人身份,还不得再

---

① (清)计东:《严方贻稿序》,《改亭文集》卷四,清乾隆十三年计琰读书乐园刻本。
② (清)尤侗:《传》,计东《改亭文集》卷首,清乾隆十三年计琰读书乐园刻本。
③ (清)汪琬:《闻计孺子殇寄甫草二首》,《钝翁前后类稿》卷三,载李圣华笺校《汪琬全集笺校(一)》,人民文学出版社2010年版,第124页。
④ 吴计焘,本名吴焘,入赘计家改名为吴计焘。
⑤ (清)计东:《赠赵明远序》,《改亭文集》卷五,清乾隆十三年计琰读书乐园刻本。
⑥ 吴兆宽有三子:桓臣、计焘、树臣,俱以文名。

入闱策,再走仕途已是无望。至此,灰心丧气的他对科举已然彻底死心。除了科举的打击,更让他伤心欲绝的是,康熙元年(1662)长子计准的离世。计准自幼聪慧自立,有"神童"之目,颇具乃父之风。计东深慰门风振济有人,对长子一直颇为爱惜、寄予厚望,以致惊痛哀毁,难以接受爱子的离世,于四年后在寓所旁构思子亭来遍征诗文怀吊爱子。

康熙二年(1663)冬,失去贡生收入后,经济状况并不乐观的计东不得不与叶燮、赵沄等人一同再次北往帝京,四处晋谒,寻求新的出路:"癸卯予同尊公西美与山子、甫草四人同策蹇北行。"① 在这一连串的重重打击之下,计东一蹶不振,自感身处穷途,遂弃制举之文而转攻古文,希冀能垂文以自见。自身的遭际使他再也无法以平淡悠游的心态去抒写心中的郁结悲欢,不幸的遭遇和丰富的阅历为他的诗文创作提供了充实的素材,也给清初文坛注入了新的生气和活力。自此,计东开启了后半生更为漂泊无依的游谒求食之旅,也以卓有成绩的古文创作为时人所认可。

第五节　晚年游食行踪与心态述考

自古以来,文人治生之途多样,如入仕、经商、做幕、授馆、行医,等等。晚明以来,随着心学的流行、商品经济的发展,世风、士风都发生了重大变化,文人治生途径更加多元化。而具体到个体文人计东,则鲜活、生动地展现了明清之际文人治生之曲折艰难。对于科举无望又不善生产的计东而言,入幕授馆似乎是再适合不过的治生方式。于是,自顺治十八年(1661)至康熙十四年(1675)去世,计东都是在漂泊无依的游谒乞食中度过的。这长达十五年的漫长岁月中,穷愁侘傺的他受尽白眼与冷落,却矢志不再另觅他途,那么,他的游食行迹和干谒心态又是怎样的呢?

---

① (清)叶燮:《答陈颖长》,《己畦诗集》卷五,《清代诗文集汇编》第104册。

一 游食行踪还原

其实,计东的投谒游走之路在参加科举之余便已开启,其诗文集中诸如"予丙申游商邱"①"丙申岁暮我游宋"②的记载时能见到。彼时,他已有意识地四处结交权贵来确立和强化自己的身份,建立自己的交际圈,所结交者尤以京师为最。从其现存作品看,投赠与宴饮酬唱之作不在少数,但难得的是能在其中注入个人的性情与思考。而计东游走四方所用之资,也多来自结交的官宦贤士。如果没有这一经济支持,他的游谒乞食之路必将寸步难行。如果说,计东在奏销案之前的游谒只是科举之余的生存方式之一,那么,罹祸奏销后的游走入幕则是其被政治放逐而不得不采取的生存谋略。

诚如朱彝尊所言,游食入幕大有益处:"束修之入可以代耕,广誉之闻胜于儋爵。游也,足以扬亲之名;居也,足以乐亲之志。"③入幕束修既可维持生计,又可从事文学创作与交游,提升自己的文化声名,计东亦深以为然。他深信,凭自己的才华找到一份幕府书记之类的工作应不是难事,从叶燮《赠计希深北游》一诗来看,计东的晋谒之路并不顺利,所到之处遭受冷遇十之八九:"恻恻癸卯冬,褛被偕帝城。朱门十九闭,冷炙冲晨星。"④纵使亲自登门求职,也多为人所拒:"仆久在两河间,仰而依人,无一善状。"⑤即使谋到一份幕僚之职,自视为幕中陈琳,似乎也只是一厢情愿,他的才气并未得到幕主的赏识。在给友人钱陆灿的信中,他陈说了入幕的种种辛酸:"昨足下称某巨公好士,但不当以某人与邑子某并致倾倒之意,恐失天下士心,甚善,甚善。仆向客中州,亦曾遇某公,相待颇厚,而仆意怏怏。不久辞去者观其厚仆与彼中一老伧无异,

---

① (清)计东:《赠侯贻孙序》,《改亭文集》卷五,清乾隆十三年计璸读书乐园刻本。
② (清)计东:《济上喜晤李屺瞻,感述一首,并呈王贻上、汪苕文、宋牧仲》,《改亭诗集》卷二,清乾隆十三年计璸读书乐园刻本。
③ (清)朱彝尊:《孙逸人寿序》,载《曝书亭全集》,吉林文史出版社2009年版,第465页。
④ (清)叶燮:《赠计希深北游》,《己畦诗集》卷二,《清代诗文集汇编》第104册。
⑤ (清)计东:《又与宋牧仲书》,《改亭文集》卷十,清乾隆十三年计璸读书乐园刻本。

仆耻与为并，且以见某公衡鉴，非真知士轻重者也。"① 这位传说中颇为好士的幕主并未对他另眼相待，而是将之等视于"老伧"，这使他自感人格尊严深受打击，却又不得不自我安慰和开解："夫然士既已不能自立，降志依人，何所不可忍者。"②

在四处游谒乞食的同时，计东也得以纵览名山大川，开阔眼界，诗文也因游走而渐有进益。康熙三年（1664）正月，计东往山东，于大雪之后造访日观峰，"不见日出，而于峰之旁见丰碑屹立，大书'《礼》：为人子，不登高，不临深'数言，予再拜稽首其下，即杖策下山，不复登"③。在云游的过程中，他时常寻访前贤遗迹，为之整修表彰，颇有魏晋士人风度，一时传为佳话。是年四月，至曲阜谒孔林，访颜回故里。六月，徒步三里，修谒孔林。还曾过顺德府（今河北邢台）时访求同乡归有光任职官署遗址，未果后于官署旁废圃中"西向设瓣香，流涕再拜"④，观者大笑，他亦不以为意。还有一次，他客居邺城，感怀谢榛葬于此地，见其"小冢颓堕荒草中"⑤，便恳请当地官员修葺谢榛墓地，并为之重立碑碣，赋《邺城吊谢茂秦山人》诗。其性迂僻奇狂如此。

在山东游荡了近一年，并未找到任何机会的计东只得于康熙三年（1664）秋再次回到家乡，并在这一时期与任职扬州的王士禛往来甚密，还有汪琬、王崇简、魏裔介、刘体仁、姜宸英等，并请以上诸人为自己的文集《甫里集》加以评点，该集于康熙五年（1666）在汪琬的资助下得以刊行。康熙五年（1666）二月，严沆在杭州西泠为母亲严太夫人贺寿，计东与吴中诸同人共为庆贺。这年八月，计东得到了至中州行役的机会："东丙午八月从今通政张公自汴至邺。"⑥ 并受严沆所请，路经之地，遍邀能文之士为严太夫人作

---

① （清）计东：《与同年钱湘灵书》，《改亭文集》卷十，清乾隆十三年计璸读书乐园刻本。
② （清）计东：《与同年钱湘灵书》，《改亭文集》卷十，清乾隆十三年计璸读书乐园刻本。
③ （清）计东：《送钱础日游泰山阙里序》，《改亭文集》卷六，清乾隆十三年计璸读书乐园刻本。
④ （清）计东：《又与宋牧仲书》，《改亭文集》卷十，清乾隆十三年计璸读书乐园刻本。
⑤ （清）王晫：《今世说》，中华书局1985年版，第4页。
⑥ （清）计东：《志浚县子贡墓记》，《改亭文集》卷八，清乾隆十三年计璸读书乐园刻本。

祝寿之诗文："既毕，东即有中州之役，从广陵取道淮泗，至宋中，历大梁、邺下、中山入京师，所至诸郡邑以数十计，逶迤折旋道里凡数千里，所遇两河贤豪长者、能诗文之士，即索其为严太夫人为寿之诗，无不欣然立就者，积若干篇，装潢成帙，将于归日上之颢亭先生。"① 九月，至百泉，探望年届八十九已卧病在床的孙奇逢，并出示已辑成帙的诗文，请之为严太夫人作寿序。此次征集历时一年有余，在康熙六年（1667）十月南归后，方装潢辑帙后奉交严沆，这样费时又费力的征集，非一时一地可成，想必亦可从中获取酬劳。

此次"中州之役"历时仅数月，康熙五年（1666）秋，计东便取道至京师，成为正任职礼部仪制司员外郎王士禛的座中常客，广交四方达官名士，如时任中书舍人的颜光敏："至丁未，遂识修来于阮亭坐上。"② 太史李天馥："至丁未，予留京师日久，见李先生，方奉诏特选入修纂。"③ 他们纵谈诗文，并为其诗文集题跋作序。他还为王士禛《论诗绝句》作记，与朱彝尊一同为王氏诗集作序："众门人裒集壬寅以后诸作为《王礼部集》，计甫草、朱竹垞诸人序之。"④ 可见，晚明以来普遍存在的文人间声气相应、互为推重的风气至顺康年间依然存在，纵使有互为吹捧、言过其实的违心之论亦是士人在维系交往时难以避免的，有时甚至会自动忽略所交往之人的品行。如计东在康熙五年（1666）冬数次与曾攀附魏忠贤做尽坏事的王尔玉论诗，并为之诗集作序，赞其性情过人，诗风近于乃师黄道周，尽是阿谀之言："丙午冬，予留京师，与闽县同年王尔玉数数往返论诗。王子筮仕得邑令，冀早遂禄养，不复从事公车。其性情有过人者，同舍生言其能苦吟，以诗自娱。予尽读之，寄托深厚，而亦不陋于声华，指归凄恻，而亦不诡于格律，与我漳浦先生之诗相似。予且爱之不能释也。"⑤

康熙六年（1667），不知何故，计东又失去了职位而不得不前往

---

① （清）计东：《严太夫人寿诗序》，《改亭文集》卷七，清乾隆十三年计瑛读书乐园刻本。
② （清）计东：《澹园稿序》，《改亭文集》卷四，清乾隆十三年计瑛读书乐园刻本。
③ （清）计东：《容斋诗集合选序》，《改亭文集》卷三，清乾隆十三年计瑛读书乐园刻本。
④ （清）惠栋：《渔洋山人自撰年谱注补》卷上，清红豆斋刻本。
⑤ （清）计东：《王尔玉诗集序》，《改亭文集》卷二，清乾隆十三年计瑛读书乐园刻本。

河南另谋出路："诖误失职，西走大梁。"① 在去河南前，计东应是短暂归过故里："康熙六年冬，予自京师归。"② 且到过太仓，参加了王时敏组织的宴会，并得与苏昆生重逢，追忆顺治初年一同为国事奔走的经历："娄东王奉常招集某公园亭，遇苏昆生有感旧事。"③ 还到过扬州，并对扬州的声色繁华不吝赞扬："我昔客广陵，爱其大都会。陶朱倚顿家，金碧灿涂墍。"④ 在扬州驻留五个月之久，时常与汪懋麟论诗："予客广陵五阅月，汪子蛟门每过予论诗。"⑤ 而据汪懋麟所言可知，与计东亦有论文之举，且对其古文有深为服膺："抗志在删述，探源本周秦。文从五经出，自然学问纯。中有经济策，名言浩无垠。岂若鲁诸儒，章句死逡巡。"⑥ 但从尤侗的赠诗来看，计东在扬州的生活过得并不如意，与幕主相处不太融洽："问君三月住扬州，骑鹤吹箫何处楼？名纸应逢官长怒，药囊却为故人留。甫草以医侍宋其武先生疾。荆乡市上歌声苦，豫让桥边衫色愁。叹息英雄多失路，明朝匹马又西游。"⑦ 尤侗所说《游草》，应是计东记载游食生涯中的种种辛酸之作，满篇尽是愁苦失意，惜已无法见其全目。辞别尤侗、汪懋麟后，计东在康熙七年（1668）短暂归家后继续浪游，受好友刘体仁之邀，至颍川为刘氏子弟讲授程朱之学以及制举之文，从游者数百人："侧闻吾师正讲学颍川刘氏，从游者几数百人也。"⑧ 讲学的日子也并未长久，未满一年计东便再次回到故里，但不久"又为饥所驱，怅怅出门"⑨。

康熙八年（1669），计东修书一封求助友人宋荦。应是此封书信

---

① （清）徐釚：《祭业师计甫草先生文》，《南州草堂集》卷三十，清康熙三十四年刻本。
② （清）计东：《沂州朱氏孝友世德记》，《改亭文集》卷八，清乾隆十三年计璸读书乐园刻本。
③ （清）计东：《娄东王奉常招集某公园亭，遇苏昆生有感旧事，即席成二首》，《改亭诗集》卷六，清乾隆十三年计璸读书乐园刻本。
④ （清）计东：《想想园作》，《改亭诗集》卷一，清乾隆十三年计璸读书乐园刻本。
⑤ （清）计东：《汪蛟门诗集序》，《改亭文集》卷二，清乾隆十三年计璸读书乐园刻本。
⑥ （清）汪懋麟：《赠计甫草》，《百尺梧桐阁集》卷六，《清代诗文集汇编》第151册。
⑦ （清）尤侗：《维扬遇计甫草读其〈游草〉感赠》，载杨旭辉点校《尤侗集上》，上海古籍出版社2015年版，第624页。
⑧ （清）徐釚：《祭业师计甫草先生文》，《南州草堂集》卷三十，清康熙三十四年刻本。
⑨ （清）徐釚：《祭业师计甫草先生文》，《南州草堂集》卷三十，清康熙三十四年刻本。

之故，他得以投奔宋荦，与之游虎丘、支硎、虞山等地，宴集无虚日。而在这年冬天，计东又前往南京，于康熙九年（1670）春初，再次客游嵩、洛，教授生徒。他的出游每次时间都不长，或一年或数月，旅途中亦不忘创作，且颇为高产，仅数月所作之诗便可装帧成集："予自是每一文成即呼炳与之语，出游经岁或数月归，必尽出箧中稿授之，兹乃裒其己酉冬游金陵及庚戌春夏客汝洛嵩山诸作，题曰《竹林集》寄炳。"①

康熙十年（1671），计东再次客扬州。此时的扬州"舟车之冲，人物辐凑"②，是年五月四日，他与一众名士会饮于严沆之绣鹤堂，宴集五日方散："严颢亭都谏招饮江都寓宅。同集者为予乡王筑夫，宁都魏冰叔，泰州邓孝威，钱塘章淇上、孙嘉客，吴江浦潜夫、计甫草、董方南，歙县程穆倩，休宁汪舟次，居停上人，云南朱云卿。"③ 也是在这一时期，计东开始涉猎词的创作和评点，参与了当时颇为繁盛的广陵词坛诸人的词集评点，如龚鼎孳的《香严斋词》、梁清标的《棠村词》等。在热闹繁华的扬州，计东亦并未找到任何门路，仅停留数月便又客游京师。康熙十一年（1672）的除夕他是在京师度过的，多年的宦游已让他感到倦怠："千门爆竹响声闻，倦客京华独悄然。赖有空文娱白日，忍无真意答苍天。""最是家园今日里，老亲双眼为谁穿。"④

在计东笔下，真实展现了他与幕主的依存关系："负米客京华，庾釜须主人。周防从所主，束缚同众宾。旬日不得出，局曲含苦辛。"⑤ 当然，也会有宾主和谐的时候。计东之幕主多已难考，就现存材料看，他曾馆于徐乾学，"予之至昆也，健庵先生馆予于憺园看云亭之左个"⑥，具体时间不详，对徐乾学同产兄弟三人友爱又皆贵

---

① （清）计东：《竹林集自序》，《改亭文集》卷二，清乾隆十三年计璸读书乐园刻本。
② （清）计东：《广陵五日宴集作》，《改亭诗集》卷一，清乾隆十三年计璸读书乐园刻本。
③ （清）孙枝蔚：《溉堂集》续集卷四，清康熙刻本。
④ （清）计东：《壬子除夕》，《改亭诗集》卷五，清乾隆十三年计璸读书乐园刻本。
⑤ （清）计东：《太保敬哉王先生招饮丰台观芍药得诗四章》，《改亭诗集》卷一，清乾隆十三年计璸读书乐园刻本。
⑥ （清）计东：《看云亭记》，《改亭文集》卷九，清乾隆十三年计璸读书乐园刻本。

盛赫奕艳羡不已，同时对徐乾学不以声名显赫而有所骄矜大为称许："予观健庵既贵盛之后，益存录穷交，备极周恤，至其急难，不惜竭心力拯救之初，不令其人之知之也。即其人始受其深恩，既或稍稍负之，而先生绝不以介意，遇之如故。或友人殁十年、二十年后，知其无家未葬，即酒阑灯炧之时，独黯然念之不置。"① 计东坦言"予困废侘傺久矣，生平以谀言进贵人，为嫉予者所姗笑，然予独愿存此记，以俟他日之尚论者，遂为记"②，还为之作《憺园记》，亦是主动"请为之记"③，可见这段馆谷经历宾主应是顺心融洽的，但也受到不少嫉妒讥笑。另一个明确可考的幕主是王泽弘④。康熙十一年（1672），计东入顺天学政是王泽弘幕，宾主双方相处颇为融洽，且与幕主之子王材任相交甚欢："子重不以予为抵牾，开诚写意，交益欢。"⑤ 这年六月二十八日，计东在宣镇城南被西域人骑马冲撞，不幸失足坠马，伤势颇重："闷绝久乃苏，伤重腰以下。卧起须人扶，坐立难自假。"⑥ 休养数月方得病愈。康熙十二年（1673）六月，计东仍在幕中，这也是他人生中所入的最后一个幕府："癸丑六月，偶从督学侍读王先生于邢州幕中。"⑦ 这段时期的他游走更为频繁，据统计，仅康熙十二年冬至前一日从河北天雄至京师，就途经了十余个县镇：魏县—曲周县—邱县—广宗县—威县—南宫县—冀州—蠡县—安州—御城寺—清苑县—容城县—固安县等，每过一处都有诗文作品产生。他在将到京师前夜作诗两首，自剖心迹，尽是悲凉之语："去矣人宜贱，归哉志不群。几时有余粟，养母更论文。母老犹论绩，儿衰懒著书。远游难即返，身废竟何如？永夜思天曙，

---

① （清）计东：《看云亭记》，《改亭文集》卷九，清乾隆十三年计瑸读书乐园刻本。
② （清）计东：《看云亭记》，《改亭文集》卷九，清乾隆十三年计瑸读书乐园刻本。
③ （清）计东：《憺园记》，《改亭文集》卷九，清乾隆十三年计瑸读书乐园刻本。
④ 王泽弘（1623—1705），字涓来，又字昊庐，湖北黄冈人，吕维祺门人。顺治十二年（1655）进士。历任礼部左侍郎、左都御史、礼部尚书。有《鹤岭山人诗集》传世。
⑤ （清）计东：《送王子重还楚序》，《改亭文集》卷七，清乾隆十三年计瑸读书乐园刻本。
⑥ （清）计东：《坠马宣镇城南》，《改亭诗集》卷一，清乾隆十三年计瑸读书乐园刻本。
⑦ （清）计东：《赠陈翁余序》，《改亭文集》卷六，清乾隆十三年计瑸读书乐园刻本。

晨寒望日舒。几年羁旅泪，未洒向牛衣。"① 此次在京师，不知是何人牵引举荐，计东得到了代某朝中大员代拟《〈御制文献通考〉序》的机会，但也仅限于此，他并未因此得到赏识任用。

直到康熙十三年（1674）六月，计东才从京师返回故里。当时康熙帝正对西南用兵，吴江风声鹤唳。计东避迹乡里，与门人徐釚把酒谈心，感叹人情险仄："心如寒灰槁木，为人摧抑虐侮，不复一动其心。"② 是年十月初，弟子徐釚兄弟去世，计东从郡城前往吊之，见爱徒贫寒之状，不禁为之泪下："师徘徊荒径，见所谓南州草堂者，曲池就平，蓬蒿不剪，仅存老屋数间，为之凄凉，溃泪而去，留数行言别。"③ 此时，计东足疾复发，不得不归家休养，而所患足疾应是由康熙十一年（1672）宣镇城南坠马所致。此次归家休养一年之久，康熙十四年（1675）秋七月，汪琬《钝翁类稿》将竣工，计东为之作序，称赞汪琬"能贯经与道为一，而著之于文"④。虽足疾复发，颇通医术的他却并未太过在意，只以一般病症待之，在这一年冬天还有再次入京的打算，友人汪琬有《遥送甫草北上二首》为之送行，不料病势急转直下，不久便遽离人世："是年冬，计东为饥所驱，将北游，汪琬赋诗送之，不虞十余日即闻其耗。"⑤ 而据徐釚所言，计东应是殁于足疾："吾师竟因此疾以殁。"⑥

二 遍谒友人的苦与乐

出于养亲育子的需求，加之自幼受儒家熏染所树立的立身扬名之志，促使计东坚定地选择游食一途，尤其在科举无望后，这几乎成了他唯一的治生路径。他相信，凭借个人的才能，通过入幕可获高位，实现志向："幕府各辟名士，授官掌书记，士即以此

---

① （清）计东：《旅夜不寐成二首》，《改亭诗集》卷三，清乾隆十三年计琏读书乐园刻本。
② （清）计东：《赠陈翁余序》，《改亭文集》卷六，清乾隆十三年计琏读书乐园刻本。
③ （清）徐釚：《祭业师计甫草先生文》，《南州草堂集》卷三十，清康熙三十四年刻本。
④ 赵经达：《汪尧峰先生年谱》，《又满楼丛书》，民国刻本。
⑤ （清）汪琬：《钝翁前后类稿》卷十二，载李圣华笺校《汪琬全集笺校（一）》，人民文学出版社2010年版，第389页。
⑥ （清）徐釚：《祭业师计甫草先生文》，《南州草堂集》卷三十，清康熙三十四年刻本。

致高位,其为遇之途盖广矣。"① 因此,计东不得不遍谒友人,以求汲引,希冀能在养家有余力的情况下可以一展胸中抱负,其中甘苦并陈。

计东曾致书汪琬请求援引,汪琬以"丈夫不宜轻受人恩"② 婉拒。计东颇感委屈,在回信中遍引古今求食成功的先例为自己乞食之举开脱:"彼北郭子、徐仲车、孙明复三人者,非天下豪杰哉!犹以亲之故受人之恩,况于东哉!……今有如晏子、崔公、范公其人者乎?东感之当不后于所称三人者矣。"③ 以古贤士徐仲车、北郭子、孙明复自喻,认为自己的才能并不亚于先贤,只是缺少际遇,表达了强烈渴望得人赏识资助的焦灼之心。

除了汪琬,计东还在《某人书》中诚恳表示求助之愿,请求予以汲引:"向闻阁下散金结客,今见阁下吝财慢士,亦可谓识时务之尤矣。……即为阁下货殖计,何不稍稍出其家中最多之金钱,结纳一二坎壈失志、魁杰非常之士,以备阁下异日缓急之用,若居积然,于阁下大有利。不然,当凄风焚绨纻,一旦炎威炙人,始挥汗而采葛,窃笑阁下之疏于计矣。"④ 计东自认具备治国之才,恳切希望对方能招之入幕,自己一定不负所托,助其成就大业。有时,为了能谋得职位或得到重用,他不得不恭维对方,对其官绩或为人有夸大之辞:

> 公持心以敬,临事以至慎,接物以至和,守身也以廉以洁,御下也以仁以严,有才而不炫其才,有识而不矜其识,整齐谨肃而非刻核寡恩,精明强固而不失和平宽大。兵甲之往来赖以无哗,湖海之伏戎赖以不发。民无冤狱,井税依然。有吾公而东南之民生安,民生安而三大郡之财赋可以给兵食。⑤

---

① (清)计东:《赠徐山仿序》,《改亭文集》卷五,清乾隆十三年计瑸读书乐园刻本。
② (清)计东:《答汪钝翁书》,《改亭文集》卷十,清乾隆十三年计瑸读书乐园刻本。
③ (清)计东:《答汪钝翁书》,《改亭文集》卷十,清乾隆十三年计瑸读书乐园刻本。
④ (清)计东:《与某人书》,《改亭文集》卷十,清乾隆十三年计瑸读书乐园刻本。
⑤ (清)计东:《兵备副使方公寿序》,《改亭文集》卷七,清乾隆十三年计瑸读书乐园刻本。

当然，有时他也以情动人，恳切向对方坦诚自己负米养母的孝心和定会结草衔环以报的诚心："思公两度再求见，咫尺相违难对面。负米归来空两肩，倚闾阿母双眼穿。依人何处刘荆州，伏枥年年泪暗流。以公意气能得士，何不令我承知遇。得士须得国士心，报恩自比常人深。结客须结穷途中，感恩讵与常时同。"① 他在康熙六年（1667）还修书一封予友人宋荦，有投奔之意，但传闻宋荦拒客不纳，故写信试探："甲辰三月初，都门一别，三年矣。闻佐郡黄，威望甚著。东客岁忽忽，欲作三楚之游，思得与足下相见，抵掌剧谈三四日，以尽发其胸中之郁结。……有自中州来者，云阁下颇拒客，东一笑而止。"② 信中不无恭维之辞，将之比作唐代名臣严武、李德裕："私念天下之大、人才之众，求丰采言论可敬爱，才略兼文武、堪将相如唐严郑公、李赞皇辈，当今如宋子牧仲者，东目中实未多见也。"③ 但对自己的经世才干亦颇为自信，自比于王猛、马周："而布衣失职，坎壈无聊之士，忍辱好奇计，勃勃有飞扬之气，能上下千古人物，事会得失成败之数，及经世救时之大略，若古王猛、马周辈者，天下之大如东比者，亦不多数人。"④ 他还得到其他友人的资助。如好友施闰章对他的遭际深为同情，时常嘘寒问暖，多次予以接济，且常带他一起参加各种宴会，得到计东发自内心的感激和眷念："从公放鹤洲，高会来嘉宾。……公复念我寒，解衣语谆谆。子为负米出，何以慰老亲。固穷行自勖，锡类言何仁。"⑤

在种种因素催化下，计东后半生一直处于宦游状态，失意愤懑的他不得不以戏谑的口吻嘲讽自己的处境："遍京师皆官，无我做处。遍京师皆货，无我买处。遍京师皆粪，无我便处。"⑥ 他渴望"主客之相资以有成，其相与以道义，严重深厚"的宾主关系，"往

---

① （清）计东：《投赠吴明府》，《改亭诗集》卷三，清乾隆十三年计琎读书乐园刻本。
② （清）计东：《与宋牧仲书》，《改亭文集》卷十，清乾隆十三年计琎读书乐园刻本。
③ （清）计东：《与宋牧仲书》，《改亭文集》卷十，清乾隆十三年计琎读书乐园刻本。
④ （清）计东：《与宋牧仲书》，《改亭文集》卷十，清乾隆十三年计琎读书乐园刻本。
⑤ （清）计东：《江宁奉酬施愚山参政》，《改亭诗集》卷一，清乾隆十三年计琎读书乐园刻本。
⑥ （清）宋荦：《筠廊偶笔二笔》卷上，清康熙刻本。

来京师几二十年，见友人之得为幕府上客，扬扬盛车骑出国门者"①不在少数，自己却屡屡地受挫失意，不能不让他感到倦怠和灰心："心如寒灰槁木，为人摧抑虐侮，不复一动其心。"②越到晚年，养家日益艰难，他自感"沉沦锢废，交游凋谢，意气颓堕，人弃之若敝屣"③，也自责"一身沦落，锢废不足惜，而畴昔曾蒙赏誉推奖，若蔡中郎、郭有道，其人者今或身殁无后，或声名俱辱，甚于中郎。而予辈学无一成，又不能仕宦，重负中郎之赏识"，言语间对朋辈友人中业已通显却不肯为己援引举荐者也颇有怨言："即同学中或稍稍通显矣，又不肯笃念畴昔讳言为某人援引之后进。"④

于他而言，家人永远是难以割舍的牵绊和心灵皈依之处，长年不能陪侍亲侧，安享天伦，其憔悴落魄之状从友人尤侗所撰祭文或可窥见一二："寂寞门墙，凄凉骨肉。老母年高，佳儿孤独。桁有悬鹑，瓶无储粟。十口何依，百身莫赎。"⑤寥寥数语，凄惨已极。多年的游谒乞食经历也激发了他的创作灵感，越到晚年越发高产，仅康熙十一年（1672）一年，他就作诗近百首。在诗中，他向友人诉说着自己失意落魄的窘境："负米年年叹倦游，倚闾老泪裹双眸。何时粗足供衣食？坚坐江村老陌头。"⑥也有友人对他长年浪游在外表示不解，认为除了科举、入幕，尚有很多治生之道。

友人钱陆灿便来书以"富贵利达之权操于天者，我无容心焉。读书为文之事，权之操于我者，我必黾勉焉"⑦来劝勉计东能杜门息交读书。而计东则不以为然，认为自己"以读书为文，其权亦天之所操，非人所得自主也"，以古之名贤为例，如张籍尚且因家贫多事

---

① （清）计东：《赠韩灿之之浙江幕府序》，《改亭文集》卷六，清乾隆十三年计琬读书乐园刻本。
② （清）计东：《赠陈翁余序》，《改亭文集》卷六，清乾隆十三年计琬读书乐园刻本。
③ （清）计东：《圣初兄五十寿序》，《改亭文集》卷七，清乾隆十三年计琬读书乐园刻本。
④ （清）计东：《赠王孟谷序》，《改亭文集》卷六，清乾隆十三年计琬读书乐园刻本。
⑤ （清）尤侗：《祭计甫草文》，《西堂杂组》三集卷八，载杨旭辉点校《尤侗集上》，上海古籍出版社2015年版，第427页。
⑥ （清）计东：《对兰有感，再成四首》，《改亭诗集》卷六，清乾隆十三年计琬读书乐园刻本。
⑦ （清）计东：《又与钱湘灵书》，《改亭文集》卷十，清乾隆十三年计琬读书乐园刻本。

而"未能卒业,天实制之,非籍之不专于学也"①;王慎中则是"赖先人之遗,不以衣食为苦,又天与之灵,于圣贤之言每对辄有所契"②。而自己则以奔走衣食累心扰绪,并无祖先遗泽可以安心读书治学,感慨自己"十年以来锢废颓堕不足恨,而日营营焉,劳辱其身心于仰事俯育之谋,天既不遗与我以沟壑,又不使之稍有余,得以杜门息交、读书为文稍慰其胸臆",但同时也虚心表示"乃足下尚浩然为此言,必足下别有治生之法也。乞悉以教我,我将退而学焉"③。友人汪琬也对他不顾"太夫人在堂,病妇在室"④而四处游谒表示不解,认为计东若能"归而佣文力田,亦足以具饘粥、资菽水,不至若渊明之屡空也"⑤,并在书信中表达了深切的谴责和不满:"而足下概欲求之京师诸贵人,固仆所不解也。……顾舍此不事,而匍匐数千里外,干请求食。"⑥当然,也有友人表示对他的理解和支持。徐作肃勉励他"君自飞腾饶壮岁,出门那可厌风尘"⑦。孙枝蔚则安慰他入幕游走可增长见闻,亦有可羡之处:"到处逢迎亦堪羡,王家旧幕号芙蓉。"⑧

对于诸多友人的意见和鼓励,计东亦有所反思和考量,也坦诚表示,多年来的入幕求食是自己跳脱不羁的个性不愿忍受饥贫使然:"我性不耐贫,年二十余,即饥驱浪游。"⑨正是这种自幼年起便形成的如初生牛犊般跳荡不羁、不畏一切的个性,"健如初生犊,跳荡

---

① (清)计东:《又与钱湘灵书》,《改亭文集》卷十,清乾隆十三年计璸读书乐园刻本。
② (清)计东:《又与钱湘灵书》,《改亭文集》卷十,清乾隆十三年计璸读书乐园刻本。
③ (清)计东:《又与钱湘灵书》,《改亭文集》卷十,清乾隆十三年计璸读书乐园刻本。
④ (清)汪琬:《答计甫草书》,《钝翁前后类稿》卷二十,载李圣华笺校《汪琬全集笺校(一)》,人民文学出版社2010年版,第501页。
⑤ (清)汪琬:《答计甫草书》,《钝翁前后类稿》卷二十,载李圣华笺校《汪琬全集笺校(一)》,人民文学出版社2010年版,第501页。
⑥ (清)汪琬:《答计甫草书》,《钝翁前后类稿》卷二十,载李圣华笺校《汪琬全集笺校(一)》,人民文学出版社2010年版,第501页。
⑦ (清)徐作肃:《次韵计甫草五日见示》,载《偶更堂集》诗稿卷下,上海古籍出版社1982年版,第219页。
⑧ (清)孙枝蔚:《赠计甫草孝廉 时甫草居王泽弘学士幕中》,《溉堂集》续集卷四,清康熙刻本。
⑨ (清)计东:《送表弟董方南南归序》,《改亭文集》卷六,清乾隆十三年计璸读书乐园刻本。

不自量"①，让他纵使经历多年的人事起伏与摧残，仍不改本性，不愿困于一隅，不与命运妥协和解。当然，他也坦言，自己常年滞身在外，并非爱慕官场荣华，只是生活所迫让他不得不如此："我今滞京华，便欲求禄食。岂真爱一官，势亦有所迫。"② 身为一家之长，他自感有养母育子和振兴宗门之责："努力振衰宗。"③ 除了养家需求外，自幼受儒家熏染所树立的济世救民之志也是计东选择游食之路不可忽视的动因，他自顾不暇仍旧不忘关心苍生疾苦："凶岁无衣万万人，沟中瘠骨路旁尘。吾生虽是长贫贱，犹为苍生愧此身。"④ 从计东后半生行迹来看，一定是基于这样一以贯之的价值观和责任感，才让他矢志不移地坚守游食一途。

常年游走在外，甚少归家，不能奉母诲子、陪伴老妻，内心的愧疚自责之情时常伴随着计东的游食之旅："去家已两年，内顾多惭疚。音书久不来，倚闾恐老瘦。百端攻寸心，徘闷非醇酎。"⑤ 对自己的行止也深为愧悔自责："苟有慕荣利、近嗜欲之念，未有不如东之进退失据，愧悔而不知所以自立者。"⑥ 他自剖心迹，尽是悲凉之语："去矣人宜贱，归哉志不群。"⑦ 他也曾想遵从友人的建议，动过归隐田园的心思，试图以著书授徒为生，安享天伦："誓将披此裘，负米归故里。左顾越江碧，右揽吴山紫。著书授生徒，灌园树兰芷。儌舞老亲前，此乐谁能比？"⑧ 可惜终未成功，不久"又为饥所驱，伥伥出门。师为黄冈学士所招，游于畿内"⑨。诚如杜师桂萍所说，计东这类非仕非隐的文人久客不归，必定有着无可言说之隐和万般无奈之状："中国古人向无久客而不归的传统，回家是人生的

---

① （清）计东：《赠许于王侍御》，《改亭诗集》卷一，清乾隆十三年计璸读书乐园刻本。
② （清）计东：《梦严四览民》，《改亭诗集》卷一，清乾隆十三年计璸读书乐园刻本。
③ （清）计东：《示兄子炳》，《改亭诗集》卷一，清乾隆十三年计璸读书乐园刻本。
④ （清）计东：《庚戌冬夜排闷四首》，《改亭诗集》卷六，清乾隆十三年计璸读书乐园刻本。
⑤ （清）计东：《初冬院中月下闻歌》，《改亭诗集》卷一，清乾隆十三年计璸读书乐园刻本。
⑥ （清）计东：《从祖需亭先生七十寿序》，《改亭文集》卷七，清乾隆十三年计璸读书乐园刻本。
⑦ （清）计东：《旅夜不寐成二首》，《改亭诗集》卷三，清乾隆十三年计璸读书乐园刻本。
⑧ （清）计东：《鹿皮裘初成志喜自述》，《改亭诗集》卷一，清乾隆十三年计璸读书乐园刻本。
⑨ （清）徐釚：《祭业师计甫草先生文》，《南州草堂集》卷三十，清康熙三十四年刻本。

归宿,狐死首丘乃必然之抉择。凡不归者,必定有身世未了之事,或因子孙而顾虑重重,甚至存在着难言之隐。"①

本章小结

  本章在多方考辨史料基础上,基本厘清了计东家世、生平相关的若干存疑问题,而作为文人的计东之本来面目也由此愈加清晰、真实。我们看到,计东也曾是个意气风发、自比马周的有志少年,奋力于世:"计子声名洛下悬,风流文采擅诸贤。人如郭泰澄千顷,论本王充动四筵。牛耳追随春日里,龙门清迥白云边。"② 奈何才高命蹇,仅十年的科举生涯竟历经了四个影响无数士子的"大事件",最终被褫革功名,后半生不得不入幕依人,变成四处晋谒乞食的落泊老人,也正是因为要养护家人的高度责任感和期盼有志于世的功利之心,才让他看似笨拙而又执拗地坚守着游食一途。计东的一生的确是命蹇多艰的,其曲折凄惨的人生经历足见这类非仕非隐的士人在清初大环境下生存境况之艰难。诚如钱陆灿对友人的痛悼之语:"诗篇零落追高适,佛土熏修失右丞。"③ 在那些知交好友眼中,计东的诗文作品则堪比高适,其中所展现的激昂不平之鸣和勃勃飞扬之气亦在文学史中留下不可磨灭的印记。或许,用友人汪琬的吊诗来诠释计东"才高命蹇"的一生再合适不过:"从来才誉冠群伦,骨相谁知晚最屯。太息东南风土薄,江湖不复有斯人。"④

---

① 杜桂萍:《"名士牙行"与孙默归黄山诗文之征集》,《社会科学战线》2015 年第 1 期。
② (清)任源祥:《赠计甫草》,《鸣鹤堂诗集》卷八,《清代诗文集汇编》第 62 册。
③ (清)宋长白:《柳亭诗话》卷二十四,清康熙天茁园刻本。
④ (清)汪琬:《闻甫草凶问予既为位以哭明日作四绝句寓哀》,《钝翁前后类稿》卷十二,载李圣华笺校《汪琬全集笺校(一)》,人民文学出版社 2010 年版,第 389 页。

第二章　计东姻亲关系的建立与清初江南士人交游

　　对于古代文人来说，"缔姻必崇门第"①，而姻亲是有特定意志的、自觉的双向选择，选择何人缔结姻亲，以维护、巩固乃至提升本家族的地位和利益，对方的身份、地位、门第、功名、财富等都是文人乃至其家族需要考虑和衡量的因素，具有极强的阶层性和目的性。而能彼此互选结为姻亲，便意味着一种利益关系或联盟的达成，在一定程度上可谓荣辱与共、福祸相依，家族间企图通过姻娅联合，能在生活上相互帮扶、在文学上彼此奖掖、在教育上资源共享，形成牢固的族亲关系，达到"道谊渊源，通家累叶"②之目的。可以说，家族姻娅脉络对人才的培养、家族的发展至关重要。姑以文人计东考之，我们发现，他乃至他的家族在选择姻亲时的考虑与其"努力振衰宗"③的使命感息息相关，其姻亲关系④网错综复杂，姻娅系统背后所关联的各方人物与其人生行迹、文学趣尚、声名功业等的达成都有密切关系。而他与这些姻友家族交相师友，相互激发文学创作，聚合了一批文学精英，由此展现了明末清初的文坛生态图谱。

---

　　① （清）庄怡孙纂修：《毗陵庄氏增修族谱》卷二十七，清光绪元年木活字本。
　　② （清）秦耀：《许氏合修南北宗谱序》，《锡山许氏宗谱》卷三，民国十六年孝源堂、敦彝堂铅印本。
　　③ （清）计东：《示兄子炳》，《改亭诗集》卷一，清乾隆十三年计瑸读书乐园刻本。
　　④ 本书所谓的"姻亲关系"仅限定于计东本人及其子女所涉及的三代以内的姻亲。

第二章 计东姻亲关系的建立与清初江南士人交游

第一节 吴江梅堰吴氏
——"荻上三吴"

计东的父亲计名（？—1646）虽在科场屡试不第，仅止于诸生，然作为耕读世家子弟，承赖祖上之赀，在吴中地区有一定的声望。他与吴翿、张溥、孙淳等人结交，于崇祯三年（1630）共创复社，实有首创之功。同为最初的创社之人，相比吴翿、张溥、孙淳等人，计名的名声和功劳在时人乃至后世的记载中却少有提及。也许，这与他并未有作品传世，入清后的第三年春天便早逝有一定的关联。计名等复社核心成员虽多为诸生，然而，他们多是门第清华的世家、显宦子弟，"凡高门鼎族，各联一社以相雄长，大约如四公子之养士，鸡鸣狗盗，以备一得之用而已。固时势为之，而人心风俗，亦另一机杼已"[①]。共同的利益、信仰、宗尚促使他们结为同盟，以血缘、师承、地缘和交游为纽带编制成了一张巨大的关系网。成员之间的关系盘根错节，带有浓郁的小团体色彩，其背后则是家族的利益或力量相互角逐运作。"明代士人的结社，首先源自兄弟、家人、宗族自相师友……如果我们对复社的姓氏榜进行仔细的考察，就会发现，复社内部的血缘关系极为浓厚。"[②] 有的成员间有亲缘关系，如吴翿和吴翻兄弟，张溥、张深、张泳、张灏、张源、张王治、张溶兄弟六人，潘凯与潘柽章父子，吴晋锡与吴兆宽、吴兆宫父子，夏允彝、夏完淳父子等。有师生关系者，如吴伟业、葛云芝为张溥弟子，叶襄为杨廷枢弟子等。有姻亲关系者，如计名与吴翿，吴晋锡与杨廷枢，沈自炳与潘凯等，这些文化家族之间"原本存在着深刻的'道谊'，这是在社会同一结构层次上产生的某种共同的文化认同，'道谊'达到一定的程度之后，便面临如何'升级'的问题。

[①] （清）佚名：《研堂见闻杂录》，载《台湾文献史料丛刊（五）》，台湾大通书局1987年版，第41页。

[②] 陈宝良：《中国的社与会》，浙江人民出版社1996年版，第450页。

即如何使世家之谊更加稳固长久，以达到'道谊渊源，通家累叶'的理想之境。'升级'的方法无非是'关系上叠加关系'"①。如此一来，彼此的纽带将会更为牢固和稳定。而经过叠加的关系则会使家族脉络得到拓展和深化，从而巩固和提升家族的地位与格局，乃至会影响家族成员的个人发展。

计名身处江南文社声气圈，倾力与友人吴翻一同创立复社，是为社友，又在此基础上与吴翻结为儿女亲家，子计东娶吴翻爱女为妻，将两家间原本的"道谊"升华为更加牢固密切的"姻戚"。吴江薛凤昌《吴江文献保存会书目序》云："吾吴江地钟具区之秀，大雅之才，前后相望，振藻扬芬，已非一日。下逮明清，人文尤富，周、袁、沈、叶、朱、徐、吴、潘，风雅相继，著书满家，纷纷乎盖极一时之盛矣。"②吴氏为吴江大族，是松陵五世家"周、吴、沈、赵、叶"之一。五姓之间多相互通婚，结为姻戚，吴翻妻子便是松陵五世家之一的沈氏。此吴氏一支是北宋名臣吴充（1021—1080）之后，吴充三子中的吴仰之孙吴自诚迁居吴江梅堰，遂繁衍成此吴氏望族。吴嗣昌③为邑庠生，雄于赀财，有三子：吴翻、吴䎖④、吴䎳⑤，皆以能文见长，有"荻上三吴"之名。其中二子吴翻、吴䎖"与娄东、金沙、吴门诸先生继应社倡复社，天下谈士归之如云。荻塘一水间，贤士大夫过从者，帆樯相接，常数里不绝"⑥。对于吴氏这样的世家大族，选择计氏为姻戚，虽是基于吴翻与计名的友谊，但同样地，计氏当时亦属富庶诗礼之家，彼此恰合门户才是结姻的关键所在。当然，这也离不开计东自身人品、学识的优异，

---

① 罗时进：《家族累世婚姻与文学"濡化"》，《光明日报》2020年2月24日第13版。
② 柳亚子、薛凤昌辑：《吴江文献保存会书目》，民国间油印本，上海图书馆藏。
③ 吴嗣昌，字延仲，吴江邑庠生，诰赠文林郎。
④ 吴䎖（1610—1669），字振六。少负才名，著有《陆石子诗集》四卷。
⑤ 吴䎳（生卒年不详），字羽三。顺治十二年（1655）进士。历任澄迈（今属海南）、江西丰城、汉川（今属湖北）县令，曾参与剿灭郑成功等抗清势力，著有《松岩集》。
⑥ （清）计东：《吴振六哀辞 有序》，《改亭文集》卷十五，清乾隆十三年计璜读书乐园刻本。

得以打动吴翱，感叹"非常儿也"①，将女儿许配于他。除吴翱外，计东与吴翻、吴瞓也保持了终生的情谊，以内叔称之，视同妇翁。他们不仅在文学上互相奖掖，还在生活上彼此帮扶，更在落魄失意时予以宽慰开解。

与其他世家望族一样，为保家族兴盛，吴氏兄弟三人也用心科举。吴翱在明仅止于诸生，实为形势所迫。一则"当入试，以亲疾力辞"②，一则因创复社，首辅温体仁欲拉拢，"屡招致，翱卒不应"③，又拒温体仁弟温育仁入社，不为其所容。后加之国变，遂绝意仕进。纵然不再走科场之路，吴翱的家境仍属富裕，时常接济故友，"故交之贫困者为设馆授餐，衣食其家，终无倦色"④。甚至在顺治五年、六年（1648、1649）发生饥荒时周济难民："戊子己丑间，岁大饥，出粟赈济，全活甚众。"⑤而吴翻与吴瞓在明朝亦相继应试。吴瞓中崇祯十五年（1642）举人。据计东回忆，他与吴翱同在崇祯十二年（1639）补为诸生，此际的计东年方十六，吴翱则年已而立，或许，正是这样的成绩让计东脱颖而出，引起吴氏的注意。计东更是小小年纪便与吴翱"同受知于学使者及诸公卿间"⑥，因而与他相交更为亲厚："翁之爱予，称予几于忘年忘分矣。"⑦ 吴翱生性豁达乐天，于功名并不执着，国变后"自审于出处，大节皭然不淄，读书学道，泊然自守"⑧。当计东在顺治十八年（1661）因奏销案讹误被革去举人身份，怆然难以自振："东又以友人相讹误，一废

---

① （清）尤侗：《传》，计东《改亭文集》卷首，清乾隆十三年计琏读书乐园刻本。
② （清）陈和志：《（乾隆）震泽县志》卷十九人物七，清光绪重刊本。
③ （清）陈和志：《（乾隆）震泽县志》卷十九人物七，清光绪重刊本。
④ （清）陈和志：《（乾隆）震泽县志》卷十九人物七，清光绪重刊本。
⑤ （清）陈和志：《（乾隆）震泽县志》卷十九人物七，清光绪重刊本。
⑥ （清）计东：《吴振六哀辞 有序》，《改亭文集》卷十五，清乾隆十三年计琏读书乐园刻本。
⑦ （清）计东：《吴振六哀辞 有序》，《改亭文集》卷十五，清乾隆十三年计琏读书乐园刻本。
⑧ （清）计东：《吴振六哀辞 有序》，《改亭文集》卷十五，清乾隆十三年计琏读书乐园刻本。

不复振，每至郡入省，过向所从翁为文章受知当事之处，辄怆然不自胜。"① 吴翾则以旷达的心胸予以宽慰："东有凄怆之色，翁抵掌张目大笑，谓足下亦少旷达之识矣。"② 而在生活上，吴翾也多方照拂计东一家。计东时常感念"姻党食其德"③，并期盼在衣食丰足、倦游归里之时能"时时奉几杖以事翁如事我妇翁也"④。不料吴翾年届六十便猝然离世，计东自是悲不自禁，特撰悼辞以寄哀思，并对其德行、学识大加称扬：

>惟荻吴氏，世称三凤。翁则居中，德文严重。仪型东伦，整齐雒诵。
>
>人地苟陈，文章屈宋。当其壮年，文采坌涌。受知宗工，久压庸众。
>
>及乎晚节，玩易勿用。乐志深潜，怡神屡空。年周甲子，遂明噩梦。
>
>溘然上征，如脱尘壅。我闻翁丧，寒冰方冻。旅人劳劳，归已春仲。
>
>奔哭迟迟，不胜愧悚。尊则有醳，苙则有茸。搴彼蕙帷，为之一恸。
>
>翁能鉴予，庶几无恫。⑤

---

① （清）计东：《吴振六哀辞 有序》，《改亭文集》卷十五，清乾隆十三年计瑸读书乐园刻本。
② （清）计东：《吴振六哀辞 有序》，《改亭文集》卷十五，清乾隆十三年计瑸读书乐园刻本。
③ （清）计东：《吴振六哀辞 有序》，《改亭文集》卷十五，清乾隆十三年计瑸读书乐园刻本。
④ （清）计东：《吴振六哀辞 有序》，《改亭文集》卷十五，清乾隆十三年计瑸读书乐园刻本。
⑤ （清）计东：《吴振六哀辞 有序》，《改亭文集》卷十五，清乾隆十三年计瑸读书乐园刻本。

吴瓒虽然声名不及二兄，然科场顺畅，在顺治十二年（1655）得中进士，步入官场，颇有善政。和计东遭遇相似的是，吴瓒亦因奏销案"坐降调"①。关于计东与吴瓒的往来资料不多，然从《吴振六哀辞》中以内叔称之来看，他待吴瓒之情应与吴翱一般。二人一同受知于张溥，师出同门加之姻亲的关系让彼此更为亲近，在文学上亦互相阐扬。顺治五年（1648），正值父丧丁忧的计东在此一年便作《天尺楼纪年草》一卷，"扶九之弟羽三为之序，举青辚易箦之言以勖之，则当日两家之拳拳"②。

计东自少年起便随侍父亲与岳父左右。对于吴翱，计东将之视为除父亲外最为仰仗和敬重之人，尤其是入清不久计名去世，多赖吴翱教诲照拂："东也早失慈父，伶仃茶苦，方父事妇翁，仰其教诲。"③ 但好景不长，顺治十二年（1655）元日，吴翱梦见季弟高中，梦中有"功名全让弟，气节独归予"之句，此年吴瓒果成进士。不久，吴翱不幸病逝，卒年仅 46 岁。据计东诗作推断，吴翱除有适计东之女外，尚有一子南龄，四十余岁始得。从"不堪稚子仅扶床"④ 一句来看，吴翱去世时吴南龄尚属年幼，唯将平生藏书付予爱子，寓其不忘诗礼之意："扶九居吴江，复社赖主持。破产我不顾，灭门人或嗤。楹书付爱子，竹坨曾录之。"⑤ 江南文人诗书传家观念之执着坚定由此可见一斑。岳丈去世，计东在世间便又少了一个可供依靠仰仗之人，"而妇翁复早世，十余年饥来驱我，东西南北喘不得息"⑥。对于吴翱的离世，计东尤为悲痛，"羊昙痛哭谁知己？向秀

---

① （清）陈和志：《（乾隆）震泽县志》卷十六人物四，清光绪重刊本。
② （清）张镰：《溪阳展墓图记》，《冬青馆甲集》卷四，《清代诗文集汇编》第 490 册。
③ （清）计东：《吴振六哀辞 有序》，《改亭文集》卷十五，清乾隆十三年计瑸读书乐园刻本。
④ （清）计东：《哭吴扶九先生》，《改亭诗集》卷五，清乾隆十三年计瑸读书乐园刻本。
⑤ （清）张其淦：《明代千遗民诗咏》卷八，载《清代传记丛刊》，台北明文书局 1985 年版，第 284 页。
⑥ （清）计东：《吴振六哀辞 有序》，《改亭文集》卷十五，清乾隆十三年计瑸读书乐园刻本。

悲歌只自伤"①，感念岳丈对他的教导之恩，"几年讲席承恩地，依旧梧桐覆短墙"②。而吴翙多年来声望在外，前来吊唁者千余人众，不仅将之比附陶渊明之节义，私谥"孝靖先生"，更奉神主于三高祠。

可以说，计东身上早已打上吴翙之婿的标签，他在入清后的多方结社交游，恰是多赖这位岳丈的声名和人脉。他对吴翙无论在其生前还是身后都报以极大的尊重和维护，对其首创复社之功引以为傲。当康熙八年（1669）夏，吴伟业撰《复社纪事》，将创立复社的功劳归功于张溥等太仓籍成员，对吴翙等人的首创之功仅以"吴江大姓吴氏、沈氏洁馆舍，庇饮食于其郊，以待四方之造请者"一语带过：

> 楚熊鱼山先生开元，用能治剧，换知吴江县事，以文章饰吏治，知人下士，喜从先生游。吴江大姓吴氏、沈氏洁馆舍，庇饮食于其郊，以待四方之造请者。推先生高弟子吕石香云孚为都讲。石香好作古文奇字，浙东西多闻其声。而湖州有孙孟朴淳，锐身为往来绍介。于是臭味龠习，远自楚之蕲、黄，豫之梁、宋，上江之宣城、宁国，浙东之山阴、四明，轮蹄日至。秦、晋、闽、广多有以其文邮致者。先生丹铅上下，人人各尽其意，高誉隆洽，沾丐远近矣。③

计东对此甚为不满，特撰《上太仓吴祭酒书》与之辩驳。在文中，同是身为张溥弟子的计东，对吴伟业能在入清后不顾政治影响仍以师称张溥并不忘推崇扬抸深感"喜且慰"④，然对抹杀岳丈吴翙创社之功的说辞却不能赞同：

---

① （清）计东：《哭吴扶九先生》，《改亭诗集》卷五，清乾隆十三年计琪读书乐园刻本。
② （清）计东：《哭吴扶九先生》，《改亭诗集》卷五，清乾隆十三年计琪读书乐园刻本。
③ （明）吴应箕、吴伟业等：《东林本末》，北京古籍出版社2002年版，第182页。
④ （清）计东：《上太仓吴祭酒书一》，《改亭文集》卷十，清乾隆十三年计琪读书乐园刻本。

> 东生也晚，然东之先人从事于社事有年。东之妇翁吴扶九先生则固娄东两张先生好友，而首创复社之人也。……始庚午之冬，因鱼山熊先生自崇明调宰我邑，最喜社事。孙孟朴乃与我妇翁及吕石香辈数人始创复社。……即东之妇翁，不惜破产以创复社，至今鱼山先生与老师之友周子俶辈，尚历历能言之，乃不得比于孟朴，附老师文以不朽，仅以吴江大姓四字括之，不知老师何意而云然也？①

计东因父计名亦是早期复社的创立者，自谓得闻社事始末，故在文中数次强调妇翁吴翿不惜破产出资以创复社的事实，也质疑吴伟业"辛未以后方置身石渠天禄，虽为西铭弟子，于社事不复留意，不知其曲折"②。当是时，吴伟业的名声已大，言论动辄便能影响士林乃至舆论风向。计东身为后辈，却能大胆上书质疑批驳，争论是非曲直，足见其对岳丈的敬重袒护之情。其实，关于复社的首创之功多有争论。持吴翿等人实为首创者不在少数。吴翿的另一姻亲朱彝尊③即是其中之一：

> 扶九居吴江之荻塘，借祖父之赀，会文结客，与孙孟朴最厚，倡为复社；既而思合天下英才之文甄综之，孟朴请行，出白金二十镒、家谷二百斛以资孟朴。阅岁，群彦胥来，大会于吴郡，举凡应社、匡社、几社、闻社、南社、则社、度社，尽合于复社，论其文为《国表》，虽太仓二张主之，实引次尾、扶九相助。④

---

① （清）计东：《上太仓吴祭酒书一》，《改亭文集》卷十，清乾隆十三年计瑸读书乐园刻本。
② （清）计东：《上太仓吴祭酒书一》，《改亭文集》卷十，清乾隆十三年计瑸读书乐园刻本。
③ 吴翿子南龄娶朱彝尊女。
④ （清）朱彝尊著，黄君坦校点：《静志居诗话（下）》卷二十一，人民文学出版社1990年版，第651页。

朱彝尊表达了对吴翻创社之功的肯定，并进一步指出，正是在吴翻的坚持和反对下，首辅温体仁之弟温育仁等人请求入社被拒，也就此引发了攻讦复社之门，徐怀丹撰《复社十大罪檄》、陆文声上书有意构陷复社结党祸国，幸得首辅周延儒等人从中斡旋，崇祯以"书生文社不足究"免之，复社方得躲过一劫。除朱彝尊外，复社另一成员潘凯之子潘耒也认为，父潘凯、吴翻等吴江籍文人确有首创之功：

> 明崇祯间，士大夫犹重清议，急人才，以文章声气相应和。东林之后继以复社，复社之名昉于吾邑，扶九与同志六七人实倡之，其后吴门、娄东联缀焉而遂大盛，系名籍者无虑百千人。然独领袖数人尤相亲厚，数往还。①

> 复社创自吾邑，娄东首与相应和。其时，先府君与沈介轩、吴扶九两先生实主持其事。三君之家，名贤辐辏，倾盖班荆。文酒之宴无虚日，里人至今能道之。②

由计东、朱彝尊、潘耒三人的身份不难看出，他们或是为妇翁辩白，或是为姻友正名，或是为至亲定分，都是利益相关者。他们虽是基于事实的基础上发声，然这种相互声援支持的举动，呈现出一定的小团体性。当然，也有其他立场客观者认为，首创复社之功当属吴翻、计名等人，如乾隆年间的张镒：

> 当社事肇兴，绵延十余省，综核数千人，忠孝者接踵于其间。人知吴江人助之，不知吴江人实首之者也。首之者谁？吴扶九、计青辚、沈圣符、张将子、张九临也。扶九家颐塘，与青辚辈交，乃破产输粟，俾同邑畸士孙孟朴联络之。青辚者，

---

① （清）潘耒：《梅花草堂诗集序》，《遂初堂集》文集卷八，清康熙刻本。
② （清）潘耒：《沈介轩八十寿序》，《遂初堂集》文集卷十，清康熙刻本。

甫草父也,而扶九者,甫草之妻父也。甫草承庭诰往来于塔乡、塔水,以成兹宅相非一日矣。自是,溪之前后左右,若潘仲和、孙久贞父子,吴日千、沈君晦昆弟,则又为之羽翼者也。已而,明祚潜移,社业复振,吴梅村以国子祭酒起持其柄,吴根越角之人,方弹冠拭目以俟,及为《复社纪略》一篇,略不一挂齿颊,此甚不得其平者也。①

张鑑的这一说法是基于计东对吴伟业质疑基础上,也反映了复社成员间业已存在的分歧和矛盾。当是时,复社名声虽大、人才虽盛,然人员繁杂,已有党同伐异之风,无怪乎时有讥评讽刺的声音:

当西铭先生主坛坫,四方之士走娄东者,先生但以杯酒论心;其余好事者,间一款留,亦不过剪烛谈笑、豆觞楚楚而已。后来复社聿兴,四方宾至,无不征歌选舞,水陆杂陈。广引宾朋,主客互乱,烛影之下,对面不识;明日相见,即同陌路。又数月为聚会,数十百人酒斝纵横,娼优凌乱,一哄而散,竟不知为谁何。余尝戏谓今日社宴,几同斋主散食。仔细思维,真可笑也!②

除以上诸人外,民国时期的陈去病亦云:"嘉鱼熊开元为吴江令时,拔吴扶九于俦人之中,许为国器。扶九提倡复社,嘉鱼实左右之。"③再次肯定了吴翾的首倡之功。除了质疑吴伟业所言首创之功为岳父吴翾正名外,计东更对其所称党祸亡国之说不能认同,为之批驳辩白:

---

① (清)张鑑:《溪阳展墓园记》,《冬青馆甲集》卷四,《清代诗文集汇编》第490册。
② (清)佚名:《研堂见闻杂录》,载《台湾文献史料丛刊(五)》,台湾大通书局1987年版,第41页。
③ (清)陈去病:《五石脂》,参见(清)陈去病、(清)顾公燮,(清)佚名,《丹午笔记 吴城日记 五石脂》,江苏古籍出版社1985年版,第268页。

事之大者，亡国之罪不可居也。且党祸与社事不相蒙，而大臣亡国之罪尤与应社、复社诸公不相及，不可不辩也。社事之兴，不过诸生文字之会，自朝宁视之，无异童子之陈俎豆、习礼仪为嬉戏耳。且胜国诸生之禁甚严，非若汉、唐、宋之太学生得群聚京师，伏阙百千人，横议存亡大计也。党祸之烈，若汉三君俊顾厨及唐牛、李，宋洛、蜀、朔，必其人身为大官，仕于京朝，次亦为郡国守相。若西铭先生通籍之后，日里居读书，受先一为县令即引退，维斗、彦林终老孝廉，介生登第不数月，子常、麟士、孟朴皆颓然老诸生，岂汉、唐、宋诸达官贵人比，能造党祸如彼之烈哉？且首劾宜兴大罪者，即熊鱼山先生。鱼山即复社盟主也，宜兴平日之不留意社事可知矣。被劾鱼山之后，不得已以吴来之为鱼山门人，使求补牍中不胪列其大罪，以摇惑主听，于社事何与哉？于党祸何与哉？况老师之《纪事》，为复社而作也。东以为西铭先生既殁，其明年上书告变之小人随伏法。又明年诏求其遗书，复社已稍稍吐气。叙事至此，即可作结，不必更牵引宜兴一案，娓娓言之，似党人亡国罪状，与复社相终始者。或老师行文之法，于一篇中必周匝前后，所叙之人，不得不借为波澜。窃恐曩者衔怨，不逞之徒借口老师之文，遂欲以疑似之谤，坐复社诸公以党人亡国之罪。①

事实上，党祸亡国的论调在崇祯年间便已存在，实则是阮大铖之流嫁祸构陷的说辞。当时，阮大铖有意将复社"一网杀之"②，陷于舆论旋涡的吴翙的心里亦是忧惧不安的，"而复社祸机既发，扶九亦日在忧患中"③。而到了顺治年间，这样的言论依然存在，对于仍

---

① （清）计东：《上太仓吴祭酒书一》，《改亭文集》卷十，清乾隆十三年计瑛读书乐园刻本。
② （清）黄宗羲：《陈定生先生墓志铭》，《南雷文约》卷七，清康熙刊本。
③ （清）朱彝尊著，黄君坦校点：《静志居诗话（下）》卷二十一，人民文学出版社1990年版，第651页。

在结社者而言实为一种潜在的危机,这不能不引发计东的担忧。他对吴伟业的一番辩白之辞暗含了担忧岳丈、恩师、父亲等在世乃至离世之人会因此招致祸端的心曲,故极力辩白,希冀能借吴伟业之口为复社党人陈情澄清。

第二节　吴江松陵吴氏
——"延陵三凤"

其实,计名不仅活跃于吴江文人声气圈内,与吴江望族吴翻联姻,为爱子计东订立婚约,还早有意识地将其带在身边,四处交际应酬,"忆予束发初,即多识四方贤豪长者"①。计名还在参加科举之余四处授馆,得以结识当地有名的世家大族之一松陵吴氏晋锡一家,教授其子吴兆骞课业。以此为契机,两家得以相识、相交,三世不绝。

此吴氏与吴翻一支似非同源,然许是同姓本家之故,计东称吴瞆与吴兆宽（1614—1680）为兄弟:"……吴羽三、吴弘人兄弟……"②此一吴氏始祖原籍河南,后迁至吴江县松陵镇,时间未详。目前可考知,永乐年间的吴璋已寄籍吴江。据吴安国《吴氏族谱》卷十一《故明湖广永州推官燕勒吴公墓志铭》可知,吴氏一族世代显赫,是吴江很有影响力的望族之一:"公讳晋锡……六世祖赠太仆寺卿,讳璋,以孝著闻。子讳洪,孙讳山,皆仕至刑部尚书,吴中人称为大小尚书。小尚书生赠布政司左参政,讳邦栋,于公为曾祖。中举人,赠左军都督府经历,讳承熙,于公为祖。进士生顺宁府知府讳士龙,公之先考也。"③吴氏一族"风雅不替,饮誉一时,在文学上取得了不错的成就。这个家族有'文行茂著,士林楷模'的父亲吴晋锡,孕育了清初诗歌史上极有名的吴兆骞和在古代典籍整理研究方面贡

---

① （清）计东：《云间赠言册序》,《改亭文集》卷二,清乾隆十三年计瑸读书乐园刻本。
② （清）计东：《赠王又沂序》,《改亭文集》卷五,清乾隆十三年计瑸读书乐园刻本。
③ （清）吴安国：《故明湖广永州推官燕勒吴公墓志铭》,《吴氏族谱》卷十一,清乾隆四十一年刻本。

献颇大的吴兆宜。吴氏兄弟几个皆能诗擅文,才华横溢,吴兆骞与长兄吴兆宽、次兄吴兆宫并称为'延陵三凤',或加上五弟吴兆宜,合称'吴四君'。该家族还孕育出长于词赋的女诗词家,有作品传世的有吴文柔、吴蕙"①。这样一个世家望族,门第、名望、功业等都必是其择取姻亲时首先要考虑的因素。吴晋锡妻子为松陵五世家之一的沈氏,妻妾共生子女八人,"婚皆名族"②,计氏便属其中的"名族"之一。

计、吴两家姻娅的达成主要缘于计名。因他授业于吴兆骞,计东遂得与吴氏子孙相交,与吴兆宽、吴兆宫、吴兆骞等结下不解之缘。自少年起,计东便跟随父亲与吴氏子弟一同读书、成长,"庚辰,予从先君子同我友吴子闻夏读书于楞伽山寺,见四壁皆与闻夏之父中丞公论文书"③,两家在交往中不断增进感情。入清不久,计家接连遭难,计东祖母于顺治二年(1645)正月去世,计名曾在吴晋锡家会谢吴氏子弟、王源曾以及复社元老张拱乾等一众吊唁母亲的友人:"又沂之识家君也,在乙酉正月。时先君方出谢友人之会吊先大母,故相遇吴中丞家。又沂为予言先君白衣冠,颜色憔悴,若重有哀者,同坐为张九临,吴羽三、吴弘人兄弟。"④ 即便在计名去世后,两家依然保持着这份情谊,而彼时计准、计默尚未出生,两家还尚未订立婚约。两家何时订立婚约尚未可知,然可以肯定的是,如第一章所考,与计东结亲者为吴晋锡长子吴兆宽,计东女适吴兆宽次子焘。不知何故,两家是以入赘的形式结亲的,吴焘也改名为吴计焘:"既闻夏之兄子焘赘于东,东以儿子蓄之。"⑤ 入清之后,两家都历经磨难,家道日益没落,然数十年的情谊才是能够结亲的根本。

---

① 周雪根:《清代吴江诗歌研究》,博士学位论文,苏州大学,2010年。
② (清)吴安国:《故明湖广永州推官燕勒吴公墓志铭》,《吴氏族谱》卷十一,清乾隆四十一年刻本。
③ (清)计东:《赠赵明远序》,《改亭文集》卷五,清乾隆十三年计琰读书乐园刻本。
④ (清)计东:《赠王又沂序》,《改亭文集》卷五,清乾隆十三年计琰读书乐园刻本。
⑤ (清)计东:《赠赵明远序》,《改亭文集》卷五,清乾隆十三年计琰读书乐园刻本。

细考吴氏兄弟的交游圈会发现，吴兆骞、吴兆宽与计东的交游圈高度重合，尤其吴兆宽，其《爱吾庐诗稿》中所涉人物如王士禛、宋实颖、汪琬、徐乾学、尤侗、张拱乾、倪伯屏、顾有孝、朱鹤龄、侯涵、徐釚等亦是计东的知交好友，常在其诗文集中频频提及。可见这些联姻家族之间资源、人脉在某种程度上是共享共通的，他们不仅在生活中互帮互助，还在文学上彼此提携帮扶，成就彼此的文名。如吴兆宽诗《春日雨雪，朱长孺、张九临、顾茂伦、计甫草、赵山子、家小修集饮小斋一首》《夏日屏居，讯问芜废，有怀既庭、敬生、甫草》①中所提及的几次聚会，实有小团体性质。康熙六年（1667）十月，顾有孝、赵沄编定《江左三大家诗钞》，计东则受邀为吴伟业诗集题词，吴兆宽则为之参阅，其他参与者有施闰章、吴绮、蒋超、俞南史、余怀、金俊明、董黄、陈启源、顾宸、叶方蔼、汤调鼎等。此外，计东还在入清后与吴氏三兄弟兆宽、兆宫、兆骞一同参加慎交社、惊隐诗社、十大郡社等清初著名结社活动，成为一时之选，"所与论文莫逆者，皆燕、许巨公也"②，他们在诗文切磋交流中激发创作热情，在文人间极大地提升了声望。顺治十八年（1661），奏销案发，吴兆宽"以逋赋除名，不得就试有司"③，又因两家结亲之故，连累计东被革去举人身份："复缘奏销累君割产以偿，君让还其半，相好如初。"④ 此后的人生中，二人都不再应举，而是选择了四处游食作为立身之路，想来二人当更能懂得和理解彼此各种甘苦。相较而言，吴兆宽无疑更为幸运一些，以三子树臣贵，赠刑部郎中。而计东则是痛失长子，次子默终无所成，自己终生处于奔波失意之境，不能不令人唏嘘感慨人之遭际命运的无常。

吴氏子弟中，计东与吴兆骞感情最深、性情亦最为相投，皆是性情飞扬、倜傥不羁的狂生，在彼此眼中对方仿佛是另一个自己。二人自幼一同成长、求学，少年成名。崇祯十三年（1640），在计

---

① （清）吴兆宽：《爱吾庐诗稿》不分卷，清刻本，哈佛大学汉和图书馆藏。
② （清）郭琇纂：《吴江县志》卷十三，清康熙二十四年本。
③ （清）吴兆宽：《爱吾庐诗稿》卷首序，清刻本，哈佛大学汉和图书馆藏。
④ （清）尤侗：《传》，计东《改亭文集》卷首，清乾隆十三年计璸读书乐园刻本。

名带领下，17 岁的计东、10 岁的吴兆骞以及吴兆宫等读书于吴县之楞伽山寺。作为父亲和老师的计名深知两个孩子的个性，担心他们将来会因此吃亏受挫。吴兆骞自幼便惊才绝艳，然个性简傲，不合于俗，"以故乡里嫉之者众"①。计名曾预言吴兆骞"此子异时必有盛名，然当不免于祸"②，后果然在丁酉科场案中被人陷害获罪，被遣戍北方 23 年之久。计东个性亦跳荡不羁，"对客议论风发，一坐尽倾，时或愤激怒骂"③，计名对儿子跳荡张扬的个性亦颇为担忧，"（东）幼跳荡不羁，父忧之"④，这样的个性也让计东在以后的人生中备尝艰辛、受尽摧折，尤其在其游食生涯中屡屡受到白眼和嘲讽当与此不无关系。

  计东虽较吴兆骞年长七岁，然对其惊世才华亦是深为服膺的。吴兆骞在十二三岁时便有诗作酬赠计东，如《晚眺寄计甫草》《行路难和吴海序、计甫草》《东飞伯劳鸟同计甫草、赵子山作》等。不知何故，计东诗文集中并未留存一首与吴兆骞赠答诗文，或许是其诗文集乃去世后友人编订之故。明亡之际，计东往来吴、楚之间，投奔处于抗清前线的吴晋锡，寻求帮助。吴兆骞亦往来南京、吴江之间，为父送去典措之资，以供入楚之用。遭遇亡国之痛让他急速成长，此际的他已才华掩映，锋芒毕露，能援笔立就，"十二三岁时，发言吐词，一座尽惊"⑤。甲申国难，吴兆骞曾作《秋感八首》，计东大为赞赏："此汉槎十三岁时作也，悲凉雄丽，便欲追步盛唐。用修'青楼'之句，元美《宝刀》之歌，安得独秀千古？"⑥ 同样地，计东也并不逊色，著《筹南五论》十万余言上书史可法，力图挽救国家，深得吴江名宿周永年激赏："年才弱冠，遂能贯通若此，

---

① （清）徐釚：《孝廉汉槎吴君墓志铭》，《南州草堂集》卷二十九，清康熙三十四年刻本。
② 李兴盛主编：《吴兆骞杨瑄研究资料汇编》，黑龙江大学出版社 2014 年版，第 21 页。
③ （清）冯桂芬：《（同治）苏州府志》卷一百六，清光绪九年刊本。
④ （清）李元度纂，易孟醇点校：《国朝先正事略（下）》卷三十八，岳麓书社 1991 年版，第 1052 页。
⑤ 李兴盛主编：《吴兆骞杨瑄研究资料汇编》，黑龙江大学出版社 2014 年版，第 68 页。
⑥ （清）吴兆骞著，麻守中校：《秋感八首　甲申九月在湘中作》，《秋笳前集诗》卷五，载《秋笳集》，上海古籍出版社 2009 年版，第 173 页。

则鄙夫虽复厚惭仲淹，不敢奏《太平十二策》。计子已堪为房、杜、李、魏，何不能若谋多功大、幼为奇童、终为名相之邺侯乎？"①

入清后，祖母、父、祖父相继离世，计东连遭丧亲之痛，忧居之际与吴兆骞读书于梅里沈自炳宅内东楼，同行同止，互相切磋诗文："家叔汉槎同计孝廉甫草，曾读书于（沈中翰）所居之东楼。"②相信彼时的吴兆骞定会给予好友以宽慰，以稍减其失去亲人的痛楚。随着清初统治初定，文人籍江南乡试之机兴举文社，社集活动复又兴起。二人同处江南文社中心地区，加之张扬好动的个性，参加社事自是意料之中的事。二人凭借才望，很快成为慎交社执牛耳者，与四方名士角逐艺苑。计东基于复社时期父亲、岳父所积累的人脉和名望，在清初的社集中尤为活跃。顺治七年（1650），计东与姻亲朱彝尊等人主盟慎交社。当时的许多名士也纷纷加入，计东后半生的诸多至交好友如汪琬、顾有孝、侯涵、宋德宜、宋实颖、陆圻等多是在此际通过社集活动结识。吴兆宽、吴兆宫和吴兆骞三兄弟虽稍后入社，然"明珠玉树，照耀江左，一时名流老宿，莫不望风低首"③，尤以吴兆骞最为卓越，才难掩映，"分题拈韵，摇笔先成，望之如神仙"④。

除了慎交社，二人还一同参加了以遗民为主要成员的惊隐诗社。这一举动也说明，二人即便在入清后恢复故国之心依然存在，或许这与吴晋锡一直在外抗清有关。吴晋锡的行动让他们还抱有一丝希望，而这份希望随着南明王朝的日渐式微而破灭。与吴兆骞不同，计东在入清后便接连失怙，家族难以为继，他不得不自顺治八年（1651）起便开始参加科举，而吴兆骞则在父亲的授意下至顺治十四年（1657）方才参加江南乡试，并一举得中举人，计东亦在同年以京师贡生身份参加乡试，也得中举人，在此前的六年间，计东在科场已饱经坎坷。期间，吴兆骞有诗《送甫草入都》《甫草都中归

---

① （清）周永年：《序》，计东《不共书》卷首，明崇祯十七年计氏枕戈草堂本。
② 李兴盛主编：《吴兆骞杨瑄研究资料汇编》，黑龙江大学出版社2014年版，第276页。
③ （清）袁景辂：《国朝松陵诗徵》卷三，清乾隆三十二年吴江袁氏爱吟斋刻本。
④ （清）周廷谔著，顾我钧校：《吴江诗粹》卷二十，清抄本。

赋赠》等赠计东。如前所述，不幸的是，顺治十四年（1657）科场案发，吴兆骞被人构陷下狱，被流戍宁古塔。吴家被罚没财产，家道遂落。计东不惜析产以助吴家，并屡次前去监狱探望，多方奔走，倾力斡旋营救，得吴兆骞感念不已："昨年遘难，吾兄屡顾我若卢之中，衔涕摧心，慰借倍至。等公孙之奔走，似田叔之周旋，愧荷深情，犹在心骨。"① 对于负屈在狱的友人，他凡事"重为周全"，多方给予接济，以致吴兆骞有"感恩入骨"之感："儿凡事承右与甫，骨肉至爱，重为周全，儿真感恩入骨。"② 并叮嘱父亲"凡事与右、甫商之，必不有误"③。在狱中有《秋夜寄计甫草》："槐树沉沉鼓角催，愁看清露满荒苔。金风入树秋阴薄，璧月临窗夜色来。献赋未知圣主意，行吟还使故人来。天边鸿雁南飞急，怅望江南首重回。"④ 顺治十六年（1659）三月，前往戍地途中，吴兆骞自是激愤难平，途经涿州时托名金陵女子王倩娘题壁诗百余首。数年后，计东游食途中有诗予以呼应"最是倩娘题壁句，吴郎绝塞不胜情"⑤。同时，吴兆骞又有《闰三月朔日将赴辽左留别吴中诸故人》长诗寄回吴江，指明将之抄送给十四位友人，计东便是其中之一。顺治十八年（1661）三月，计东下第归里，不久便罹罪奏销案，被革去举人身份。纵使处于如此艰难境地，计东仍心系故友，奔走为吴兆骞刊行文集，二人友谊之诚笃于此可见。

出塞期间，二人亦没有断绝联系，常有诗文书信往还，互诉心曲。顺治十八年（1661），是吴兆骞出塞的第三个年头，他接连修书两封一千五百余字寄予计东，陈说流放之苦，读之令人泪下："三

---

① （清）吴兆骞：《与计甫草书》，载（清）吴兆骞、戴梓《秋笳集·归来草堂尺牍·耕烟草堂诗钞》，黑龙江大学出版社2010年版，第229页。
② （清）吴兆骞：《家书第二》，载（清）吴兆骞、戴梓《归来草堂尺牍·耕烟草堂诗钞》，黑龙江大学出版社2010年版，第241页。
③ （清）吴兆骞：《家书第二》，载（清）吴兆骞、戴梓《归来草堂尺牍·耕烟草堂诗钞》，黑龙江大学出版社2010年版，第241页。
④ （清）吴兆骞、戴梓：《秋笳集·归来草堂尺牍·耕烟草堂诗钞》，黑龙江大学出版社2010年版，第117页。
⑤ （清）计东：《秋兴十二首》，《改亭诗集》卷五，清乾隆十三年计璸读书乐园刻本。

年执别,万里伤离,故国音尘,殊方羁窜,飘踪如线,惋悒何言。塞外苦寒,四时冰雪。陶陶孟夏,犹着弊裘。身是南人,何能堪此。每当穹庐夜起,服匿晨持,鸣镝呼风,哀笳带雪,萧条一望,泣下沾衣。嗟乎故人,应为凄咽。弟自出塞以来,万端都谢,如泥中花蒂,无复芳菲。而怀友之思,未尝弃怀。"① 他还追忆往昔相聚的欢乐时光,并感念计东奔走相助的恩情,无奈流落苦寒之地,从前那种意气风发、诗酒谈笑的自己已不复存在,心中自是悲难自禁,心如死灰:"广陵佛舍向与畴老杯酒终宵,班荆笑语,何图此别,遂隔死生,永念曩游,寸肠欲裂。弟形残名辱,为时僇人,垂白衰亲,盛年昆季,吁嗟何罪?"② 而在此前一年,他曾有长札并排律三十韵寄计东与宋德宜,却未见音信传回:"昨岁冬至,巴公入都,曾勒长札并排律三十韵奉寄两兄,而此缄竟属浮沉,可为怅惘。"③ 康熙七年(1668),他作诗《九月八日病起,有怀宋既庭、计甫草,因忆亡友侯研德、宋畴三、丁绣夫》怀贤伤逝计东等慎交社友人。以二人交情推测,计东定会有回复诗文书信,以慰挚友,惜并未得见。康熙十四年(1675)年末,未等到吴兆骞赦还,计东便溘然长逝。吴兆骞远在北地,消息闭塞,得知计东死讯后,想来必是肝肠寸断,不胜其悲。在计东去世四年后,他还在寄给六弟吴兆宸的家书中惦念老友是否安葬,关切所遗孤儿寡母是否无恙:"甫草曾葬否?计师母尚无恙否?见甫老令郎,幸为我一致念。"④

吴兆骞长于诗歌,计东专擅古文,同被列入"松陵四子"。就是这样两个张扬自我、才华横溢的文人才子,经历世事摧折,或许早已不复当年风采,然苦难磨砺了他们的个性,也造就了他们的文才,

---

① (清)吴兆骞:《与计甫草书》,载(清)吴兆骞、戴梓《秋笳集·归来草堂尺牍·耕烟草堂诗钞》,黑龙江大学出版社2010年版,第228页。
② (清)吴兆骞:《与计甫草书》,载(清)吴兆骞、戴梓《秋笳集·归来草堂尺牍·耕烟草堂诗钞》,黑龙江大学出版社2010年版,第228页。
③ (清)吴兆骞:《与计甫草书》,载(清)吴兆骞、戴梓《秋笳集·归来草堂尺牍·耕烟草堂诗钞》,黑龙江大学出版社2010年版,第228页。
④ (清)吴兆骞:《家书第十》,载(清)吴兆骞、戴梓《秋笳集·归来草堂尺牍·耕烟草堂诗钞》,黑龙江大学出版社2010年版,第254页。

在文学上都取得了耀眼的成就，成为吴中文坛的一抹亮色。

第三节 "长洲三宋"与"嘉兴三严子"

儿女辈的姻亲中，除吴氏、严氏外，计东长子准虽早逝，然生前已与宋实颖①之女订立婚约，惜未及成婚便不幸去世。据汪琬所言，两家结亲是基于宋实颖对计准外貌、品行的爱重："（准）少而娟娟美秀，数从甫草往来既庭之家。既庭爱之，许以其女配焉。"②或许在多次往来中，两家儿女得以相识，彼此都留有好感，这也为后来计准早逝，宋氏女誓要至计家以计氏妇为之守节甚而自尽，提供了除合乎礼教之外的另一种解释。促使这段姻缘达成的根源，则是双方父亲计东和宋实颖的相识、相交、相知。

宋实颖家世不详，魏禧《宋烈母传书后》称其父"子坚先生"③，母出名族叶氏，有兄妹四人：弟实栗、实方，妹雪娥。和计东一样，明清鼎革也给宋实颖带来了惨痛的经历和记忆。母亲与仲弟实栗在"乙酉闰六月薙发令下"④之际为避兵投井以死，一同投井的季弟实方、妹雪娥与妻子朱氏幸运得免："俱植立井中，竟日不死。"⑤ 其师徐汧（1597—1645）为拒薙发亦投河殉难。虽遭受打击，宋实颖仍在入清后不久便开始应试，这似乎是彼时多数文人的普遍性选择。现今已难窥知其内心所想，但他们的选择则让我们看到，国仇家恨再深，当面临生存乃至家族存续威胁之时，文人们终究

---

① 宋实颖（1621—1705），字既庭，号湘尹，江苏长洲人，经学家。顺治八年（1651）举顺天乡试，康熙十八年（1679）举博学鸿词，不就。康熙二十四年（1685）官兴化教谕。著有《读书堂集》《老易轩集》《玉磬山房集》《春秋拾遗》等。
② （清）汪琬：《孝贞女墓志铭》，《钝翁前后类稿》卷四十五，载李圣华笺校《汪琬全集笺校（二）》，人民文学出版社2010年版，第837页。
③ （清）魏禧：《宋烈母传书后》，载《魏叔子文集外篇》卷十三，胡守仁、姚品文、王能宪校点，中华书局2003年版，第653页。
④ （清）魏禧：《宋烈母传书后》，载《魏叔子文集外篇》卷十三，胡守仁、姚品文、王能宪校点，中华书局2003年版，第653页。
⑤ （清）魏禧：《宋烈母传书后》，载《魏叔子文集外篇》卷十三，胡守仁、姚品文、王能宪校点，中华书局2003年版，第653页。

会选择妥协，承担起"努力振衰宗"的使命，不得已走上应试之路。

计东与宋实颖正式订交时间不详，据现有资料看，二人在清初文社活动频仍的江南地区同为主盟慎交社者，相识当在此前后。从个性来看，二人属于冰与火的两极："予躁动而既庭湛静，予志奢好杂而既庭守约，予褊急多忤物，而既庭内介外宽，有容人之度，久与之处，未尝见其有纤毫之过。"① 这种性格看似水火不容的二人却结为金石交，并缔结姻盟，尤其历经丧子失女的惨痛变故，让两人的关系更非他人能比："以予之贤子为既庭之爱婿，以既庭之孝女为予子殉节之妇，非寻常婚媾比，固不待叙述而知其相厚也。"② 虽然结姻时，计、宋两家家道稍落，然均属名族，且是诗礼读书之家，可见江南文人纵使家道衰落，仍在结姻时谨守门第观念和阶级壁垒。二人相识之际，计家已渐没落，而彼时的宋实颖已贡入太学，以其淹贯经史、博综旁搜，在士人中早有盛名："入都时，四方之士无不欲见颜色。即为慎交社宗主，提唱后学，士林重之。"③ 姻友尤侗有"江东独秀"④ 之目。计东对宋实颖更是不吝溢美之词，甚至甘愿如长沮、桀溺般与之一同归隐："仆求友吾里，深爱既庭一往落落穆穆之致，若不知天地间何物美好当爱慕者，若与偕隐，彼沮我溺也。"⑤ 顺治十七年（1660），宋既庭五十之寿，众友人尤侗、汪琬、缪彤等为之作庆寿之文。计东因客汝南、颍川间，次年方归里，尽读众友人庆贺之作，欲用心为之又恐落俗套，故逡巡良久方才写成。

许是宋实颖之故，计东亦得与宋德宜、宋德宏兄弟相交，在他此后的人生中多得宋氏三兄弟的帮扶和助力。宋实颖与宋德宜⑥、宋

---

① （清）计东：《宋既庭五十寿序》，《改亭文集》卷十六，清乾隆十三年计璸读书乐园刻本。
② （清）计东：《宋既庭五十寿序》，《改亭文集》卷十六，清乾隆十三年计璸读书乐园刻本。
③ （清）沈德潜：《清诗别裁集》卷六，上海古籍出版社1984年版，第221页。
④ （清）尤侗：《老易轩诗序》，《西堂杂组三集》卷四，载杨旭辉点校《尤侗集上》，上海古籍出版社2015年版，第345页。
⑤ （清）计东：《与丁药园书》，《改亭文集》卷十，清乾隆十三年计璸读书乐园刻本。
⑥ 宋德宜（1626—1687），字右之，号蓼天，江苏长洲人。顺治十二年（1655）进士，授翰林院编修。康熙年间，迁翰林院侍读学士，历任户、吏部侍郎，升刑、兵、吏部尚书，擢文华殿大学士，加太子太傅，卒谥文恪。著有《宋文恪公诗稿》《文恪公制草》《文恪公奏议》等。

德宏①合称"三宋",需要说明的是,"三宋"皆是长洲人,然仅是同宗,并非亲生兄弟,只因同主慎交社,又蜚声士林,故合而称之。入清后,与同胞兄弟相比,宋实颖名声更盛,与同宗的宋德宜、宋德宏被时人称为"三宋"。而宋德宜、宋德宏并非只有兄弟二人,尚有一兄长德宸,与计东亦为好友,亦被称"三宋",只是与后来之"三宋"相比,名声略逊一筹。此宋氏一族世代为官,计东《宋畴三行状》云:"高祖某官;曾祖某官;祖某,赠某官;父,辛未进士,累官御史,以殉难赠大理寺卿。"②入清后,宋氏四位兄弟为了振兴门庭,还是相继参加科举,"朝夕淬励治制举业"③,且喜皆有所成。顺治八年(1651),当计东首次参加江南乡试时,宋实颖已被拔为贡生,以京师太学生身份参加了顺天乡试,与宋德宏一并中举;宋德宜则于顺治五年(1648)中举,顺治十二年(1655)中进士;而宋德宸则晚于众弟,在康熙十六年(1677)方得中举人,故而声名不及两弟,宋实颖则由此与宋德宜、宋德宏合称"三宋",声名鹊起:"四方之士归之如云,户外屦常满,诗篇笔札相投赠交错于道,天下望吴门宋氏若汉汝颍间荀氏、陈氏也。"④在公卿间甚有名望,"同为长安诸巨公所推重,每一文成,诸巨公之以文章著述自命者,辄置酒相叹赏,以其格律可比拟古大家也"⑤。宋氏兄弟友爱异常,引得无同胞兄弟的计东钦羡不已:"余终鲜兄弟,而乐多友朋。然自识吴门宋氏兄弟后,知友道之重,且见宋氏兄弟之友爱,而益重余终鲜之痛也。"⑥计东与宋德宜、德宏兄弟相熟亦当在清初结社时期。顺治六年(1649),计东与宋实颖、德宜、德宏兄弟并尤侗、汪琬、朱彝尊、吴兆骞、顾有孝、周肇、顾湄、唐孙华、陆圻等江浙名宿结慎交社。顺治七年(1650)冬,几人又共赴十郡大社,"连舟数百艘,

---

① 宋德宏(1630—1663),字畴三,江苏长洲人。顺治八年(1651)举人。"少负才名,出两兄之上"。以母丧,哀毁而卒。
② (清)计东:《宋畴三行状》,《改亭文集》卷十六,清乾隆十三年计琰读书乐园刻本。
③ (清)计东:《宋畴三行状》,《改亭文集》卷十六,清乾隆十三年计琰读书乐园刻本。
④ (清)计东:《宋畴三行状》,《改亭文集》卷十六,清乾隆十三年计琰读书乐园刻本。
⑤ (清)计东:《宋畴三行状》,《改亭文集》卷十六,清乾隆十三年计琰读书乐园刻本。
⑥ (清)计东:《玉壶堂诗稿序》,《改亭文集》卷二,清乾隆十三年计琰读书乐园刻本。

第二章　计东姻亲关系的建立与清初江南士人交游

集于嘉兴南湖……越三日乃定交去"①，成为轰动一时的文坛盛事。

顺治十三年（1656），宋德宜已任翰林院编修，计东贡入太学，与陈维崧一同在宋家读书。多年后，计东和陈维崧回忆起这段寄食友人、一同读书的岁月仍耿耿难忘："忆昔读书学士家，书轩恰傍长洲斜。绿帆细掠包山雨，白帽闲看邓尉花。"②"醉欲骑篷忆当年，吾汝意气凌虹。交情千里外，心事一杯中。"③同为游谒乞食之人，"投谒长贫贱"④的计东和陈维崧都是幸得友人资助慰藉，方得以度过难捱的旅食岁月。从计东诗文集中所述看，他屡受宋氏兄弟相携扶助之恩。谓宋德宏："侯宋真知我，提携忆酒垆。"⑤顺治十年（1653），计东与众友人吴兆骞、侯涵、王昊、章静宜于宋德宏家有诗酒文会之事，诸人画异同之见，意气历历："各被酒起立，汉槎抚湘御背而泣，且大言曰：'昔袁本初死，曹孟德过其墓，哭之甚哀，人皆诃其诈。以予观之，诚然耳。'余与惟夏皆大笑，研德、畴三亦笑。"⑥在康熙二年（1663）宋德宏不幸早逝，他深有"友恩惭未报"⑦之愧，"畴三没且三年，予虽时时梦见之，而不能为一诗歌之以当泣"⑧。纵使在宋德宏去世十年后，已饱经世事摧折的计东仍不忘友人，在顺德、广平两郡使院中作诗追悼离世诸友："侯宋往游仙（谓研德畴三），柴陆甘枯槁（谓虎臣丽京）。追悼久益深，悲风摇宿草。"⑨而宋德宜对计东的帮扶也并非一时一地的，持续了十余年之久，除在顺治十三年寄居宋德宜家外，在康熙十一年（1672），

---

① （清）顾师轼：《吴梅村先生年谱》卷三，清光绪三年太仓吴氏重刻光绪印本。
② （清）陈维崧：《大梁署中春暮寄怀宋蓼天学士》，《湖海楼诗集》卷五，陈振鹏标点，载李学颖校补《陈维崧集（中）》，上海古籍出版社2010年版，第761页。
③ （清）陈维崧：《燕归慢·松陵道上追感计甫草、赵山子两孝廉，用湘瑟词韵》，《迦陵词全集》卷二十，陈振鹏标点，载李学颖校补《陈维崧集（下）》，上海古籍出版社2010年版，第1376页。
④ （清）计东：《济上喜晤李岷瞻，感述一首，并呈王贻上、汪苕文、宋牧仲》，《改亭诗集》卷二，清乾隆十三年计璸读书乐园刻本。
⑤ （清）计东：《追哭侯研德宋畴三》，《改亭诗集》卷三，清乾隆十三年计璸读书乐园刻本。
⑥ （清）计东：《序》，王昊《硕园诗稿》卷首，《清代诗文集汇编》第102册。
⑦ （清）计东：《追哭侯研德宋畴三》，《改亭诗集》卷三，清乾隆十三年计璸读书乐园刻本。
⑧ （清）计东：《玉壶堂诗稿序》，《改亭文集》卷二，清乾隆十三年计璸读书乐园刻本。
⑨ （清）计东：《秋怀十一首》，《改亭诗集》卷一，清乾隆十三年计璸读书乐园刻本。

计东自言"予久住宋侍郎蓼天寓"①。不唯如此,计东与同出一乡的吴兆骞、宋实颖、宋德宜、宋德宏等人历经数十年的感情积淀已让他们超越血缘之隔,成为"异姓兄弟"②,在对方遭遇危难时倾力相助。顺治十四(1657),吴兆骞身陷科场案,计东与宋德宜曾入狱探视,并多方奔走斡旋,以至于吴兆骞对父感慨:"儿凡事承右与甫,骨肉至爱,重为周全,儿真感恩入骨。两兄真千古一人也。"③顺治十八年(1661),奏销案起,计东、宋德宜、宋实颖、吴兆宽等人均受牵连,一一被降调削籍。宋德宜因此"遂挂吏议"④,其余几人则被革去功名。从此,这些文人的人生路径、文学创作都发生了不同程度的转向和改变。然诸人在危难之际仍不忘友爱互助,共渡难关,足见友谊之诚笃。

除将女儿适吴兆宽次子计焘、为长子准聘宋实颖女外,计东还为次子默订立婚事,与秀水严氏结亲,娶严观之女为妻。

严氏为秀水名族,亦是世代以读书制举为重的文学世家。严观父名讳未详,计默称其为"九华先生"⑤,曾任衢州府学训导,后升广西武源县教谕,以子贵,赠文林郎,内弘文院中书舍人。母赠孺人。严氏虽是名族,然至严观父一辈,家境已不甚宽裕。而让严氏一族入清后再次振兴则主要归功于严观三兄弟。严观一行本有兄弟四人,长严丰,生员,早殁。次即严观,字质人,以岁荐廷试授训导,性孝友,绩学能文,婿计默谓其"泊然儒素,而博通群籍,教授乡里,门弟子多成材至显达者"⑥,著有《禹贡辑要》等。次严勋,字宸臣,"幼秉庭教,学有端绪,而赋性高朗,不屑屑治生,殖

---

① (清)计东:《送杜子静太史还里》,《改亭诗集》卷五,清乾隆十三年计琰读书乐园刻本。
② (清)计东:《玉壶堂诗稿序》,《改亭文集》卷二,清乾隆十三年计琰读书乐园刻本。
③ (清)吴兆骞:《家书第二》,载(清)吴兆骞、戴梓《秋笳集·归来草堂尺牍·耕烟草堂诗钞》,黑龙江大学出版社2010年版,第241页。
④ (清)徐乾学:《光禄大夫太子太傅吏部尚书文华殿大学士加一级宋文恪公行状》,《憺园文集》卷三十三,清康熙刻冠山堂印本。
⑤ (清)计默:《严进士小传代》,《菉村文集》卷六,清咸丰九年秀水计氏刻本。
⑥ (清)计默:《严进士小传代》,《菉村文集》卷六,清咸丰九年秀水计氏刻本。

其操管为制艺，神似陶董，在诸生中争推祭酒"①，留心经济，议论古今得失如指掌，顺治十八年（1661）进士，官知县，著《读易堂文集》。又次临，字览民，生有异姿，能记诵五经三史而不遗一字，年十三即工制举业，兼善词赋。顺治十一年（1654）与计东同入恩贡，康熙三年（1664）以贡授中书舍人，著《醒斋集》。严氏三兄弟生平信息不多，著述亦未见传世，我们仅能从零星资料中一窥其生平大略，以见彼时名族文人生存之概。严氏三兄弟并负才名，又连登科第，家族逐渐复兴，"既先生两弟，才名赫然起"②，"所交欢皆海内贤豪，高燕无虚日"③，主盟越坛二十余年，时有"严氏三昆""禾中三严""嘉兴三严子"之目。

严观一家与计氏为世交，计东更是以通家子身份往还于严、计之间，"以父执之礼事先生三十余年"④。这份情谊的建立要追溯至计东祖父。严观与计东祖父相友善，亲如兄弟，在当时的同学师友中无人不闻，由此开启了两家互敬、互爱、互助的世代之交。崇祯末年，东南文会繁盛，动辄数百上千人集会。计名虽身处其中，据计东所言，并不妄交，所结交者皆是其深为服膺之人。严观在明末便已有文名，所为文章每传至计名眼前，都让他心生敬服，感慨"安得求友若严子质人者"⑤。这份夙愿终于在第二年得以实现，二人于此年正式定交。而据计默所言，两家的其他成员上至祖父母，下至子媳孙妇，亦相亲如骨肉："我妇翁同母弟两人与大人交又欢，同学莫不闻。我祖母与我妻母顾太君相敬爱如姊妹。我母事我妻母若母，中翰君之室赠孺人姚，与我母相爱又若姊妹。"⑥

而让两家关系更为亲厚则是在顺治二年（1645），严观偕父母、妻女以及弟与妻至计名家避难，后又一同逃难："乙酉，先生奉赠公

---

① （清）计默：《严进士小传代》，《菉村文集》卷六，清咸丰九年秀水计氏刻本。
② （清）计东：《严母顾太君行状》，《改亭文集》卷十六，清乾隆十三年计琰读书乐园刻本。
③ （清）计东：《严母顾太君行状》，《改亭文集》卷十六，清乾隆十三年计琰读书乐园刻本。
④ （清）计东：《严母顾太君行状》，《改亭文集》卷十六，清乾隆十三年计琰读书乐园刻本。
⑤ （清）计东：《严母顾太君行状》，《改亭文集》卷十六，清乾隆十三年计琰读书乐园刻本。
⑥ （清）计东：《严母顾太君行状》，《改亭文集》卷十六，清乾隆十三年计琰读书乐园刻本。

偕太君及弟中翰君夫妇避兵至我家,我先君洒扫宅之西偏以居之。又舣一舟同逃窜,饥渴风雨,惊怖患难,两家未尝不相共也。"① 在这段共历患难的过程中,计东、计名得以与严观及其弟严临一同切磋诗艺,谈文论史,臧否当世人物,"我母我妇同太君姒娣欢笑,或共纤绩相勉以艰难勤俭之语"②。及至分别之时,两家更是依依难舍,不愿分离。正是在患难之中,两家相互帮扶,互为依靠,一同面对亡国带来的种种灾难,让彼此建立了更为深厚的情谊,而计默娶严观之女则将这种深厚的情谊以姻亲的方式变得更加牢固、亲密。

两家在文学上的往来资料留下不多,然在危难悲痛之际,彼此都会给予慰藉和帮扶。在此后的岁月里,每有亲人去世,两家都互致哀情,或为之一哭,或撰文以祭,或常念其德:"未几,姚孺人殁,我妇哭之哀。又数年,太君殁,予为文哭之,诵其文于我母,我母泣下。我母念孙妇早失母,不及奉教诲,必为述其母平日温恭淑慎之德以勖之,言娓娓重复可听也。"③ 顺治十一年(1654),计东和严临因地被方选中入京参加贡入国子监的考试,一同乘船北上京师,二人皆得入贡。碍于生计,计东入贡后一直四处游走晋谒,漫游途中愁绪万端,有诗寄予严临以倾诉心曲:"今日冲寒歌远道,马蹄霜雪为谁亲?"④ 康熙元年(1662)冬,计东长子准不幸去世,年仅十六岁。严临不顾严寒不远百里前来,不仅为之操持丧葬事宜,还以诗哀慰姻友:"尔来百里外,冲寒渡江水。三日留草堂,哀慰极深至。示我诗四章,畾畾泪盈纸。老母为增悲,病妻哀欲死。好友结良姻,厚谊当如此。"⑤ 某年,计东在游食途中路过严临家,前去探望,却值其久客京师未归,不能相见,得以见到严临之子。计东对之赞不绝口:"绾髻甫胜衣,翩翩好容止。问方读何书,答云读

---

① (清)计东:《严母顾太君行状》,《改亭文集》卷十六,清乾隆十三年计璇读书乐园刻本。
② (清)计东:《严母顾太君行状》,《改亭文集》卷十六,清乾隆十三年计璇读书乐园刻本。
③ (清)计东:《严母顾太君行状》,《改亭文集》卷十六,清乾隆十三年计璇读书乐园刻本。
④ (清)计东:《马上吟有序》,《改亭诗集》卷六,清乾隆十三年计璇读书乐园刻本。
⑤ (清)计东:《梦严四览民》,《改亭诗集》卷一,清乾隆十三年计璇读书乐园刻本。

《泰誓》。应对敏且恭，阿爷念不置。"① 从其言辞来看，彼时当已与严氏订立婚约，只因儿女还未成立尚未婚娶，特意嘱咐计默"异日汝成婚，葭玉两相倚"②。及至京师，计东与严临相见，互诉心事，方知严临之子已病多时。彼时严临应已贡授中书舍人，久滞京师，爱子生病却远在千里之外，不能予以照拂。他向计东剖白心迹，坦言自己并未爱慕官禄，实因生计所迫，这更引起了计东的理解与共鸣，此情此景与当年计准离世时自己的心境、状况无异："予时绎君言，沉吟为酸鼻。"③ 二人同是用心科举，期有所成以振家业，"努力振衰宗"是他们共同的夙愿。其实，从"家"与"族"的观念来看，这也是古往今来无数文人的心声和愿望。他们自幼饱读圣贤之书，用心科举，常年游荡在外不得归家，都是期盼有朝一日能得高中而光宗耀祖，振兴门楣。不久之后，与计东一样，严临也遭遇了丧子之痛。计东更是能懂得这种锥心刺骨的悲痛："永诀父子恩，得官复何益。君怀即予怀，烦冤炙心骨。"④ 悔恨、自责、哀恸萦绕着他们，"痛哉为人父，蚤岁不努力"⑤，然已无济于事，唯愿两个不幸早逝的孩子能在黄泉路上像在世时两家通家情谊那般互相帮扶："我之贤长子，尔子旧相识。重泉倘相见，提携我子职。哀哀各思亲，幽明路终隔。"⑥ 及至康熙十三年（1674），严观发妻顾氏去世，计默则是不远万里至京师，乞求彼时尚且游食在外的父亲，为岳母撰志铭以述其行实。

第四节　长洲汪氏
——汪琬

除以上所提及姻亲外，计东儿女辈婚姻中的姻亲汪琬也是不能

---

① （清）计东：《梦严四览民》，《改亭诗集》卷一，清乾隆十三年计琬读书乐园刻本。
② （清）计东：《梦严四览民》，《改亭诗集》卷一，清乾隆十三年计琬读书乐园刻本。
③ （清）计东：《梦严四览民》，《改亭诗集》卷一，清乾隆十三年计琬读书乐园刻本。
④ （清）计东：《梦严四览民》，《改亭诗集》卷一，清乾隆十三年计琬读书乐园刻本。
⑤ （清）计东：《梦严四览民》，《改亭诗集》卷一，清乾隆十三年计琬读书乐园刻本。
⑥ （清）计东：《梦严四览民》，《改亭诗集》卷一，清乾隆十三年计琬读书乐园刻本。

不提及的一位。事实上，作为姻亲的汪琬是特殊的存在。其独特之处在于，如第一章所考，计、汪两家早在儿女年幼时便已订立婚约，但不幸的是，这段姻亲关系因汪琬爱子汪蘅的去世而并未成行。但在此后长达二十余年的岁月中，计东与汪琬保持了亲密而友好的关系。二人在交往中既有曾经的姻亲关系，也有亦师亦友的情谊。

汪氏一族亦是世为徽甲族，素以诗礼传家，其世系情况据计东所撰《钝翁生圹志》可知一二："汪氏自唐宋以来，世为徽甲族。自始祖得迁居苏，数传至翁，其世系详年谱中。考赠刑部公，有文誉，年仅三十殁，生三子，翁其长也。母徐宜人。当翁失怙时，年十一，仲弟年十岁，季弟在襁褓中。翁奉宜人教，读书励志行，内自重有守，家贫，未尝降颜色，向人丐贷。既补诸生，试辄高等，出为塾师，即嶷然称伟人，娶袁宜人。夫妇共食，贫益自奋淬。"① 而计、汪两家并非世交，订立婚约源于计东与汪琬的结识。顺治七年（1650），二人相识于慎交社成立之际，与江南一众名士如宋实颖、吴兆宽、吴兆骞、顾有孝等成为一时之选，酬唱风雅，于此订交，并保持了良好的往来，订下儿女婚约，计东爱女许汪琬次子汪蘅。汪琬眼中的汪蘅"生而娟好，警悟异常儿"，"三岁，母袁教之诵诗，略能颂《关雎》以下数篇及唐人绝句诗"②，对于这样的神童，相信计东也是颇为满意的。但汪蘅于顺治十三年（1656）不幸因痘疾去世，年仅六岁。两家的婚约不得不终止，但这份情谊并未因此稍减半分，反是愈加亲厚。计东曾从汪琬学古文，对其深为服膺推许，以至于给友人董以宁留下"今天下以文章自任者，无如汪子苕文，而推服苕文，则无如计子甫草"③的印象。而汪琬也不吝授教，勉励绳削备至："盖苕文者，甫草之畏友也。平居与甫草言文，其勉励而绳削之者，无有不至，甫草亦惟其论说之是信。"④ 可以

---

① （清）计东：《钝翁生圹志》，《改亭文集》卷十四，清乾隆十三年计瑸读书乐园刻本。
② （清）汪琬：《亡儿蘅瘗志》，《钝翁前后类稿》卷四十五，载李圣华笺校《汪琬全集笺校（二）》，人民文学出版社2010年版，第842页。
③ （清）董以宁：《计甫草文集序》，《正谊堂文集》不分卷，清康熙书林兰荪堂刻本。
④ （清）董以宁：《计甫草文集序》，《正谊堂文集》不分卷，清康熙书林兰荪堂刻本。

说，计东古文是承袭汪琬而来，并受其影响颇深，同是远法欧阳修、曾巩，近摹归有光，古文大有进益，"其古文初盖自得于古，后乃与尧峰相劘，益循规范"①，与汪琬一同被视作吴中地区震川一派的代表人物："汉槎同邑计甫草，名东，亦顺治丁酉举人，为文学欧、曾，与汪苕文相上下。论者以为吴中古文家自归震川后，苕文、甫草可以继之。"② 事实上，多数人所认为的计东"为文当无有不似苕文者"③并不符合实际情况。计东虽师出汪琬，但又自有所树立。汪琬古文严谨而专于法，计东则雄放疏爽而重于气，以气势见长，"当世之真能为文章者不数家，如二子者，既已为吾党之所称服，而两相畏则两相成"④。（对于二人古文异同得失等问题在第三章有专门论述，兹不赘言。）

二人既是姻亲、师生，也是可互剖心语、直言无隐的知交畏友。在文学上时常切磋酬唱，互相推扬；在生活上亦是扶携互助，彼此宽慰开解。二人除了共同参加社集活动外，还一同参加科举考试。汪琬于顺治十一年（1654）中举人，并于次年进士及第，由此步入官场。而此际的计东在参加科举之余，于京师、中州与吴江等地投谒奔走。顺治十三年（1656）冬，计东先是北游中州，再至京师参加秋闱，汪琬特作诗送友人北上表达惜别之情："故人方尽别离殇，一任扁舟入帝乡。扬帆举櫂忽不见，回首江流空复长。"⑤ 计东亦终于在顺治十四年（1657）得中举人，但始终未能高中进士。顺治十八年（1661），奏销案发，二人都被牵涉其中，汪琬因此被谪降二级为北城兵马司指挥，计东则被褫革举人身份，不得不从此四处投谒求食。在京师投谒的日子里，计东得到了汪琬的不少帮扶和提携，结识京中权贵名流，如王士禛、宋荦、刘体仁等，时常往来酬唱论

---

① 李崇元：《计甫草先生》，载《清代古文述传》，商务印书馆1940年版，第14页。
② （清）吴德旋：《初月楼闻见录》卷九，台北明文书局1985年版，第148页。
③ （清）董以宁：《计甫草文集序》，《正谊堂文集》不分卷，清康熙书林兰苏堂刻本。
④ （清）董以宁：《计甫草文集序》，《正谊堂文集》不分卷，清康熙书林兰苏堂刻本。
⑤ （清）汪琬：《松陵江歌，送计甫草》，《钝翁前后类稿》卷一，载李圣华笺校《汪琬全集笺校（一）》，人民文学出版社2010年版，第28页。

文。从王士禛口中可见诸人倡和情况之一斑："昔在郎署，与公勇、苕文辈无旬日不过从倡和，计甫草亦与焉。"① 并通过汪琬、王士禛的推荐结识汪琬宗人汪懋麟："我与两公游五六年来，未尝不时时与我言蛟门也。去年秋出国门，苕文送我，执手言曰：'子归必游广陵，游广陵，则我宗人蛟门可与子友也。'"② 并得到汪懋麟厚待："予久客广陵，支离况瘁，独汪子遇我厚。"③ 以至于计东不禁感慨能得汪琬、汪懋麟、王士禛等知交好友朝夕论文，自己纵使穷愁放废，"而神情不伤矣"④。

此外，二人还时常彼此探讨诗文，切磋文艺，品评时贤诗文得失。如二人曾在《跋论道书》《与计甫草论道书》等书信中就"道"的相关问题往复辩论，还为彼此诗文集作序。计东曾赠汪琬宋张俊卿所撰考辨精详、引据博深的《山堂考索》和宋陈旸所撰训义四书五经、精论律吕的《乐书》，可见二人往复磋商品评涉猎之广博。二人还品评过朱鹤龄："（计东）间尝携视苕文汪子，汪子曰：'先生诗文于古人，谁比？'东应之曰：'其文可方宋王鲁斋，而诗则过之，鲁斋经解不袭寻常，义疏超悟出诸儒之上。'"⑤ 称扬过陈僖："遇计子甫草，复称足下所为《边大绥传》等作。"⑥ 称许过僧普沾及其徒："恭密为人，循循修谨，而佛开复沉静寡言，见许于吾友甫草。"⑦ 二人往复论文情状从计东次子默笔下或可见一二："默少侍先子侧，见与尧峰夫子抵掌论文，大率造理务深，考事务覈，力穷经史之奥，乃克挽近习之陋。"⑧ 如此相知相契，以至于汪琬在计东去世后发出"见规苦语曾铭带，投赠奇书屡绝编。知我者希今已矣，

---

① （清）震钧：《天咫偶闻》卷七，清光绪甘棠精舍刻本。
② （清）计东：《汪蛟门诗集序》，《改亭文集》卷二，清乾隆十三年计琰读书乐园刻本。
③ （清）计东：《见山楼记》，《改亭文集》卷八，清乾隆十三年计琰读书乐园刻本。
④ （清）计东：《汪蛟门诗集序》，《改亭文集》卷二，清乾隆十三年计琰读书乐园刻本。
⑤ （清）计东：《愚庵小集序》，《改亭文集》卷三，清乾隆十三年计琰读书乐园刻本。
⑥ （清）汪琬：《答陈蔼公论文书一》，《钝翁前后类稿》卷十九，载李圣华笺校《汪琬全集笺校（一）》，人民文学出版社2010年版，第480页。
⑦ （清）汪琬：《与周处士书》，《钝翁前后类稿》卷三十三，载李圣华笺校《汪琬全集笺校（二）》，人民文学出版社2010年版，第639页。
⑧ （清）计默：《再与亦山书》，《菉村文集》卷四，清咸丰九年秀水计氏刻本。

爨桐真废伯牙弦"① 的深挚感慨。

二人也不乏在失意落魄时彼此宽慰开解，互剖心语。康熙元年（1662），当计东罹罪奏销不得仕进又丧贤长子计准时，汪琬特于京师作《闻计孺子殇寄甫草二首》宽慰计东。当计东无法排解爱子离世的忧伤，执意要构思子亭怀吊时，汪琬纵使认为于礼不合仍不忍拒绝计东所请："予素不能书，甫草强之使书，乃为书此卷。"② 先后作《计氏思子亭记》《跋思子亭记》《再跋思子亭记》。甚至计准去世十年后其聘妻宋景昭殉节而死，计东将之与子合葬，汪琬亦为之作《孝贞女墓志铭》。作为眼见计东人生起伏变幻的友人，汪琬更多了一份痛惜与喟叹："今甫草以博学洽闻、退然自下之士，素为四方所推重，然年至三十有四而始举于乡，三上春官而不第，既又以讠圭误见褫，既又丧其贤长子，抑何天人之道参差不合如此邪！予惟喟然三叹而已。"③ 而当汪琬伤心失意、门庭冷落时，计东亦会屡次登门慰藉："门巷何萧索，惟君步屡频。"④ 并向汪琬倾诉近年遭际，纾解伤心失意的心绪："听话频年况，凄然泪不禁。岁荒生事俭，世难客愁深。"⑤ 不禁相顾而神伤，叹息知音难觅，"五侯空好士，叹息少知音"，遂相互安慰开解，勉励彼此"身受才名误，文从患难真"⑥，大有惺惺相惜之感。

计东每每远游投谒求食，汪琬都不忘牵挂惦念，时时致书关怀慰问。然对于是否外出游谒求食的问题，二人的想法出现了分

---

① （清）汪琬：《山中有怀甫草，再挽一首》，《钝翁前后类稿》卷十二，载李圣华笺校《汪琬全集笺校（一）》，人民文学出版社2010年版，第389—390页。
② （清）汪琬：《跋思子亭记》，《钝翁前后类稿》卷四十八，载李圣华笺校《汪琬全集笺校（二）》，人民文学出版社2010年版，第909页。
③ （清）汪琬：《跋思子亭记》，《钝翁前后类稿》卷四十八，载李圣华笺校《汪琬全集笺校（二）》，人民文学出版社2010年版，第909—910页。
④ （清）汪琬：《计甫草至寓斋二首》，《钝翁前后类稿》卷四，载李圣华笺校《汪琬全集笺校（一）》，人民文学出版社2010年版，第141页。
⑤ （清）汪琬：《计甫草至寓斋二首》，《钝翁前后类稿》卷四，载李圣华笺校《汪琬全集笺校（一）》，人民文学出版社2010年版，第141页。
⑥ （清）汪琬：《计甫草至寓斋二首》，《钝翁前后类稿》卷四，载李圣华笺校《汪琬全集笺校（一）》，人民文学出版社2010年版，第141页。

歧。康熙六年（1667），困顿不堪的计东致信汪琬请为自己谋食，但此际的汪琬也卑冗失意，自谋不暇，遂奉劝友人有老母、病妻在室宜早日归家，若能归家卖文耕田为生，亦可供养家人，更为重要的是劝友人能如所景仰的陶渊明一样抱节守穷，如此匍匐求食而失去节操与尊严，自我轻视，纵有伯乐亦不会被重视："即是今世复有王江州、颜功曹者出，傥一睨足下之匍匐干请，必不免于实应且憎，况望其以渊明视甫草也？枉尺直寻而利，贤者犹不肯为，安有如此而可为者也？此仆所谓自待太轻也。"①面对友人的质疑与责问，计东"惟自咎其无治生之才"②，在给汪琬的回信中表示"阁下教予之切，而爱予之深也。顾东之为此，亦自有说"③，感慨"然小人有母，未知所以为养"，"若有华州崔太守者，在我吴二三百里之内，怜而客之，使岁有所贮，以养我母，不致劳我生以奔走衣食，逐逐于寒暑之时、水陆之道，读书励志，以长贫贱，浩然自足"④。但实际情况是"我母年六十五矣，我亦无同产兄弟，我有贤子，能助我养母，不幸早世。今有子一人，年二十而未成立。我十余年来未尝一日不劳苦于四方，以谋菽水也"⑤。但计东还是决定听从汪琬的建议启程南归，得汪琬设宴相送，并推荐其宗人汪懋麟予以结交、接济。

计东南归途中，汪琬也不忘关切惦念。当得知计东在南归途中盘桓济宁良久，汪琬特寄诗"每因见月思乡国，尤为停云望友生。一幅薄帆好归去，莼丝枫叶足关情"⑥促之归。但归乡家居的计东并未耐住贫寒，复为饥所驱继续浪游投谒。康熙九年（1670），计东讲学于颍州刘氏子弟。汪琬深知友人多年来游谒旅食的悲辛，复又

---

① （清）汪琬：《答计甫草书》，《钝翁前后类稿》卷二十，载李圣华笺校《汪琬全集笺校（一）》，人民文学出版社2010年版，第501页。
② （清）计东：《送唐万有游广陵序》，《改亭文集》卷七，清乾隆十三年计瑸读书乐园刻本。
③ （清）计东：《答汪钝翁书》，《改亭文集》卷十，清乾隆十三年计瑸读书乐园刻本。
④ （清）计东：《答汪钝翁书》，《改亭文集》卷十，清乾隆十三年计瑸读书乐园刻本。
⑤ （清）计东：《送唐万有游广陵序》，《改亭文集》卷七，清乾隆十三年计瑸读书乐园刻本。
⑥ （清）汪琬：《寄计甫草济宁》，《钝翁前后类稿》卷四，载李圣华笺校《汪琬全集笺校（一）》，人民文学出版社2010年版，第145—146页。

赋诗劝他早日归家慰亲："行役淮南路，风埃倍苦辛。半生长结客，垂老复依人。颍尾清澜阔，江干落木新。曰归须早赋，家有倚闾亲。"① 其实，计东也并不愿四处游谒乞食，曾向汪琬表达自己的倦游自伤的心绪："倦客厌京华，重寒结幽燕。独坐空斋中，萧条对残编。"② "壮志中年叹屡更，沉埋心迹忌双清。老拳且乞容鸡肋，苦溺寒灰太忍生。"③ 不禁感慨自己与汪琬相交多年，如今却"浮湛殊天渊"④："为郎富才藻，昽眛何翩翩。清言世所重，品题随风宣。我今若穷鱼，块独想清泉。叹息汨泥涂，徒步惭自前。"⑤ 也表达了自己归家奉母养子的意愿与期盼："辛盘草草进初筵，奉母权为岁事牵。椎髻蓬头看自好，胜他冠盖客天边。"⑥ 计东也在康熙十四年（1675）前后，过了一段清净自适的居家生活，曾向汪琬坦露读书灌园之乐。汪琬大为赞许，作诗表达了对友人此举的欣慰与期盼："学道三十载，时贤莫能名。大则著为书，次之以诗鸣。卬期古作者，其风穆如清。勿谓知我希，庶俟后圣生。""桂以芳自伐，象以齿焚身。何如遁丘园，窃比草土臣。溪毛荐高堂，乐我天伦真。干禄亦奚为，卓哉养志人。"⑦ 此际的汪琬也已辞官居乡，与计东家相去不远，遂前往计东所居学山草堂拜访，记下了这段温馨怡然的时光："溪流凡数转，始得到君家。香稻连畦暗，疏杨护岸斜。村深纷纺织，湖近足鱼虾。稚子来看客，相随笑语哗。""舣楫入柴荆，儿曹识姓名。何妨供小摘，未可杀能鸣。野蔓钩衣乱，溪风惹袂清。时艰身老大，暂此慰平生。"⑧ 在他的笔下，也呈现了一个家居读

---

① （清）汪琬：《怀甫草颍州》，《钝翁前后类稿》卷六，载李圣华笺校《汪琬全集笺校（一）》，人民文学出版社2010年版，第202页。
② （清）计东：《走笔寄汪苕文》，《改亭诗集》卷一，清乾隆十三年计琪读书乐园刻本。
③ （清）计东：《和汪钝翁岁暮杂咏十二首》，《改亭诗集》卷六，清乾隆十三年计琪读书乐园刻本。
④ （清）计东：《走笔寄汪苕文》，《改亭诗集》卷一，清乾隆十三年计琪读书乐园刻本。
⑤ （清）计东：《走笔寄汪苕文》，《改亭诗集》卷一，清乾隆十三年计琪读书乐园刻本。
⑥ （清）计东：《和汪钝翁岁暮杂咏十二首》，《改亭诗集》卷六，清乾隆十三年计琪读书乐园刻本。
⑦ （清）汪琬：《甫草自言读书灌园之乐，因次韵寄三首》，《钝翁前后类稿》卷十二，载李圣华笺校《汪琬全集笺校（一）》，人民文学出版社2010年版，第381—382页。
⑧ （清）汪琬：《便道过雁湖奉访甫草先生于学山草堂》，《钝翁前后类稿》卷九，载李圣华笺校《汪琬全集笺校（一）》，人民文学出版社2010年版，第301页。

书、著述、耕作、安享天伦的计东形象："生事五湖濒，终年稳寄身。种瓜分子母，莳药记君臣。文笔老逾健，交情澹更真。愿携农父具，来作耦耕人。"①

这年冬天，计东为饥寒所迫，不得不决定再次北上求食。汪琬虽不赞同还是选择尊重老友的决定，但也悲从中来，感慨"老病恐无相见日，为君双泪洒西风"②。不久，计东便因足疾复发而遽归道山。汪琬闻得凶信，不胜其悲，连作诗数首怀悼老友："皋复难招已逝魂，只留书札数行存。交情最与时贤别，敢惜麻衣恸寝门。生别何如死别悲，可堪寂寞庋重帷。泪痕点点衰翁血，不为穷交断不垂。学识虽长命不长，谁司造物迥茫茫。有人解叩通明殿，愿附青词问玉皇。"③ "浹辰分手尚情牵，况复音容便眇然。著述未登文艺传，风流难觅孝廉船。"④ 甚至在与他人的往来诗作中也不禁怀念逝者："爱乐有情那易免（时方哭甫草），勋名无福不妨抛。"⑤ 同时，汪琬也不忍友人生平著述湮没无闻，亲自选辑计东文集，目今所存《改亭文集》便是由汪琬选辑而成。

综观二人一生往来行止，可谓平生挚交。实际上，二人个性相近，遇事多性急直言，不予偏袒。计东个性躁动多言，褊急多忤物。汪琬"性情急不能容物，意所不可虽百贲育不能掩其口也，其所称述于当世人物之众，不能数人焉"⑥。二人情虽相亲，但当对方与人发生争端时，常能理性客观地看问题，少有徇私偏袒。康熙八年（1669），计东对吴伟业《复社纪事》所论"党社亡国"以及将岳父

---

① （清）汪琬：《便道过雁湖奉访甫草先生于学山草堂》，《钝翁前后类稿》卷九，载李圣华笺校《汪琬全集笺校（一）》，人民文学出版社2010年版，第301页。
② （清）汪琬：《遥送甫草北上二首》，《钝翁前后类稿》卷十二，载李圣华笺校《汪琬全集笺校（一）》，人民文学出版社2010年版，第387页。
③ （清）汪琬：《闻甫草凶问予既为位以哭明日作四绝句寓哀》，《钝翁前后类稿》卷十二，载李圣华笺校《汪琬全集笺校（一）》，人民文学出版社2010年版，第389页。
④ （清）汪琬：《山中有怀甫草，再挽一首》，《钝翁前后类稿》卷十二，载李圣华笺校《汪琬全集笺校（一）》，人民文学出版社2010年版，第389页。
⑤ （清）汪琬：《客有规予入山者赋答二首》，《钝翁前后类稿》卷十二，载李圣华笺校《汪琬全集笺校（一）》，人民文学出版社2010年版，第392页。
⑥ （清）计东：《汪蛟门诗集序》，《改亭文集》卷二，清乾隆十三年计琰读书乐园刻本。

吴翿首创复社之功抹去大为不满，特上书辩白，由此交恶。计东作诗对吴伟业的出处备极讥刺："广庭长恨月明多，小立阑干蹙黛蛾。胆怯几回看瘦影，夜深偷自试新歌。依稀斗帐人双宿，恍惚灵风雁独过。可惜故夫曾未识，孀居空有泪如波。""半额长眉学画成，临妆私许意盈盈。高楼柳暗谁相待，别浦莺归空复情。团扇旧经郎眼见，镜台还照妾心明。最嫌寂寞银灯上，挑得双花落又生。"① 还尝在公开场合直言嘲讽："叹息梅村常在口。""饮酣朗讽《鸳湖篇》，神情磊落惊四座。"② 汪琬见此并未阿其所好偏袒计东，而是平心而论，肯定了计东的才学声誉："计生后起尤英特，吴门少年避颜色。谈兵结客俱纵横，顿使声名满南国。昨来相见情同亲，眼中之人无与伦。手把新诗百余轴，文采风流难具陈。"③ 但同时也希望他能正视吴伟业的在文坛上声名功业："天下几人称作者，翰林独数吴梅村。挥毫昔在承明殿，同时冠盖安足论。""云间赋诗推正宗，歌行大小尤豪雄。黄门得名三十载，体势皆与梅村同。神熹以来大雅绝，谁知复得臻嘉隆。"④ 所以他劝勉计东"即今年少岂寂寞，努力共继前贤风"⑤，不可谓不用心良苦。无独有偶，当汪琬与他人发生争执，意见不合时，计东也常从理性客观的立场出发，并不偏袒汪琬。当汪琬与陈僖、魏禧等人发生论争时，计东亦未曾偏袒。康熙年间，当汪琬与吴殳以《正钱录》一同攻诋钱谦益时，计东同样未有所袒护，以当年汪琬规劝之语开解汪琬。他自谓："与虞山未称相知，与苕文交二十年余。窃见苕文著作已成大树，何苦操戈以攻前辈？今之视昔，即后之视今，

---

① （清）计东：《和钱塘陆丽京圻〈无题诗〉六首呈吴梅村》，载徐珂《清稗类钞（第4册）》，中华书局1984年版，第1542—1543页。
② （清）汪琬：《歌赠计甫草》，《佚诗》卷一，载李圣华笺校《汪琬全集笺校（四）》，人民文学出版社2010年版，第2188页。
③ （清）汪琬：《歌赠计甫草》，《佚诗》卷一，载李圣华笺校《汪琬全集笺校（四）》，人民文学出版社2010年版，第2188页。
④ （清）汪琬：《歌赠计甫草》，《佚诗》卷一，载李圣华笺校《汪琬全集笺校（四）》，人民文学出版社2010年版，第2188页。
⑤ （清）汪琬：《歌赠计甫草》，《佚诗》卷一，载李圣华笺校《汪琬全集笺校（四）》，人民文学出版社2010年版，第2188页。

将来有为虮蜉以相犯者,即无损毫发,亦可憎,乃自我教之耶?"① 二人因此事几至攘臂,一时引为笑谈。(关于汪琬与陈僖、魏禧以及关于《正钱录》的论争在第三章有专门论述,兹不赘言)。

纵使如此,也并未影响二人的友情。计东是性急好斗的汪琬为数不多的能善始终的朋友,而计东对汪琬也给予了足够的理解和包容:"翁性锲急,见人小不善,则张目箕坐嫚骂,然出于公诚交翁者,辄推为直谅多闻。"② 直言"故凡欲杀我者,皆我知己也"③,诚以知己视之。汪琬更是直言计东是他平生三位最可视为知己者之一:"仆交游衰少,然于吴门得计子甫草,于京师得梁御史曰缉,今复得足下而三,不可谓之孤矣。"④ 可以说,二人尽管常有论文不合、观点龃龉之时,仍不影响彼此相携互助,彼此宽慰开解,这份保持了一生的友谊实是难能可贵。

本章小结

明清鼎革后,大批江南士子纷纷应试,一方面看是屈从新朝,"读书者有出仕之望,而从逆之念自息"⑤;另一方面则是在无力回天后企图通过科举入仕,振兴家族或使家声不坠。综观计东、吴兆骞、吴晋锡、严观、汪琬乃至宋实颖、宋德宜等家族在入清后纷纷参加科举考试的行径,我们可以发现,他们纵使遭遇了沉痛的打击和伤害,内心仍追念故明,希冀或企图复国,对新王朝仍属审视甚至敌对态度,但都明白,科举考试是振兴家族的最佳路径。对功名的渴望和背负"努力振衰宗"的重任,让无数文人纷纷走上了读书应举之路,实是一种无奈而又不得不为之的举措。

本章通过考察计东与江南文士的交往发现,由计东及其二子一

---

① (清)计东:《与周栎园书》,《甫里集》卷五,清康熙刻本。
② (清)计东:《钝翁圹志》,《改亭文集》卷十四,清乾隆十三年计璸读书乐园刻本。
③ (清)计东:《与周鹿峰书》,《改亭文集》卷十,清乾隆十三年计璸读书乐园刻本。
④ (清)汪琬:《与周处士书》,《钝翁前后类稿》卷十八,载李圣华笺校《汪琬全集笺校(一)》,人民文学出版社 2010 年版,第 467 页。
⑤ 《清实录·世祖章皇帝实录》卷十九,中华书局 1985 年版,第 168 页。

女所联结的姻亲网络，所涉及者皆是彼时江南重要的文学家族，而由此形成的以姻亲关系为主脉的交游活动呈现出一定的特殊性。其一，扩大了交游范围，而且形成了与对方整个文学家族保持得更为稳固、长久而深厚的情谊，涉及父子、兄弟、子侄两代、三代甚至更多相关人群，在生活中相携相助，在文学上又彼此砥砺激发。其二，促成了谋生途径和生存方式多样化。无论是用心科举还是四处游谒，抑或是授徒、入幕，正是因姻友的帮扶，让计东的谋生路径有了更多可能。他可以在应举异乡时得到宋德宜、汪琬的收留，并结识四方名公巨卿，获得更多的谋生资源和路径；也能在讹误奏销、无缘科第时，得因吴晋锡一家的情分在王泽弘之幕得到优待。当然，也正是因姻友之故而被黜革功名，不得不改变谋生方式。其三，结社、唱和等文学活动频仍。基于父计名和岳父吴翩的名声和耳濡目染，计东得以活跃在清初各类文学社集活动中，并成为慎交社、十大郡社的主盟者，与姻友"延陵三凤"吴兆宽、吴兆骞、吴兆宫、汪琬成为一时之选，并因此结识另一姻友家族"长洲三宋"宋实颖、宋德宜、宋德宏三兄弟，彼此激荡生发，往来唱和，文学创作和文学趣尚得以激发和升华，由此形成了清初文坛一道独特的景观。

第三章　计东古文创作与清初文坛

　　顺康之际的文坛作为扭转明末空疏学风至康熙文治大一统的中间过渡阶段,涌现了一大批风格各异、宗法不一的古文作家。诸家"踵明世余习,有驳有醇,文不一律"①,名家、文派迭出。对于文坛派别与代表作家的推举虽众说不一,但可以肯定的是,计东是其中重要的一位。同时代之胡介祉将计东古文列为可与侯方域、王猷定、魏禧相接踵者:"侯公子《壮悔堂集》,其必传者也。与公子后先接踵者,豫章王于一猷定之《四照堂集》、宁都魏冰叔禧之《易堂集》、吴江计甫草东之《改亭集》,皆在伯仲之间。"②康乾时期的储大文称:"或谓大家文钞,宜益、于一、西溟。或又谓并宜益、梨洲、平叔,而天生、伯吁、甫草亦间及焉。"③晚清的李元度认为:"论文章,则在顺康朝,有若顾亭林、黄梨洲、汪尧峰、魏叔子、侯朝宗、王于一、贺子翼、汤文正、施愚山、陈文贞、计甫草、张文贞、李文贞、陆清献、朱竹垞、潘次耕、储同人、王昆绳、姜西溟、邵子湘诸家。"④从时间维度上看,基本延续了对计东古文的肯定。基于此,本章将对计东文学思想形成过程中对师承的"顺"与"背",游谒南北对他文学创作的影响以及与南北文风的交流互动,

---

　　①（清）沈曰富:《国朝文录序代》,载任访秋主编《中国近代文学大系（第3集）》,上海书店2012年版,第849页。
　　②（清）侯方域著,王树林注笺:《侯方域集校笺（上）》,中州古籍出版社1992年版,第564页。
　　③（清）储大文:《存砚楼文集》卷十一,载《文渊阁四库全书》第1327册,台湾商务印书馆1986年版,第218页。
　　④（清）李元度:《诗存》,王澧华点校,载《天岳山馆文钞》,岳麓书社2009年版,第556页。

乃至其所参与的几次古文论争与他古文观之关系，以及其矛盾骈散文学观念视域下的文学书写。凡此，将计东古文作多层次、多角度的剖析，力求还原计东在清初文坛地位和价值。

第一节　计东文学思想与师教的"承""背"

计东的文学思想既有缘自一生所承老师的教诲，也有综合前人思想而融汇后的自我生发，故本节所论之"师"，并不限于受业之师与受知之师，还包括所师法的前贤。就师承而言，计东在各个时期所受教者不同，致使他的文学思想复杂而多元。明亡前，计东师从当世大家张溥、刘宗周、黄道周，又受高攀龙、顾宪成、邹元标学说影响，又有王学修正派思想。顺治十二年（1655）贡入太学后，从王崇简学。顺治十四年（1657）中举人后，又奉座主曹本荣、宋之绳为师。又在游食之余拜访汤斌、孙奇逢，听其讲学。同时，计东身处吴中，不可避免地深受吴地推崇欧阳修、归有光古文宗尚的影响，但又突破了这一范式而有苏轼凌厉直前之风。这主要得益于计东对于文学思想的承继与背离，也与他秉持着不必苟同的原则大有关系。他以前贤为鉴，认为"古人撰述不求立异，亦不肯苟同"："刘向立《谷梁春秋》，子歆乃好《左氏》"是父子不必同；"苏子瞻作《论语说》，子由辨正之，谓之拾遗"是兄弟不必同；"吕大临为程正叔门人，其解《论语》不尽用师说，以至欧、苏之解'昊天有成命'，朱、蔡之解'金縢'，皆各持一论"，是师弟子不必同；更有"吕东莱读《诗记》，辨《思无邪》《正雅》《郑》《卫》《南陔》六诗，大与考亭相击排，及吕记板行，考亭为作序"，是不以异说为嫌。[①] 可以说，计东的文学思想既有对恩师、前贤的承继，也有对之的背离，在承袭师教的同时有所反拨，结合自身的学养、经历等融会贯通，从而形成自己融通南北、兼收程朱陆王的文学思想体系。

---

① （清）计东：《杜诗辑注序》，《改亭文集》卷一，清乾隆十三年计琰读书乐园刻本。

一 对经、理、心学的融通及对复古思潮的扬弃

计东的文学思想中,随处可以见到经易之学的影子。他以"自勉于问,以不悖孔孟之教"①作为自己思想的底色,得闻性命之旨,而这与他师承于张溥②和黄道周③息息相关。文坛领袖张溥应是计东最早师从之人,《改亭文集》中屡言"小时从吾师张西铭先生"④,"因忆儿童时从我师张西铭太史游"⑤,"予童子时侍几案间"⑥,可见年岁尚小,且与张溥关系较为亲近。计东在张溥的教导下学文,"论次历代名臣奏议,及稍长,读《嘉隆疏抄》《经世文编》诸书,而忾然想见诸立言之伟人"⑦。长至十六七岁,他又师从"邃精《易》学,著《三易洞玑》《易象正》诸书"⑧的经学大家黄道周,"奉几杖从先生间"⑨,听其在浙江大涤山讲学。两位恩师的教诲无疑为计东的学识、思想奠定了坚实的基础。然而,计东并不是一个一味"听话"的学生,对于两位先生的教诲并未全盘接受,反是常有微议,时常因"年少气盛,坚守一说"⑩,并不认同先生所教。

纵观计东一生,我们可以发现,他的文学思想以程朱理学为根柢,反对心学空疏谈学之风,但又承袭王学修正派思想,呈现出经学、理学、心学兼容的特点,但这些庞博杂糅思想的形成经历了一个个循序渐进的过程。计东早在八九岁时便受父计名启蒙,开始接

---

① (清)计东:《赠余鸿期序》,《改亭文集》卷六,清乾隆十三年计瑸读书乐园刻本。
② 张溥(1602—1641),字乾度,一字天如,号西铭,江苏太仓人。崇祯四年(1631)进士,复社领袖,晚明文学家。著有《七录斋集》《春秋三书》等。
③ 黄道周(1585—1646),字幼玄,一作幼平或幼元,又字螭若、螭平,号石斋,福建漳浦(今福建省东山县铜陵镇)人。著名学者、文学家、民族英雄。与刘宗周并称"二周"。天启二年(1622)进士。南明隆武(1645—1646)朝任吏部尚书兼兵部尚书、内阁首辅。抗清失败后被俘,不屈而死。隆武二年(1646)以身殉国。著有《易象正义》《春秋揆》《孝经集传》《石斋集》等。
④ (清)计东:《李侍郎奏疏合编序》,《改亭文集》卷三,清乾隆十三年计瑸读书乐园刻本。
⑤ (清)计东:《容斋诗集合选序》,《改亭文集》卷三,清乾隆十三年计瑸读书乐园刻本。
⑥ (清)计东:《赠余鸿期序》,《改亭文集》卷六,清乾隆十三年计瑸读书乐园刻本。
⑦ (清)计东:《李侍郎奏疏合编序》,《改亭文集》卷三,清乾隆十三年计瑸读书乐园刻本。
⑧ (清)计东:《赠余鸿期序》,《改亭文集》卷六,清乾隆十三年计瑸读书乐园刻本。
⑨ (清)计东:《王尔玉诗集序》,《改亭文集》卷二,清乾隆十三年计瑸读书乐园刻本。
⑩ (清)计东:《王尔玉诗集序》,《改亭文集》卷二,清乾隆十三年计瑸读书乐园刻本。

触理学大儒吕坤①所倡慎独主敬之学，"以笃敬为本，以践履为宗，以救世及物为体验，以修明礼法、敦伦彰教为己任"②。年岁稍长，又从学于儒学大师、宋明理学的殿军级大家刘宗周③。在刘宗周授意下，习读高攀龙、顾宪成、邹元标文集，崇尚朱子。这些计东所承教诲之人、所受影响者无一不是正统派经学、理学之巨擘。然而，对于晚明以刘宗周、吕坤、高攀龙、顾宪成等理学家为首攻击心学这段公案，计东在得诸先生教诲，受其思想熏陶、影响下，仍不囿于所受之学，保有自己的看法，从中也可见出他对师教之陆王心学、程朱理学的承与背。

当是时，心学左派泰州一派王艮、颜山农、何心隐等所尚"直指人心，见性即道"④之说，流弊已现，刘宗周、吕坤、高攀龙、顾宪成等人以程朱为宗、力倡慎独主敬之学，遂使程朱正学得以畅行天下。对于这段公案，计东详细梳理了晚明思想界的情况，对其中偏颇也无所避忌地予以指出。此段公案缘起于江西理学大家罗钦顺（1465—1547）率先发起攻击，攻讦阳明心学左派泰州一派，江西又一理学家王时槐（1522—1605）"以文成之害甚于洪水猛兽"⑤之论继起，计东对此认为实乃"过激之论"⑥，表达了对阳明心学的维护。江苏的东林党人高攀龙、顾宪成闻王时槐之论而兴起，"深忧人心之陷溺"⑦，遂发明程朱之学，继起而攻之，以割除阳明门人之流弊。计东素喜东林高、顾之学，却并不赞成他们将心学之弊视若洪

---

① 吕坤（1536—1618），字叔简，号新吾，河南宁陵人。万历二年（1574）进士，历官山西巡抚、刑部侍郎。用心于读性理之书，以明道为己任。著有《呻吟语》《去伪斋文集》等。
② （清）计东：《谒吕新吾先生祠堂诗序》，《改亭文集》卷一，清乾隆十三年计琰读书乐园刻本。
③ 刘宗周（1578—1645），字起东，号念台，浙江山阴人。创蕺山学派，著有《刘蕺山集》《刘子全书》《周易古文钞》《论语学案》《圣学宗要》等。
④ （清）计东：《孝经大全序》，《改亭文集》卷一，清乾隆十三年计琰读书乐园刻本。
⑤ （清）计东：《谒吕新吾先生祠堂诗序》，《改亭文集》卷一，清乾隆十三年计琰读书乐园刻本。
⑥ （清）计东：《谒吕新吾先生祠堂诗序》，《改亭文集》卷一，清乾隆十三年计琰读书乐园刻本。
⑦ （清）计东：《谒吕新吾先生祠堂诗序》，《改亭文集》卷一，清乾隆十三年计琰读书乐园刻本。

水猛兽。身处中原的理学家吕坤既不惑于泰州学派所倡，亦不偏袒王、高、顾等人之论，而是"博实深醇，循循勉勉，务求其学之至"①。这种态度也是计东所认可和赞许的，故他认为吕坤是"身肩正学"者，即认为程朱理学乃是正学，可见他对程朱理学之宗法，既批评了泰州学派狂简空疏的学风，又肯定了东林党人的救世之功。

当然，计东也并非一味宗理学而排心学，他思想根柢中的心学痕迹实际上离不开刘宗周的影响。刘宗周一生对阳明心学的态度历经三次变化："始疑之，中信之，终而辨难不遗余力。"② 事实上其思想并未脱离心学藩篱，仍属于阳明心学一系，晚年所创慎独诚意之说也承袭了王学中王栋等人所倡诚意说影响。这也多少影响了计东对心学的态度。他认为，心学是理学自我提升、自我完善的"砥柱"，具有敦促作用。他历数理学、心学的发展历程，认为北宋二程以理学为正学倡率天下，至淳熙年间朱熹、吕祖谦将之流遍江浙。而陆九渊又是吕祖谦所取士，创立心学而与朱熹、座师吕祖谦平分天下，可谓同源而出。陆九渊主"心即理""宇宙便是吾心，吾心即是宇宙""六经皆我注脚""使晓然于易简之法"③，与朱熹多有见解不合之处，故朱熹"因其说之不相合，益深思致力，务求得其至是以立教万世"④，遂作《小学》《近思录》《太极通书》《西铭》等解义，使理学得以流布天下，因而计东称"象山诚朱子功臣"⑤，由此认为陆九渊所创心学实是迫使程朱理学不断自我拓展与修正，从而达到更高的层次和境界的主要促成因素。计东对心学也有所接受，尤其是王学修正派的思想。他认为，王阳明所立心学是承袭陆九渊心学而来，实为"修复象山之教"，对其有所修正，是良知之教，是悟良知之正学。他认为，阳明心学并非空谈，当时诋阳明心学为异

---

① （清）计东：《谒吕新吾先生祠堂诗序》，《改亭文集》卷一，清乾隆十三年计璸读书乐园刻本。
② 刘汋：《蕺山刘子年谱》，载《刘宗周全集》第6册，浙江古籍出版社2007年版，第464页。
③ （清）计东：《送蔡立先还九江序》，《改亭文集》卷七，清乾隆十三年计璸读书乐园刻本。
④ （清）计东：《送蔡立先还九江序》，《改亭文集》卷七，清乾隆十三年计璸读书乐园刻本。
⑤ （清）计东：《送蔡立先还九江序》，《改亭文集》卷七，清乾隆十三年计璸读书乐园刻本。

学者，多是嫉恨他的盛名而附会权相者。其后，王学门徒分为上根、中根二说。泰州学派王艮、王畿自命为上根，得王学正传。然在计东看来不过是"哆口空谈性命，流于佛老"①。而欧阳德、季本等人并不附上根之名，却能研习《六经》《三礼》之学，使心学归于平实，可为世用。计东则认为这一流派才是心学之正传，"此文成之功臣"②。至于王学门徒后生之所以会产生流弊，实因"渐失其传，为异学所借口，极盛而衰，势固然"③。纵使如此，他也认为王学流弊如泰州学派等"尚不足以害人心"④，更何况是得正学之传者。当在京师见有"倡为攻诋阳明氏之说，附之者并攻象山"⑤者，而众人靡然从之，计东深为不平。他与友人蔡立先（立先为其字，浔阳人，生平信息不详）独立不惧，卓尔不与群同。性情跳荡不羁的计东将攻诋心学之人讥为"耳食者"，愤而发表"愤激击排之论"，与众争辩。而友人蔡立先则"与客语不合，则拂衣竟起，或默然不一应，或间出一二语，必直指心体，不为繁言"⑥。对于程朱理学与陆王心学，计东并不赞成单一宗之，认为心学不应"逞其臆见，抵牾朱子"⑦，反之理学亦然。他赞赏心学传人卢翰（1514—1573）的做法。卢翰身为闻道于王阳明门生之徒，在教授后学时在以心学为基础的同时仍"一以朱子为法，此益见先生之笃信孔子，其所以为教与所以为学不同"⑧。计东认为此种方式可称得上"万世无弊者"⑨。可见随着阅历与学识的增长，计东并不因自身尊崇理学根柢为正宗的情况下，而完全排诋心学，甚至在天下靡然攻诋心学之时，尚且能不苟为同而坚持己见。

---

① （清）计东：《卢中庵先生传》，《改亭文集》卷十三，清乾隆十三年计琰读书乐园刻本。
② （清）计东：《卢中庵先生传》，《改亭文集》卷十三，清乾隆十三年计琰读书乐园刻本。
③ （清）计东：《恒阳书院碑记》，《改亭文集》卷十三，清乾隆十三年计琰读书乐园刻本。
④ （清）计东：《恒阳书院碑记》，《改亭文集》卷十三，清乾隆十三年计琰读书乐园刻本。
⑤ （清）计东：《送蔡立先还九江序》，《改亭文集》卷七，清乾隆十三年计琰读书乐园刻本。
⑥ （清）计东：《送蔡立先还九江序》，《改亭文集》卷七，清乾隆十三年计琰读书乐园刻本。
⑦ （清）计东：《卢中庵先生传》，《改亭文集》卷十三，清乾隆十三年计琰读书乐园刻本。
⑧ （清）计东：《卢中庵先生传》，《改亭文集》卷十三，清乾隆十三年计琰读书乐园刻本。
⑨ （清）计东：《卢中庵先生传》，《改亭文集》卷十三，清乾隆十三年计琰读书乐园刻本。

对于明代以来掀起的复古思潮，计东也有所承继与汰弃。这方面的思想主要受恩师张溥影响较大。张溥作为晚明文坛盟主而推崇前后七子，主张宗经复古。而此际的钱谦益、艾南英、陈子龙等诸家对此纷争不止，最终在张溥的斡旋下各方才"偃争息辩，问讯往来，言归于好"①。而计东作为门生，深知恩师张溥平息纷争的用心，然对于明代各个文学流派和这场纷争还是有自己的看法和见解，并不囿于恩师之论。他认为，张溥"所著书或未惬人意"②，大抵是针对其古文宗尚而言。他认为，自明代以来所掀起的复古思潮，前后七子、唐宋派、公安派、竟陵派轮番登场，各倡其说，实则各有利弊，应辩证地扬弃。他肯定七子所提倡的文学复古主张，但反对因袭模拟，尤为不赞成后七子在明嘉隆年间所倡的盲目学古，讥之为"声华雕缋之学"③。他认为，后七子所倡成为一时风气，"莫不人人自以升六朝之堂，入三唐之室"④，终致模仿秦汉、三唐之文而徒得其表。实际上，他对"后七子"中的谢榛是颇为推崇的，曾过邺城访吊其墓，赞扬"词赋深惭谢氏工"⑤，然只是针对创作工拙而言，对其所倡模拟盛唐的主张并未予以评价，有时候不言也是一种忽视与否定。对于后出之竟陵派钟惺、谭元春等，计东认为其主张抒写"性灵"，重视个人情性的抒发，反对拟古，一扫七子积习之弊，是"一变而为清新淡荡"⑥。在实际创作中，计东一定程度上吸收和熔铸了竟陵派所倡导的独抒性灵，重视抒发个人真情实感。尤其是他所创作的传、行状、序，以真挚的情感寓注于文。如《从弟谏草家传》《姑吴孺人传》《祭冢媳孝贞宋女文》《清故中宪大夫内国史院侍读学士曹公行状》《前明太仆寺卿溧阳宋公行状》《宋畴三行状》《叔父文辕府君行状》《送表弟董方南南归序》《圣初兄五十

---

① （清）计东：《谭鹿柴十集诗序》，《改亭文集》卷三，清乾隆十三年计瑸读书乐园刻本。
② （清）计东：《赠余鸿期序》，《改亭文集》卷六，清乾隆十三年计瑸读书乐园刻本。
③ （清）计东：《谭鹿柴十集诗序》，《改亭文集》卷三，清乾隆十三年计瑸读书乐园刻本。
④ （清）计东：《谭鹿柴十集诗序》，《改亭文集》卷三，清乾隆十三年计瑸读书乐园刻本。
⑤ （清）计东：《邺城吊谢茂秦山人》，《改亭诗集》卷五，清乾隆十三年计瑸读书乐园刻本。
⑥ （清）计东：《谭鹿柴十集诗序》，《改亭文集》卷三，清乾隆十三年计瑸读书乐园刻本。

寿序》都写得情真、意真，具有鲜明的以情动人特征。但计东并不赞成人人都效法竟陵派的主张，而应视自身实际情况而定，故而他批评竟陵派影响下学者因袭盲从之弊："学者如醉饱后，饮清茗，啖寒菹，洒然不自知其适已也，从之者甚众。"① 此外，对于晚明夹杂着声名、宗派和地域的艾、钱、陈宗法之争，计东也有自己的见解。他认为，艾南英自附于竟陵派，主张学习韩愈、欧阳修，攻击后七子，却流于"空疏纤巧，割裂不成字句"②。以钱谦益为首的文人竞相攻击后七子、竟陵派，几至张目攘臂，"以钟误读《左传·大隧诗》攻钟，而虞山《诗约》尽删王、李、钟、谭体，覃精为宋、元人诗"③。计东谓其"萃经传之势，根柢宋人，其气焰若挟天子令诸侯"，看似是一种胜利。而陈子龙等人推崇后七子，文学秦汉，攻击艾南英，又不依附钱氏，而"艾之说为长，陈似不胜"④。对于数十年来纷繁复杂的宗派之争，计东一语道破其实质，讥之"数十年以来，虽作者不一，大抵人情好新而厌数见。其中无自得，但逐声影"⑤，只因资性相近而宗法，却无己见。所以，计东主张在宗经复古的基础上，避免因袭模拟，结合自身情况而抒发个人情性。

对于著书应多还是宜寡，删定以何标准问题，计东在师教之下也有自己的看法。张溥文思敏捷，不待起草而能援笔立成，生平著述宏富。一次，计东从之游，张溥"伸纸吮毫无虚刻"⑥，友人陈子龙遂以徐祯卿精卒三千足敌王世贞散卒十万之喻，讽其"夸多极博之蔽"⑦，主张文在精不在多。计东谓眼中的老师张溥听之默然，可知是认同了陈子龙所言。计东在给友人写的书信中也提及老师"所

---

① （清）计东：《谭鹿柴十集诗序》，《改亭文集》卷三，清乾隆十三年计璸读书乐园刻本。
② （清）计东：《谭鹿柴十集诗序》，《改亭文集》卷三，清乾隆十三年计璸读书乐园刻本。
③ （清）计东：《谭鹿柴十集诗序》，《改亭文集》卷三，清乾隆十三年计璸读书乐园刻本。
④ （清）计东：《谭鹿柴十集诗序》，《改亭文集》卷三，清乾隆十三年计璸读书乐园刻本。
⑤ （清）计东：《谭鹿柴十集诗序》，《改亭文集》卷三，清乾隆十三年计璸读书乐园刻本。
⑥ （清）计东：《容斋诗集合选序》，《改亭文集》卷三，清乾隆十三年计璸读书乐园刻本。
⑦ （清）计东：《容斋诗集合选序》，《改亭文集》卷三，清乾隆十三年计璸读书乐园刻本。

评论著述诸书虽最富然"①，侧面印证了张溥著述实多的事实。这场文会中张溥的态度和陈子龙之言都给计东留下了深刻的印象。康熙十一年（1672），当计东受李天馥所请为其《容斋诗集合选》删繁就约并作序时，见其吟咏宏富，遂以陈子龙之言规之，但又并未拘泥于陈氏之论。他认为，"人生学殖，讵有定矩，但当随时增损耳"②。当人皆懈怠不为之时，则要精勤著述，"以富有日新为任"；及至著书满架，则要"汰繁缛而要粹简"，所以认为不能一味贪多，也不能懒惰求少，"必折衷大樽之言始为两得"③。此一言论可以说是对张、陈所言融汇后的生发。计东一生诗文不苟作，目今所见的《改亭诗集》仅有477首，《改亭文集》亦仅有212篇，数量在清初士人中并不算多。他还将这种辩证融通的思维方式运用在作品删定问题上。他认为，请人删定作品对于创作者来说必不可少，但又不能任意指定。他引前贤之例，以曹植之才尚且请人讥弹己文，随时改定。丁仪则认为文之美恶，作者自知，不必待人删定。他并不完全赞成这两种说法，而是主张删定文章者须为"知其文者"，甚至"知我胜我自知"，否则如才不逮于作者却好讥弹文章的刘季绪辈，则不足道，所以删定之人"固不可无，而亦不易有"④。

计东虽承教于三位名师，导致他的思想比较驳杂，但可以肯定的是，其对恩师们所授一直保持自己的思考和理解。除以上所列举之承与背之外，还可从他对恩师黄道周著作的评价见出一二："予时虽识其言于《尊闻录》中，窃以为非定论也。"⑤ 当然，随着年岁和学识的增长，加之历经人世波折，计东对先生的部分教诲也会由不解转为理解，"知向者漳浦先生之言果有当于轻重之势也"⑥。多年后，计东出于济世之心加之生存压力，于制艺之文用力甚深，自悔

---

① （清）计东：《上太仓吴祭酒书一》，《改亭文集》卷十，清乾隆十三年计琎读书乐园刻本。
② （清）计东：《容斋诗集合选序》，《改亭文集》卷三，清乾隆十三年计琎读书乐园刻本。
③ （清）计东：《容斋诗集合选序》，《改亭文集》卷三，清乾隆十三年计琎读书乐园刻本。
④ （清）计东：《容斋诗集合选序》，《改亭文集》卷三，清乾隆十三年计琎读书乐园刻本。
⑤ （清）计东：《王尔玉诗集序》，《改亭文集》卷二，清乾隆十三年计琎读书乐园刻本。
⑥ （清）计东：《王尔玉诗集序》，《改亭文集》卷二，清乾隆十三年计琎读书乐园刻本。

"予向游两先生门,然年稚气浮,未能窥其义蕴,至今以为耻"①,可以看出计东的成长与转变。

二 尊经穷理却避忌心学,由重文转为重道

计东早期思想主要源于张溥、刘宗周、黄道周等人,受诸公影响较深。计东贡入太学后,自顺治十二年(1655)起便从王崇简②学,"东之从学于敬哉王夫子,自乙未岁始"③,主要学作时文,以备科举考试之需。顺治十四年(1657)得中举人,有此结果虽主要缘自计东多年勤学奋进的结果,但也不能忽略从王崇简学所起的作用。中举后,计东又奉乡试考官曹本荣、宋之绳为座师,计东后期对理学、心学认识上的变化主要缘自二人。古来素有"宁负父母,不负座师"之说,计东后期所承教者皆是朝中高官显贵,从之学既有出于为学乃至功名的需要,也有源自利益上的考量,这就让他的思想和行事不自觉地发生了变化。

不知是何种机缘之下,一个甫入贡学的贡生与朝廷正四品的官员结为师生。计东从学于王崇简时,王崇简刚由宏文院侍读学士升任詹事府少詹事。在之后的岁月里,他更是一路高升,在顺治一朝官至礼部尚书,加太子太保衔。其子王熙也与计东友善,在康熙朝亦加太子太傅衔。父子二人均可谓位极人臣。计东从之学,不能排除有仕途上的考量。而王崇简父子对计东也颇为赏识,屡次向朝廷举荐,惜不见纳。王崇简潜心于义理之说,以躬行心得为主;为文则主根柢六经,须有原本。就这两点而言,计东可谓深得其传。从计东为王崇简《冬夜语儿笺记》所作序中可以看出其著述大略,亦足可见计东对老师的了解:"微之见性,彰之律躬,内之持心,外之应物,约之律历经史,皆挈要之言,博之即先贤一言一行之善,下

---

① (清)计东:《赠余鸿期序》,《改亭文集》卷六,清乾隆十三年计璠读书乐园刻本。
② 王崇简(1602—1678),字敬哉,直隶宛平人。明崇祯十六年(1643)进士。入清后,官至礼部尚书,加太子太保,卒谥文贞。著有《青箱堂集》等。
③ (清)计东:《太保王先生七十寿序》,《改亭文集》卷七,清乾隆十三年计璠读书乐园刻本。

及《稗乘》《虞初》淆讹失真者，考核是正。"① 认为王崇简此书"著书立说，可传之后世"②。历代古文大家中，计东于宋推许曾巩，在明则首推王慎中、归有光，并将之与王崇简比肩，赞其"立言则必自明人伦、端教化始。反复晓譬，萦回曲折，累数百言而不逾其则。其用笔与子固、遵岩同"③。计东对王崇简所作诸如此类评价，既是肯定之语，也是溢美之词。这也是计东文章中的通病，常因称许某人而过度赞美，王崇简对此予以了批评："至若称许于人，虽不妨溢美，或为识者有过实之议。"④ 劝诫他"虽勉徇人意，既欲无愧艺林，则不得有所瞻顾"⑤。当然，王崇简对计东的古文更多的是赞誉和肯定："以东之文章学于夫子，为夫子之所许者也。"⑥ 对他所作之文常反复吟诵，并予以指点，赞他"为善承师传者"，"日以二三篇为限，而二三篇又反复诵绎，不啻十数篇矣。近日之作与昔日之作少异者，昔藉道以传文，今则以文发明乎道。善乎！黄冈学士之以《大全》《或问》进足下也，足下可为善承师传者矣。仆岂复能赞一词乎"⑦。王崇简教计东为文时告诫他"必审乎用意择题之道，于此，文可以悟"⑧。计东谨承师教，作《敬哉王先生〈顺天修学庙记〉书后》，行文构思深得王崇简称许，赞之"高论确识，淡雅沉郁"⑨。王士禛点评此文亦认为"此作者金针度人处可悟为文之法"⑩，可见计东确得王崇简真传。王崇简还重视行文应重视经术，

---

① （清）计东：《冬夜语儿笺记序》，《改亭文集》卷一，清乾隆十三年计璸读书乐园刻本。
② （清）计东：《冬夜语儿笺记序》，《改亭文集》卷一，清乾隆十三年计璸读书乐园刻本。
③ （清）计东：《敬哉王先生〈顺天修学庙记〉书后》，《甫里集》卷三，清康熙刻本。
④ （清）王崇简：《与计甫草》，《青箱堂文集》卷二，《清代诗文集汇编》第16册。
⑤ （清）王崇简：《与计甫草》，《青箱堂文集》卷二，《清代诗文集汇编》第16册。
⑥ （清）计东：《太保王先生七十寿序》，《改亭文集》卷七，清乾隆十三年计璸读书乐园刻本。
⑦ （清）王崇简：《与计甫草》，《青箱堂文集》卷二，《清代诗文集汇编》第16册。
⑧ （清）王崇简评语：《敬哉王先生〈顺天修学庙记〉书后》，计东《甫里集》卷三，清康熙刻本。
⑨ （清）王崇简评语：《敬哉王先生〈顺天修学庙记〉书后》，计东《甫里集》卷三，清康熙刻本。
⑩ （清）王崇简评语：《敬哉王先生〈顺天修学庙记〉书后》，计东《甫里集》卷三，清康熙刻本。

屡屡向计东强调为文应"稽之经术"①"非深于经术者不能"②。计东秉师之教，谨慎为文，根柢六经，重于经术，所作之文颇得王崇简赞许。如《刘公勇汝颍诗集序》，王崇简赞之"经术有用之文""经术之文子固逊席"③；评《赠赵明远进士序》"根柢经术，纬以精思，峻洁峭拔，不袭前人，为此文赞"④；评《大司徒王公寿序》"经术湛然"⑤；评《卓氏传经堂记》"每于行文波澜中引论经史，精醇深厚，最为生色"⑥。

对于王崇简之教，计东更多的是顺承，少有悖逆，但也并非对其言行全然赞同。他在《耆旧偶记》中记述了王崇简等四位耆旧论争的过程，以戏谑幽默的口吻表达了对诸人互相攻讦的不苟同。康熙十一年（1672），征君孙奇逢年九十一，侍郎孙承泽年八十，尚书王崇简年七十一，孝廉阎尔梅年七十，隐君顾炎武年六十，皆名重当世。在计东看来，孙奇逢之学"从象山阳明入，而践履笃实，生平于大节无所苟"；孙承泽之学"以朱子为宗，于《五经》俱有纂述，注疏自行其意"；王崇简之学"湛深经术，尤工文章及古近诗体"；阎尔梅之学"与征君少壮时意气相类。晚游九边，好谈兵及经世方略"；顾炎武之学"专精经传训诂及五音四声之学，考订详慎"⑦。四位耆旧都是计东深为推许之人。对于孙奇逢，是因与其弟子汤斌论学而相识，素来敬服；对于孙承泽，是因王崇简与顾炎武而相识，曾与之往复辩论《王鲁斋诗疑》《书疑》诸书；对于阎尔梅和顾炎武，皆以父执之礼事之；对于王崇简更是北面称弟子，受学几杖间二十余年。然对于四人的相互批驳，计东仍是直言无隐地记述了这段清初思想界的论争。康熙十一年（1672）秋，计东与顾

---

① （清）王崇简评语：《〈冬夜语儿笈记〉序》，计东《甫里集》卷一，清康熙刻本。
② （清）王崇简评语：《敬哉王先生〈顺天修学庙记〉书后》，计东《甫里集》卷三，清康熙刻本。
③ （清）王崇简评语：《刘公勇汝颍诗集序》，计东《甫里集》卷一，清康熙刻本。
④ （清）王崇简评语：《赠赵明远进士序》，计东《甫里集》卷一，清康熙刻本。
⑤ （清）王崇简评语：《大司徒王公寿序》，计东《甫里集》卷二，清康熙刻本。
⑥ （清）王崇简评语：《卓氏传经堂记》，计东《甫里集》卷二，清康熙刻本。
⑦ （清）计东：《耆旧偶记》，《改亭文集》卷九，清乾隆十三年计瑸读书乐园刻本。

炎武饮于孙承泽家。孙承泽谈及孙奇逢之学谓之"宗陆背朱"①，作数百言论其是非。次日，阎尔梅语及孙承泽与孙奇逢论学异同，叱孙承泽不应与孙奇逢同日而语，并作谰语数百言。又次日，顾炎武又言阎尔梅过当之处。可见诸人学术思想抵牾不合之处颇多，互不能容。然计东则笑谓诸人攻诋不过是"诸老人论学，八十岁老人诋九十岁老人，七十岁老人诋八十岁老人，六十岁老人又诋七十岁老人也"②。他认为"论交在峻广之间，与物无忤，老而好学，孳孳不衰"方是上策，应"不为激核之论，不恕己，而求胜人以笔舌"③。这对早年好为愤激击排之论、爱与人争是辩非的计东来说，是难得一见的。此际年届五十的计东有此一论，可以说是其文学思想平趋于平和与融通的表现。

顺治十四年（1657）乡试，计东成为主考官曹本荣④、副考官宋之绳⑤所取之士，遂从之学。康熙三年（1664）冬，曹本荣于扬州病重，计东亲侍汤药至其去世，师生之谊笃厚如此。曹本荣笃志圣学，以朴诚孤忠得顺治帝赏识。其学从阳明心学"致知"之说入，探究不倦，终得直悟心原，又加以践履笃实之功，可以说是程朱理学与陆王心学并行。孙奇逢对曹本荣为正"道"所做贡献评价甚高："商周之际，道在箕子；宋元之际，道在许子；明清之际，道在曹子。"⑥作为门生的计东深以为是。他认为，自鼎革以来，程朱之旨纷乱已久，至顺治六七年仍"未有究心圣学，昌言启沃者"⑦。恰是

---

① （清）计东：《耆旧偶记》，《改亭文集》卷九，清乾隆十三年计璸读书乐园刻本。
② （清）计东：《耆旧偶记》，《改亭文集》卷九，清乾隆十三年计璸读书乐园刻本。
③ （清）计东：《耆旧偶记》，《改亭文集》卷九，清乾隆十三年计璸读书乐园刻本。
④ 曹本荣（1621—1664），字木欣，号厚庵，湖北黄冈人。著名经学家。顺治六年（1649）进士，累官国史馆侍读学士，充经筵讲官，与傅以渐撰《易经通注》。
⑤ 宋之绳（1612—1667），字其武，号柴雪，江苏溧阳人。崇祯十六年（1643）进士，授翰林院编修。入清后经地方举荐补侍从，充日讲官，后升江西参议。康熙六年（1667），被"裁缺"归乡。诗、书、画皆佳，著有《柴雪诗抄》《载石堂诗》等。
⑥ （清）计东：《清故中宪大夫内国史院侍读学士曹公行状》，《改亭文集》卷十六，清乾隆十三年计璸读书乐园刻本。
⑦ （清）计东：《清故中宪大夫内国史院侍读学士曹公行状》，《改亭文集》卷十六，清乾隆十三年计璸读书乐园刻本。

此际的曹本荣考索性命天道之奥义,著《五大儒语要》《周张精义》《王罗择编》诸书,倡率后进,方使大道昭然于天下。计东赞恩师"守绝学于草昧经纶之日,举世笑为迂远不切之务"①。就重道而言,计东可谓得师于震川,主张以文明道。然而,计东也并非一直都主张以文明道的。在从曹本荣学之前,计东作文倡导借道以传文,轻道重文,自跟随曹本荣学后才逐渐转为以文发明乎道,"黄冈学士之以《大全》《或问》进足下也,足下可为善承师传者矣"②。

曹本荣授教成均子弟及门生弟子多是以程朱理学和阳明心学之说,因人天资所近循循善诱之,自著《崇正堂冬至日会说》,引朱熹《白鹿洞学规》,警迪后学。对于计东,以程朱之学并陆王心学教之,授其穷理尽性之学,告诫他"此道最简易,勿过求之苦难"③。计东亦能继承恩师衣钵,得正学之传,"后研究性理,已能变化气质,力敦儒行"④。他曾求教于曹本荣,如若朱熹与王阳明不能先后而生,则谁应是天地间必不可无者。这实际就涉及了理学与心学只能存续其一的抉择。曹本荣则坚定地尊崇理学,悚然厉声回以"宁无王阳明,不可无朱子"⑤。计东听后怵然受教,表示叹服而不敢忘:"闻先生之言,今日乃论定。"⑥亦可见计东此前对此并无定论。计东记录了一件与曹本荣一同遭遇他人诘问的小事,恰好说明了师徒二人对心学的避讳,而刻意强调对理学的尊崇。有钻研禅学者因曹本荣之学是从心学入,而质疑其为"异端虚无寂灭之学"⑦。曹氏

---

① (清)计东:《清故中宪大夫内国史院侍读学士曹公行状》,《改亭文集》卷十六,清乾隆十三年计璚读书乐园刻本。
② (清)王崇简:《与计甫草》,《青箱堂文集》卷二,《清代诗文集汇编》第16册。
③ (清)计东:《清故中宪大夫内国史院侍读学士曹公行状》,《改亭文集》卷十六,清乾隆十三年计璚读书乐园刻本。
④ 盛泽镇人民政府、吴江市档案局编:《盛湖志(上)》卷九,江苏广陵书社有限公司2011年版,第139页。
⑤ (清)计东:《清故中宪大夫内国史院侍读学士曹公行状》,《改亭文集》卷十六,清乾隆十三年计璚读书乐园刻本。
⑥ (清)计东:《清故中宪大夫内国史院侍读学士曹公行状》,《改亭文集》卷十六,清乾隆十三年计璚读书乐园刻本。
⑦ (清)计东:《清故中宪大夫内国史院侍读学士曹公行状》,《改亭文集》卷十六,清乾隆十三年计璚读书乐园刻本。

默然无所辩驳。计东遂上前维护恩师，予以叱责，却被反问所承何学。计东回以"我生平爱读《小学》而已"①，否定了对其师的质疑，而强调自己承教更崇程朱理学，得到了曹本荣的称许。而从计东的其他言行看，他对心学并不是完全排斥的，如此回复当是对曹本荣的维护，也恰是说明师徒二人在面对外人时对心学仍有所避讳，不肯承认思想中的心学占主要成分。对于是更尊理学还是更尚心学，师生二人屡经切磋后也算在某种程度上达成了共识。在清初尚实学反心学的大背景下，二人的态度似是一种必然。但实际上，计东尊崇程朱的同时，对陆王心学也不排斥，但更为看重王学修正派的思想。他亦认为曹本荣的思想是程朱理学与陆王心学兼备："观其论次五大儒，以程、朱、薛文清与象山、阳明并行不悖。"②同时还认为自著述《二溪择编》之后，其思想中还有陈献章的影子。曹本荣综取诸家思想，也招致了后人的批评和诟病，认为其思想"杂而未醇"③。

　　同样地，对于曹本荣思想宗法，曹门弟子也看法不一，各执一端。计东认为，除著述《五大儒语要》等书外，《居要录》是曹本荣"初有得于道之言，非定论"④，并不能作为曹氏思想学说的代表。而门人卢传却将《居要录》附以杂著刻为《书绅录》，作为曹本荣思想的代表作而行于世。计东与同门胡兆凤等人一致"以为非先生志"⑤。胡兆凤存有《切问录》一卷，多载曹本荣论学之语，可为曹本荣思想真传，却未能行于世。同样情况的还有曹本荣手定诗二卷，在康熙三年（1664）春亲授于计东，嘱其刊刻，

---

　　① （清）计东：《清故中宪大夫内国史院侍读学士曹公行状》，《改亭文集》卷十六，清乾隆十三年计璸读书乐园刻本。
　　② （清）计东：《清故中宪大夫内国史院侍读学士曹公行状》，《改亭文集》卷十六，清乾隆十三年计璸读书乐园刻本。
　　③ （清）唐鉴：《黄冈曹先生》，《待访录》，《学案小识》卷十，清道光二十六年四砭斋刻本。
　　④ （清）计东：《清故中宪大夫内国史院侍读学士曹公行状》，《改亭文集》卷十六，清乾隆十三年计璸读书乐园刻本。
　　⑤ （清）计东：《清故中宪大夫内国史院侍读学士曹公行状》，《改亭文集》卷十六，清乾隆十三年计璸读书乐园刻本。

亦未得行于世。对于曹本荣，除了承其学之外，计东更多的是感激之情，曾以曹门弟子之名向人投谒求食："东也黄冈门下士，谒来千里拜先生。"① 可见这种情况当不在少数。他因而自叹恩师"知予二十年"②。

除曹本荣外，计东也奉乡试的副考官宋之绳为师，从其学。从现有资料看，计东对两位座师并无亲疏之别，在世时，尊奉为师从之学，临终前均侍病奉药，去世后经理丧事，恪尽弟子本分之责："座主曹学士、宋中允之归也，君以医药侍疾于扬州，流连不去。迨殁，悉经纪其丧。"③ 所不同者，计东从曹本荣主要研习经理之学和心学，从宋之绳则主要学作古文。

宋之绳之于计东，既有师徒之谊，又以亲眷待之，"东以文章受知我中允公，常言我爱计生与爱我兄子同"④。二人颇有相见恨晚之感，计东自谓"遇公也晚，自受知后时时侍公"⑤。顺治十四年（1657）的顺天乡试中，宋之绳拔计东为诗经第二人，评其卷："从文见道，愿以斯事长城属子。"⑥ 既是对计东的赏识，也是对道的重视，但与道相比更为重视文法。宋之绳古文所作不多，然重视简严、有法度，对"有才调或合古法者"⑦ 极为称道。然而，计东的古文理论却与此稍有不合。他曾在陈僖与汪琬就古文法度问题的论争中支持陈僖的观点，引用柳宗元之言，认为文章不徒囿于法度，不必拘泥于声、色、形，更为重要的是用以明道。相对文法而言，更重视道。宋之绳虽为馆阁之臣，所撰内制册文、诏策逾百首，却自削文稿而不存；然尝"手自批阅《十三经》《二十一史》《旧唐书》及

---

① （清）计东：《投赠吕咸之比部》，《改亭诗集》卷五，清乾隆十三年计琰读书乐园刻本。
② （清）计东：《赠王又沂序》，《改亭文集》卷五，清乾隆十三年计琰读书乐园刻本。
③ （清）尤侗：《传》，计东《改亭文集》卷首，清乾隆十三年计琰读书乐园刻本。
④ （清）计东：《怀岫轩记》，《改亭文集》卷九，清乾隆十三年计琰读书乐园刻本。
⑤ （清）计东：《清故江西布政使司参议分守南瑞道宋公行状》，《改亭文集》卷十六，清乾隆十三年计琰读书乐园刻本。
⑥ （清）计东：《清故江西布政使司参议分守南瑞道宋公行状》，《改亭文集》卷十六，清乾隆十三年计琰读书乐园刻本。
⑦ （清）计东：《清故江西布政使司参议分守南瑞道宋公行状》，《改亭文集》卷十六，清乾隆十三年计琰读书乐园刻本。

李、杜、韩、柳诸集,丹黄秩然"①,对与友人往来的三千余封书札尤为爱惜,尝命计东予以删存。计东也不负所请,删减得数百首,颇有文采,故计东赞之"斐然有致"②。当计东受宋之绳遗命为己撰写行状时,悔恨不能得师真传,自愧"文采荒略如此,又何以自解于公","负公恩独深"③。宋之绳对待公事撰文与私人书札的态度迥然不同,这大抵与他内心所隐藏的被荐出仕新朝而有负于故明的愧悔之情有关。宋之绳曾自著年谱一卷,始万历四十年(1612)初生之岁至顺治六年(1649)出仕新朝而止,"己丑之后,公既不肯自叙"④。对于这一点,身为学生的计东也看在眼里,"公出处之义,显晦曲折,不能自言之隐",为"使公不欲自言之隐"不泯没于天地间,方奉师命"收涕为公状"⑤。自恩师殁后,计东与宋之绳之子孙都保持了良好的关系并常有文学往来,每相遇则"且喜且悲,必相勉以持身励志、择交、论文之道",并表示自己时刻心念旧恩未敢"一日忘溧阳"⑥。师生间的相知相契之深于此可见。

王崇简、曹本荣、宋之绳在清初文坛、学术界乃至政坛都占有一定的地位,对计东的影响不唯文学上,对他在科场、游谒之际的帮助也不容小觑。就文学上而言,计东从三人学,文学思想发生了不同程度的变化。他由青少年时期张溥、黄道周、刘宗周为其打下的经、理、心学兼容的思想基础,转为尊经重理却避忌心学,甚至不肯承认自身曾具备的心学根柢;对待文的态度也从借道传文转为以文明道,重视文的实用性,复归到唐宋古文传统上来。就个人前

---

① (清)计东:《清故江西布政使司参议分守南瑞道宋公行状》,《改亭文集》卷十六,清乾隆十三年计璸读书乐园刻本。
② (清)计东:《清故江西布政使司参议分守南瑞道宋公行状》,《改亭文集》卷十六,清乾隆十三年计璸读书乐园刻本。
③ (清)计东:《清故江西布政使司参议分守南瑞道宋公行状》,《改亭文集》卷十六,清乾隆十三年计璸读书乐园刻本。
④ (清)计东:《清故江西布政使司参议分守南瑞道宋公行状》,《改亭文集》卷十六,清乾隆十三年计璸读书乐园刻本。
⑤ (清)计东:《清故江西布政使司参议分守南瑞道宋公行状》,《改亭文集》卷十六,清乾隆十三年计璸读书乐园刻本。
⑥ (清)计东:《怀岫轩记》,《改亭文集》卷九,清乾隆十三年计璸读书乐园刻本。

途而言，三位恩师在政坛地位显要，尤其王崇简曾官至尚书，不能不对计东的仕途产生影响和帮助。虽然计东最终前途失意，未能有所成就，但他在京结交多是公卿大夫，游谒南北也都多赖恩师相助是毋庸置疑的。可以说，计东对三人思想主张的承袭较之背拂更多，促使他不断修正自身的思想。当然，这些承袭与变化也并非全然正确，计东也未能更好地承袭恩师的衣钵，尤其是对经学大家的曹本荣并未得其思想之精髓与经学功底。

三 对吴地宗法欧、归的承袭与突破

计东生长于吴江，自是深受吴地宗法欧阳修、归有光的古文传统影响，其文学思想中不能不有吴地古文宗尚的影子，尤其对归有光的古文大为推崇，又从汪琬学作古文，可称得上是纯正的震川一脉。然而，计东在此基础上又不限于这一古文范式，而有所突破和反拨，显示出清醒而自我的思考与探索，在当时以宗法欧、归的吴地主流风尚中无疑具有积极的意义。

自明嘉靖、隆庆以来，吴地受复古思潮影响，古文莫不宗法欧阳修，而欧阳修又继韩愈而起，其古文传统大体不离唐宋韩、欧一脉。成名于明嘉隆之际的归有光古文私淑欧阳修，亦被吴地古文家宗法。到了清初，汪琬又宗法归有光，振起而成为吴中古文群体代表。计东又随汪琬学古文，同是宗法归有光，又与汪氏不类，而且对归有光的效法与评价又与众有所不同。

计东对归有光之文与行多有效仿。曾在长子计准不幸早逝后仿归有光构思子亭以寄哀思，并为之征集诗文。他还在诗文之中屡屡提及归有光，有十余次之多，行文时动辄即征引其言其行，以"震川""先儒归震川""震川归先生""吾吴归震川先生""归震川先生"称之。康熙六年（1667）九月，计东过顺德，忽念归有光曾佐此郡，遂"入城，徒步遍求，莫知所在。裹回不能去，乃于郡署旁废圃中，西向设瓣香，流涕再拜而去。道旁儿童观者皆大笑，以为

病狂人，即仆夫亦匿笑不止"①，成为一时奇闻。门生罗汝怀"窃叹计先生之重震川如此"②。

归有光身出吴中，文章显名在明嘉隆年间，有关评价"岁久而论益定"，宗之者莫不将之比于欧阳修、曾巩、王安石辈，称述其文"高洁简肃，间有骈宕变化，可出入诸公，相与伯仲无愧色"③。然计东认为，"以文知先生犹浅也"④。计东既推崇归有光古文，又看重他以名节自立的德行，"既读先生之文，而又深敬先生之志行"⑤。归有光在士人为科名竞相争逐之际，屡试科第而不中，遂安守一隅读书食贫三十年。计东更为赞赏归有光作为坎壈不得志之人，却能在同里王世贞、浙东的王阳明继起大盛之际"卓然揸柱其间"⑥，不惑于群言，孤守伊洛之传，"文章则呵元美为妄庸，理学则以伯安为非是"，使得"天下之悔而思返者，卒叹服先生为不可及"⑦，显示出超凡的毅力和眼光，因而赞之"独立不惧，君子人矣"⑧。

对于宗法欧阳修、归有光、汪琬的古文一脉，计东也有自己的承继与发展。他曾学文于汪琬。作为好友，他见证了汪琬古文创作的成长与变化；作为向其学文者，由汪琬的变化也可从侧面看出计东古文的宗法与变化。可以说，计东的古文即是承自欧、归一脉而来。王崇简赞他学归几至出神入化以假乱真之境："其叙述高洁，起伏贯变，承接脱化，参之熙甫集中，正不知孰伯孰仲也。志传更属

---

① （清）计东：《又与宋牧仲书》，《改亭文集》卷十，清乾隆十三年计璸读书乐园刻本。
② （清）罗汝怀：《皖江署楼记》，《绿漪草堂集》文集卷三十，清光绪九年罗式常刻本。
③ （清）计东：《顺德建归震川先生祠堂碑》，《改亭文集》卷十四，清乾隆十三年计璸读书乐园刻本。
④ （清）计东：《顺德建归震川先生祠堂碑》，《改亭文集》卷十四，清乾隆十三年计璸读书乐园刻本。
⑤ （清）计东：《顺德建归震川先生祠堂碑》，《改亭文集》卷十四，清乾隆十三年计璸读书乐园刻本。
⑥ （清）计东：《顺德建归震川先生祠堂碑》，《改亭文集》卷十四，清乾隆十三年计璸读书乐园刻本。
⑦ （清）计东：《顺德建归震川先生祠堂碑》，《改亭文集》卷十四，清乾隆十三年计璸读书乐园刻本。
⑧ （清）计东：《顺德建归震川先生祠堂碑》，《改亭文集》卷十四，清乾隆十三年计璸读书乐园刻本。

超逸。"① 这种评价一直被延续下来。王士禛之子王廷扬认为计东之文合欧阳修、曾巩为一，可与归有光并肩："其经经、纬史，学有原本，而辞之雄放，不异万斛涌泉，其神韵悠扬，体制警严，则又庐陵、南丰合为一人也。近代归太仆而后，目中实罕其俦。"② 晚清文人李祖陶赞之"行文善于摆脱，高洁不群，在震川一派中，可谓绝肖。特震川养之至熟，气象较为渟涵，改亭掺之至神，风神弥觉横逸耳"③。晚清文人吴德旋则将之与汪琬一同视为震川一脉继承者："论者以为吴中古文家，自归震川后，汪琬与东可以继之。"④ 计东在有清一代的很长时间内都被视作震川传人而存在，然而，以上种种评价并不完全准确。

计东在与友人徐恭士论文时表示"言其所从得力耳，非言其貌为似"，即文得力于某人，并不意味着文风亦要与之相似，宗法之后应自有所得，否则"文之剽悍锐鸷、跳荡无前者，使其中无所深得，以厚植其原，则一往易竭"⑤。故其文继欧阳修、曾巩之学，论有原本，醇正和雅，与归有光之简质明洁迥异。更为重要的是，计东与汪琬古文"远仿庐陵，近摹震川，而其深心厚力之所求，则专在乎法"⑥ 不同。计东为文以气胜，向汪琬学习更多的是文法："甫草以气胜，而又欲神明乎苕文之法，合其美而各并其所难。"⑦ 更重视"气"与"境"在古文中的作用，认为文"必原本于明理，谓理明则识高，识高则气壮，气壮则法无往而不具"，"文章必本于其境，境足以助其识，识足以明其理，然后理足以壮其气，气足以贯其法，何以明其然也？"⑧ 其中"境"更多的是包括个人经历、见闻和学

---

① （清）王崇简：《与计甫草》，《青箱堂文集》卷二，《清代诗文集汇编》第 16 册。
② 盛泽镇人民政府、吴江市档案局编：《盛湖志（上）》，江苏广陵书社有限公司 2011 年版，第 254 页。
③ （清）李祖陶：《改亭集文录引》，《国朝文录续编》，清同治七年敖阳李氏刻本。
④ （清）吴德旋：《初月楼闻见录》卷九，台北明文书局 1985 年版，第 148 页。
⑤ （清）计东：《赠侯阊公序》，《改亭文集》卷五，清乾隆十三年计璸读书乐园刻本。
⑥ （清）董以宁：《计甫草文集序》，《正谊堂文集》不分卷，清康熙书林兰苏堂刻本。
⑦ （清）董以宁：《计甫草文集序》，《正谊堂文集》不分卷，清康熙书林兰苏堂刻本。
⑧ （清）计东：《曹颂嘉文集序》，《改亭文集》卷一，清乾隆十三年计璸读书乐园刻本。

识："其仕宦穷达不同，未有不仕宦；其出入京朝，久暂不同，未有不出入京朝。博闻强记，朝庙之事实掌故，以恢闳其闻见，贯串其文献，而能成一代之文人者，此所谓境也。若草莽憔悴之士，伏处乡曲，拥书坐大，即湛深经术，通达旧闻，然泥理而昧事，侈古而窒今，可空言而不可济世用，其于古作者之文，大有间矣。"① 因而，他的古文"为浩博、为雄放、为疏爽。当其得意，疾书如平原大陆之一望而不可拘也，如长江大川之直下而不可御也，如惊雷闪电之忽至而不可测也。才之所发，皆有至，大之气以行乎其间，即苕文序之，犹且以不能自壮其气为歉"②，更类苏轼。当然，这种转变并不全然是计东有意为之的。多年来，因科考的困蹇、奏销案的打击、游食南北的坎壈不遇，郁积于胸不吐不快，遂让他的古文观念突破了欧阳修、归有光的范式，行文增添了一份牢落不平之气，与苏轼"初无定质，但常行于所当行，常止于所不可不止"的如行云流水的文风有异曲同工之妙："浩瀚闳博，不为无本之言，而意所欲吐，无不曲折以赴，即未知于古人为何等，而拟之近世之成家者要不多屈。夫计子之名自以其才之不竟用于世也，往往多牢落不平，且见于其文者有之。"③ 徐乾学对计东的这种评价无疑是名副其实的。而计东自己对行文之乐也有与苏轼不同的见解，在行文时也是如此践行的："行乎其所不得不行，止乎其所不得不止。子瞻自述其为文之乐，亦仅举其半耳。于方骋笔汪洋恣肆之时，而忽焉沉然以止，人莫测其何以止；于意语俱尽、山穷水竭之际，而忽焉波澜怒生、曲折层迭，使人眙愕莫知其行止变化之妙，乃为文章之至乐耳。若不得不行而行，不得不止而止，则是我之行止若有所制之者，更何乐耶？后之自命为知文者，泥古法而不化，每借子瞻语为口实。"④ 其实，计东自幼便受父计名督促接触欧阳修、苏轼文章："东年八九岁时，先人日督诵欧、苏文章。"对二人评价甚高，认为

---

① （清）计东：《曹颂嘉文集序》，《改亭文集》卷一，清乾隆十三年计琰读书乐园刻本。
② （清）董以宁：《计甫草文集序》，《正谊堂文集》不分卷，清康熙书林兰苏堂刻本。
③ （清）徐乾学：《计甫草文集序》，《憺园文集》卷二十一，清康熙刻冠山堂印本。
④ （清）计东：《示倪师留论文书》，《改亭文集》卷十，清乾隆十三年计琰读书乐园刻本。

"文章之久晦而得欧、苏"①，在撰写古文时熔铸二者之精华而自成一格。今人邓之诚先生所谓"其文凌厉直前，略近眉山，与琬文颇不类，顾于钱谦益盛所推许"②，应是更为接近计东古文真正面目。可以说，这正是计东对吴中宗尚欧、归一脉继承基础上的反拨。

吴地自明嘉隆以来宗法欧、归成为主流，如若不然则被认为不足为录。计东虽承自欧、归一脉，却能生于吴而不囿于吴，尽力尝试跳脱出这一范畴，无论是古文宗法还是牵涉心学的论争，都主张"不苟为同"③，而自成面目，在当时的大趋势下是难能可贵的。

结　语

计东所师法的对象，既有当时著名的经学、理学、心学大家，也有前代名贤，尤其是同时代的师从者，都是计东人生道路上重要的存在。张溥、刘宗周、黄道周奠定了他前期理学、心学兼备的思想基础，为他参加科举打下坚实的基础。入清后所师从的王崇简、曹本荣、宋之绳则除了传授他崇经重道、穷理尽性之学外，更为重要的是为他提供了更多的谋生路径。王崇简对他多有提携，并让他做自己的幕客，还屡次向朝廷举荐而不得；曹本荣、宋之绳既是拔擢他为举人的座主，也为他谋求入幕之职，还让他在疲于谋生之余得到喘息之机，不禁感叹"憔悴风尘近半生，师门依憩画堂清"④。对于恩师，计东心绪是复杂的。一方面承袭师教，铸就了文学功底；另一方面又自愧未能体悟师教，每每有"悠悠深惧负师门，楚客相逢每断魂"⑤"静里自惭多过误，愁来何以报生成"⑥之憾。计东相信，老师与学生之间除了学问的传承外，在精神、容止、气度上也

---

① （清）计东：《颍州重复西湖碑记》，《改亭文集》卷十三，清乾隆十三年计璸读书乐园刻本。
② 邓之诚：《清诗纪事初编（上）》，上海古籍出版社2013年版，第378页。
③ （清）计东：《送蔡立先之九江序》，《改亭文集》卷七，清乾隆十三年计璸读书乐园刻本。
④ （清）计东：《济上春雪堂作二首》，《改亭诗集》卷五，清乾隆十三年计璸读书乐园刻本。
⑤ （清）计东：《沈绎堂宪副招同诸公宴集即席和陈胤倩十四首》，《改亭诗集》卷六，清乾隆十三年计璸读书乐园刻本。
⑥ （清）计东：《济上春雪堂作二首》，《改亭诗集》卷五，清乾隆十三年计璸读书乐园刻本。

有相似相承之处，以"弟子必有以类其师"① 来表达对老师的尊崇与敬爱。而对于吴地宗法欧阳修、归有光、汪琬的古文传统，计东出于吴又不囿于吴，而能审所宗，出入欧、归而有所突破，沉浸于眉山。正是本着不苟同的原则，计东的文学思想得以在总体上呈现出融通南北，经学、理学、心学兼备，承袭欧、归而类于眉山的特征。对于师教，计东既有"承"也有"背"，尤其是"背"，有时候看起来似乎是有些不合时宜抑或大逆不道的，然而这种不苟同的坚持恰是他突破师教、坚持自我的可贵之处。

第二节　计东古文创作与清初南北文学的互动

计东如今所存《改亭文集》共有文 212 篇，《不共书》则是他在晚明时所作，所存 4 篇文章均被收入《改亭文集》，而《甫里集》除去与《改亭文集》重复者，共计 10 篇。这些文章大部分是他游走南北所创作的，其中序、记是他散文中最具特色的文体，观点深刻，气势凌厉，内容涉及清初文风、诗风、学风、士风和社会生活等方面，体现了他的学术见解和文学思想。作为立身吴中而深受韩愈、欧阳修、归有光一脉影响的吴中文人，他与吴地古文家汪琬、魏禧、姜宸英、董以宁、陈玉璂等往来密切；多年的科考、游食生涯又让他行迹遍及南北，与苏州、常州、中州、京城等地的古文家多有往来，在谋生之余还进行各类文学活动，就古文创作的相关问题进行交流和探讨，串联起地域间文人的交流和互动，从而达成文学创作的激发、文学观念乃至文风的融通，一定程度上扮演着沟通桥梁的角色，对清初南北文学的交流和发展产生了积极的影响。故而，以计东一生行迹为中心，以与各地文人交流为重点，来考察其对计东古文创作产生的影响，并由此审视清初各地古文家间的文学互动，

---

① （清）计东：《谒吕新吾先生祠堂诗序》，《改亭文集》卷一，清乾隆十三年计璸读书乐园刻本。

进而勾勒出清初文风演变的动态质素和微观脉络，是值得探讨的学术议题。

一　吴地宗法欧、归的离与合

吴地素有"文学渊薮"之誉，历来名家辈出，引领一时风尚。自明嘉隆时期归有光出，吴地宗法欧阳修、归有光成为主流，这种风气直至清初仍在延续，且大有愈演愈烈的趋势。计东与吴中好友汪琬虽皆宗法欧、归，却同中见异，同出一脉而取径不同、风格各异；还与同出吴地却并不宗韩、欧、归的古文家魏禧、姜宸英保持密切的往来，二人因"不宗欧、归，而宗《左》、《国》、昌黎，与钝翁不同故也"，"吴人往往讥之"①；又与常州地区宗法"唐宋八大家"、根柢经术的"毗陵四家"之董以宁、陈玉璂等多有往还。这些人都是吴地重要的古文家，几乎可以说是代表了清初吴地古文风尚的三个走向。计东在与各方成员交往过程中，就各自的文风、创作、文法等问题展开讨论，显示了吴地多种宗尚间的彼此触动、激发与交融。

计东曾向同出吴中的汪琬学作古文，与之言文，"勉励而绳削之者，无有不至"，主要研习欧、曾之学，"宜其有以自信而且信于甫草"②，而计东也甚为推服汪琬。汪琬远仿庐陵，近摹震川，为文注重文法，强调雅驯，这也是他倡导清文的重要主张。计东学汪琬，为文醇正和雅，就这一点而言"为文当无有不似若文者"③，也称赞汪琬文章"溯宋而唐，明理卓绝似李习之，简洁有气似柳子厚"④，但并不看重文法，认为文章是用以明道的，不应囿于工法，不必拘泥于声、色、形，主张"文章以道为本"⑤，对汪琬过于强调文法略

---

① （清）杨宾：《友人文集序》，载《杨宾集》，浙江古籍出版社2012年版，第108页。
② （清）董以宁：《计甫草文集序》，《正谊堂文集》不分卷，清康熙书林兰苏堂刻本。
③ （清）董以宁：《计甫草文集序》，《正谊堂文集》不分卷，清康熙书林兰苏堂刻本。
④ （清）计东：《钝翁生圹志》，《改亭文集》卷十四，清乾隆十三年计璸读书乐园刻本。
⑤ （清）陈僖：《三与汪比部论文书》，《燕山草堂集》卷一，清康熙刻本。

有微词，称其古文"知古人法度，不肯苟且下一笔"①，不免显得过于局促。于此显示了同为震川一脉的二人的古文分野。汪琬更重视文法，"无一字之失于滥，行乎当然，以渐进乎自然，既洁且浑，而冲和淡宕以出之，又能加之以裁断之正"②；计东则更凸显"才"与"气"，为文浩博、雄放、疏爽，"当其得意疾书，如平原大陆之一望而不可拘也，如长江大川之直下而不可御也，如惊雷闪电之忽至而不可测"③。如《送王藻儒南归序》：

> 越处女之教剑术也，其回翔俯仰跳踉进退之法，捷于猱玃而疾于风雨，使之取贲育断螭龙而目不慑，未为善也。或使之刺蟛蠓、截虮虱，不问其击之中，而问其所不中术，所以无敌于天下也。……夫天下不乏瑰玮绝异之才，锐可以截良玉，而或芒挫于败絮，勇可以断螭龙，而或技穷于虮虱。何哉？气尽于一往而功成于骤胜也。④

行文精悍雄放，颇具战国纵横之气，故而"以气盛"大抵已成为计东古文给人的重要印象，康熙朝文人陆奎勋便对此文风颇为称赏："往读《改亭集》，华岳应乎金天，直上五千仞，包奇崛而驾崚嶒。河源自高注下，急涡雷震，束以三门砥柱，杀其怒势，后乃豁然奔放，何其气盛而辞达也。"⑤

汪琬在选辑《改亭文集》并为计东作序时也承认了二人之间的差别，"以不能自壮其气为歉"⑥，且认为这是由于二人经历差异所致，而计东则得益于"诗文之以好游而益工"⑦。他认为，自己在为

---

① （清）计东：《钝翁生圹志》，《改亭文集》卷十四，清乾隆十三年计琰读书乐园刻本。
② （清）董以宁：《计甫草文集序》，《正谊堂文集》不分卷，清康熙书林兰苏堂刻本。
③ （清）董以宁：《计甫草文集序》，《正谊堂文集》不分卷，清康熙书林兰苏堂刻本。
④ （清）计东：《送王藻儒南归序》，《改亭文集》卷六，清乾隆十三年计琰读书乐园刻本。
⑤ 盛泽镇人民政府、吴江市档案局编：《盛湖志（上）》，江苏广陵书社有限公司2011年版，第260页。
⑥ （清）董以宁：《计甫草文集序》，《正谊堂文集》不分卷，清康熙书林兰苏堂刻本。
⑦ （清）汪琬：《计甫草中州集序》，《钝翁前后类稿》文稿十七，载李圣华笺校《汪琬全集笺校（二）》，人民文学出版社2010年版，第626页。

官前尚能借之翰墨与计东角逐文苑,及至累身于官,则"无由为名山大川千里之游,以壮其气,而开拓其耳目,于是学日益劣、识日益卑,而才华亦渐以凋落"①,自谓愧于计东实多。计东则将汪琬归于欧、归一脉,谓其"近继归、王垂绝之绪,远蹑韩、欧诸公",但达到此种境界经历了一个漫长的过程,才使其文足传于后世:"其始亦仅志乎古人之文,习其矩矱而已,既乃知文之不可苟作,必根柢于六经而出之,然犹未得。夫经之指归也,益亹勉窥测于道之原而得其所以为经者,遂能贯经与道为一,而著之为文,洋洋乎积数万言,而沛然不悖于圣人之道。"②所以计东在为汪琬《钝翁类稿》所作序中主张经、道、文三者合一而不可分割,才是古文写作的最高标准。

就古文的醇肆问题,计东特意致书魏禧,指论汪琬文章得失。魏禧身出吴地却不宗欧、归,而尚《左传》《国语》乃至韩愈,为文曲折谨严而富于变化,又与易堂诸子往来密切,身兼江西学术背景与江南古文宗尚,自康熙元年(1662)起游历江南吴越江淮等地,与计东、汪琬、姜宸英、陈玉璂等人就清初古文理论中的文法、文风醇肆等重要问题进行了探讨,才逐渐获得江南士人的接受和认可。计东谓魏禧"当世天下士,多在布衣中""兵法耽左氏,著论才无穷"③,认可和肯定他布衣文士的成就和地位,与他常"纵论诗歌、古文、辞","所辨难往复相得极欢"④,所论多有相合之处。他称赏魏禧的古文,如评魏禧《与友人论先坟书》:"于呼抢愤激之中,而出之婉要和平,自然操纵合节,此有用文章也。"⑤评《与宗子发论未葬不变服书》:"酌人情所能行,然后礼不为虚设,故不徒

---

① (清)汪琬:《计甫草中州集序》,《钝翁前后类稿》文稿十七,载李圣华笺校《汪琬全集笺校(二)》,人民文学出版社 2010 年版,第 626 页。
② (清)计东:《钝翁类稿序》,《改亭文集》卷一,清乾隆十三年计瑸读书乐园刻本。
③ (清)计东:《广陵五日宴集作 有序》,《改亭诗集》卷一,清乾隆十三年计瑸读书乐园刻本。
④ (清)计东:《送蔡立先还九江序》,《改亭文集》卷七,清乾隆十三年计瑸读书乐园刻本。
⑤ (清)魏禧:《魏叔子文集外篇》卷五,胡守仁、姚品文、王能宪校点,中华书局 2003 年版,第 240 页。

贵高论也，文亦以悖详见古。"① 评《封禹成五十寿序》："笃论可师，文亦纯粹。"② 评《砺园种竹图说》："傲岸可喜。"③ 皆是中肯笃实而无伪饰阿谀之言。据现有资料看，计东还通过魏禧与易堂士人群体建立联系，曾向魏禧表示"无忘江东相别时语，且愿易堂诸君子共勉之"④。且听友人谈及与易堂诸子论学，"所论说经书文章，及宾客饮食、起居酬酢，俱有法度"，"听之欣然忘倦"⑤ 而起向往之意。实际上，他与魏禧交往更多，"良规时往复，羁旅相过从"⑥。

魏禧还与计东交流了其他古文名家的文风得失，重点讨论了醇肆之辨。郭英德先生认为"肆"与"醇"是布衣之文与缙绅之文的风格之辨，所谓"肆"，指文章表达奇横恣肆，兴会所至，感慨悲愤，畅笔疾书。所谓"醇"，指文章内容醇正雅驯，合乎儒家圣贤之道，且认为清初文坛主之于布衣文人。⑦ 学界对此一论述虽未形成共识，然从魏禧、计东、邵长蘅、董以宁等人论文所涉古文家来看，除汪琬外，当时重要的古文家如姜宸英、侯方域、计东、魏禧、邵长衡、董以宁等皆是布衣身份而立足文坛的，郭先生所论是有一定道理的。姜宸英之文因兼具布衣与缙绅的双重身份，使得古文在"醇肆之间，惜其笔性稍驯，人易近而好意太多，不能舍割"⑧；而汪琬作为缙绅文人，其文"得力在欧、王之间"⑨ 却醇而未肆，过

---

① （清）魏禧：《魏叔子文集外篇》卷六，胡守仁、姚品文、王能宪校点，中华书局2003年版，第278页。
② （清）魏禧：《魏叔子文集外篇》卷十一，胡守仁、姚品文、王能宪校点，中华书局2003年版，第552页。
③ （清）魏禧：《魏叔子文集外篇》卷十五，胡守仁、姚品文、王能宪校点，中华书局2003年版，第706页。
④ （清）计东：《送蔡立先还九江序》，《改亭文集》卷七，清乾隆十三年计琪读书乐园刻本。
⑤ （清）计东：《送蔡立先还九江序》，《改亭文集》卷七，清乾隆十三年计琪读书乐园刻本。
⑥ （清）计东：《广陵五日宴集作　有序》，《改亭诗集》卷一，清乾隆十三年计琪读书乐园刻本。
⑦ 郭英德：《布衣之文：清前期文坛身份意识的强化与文化权力的转移》，《福建师范大学学报》（哲学社会科学版）2019年第5期。
⑧ （清）魏禧：《答计甫草书》，载《魏叔子文集外篇》卷五，胡守仁、姚品文、王能宪校点，中华书局2003年版，第247页。
⑨ （清）魏禧：《答计甫草书》，载《魏叔子文集外篇》卷五，胡守仁、姚品文、王能宪校点，中华书局2003年版，第247页。

于注重文法而不敢"肆",恰是他囿于缙绅身份的缘故;侯方域则是以布衣之身畅意为文,随性而发,不受拘束,因而古文肆而不醇;出身布衣的计东则因曾学文于汪琬,作文有"醇"的一面,但更多的是"肆"的文风占主流,这与他跳荡不羁的个性以及多年游走南北的经历息息相关,呈现出以气胜的特点。魏禧与计东的论文切磋已然涉及对此际尚未形成的"古文三大家"中另外两人汪琬和侯方域的评价。而魏禧所指汪、侯得失,也得到了邵长蘅的认可和生发,同时指出魏禧以力胜的特点:"侯氏以气胜,魏氏以力胜,汪氏以法胜。"① 而所称计东文"肆",即是董以宁所称以气胜,与侯方域相类;所指汪琬文醇而未肆,即是董以宁所谓以法胜。可见诸人对彼此古文的看法已达成一定的共识。

魏禧所提姜宸英,亦是吴地著名古文家,与计东都发生了文学兴趣的转向,从侧面反映了清初吴地文风、学风的演变趋向和态势。姜宸英自谓"始用诗词相倡酬,已应诸生举,去为时文,俱不意得,则学为古文。每晨坐谈论,至忘寝食"②。而计东亦因奏销案被褫革举人资格加之长子计准去世,"自念既穷于世,独有太史公所云垂空文以自见耳,故癸卯、甲辰后,始肆力于古文辞"③。据杜广学在《姜宸英研究》④ 中考证,二人结交时间最迟不晚于康熙七年(1668)。此际的二人古文创作日趋成熟,常相互检定论文,多时多地就古文之学进行交流和探讨。在吴江,二人居所相近,"乃往尽读其文,日对之如严师"⑤。在无锡,计东在姜宸英主秦松龄家时与之相会,并与黄与坚、董以宁、陈玉璂等能为古文者相与晨夕论文。在苏州,二人数次往还论文,"甫草日为文成,必命仆检定,信使反

---

① (清)邵长蘅:《三家文钞序》,《青门胜稿》卷四,《邵子湘全集》,《清代诗文集汇编》第 145 册。
② (清)姜宸英:《文学冯君墓志》,《湛园未定稿》卷六,载杜广学辑校《姜宸英集(上)》,人民文学出版社 2018 年版,第 602 页。
③ (清)计东:《竹林集自序》,《改亭文集》卷二,清乾隆十三年计瑛读书乐园刻本。
④ 杜广学:《姜宸英研究》,博士学位论文,黑龙江大学,2016 年。
⑤ (清)计东:《赠姜西溟序》,《改亭文集》卷七,清乾隆十三年计瑛读书乐园刻本。

复，再四不倦"①。可见二人素昔评点指摘论文情况之一斑。姜宸英曾在计东离世后追忆了二人其中一次朝夕相对检定论文的细节："亥夏，君数遣书，以舟迎我至陆家溆，君属定其新稿。祗致登堂敬，欢为并榻眠。北堂分肉膳，邻父乞鱼钱。烛跋三更话，尘消一寸编。君如辞掎摭，谁定别媸妍？削牍吾庸计，吹疵虑有焉。"②还以诤友许于计东，并称"甫草稿中多载仆评论"③，惜如今所见二人文集中，仅在计东《甫里集》留存姜宸英为《严方贻太史稿序》所作评点："作《严太史稿序》，却步步结到《李子言诗》上，笔法变化，出奇无穷，身分又甚高。"④足见姜宸英对古文文法的关注。

对于选取交往对象，二人都是审慎之人。计东认为，"友者益我学问，救我过，辅我德"⑤，对于同里文人相轻的陋习大为不满："今之为谈士者，或好言远交近攻之术，敦盘缟纻，交错于远方，而睥睨其乡人或不置好丑黑白于言论之际，而漠然视其存没者，比比也。"⑥他之于姜宸英虽是同出吴地，却并未囿于同里而稍有轻视，尤其在姜宸英看来"今天下无不籍籍计子名，乃不以仆之拙讷颠蹶为可鄙"，"故每一文成，则必俯以示仆，仆时有所指摘疵颣，辄喜发于颊，即力称善"⑦。姜宸英也并未囿于计东"溯派仍韩氏，循流下震川"⑧，与自己宗法不一而有所排诋。在姜宸英眼中，计东"远出

---

① （清）姜宸英：《与友人书》，《湛园未定稿》卷四，载杜广学辑校《姜宸英集（上）》，人民文学出版社2018年版，第517页。
② （清）姜宸英：《计孝廉甫草葬有日矣以诗叙哀祭而哭之四十韵》，《苇间诗集》卷二，载杜广学辑校《姜宸英集》，人民文学出版社2018年版，第92—93页。
③ （清）姜宸英：《与友人书》，《湛园未定稿》卷四，载杜广学辑校《姜宸英集（上）》，人民文学出版社2018年版，第517页。
④ 姜宸英评语，参见（清）计东《严方贻太史稿序》，《甫里集》卷一，清康熙刻本。
⑤ （清）计东：《送王子重还楚序》，《改亭文集》卷七，清乾隆十三年计瑸读书乐园刻本。
⑥ （清）计东：《汝颍诗集序》，《改亭文集》卷一，清乾隆十三年计瑸读书乐园刻本。
⑦ （清）姜宸英：《友说赠计子甫草》，《湛园未定稿》卷五，载杜广学辑校《姜宸英集（上）》，人民文学出版社2018年版，第553页。
⑧ （清）姜宸英：《计孝廉甫草葬有日矣以诗叙哀祭而哭之四十韵》，《苇间诗集》卷二，载杜广学辑校《姜宸英集（上）》，人民文学出版社2018年版，第92页。

乎流俗，而不底乎道义不止"，"君之自视也重，故其望于友也益切"①，遂作《友说》赠之，有"欲相扶而同进于古人"②之意。计东对姜宸英的关注契机是姜宸英托请孟道脉为自己古文作序，因故未行，又因族侄计炳称赏姜氏古文格调在归、王之间，遂经过一个循序渐进的过程，对姜宸英古文、时文由了解到推许："读《续范增论》，未之奇也。再读《狄梁公祠记》《杨节妇传》，稍稍称善。再读《送孙无言序》《为薛君四十寿序》益称善。且知姜子为江右王于一先生友甚久，宜姜子之能古文。"③ 计东为《真意堂古文》作序，认为姜宸英的古文、时文"皆以沉锐之力、精悍之思出之"④，而其应世之文毫无当世应制文中无空疏萎靡的弊病，甚至达到了韩愈、欧阳修不能兼之并美的境地，称颂溢美可见一斑："以韩、欧之才，于二者尚不能兼，我不意姜子乃能兼韩、欧之不能兼也。"⑤ 并表示将致力于传播推广，"欲以姜子应世之古文告天下之为制举业者"⑥，用心用力之状于此可见。

常州也是清初重要的古文阵地，"毗陵四家"董以宁、陈玉璂、邹祗谟、龚百药古文宗法《史记》《汉书》和"唐宋八大家"，学术路径与古文理念承袭乡贤唐顺之，提倡根柢经术的古文之学，对清初多元文风向康熙文治大一统过渡起到了承上启下的作用。计东与"毗陵四家"中的董以宁、陈玉璂多有往来，常相与论文，切磋交流古文创作理念。和计东一样，董以宁也有创作志趣转向的经历："先生初喜为诗词，为排偶之作，越数年摈去排偶，一意于诗。越数年则并诗摈去之，专为史汉唐宋大家之文，尤留意天文、历象、乐律、

---

① （清）姜宸英：《友说赠计子甫草》，《湛园未定稿》卷五，载杜广学辑校《姜宸英集（上）》，人民文学出版社2018年版，第553页。
② （清）姜宸英：《与友人书》，《湛园未定稿》卷四，载杜广学辑校《姜宸英集（上）》，人民文学出版社2018年版，第517页。
③ （清）计东：《赠姜西溟序》，《改亭文集》卷七，清乾隆十三年计璸读书乐园刻本。
④ （清）计东：《姜西溟真意堂古文序》，《改亭文集》卷四，清乾隆十三年计璸读书乐园刻本。
⑤ （清）计东：《姜西溟真意堂古文序》，《改亭文集》卷四，清乾隆十三年计璸读书乐园刻本。
⑥ （清）计东：《姜西溟真意堂古文序》，《改亭文集》卷四，清乾隆十三年计璸读书乐园刻本。

方舆之学，故为文多所发明。越数年，则一概摈去，而专事于穷经。"① 计东的志趣转变是受奏销案影响，而董以宁的转变更多的是个人志趣受常州学风、文风影响的结果。当然，诚如宋荦所称"朝宗古文独为之举世不为之时，以创于北，而其后古学大兴于南方，则自文友开其先"②，董以宁不满复古派和唐宋派机械模拟之弊，反对文章"不洁与浮""终患其不化"，而主张"必读书多而养之既久，渐渍充足于中，则其发为文也，无支言，无伪词，而自有不可掩之光华，令人矜贵"③，对常州文风具有重要的导向作用，为清初吴地的古文创作提供了另一路径。他在给计东文集所作之序中提出"才""气""法"对于作文的重要性，认为计东之文以气胜和汪琬之文以法胜都并非古文创作的最高境界，应是将二者融合，"合其美而各并其所难"，"两相畏则两相成"④，只有二人在文章之道上实现双向互动，才能达到醇而肆的完美境界。计东受董以宁启发和指点，也强调为文要重才学，进而认为文章宜本于专："夫所谓文章者，立其质而文附之，有诸中而后章诸外也。自非至圣，其生平所得力，各有所从入之处，故其著之于言也必专。"⑤ 然对于董以宁之文取法于"唐宋八大家"，"其矩矱变化，又已无异于唐宋明诸大家之为矩矱变化"并不看重，而对其本于个人性情、见解、才学而生发出的文章更为欣赏："而予读其文，按其所得力之处，则无以名之；意其所专言，可卓然自成一家，以昭示天下而传后世者，莫若其言天文、言律历诸书、诸说、诸辨，有非当世空疏剿袭为文章者之可及。盖确乎其有本者乎。"⑥ 从二人为彼此文集所作之序来看，二人相知相契甚深，才得以对彼此文章得失坦言无隐、直指得失。

董以宁在《赠姜西铭为两尊人寿序》还记述了一次他与计东、

---

① （清）陈玉璂：《董文友遗集序》，《学文堂文集》卷二，《清代诗文集汇编》第 142 册。
② （清）计东：《董文友文集序》，《改亭文集》卷二，清乾隆十三年计琭读书乐园刻本。
③ （清）董以宁：《周栎园文集序》，《正谊堂文集》不分卷，清康熙书林兰苏堂刻本。
④ （清）董以宁：《计甫草文集序》，《正谊堂文集》不分卷，清康熙书林兰苏堂刻本。
⑤ （清）计东：《董文友文集序》，《改亭文集》卷二，清乾隆十三年计琭读书乐园刻本。
⑥ （清）计东：《董文友文集序》，《改亭文集》卷二，清乾隆十三年计琭读书乐园刻本。

陈玉璂、姜宸英、秦松龄、黄与坚等人相与论文的情形："姜子西铭客游无锡，主于秦子留仙之家，余与黄子庭表、计子甫草、陈子赓明皆至，相与晨夕论文，甚乐也。"① 参加聚会者皆是当时以能文善作著称的士人，而这样的聚会也只是诸人诗酒文会的一个缩影而已。诸人中的陈玉璂设"学文堂"，接纳南北相契文士，切磋诗文、探讨学术。目前尚无资料证明计东曾有机会前往，至少在京师二人也保持了往来。康熙六年（1667），陈玉璂、汪懋麟、沈胤范、宋师祁等江南文士选庶吉士不中，计东虽自觉无用于世却深喜友人得中进士，遂作文慰其不得庶吉士之憾："予既坐废于时，窃庆吾友之获遇。""我友扬州汪蛟门、山阴沈康臣、常州陈椒峰、真定宋中郎，皆当与此选几得之矣，而复不得，或曰：ّ庶吉者，天所贮文人，必其人之含文蕴采，不早见其光华者与焉。'今诸君子诗歌、古文辞先传布天下，其光采发泄，非天所以贮之之意也。"② 他由此提出学养对文采的重要性："夫文采之将溢发也，其来必有渐，其渐则皆其平日之所养也，且人之善自养者，必审其性之所好而安习之。诸君子之以诗、古文自养者深矣。"③ 可以说，这不仅是一次江南文士在京师的一次聚会，也是吴地古文阵地转移至京师的聚首。

计东还通过自己的交际圈传播和扩大吴地古文家的影响。他曾向自己的幕主兼老师的王崇简推荐陈玉璂，还使魏裔介与之建立了联系。大学士魏裔介自康熙四年（1665）开始受康熙大兴文教影响编纂《圣学知统录》和《圣学知统翼录》，"以见知闻知之统，卓然截旁流而崇正脉"④。计、陈二人对此都有所呼应。陈玉璂受魏裔介影响，"得当事之助"⑤，受嘱编纂《文统》，有配合朝廷倡兴文教之

---

① （清）董以宁：《赠姜西铭为两尊人寿序》，《正谊堂文集》不分卷，清康熙书林兰荪堂刻本。
② （清）计东：《赠汪蛟门、沈康臣、宋中郎、陈椒峰诸进士序》，《改亭文集》卷四，清乾隆十三年计琪读书乐园刻本。
③ （清）计东：《赠汪蛟门、沈康臣、宋中郎、陈椒峰诸进士序》，《改亭文集》卷四，清乾隆十三年计琪读书乐园刻本。
④ （清）计东：《上栢乡相公论圣学知统录书》，《改亭文集》卷十，清乾隆十三年计琪读书乐园刻本。
⑤ （清）计东：《上栢乡相公论圣学知统录书》，《改亭文集》卷十，清乾隆十三年计琪读书乐园刻本。

意。计东在这一背景下，作《上栢乡相公论圣学知统录书》表示了顺承与支持之意，就发凡起例之大义"欲有所论辩"①，提出两点意见。一是程朱正学得以昭传天下实则是"吕新吾创中说于中原，崔后渠修六经于河北，魏庄渠阐正论于江南，冯恭定振理学于京师，顾端文、高忠宪、顾季时诸先生汇同志于道南，刘念台端践履于两浙"共同作用下的结果，因此替诸公正名，主张将之列于朱子闻知之统"以诸公之行实绪论，择其尤著且要者补入斯录之内"②。二是主张《正统》之后，为心学专设《闰统》，将陆九渊、王畿、罗汝芳之徒等"择其行谊可传及论说稍近正者，别为《闰统》一卷，附《续录》之后，使识者洞晰其学力之偏全，知见之深浅，践履之纯驳，而确信道统正闰之所以分，其大闲固如此，则有功于后学益不小"③。在当时以崇正程朱、排诋心学为主流的大背景下，这份识见与勇气无疑是难能可贵的。

吴地地域广博，人文繁盛，虽自明嘉隆以来确立了以欧、归一脉古文传统为主流宗尚，然仍不妨碍名家各自树立。清初吴地的文坛，既有宗法欧、归的汪琬、计东，也有突破这一范式而自具特色的魏禧、姜宸英，亦有倡导唐宋八大家、根柢经术的常州古文群体如董以宁、陈玉璂等。各家虽然自身瑕瑜互见，主张、创作并非完美无缺，却是清初多元而自由文风的真实呈现。计东立身此中，濡染震川一脉，不能不有欧、归之痕迹，然在与吴地其他古文家往来切磋过程中也深受启发，对自身古文创作大有裨益，而真正让他突破归、欧范式而自成规格则主要缘于他常年游走中州、京师的经历。

二 与中州文人群体的互动

中州自古以来便是"天下山水之会，为古今文章所归。汉贾生、

---

① （清）计东：《上栢乡相公论圣学知统录书》，《改亭文集》卷十，清乾隆十三年计璸读书乐园刻本。
② （清）计东：《上栢乡相公论圣学知统录书》，《改亭文集》卷十，清乾隆十三年计璸读书乐园刻本。
③ （清）计东：《上栢乡相公论圣学知统录书》，《改亭文集》卷十，清乾隆十三年计璸读书乐园刻本。

唐昌黎子皆独立一代，伊洛瀍涧间，尤帝王所都。其人魁岸，为文章闳肆昌明，出所余溢，犹足以笼压天下。顾自元以还，东都不复，人日就浑朴，敛实黜华，不务为名高。至有骏伟奇杰之才足以直造古人者，天下或不能举其名"①。历经明清易代的混乱无序，到了顺康时期，随着文人游食、流寓、经商、仕宦等活动的增加，各地间的文学互动和交流也愈加频繁。中州作为由江南北上京师的途经之地，经过一定时间的修整与发展，已成为世家林立、人文蔚起、可与三吴争足鼎立的人文重地。

计东多年来入京参加科举，十余年的游食生涯，多次途经中州大地，常有数天至数月不等时间的停留，期间与中州的古文家相往来，既促进了吴地与中州古文的交流与互动，也受到中州刚健雄肆的文风影响，诗文得之助益而脱离吴地古文风尚影响而为之一变。他的文集《汝颍集》《中州集》即是以中州地名命名的，《竹林集》亦是他客游汝、洛、嵩山之作，创作多是在与中州古文家频繁交往中产生的，创作了数十篇与之相关的古文，内容涉及对清初文学、思想、学风、士风乃至社会生活等方面，显示出他深刻而独到的文艺思想和学术见解。可以说，中州是计东游食生涯中不可忽视的存在。

计东在中州交往最多的是明末清初重要的文学社团雪苑社成员，如宋荦、徐作肃、陈宗石、侯方岳、侯方岩，也对雪苑社前期重要成员侯方域、贾开宗多有维扬推许。在中州期间，计东时常与诸子往复辩难，探讨诗文，促进了吴地与中州文坛的交流。计东曾在《偶更堂诗集序》中记述晚明天启、崇祯年间江南与中州文会盛事：

> 启祯丁卯、戊辰之间，江南北文会之事大盛，应社倡之，复社承之，中州文人翕然，与应、复两社相唱酬者，梁园数君子也。且是时，陪京有太学，海内能文之士大半骎此应制举。高秋七八月，胜流云集，问讯往来，交错于道，南方之才士中

---

① （清）李绂：《阎仲容试草序》，《穆堂初稿》卷三十四，清道光刊本。

原莫不闻，中原之才士南方莫不识也。至辛巳岁，我师张西铭先生殁，文会失领袖。壬午岁，中州即大被寇难屠戮，梁园才士几尽，制科亦不行，自是以后，风流凋丧，南北声问阻绝不通者数年。①

这是江南文人与中州文人间的一次重要的文学互动，为后来两地间的互动作了良好的开端。然而，随着张溥的去世和李自成农民军的屠戮，中州才士凋零几尽，加之明清易代，南北往来就此断绝。入清经过数年修整，南北才逐渐恢复往来，由计东与中州文人之往来，即可看出清初南北文人问讯往来之大端。计东对中州大地早在顺治五年（1648）便有所向往，自谓"予于戊子年即梦游箕山颍水"②。顺治八年（1651），计东参加秋选海内闱墨。此际与身出河南夏邑的高淳县令崔正谊结识，经其推许揄扬雪苑社成员徐作肃③制艺之文，知徐文高雅醇肆，惜不得见。顺治九年（1652），侯方域以壮悔堂古文辞声名盛起，南北之士莫不慑服，徐作肃亦以论定侯方域古文辞而驰名。计东因此对徐作肃了解加深，知其能为古文辞。直至顺治十三年（1656）游于梁，才得以与徐作肃相识，读其偶更堂诗并为之作序，赞其"古近诸体灿然大备，又能自出机杼，吐陈启新"④。凡此六年，二人才得以相知相见，不能"早握手于坛坫唱酬之地"，可见当时中州与江南的联系并不顺畅，"六年之相闻相思，而今者乃得相见，其难如此，较之壬午以来南北阻绝风流凋丧之苦，今则稍稍称善"⑤，然仍不可与崇祯初年大江南北胜集交错之盛同日而语。

顺治八年（1651）应是计东北游中州的最早记录，他以贡入成

---

① （清）计东：《偶更堂诗集序》，《改亭文集》卷二，清乾隆十三年计璸读书乐园刻本。
② （清）计东：《鹿皮裘初成志喜自述》，《改亭诗集》卷一，清乾隆十三年计璸读书乐园刻本。
③ 徐作肃（1616—1684），字恭士，归德府（今河南商丘）人，顺治八年（1651）举人。善诗文，与贾开宗、侯方域、宋荦、徐世琛、徐邻唐并称为"后雪苑六子"。著有《偶更堂集》。
④ （清）计东：《偶更堂集序》，《改亭文集》卷二，清乾隆十三年计璸读书乐园刻本。
⑤ （清）计东：《偶更堂集序》，《改亭文集》卷二，清乾隆十三年计璸读书乐园刻本。

均，道经夏邑，"将随其师彭孝先司李北上，值彭有家难，不果"①，仅作短暂停留。顺治十一年（1654）冬十月复入中州："予以甲午年冬十月秒出门，先至中州，遂入燕台，于时严寒戒涂，一鞭独发，触绪多愁，漫拟少陵口号以遣意，寄我吴诸同志。"② 此际他联系、关注更多的还是吴地友人。其时他已然陷入贫窘，不得不开启浪游之路："田园正是须钱买，那得贫来不浪游。"③ 然已对中原人文寄予厚望："他日中原开气象，肯令绛灌笑吾曹。"④ 自顺治十三年（1656）起，计东开始与中州文人广泛接触，得徐作肃收留，并因而结识宋荦，并下榻于宋荦之古竹圃，由此结下了深厚的友谊："丙申岁暮我游宋，文康宋公子牧仲。结交侯徐皆贤豪，下榻留予意珍重。"⑤ 并在此际结识侯方域之子侯彦室："予丙申游商邱，适朝宗初没，展磨镜之谊，不执孝子手而出。"⑥ 诚如董以宁所称计东之文以气胜，有肆的一面，某种程度上与侯方域相类。而实际上，计东对明清之际的古文家中，对侯方域⑦也是甚为推许的："虽诸生，不得志，然为古文、词日益有名，今世所传《壮悔堂集》，指斥魏忠贤党人不遗力。"⑧ 对侯氏神交已久，惜未得谋面，"予于朝宗之古文辞也，折服而心师之。及游梁，而朝宗已殁，仅一登其空堂"⑨，然与侯方域的亲属都保持了良好的往来和互动，如叔父侯恪，从兄侯方岳、侯方岩，子侯彦室，孙侯贻孙（名讳未详），女婿陈宗石，也在与诸人的交往中加深了对侯方域古文的理解与学习："试观朝宗所

---

① （清）潘江：《赠计甫草》，《木厓集》卷十八七言律三，清康熙刻本。
② （清）计东：《马上吟 有序》，《改亭诗集》卷六，清乾隆十三年计璸读书乐园刻本。
③ （清）计东：《马上吟 有序》，《改亭诗集》卷六，清乾隆十三年计璸读书乐园刻本。
④ （清）计东：《马上吟 有序》，《改亭诗集》卷六，清乾隆十三年计璸读书乐园刻本。
⑤ （清）计东：《济上喜晤李屺瞻，感述一首，并呈王贻上、汪苕文、宋牧仲》，《改亭诗集》卷二，清乾隆十三年计璸读书乐园刻本。
⑥ （清）计东：《赠侯贻孙序》，《改亭文集》卷五，清乾隆十三年计璸读书乐园刻本。
⑦ 侯方域（1618—1655），字朝宗，号雪苑，归德府（今河南商丘）人。明末复社成员，清初"古文三大家"之一。顺治八年（1651）中副榜。能诗，尤以古文著称。有《壮悔堂文集》《回忆堂诗集》等。
⑧ （清）计东：《清故山东登州府推官彭公墓表》，《改亭文集》卷十五，清乾隆十三年计璸读书乐园刻本。
⑨ （清）计东：《偶更堂诗集序》，《改亭文集》卷二，清乾隆十三年计璸读书乐园刻本。

作彦窒字说,知其末年已进于道,与东方曼倩、阮嗣宗之诫子同一意。"①他在《哭侯朝宗》中表达了对侯方域早逝的惋惜以及对其古文的推扬:"生前恨汝非知我,死后惭予一恸君。今日风流推大手,他时凭吊在遗文。"②当然,计东对侯方域古文也并非全然肯定。他在与周亮工品评古文时认为侯方域之文"如以石漱水,便成波折,差乏风水相遭之趣"③。他还注意到个性与文风的关系,直言侯方域"意气简岸,为文嫉恶好善多过当,所刺讥庸邪之人,擿伏中要害,亦足伤天地之和"④。他以正统古文标准中的"和平蕴藉"为旨归,劝诫侯氏后人"宜以包含弘大之德度,发为和平蕴藉之文章,以补朝宗未竟之志业,以远绍司徒公之遗绪休烈"⑤,当是直言无隐的肺腑之言。计东还对雪苑社前期另一重要成员贾开宗⑥极为推许,感佩他"流离颠播,习知天下患苦之事,而又聪明才力,卓绝时辈,故能灼然为救乱之言",曾在顺治十三年(1656)入中州时购买并缮录贾开宗所作《策略》,携入京师大力揄扬推广,"谋所以献先生书者,使当世能采用其言,必能成一代全盛之治"⑦。他相信,"一旦进先生于圜桥虎观之间,充三老五更之选,使公卿大臣之知经术者就听之,或使尚书给笔札,尚方洁廪饩,先生得优游愉乐,益尽其所欲言,必大有益于当世也"⑧。他在侯、贾去世十余年后,仍在给侯方域从兄侯方岳的诗中怀之,感念中州子弟对他的庇护扶携之恩:"仙人陵谷看三换,兄弟文章自一生。愧我飘蓬托庑下,笛声寥亮不堪闻。"⑨

不唯如此,他对雪苑社后进文人,也大力推奖揄扬有加,既扩

---

① (清)计东:《赠侯贻孙序》,《改亭文集》卷五,清乾隆十三年计琪读书乐园刻本。
② (清)计东:《哭侯朝宗》,《改亭诗集》卷五,清乾隆十三年计琪读书乐园刻本。
③ (清)周亮工:《与吴冠五》,《赖古堂集》卷二十,清康熙十四年周在浚刻本。
④ (清)计东:《赠侯贻孙序》,《改亭文集》卷五,清乾隆十三年计琪读书乐园刻本。
⑤ (清)计东:《赠侯贻孙序》,《改亭文集》卷五,清乾隆十三年计琪读书乐园刻本。
⑥ 贾开宗(1594—1661),字静子,号野鹿居士,归德府(今河南商丘)人。"雪苑社"的发起人之一,与侯方域齐名。著有《溯园全集》。
⑦ (清)计东:《贾静子先生私制策序》,《改亭文集》卷四,清乾隆十三年计琪刻本。
⑧ (清)计东:《贾静子先生私制策序》,《改亭文集》卷四,清乾隆十三年计琪刻本。
⑨ (清)计东:《赠侯仲衡旧桃源令》,《改亭诗集》卷五,清乾隆十三年计琪读书乐园刻本。

大了中州文人群体的影响，也提升了自身的知名度，更为重要的是，在切磋交流中提升了自我的文学修养和识见。譬如正是在与徐作肃等人的一次文学聚会上，计东得悟为文的宗法取舍问题。他与徐作肃谈及侯方岳之侄侯明为文宗法问题，认为侯文得力于曾巩、王慎中，文风理应"以典则厚重为贵，即开阖旋折之间，务规于宽大，直而不倨，纵而能徐，在诸大家中自为标格"①，然窃观之却似苏轼之剽悍锐鸷、跳荡无前。在徐作肃"今震川文简质明洁，亦何尝求类南丰也"②的启发下，计东得悟为文得力于何，并非一定要与之保持相似或一致，只需根植其原而有所自得即可。这份体悟让他在宗法欧阳修、归有光一脉的同时，取其精华根本而结合自身学养、经历，融会为自我的风格，最终跳脱出震川一脉的传统而自成规格。

中州文士中，计东与徐作肃交最厚，多次在不同场合称许徐作肃，甚至在《偶更堂诗集序》中推举其如侯方域，"是徐子之才能折服朝宗也，今予求见朝宗而不得，见朝宗之畏友如见朝宗"，赞其制艺、古文辞、诗歌兼擅，"诗集中长篇短幅，尤拳拳于友生存殁之际"③，足以传世不朽。他将徐作肃视为平生知己，许为可与剖白心迹者："今在宋久，复得一徐恭士。恭士与世味亦无耽系，颇似既庭，但诗、古文结习未忘，仆亦欲从之游，惜相距千七百里，不能远辞老母，久与偕也。"④ 失意落泊之时得其接纳、宽慰："我生遂作饥驱者，十年两客平台下。兹游况值长夏时，错莫求人汗如泻。感君慷慨独留余，坐君高堂策君马。"⑤ 相与论文吟咏，宽慰心怀，纾解羁旅郁结："隐几长吟送永日，雄谈亦足开心胸。""谈文摘藻各矜奇，应手捶钩各相悦。感君意气层云里，淹留似欲忘羁旅。"⑥

---

① （清）计东：《赠侯阍公序》，《改亭文集》卷五，清乾隆十三年计琪读书乐园刻本。
② （清）计东：《赠侯阍公序》，《改亭文集》卷五，清乾隆十三年计琪读书乐园刻本。
③ （清）计东：《偶更堂诗集序》，《改亭文集》卷二，清乾隆十三年计琪读书乐园刻本。
④ （清）计东：《与丁药园书》，《改亭文集》卷十，清乾隆十三年计琪读书乐园刻本。
⑤ （清）计东：《别徐恭士长歌》，《改亭诗集》卷二，清乾隆十三年计琪读书乐园刻本。
⑥ （清）计东：《别徐恭士长歌》，《改亭诗集》卷二，清乾隆十三年计琪读书乐园刻本。

计东这份深厚诚挚的感情也得到了徐作肃的回应："不堪小榻停孤棹，敢谓论交别有神。续缕泛蒲聊共得，谈天击筑故相亲。"① 徐作肃性方正，不妄交游，"每公车至都门，名卿贵人争欲致之，君匿不与通"②，然在给好友陈维崧的信中坦言："弟无所长，不得从游当世诸君子，然岂无往来敝邑惠而好我者，要其所倾倒惟先生与甫草，相遇则喜，相离则思，出于性情。"③ 这也并非徐作肃虚伪的场面之语，从刘榛为之所作墓志铭中亦可得到侧面印证："（徐作肃）所与游必贤豪才士，非其人亢不与接，所得扫榻而数晨夕者，计甫草、陈其年二人而已。"④ 这份知交与携助之恩也让计东对徐作肃的后人从孙徐大年多有关怀与开解，"予既稔识其文，又深知其不遇之故，为仰天扼腕，咄咄不乐者数日"，并尽己所能大加揄扬："以为目中操觚少年，莫出其右。其文荡逸迁变，咸合古法。每试未尝不受知于方面，及守令位置恒第一。"⑤ 这篇文章中，他在纵观历代文人不遇的基础上，结合自身经历体验指出明代科举压迫士人、束缚思想的弊端："士之甚不遇者，莫若有明以来，格于令甲，束以章程，既不许若汉之上书天子，从公卿荐辟以自进，又不许若唐之自干主司及宰相，或授官从书记于幕府，又不许若宋太学生之得参论朝事。斤斤焉，靡靡焉。童子日占毕乡塾，由郡县而升之学使者，不遇则老于童子科已耳。诸生日执业庠序，三岁而试之棘闱，不遇则老于诸生已耳。"⑥ 而清代科举几乎延续了明制，这也是对清代科举制度的控诉和不满，这份见解在当时无疑是深刻而尖锐的。

经徐作肃牵引，计东客游中州也得到了侯方岳⑦的接纳。侯方岳

---

① （清）徐作肃：《次韵计甫草五日兄示》，载《偶更堂集》诗稿卷下，上海古籍出版社1982年版，第219页。
② （清）刘榛：《徐恭士墓志铭》，《虚直堂文集》卷十四，清康熙刻补修本。
③ （清）徐作肃：《再与陈其年书》，载《偶更堂集》文集卷下，上海古籍出版社1982年版，第91页。
④ （清）刘榛：《徐恭士墓志铭》，《虚直堂文集》卷十四，清康熙刻补修本。
⑤ （清）计东：《赠徐山仿序》，《改亭文集》卷五，清乾隆十三年计瑸读书乐园刻本。
⑥ （清）计东：《赠徐山仿序》，《改亭文集》卷五，清乾隆十三年计瑸读书乐园刻本。
⑦ 侯方岳，字仲佩，归德府（今河南商丘）人。侯方域从兄。明末，以明经除桃源知县。著有《存雅堂集》。

在家中召集梁园群贤为龚鼎孳为寿，计东遂得与龚鼎孳结交，并成为他在京师重要的依托与提携者之一。计东特意作诗记述了此次聚会情形："先生酒半从容起，顷刻烟云挥满纸。拜赠人人惬素心，满堂动色皆惊喜。杯酒犹温数篇毕，且吟且饮尽今夕。天然秀色出芙蕖，坐使时人求格律。忽看曙色照堂东，投笔鸣驺古宋中。此地从来盛词赋，意气谁能拟上公。"① 计东还倚借侯氏在中州的影响力，与梁园子弟如侯抎、侯方岩、侯彦室、侯明、陈宗石、宋荦等建立良好的互动。在《赠侯贻孙序》中赞侯贻孙"试作浏漓宕轶，有朝宗之风"②。作《赠侯闇公序》称侯明"试作剽悍锐鸷，跳荡无前，卜其必售也"③。作《贡士侯君墓志铭》赞侯抎"和雅修饬，检身若寒素，不为贵介骄蹇之色，阖户读书，孝友恭逊"，追忆与之相交谈笑的情形："忆丁酉夏，予遇君燕市，君与王锬、宋荦同逆旅。每召予，酒酣，予与王、宋皆慷慨为大言、为调笑，起舞属君。君独凝然不苟言笑，得失哀乐不形于色。予尝谓同人必蕴藉若侯君，可称名士矣。"④ 他还与侯方域赘婿兼好友、陈维崧之弟的陈宗石⑤交情匪浅。陈宗石身为吴人又侨寓睢阳，计东"久客多暇，则与子万论诗，但似尔兄客淮海间所作《射雉集》中七言古诗，则可横行天下矣"⑥。他还直言不讳地指出侯方域、陈维崧诗词文过盛却学养醨浅的特点，劝勉陈宗石用心理学："而朝宗与其年兄弟复先后以诗歌、古文、词昭耀天下，盖其学益醨而浅矣。然华盛者必归于实，末盛者必返其本，亦势所必然。吾愿子万之从事于理学也。"⑦ 康熙九年（1670）三月，计东过梁苑看望陈宗石，"信宿即行，子万不忍予别

---

① （清）计东：《梁园谦集观合肥公即席赋诗席布侯仲衡堂中》，《改亭诗集》卷二，清乾隆十三年计瑞读书乐园刻本。
② （清）计东：《赠侯贻孙序》，《改亭文集》卷五，清乾隆十三年计瑞读书乐园刻本。
③ （清）计东：《赠侯闇公序》，《改亭文集》卷五，清乾隆十三年计瑞读书乐园刻本。
④ （清）计东：《贡士侯君墓志铭》，《改亭文集》卷十四，清乾隆十三年计瑞读书乐园刻本。
⑤ 陈宗石，字子万，号寓园，江南宜兴人。监生。康熙二十二年（1683）任安平县知县，后由知县历官户部主事。著有《二峰山人诗集》。
⑥ （清）计东：《赠陈子万归宜兴省其年序》，《改亭文集》卷五，清乾隆十三年计瑞读书乐园刻本。
⑦ （清）计东：《赠陈子万至京师序》，《改亭文集》卷五，清乾隆十三年计瑞读书乐园刻本。

之邃也,不远百余里从予至睢阳,四五日共晨夕起居"①,遂在陈宗石的陪同下前往睢阳拜谒汤斌,与之论学,往复辩论四五日。这种往来已超出寻常的文学应酬范畴,更近乎基于个人深厚情感的相知相契。计东为陈宗石所作《赠陈子万至京师序》是一篇颇具思想价值的文章:

> 追数少保公总宪之时,值高忠宪、邹忠宪、冯恭定诸公倡首善书院于京师,四方讲学者云集。高忠宪独倡明考亭之教,而邹忠宪则以所得于阳明之弟子者相与参错,其议论虽意见未尽合,然皆有功于圣学者,理学变而为节义。而定生先生与其友吴次尾、方密之、沈眉生诸公激昂意气,显贤黜佞,遂开党人清流之祸。然定生之功于名教,天下莫不称之,节义复流为文章。而朝宗与其年兄弟复先后以诗歌、古文、词昭耀天下,盖其学益醨而浅矣。然华盛者必归于实,末盛者必返其本,亦势所必然。吾愿子万之从事于理学也。
>
> 汤先生年未四十,能弃官隐居力学,当代伟男子也。孙先生以九十岁老人主持斯道,著书立说,调停程朱与象山阳明异同之见,使子万不侨居中州则已,既久居此,则舍两先生者,安所从问学乎? 今子万补国子上舍,将读书成均,行有日矣,则吾又闻京师有熊青岳先生者,能为程朱笃实践履之学,予闻而心师之。又有侍读张干臣先生者,得邹忠宪公之遗意,方以忠宪《宗儒语要》一书风教天下,予虽疑其教未甚合于考亭,然不可谓之非卓然有所见也。子万其以予与汤先生往复之说质之两先生,两先生者必有以益子万矣。②

该文论述详瞻笃实,行文流畅精深,记述了晚明思想界理学与心学相互博弈的过程,以及党人清流之祸产生的原因,肯定了中州

---

① (清)计东:《赠陈子万至京师序》,《改亭文集》卷五,清乾隆十三年计琬读书乐园刻本。
② (清)计东:《赠陈子万至京师序》,《改亭文集》卷五,清乾隆十三年计琬读书乐园刻本。

汤斌、孙奇逢调停心学、理学之功，思想深刻而敏锐。

在计东所推奖揄扬的后辈中，宋荦是后来名望最高的一位。顺治十三年（1656），年甫弱冠的宋荦经徐作肃牵引结识计东，一见如故，"甫草与余为忘形交"，对计东古文推崇不已，尤其《又与宋牧仲书》，所称"尝从河北寄一书，甚佳"①，即是指此：

> 仆久在两河间，仰面依人，无一善状。惟八月中在邺城，遍询谢茂秦葬处，得之南门外二十里，见小冢颓堕荒草中，为赋诗吊之，求其子孙不可得，因固请邺中当事，为封土三尺余，禁里人樵牧其上，立碣志之曰："明诗人谢茂秦墓。"此一事也。
>
> 九月杪，过顺德，日晡矣。仆夫望逆旅求憩甚急，忽念归震川先生昔佐此郡，有《厅记》二篇，记中所称"时独步空庭，槐花黄落，遍满阶砌，殊欢然自得。及衙内一土室，而户西向，寒风烈日，霖雨飞霜，无地可避"者，迄今不过百数十年，遗址必有可考。入城徒步遍求，莫知所在。裴回不能去，乃于郡署旁废圃中西向设瓣香，流涕再拜而去。道旁儿童观者，皆大笑以为病狂人，即仆夫亦匿笑不止。至逆旅，主人怪其后，几不得眠食。此又一事也。
>
> 九月浪游，赖有此事，庶几不虚此行，可为知己告。度宋子亦必以计生为可与言者也。幸为作纪事诗相赠，伫望伫望，东再拜。②

该文是计东古文中颇具代表性的一篇。通篇浑厚自然，欹奇磊落，颇见作者怀抱，生动地呈现了一个狂狷而至情至性的落魄文人形象。计东对宋荦亦盛相推许，对其制艺、诗歌极为称赞："其制艺则规矱先型，能自变化，尽奇正之法。其诗则上自苏、李，下迄三

---

① （清）宋荦：《筠廊偶笔》卷上，清康熙刻本。
② （清）计东：《又与宋牧仲书》，《改亭文集》卷十，清乾隆十三年计琪读书乐园刻本。

唐，尽臻其妙。"① 复因其家世、学识、气度、性情，遂以严郑公、李赞皇许之，预言宋荦必为俊杰非常之人，"将兼阳明先生理学、文章、事功之盛"②。宋荦也确如他所言，于康熙三十一年（1692）开府江南，以文坛耆宿和政坛要员的双重身份主持风雅，声望赫然，对吴地乃至江南文化、文学发展起到重要的引领作用。宋荦不禁感念计东的推奖之举与识人之明，自愧"窃禄碌碌无所竖立，负愧我友。每追忆曩语，予之面发赤而心怦怦者，盖日益甚也"③。惜此际计东已去世多年，不得亲身见证，幸得宋荦出资刊刻遗集并序之《改亭文集》，不使之湮没无闻，也算所交非误了。当然，计东在世时也多得宋荦帮扶，让他发出感叹"飘蓬此地得相亲，促坐披襟枉故人"④。计东在宋荦的联络下屡次参加梁园子弟的诗酒文会，还因以结识李念慈、王士禛等人，又将李念慈的诗作携入京师举荐给汪琬："殷勤示我手一编，云是秦中李子新诗篇。老苍直驾崆峒上，才调欲出沧溟先。予为一读一失色，攫之上马至京国。我友汪大称能诗，见此咨嗟叹奇特。"⑤ 这样的举措无疑加深了各地文人间的诗文切磋，促进了文化与文学交流与沟通。

计东在中州的活动地点中，汝颍⑥是一个重要的地区，计东与此地文人诗酒悠游，留下了不少诗文作品。康熙七年（1668），计东受以吏部稽勋清吏司郎中职辞官归乡的刘体仁邀请，在汝颍设馆教授刘氏子弟，闲暇之余亦点定经书及古人文集，皆别出手眼；还率弟子外出游览嵩洛箕颍的山水风光，登高赋诗。计东在汝颍一年有余，与刘氏子弟往来密切。汝颍刘氏科名甚盛，"自方伯公以来，子姓起家科名者，二十年间多至八九人"，"其子姓无不淬砺于学，斐

---

① （清）计东：《赠宋牧仲序》，《改亭文集》卷五，清乾隆十三年计璇读书乐园刻本。
② （清）计东：《赠宋牧仲序》，《改亭文集》卷五，清乾隆十三年计璇读书乐园刻本。
③ （清）宋荦：《序》，计东《改亭文集》卷首，清乾隆十三年计璇读书乐园刻本。
④ （清）计东：《济上喜晤李屺瞻，感述一首，并呈王贻上、汪苕文、宋牧仲》，《改亭诗集》卷二，清乾隆十三年计璇读书乐园刻本。
⑤ （清）计东：《济上喜晤李屺瞻，感述一首，并呈王贻上、汪苕文、宋牧仲》，《改亭诗集》卷二，清乾隆十三年计璇读书乐园刻本。
⑥ 汝，指汝南；颍，指颍川。

然能文章"①。刘氏族子刘子贤、刘子端，刘梦芝公定之子刘子登，刘子登外甥宁益贤等，皆是计东教授往来的对象。聚会时常得刘氏族人围绕，不禁感慨"四座一樽招越客，六诗三笔姓刘人"②。计东主要讲习制艺并姚江良知之学，对教授门生多有肯定赞美之词，赞叹"此地贤豪擅文笔"③，创作了不少古文。谓刘子登"以文章倾六馆之士，其归而修制科之业也"，其文"六翮备矣，将翱翔千仞"④；称宁益贤之文"奇正深显，无美不擅"⑤。计东得到刘氏子弟的热情款待，授课之余作诗论文，诗酒赏玩，深度参与了此地的日常文学活动："伊予来上国，握手露中肠。得句相矜赏，披文共颉颃。纪群欣接迹，养炬快同行。东壁书容假，西湖兴不忘。为欢驰酒密，脱赠解衣长。苒苒韶华换，劳劳景物忙。"⑥

计东在此地授馆一年有余，让他意绪激荡，文思开阔，留下了记、序、传等体裁的古文作品数十篇，内容丰富，风格多样。如《兰言堂记》为刘子登作，由兰言堂命名寓意谈及交友观，引经据典，工于文法。与刘梦芝、宁益贤等游白蟹泉而作山水游记《游白蟹泉记》，记录了白蟹泉周围清幽多彩的自然风光，文辞优美，典雅流畅，借山水而怀吊欧阳修，慨然有怀古伤怀之叹。《颍州菊花记》咏菊花凌寒而开，不媚迎人的品行，典雅工丽。《颍州重复西湖碑记》肯定颍州理学、文学的地位，称许欧阳修、苏轼等人对颍州西湖、人文所做贡献，严谨有法。《卢中庵先生传》谈及心学在明代的发展与流变，肯定阳明心学而否定空谈性命、流于佛老的王学末流，赞扬卢翰的心学正派之传，文思峭拔。

在计东游走南北生涯中，有一项重要的文学活动也不能不提及，

---

① （清）计东：《习斋记》，《改亭文集》卷九，清乾隆十三年计璸读书乐园刻本。
② （清）计东：《公定斋中看菊次子登韵二首》，《改亭诗集》卷五，清乾隆十三年计璸读书乐园刻本。
③ （清）计东：《立秋日有作与颍州诸同学》，《改亭诗集》卷五，清乾隆十三年计璸读书乐园刻本。
④ （清）计东：《习斋记》，《改亭文集》卷九，清乾隆十三年计璸读书乐园刻本。
⑤ （清）计东：《宁笔公忆慈斋稿序》，《改亭文集》卷三，清乾隆十三年计璸读书乐园刻本。
⑥ （清）计东：《赠子登二十韵》，《改亭诗集》卷四，清乾隆十三年计璸读书乐园刻本。

那就是康熙五年（1666），计东受严沆所请为严太夫人征集祝寿之诗，从而串联起南北文人围绕这一主题而进行文学创作，历时一年有余。计东因有中州之役，遂"从广陵取道淮泗，至宋中，历大梁、邺下、中山入京师，所至诸郡邑以数十计，逶迤折旋道里凡数千里，所遇两河贤豪长者、能诗文之士，即索其为严太夫人为寿之诗，无不欣然立就者，积若干篇，装潢成帙"①。中州文人素来傲岸自负，"所著作亦不肯轻示人"，纵有大吏"拥车骑、盛棨戟，巡行梁宋魏邺之郊，自诩底绩，授意郡邑吏学官，欲乞梁园诸公一赠诗为重，诸承指者大索久之，卒不能得"②。这次诗文征集之旅，计东得到中州文人的普遍支持，"风闻响慕，索之立应"③，实际上主要是缘于他多年来在此地积累的人脉。计东对中州文士与文风也饱有深刻的理解与感佩："窃自念两河豪杰之士多雄凉苍老之气，不屑屑为文章，虽宋中自梁园六子之后唱导风雅，一时著作之家特盛于中原。"④ 多年游走中州，也让他的诗文多了一份雄凉苍老之气。这种影响与变化，汪琬在《改亭文集》序中阐释得最为精到、恳切：

> 予友计子甫草来京师，出其中州所作书序、记、铭、五七言杂诗若干篇，予受而读之，而为之三叹也。盖甫草自春徂秋，遍游大河之南北，其车辙马蹄之所及，率皆明季时战争旧垒也。故其戈头矢镞，阴磷遗骼，往往杂出于颓垣野田、荒烟蔓草之中，见之恒有苍凉壮烈、愤然不平之余思。则其为道途逆旅诸作也，宜其多彷徨而凄恻。逾河涉洛，遥望嵩山、少室、苏门之暂秀，其间长林修竹，飞瀑清湍，绵亘而不绝。至于菟园、雁池、铜台、紫陌之旁，日落风号，狐啼而鸱啸。虽欲问梁孝王之骄侈，曹氏、高氏之雄豪意气，而眇乎远矣。则其为登临

---

① （清）计东：《严太夫人寿诗序》，《改亭文集》卷七，清乾隆十三年计瑸读书乐园刻本。
② （清）计东：《严太夫人寿诗序》，《改亭文集》卷七，清乾隆十三年计瑸读书乐园刻本。
③ （清）计东：《严太夫人寿诗序》，《改亭文集》卷七，清乾隆十三年计瑸读书乐园刻本。
④ （清）计东：《严太夫人寿诗序》，《改亭文集》卷七，清乾隆十三年计瑸读书乐园刻本。

怀古诸作也，宜其多幽阒而深长。所遇贤士大夫，与夫王孙贵胄，下暨酒人侠客、卖浆屠沽之徒，蕤名而更姓者，犹不失中原文物之遗焉。幸得追随其步趋，而相与上下往复。其议论无不动心骇魄，可歌可涕。则其为往来、赠答、宴饮、别离诸作也，宜其多激昂沉郁，而出之以顿挫。然则甫草所作之工，盖至是而蔑以加矣。①

可以说，中州大地承载了计东深厚而复杂的感情。这里让他羁旅游谒饱经风霜之苦，仅康熙七年（1668）的这段游走历程便可见其中之奔波辛苦："予以畏暑卧病梁园三阅月，至孟秋下浣始渡黄花北发，取道鹤城鹿台，客邺良久，复从卫南渡入汴。重九后七日返邺，留四日至柏乡，留十余日至藁城，留五日为孟冬十一日，秋气尽矣。"② 当然，这里也有接纳、扶助、提携他的知交好友，让他得以参与中州文人的文学活动，加深交流而不断提升自我。也正是壮游南北的经历，让他眼界开阔，诗文得江山之助而大有进益，多慷慨激昂、苍凉沉郁之辞而不类吴音。

三　与寓京文人士大夫的切磋

除中州外，京师也是计东时常驻留之地。自顺治十二年（1655）贡入太学至康熙十四年（1676）去世，计东长时间寓居于此，参加科举考试，游走投谒，谋求发展之机。在这里，他结识达官显宦居多，时常出入公卿府邸，以至于叶方蔼有"甫草在京师，接名公卿甚多"③ 的印象和评价。他在京城的状态是曲折起伏的：顺治八年（1651）甫入京师乃至顺治十二年（1655）贡入太学，都表现得低调而内敛，"读书荒江寂寞之滨，不敢与汹汹摹摹者流角逐声华

---

① （清）汪琬：《计甫草中州集序》，《钝翁前后类稿》卷二十九，载李圣华笺校《汪琬全集笺校（二）》，人民文学出版社 2010 年版，第 626 页。
② （清）计东：《秋兴十二首　有序》，《改亭诗集》卷五，清乾隆十三年计琰读书乐园刻本。
③ （清）叶方蔼：《送计孝廉序》，《叶文敏公集》不分卷，清抄本。

之末"①；顺治十四年（1657）中举，以御试复试第二名动公卿，"策名贤书，驰誉京毂"②，状态转为意态高昂，"意气飞扬，疾恶如毒。雄辩悬河，四筵惊伏。众人摇唇，先生捧腹。大笑燕雀，安知鸿鹄"③；顺治十八年（1661）因奏销案被黜革举人身份，"命与仇谋，壮舆脱鞭。糊口四方，风雨彳亍"④，外在状态与内在心绪都变得灰心丧气："予既被废十二年，心如寒灰槁木，为人摧抑虐侮，不复一动其心。"⑤ 他虽未能以功名显扬，然"周游晚归，著书盈箧。公卿敛衽，弟子削牍"⑥。在京师期间，与名公显贵相往来，成为各类诗酒文学集会的常客，彼此诗酒唱和、论文磋商，通过一系列文学活动促进了他与京师文人群体的交流和互动。

顺治八年（1651），计东得中浙江乡试副榜第三，有机会前往京师读书。在京城两年的时间里，计东更多的时间都用来读书，交际较少。直至顺治十一年（1654），计东由地方贡入国子监，自顺治十二年（1655）起，从正四品詹事府少詹事王崇简学文；顺治十四年（1657）中举人，又奉乡试考官曹本荣、宋之绳为座师。计东与王崇简、曹本荣、宋之绳的往来情况在上一节中已有详述，兹不赘言。总之，计东与三人建立起牢固的师生关系，依仗三人在京人脉，展开了他在京城的文学活动和游谒乞食之旅。

计东谈及京师对于文人声名功业的重要性："顺天，京师首善之地，而顺天府学又五方人才辐辏之所，魁杰非常之才，奋迹其中，为大官于朝者接踵而出。"⑦ 在给门人吴蔼的赠序文中也表达了相近

---

① （清）计东：《顾天石诗集序》，《改亭文集》卷三，清乾隆十三年计璠读书乐园刻本。
② （清）尤侗：《祭计甫草文》，《西堂杂组三集》卷八，载杨旭辉点校《尤侗集上》，上海古籍出版社2015年版，第427页。
③ （清）尤侗：《祭计甫草文》，《西堂杂组三集》卷八，载杨旭辉点校《尤侗集上》，上海古籍出版社2015年版，第427页。
④ （清）尤侗：《祭计甫草文》，《西堂杂组三集》卷八，载杨旭辉点校《尤侗集上》，上海古籍出版社2015年版，第427页。
⑤ （清）计东：《赠陈翁余序》，《改亭文集》卷五，清乾隆十三年计璠读书乐园刻本。
⑥ （清）尤侗：《祭计甫草文》，《西堂杂组三集》卷八，载杨旭辉点校《尤侗集上》，上海古籍出版社2015年版，第427页。
⑦ （清）计东：《敬哉王先生〈顺天修学庙记〉书后》，《甫里集》卷三，清康熙刻本。

的意思："据其会就其名者，必于京师。"① 吴蔼便是得京师的士大夫王士禛、汪琬、程可则的奖掖提携而声誉日起的："京师近日之工文章、倡后进，若山东王主客、我郡汪农部、海南程舍人诸公见生著作，交口称之，声誉日益起。"② 谈及计东与京师文人士大夫的文学活动，不能不提及刻于康熙年间的《甫里集》评点本。该集的评点是计东游谒过程中延请所交往者所作，非一时一地可成，主要收录他在京师、中州等地所作古文，尤以京师数量为多。可以说，《甫里集》是计东多年游走南北尤其是京师在文学创作和人脉上的结晶，所参与评点者有王士禛、汪琬、刘体仁、王崇简、陈祚明、徐作肃、屈大均、姜宸英、宋实颖等人，皆是当世古文名家，尤其王士禛、汪琬、刘体仁、王崇简对他在京师多有奖掖帮扶之举。该集展现了计东对当世诸多古文名家诗文的看法，体现了他的学术见解和文艺思想，得到诸家的评点与普遍认同，对扩大他文名的广度和厚度起到了重要的作用。诸家的肯定赞叹之语、扶持奖掖之态，无疑为计东声名、文名的扩大，乃至诸作家间切磋交流文学创作都是大有裨益的。

评骘文集者中的王士禛、刘体仁、汪琬、魏裔介、王崇简等皆是计东在京结交的重要文人，对他在京城的声名提升、文学切磋乃至投谒求食都起到了重要的作用。王士禛的《带经堂诗话》曾记录了诸人往来倡和的逸事："昔在郎署，与公勇、苕文辈无旬日不过从倡和，计甫草亦与焉。公勇改吏部，例应关防。一日，计诣之，阍者弗为通。计退而献诗云：'隔墙空望马缨花。'公勇寓邸有夜合一株，最高大，花时常饮集于此，长安传以为笑。"③ 从这则材料看，计东是集会上的常客，与诸公的相处也是自在和谐的。他们对彼此相知甚深，在相与论文磋商时通常也是知无不言的。计东从王士禛、汪琬游于吴地、广陵、京师等地数年，眼中的二人"我友汪氏苕文、

---

① （清）计东：《送吴生虞升归吴门序》，《改亭文集》卷七，清乾隆十三年计璁读书乐园刻本。
② （清）计东：《送吴生虞升归吴门序》，《改亭文集》卷七，清乾隆十三年计璁读书乐园刻本。
③ （清）王士禛：《分甘余话》卷三，载《王士禛全集》，齐鲁书社2007年版，第5012页。

王氏阮亭之著作，今天下稍知向学者莫不口诵而心仪之"①。相比汪琬刚直鲠急的性格，王士禛则"性和易宽简，好奖引气类，然人以诗文投谒者，必与尽言其得失，不稍宽假"②。他在王士禛的奖掖之下结交了各地名流新贵："丁未，遂识修来于阮亭坐上，读其诗。又数年，复读澹园制艺，得交其人。"③ 他得交"扈从天子幸学，特官尚书郎，掌容台典故"的颜光敏、"当上意选读中秘书官"④的颜光猷两兄弟，接触并了解颜回后人之学，指摘二人诗文之旨："修来之诗高华典丽，原本雅颂，浸淫风骚，其格调之老成，非挽近诗人所可及。澹园之文泽乎经术，创意深造，蹶汉唐儒之笺疏而寝食洛闽之指要。"⑤

此外，计东还得王士禛推荐"空携阮亭书，未获谒当户"，期盼得到郡丞程康庄的赏识："冀倒中郎屣，握手慰积慕。"⑥ 并与王士禛、汪琬等人结下了真挚的友谊，纵使久废无用于世，他也能与之朝夕相对论文蓄学乐此不疲："每私计天下之大，诚得含文蓄学，乐友良士，出于至性，不为空言。若苕文、阮亭、蛟门比者数十人，落落分布天下，以予辈穷愁之人游屐所至，即得与晨夕论文，久而无倦，予身虽放废，而神情不伤矣。"⑦ 计东还通过魏裔介与曹禾相识："遇曹进士颂嘉于栢乡相公坐上。"⑧ 曹禾但有新作，便将文集示予计东品评。计东能见出曹禾不同时间为文之变化与进益："既出其近年自定文集示予，则富有日新，能抑扬开合、穷神极变，视丁未以前之文益进。"⑨ 他常与曹禾往复论文，"与予论文之书千有余言"⑩，亦有见解不同之时。曹禾论文"必原本于明理，谓理明则识

---

① （清）计东：《汪蛟门诗集序》，《改亭文集》卷二，清乾隆十三年计琰读书乐园刻本。
② （清）计东：《汪蛟门诗集序》，《改亭文集》卷二，清乾隆十三年计琰读书乐园刻本。
③ （清）计东：《澹园稿序》，《改亭文集》卷四，清乾隆十三年计琰读书乐园刻本。
④ （清）计东：《澹园稿序》，《改亭文集》卷四，清乾隆十三年计琰读书乐园刻本。
⑤ （清）计东：《澹园稿序》，《改亭文集》卷四，清乾隆十三年计琰读书乐园刻本。
⑥ （清）计东：《赠程昆仑郡丞》，《改亭诗集》卷一，清乾隆十三年计琰读书乐园刻本。
⑦ （清）计东：《汪蛟门诗集序》，《改亭文集》卷二，清乾隆十三年计琰读书乐园刻本。
⑧ （清）计东：《曹颂嘉文集序》，《改亭诗集》卷一，清乾隆十三年计琰读书乐园刻本。
⑨ （清）计东：《曹颂嘉文集序》，《改亭诗集》卷一，清乾隆十三年计琰读书乐园刻本。
⑩ （清）计东：《曹颂嘉文集序》，《改亭诗集》卷一，清乾隆十三年计琰读书乐园刻本。

高，识高则气壮，气壮则法无往而不具"①。计东则心韪之，提出文本于"境"之说："文章必本于其境，境足以助其识，识足以明其理，然后理足以壮其气，气足以贯其法。"② 他特意将二人此番论文所言放入为曹禾所序之文中，"欲天下辩两家之论，孰是而孰非"，③可见二人虽各执一词，仍开诚布公，乐于与天下文友切磋交流。

在友人施闰章眼中，顺治十四年（1657）得中举人时的计东正是春风得意的。他积极地、热络地游走于京师名利场，如鱼得水："我昔官国门，计子称卓荦。公车方射策，结交满京洛。"④ 而当康熙七年（1668），他与施闰章相见于曹溶组织的集会，"遇宣城施愚山大参于曹侍郎坐上"⑤，已然转为落泊失意，但这并不妨碍他继续游走于各类集会中，曾与施闰章在曹溶召集的另一次聚会中与其他京城名流如陈焯、高咏、项嵋雪、张济夫文酒相会，长歌嗟叹，互诉悲愁："齐心欢彦会，陶陶散郁疴。有客伤千春，拂袖起高歌。朱弦奋逸调，慷慨一何多。悲风从天发，万籁响乔柯。坐中各叹息，忧来当奈何。不急倾百觞，今夕青鬓皤。归途命兰楫，皎月涌长波。哀乐不能寐，中夜舞婆娑。"⑥ 多年的游食生涯，也让他积累了不少声名，诗文作品也多得京师文人的认可和推举。除以上所举友人外，李念慈也曾向施闰章表示自己对他和计东诗歌的推许："前年逢李生（谓李屺瞻），雪夜共斟酌。论诗推尔我，心期足遐托。"⑦ 施闰章亦在计东见示古文诗二卷时赞他"穷愁富文字，往往见沉著。董贾溯源流，曾王分矩矱"，尤其古文"子文独温厚，矢音涤顽薄。惜哉鸾凤姿，垂翅守林壑"，深得王士禛、汪琬的揄扬："同时王汪辈（谓

---

① （清）计东：《曹颂嘉文集序》，《改亭诗集》卷一，清乾隆十三年计琰读书乐园刻本。
② （清）计东：《曹颂嘉文集序》，《改亭诗集》卷一，清乾隆十三年计琰读书乐园刻本。
③ （清）计东：《曹颂嘉文集序》，《改亭诗集》卷一，清乾隆十三年计琰读书乐园刻本。
④ （清）施闰章：《槜李遇计甫草，时见示古文诗二卷》，载何庆善、杨应芹点校《施愚山集2》，黄山书社2014年版，第167页。
⑤ （清）计东：《徐健庵集序》，《改亭诗集》卷一，清乾隆十三年计琰读书乐园刻本。
⑥ （清）施闰章：《寒夜集画溪阁》，载何庆善、杨应芹点校《施愚山集2》，黄山书社2014年版，第167页。
⑦ （清）施闰章：《槜李遇计甫草，时见示古文诗二卷》，载何庆善、杨应芹点校《施愚山集2》，黄山书社2014年版，第167页。

王阮亭汪苕文诸君），努力互扬榷。"① 他还将计东引为知音，感慨"援笔披心胸，知音未寥落"，在与计东论文时直白剖析自己的古文得失："吾老拙篇翰，颓然耻雕琢。所贵经术深，六经增式廓。"共同针砭当时的古文创作风气："艺苑今迷阳，微言变糟粕。屈宋贱臣仆，迁固遭榜掠。标榜与讪讥，笔舌肆锋锷。兴朝治宽大，文禁尚疏略。词场兵气多，呜呼难再作。"② 这种批评和见解在当时无疑是振聋发聩、直抵要害的。

多年寓居京师，计东所结识的文坛名家不在少数。徐乾学便是他经施闰章牵引才得以结识的，曾在施闰章介绍下细读徐乾学游南昌、岭南时的作品，在其未成就声名之际便对之评价颇高，"叹其波澜壮阔，而不失矩矱，谓当代一作手"③，这种评价无疑是推崇揄扬有加的。当他在康熙十二年（1673）再读徐乾学古文，又感叹他"勤学好深思，不肯以通显多酬应之身稍息于著述"④，工力益进。计东不满于当时古文作者"斤斤焉求合古人之法"，却不具备才大思深的能力，呈现的结果自是适得其反："才调之广狭、识见之小大、思力之浅深，则狭者不能使之广，小者不能使之大，浅者不能使之深，此殆有天焉，非学可至也。法亦无穷，随其才调识见思力而与为变化，彼浅隘且小者，其为法亦拘拘不足观矣。"认为"才实难，法非难"⑤。以此观之，认为徐乾学"才大思深，而于事理又独见其大。其设意命局，恢弘豁达，从容开阖，不屑屑求合古法，而法自无不秩然应节"⑥。这正是他所孜孜以求的古文创作最高境界，自谓"惊叹愧沮，以为不可及者"⑦。而徐乾学眼中的文章之道"非浸淫

---

① （清）施闰章：《携李遇计甫草，时见示古文诗二卷》，载何庆善、杨应芹点校《施愚山集2》，黄山书社2014年版，第167页。
② （清）施闰章：《携李遇计甫草，时见示古文诗二卷》，载何庆善、杨应芹点校《施愚山集2》，黄山书社2014年版，第167—168页。
③ （清）计东：《徐健庵集序》，《改亭诗集》卷一，清乾隆十三年计琉读书乐园刻本。
④ （清）计东：《徐健庵集序》，《改亭诗集》卷一，清乾隆十三年计琉读书乐园刻本。
⑤ （清）计东：《徐健庵集序》，《改亭诗集》卷一，清乾隆十三年计琉读书乐园刻本。
⑥ （清）计东：《徐健庵集序》，《改亭诗集》卷一，清乾隆十三年计琉读书乐园刻本。
⑦ （清）计东：《徐健庵集序》，《改亭诗集》卷一，清乾隆十三年计琉读书乐园刻本。

于六经诸史百家，不足以大其源流；非养其气，使内足于己而后载其言以出则病；学醇而气足，犹必广之以名山大川，览古人之陈迹，又益以交游议论之助，使尽天下之变而后求之前人，所以裁制陶熔之法以归于简洁，乃始局文之成"。在他看来，计东正是达到了以上境界，才使其古文"浩汗闳博，不为无本之言，而意所欲吐，无不曲折以赴，即未知于古人为何。等而拟之，近世之成家者要不多屈"①。二人彼此之揄扬称赏于此可见一二。

此外，宋德宜也是与计东关系亲厚者之一，由他也结识了一些知交好友。顺治十三年（1656），计东寄居在当时的翰林院编修、姻友宋德宜家，与陈维崧一同读书于此："丙申岁，予与阳羡陈子其年读书于今司业宋公家。其年居西舍，予居东舍，灯火相照映。予不能夜坐，而喜早起，其年吟咏必至夜分，然好晏起。"②二人虽同是多年旅食在外，"予旅食京师、齐鲁、江浙间无宁岁，而其年以贵公子孙亦不能家食，客淮海间"③，然因个性、经历不同，文风出现了分野："其年好为惊艳绝丽之文，予且嗜苍凉古直之作，两人性不相易，然最相得也。"④ 此际的计东文风已偏于古直苍凉，与陈维崧之惊艳绝丽不类，同时也注意到个性与文风的关系，能与不同个性、不同文风者相益相得，表现出高度的包容性。陈维崧对计东也是认可的，在给龚鼎孳上书中称计东与陆圻、毛先舒、彭师度、周积贤、宋实颖辈"皆一时之选"⑤。常作诗拟词怀念二人当年一同读书相得的岁月，并赞叹"此日吴天词赋盛，计（甫草）侯（研德）诸子知

---

① （清）徐乾学：《计甫草文集序》，《憺园文集》卷二十一，清康熙刻冠山堂印本。
② （清）计东：《赠陈子万归宜兴省其年序》，《改亭文集》卷五，清乾隆十三年计琪读书乐园刻本。
③ （清）计东：《赠陈子万归宜兴省其年序》，《改亭文集》卷五，清乾隆十三年计琪读书乐园刻本。
④ （清）计东：《赠陈子万归宜兴省其年序》，《改亭文集》卷五，清乾隆十三年计琪读书乐园刻本。
⑤ （清）陈维崧：《上龚芝麓先生书》，《陈迦陵散体文集》卷四，陈振鹏标点，载李学颖校补《陈维崧集（上）》，上海古籍出版社2010年版，第88页。

名姓"①。除陈维崧外，计东还与其他在京求食者保持良好的往来，参与京师文人的文学活动。如深得京师公卿青睐的陆元辅，"予交翼王益亲，然在京师相聚之日为多"②，曾和陈维崧一同受其所请为《菊隐赠言册》撰文、作序。《菊隐赠言册》是陆元辅因自号菊隐，遂遍请京师文人士大夫"以发明菊隐之义"而汇为一册的诗文集，"集孙侍郎，王、龚两尚书及陈先生胤倩、朱子锡鬯诗凡数十首"③。计东对诸公诗文一一予以评点，谓陈维崧"其文亦哀艳可诵"；谓王崇简、龚鼎孳"两尚书高文通德""显晦语默殊势"；谓以布衣游公卿间的陈祚明以"不得已之故，纡回曲折、磊落慷慨凡数百言，其声呜呜然，其泪若涔涔交睫，其须发若稍载怒张，飘萧飞动不能自止"④。计东尤其对陈祚明之文读之而泣下，遂在序中以共情之心融入个人身世之感，"欲藉以自证明，惟恐言之不尽"⑤。

龚鼎孳也是计东在京师结交的贵人。计东早闻龚鼎孳不特风雅，好奖掖人才，提携后进，在游食中州之际得与龚鼎孳相识，曾同梁园友人一同迎谒："衣冠忽云屯，相逢大道口。马行并骎骎，伏谒若恐后。"⑥自后"归适合肥龚先生"⑦，"荷公国士之遇"⑧，赞其位高望重，怜才好士，汲引寒子，堪比韩愈、范仲淹、欧阳修、富弼诸人。他在康熙五年（1666）八月为龚鼎孳母龚太夫人撰写的祭文中盛赞龚鼎孳："恭惟夫子，名世之师。功盖生民，德鬯修辞。左皋右夔，超闳轶宜。"⑨该文还被徐作肃赞为"简质居要，能于紧炼处曲

---

① （清）陈维崧：《大梁署中春暮寄怀宋蓼天学士》，《湖海楼诗集》卷五，陈振鹏标点，载李学颖校补《陈维崧集（上）》，上海古籍出版社2010年版，第761页。
② （清）计东：《菊隐赠言册序》，《改亭文集》卷四，清乾隆十三年计瑸读书乐园刻本。
③ （清）计东：《菊隐赠言册序》，《改亭文集》卷四，清乾隆十三年计瑸读书乐园刻本。
④ （清）计东：《菊隐赠言册序》，《改亭文集》卷四，清乾隆十三年计瑸读书乐园刻本。
⑤ （清）计东：《菊隐赠言册序》，《改亭文集》卷四，清乾隆十三年计瑸读书乐园刻本。
⑥ （清）计东：《梁园观同人迎谒合肥龚先生》，《改亭诗集》卷一，清乾隆十三年计瑸读书乐园刻本。
⑦ （清）计东：《赠陈子万归宜兴省兄其年序》，《改亭文集》卷五，清乾隆十三年计瑸读书乐园刻本。
⑧ （清）计东：《寿大司马合肥龚先生序》，《甫里集》卷二，清康熙刻本。
⑨ （清）计东：《公祭龚太夫人文》，《甫里集》卷六，清康熙刻本。

折尽意,与苏文忠《祭韩令公》、王文公《祭范颍州文》可并辔齐驱矣,真千古绝调"①。他为龚鼎孳贺寿所作之《寿大司马合肥龚先生序》亦是用心用力之作,被王士禛誉为"此等文非神明变化于大家之法者不能作,是《甫草集》中第一惨淡经营文字"②。大抵这就是他出于由心底生发的感激、崇敬之情所呈现的结果。

京师承载了计东功名声业之梦,却以失意寥落为多,并未能让他如愿施展抱负,期间几多心酸曲折、依人忍辱,寓之于诗文,"自以其才之不竟用于世也,往往多牢落不平"③,让他跳脱出一般文士的创作路径而形成具有鲜明自我特色的文风,诚然是诗文穷而后工的典型映照。

结　语

计东是江南文士希冀立身扬名、有用于世的典型代表。他积极入世,多方奔走经营,却命不与遇,一生奔波旅食公卿名宦间,依人乞食。多年来奔走往复于吴地、中州、京师等地,遭受风霜冷眼无数,心中郁积着难以排解的委屈与不甘。所谓"才人之遇日以艰",则能"得自高大其所为,猖放冲驰,肆意所欲,及作为语意以震压千古"④。他的遭际更激发了创作的欲望而不吐不快,让他的古文多了一份牢落不平的沉郁之气,独具特色,也让他成为汪琬、宋荦、王士禛、徐乾学、施闰章、李念慈等人称赏、褒扬的对象,"其前后通塞之故,此天所以资计子也"⑤。计东以开放包容的文学观游走南北,与南北文人互动激发,既增长了见闻,拓展了写作题材与内容,让他的古文呈现出思想敏锐、观点鲜明、风格奇崛恣肆、气

---

① 徐作肃评语,参见(清)计东《公祭龚太夫人文》,《甫里集》卷六,清康熙刻本。
② 王士禛评语,参见(清)计东《寿大司马合肥龚先生序》,《甫里集》卷二,清康熙刻本。
③ (清)徐乾学:《计甫草文集序》,《憺园文集》卷二十一,清康熙刻冠山堂印本。
④ (清)夏允彝:《岳起堂稿序》,载陈子龙著,王英志辑校《陈子龙全集》,人民文学出版社2011年版,第1643页。
⑤ (清)徐乾学:《计甫草文集序》,《憺园文集》卷二十一,清康熙刻冠山堂印本。

势凌厉而又具有浓郁个人悲情的特征，同时也提升了自我的文学声望。而他与各地文士就古文理论、古文创作等问题展开文学活动，相互激发、融通，生动地展示了清初古文演变过程中各地复杂而多元的人文景观，蕴藉着繁复的古文创作风貌和古文演进的微观质素，为我们考察和审视清初古文运动提供了另一视角。

第三节　计东矛盾的骈散文学观及其文学书写

就如今所见计东文集，除《筹南论》5 篇作于崇祯十七年（1644）外，其余古文皆是入清后所作，且多作于顺治中晚期至康熙初期，并未留有任何骈文作品。如此，我们以骈散关系入手，探讨计东的文章观念与文学书写就存在一定的难度。事实上，清初文学家重散轻骈是普遍共识，而对于自幼熟读圣贤书以备科考的士人来说，骈文学习尤其是八股文体制的研习是必备科目，早年无不浸染八股之中，无论日后如何转攻古文，都不可避免地留有骈文痕迹。那么，作为古文名家的计东，对散体与骈体是如何择取的，对骈散关系作何表述，在具体文学书写中如何表现，他的文学理念与官方所倡文章典范是否相合？本节拟从计东的骈散文学观入手，根据其生平经历与写作重心的变化，以其文章观念与文学书写来观照清代前期散文的发展，以期为考察清文典范确立提供一个有益的视角。

一　骈散兼学，转益多师：从时文到古文的学文之路

和当时众多古文家一样，计东的学文之路是由骈入散，但综观而言，则是骈散兼学。如此，从骈散关系的角度来考察他的学文之路和文学渊源就很有必要。明朝时期，"经义之文最初并无定式，用骈用散皆可，直至成化年间才逐渐定型"[①]，一般骈散兼用且以骈体

---

① 顾炎武：《试文格式》，载陈垣校注《日知录校注》卷十六，安徽大学出版社 2007 年版，第 1043 页。

因素为主体，这就决定了计东的蒙学教育必然以骈体训练为主。据计东自述，他是从十五岁开始真正学习八股文的："伊予年十五，学为场屋文。"① 初学的他面对八股名篇尚是一知半解，"成诵苦不熟，夏楚烦先人"② 当是彼时学习的常态。但实际上早在此前，计东在童子时便进入家塾随从祖计大章学习，早早为科举考试做准备，研习内容必然少不了讲求对偶、声律、技法的八股文。除了家塾的学习外，父亲计名也对他多方教诲引导，倾注了不少心血。计名屡屡授意指点计东研读当世八股名家文集。崇祯十二年（1639），督课16岁的计东诵习王士乾、王士显兄弟制艺："己卯湖广省试毕，天下争传诵王氏怀人、亦世之文。先君子举以督课，予必成诵乃已。"③ 崇祯十三年（1640），带计东读书于楞伽山寺，命其以父执之礼事"每一艺成，同学传诵，争相缮写"的赵炳④。赵炳为文"根柢经术，纬以精思，峻洁峭拔，不欲一字袭前人"，"甲午，行媵奔走海内。至乙未下第后，远贾犹重趼持兼金购其书"，"人之习其文而取科目者，不可胜数"⑤，都给计东提供了丰富的八股养分。

在督促引导计东接受时文教育的同时，计名也注重培养计东包括经学、理学、古文在内的综合素质。经学、理学方面，计名不仅命子诵读大家著作，还为之延请名师，皆是当世巨儒，可见寄望之深。计东八九岁时，便在父亲授意下开始接触理学大儒吕坤的著作《四礼翼》；十三岁起，从复社巨擘张溥学文，讲习内容以经世致用为主，论次历代名臣奏议、诵读《嘉隆疏抄》《明经世文编》等⑥；年岁稍长，又从学于儒学大师、宋明理学家刘宗周，习读理学名家高攀龙、顾宪成、邹元标等人文集；十六七岁，又师从经学大家黄道周。古文方面，计名亦常敦促计东诵习经典古文名家著作，重点

---

① （清）计东：《广陵五日宴集作》，《改亭诗集》卷一，清乾隆十三年计琰读书乐园刻本。
② （清）计东：《广陵五日宴集作》，《改亭诗集》卷一，清乾隆十三年计琰读书乐园刻本。
③ （清）计东：《云间赠言册序》，《改亭诗集》卷二，清乾隆十三年计琰读书乐园刻本。
④ 崇祯七年（1634）第三甲进士。
⑤ （清）计东：《赠赵明远序》，《改亭文集》卷五，清乾隆十三年计琰读书乐园刻本。
⑥ （清）计东：《李侍郎奏疏合编序》，《改亭文集》卷三，清乾隆十三年计琰读书乐园刻本。

诵习唐宋尤其是宋代古文名家如欧阳修、苏轼，从中汲取丰富的养料，为时文写作铺路，而计东在此基础上又扩大学习范围，研习陈师道、张耒文章："又追念东年八九岁时，先人日督诵欧、苏文章。稍长，又知读陈无已、张文潜之文，爱慕之不敢忘，忽忽二十余年。"① 所学正是传统的唐宋文路径，为他将来专攻古文创作提供了扎实的基础和铺垫。然而，计东这一时期的古文学习，不过是为时文写作所做的准备，直至他被迫停止科考，才转攻古文，用心于创作。多方的求学研读，广泛的阅读诵习，为计东的制举之路打下了坚实的基础。

计东自幼天资聪颖，性格也颇为跳荡，"七岁能文，乡里奇之"②，此际所谓的能文，当是初能作文，不拘骈散。许是根基尚浅，年仅十一便参加童子试的计东铩羽而归："伊予年十一，摇笔为文章。健如初生犊，跳荡不自量。小战偶再北，便觉心彷徨。"③ 这时所谓的"文章"，当是指以骈文为主的八股文。经过数年的学习，计东终得主考官许豸激赏，获称"神骏"，科场连捷，声名鹊起："崇祯己卯春，拔我童子场。逾年再校士，赏誉倏非常。呼予曰神骏，叹予才无双。自此大有声，交游起辉光。"④ 可以说，计东早年学文阶段，已充分具备八股文写作才华，其中的骈体对偶、声律的运用也必然游刃有余。

随着慈父、恩师⑤的相继离世，加之明朝的灭亡，计东的学文道路和文章观念也发生了变化。他在父计名去世后也保持了向当世业已高中的制艺作手学习的准则，并在某种程度上给他的应举之路提供了捷径和便利。他诵法学问渊博、影响江南文风甚巨的顾宸⑥制艺，赞许"天下海隅日出之乡、无雷凿齿之域，其人无不知诵法辟

---

① （清）计东：《颍州重复西湖碑记》，《改亭文集》卷十三，清乾隆十三年计瑸读书乐园刻本。
② （清）《（康熙）吴江县志》卷十三，清光绪抄本。
③ （清）计东：《赠许于王侍御》，《改亭诗集》卷一，清乾隆十三年计瑸读书乐园刻本。
④ （清）计东：《赠许于王侍御》，《改亭诗集》卷一，清乾隆十三年计瑸读书乐园刻本。
⑤ 计名逝世于1645年，张溥逝世于1641年，刘宗周逝世于1645年，黄道周逝世于1646年。
⑥ 崇祯十二年（1639）举人。

疆园顾先生所丹黄甲乙之文,及其注撰诗古文辞与制举业者"①。这位操文场选柄数十年之久的制艺名家,看中计东的制艺,在顺治八年(1651)的选例中独独推许于他,让他得以在京师扩大声名。贡入太学后,计东自顺治十二年(1655)贡入太学起,又从王崇简学作时文。在顺治十四年(1657)中举后,他又顺应当时的风气拜坐师曹本荣、宋之绳为师,研穷理尽性之学,其制艺深得主考官宋之绳称许:"从文见道,愿以斯事长城属子。"②而计东在人生后期对理学、心学的变化主要缘于二人,前节已有论述,兹不赘言。

从顺治十三年(1656)与陈维崧一同读书应举于宋德宜寓所可以看出,计东的文章风格已变得苍凉古直,与陈维崧的"惊艳绝丽"形成鲜明对比。而顺治十八年(1661)的奏销案和康熙元年(1662)的长子离世则是重要的关节点。计东在奏销案中被黜革举人身份,又于次年痛失长子,自谓"予被废之明年,又丧我长子准,自念既穷于世,独有太史公所云'垂空文以自见'耳。故癸卯、甲辰后,始肆力于古文辞"③。用心于古文的计东,学文于同出吴中的汪琬,而吴中又以宗法欧阳修、归有光为主流,二人身上都有归、欧一脉的影子。计东学归,几可以假乱真:"其叙述高洁,起伏贯变,承接脱化,参之熙甫集中,正不知孰伯孰仲也。志传更属超逸。"④有清一代的很长时间内,计东都被视作震川传人,他本人也直言"明二百八十年古文大家,首推遵岩、震川"⑤,无论是言语上还是行为上都表达了对欧、归古文一脉的宗式和承继。

总体说来,计东的学文路径是典型的骈散兼学、转益多师。康熙初年转而以古文创作为自我毕生追求的举动,既说明他文章观念发生转变且日益完善,也象征着他由骈入散、开始以散体写

---

① (清)计东:《顾天石诗集序》,《改亭文集》卷三,清乾隆十三年计璸读书乐园刻本。
② (清)计东:《前明太仆寺卿溧阳宋公行状》,《改亭文集》卷十六,清乾隆十三年计璸读书乐园刻本。
③ (清)计东:《竹林集自序》,《改亭文集》卷二,清乾隆十三年计璸读书乐园刻本。
④ (清)王崇简:《与计甫草》,《青箱堂文集》卷二,《清代诗文集汇编》第16册。
⑤ (清)计东:《敬哉王先生〈顺天修学庙记〉书后》,《甫里集》卷三,清康熙刻本。

作为主导的为文倾向的确立。从功利性的角度来看计东从时文到古文学文之路的转变，他所谓的肆力于古文，是不得再入闱策后被迫放弃骈文的无奈选择，而学司马迁"垂空文以自见"当是文人期有用于世的自我期许。若将计东置于清初文坛来进行考察，会发现他由骈入散、骈散兼学的学文路径具有典型意义：前期为应试不得不长年研习制艺，学习八股，后期或因易代或因高中或因被褫功名等因素，转为弃时文而学古文，可以说恰是清初古文家们常见的学文路径。

二　矛盾的骈散文学观与官方文化政策的趋同性

谈及计东的骈散文学观，有一个人不能避而不谈，那就是汪琬。毋庸置疑，汪琬作为清初士大夫文学的代表性人物，集"道统"与"文统"于一身，具有鲜明的"清文"意识，文章观念多与官方导向不谋而合，对"清文"的确立贡献巨大。然而，就如今所见关于"清文"确立文章，学界多将目光集中于以汪琬为代表的在朝士大夫身上，而计东作为在野古文家，在清文确立过程中是何立场、有何主张，鲜有人关注。可以说，二人分别从在朝与在野两个维度对清文典范确立进行了自我阐释和呼吁。通过梳理分析发现，计东的骈散观念在清初文章典范的确立过程中呈现出重散轻骈，宗式欧、归一脉，重视文以载道，推尊孔子、朱熹，提倡昌明博大之文的倾向，与官方文化政策颇多相合之处。

唐宋以来，文人普遍推崇散体古文，看重其"文以载道"的功用，到了清代初期，尤其经历朝代鼎革，反思和批评思潮迭起，古文的经世功用更为人重视，"重散轻骈"占有绝对的主流。计东转攻古文后，学文于汪琬，"予愧不知经与道者，学为文于汪氏"①，表现出与之相似的重散轻骈倾向。汪琬对骈文持批判轻视之态，赋作仅存3篇，相关骈体文论更是极少。他曾将"五经"与骈辞俪句对举，带有明显的贬斥态度："孔子之所谓文，盖谓《易》《诗》《书》

---

① （清）计东：《钝翁类稿序》，《改亭文集》卷一，清乾隆十三年计璘读书乐园刻本。

《礼》《乐》也，是岂后世辞赋章句，区区俪青妃白之谓与？"① 反观计东，就如今所见资料看，并没有直接对骈散关系进行的论述，且未留下任何骈文作品，更很少将骈散并举来谈，这恰恰说明，避而不谈也是一种骈散观念的昭示。骈文在计东的创作中基本处于空白缺位的状态，但其骈散观或可透过偶尔谈及骈文的文论窥知一二。他在给友人王材任制艺文作序时自谓不擅骈文："予向者于俳俪之文未之及也。"② 作为自幼研习八股以备科考的士子，此言自然是自谦之词。为表对王材任的叹美心折，此前他还特为之作骈文一篇以赞："予以其五经制义，叹美心折，既为俳俪之文以赠之矣，愧其意未有尽也，复为序以赠之。"③ 二人相识于康熙十一年（1672），此序至少作于此时，可见计东在放弃科举十余年后仍会进行骈文创作。但这仍不妨碍他轻视骈文，仅见的几条文论中尽是批判之辞。他批评宋孔传所撰《孔氏六帖》和宋谢维新所撰《古今合璧事类备要》断章析字，运用骈文生吞活剥、支离破碎："《六帖》《合璧》等书，析字断章，媲青俪白，吞剥支离。"④ 在他眼中，骈文若是运用不当，便会影响文意，给人造成破碎肢解之感。从所作《汉中录序》，亦可窥见他对骈文的看法：

> 以予所闻秦中人，皆谓曾公乃吾乡之文太青也。及旋里，而读其序中诸谦语，窃以为太青《吾猷》《孔迹》两录尚多俳耦粉饰之词，不若道扶洁净精详，曲而达、婉而挚，阴行其尚德好生之意于科条严密之中，盖文章莫大于此矣。夫文章以经国为大，经国以听狱为大，古之仁人君子必尽心焉，舍是则雕虫小技而已。⑤

---

① 汪琬：《王敬哉先生集序》，《钝翁续稿》卷十五，载李圣华笺校《汪琬全集笺校（三）》，人民文学出版社2010年版，第1430页。
② （清）计东：《王子重五经制义序》，《改亭文集》卷三，清乾隆十三年计璈读书乐园刻本。
③ （清）计东：《王子重五经制义序》，《改亭文集》卷三，清乾隆十三年计璈读书乐园刻本。
④ （清）计东：《事类赋序》，《改亭文集》卷二，清乾隆十三年计璈读书乐园刻本。
⑤ （清）计东：《汉中录序》，《改亭文集》卷二，清乾隆十三年计璈读书乐园刻本。

文中提及的《吾獣录》《孔迩录》，是文翔凤①自作文集，皆是其官中州、东州时的听狱之语。在计东看来，失在对偶粉饰之词过多，不能称得上是优秀的文章，言外之意是骈文的核心要素对偶句式会影响文意，拉低文章格调，显示出明显的轻视态度。他赞赏曾王孙②之文，"洁净精详"，没有雕镂繁缛之辞，"曲而达、婉而挚，阴行其尚德好生之意于科条严密之中"。他十分看重文章功用，谓之乃经国大事，强调其经世致用之功，舍此而所为之文不过是雕虫小技，自然也包括骈文在内。再看《姜西溟真意堂论序》一文：

> 韩于古文高自矜许，独深诋其应举之作，谓有类于俳优之词，颜忸怩而心不宁。即欧阳氏学于韩，亦自言当取科第时，未暇学韩之古文，徒时时念于心而已。……既而思之，韩所为类于俳优之辞，大概如文苑中所载限韵赋之类，宜其为之而忸怩不安也，若省试《不贰过论》，则集中亦存之矣。③

计东列举唐宋古文名家韩愈、欧阳修对制艺的看法，都呈现出无奈矛盾心理，态度更是悔之不迭、避之不及，显而易见的都重散轻骈，将科举作为敲门砖之后，便一心治古文学之辞。可以说，二人对制艺的态度正是大多数文人内心真实想法。计东私心推度，将"类于俳优之辞"的制艺大体等同于《古文苑》所录限韵之赋，理当为之忸怩不安，足见对骈赋乃至以骈偶为主的制艺的轻视。

计东的独特之处在于，纵使不得再入闱策，他对科举、制艺并不完全否定，如今所存文集中文辞间虽有怀才不遇之叹，却并无对朝廷的怨怼之词，文学理念与官方的文化政策显示出某种程度的一

---

① 文翔凤（生卒年不详），字天瑞，号太青，陕西三水（旬邑）人。万历三十八年（1610）进士。历官莱阳令，终太仆寺少卿。著有《东极篇》《文太青文集》《太微经》等。
② 曾王孙（1624—1699），字道扶，浙江秀水人。本姓孙，赘于曾氏，为其嗣。顺治十五年（1658）进士，授汉中府司理，后官部曹。有《清风堂集》。
③ （清）计东：《姜西溟真意堂论序》，《改亭文集》卷四，清乾隆十三年计琔读书乐园刻本。

致性。同时还要注意到，计东文集是经汪琬删减而成，选辑必然按自我标准进行，其中是否有过于怨悱的言辞被删改，代为剪裁切割，保留那些符合醇正和雅的文辞，我们不得而知，但如今所见资料呈现出的计东文章观念有亲近官方倾向，且屡屡对官方政策有所呼应，这其中的连接点之一便是清初的八股取士改革。

清朝定鼎后，首开科举的八股文仍沿用有明一代的体式、内容和作法，随着政权的逐步稳定，为革除科举弊端，纠正、摆脱明末文章空疏流弊，形成具有自我特色、利于统治的清文，不断调整官方功令。顺治二年（1645）颁旨："文有正体，凡篇内字句，务典雅醇粹，不许故撦一家言，饰为宏博。"① 康熙二年（1663）下令废除八股，改用策论取士，倡导经世时务之学。仅延续两科后，于康熙八年（1669）又恢复八股取士。理由无外乎，意识到八股文其实是控制士人思想的最佳工具，更有利于自身统治。在民间层面，易代剧变引发士人反思，希冀"救世"，提倡经世致用，看重文章的载道功用，反对虚浮矫饰文风，成为清初文坛的普遍共识，士人与官方从各自的立场出发却殊途同归。反映在计东个人身上，则表现在对虚浮文风的批判以及对明代制艺的反思：

> 洪永十五人，宣德迄天顺十三人，其文皆不事雕饎，莫可得而详。成弘十四人，章枫山、吴匏庵为之冠，稍见其法度，然未离乎太朴也。正嘉之二十人，隆万之十八人，人文代起。其尤著者，如唐应德、瞿昆湖、邓文洁、王文肃、冯具区、李九我辈，其文之矩矱神明，若有相传之符节，可剖合验视。其时天下承平，人心敦厚，士之起家，非科名不贵，科名非会元不重，故凡观会元之文者，亦可得尚论其世之一端也。或谓吴无障以偏锋伤气，汤霍林以柔媚败度，明文运自此衰。然启祯之八元，若曹若吴，其风神又何减前人也。②

---

① 《科场简明条例》卷五《乡会试艺》，清光绪二年刻本。
② （清）计东：《赠黄继武序》，《改亭文集》卷五，清乾隆十三年计琰读书乐园刻本。

计东历数有明一代会元之文，评价得失，从"文脉"的角度大体梳理了明初至隆庆、万历时期的制艺名家八股文风的变迁路径，选取会元之文无疑看重其代表性，影响一代文风，因之，研习、揣摩会元的制艺也成了历代举子的应试捷径，亦可视作八股文演进的一条线索。尤其是对晚明科举，计东认为，"吴无障以偏锋伤气，汤霍林以柔媚败度"虽是晚明文运衰竭之始，但肯定其中的霍勋、吴伟业制艺，赞之风神不逊前代。"明三百年以来，以制义称者前四家则王、唐、瞿、薛，后四家则归、胡、汤、杨最著，余若冯开之、陶石篑、邓文洁、董文敏诸公制义，后生学者奉若科条。"① 他所称赏的制艺名家代表了明代八股文的两个时期，其中隐含了"以古文为时文"的发展脉络，以古文气脉融入时文之中，如王鏊、唐顺之、瞿景淳、薛应旂、归有光、胡友信等人，都是大力改革八股文的代表作家，显示了计东对古文的认同。

实际上，细究计东重散轻骈的文学观会发现，内里是十分矛盾的。他虽轻视骈文，却不否定制艺，甚至在授馆时明示诸弟子将制艺放在首位，远超诗文："仆初愿与足下辈粗毕制举之业，各有所成立，始旁及诗、古文之学。"② 同时，他也不否定科举制度乃至官方的统治策略，更为亲近官方立场。他对清初制科颇为称赏："国朝制科已十举，凡为会元之文，靡不彬彬可观。"③ 认为官方罢八股尚策论的政策"俾士得以经济自见于前之为矩矱神明，莫可求合"④，"功令之所以罢八股、尚策论，将以网罗天下学古之士"⑤，显现出深为理解之上的支持，俨然站在官方立场。当然，我们要考虑到其言行的特定场合、身份，以上言论是否有出于情面、避忌、奉承等因素造成的言不由衷。但细究可以发现，此际的他已不得再入闱策，

---

① （清）计东：《赠宋牧仲序》，《改亭文集》卷五，清乾隆十三年计琰读书乐园刻本。
② （清）计东：《答诸弟子论诗二十五则 有序》，《改亭文集》卷十二，清乾隆十三年计琰读书乐园刻本。
③ （清）计东：《赠黄继武序》，《改亭文集》卷五，清乾隆十三年计琰读书乐园刻本。
④ （清）计东：《赠黄继武序》，《改亭文集》卷五，清乾隆十三年计琰读书乐园刻本。
⑤ （清）计东：《姜西溟真意堂论序》，《改亭文集》卷四，清乾隆十三年计琰读书乐园刻本。

此种言行当是出于内心的真实想法。当然，他对清初时文空疏的文风也有所批判，对改革后不见成效归咎于应制者未能纠正空疏旧习，有负于朝廷苦心："空疏萎靡，与八股异体而同习，宁不亦重负功令哉？"① 俨然一个官方卫道士形象。甚至连朝廷废而复设副榜，他也能从大局揣度圣心用意："圣天子酌复旧章，即此事甚细，亦足为鼓励人士之一端也。"②

计东的文章观念与官方政策的另一个连接点是"盛世之文"理念的趋同性。严格说来，清初的"盛世之文"始于康熙朝，深受宋代儒学影响，"学行继程朱之后，文章在韩欧之间"③，然在顺治朝便已初见端倪。承平的生存环境，天子的文化统治，是形成此种风尚的基础。从计东视角可以看出两代天子对崇尚文治政策的良好承继。顺治帝早有意识崇文尚儒："世祖皇帝益励精求治，右文稽古。"④ "时值先皇帝稽古好文，崇尚儒术。"⑤ 康熙则是一位颇具"盛世意识"的帝王，更是崇尚文治："今天子雅意好文，诏求遗逸，命文学侍从之臣赋诗论乐，俨然先皇帝之徽烈也。"⑥ 他有意厘定清文典范，提倡清真雅正的文风，不断强化程朱理学，树立"道统"与"治统"。计东虽没有像汪琬一样明确提出"盛世之文"这一概念，却表达了相近的内涵和理念，且早于汪琬近十年。汪琬于康熙十五年（1676）左右在《文戒示门人》中提出："昌明博大，盛世之文也；烦促破碎，衰世之文也；颠倒悖谬，乱世之文也。"⑦ 表达了对"清文"的期许。而计东早在康熙六年（1667）即提出："以昌明博大之篇章，发舒其赅博精核之经术，使天下后世读其文，

---

① （清）计东：《姜西溟真意堂论序》，《改亭文集》卷四，清乾隆十三年计琰读书乐园刻本。
② （清）计东：《赠陈翁余序》，《改亭文集》卷五，清乾隆十三年计琰读书乐园刻本。
③ （清）王兆符：《望溪文集序》中引方苞语，载《方苞集》下，上海古籍出版社 2008 年版，第 906—960 页。
④ （清）计东：《清故中宪大夫内国史院侍读学士曹公行状》，《改亭文集》卷十六，清乾隆十三年计琰读书乐园刻本。
⑤ （清）计东：《容斋诗集合选序》，《改亭文集》卷三，清乾隆十三年计琰读书乐园刻本。
⑥ （清）计东：《西堂杂组二集序》，《改亭文集》卷二，清乾隆十三年计琰读书乐园刻本。
⑦ 汪琬：《文戒示门人》，《钝翁续稿》卷三十，载李圣华笺校《汪琬全集笺校（三）》，人民文学出版社 2010 年版，第 1665—1666 页。

想见国家文教之盛。"① 昌明博大之文、根柢经术、国家文教，无不是官方所倡导的盛世之文的关键要素，显示了和官方统治策略颇高的相合度。早在顺治十三年（1656），计东就曾着力向当事者推荐有治平大略、善救乱之言的贾开宗，立足点亦在成一代之治："见先生所为策略，购而缮录之，将携入京师，谋所以献先生书者，使当世能采用其言，必能成一代全盛之治。"②

实际上，计东不得再入闱策后，对科举并未表现出决绝的姿态，对时文仍颇为认可，对制艺的看法也颇有独到之处。他对制艺并非全然否定，而是认为若结撰得当，则可使之成为不朽之物，关键在于人："苟作者之志力必欲其不朽，则遂不朽焉。"③ 他反思明代二百八十年以制艺取士却"可传者少"，将原因归咎于写制艺者，而非制艺本身："其人皆借制艺为梯，荣媒利之资，有苟焉以取之心，揣摩浅陋和软可喜之文，侥幸于世俗之遇。既遇之后，已视其所作即速朽亦甘心焉，则其人之心先已朽矣，咎岂在制艺？"④ 他眼中的制艺也离不开宋元儒学，显示出对朱熹以来诸儒的尊崇："深醇隽永，一字不苟设，实能发明宋、元、明诸儒所以羽翼经传之意。"⑤ 更强调对以孔子为首的先贤的宗式，主张优秀的制艺者发文应根柢六经，无愧圣贤："若其命笔之时，先有矜慎立言之志，深思圣贤之微言奥义，一审乎心所安而发之，可对越圣贤而无愧，则其志固已盖天下矣。其平日之业，又能讨论《经》《传》之同异，直探诸儒穷理尽性之学，使我力油然以生，沛然足以达其志，且其心自无逢迎世俗、扰扰得失之念，而出其专一精锐之力以行文，必能显当世而传之不朽。"⑥

无独有偶，他不仅抵斥时文空疏的文风，也批评当世那些空疏剿袭的古文，反对虚浮空疏、毫无性情的文风，批评一些为文者失

---

① （清）计东：《赠黄继武序》，《改亭文集》卷五，清乾隆十三年计琰读书乐园刻本。
② （清）计东：《贾静子先生私制策序》，《改亭文集》卷四，清乾隆十三年计琰读书乐园刻本。
③ （清）计东：《叶慕庐制艺序》，《改亭文集》卷三，清乾隆十三年计琰读书乐园刻本。
④ （清）计东：《叶慕庐制艺序》，《改亭文集》卷三，清乾隆十三年计琰读书乐园刻本。
⑤ （清）计东：《叶慕庐制艺序》，《改亭文集》卷三，清乾隆十三年计琰读书乐园刻本。
⑥ （清）计东：《叶慕庐制艺序》，《改亭文集》卷三，清乾隆十三年计琰读书乐园刻本。

于专、忘乎本，以致作古文而似时文一样空疏纷乱："而今之为文章言者，我未见其所为诚壹者何在，所谓本者何在也。而其文殆无所不欲言，自以为洋洋洒洒矣，及按其实，则皆空疏瞀乱，有似于今之为制举策者，相率而号于人曰古文，我甚伤之。"①所以，他主张根柢六经，更为看重经术之文之于个人、国家的重要作用，提倡盛世应以经术治国，表现出与官方统治的呼应："盛世以经术治其国。"②认为"六经灿然天地间"③，世家大族大都以经学传家递世，方可绵延不绝，主张以经学为本："经学之重于天下久矣，学者舍经学则无以为本也。"④他诵法孔子之道"囊括天地经纬古今"⑤，看重由明到清统治者所标举儒家传统文学观："明以制艺取士，凡士之取卿相大官者，无不诵法孔子之言，润色其辞，以傅会孔子之道，其法至国朝不废。"同时也批评"明制艺之设二百八十年，里巷小儿禀承庸父兄之训诂，即操笔墨沾沾焉傅会孔子之言，至以其文取卿相致功名，而懵不知孔子之道为何如者"，"懵不知者乃人人操笔而附会其说"⑥。希冀文人能如韩愈所提倡的"得其船与楫沿而不止，其几于道不难也"⑦，追根溯源，从文而见道。

从以上计东的种种表现看，他批判时文空疏之弊，却认为作文者矜慎立言、发圣贤奥义，便可成为不朽之文，同时又极力推崇散体古文，轻视骈体。以经过汪琬亲自编选删汰的《甫里集》《改亭文集》为例，文集中有序、记、书、论、考、传、碑记、行状、墓志铭、祠堂碑、墓表、祭文、诔、哀辞。其中以序为主，记次之，显示出对古文传统的承继，这也正是他重散轻骈的重要表现。这些看似矛盾的骈散文学观却指向同一指归：无论古文还是时文，都应能更好地承担载道、匡时、救世等实际功用。所以他在根柢六经基

---

① （清）计东：《董文友文集序》，《改亭文集》卷二，清乾隆十三年计琬读书乐园刻本。
② （清）计东：《卓氏传经堂记》，《改亭文集》卷八，清乾隆十三年计琬读书乐园刻本。
③ （清）计东：《卓氏传经堂记》，《改亭文集》卷八，清乾隆十三年计琬读书乐园刻本。
④ （清）计东：《王子重五经制义序》，《改亭文集》卷三，清乾隆十三年计琬读书乐园刻本。
⑤ （清）计东：《李草楼制艺序》，《改亭文集》卷四，清乾隆十三年计琬读书乐园刻本。
⑥ （清）计东：《李草楼制艺序》，《改亭文集》卷四，清乾隆十三年计琬读书乐园刻本。
⑦ （清）计东：《李草楼制艺序》，《改亭文集》卷四，清乾隆十三年计琬读书乐园刻本。

础上溯法唐宋古文，颂扬"欧、苏两文忠公人文之项领"①，效法推崇韩愈、欧阳修、曾巩、归有光等人，正是看中其文以载道、经世致用的主张。

三 矛盾骈散观视域下的文学书写

如前所述，计东的学文路径由骈入散，尤其转攻古文辞后容易给人留下已"弃骈从散"的印象，古文书写当是毫无骈文痕迹，一散到底。但细究他的骈散观与文学书写发现，二者并不完全一致，呈现出观念和实践的矛盾。自肆力于古文后，计东矢志以文名流传后世，俨然以古文家自命，在写作中极力避免骈俪痕迹。那么，他的古文创作风貌如何，为何会留有骈文的影子？出现这种矛盾究竟是早期大量应试训练的遗留还是他后期的有意熔铸呢？

虽然计东文集中未有一篇骈文，但从他早期的文章中可以发现，骈文痕迹不少，时常渗透到他的文学书写之中，呈现出文体互参的特质。以他作于崇祯十七年（1644）的《筹南论一》一文为例：

> 盖夸之不可，缩之不可；前一寸不可，却一寸不可。宁使听者无新奇之喜，言者受拘懦之讥，而策一定于今日，事必尽于后图。夫是，是古人之大略也。②

从这段话中可以看出计东运用骈体的习惯，尤以对句为主来表达文意，但其中上下对句内容相近或相似，如"夸之不可，缩之不可；前一寸不可，却一寸不可""听者无新奇之喜，言者受拘懦之讥""策一定于今日，事必尽于后图"，所表达的核心意思用单句也可表达，且能避免冗杂。这种个人习惯与他童蒙时所受的诸多骈体训练息息相关，尚未有意识地严格区分骈体因素抑或古文特征。骈

---

① （清）计东：《颍州重建文昌阁碑记》，《改亭文集》卷十三，清乾隆十三年计瑛读书乐园刻本。

② （清）计东：《筹南论》，《改亭文集》卷十一，清乾隆十三年计瑛读书乐园刻本。

体文中的用典特征也时常出现在计东的古文中。且看《习斋记》，即是用典的典范：

> 生于祁连、姑衍之间，五岁而知射猎；生于五湖七泽之旁，五岁而知击汰；生于金、张、卫、霍之家，能言而知冠；盖生于程氏、乌氏之家，胜衣而知卖浆；生于王、谢之家，就傅而知清言、晓应对，故知学之所入浅、体之所安深也。故曰：中材者言家教，中材以上者言家风。①

他有意通过隶事来拓展文章的内在容量，提升表达效果，短短100余字，用典达5次以上，可见其繁。再如《西堂杂组二集序》：

> 且两集之外，乐府若《桃花源》《黑白卫》《李白登科》诸编，绝艳惊才，激楚浏漓，穷神极态，能使观者移荡情魄，泣下沾襟。其浅者关人志虑之微，其深者与闻道德之旨。夫庄言之不悟，则为旷达之言以悟之；涕泣言之不悟，则为谐笑之言以悟之。此司马迁所以传滑稽、班固所以传东方曼倩也，可谓尤子文章无用乎？②

此文通篇呈现出"骈散交融"的特点，细究其里可以发现，骈文的要素并不是行文的重心所在，而是以单行散句为主，辅以对偶句式的骈体。计东之于对句、用典的运用是为全文服务的，旨在调整行文节奏，提升表达效果，拓展文章内涵。尤其值得注意的是，他在古文书写时虽乐于用典，也常用对句，但并不注意音律的对仗与否，文章外在形式为内在内容服务，并不苛求形式，更多时候追求"意对"，并不执着于"形对"。这正是他学习唐宋文散体化的结果。

---

① （清）计东：《改亭文集》卷九，清乾隆十三年计璸读书乐园刻本。
② （清）计东：《改亭文集》卷二，清乾隆十三年计璸读书乐园刻本。

因此，在计东的文章中并非全篇皆散而无骈俪痕迹，这实际上与他几乎不提骈文，甚至未有骈文留存是相矛盾的。而造成这种矛盾固然离不开他早年骈文学习造成的个人习惯遗留，则更多的是他后期为行文需要有意抉择的结果。总体来说，计东古文书写虽不可避免地留有骈俪痕迹，但取径唐宋的学问之路让他的古文辞藻并不繁复华丽，而是呈现出质朴刚劲的特征，唐宋文散体化的特征尤为明显，主要表现在以下几个方面。

其一，宗法唐宋，神似韩、欧、归一脉。计东延承唐宋古文一脉，又受唐宋派熏染，韩愈、欧阳修、苏轼、归有光等都是他宗法的对象，为文难免有诸家影子。他的文风在"奇崛""奥旨"等方面与韩愈颇为神似。如《赠姜西溟序》①一文用意惬当，机神飞动，通篇以16个"知"字步步作结，中间波折自然，文之大旨与韩愈《与冯宿论文书》《答李翊书》颇类，深得韩愈"奇辞奥旨"之真传。计东在行文风神上，还近于欧阳修。如《前明通议大夫兵部左侍郎都察院右副都御史叶公墓志铭》②一文堪称摹欧入化之作。该文先是总述世系、官阶、生卒之概，复仿欧阳修《尹师鲁墓志铭》《梅翰林侍读学士给事中梅公墓志铭》等篇从兵事发论，以"顾独好谈兵"③一句挈起，逐段详叙兵略，最后以唱叹结之，通篇风神顿挫，尤有气色，深得欧文之髓。计文也有苏氏父子的影子。如《贾静子先生私制策序》④一文，通篇只就"贾君老而不遇"⑤生出文情，中间辅以议论，极似苏氏父子。除此之外，计文还留有战国纵横家之气，这也是战国文风影响唐宋诸家的结果。如《送娄东王藻儒孝廉下第南归序》⑥，前半段虽失于繁屑，后半段仍能以无生有，奇识至论甚为精悍，行文间涌动着战国纵横之气。如果将计东放在古文发展

---

① （清）计东：《改亭文集》卷四，清乾隆十三年计瑸读书乐园刻本。
② （清）计东：《改亭文集》卷十四，清乾隆十三年计瑸读书乐园刻本。
③ （清）计东：《改亭文集》卷十四，清乾隆十三年计瑸读书乐园刻本。
④ （清）计东：《改亭文集》卷四，清乾隆十三年计瑸读书乐园刻本。
⑤ （清）计东：《改亭文集》卷四，清乾隆十三年计瑸读书乐园刻本。
⑥ （清）计东：《改亭文集》卷六，清乾隆十三年计瑸读书乐园刻本。

脉络乃至整个散文史中来加以考量可以发现，摹写诸家恰是他继承唐宋古文传统的重要表现之一，也体现了他取法乎上的古文准则。

其二，文奇。计东古文中"奇"的一面尤为突出，这也是他取法唐宋尤其宗本韩愈的结果，主要表现在笔法、用意、议论之奇。如《读王阮亭论诗绝句记》①，通篇用笔如架空中楼阁，全是架空构造，极意烘染，交心甚奇，并借题抒发胸中抑郁不平之气，顿挫感慨，鸣咽淋漓。再如《严方贻稿序》②一文以严曾榘与自己落第南归起撰，然步步结于李念慈言愁之诗上，笔法变化出奇，中间杂以不能忘情、抑郁难平之气，顿挫低回，议论奇穷。再如《送娄东王藻儒孝廉下第南归序》："夫天下不乏瑰玮绝异之才，锐可以截良玉，而或芒挫于败絮，勇可以断螭龙，而或技穷于虮虱。何哉？气尽于一往而功成于骤胜也。"③观点新奇，识见高妙，堪称至论。再如《送钱础日游泰山阙里序》④一文，开头便突起奇崛，通篇更是古质苍奥、古趣横溢，章法亦奇，感慨又寄于文句之外。再如《贺缪念斋状元及第序》⑤虽是友人贺缪彤状元及第之文，然不落俗套，奇在反以明理学家、唐宋派成员罗洪先与理学家胡居仁胪唱之日逸事箴规为贺，委婉而见气力，且合传手法亦奇，寓颂于规，用意更高，堪称"药石之友"。

其三，长于写"情"，缘情而发。以"情"动人也是计东古文给人的重要印象之一。他十分看重"情"对文学创作的重要性，在创作中尤为注意投注一己之"情"，但不刻意经营，主张缘情而发，"各自言其情志，不问工拙也，不患得失也，率然成之，偶然得之，作者不自知其可传，亦不求传于人"⑥。最能体现他为文重情而又情感真挚自然的当数祭文、行状、墓志铭，尤其为亲人、挚友而作之

---

① （清）计东：《甫里集》卷三，清康熙刻本。
② （清）计东：《改亭文集》卷四，清乾隆十三年计琪读书乐园刻本。
③ （清）计东：《改亭文集》卷六，清乾隆十三年计琪读书乐园刻本。
④ （清）计东：《改亭文集》卷六，清乾隆十三年计琪读书乐园刻本。
⑤ （清）计东：《改亭文集》卷七，清乾隆十三年计琪读书乐园刻本。
⑥ （清）计东：《游晋草序》，《改亭文集》卷四，清乾隆十三年计琪读书乐园刻本。

文，最是真切动人。如为祭奠为长子殉节的儿媳所作祭文《祭冢媳孝贞宋女文》："呜呼！媳之德甚厚，舅姑不能为报，汝姑自闻汝丧，日夜哭泣，左目眚矣。今将来哭，抚妇棺，招妇之灵归于我家，与我子合食于祠堂，且卜吉地合葬，且谋立后之事，使媳夫妇蒸尝有所凭依。呜呼！庶几媳十年来绝痛之隐衷不可以告尊亲者，今或可于梦魂之中一告姑嫜乎？殁后将百日矣，冥冥之中果见我子乎？"① 将连失爱子贞媳之痛写得缠绵悲婉，字字迸泪而无庸辞之藻，知情惜情而格外动人心魄。再如给表亲董方南的送序文《送表弟董方南南归序》②，详叙二人作为母亲为同产的亲缘关系，带出骨肉穷达死生遭际之叹，一字一泪，动人心魄，堪称情至之文。计东为友人所作赠序文也是缘情而发的典范。如《赠商丘陈子万归宜兴省兄其年序》③ 即是情至而生之文，将对陈维崧、陈宗石兄弟的遭际俯仰淋漓道出，又如风行水上，信手写来而无雕琢经营之感，情感深厚又不致溢美。《赠武昌孟伯健序》④ 也是情至而文生的典范，以计家祖孙三代得承晏清恩惠起撰，感慨晏清无后幸有能克绍外祖父之风的外孙孟伯健（名讳未详），文情凄婉而宕逸，若无意为文而又自成机致。再如书、记一类文章中，也常有情至之文。如《谷似堂记》⑤ 写得渊雅周匝，沉郁顿挫，读来令人倍增师弟友朋之重，是情至而文至的典范之作。再如《与丁药园书》⑥ 仅二百余字叙写与徐作肃、宋实颖之友谊，文情如哀泉咽危石，足以令人增友朋之重。

其四，为文有法，看似无意而波澜老成。计东行文有法，是经过刻意经营的，但他又并不完全看重文法，难得之处在于能"逐步入题，若无意为文"⑦，化解斧凿痕迹而使文章波澜老成，自成机

---

① （清）计东：《改亭文集》卷十五，清乾隆十三年计璸读书乐园刻本。
② （清）计东：《改亭文集》卷六，清乾隆十三年计璸读书乐园刻本。
③ （清）计东：《改亭文集》卷五，清乾隆十三年计璸读书乐园刻本。
④ （清）计东：《改亭文集》卷六，清乾隆十三年计璸读书乐园刻本。
⑤ （清）计东：《改亭文集》卷九，清乾隆十三年计璸读书乐园刻本。
⑥ （清）计东：《改亭文集》卷十，清乾隆十三年计璸读书乐园刻本。
⑦ 徐作肃评语，参见（清）计东《赠商丘陈子万归宜兴省兄其年序》，《甫里集》卷二，清康熙刻本。

杼。如《前明资德大夫正治上卿户部尚书侯公墓志铭》① 一文，以忤逆挡党、智识将相二件大事作主脑，文作三层，与"党祸"起结，详叙侯恂一生功名志业，尽力摹写，起结应伏，一丝不乱，谨严有法又能变化无痕，叙致风力神采俱佳。被徐作肃赞为"在甫草近集中为第一合作，宜朝宗之见梦于偶更堂中也"②。再如《钝翁类稿序》③ 结构文章极有文法，起转承合运用恰宜，有主次详略，分文字、经字、道字三层，将三者融成一片，直指原委，昭晰经道文之关系，文理绵密而有波澜，行文顿挫又有草蛇灰线之妙，得出"以程朱之理为韩欧之文，方可谓之学"的凿凿之言。再如《寿大司马合肥龚先生序》，先是总述大司马、大司寇、御史大夫由来，继而详述其沿革、职责，以"以三大官分治之而不足"为关纽，总挈前文，照应后文，引出大司马龚鼎孳，历叙其功德、政绩，井然如画，一丝不乱，末以作祝为结，于全文不增添、不渗漏，恰合一篇主意，文笔老到，结束精整，布局紧凑精严，被王士禛认为是计东文集中"第一惨淡经营文字"，"此等文非神明变化于大家之法者不能作"④，究其原因在于计东为文有法，精心设置文眼、分提、入题、总提、总束，使得文章烟波起伏无限而又不见杂乱："'法'字、'生'字是一篇眼目。起处将'大司马、大司寇、御史大夫'分提，而以'此三大官者，皆天子执法之官也'一句结束，入题后又将'少司寇、御史大夫、大司寇、大司马'总提，下便犁然分作四段，而以'公好生之德大矣'一句总束。乍看之烟波万叠，峰峦竞起；细按之脉络井然，一丝不乱。"⑤ 这也是计东行文的特征之一。其他如《赠赵明远进士序》⑥《王尔玉诗集序》⑦ 亦是行文结构精密有法，一笔

---

① （清）计东：《改亭文集》卷十四，清乾隆十三年计琰读书乐园刻本。
② 徐作肃评语，参见（清）计东《故明资德大夫正治上卿户部尚书侯公墓志铭》，《甫里集》卷六，清康熙刻本。
③ （清）计东：《改亭文集》卷一，清乾隆十三年计琰读书乐园刻本。
④ 王士禛评语，参见（清）计东《寿大司马合肥龚先生序》，《甫里集》卷二，清康熙刻本。
⑤ 王士禛评语，参见（清）计东《寿大司马合肥龚先生序》，《甫里集》卷二，清康熙刻本。
⑥ 汪琬评语，参见（清）计东《赠侯贻孙序》，《甫里集》卷一，清康熙刻本。
⑦ （清）计东：《改亭文集》卷二，清乾隆十三年计琰读书乐园刻本。

不漏。计东还在行文有法基础上注意兴起波澜，一咏三叹。如《汝颍诗集序》① 全篇从刘体仁发议，中间忽入"今之为谈士者，或好言远交近攻之术"之感慨兴作波澜，继而归入嗟叹颍川先贤人杰，引出经术世道之文，通篇以厚密作骨，低回唱叹，颇有余味。再如《大司徒王公寿序　代》② 是一篇醇深尔雅的经术之文，稽古《周礼》《王制》《周官》诸书所载大司徒之责，中间以汉唐以后"太宰不司钱谷，司徒专制国用"兴起波澜，不巧不凿地引出司徒王公"爱国奉公、进贤报主之心，上格于天如此"③，命意新颖，用典恰切。这恰是计东根植经术又着意经营的结果。

结　　语

从计东的文字书写中，我们看不到他应试新朝后内心的挣扎和苦痛，纵使不得再入闱策，也很难见到他对统治者的怨怼之词，更多的是对自己怀才不遇的懊恼和自嘲，且会从深为理解的立场来对待官方朝廷文化政策。他的种种表现更像是清廷的"编外人员"，只是未得机会被"收编"。他自谓不擅作骈文，对骈文也谈不上重视，但坐馆时又告诫弟子将制艺放在首位，写作上也未脱离骈文痕迹，呈现出"化骈入散"的特征。要之，他如此矛盾的骈散观以及文学书写，正是此种纠葛作用下的产物，也是彼时时代、文治综合影响下的典型文人代表。

第四节　计东古文观与清初古文论争

"明文"的消歇和"清文"的创立是清初古文的主流动向，而古文论争则是古文在清之创立的重要基石之一。在这一过程中，每

---

① （清）计东：《改亭文集》卷一，清乾隆十三年计琪读书乐园刻本。
② （清）计东：《大司徒王公寿序　代》，《甫里集》卷二，清康熙刻本。
③ （清）计东：《大司徒王公寿序　代》，《甫里集》卷二，清康熙刻本。

一位古文家都以不同的方式参与其中。经历了明代"视古修辞，宁失诸理"①的复古思潮和发乎情不必止乎礼的性灵思潮冲击，清初文坛仍留有"明文"余习，到了康熙初年以汪琬、施闰章等仕清文人为代表的馆阁文学日益崛起，倡立"清文"的呼声也越来越高，如何重振古文成为不同地域、不同文派的古文家们思考的焦点，由此就引发了以古文为话题的一系列论争。这一时期作为扭转明末空疏学风至康熙文治大一统的中间过渡阶段，为文坛带来了新气象，并促进了"清文"的最终形成。

清初的几次大型古文论争中，计东并不都是焦点人物，但他参与了其中几个重要的论争，与一众古文名家就古文的相关问题做深入而激烈的论争和讨论，展现了自我的古文观，并体现出他对古文发展的关注与思考。几次论争具体包括：与汪琬、陈僖关于以崇法、明道、重法为中心的论争，与汪琬、梁熙就经道文关系的论争，与汪琬、魏禧、施闰章关于醇肆之辩与文法说的论争。这些或激烈或平和的论争显示了计东古文观之一隅，从中足以看出他对古文发展的忧虑与思考。一次次的论争，不仅呈现出古文家们古文主张和风格的个性化与差异性，也使计东的古文理念得以强化和修正。可以说，这些论争是清初追求文道合一的创作理念和经世致用文风的文坛主流影响下的产物。

一 主明道、轻文法，古今并重——与汪琬、陈僖的论争

顺治十七年（1660），作为古文创作群体中吴中地区代表的汪琬，与被王士禛誉为河北古文之首的陈僖②之争是清初重要的古文论争之一，同是吴中群体代表的计东虽不是论争焦点，却在二人中间调和周旋，参与关于文法、明道等古文问题的讨论，而这一论争的中心议题也对清初文法说的兴起有重要启示作用。此前的计东一心

---

① （明）李攀龙：《送王元美序》，包敬第标校，《沧溟先生集》卷十六，上海古籍出版社1992年版，第394页。

② 陈僖，字蔼公，河北清苑人，明贡生，以古文著称。著有《燕山诗草》《燕山草堂集》。

工于时文，直至顺治十八年（1661）奏销案后才专攻古文辞，而汪琬亦是初登文坛。这场论争无论是否是有意为之的试探，对尚未用心古文的计东和甫入文坛的汪琬来说都意义非常，显示了他们对"清文"未来走向的关注和思索。

顺治十六年（1659）年底，汪琬与陈僖相识于刘体仁在京官邸。二人在此前早互知姓名，惜未得见。陈僖对汪琬早有讨教之心，"数年来窃闻足下善古文词，几欲束稿就正"①，汪琬亦屡听刘体仁盛称陈僖之文，"以为不减古人"②，且有好友计东称许陈僖所作《边大绶传》，遂有抠衣请业之意。在刘体仁府邸的这次相会并未让二人畅谈讨教便匆匆别去，意犹未尽的陈僖在顺治十七年（1660）年初便不远数百里之遥致书汪琬商讨古文，二人总共有五封书信往来。先是陈僖寄《与汪比部论文书》，汪琬回以《答陈霭公论文书一》，意犹未尽复作《答陈霭公论文书二》答之，接信的陈僖亦连书《再与汪比部论文书》《三与汪比部论文书》回之。在这个过程中，计东并未与二人有直接的书信往来参与论争，但他在评点陈僖回复汪琬的书信中表达了对二人论争的看法，且从他与二人的文学往来资料中也可见出他对二人论争议题的思考和回应。

汪琬与陈僖往来书信的中心议题有三。③ 其一，重寄托而后有文法，还是尚才气重文法。汪琬为文主文法，陈僖则不以为然，认为为文应先有寄托，方有真精神出，然后才讲求文法："故凡为文者，必中有寄托而后求之法，法备矣，而后成章，章成矣，而后可以论气骨，观气象，定品格，审辞令。"④ 文章如无寄托而只重文法，则会致使文章空洞支离、流于形式。他批评汪琬过于专注于文法"止

---

① （清）陈僖：《与汪比部论文书》，《燕山草堂集》卷一，清康熙刻本。
② （清）汪琬：《答陈霭公论文书一》，《钝翁前后类稿》卷十九，载李圣华笺校《汪琬全集笺校（一）》，人民文学出版社2010年版，第480页。
③ 关于二人论争主要内容，李圣华在《汪琬与清初古文论争：兼及清初古文"中兴"》（《中国文学研究》2012年第1期）和《汪琬的古文理论及其价值刍议》（《文艺研究》2008年第12期）中已有详细论述，兹从其论而概言之。
④ （清）陈僖：《与汪比部论文书》，《燕山草堂集》卷一，清康熙刻本。

求工于篇章字句之闻便足不朽"①，认为寄托关乎世道人心，不能只专于法，"求工于字与句者，晋以后之失也，文之所以衰也"②，而能使文雄气壮者是道，文之工拙与作文者怀抱相关。汪琬则质疑陈僖的观点是"见后生之剽窃模拟，而故为有激之言也"，认为寄托出于作文者，而非出于道，应将才与气并举，并尤为重视文法说："如以文言之，则大家之有法，犹弈师之有谱，曲工之有节，匠氏之有绳度，不可不讲求而自得者也。"③ 其二，主明道还是重法度。针对汪琬根柢六经的古文宗尚，陈僖与之颇有共识，认为六经乃文之祖，皆是明道之书，"文非明道不可"④，寄托即是明道。汪琬对陈僖所称"所谓道力者非耶？惟道为有力"并不赞成，认为要学习先辈名家之文，并上溯其源，取法乎上："文虽小技，然而其原不深者，其流不长，古人所以取喻于江海也。诚欲进求作者之指要，则上之六经三史具在，次之诸子百氏，下迄唐宋大家诸集亦具在。"⑤ 其三，法古还是重今。陈僖不满汪琬推重唐宋派尤崇归有光、诋七子、贬钱谦益和侯方域："古人之文如秦以前、汉以后者不暇论，姑举其近者。昔人谓明三百年有诗而无古文。诗则七子救之，文则七子坏之。然欤？否欤？时人称王遵岩、唐荆川、孙月峰、毛鹿门、归震川，而昔之方正学当在何等欤？并今之钱虞山、侯商丘，又何似欤？"⑥ 汪琬则认为文"原不深者，其流不长"，故应"上之六经三史具在，次之诸子百氏，下迄唐宋大家诸集亦具在"，而不应仅取近世名家而舍本忘原，"而区区惟嘉靖隆庆诸君子是询，溯流而忘原，非所仰望于足下也"⑦。总体来说，汪琬重文法与才气，取法乎上而废今；而

---

① （清）陈僖：《再与汪比部论文书集》，《燕山草堂》卷一，清康熙刻本。
② （清）陈僖：《再与汪比部论文书》，《燕山草堂集》卷一，清康熙刻本。
③ （清）汪琬：《答陈霭公论文书二》，《钝翁前后类稿》卷十九，载李圣华笺校《汪琬全集笺校（一）》，人民文学出版社2010年版，第484页。
④ （清）陈僖：《与汪比部论文书》，《燕山草堂集》卷一，清康熙刻本。
⑤ （清）汪琬：《答陈霭公论文书一》，《钝翁前后类稿》卷十九，载李圣华笺校《汪琬全集笺校（一）》，人民文学出版社2010年版，第482页。
⑥ （清）陈僖：《与汪比部论文书》，《燕山草堂集》卷一，清康熙刻本。
⑦ （清）汪琬：《答陈霭公论文书一》，《钝翁前后类稿》卷十九，载李圣华笺校《汪琬全集笺校（一）》，人民文学出版社2010年版，第480页。

陈僖则主明道重寄托，法古而不废今。

此际的汪琬甫入文坛，便以孤傲自许闻名，此前刚在向遗民周容致书讨教时遭受冷遇，不免内心懊恼愤懑，而又遇上孤高性傲的陈僖，如此充满火药味的论争必然让二人针锋相对，互不相让。作为二人共同的朋友，计东深知汪琬如此行事的初衷是"深叹当世文章家好名寡实，鲜自重特立之士，故肆意褒讥，是是非非，不稍宽假"①。此次论争涉及内容，可以说也为众多清初古文家们关注和思考。对于此次论争，计东持有自己明确的古文观，并未明确站在任何一方，而是折中一二，对二人的部分观点表示认同。

首先，计东主张文以明道，不重文法。他在评点陈僖《三与汪比部论文书》时引用柳宗元之言："始吾幼且少为文章，以辞为工。及长，乃知文者以明道。是故不苟为炳炳烺烺，务采色，夸声音，而以为能也。凡吾所陈，皆自谓近道。"认为文章不徒囿于工法，不必拘泥于声、色、形，而是用来明道。所以他赞同陈僖所言，认为"可见文章以道为本，真不易之论"②，所以对汪琬过于重视法度而谨慎克制则略有微词："盖翁自少时为制科业，即以根柢经术为宗，不随流俗转移，旁及诗歌、古文，皆知古人法度，不肯苟且下一笔。"③ 其实，计东并非从始至终都坚定地主张文以明道的，而是有一个变化发展的过程。他在学作古文之初"昔借道以传文"④，更看重文。而随着对古文创作的实践、思考与揣摩，逐渐重视道的重要性，而转为主张"以文发明乎道"⑤。而此际他点评陈僖文章，应是在古文观发生转变之后的评论。而对待文法的态度，计东也不是一味排斥的，只是相比之下更为重视才。

其次，重学古，也重法今。汪琬和陈僖虽在是否法今的问题上看法不一，然对重古还是意见一致的。这一点计东亦然。他的古文

---

① （清）计东：《钝翁生圹志》，《改亭文集》卷十四，清乾隆十三年计璸读书园乐刻本。
② （清）陈僖：《三与汪比部论文书》，《燕山草堂集》卷一，清康熙刻本。
③ （清）计东：《钝翁生圹志》，《改亭文集》卷十四，清乾隆十三年计璸读书园乐刻本。
④ （清）王崇简：《与计甫草》，《青箱堂文集》卷二，《清代诗文集汇编》第16册。
⑤ （清）王崇简：《与计甫草》，《青箱堂文集》卷二，《清代诗文集汇编》第16册。

根柢六经，承袭唐宋韩愈、欧阳修及明之归有光一脉，风格又与苏轼相类，取法乎上，对汪琬重古学古给予了充分的肯定："若其文章溯宋而唐，明理卓绝似李习之，简洁有气似柳子厚。诗则游戏跳荡于范致能、陆务观、元裕之诸公间，而兼有其胜。"① 对于汪琬讥诋七子、钱谦益、侯方域等人，非议今人，计东则与陈僖持相同观点。从汪琬与吴殳借《正钱录》攻诋钱谦益一事中计东的态度便可见一二。康熙初年，"有娄东吴修龄作《正钱录》，攻摘虞山老人，不遗余力。吾郡苕文、䏻庵复助其焰，吹毛索瘢，自喻得志"②。吴殳、汪琬、叶方蔼等人的做法招致了一片批评质疑之声。计东也深为不平，认为汪氏攻讦钱谦益无异于蚍蜉撼树，以调谑的口吻反驳汪琬："仆自山东来，曾游泰山，登日观峰，神志方悚慄，忽欲小遗，甚急。下山且四十里，不可忍，乃潜溺于峰之侧，恐得重罪，然竟无恙，何也？山至大且高，人溺焉者众，泰山不知也。"③ 汪琬听后跃起大骂，几至攘臂。其实，计东此举虽是对钱谦益的维护，也并非全然是讥讽汪琬。友人徐作肃一语道破他的初衷："虽出自调笑，然正为苕文作身分不小。甫草今日之护虞山，即他日之护苕文也。"④ 王士禛也称计东所论是"厚道之言"⑤。

其实，汪琬、叶方蔼等人攻诋钱谦益也是出于古文观念方面的不合而大加抨击，与之并无私怨。汪琬古文远法韩愈、欧阳修，近淑归有光，主张文应本于六经，而钱谦益虽亦宗归有光，根柢经史却抵斥朱熹、吕祖谦，认为"南宋以后之俗学，如尘羹涂饭"，"弘正以后之缪学如伪玉赝鼎"⑥，故而汪琬认为钱谦益"以此排诋朱、吕之学，目之曰俗陋，吾未审其孰为俗，孰为陋也"⑦，作为文坛盟

---

① （清）计东：《钝翁生圹志》，《改亭文集》卷十四，清乾隆十三年计璸读书乐园刻本。
② （清）计东：《与周栎园书》，《甫里集》卷五，清康熙刻本。
③ （清）计东：《与周栎园书》，《甫里集》卷五，清康熙刻本。
④ （清）计东：《与周栎园书》，《甫里集》卷五，清康熙刻本。
⑤ （清）计东：《与周栎园书》，《甫里集》卷五，清康熙刻本。
⑥ （清）钱谦益著，钱曾笺注、钱仲联校：《牧斋初学集》卷七十九，上海古籍出版社1985年版，第1700页。
⑦ （清）汪琬：《读初学集》，《钝翁前后类稿》卷五十，载李圣华笺校《汪琬全集笺校（二）》，人民文学出版社2010年版，第936页。

主却败坏文道，所以深为愤恨："尝恨文章之道为钱所败坏者，其患不减于弇州、太函，而钱氏门徒方盛，后生小子莫不附和而师承之，故举世不言其非。"① 而计东曾随汪琬学古文，亦私淑归有光，但并未对汪琬有所偏袒，反是认可钱谦益的盟主地位，谓之为"文章宗匠"②。在姻亲朱鹤龄作《杜工部诗集辑注》与钱谦益发生争执时，计东仍在言语间对钱氏多有维护钦佩之辞，认为钱氏笺杜"搜奇抉奥，海内承风"③。他还赞钱氏为大雅君子，"通怀乐善"④，纵使后来与朱鹤龄交恶，亦"无忿之叫呼，不争之诟厉"⑤。计东的这种态度并非不与汪琬所倡观点完全相左，也并非全然支持钱谦益，只是不赞成妄加攻讦今人。他反思明代以来诸派之得失，讥七子为"声华雕缋之学"，所倡复古"莫不人人自以升六朝之堂，入三唐之室"⑥，终致模仿秦汉、三唐之文而徒得其表。后之竟陵派钟惺、谭元春虽扫七子积习却使人"洒然不自知其适己也，从之者甚众"⑦。他在此基础上倡导古文复兴，与当时的主流倾向是相合的。总体来说，计东并不看重个人论争的胜负得失，而是以包容开放的态度来看待清文的复兴。

陈僖与汪琬都是计东的知交好友，曾就各自的古文观有所商榷和磋商。计东多次向汪琬极称陈僖之文，赞陈僖"惊坐名成羡尔强，文章差许独苍凉"⑧。但作为吴中文人，计东仍保有对家乡的维护之心，在给陈僖的信中表示"君文自是河朔第一手，幸努力，江东大有人在"⑨，为江东子弟正名。陈僖作为孙奇逢弟子高侪的弟子，按

---

① （清）汪琬：《与梁御史论正钱录书》，《钝翁前后类稿》卷十八，载李圣华笺校《汪琬全集笺校（一）》，人民文学出版社 2010 年版，第 472 页。
② （清）计东：《与钱础日书》，《改亭文集》卷十，清乾隆十三年计瑸读书乐园刻本。
③ （清）计东：《杜诗辑注序》，《改亭文集》卷一，清乾隆十三年计瑸读书乐园刻本。
④ （清）计东：《与钱础日书》，《改亭文集》卷十，清乾隆十三年计瑸读书乐园刻本。
⑤ （清）计东：《与钱础日书》，《改亭文集》卷十，清乾隆十三年计瑸读书乐园刻本。
⑥ （清）计东：《谭鹿柴十集诗序》，《改亭文集》卷三，清乾隆十三年计瑸读书乐园刻本。
⑦ （清）计东：《谭鹿柴十集诗序》，《改亭文集》卷三，清乾隆十三年计瑸读书乐园刻本。
⑧ （清）计东：《遇陈蔼公》，《改亭诗集》卷六，清乾隆十三年计瑸读书乐园刻本。
⑨ （清）陈僖：《接计甫草书，有"君文自是河朔第一手，幸努力，江东大有人在"之句，赋答二诗》，《燕山草堂集》卷五，清康熙刻本。

辈分算，应是身为孙奇逢弟子的计东的晚辈，但并未逊让，回以"努力文章事，江东大有人。趋时名恐伪，袭古调无真"，表示江东虽大有人在，但批评他们为文随俗趋时一味学古的风气，并自信表示"普天才一石，八斗在江东。独步谁人杰，分余我士雄。游心天不远，抗志古为穷。吾道存河朔，悲歌燕赵风"①。计东与陈僖虽各有立场，却是互相欣赏的，涉及古文创作的论争时通常直言无隐，二人也建立了深厚的友谊。当计东去世后，"故旧中近亦微有异议"，陈僖深感不平："士不得志，众人欲杀，赍志以殁，赖有怜才者嘘枯彰善，使声施于后，为凭吊者咨嗟钦仰，则千载如生。若不幸身死，故交良友不惟不为表扬，反皆有异议，固人心之日薄，亦世道之日下也。伤哉！"②并对计东赞誉有加："吴江计甫草，天下才也。当日在词坛中，吾党有飞将军之目，其相期为吾道干城者，真不可量，世之得交甫草，亦人人以为光宠。"③特意书信一封请求严沆看在计东推其为生平知己的情分上刊刻其遗集："今之遗孤遗文，舍阁下无属，倘羊舌胹成之人，撰次翻遗之事，不专美于前，甫草生慧而死灵，九原感佩所不必言，凡有心人，皆衔结恐后矣。"④这份诚意与行动，可算计东交得其人了。而他与汪琬更是相知多年，感情深厚。二人往来诗文赠答切磋不在少数，在第二章第四节中有专门提及，兹不赘言。

三人就重寄托而后有文法还是尚才气重文法、主明道还是重法度、法古还是重今等问题磋商，显示了古文家们对"清文"走向的积极探索和参与。论争中心议题文法说之兴起大抵源于此，对清初古文复兴有重要的作用。论争磋商不过是复兴古文的工具和手段，根本目的在于倡立清文，成就一代之文学。要之，三人在这场论争中的观点和表现，呈现出清初各地古文家们开放包容又各陈己见的

---

① （清）陈僖：《接计甫草书，有"君文自是河朔第一手，幸努力，江东大有人在"之句，赋答二诗》，《燕山草堂集》卷五，清康熙刻本。
② （清）陈僖：《答严侍郎书》，《燕山草堂集》卷一，清康熙刻本。
③ （清）陈僖：《答严侍郎书》，《燕山草堂集》卷一，清康熙刻本。
④ （清）陈僖：《答严侍郎书》，《燕山草堂集》卷一，清康熙刻本。

多元古文观，为清文的发展提供了更为丰富的理论支撑。

二 经道文合一——与汪琬、梁熙的论争

如何处理经、道、文的关系也是清初古文家们亟须思考和面对的问题。计东与汪琬、梁熙等古文家致力于重振古文，一直在积极思考，彼此间多有商榷和探讨。计东先是与汪琬、梁熙等人就"道"的问题展开论争，又就经、文、道关系进行探讨，从中可看出计东、汪琬等人古文观念的变化与修正。

计东在与汪琬、陈僖就文法论争的同一时期，又与汪琬就经、道、文中的"道"展开了深入的论争与磋商，显示出二人对"道"的重视，展现了彼此不同的见解和分歧所在。顺治十七年（1660）前后，计东与汪琬在一次会面中谈及《论语·朝闻道》一章，未暇往复深入探讨便匆匆别去。汪琬遂作《与计甫草论道书》与之商榷。计东对"道"作何言论今已不能全然知晓，在此前汪琬与陈僖的论争时就表示"可见文章以道为本，真不易之论"①，也可从汪琬的信札中略见一二，亦可看出二人对"道"的看法和分歧所在。

二人就《论语·朝闻道》一章展开的论争中心议题主要有三。一是孔子所闻之"道"为何。计东自幼潜心于《中庸》《孟子》诸书，认为孔子所闻之"道"，非日用常行五伦之道，而是恍惚不可知之道。汪琬认为大不妥，特引《中庸》中孔子之言"君子之道四，所求乎子、臣、弟、友者"，孟子之语"道若大路，然尧舜之道，孝弟而已矣"② 予以反驳，指出五伦之道赋于天为命，禀于人为性，发于知觉之灵而为心，质疑计东是否潜得其旨，若如计东所言舍弃道之日用常行，"欲求所谓性命于恍惚不可知之地"③，则会沦为异端

---

① （清）陈僖：《三与汪比部论文书》，《燕山草堂集》卷一，清康熙刻本。
② （清）汪琬：《与计甫草论道书》，《钝翁前后类稿》卷十九，载李圣华笺校《汪琬全集笺校（一）》，人民文学出版社2010年版，第486页。
③ （清）汪琬：《与计甫草论道书》，《钝翁前后类稿》卷十九，载李圣华笺校《汪琬全集笺校（一）》，人民文学出版社2010年版，第486页。

之言、淫词邪说。二是"道"是否可闻。计东自幼受圣人之训，研习朱熹《四书集注》，用之补诸生、入贡学、中举人，但引子贡以孔子所言性与天道不可得闻为证，极力申说"道有不传之秘"①，故而不可得、不可闻。汪琬则认为计东此论无异于"援佛以尊孔子"而"抑诬之"，并引朱熹对道不可得闻的阐释"圣门教不躐"，指斥计东对朱子之说弃而不用，已达到"上之则诬孔子，下之则悖朱子"②的境地，言辞之激切可见一斑。三是日用常行之道，常人是否可闻。计东素习禅宗宗门之教，颇晓机锋，欲合孔子之道与禅宗为一，认为"日用常行之道，虽下愚亦可与闻，当无所俟乎孔子"，只有那些高深莫测的"道"才需孔子"讲之不厌其详，辨之不嫌其审，举凡非礼之礼、非义之义，无不研晰而折衷之"③。汪琬则反驳指出，大道不明，所以古之诸子纷纷张帜立说，"或遁于虚无，或骛于名法，或流入于尚同兼爱，敢为放言高论，以炫惑天下之聪明"，使天下靡然从之；而其他如"鬻拳之忠，申生之孝，苟息之不食言，乡原之徒之廉洁忠信"④，皆是道所不与者。所以圣人认为闻道为难事，所以才会反复辩讲，"以明其毫厘千里之谬，而一返之乎中正，然后得为闻道"。而孔子所说闻道，又并非"佛氏之闻熏闻修、耳门圆照三昧之说"，故而认为计东欲将儒释合一的做法无异于"倾乳入酒，终于酒乳俱败"⑤。

　　意犹未尽的汪琬复作《跋论道书》，记录了二人辩争的后续。计东读了汪琬的信并未被说服，而是深不以为然，力劝其读《程氏遗

---

① （清）汪琬：《与计甫草论道书》，《钝翁前后类稿》卷十九，载李圣华笺校《汪琬全集笺校（一）》，人民文学出版社 2010 年版，第 486 页。
② （清）汪琬：《与计甫草论道书》，《钝翁前后类稿》卷十九，载李圣华笺校《汪琬全集笺校（一）》，人民文学出版社 2010 年版，第 486 页。
③ （清）汪琬：《与计甫草论道书》，《钝翁前后类稿》卷十九，载李圣华笺校《汪琬全集笺校（一）》，人民文学出版社 2010 年版，第 487 页。
④ （清）汪琬：《与计甫草论道书》，《钝翁前后类稿》卷十九，载李圣华笺校《汪琬全集笺校（一）》，人民文学出版社 2010 年版，第 486 页。
⑤ （清）汪琬：《与计甫草论道书》，《钝翁前后类稿》卷十九，载李圣华笺校《汪琬全集笺校（一）》，人民文学出版社 2010 年版，第 487 页。

书》《朱子语类》,则必能有与自己的说法"相发明者"①。汪琬为备科举也曾研习程朱之学,自谓从中无所得,这也是他此前不重道亦或对道认识不深的表现。计东身受东林学派高、顾之学影响,还师事理学大家曹本荣,得理学真传,汪琬却在信中引朱熹、程颐之语,诋计东未能深解程朱所称"道"之义,讥其"读之不详,妄生穿穴",言语间极不留情面,并表示异时相见,"当相与极言之"②。

除就"道"的问题进行商榷,计东与汪琬、梁熙的话题还延伸至经、道、文的关系上来。梁熙也参与到二人的论争中来。作为计、汪共同的好友,他被汪琬赞为与计东一样"为知古文"③。梁熙见计东不仅与汪琬论道,集中亦多论道之文,遂诘问其"将为周、程之徒乎?抑为韩、欧之徒乎"④,认为经与道不可相合,而计东则认为经、道、文三者合一,未可分离。诸人的话题遂上升至经、道、文之关系上来。经、道、文关系是清初古文运动的重要问题之一。历经了明代复古思潮和性灵学说,古文传统受到冲击而渐至没落,怎样恢复唐宋一脉的古文传统就成了清初古文家们所要思考的问题。要重振古文,如何诠释经、文、道的关系便是其中关键一环。经、道、文的关系自南宋以来就成为古文家与道学家论争的焦点所在,至清初仍论争不休。计东作为欧阳修、归有光一脉古文传统的承继者,主张经道文合一,三者不可分割,缺一不可。

他自谦不知经、道,曾跟随汪琬学作古文,窃见其梗概。二人教学相长,彼此见证了对方为文的不足与进益之处,故而在辩论时深知其短,多直言无隐,可谓诤友。康熙九年(1670),汪琬《钝翁类稿》刻成,计东为之作序,就经、道、文问题发表了看法,并"兼质之侍御"⑤梁熙。他认为经道文三者不可分,重点强调崇经,

---

① (清)汪琬:《跋论道书》,《钝翁前后类稿》卷四十八,载李圣华笺校《汪琬全集笺校(二)》,人民文学出版社2010年版,第908页。
② (清)汪琬:《跋论道书》,《钝翁前后类稿》卷四十八,载李圣华笺校《汪琬全集笺校(二)》,人民文学出版社2010年版,第909页。
③ (清)计东:《钝翁类稿序》,《改亭文集》卷一,清乾隆十三年计琰读书乐园刻本。
④ (清)计东:《钝翁类稿序》,《改亭文集》卷一,清乾隆十三年计琰读书乐园刻本。
⑤ (清)计东:《钝翁类稿序》,《改亭文集》卷一,清乾隆十三年计琰读书乐园刻本。

还梳理了自汉至清初经、道之于古文的发展脉络，指出"圣人之道载于六经，学者能从经见道，而著之为文"①，不使经、道、文三者析而不可复合，方可谓善学，显示出深邃而宽广的古文家眼光，也可看出吴地古文宗尚的影子。

计东在《钝翁类稿序》中对自汉之贾谊、董仲舒等，经"唐宋八大家"、朱熹，发展至明归有光、王慎中，乃至清初汪琬的古文传统做了梳理，着重探讨了经、道、文的关系，主张经、道、文合一。他认为，汉之贾谊、董仲舒、刘向、扬雄皆精通经学，而道已深寓其中，然彼时文人仅知经学而已。至唐之韩愈，虽能"原道之大端而未悟其精微"，柳宗元"闻性善之说"，李翱著《复性书》，诸人已渐有"求见道体之意"，却"未有离经学以立教者"②，而是正告天下、诏示后学要以经为文之本，并未对道予以足够的重视。计东还注意到，文道关系自南宋以来成了古文家与道学家论争的焦点。他将文、道的分裂对立归咎于《宋史》"分立儒林、道学两家"，致使后世以欧阳修、曾巩、王安石、苏轼等为文章之儒，以周敦颐、程颐等为道学之儒，致使文、道破裂为二。但实际上，欧阳、曾、王、苏等人的文章，"未有不原于经、不窥于道而可粹然成一家之言者"，就本质上而言，经、道、文"始未尝不同其原，终亦不可析而为二"③。他于南宋之文推崇朱熹独"能阐经以明道"，而批陆九渊、杨简等人倡"六经注我"而蔑弃章句，加剧了"儒林、道学两家判然不可复合"的状态，致使"文章弇陋，经术支离，而凡自诩为见道者，其流弊遂相率而为无忌惮"④，贻害数百年，至清初仍未平息。

计东认为，至有明一代，经、道、文关系处理最好的当数归有光和王慎中。他认为，有明一代二百八十年中，文章可宗法者仅有归有光、王慎中，其余无足可论者。归有光闻道于魏校，证道于程、朱；王慎中亦为闻道者，立言必贯穿六经。二人之文"足以继前人

---

① （清）计东：《钝翁类稿序》，《改亭文集》卷一，清乾隆十三年计琰读书乐园刻本。
② （清）计东：《钝翁类稿序》，《改亭文集》卷一，清乾隆十三年计琰读书乐园刻本。
③ （清）计东：《钝翁类稿序》，《改亭文集》卷一，清乾隆十三年计琰读书乐园刻本。
④ （清）计东：《钝翁类稿序》，《改亭文集》卷一，清乾隆十三年计琰读书乐园刻本。

而信后世"①。他将汪琬置于唐宋古文发展脉络中,"二公殁后百余年,而我郡有汪苕文者出",认为他是继归有光、王慎中之后继承唐宋古文传统的重要继承者,能贯经、道为一而为文,"不悖于圣人之道,则其文之足传于后世"②,其实也是将自己归于其中一脉。同时也认为,汪琬学文有一个变化发展的过程,并不是一蹴而就的:"始亦仅志乎古人之文,习其矩矱而已。既乃知文之不可苟作,必根柢于六经而出之,然犹未得。夫经之指归也,益黾勉窥测于道之原而得其所以为经者,遂能贯经与道为一,而著之为文。"③ 正是由于他悟得经、道、文合一之旨,才成为唐宋乃至明代文脉的继承者,"近继归、王垂绝之绪,远蹑韩、欧诸公"④。

对于计东所论,梁熙、汪琬二人作何感想尚未有材料记载,然从汪琬将该序收录文集将之作为《钝翁类稿》卷首之序来看,也佐证了他对计东所论的认可。

他在《王敬哉先生集序》中也不赞成将道统、文统分离,"韩、柳、欧阳、曾以文,周、张、二程以道,未有汇其源流而一之者"⑤。可见二人就这一问题的观点还是契合的。计东的观点还得到了王士禛、王崇简、魏裔介等人的称许。王士禛认为计东所论是郑重之言,"文字、经字、道字作三层出,文有针线,行文有顿挫",将三者融为一体,有草蛇灰线之妙,赞计东此文"世之优孟衣冠者可废然返矣"⑥。同时也指责时人"以文章为道途""道之不明,文章障之"等观点是"固而陋"之论。王崇简则认为计东之文原委清晰,文理绵密,能直指原委,堤障末流,"功不在禹下"⑦。魏裔介亦主张"以程、朱之理为韩、欧之文,方可谓之学",与计东所论相

---

① (清)计东:《钝翁类稿序》,《改亭文集》卷一,清乾隆十三年计瑸读书乐园刻本。
② (清)计东:《钝翁类稿序》,《改亭文集》卷一,清乾隆十三年计瑸读书乐园刻本。
③ (清)计东:《钝翁类稿序》,《改亭文集》卷一,清乾隆十三年计瑸读书乐园刻本。
④ (清)计东:《钝翁类稿序》,《改亭文集》卷一,清乾隆十三年计瑸读书乐园刻本。
⑤ (清)汪琬:《王敬哉先生集序》,《钝翁续稿》卷五十,载李圣华笺校《汪琬全集笺校(三)》,人民文学出版社2010年版,第1430页。
⑥ 王士禛评语,参见(清)计东《汪苕文文集序》,《甫里集》卷一,清康熙刻本。
⑦ 王崇简评语,参见(清)计东《汪苕文文集序》,《甫里集》卷一,清康熙刻本。

合,赞其"訚訚言之极,似西山先生"①。乾嘉时期文人李祖陶则赞计东此文"言析理分肌,可为艺苑指南,而许与汪氏尤不溢"②。

可以说,计东用史的眼光以经、道、文三者关系划出一条古文发展脉络,提倡经、道、文合一,道寓于文,以文阐道,倡导恢复古文正道,是作为古文创作者所表现出的有意识的积极思考与探索。

三 醇肆之辩与文法说——与汪琬、魏禧的论争

计东还与汪琬、魏禧就古文文法、古文醇肆之辩问题进行商榷,其中对文法的看法在给陈僖的评点中也有涉及,只是并未深入展开。而在致书魏禧的信中对文法问题和醇肆问题与之有所商榷,显示了计东对古文理论走向的积极探索与关注。

康熙十一年(1672),遗民魏禧在江浙一带游学访友,过吴门,与隐居于尧峰的汪琬商讨古文,"两次相见,益得闻所未闻"③,先后作书两封致汪琬,惜今《与汪户部书》与汪琬复信已不可见,仅留《又与汪户部书》,据第二封信推测,前一封所言大体不离商榷古文之事,然二人意见相左,故魏禧称"阁下顾不以未同之言为罪",却被有心人谬传二人"蹈文人相倾之习"④。他在向友人施闰章谈及此事时仍颇感委屈不平:"予病废三十余年,不敢怀一刺一启事干贵人,独往好户部文,欲有所商榷,先之以书,而世不察也,以为相訾议。"⑤更有甚者将书信演绎讹传为带有"纵横凌厉,有求胜于人之气",所以魏禧悔恨难平,"自恨生不学道,不能自克其名胜之

---

① 魏裔介评语,参见(清)计东《汪苕文文集序》,《甫里集》卷一,清康熙刻本。
② (清)计东:《钝翁类稿序》,《改亭文录》卷一,李祖陶《国朝文录续编》,《续修四库全书》集部第 1671 册。
③ (清)魏禧:《又与汪户部书》,载《魏叔子文集外篇》卷六,胡守仁、姚品文、王能宪校点,中华书局 2003 年版,第 287 页。
④ (清)魏禧:《又与汪户部书》,载《魏叔子文集外篇》卷六,胡守仁、姚品文、王能宪校点,中华书局 2003 年版,第 287 页。
⑤ (清)魏禧:《愚山堂诗文合叙》,载《魏叔子文集》卷八,胡守仁、姚品文、王能宪校点,中华书局 2003 年版,第 448 页。

私，以五十无闻之年，蹈少年喜事之习"①，愤而将《与汪户部书》焚毁。魏禧谓"今天下名文如林，大抵皆欲微多"②，也印证了当时文人论争攻讦的事实。他不得不"用是刻前书，就正海内"③ 来为彼此辩白，通篇谦虚本分，不敢有丝毫卖弄学问、凌厉求胜之气，可知当时影响不小，以致后来二人不敢轻易有文字往来，以免落人口实。

魏禧平素谨慎作文，自谓每撰成一文，必遍请友朋弟兄攻刺指摘，屡易其稿方收录集中，于当时古文家中深为推服汪琬之文，赞其"得古人之简用，能俛视一切，而碑版叙事之文，则阁下尤工"④。在信中，魏禧对当时的应酬之文不加修订便仓促付梓的风气提出批评："是以今日脱稿，而明日登木，荒谬苟且。"⑤ 故在受蔡方炳所请为其父蔡懋德作《明右副都御史忠襄蔡公传》后，为避免这种情况发生，自感长达五六千言，稍显冗长，又因蔡懋德是"关系三百年之人，其传宜使整齐流示后世"，故为之作传更为谨慎，特请汪琬予以针砭斧削，"意欲详悉郑重，以明公儒者之用，使后世可法而见诸行事"⑥。

汪琬虽未将与魏禧论文之尺牍收入集中，但从其作品中指摘钱谦益、侯方域、计东等人，却未对魏禧有所攻刺，当是对之推服的，惜不能得见其回信，然从魏禧《答计甫草书》可见二人论文之大端，主题大体不离醇肆之辩和文法之说，惜计东来书未见，不知所谈内容梗概。计东在致书魏禧的信中特意向其询问了汪琬古文之得失，

---

① （清）魏禧：《愚山堂诗文合叙》，载《魏叔子文集》卷八，胡守仁、姚品文、王能宪校点，中华书局2003年版，第448页。
② （清）魏禧：《又与汪户部书》，载《魏叔子文集外篇》卷六，胡守仁、姚品文、王能宪校点，中华书局2003年版，第287页。
③ （清）魏禧：《又与汪户部书》，载《魏叔子文集外篇》卷六，胡守仁、姚品文、王能宪校点，中华书局2003年版，第287页。
④ （清）魏禧：《又与汪户部书》，载《魏叔子文集外篇》卷六，胡守仁、姚品文、王能宪校点，中华书局2003年版，第287页。
⑤ （清）魏禧：《又与汪户部书》，载《魏叔子文集外篇》卷六，胡守仁、姚品文、王能宪校点，中华书局2003年版，第287页。
⑥ （清）魏禧：《又与汪户部书》，载《魏叔子文集外篇》卷六，胡守仁、姚品文、王能宪校点，中华书局2003年版，第287页。

并向其讨教关于古文醇肆的问题。魏禧欣然承之,指出计东"文多高论,读之爽心动魄,失在出手易而微多"的弊端。他认为侯方域之文肆而不醇;汪琬之文醇而未肆;姜宸英之文在"醇肆之间,惜其笔性稍驯,人易近而好意太多,不能舍割"①。他尤为不满汪琬古文之"不肆",认为汪琬并非不能"肆",而是过于重视法度导致的不敢"肆","奉古人法度,犹贤有司奉朝廷律令,循循缩缩,守之而不敢过"②。这就涉及文法问题。魏禧指出,古文法度工整谨严,效法规矩不能轻易反叛,然"兴会所至,感慨悲愤愉乐之激发"之时可不谨守法度,故重视文法之变,正因适时之"肆",才会成就"左氏、司马迁、班固、韩、柳、欧阳、苏"③诸名家。同时,他还指出,"传志之文,则非法度必不工,此犹兵家之律,御众分数之法,不可分寸恣意而出之",故而尤为欣赏得力于欧阳修、王安石一脉的汪琬所作碑志,认为其"最工法度,谨严于碑志最得宜,是以冠于诸体"④。他还指出,文法不过如枝叶,是文人为文之能事,并非文章之根本,但对文之根本并未在信中与计东详细展开。当然,汪琬虽谨守法度,也并非一成不变。他在与梁熙论文时就表示:"某尝自评其文,盖从庐陵入,非从庐陵出者也。假使拘拘步趋,如一手模印,辟诸舆台皂隶,且不堪为古人臣妾,况敢与之揖让进退乎?"⑤

其实,魏禧所称计东"文多高论,读之爽心动魄,失在出手易而微多"⑥,就是承认其文有"肆"的一面,即是汪琬所称之"气

---

① (清)魏禧:《答计甫草书》,载《魏叔子文集外篇》卷五,胡守仁、姚品文、王能宪校点,中华书局2003年版,第247—248页。
② (清)魏禧:《答计甫草书》,载《魏叔子文集外篇》卷五,胡守仁、姚品文、王能宪校点,中华书局2003年版,第247页。
③ (清)魏禧:《答计甫草书》,载《魏叔子文集外篇》卷五,胡守仁、姚品文、王能宪校点,中华书局2003年版,第247页。
④ (清)魏禧:《答计甫草书》,载《魏叔子文集外篇》卷五,胡守仁、姚品文、王能宪校点,中华书局2003年版,第247页。
⑤ (清)汪琬:《与梁曰缉论类稿书》,《钝翁前后类稿》卷二十,载李圣华笺校《汪琬全集笺校(一)》,人民文学出版社2010年版,第506页。
⑥ (清)魏禧:《答计甫草书》,载《魏叔子文集外篇》卷五,胡守仁、姚品文、王能宪校点,中华书局2003年版,第247页。

壮"。但魏禧并未看到计东古文醇的一面，当然也不排除二人交往时计东之文并未具备"醇"的一面的可能。实际上，计东为文主张醇正和雅，当是受汪琬影响之故，而多年游走南北的壮游经历和跳荡不羁的个性，也让他的古文充满气势，凌厉直前颇类苏轼。他的文集中具有醇正和雅特质的古文不在少数，如《大司徒王公寿序》便是醇深尔雅的典范之文；《卓氏传经堂记》则精醇深厚，极具生色。

对于魏禧所为文过于注重文法，计东也是不赞同的。他虽在给陈僖的评点中略有提及，却并未展开。实际上，计东并非不重文法，在结构文章时亦用心经营文法，如所作《故明资德大夫正治上卿户部尚书侯公墓志铭》"文作三层，尽力摹写，起结应伏，一丝不乱，又能变化无痕。中间借左帅及经画奏议大略铺叙，映带为一篇，光彩尤觉郑重"①。《敬哉王先生〈顺天修学庙记〉》亦是"此作者金针度人处，可悟为文之法"②。在计东看来，"才实难，法非难"③，相比于法，更强调才的重要性，重点在于是否能做到才大思深，而于事理有独大之见："才调之广狭、识见之小大、思力之浅深，则狭者不能使之广，小者不能使之大，浅者不能使之深，此殆有天焉，非学可至也。法亦无穷，随其才调识见思力而与为变化，彼浅隘且小者，其为法亦拘拘不足观矣。"④ 所以，他主张"不屑屑求合古法，而法自无不秩然应节"⑤，这一切的基础要靠才来支撑。

总的来说，计东的几次古文论争都与汪琬有关。二人尽管常有论文不合、观点龃龉之时，仍然保持了一生的友谊。计东是性急好斗的汪琬为数不多的能善始善终的朋友，计东对汪琬也给予了足够的理解和包容，在与门人吴霭的信中更是道出自己对待友人的本心

---

① 徐作肃评语，参见（清）计东《故明资德大夫正治上卿户部尚书侯公墓志铭》，《甫里集》卷六，清康熙刻本。
② （清）计东：《敬哉王先生〈顺天修学庙记〉》，《甫里集》卷三，清康熙刻本。
③ （清）计东：《徐健庵集序》，《改亭诗集》卷一，清乾隆十三年计琰读书乐园刻本。
④ （清）计东：《徐健庵集序》，《改亭诗集》卷一，清乾隆十三年计琰读书乐园刻本。
⑤ （清）计东：《徐健庵集序》，《改亭诗集》卷一，清乾隆十三年计琰读书乐园刻本。

所在："夫盛称其友，至溢其实，使不信于天下，不传于后世，凡庸人之所为，非所语于长者也。足下明于此义，则可读《钝翁类稿》与《说铃》矣。"①

结　语

顺康之际的文坛，出现了一大批理念不同、宗法各异的古文创作家。计东作为吴中群体的重要成员，与汪琬、陈僖、梁熙、魏禧、施闰章等就古文相关问题展开交流和论争，从中显示了自身的古文观。所与论争者皆是当时重要的古文名家，所论争的内容如文法问题、经道文关系、醇肆之辩、法古还是重今、宗经复古问题等，都是关系古文发展的大问题。计东虽自视为震川派继起者，然在多次论争中并未拘泥于一派之得失荣辱，反是与同时所谓震川嫡传的汪琬观点并不完全相合，先是站在陈僖一方批评汪琬过度提倡文法，又尊崇钱谦益而反对汪琬的"倒钱"之举，还支持魏禧一方而指责汪琬，显示了融通开阔的古文观。

要之，经历了明清易代，反思和批评晚明以来空疏文风，呼吁文本六经，提倡实学，重视实用性一度成为清初文学思潮的主流，以上几次古文论争正是在这一背景下兴起的。清初古文论争并不止于上述几次，但以计东为中心所串联起的古文论争所涉及的话题对当时的古文运动具有重要意义，为研究文学思潮在每个个体手中如何嬗变提供了丰富而生动的细节，丰富充实了古文创作的相关理论，为创作提供了可供借鉴的程式，一定程度上呈现了清初文学思潮发展变化轨迹，推动了清初古文的发展。

---

① （清）计东：《与门人吴蔼书》，《改亭文集》卷十，清乾隆十三年计瑞读书乐园刻本。

第四章　计东诗文创作及相关问题考论

计东以能文著称于世，诗则少被关注。实际上，计东在世时已以能诗闻名，诗亦能自树立，在素以人文渊薮著称的吴地诗坛乃至清初诗坛都占有一席之地："吴江为诗人渊薮，有清一代，如计甫草、潘次耕、郭频伽诸人，皆蜚声坛坫。"① 他能突破吴地诗风而自成规格，则是因他多年游走南北、穷愁不遇的壮游经历。计东一生作诗不多，目前所存《改亭诗集》共收诗477首，其中古体诗125首，近体诗352首。虽然如此，计东之于诗歌，仍有一套自己的独特的诗学理论，《答诸弟子论诗》是他诗学思想的集中体现，是为弟子而作的一份翔实的学诗入门指南，并将之运用于诗歌创作中。而他的诗歌创作随着多年游谒奔走南北而与诗学理论虽未能尽合，但可以说基本践行了自己的诗学主张而又有所反拨与变化，创作了四百余首题材多样、风格鲜明的诗篇。本章除对计东诗学思想与创作进行探析外，还就其以思子亭为主题的诗文征集活动展开考察，详细探究这一活动的征集缘起、主题内容以及其背后反映的清初士人情礼观、古文宗尚等；还对他与顾有孝、潘耒、吴兆骞合称"松陵四子"的确立过程，四人间的交往情况，四人并称缘由及意义等相关问题进行考述。要之，本章拟对计东诗文创作的相关问题作多角度、深层次的考察。

---

①　沈其光：《瓶粟斋诗话》，载张寅彭主编，杨焄校点《民国诗话丛编》，上海书店2002年版，第530页。

第一节　诗学思想诠说
——以《答诸弟子论诗》为中心

计东作为立志于有用于世的典型江南文人，无论在明抑或清，都积极入世，用心于制举之业，专攻时文，直至顺治十八年（1661）奏销案发被褫革举人资格，才发生文学兴趣的转移，转攻诗文，这种现象在当时的江南不在少数。造成这种情况的原因固然有文人志趣的转移，也与长期以来明清科举制度的侵害、清朝统治者怀柔与威压政策并行息息相关。随着清初统治的稳固，参加科举、步入仕途是士人的普遍选择。这就造成传统的文学写作遭到科举制度的侵袭，迫使文人多汲汲于功名而重视制举之业，专攻八股文而忽略或不重视诗文，尤其是诗歌："谈诗道于今日，非上材敏智之士则不能工。何也？以其非童而习之，为父兄师长所耳提而面命者也。大抵出于攻文业举之暇，以其余力为之，既不用以取功名、博科第，则于此中未必能专心致志，深造自得，以到古人所必传之处。"[①] 计东可以说是具有这一倾向的典型代表。在他的诗学思想中，诗并不是重要的，甚至提出诗歌无用论，但实际上他之于诗歌有很深的造诣，有一套自己的诗学理念，反映了清初诗坛提倡复古、宗唐黜宋的主流诗歌宗尚。

《答诸弟子论诗》大体是康熙七年（1668）至九年（1670）计东在汝颖等地讲授程朱之学和制艺时的语录，讲学对象多为刘体仁族亲，以刘氏子弟为主。他回答诸弟子论诗的二十五则内容具体而具有很强的实用性：提出"学诗无用论"，意在教导学生在时文、学道和学诗之间，更要重视前两者，所谓的"用"主要是针对世道人心、功名前途而言；教弟子学诗则深入而细致，对作诗门径、诗题诗序等的看法论述详备。《答诸弟子论诗》作为诗学文本的独特性在于：在清初古文家中，尤其是布衣古文家中，很少有人就诗歌技法

[①] （清）黄生：《诗麈》卷二，载《皖人诗话八种》，黄山书社1995年版，第85页。

方面进行论述。而计东的这个文本为我们留下了一份翔实的作诗入门的指导记录。

一　诗歌无用论

对于诗歌，计东是并不重视的。在他看来，制举之业是排在第一位的，当其有所成立，"始旁及诗、古文之学"①。这种看法即使在他被褫革举人功名后亦未动摇，且将这种理念传授给授馆门人、弟子。他在与门人交流时"或聚首五六月，仆无一语及诗"②，甚至认为诗无用于世，这种观点放之于历代文人中也无疑是极端、尖锐而不多见的。这也是明清时期以八股取士，致使文人多研习八股制艺而不重诗学训练的结果。而计东之所以如此，除了与他热衷于功名声业有关外，当然也有受业之师曹本荣的影响。康熙三年（1664），曹本荣临终之际，计东侍候在侧，得友人相赠诗集，被恩师以"尔来此非古之立言也，尔识之"③斥教。计东受此影响甚深而不敢忘，在授徒之际屡屡申述曹本荣所谓诗歌并非承载立言功用的最佳文体。但这并不代表他未受过系统的学习，没有自己的诗学观念，不具备较高的诗歌创作水准。从如今所见作品看，他的诗歌创作与他的人生遭际紧密相连，不失为一名优秀的诗人，拥有一套完备的诗学理论主张。

计东认为，上古时期，《九歌》的功能是"用以劳民劝相"④。到了春秋时期，诗歌则"用以通志交邻，以其有用，故贵之"⑤。而

---

①（清）计东：《答诸弟子论诗二十五则　有序》，《改亭文集》卷十二，清乾隆十三年计璸读书乐园刻本。
②（清）计东：《答诸弟子论诗二十五则　有序》，《改亭文集》卷十二，清乾隆十三年计璸读书乐园刻本。
③（清）计东：《答诸弟子论诗二十五则　有序》，《改亭文集》卷十二，清乾隆十三年计璸读书乐园刻本。
④（清）计东：《答诸弟子论诗二十五则　有序》，《改亭文集》卷十二，清乾隆十三年计璸读书乐园刻本。
⑤（清）计东：《答诸弟子论诗二十五则　有序》，《改亭文集》卷十二，清乾隆十三年计璸读书乐园刻本。

自战国以降,"诗无可用久矣"①。所以才会出现两汉四百余年亦并不贵诗,仅《古诗十九首》为著,却不署著者名姓,汉乐府亦多佚名,可见不重诗之一斑。到了魏晋时期,曹氏父子争雄之余间作诗歌,得一批失意文人如王粲、刘桢辈"献诗为媚,沿以成风"②。计东认为"设此时曹魏尽斥王粲辈数人,于魏无损"③,并不认可魏晋这一时期文人的诗歌成就和价值,对南北朝时期的诗歌更是避而不谈。还认为至唐设科举取士并不以诗,对人心、国是并未见有所损害,可见他更注重诗歌的教化功能,实际上并未脱离儒家兴观群怨之大旨。他主张将耳目心思用于其他"至贵于天地者",而不应"专心致志求工于不可贵之物"如诗歌,故表示对将二者本末倒置者"窃为诸公耻之"④。他认为,古来之立言者并不以诗,而是如"曾子之传《大学》、子思之著《中庸》、孟子之作《七篇》,下及周、程、张、朱之著论"⑤,表章圣贤绝学,方可谓是有功于人心、国是之言,因而认为,重视考声韵、辨格律的诗歌"为无益于天下之伎"⑥。实际上,计东早年作诗是重视声律的。他自谓幼时熟闻大樽氏之教,"以为指归寄托即在声华格律之中,犹华实之均发于干,高深之均丽于地,未可区之为二,而有所畸轻畸重也"⑦,故而认为天下之诗必如是则可至工。而当他穷愁困厄、彷徨困顿数年,"向之所谓声华者剥落矣,向之所谓格律者颓唐矣。独此羁茕孤结之气有所

---

① (清)计东:《答诸弟子论诗二十五则 有序》,《改亭文集》卷十二,清乾隆十三年计瑸读书乐园刻本。
② (清)计东:《答诸弟子论诗二十五则 有序》,《改亭文集》卷十二,清乾隆十三年计瑸读书乐园刻本。
③ (清)计东:《答诸弟子论诗二十五则 有序》,《改亭文集》卷十二,清乾隆十三年计瑸读书乐园刻本。
④ (清)计东:《答诸弟子论诗二十五则 有序》,《改亭文集》卷十二,清乾隆十三年计瑸读书乐园刻本。
⑤ (清)计东:《答诸弟子论诗二十五则 有序》,《改亭文集》卷十二,清乾隆十三年计瑸读书乐园刻本。
⑥ (清)计东:《答诸弟子论诗二十五则 有序》,《改亭文集》卷十二,清乾隆十三年计瑸读书乐园刻本。
⑦ (清)计东:《王尔玉诗集序》,《改亭文集》卷二,清乾隆十三年计瑸读书乐园刻本。

感触，遂不复能选言而出，邑然达之乃已"①。所以历经岁月磨砺的他才悟出了作诗过于重视声律的弊端，从而主张作诗应"寄托深厚，而亦不陋于声华，指归凄恻，而亦不诡于格律"②。他还在《游晋草序》中强调，作诗不应苛求于声律，知声律而不重之方是作诗的最高境界。他认为，自陶唐《击壤之歌》至《诗三百篇》、汉魏诸乐府歌词，都"未尝苛求声律"，而是"各自言其情志，不问工拙也，不患得失也，率然成之，偶然得之，作者不自知其可传，亦不求传于人，故撰人多阙名，惟其无工拙得失之扰其念，故其诗亦非后世之所能及"③。而随着江左及三唐诸作者的出现，便使此意荡然无存，而诗格也日益卑下，只知以声律相互束缚，以李白、杜甫之诗为宗工。但实际上，李、杜之诗又何尝以声律重呢？所以他指斥"忠信薄而仪文繁，情志衰而声律盛，礼与诗之病一也"④的风气，批评作诗者皆工求于声律而取悦于人，却不知自乐，故而强调做到知声律却并不为己设，方可谓知诗。

当然，计东只是不赞成诗歌过于重视形式的特点，并未否定诗歌的抒情言志功用，强调诗原于情，而情莫深于骨肉，"若《杕杜》之伤独行，《葛藟》之悲终远，《陟冈》之歌嗟季，《在原》之亟孔怀，其于分形共气之间，文词亢直而悲凉，音节哀乱而激越，能令读者鸣咽低昂，不能自已，此诗之所为作而必工也"⑤。这在他的诗歌作品也得到具体展现，他的诗重视抒情，呈现出以情动人的特征。他以同乡先贤吴中四才子之徐祯卿为例，纵使其诗歌妙绝天下，为"吴中诗冠"，当得闻王阳明讲学论道，亦弃诗而学道，因而计东赞之为"天下之丈夫能克己者"⑥。计东在顺治十八年（1661）便坦言

---

① （清）计东：《王尔玉诗集序》，《改亭文集》卷二，清乾隆十三年计琰读书乐园刻本。
② （清）计东：《王尔玉诗集序》，《改亭文集》卷二，清乾隆十三年计琰读书乐园刻本。
③ （清）计东：《游晋草序》，《改亭文集》卷四，清乾隆十三年计琰读书乐园刻本。
④ （清）计东：《游晋草序》，《改亭文集》卷四，清乾隆十三年计琰读书乐园刻本。
⑤ （清）计东：《玉壶堂诗稿序》，《改亭文集》卷二，清乾隆十三年计琰读书乐园刻本。
⑥ （清）计东：《答诸弟子论诗二十五则 有序》，《改亭文集》卷十二，清乾隆十三年计琰读书乐园刻本。

自己"两年来久不作诗"①,可见对其忽视程度。然而,计东虽不重诗,却并非不学诗。事实上,他在《答诸弟子论诗二十五则》详述了自己独特的学诗入门之法,对初学者具有重要的理论和指导价值,从中足见他诗学思想之一斑。他的诗学理论被赞为"最中近日词人隐病"②。

二 古体、近体兼学而有序,取法乎上且宗唐崇杜

计东之于诗歌,诸体俱工,主张学诗先古体,后近体;学古诗先五古、次七言、次古乐府。他认为,学诗必先从古体入,能古体后方可学近体。反之则容易造成"骨必单薄,气必寒弱,材必俭陋,调必卑靡,其后必不能成家"③,纵使成家,亦不过如许浑、方干之类的洒削小家。就这一点而言,计东在诗歌创作中亦是如此践行的,集中诸作皆以气骨胜。就学古体诗而言,计东主张也要讲究次序,先从五古入,次七言,次古乐府。然并不赞成一味仿古,乐府诗"资其材料,博且典耳",可学,而郊庙、铙歌之类则不必学,"若屑屑摹古人格调,又一李沧溟矣,不如不作"④。这一观点在清初诗坛主张复古的主流之下,针砭"明七子"机械剿袭、"文必秦汉、诗必盛唐"无疑具有针砭现实的意义。在学古的过程中,计东主张取法乎上,有一个循序渐进的过程。他主张首先以《诗经》为本,尤其在学习五古、七古时,强调勿急下笔,要熟读《诗经》三百篇,通晓兴比赋之义。这也是他在主张诗歌无用论时对《诗经》避而不谈的原因。

计东屡次强调《诗三百》的重要性,尤其在学习五古时。他认为,不晓赋比兴,诗虽工也易被呵为村夫子。赠答寄讽莫详于《国

---

① (清)计东:《严方贻稿序》,《改亭文集》卷四,清乾隆十三年计琰读书乐园刻本。
② (清)林昌彝:《射鹰楼诗话》卷二十二,清咸丰元年刻本。
③ (清)计东:《答诸弟子论诗二十五则 有序》,《改亭文集》卷十二,清乾隆十三年计琰读书乐园刻本。
④ (清)计东:《答诸弟子论诗二十五则 有序》,《改亭文集》卷十二,清乾隆十三年计琰读书乐园刻本。

风》《小雅》,典礼应制莫善于《大雅》《小雅》《颂》。若不明风雅颂,"则不知赠答寄讽及典礼应制之法"①。在熟读《诗经》的基础上,则主张以《楚辞》为诗之原。自《离骚》迄于《九辩》《九歌》,需皆能成诵,方可谓"斯得诗之原"②。而关于"诗之原"他也在《宝翰堂诗集序》作了补充和展开:"诗之原必开于君臣一德之间,非名世大臣不能身任诗教而传之无穷。"③他历数诗歌在各个朝代发展过程中君臣一德的重要性:古之舜帝自为歌诗,若没有臣下皋陶之《赓歌》,使"君唱其一而臣和其二"④,则舜之诗兴将会被大大降低。而《诗经》"系于周,必成王有《访落》之诗,召康公进《公刘》《卷阿》之诗,周公赋《瓜瓞》《文王在上》之诗,君臣相和于上,而后雅颂兴焉"⑤。而在诗得大美的汉代,"必汉武、柏梁台之建诏群臣能诗者得登,而丞相石庆、大将军卫青、御史大夫倪宽相从赋诗,一时以为荣,然后诗学始盛"⑥,而至魏之三曹、邺中七子君臣之故又使诗得大盛。而在近体诗大美大盛的唐代,天子亦是喜赋诗以赏赐廷臣,其中如身居庙堂、负非常之才的张说、姚崇、苏颋、张九龄等人"一时应制及奉和圣制之作,辉煌弘丽,实厚声宏庙堂之上,既若是其扬光润色矣"⑦。然后才是山林、江湖之士如李白、杜甫、王维、孟浩然、高适、参差及大历十才子之辈"相与闻风,向慕穷老,努力思奋其著作以接武乎诸巨公伟人之后,而后唐诗之盛至于今未歇也"⑧。

计东认为,在熟读《诗经》《楚辞》《离骚》《九辩》《九歌》并可成诵而得诗之原的基础上,方可下及苏武、李陵乃至建安、黄

---

① (清)计东:《答诸弟子论诗二十五则 有序》,《改亭文集》卷十二,清乾隆十三年计琫读书乐园刻本。
② (清)计东:《答诸弟子论诗二十五则 有序》,《改亭文集》卷十二,清乾隆十三年计琫读书乐园刻本。
③ (清)计东:《改亭文集》卷一,清乾隆十三年计琫读书乐园刻本。
④ (清)计东:《宝翰堂诗集序》,《改亭文集》卷一,清乾隆十三年计琫读书乐园刻本。
⑤ (清)计东:《宝翰堂诗集序》,《改亭文集》卷一,清乾隆十三年计琫读书乐园刻本。
⑥ (清)计东:《宝翰堂诗集序》,《改亭文集》卷一,清乾隆十三年计琫读书乐园刻本。
⑦ (清)计东:《宝翰堂诗集序》,《改亭文集》卷一,清乾隆十三年计琫读书乐园刻本。
⑧ (清)计东:《宝翰堂诗集序》,《改亭文集》卷一,清乾隆十三年计琫读书乐园刻本。

初、正始诸家之作,"以正其祖述"①。再下,则可读魏晋南北朝时期的三张、二陆、两潘、一左以及陶渊明、谢尚、谢奕、谢安、颜延之、江淹、鲍照、沈约之诗,主要是要"辨其体制、晰其音节,有截然不相似者,有微似而大异者,有甚似而甚异者"②。学习以上诸家的五古是很有难度的,计东强调要择其精要而学之。五古学建安、黄初体容易得之形似,却易造成"神理不足,或失之浮佻";学潘、陆、颜、谢体虽能矩矱有据,然恐"失之烦重"③;陶体抒情性强,容易感人,然骤然拟之易近乎浅薄。故而主张"能于三者之中慎择所处而善充其性之所及"④,五古方可谓学成。而汉魏五言乐府如《白头吟》《焦仲卿妻诗》之类是五古的渊源所在,不能不熟读,从而"厚其气,而壮其势"⑤,再次强调气与势的重要性。而在实际的诗歌创作中,计东也十分重视气与势,所作诗篇气体雄浑,苍凉遒劲,在清初诗坛亦是不可多得的诗家。

对于学七古,计东认为从《离骚》经《九辩》而探其源流,则几乎可成,不赞成学南北朝时期七言古乐府中的《燕歌行》,认为其"犹沿柏梁台体一句一韵,非正音也"⑥。他尤为称赏鲍照的七古,将鲍照之于七古置于苏武、李陵之于五古的高度,并将李白比之鲍照,对其七古歌行大为肯定。至于有唐一代的其他诗家,认为"初唐四杰"七古虽佳,然不过是乐府余响;王维、岑参、高适、李颀的赠答之体详备,从此处入门,可得正宗,然后再渐进于李白之纵

---

① (清)计东:《答诸弟子论诗二十五则 有序》,《改亭文集》卷十二,清乾隆十三年计璸读书乐园刻本。
② (清)计东:《答诸弟子论诗二十五则 有序》,《改亭文集》卷十二,清乾隆十三年计璸读书乐园刻本。
③ (清)计东:《答诸弟子论诗二十五则 有序》,《改亭文集》卷十二,清乾隆十三年计璸读书乐园刻本。
④ (清)计东:《答诸弟子论诗二十五则 有序》,《改亭文集》卷十二,清乾隆十三年计璸读书乐园刻本。
⑤ (清)计东:《答诸弟子论诗二十五则 有序》,《改亭文集》卷十二,清乾隆十三年计璸读书乐园刻本。
⑥ (清)计东:《答诸弟子论诗二十五则 有序》,《改亭文集》卷十二,清乾隆十三年计璸读书乐园刻本。

横排宕、杜甫之苍茫高老,"始不失步伐驰骤之节",然容易造成"学李之病易知,学杜之病难疗"①的弊病。纵使如此,计东也主张学习初、盛唐诗人,对中、晚唐诸家则弃而不取,对于无主见之人将元稹、白居易、温庭筠、李贺诸家奉为七古佳境者并不赞成,认为"元轻白俗,李之牛鬼蛇神,温之纤靡堆砌,一入肺肝,终身难疗,不可不辨之早也"②。对于四言古诗则推许王粲、嵇康,尤称赏曹操《短歌行》和李白《独漉篇》,认为二者功力悉敌,不相伯仲。

对于学近体诗,计东认为五言、七言律诗和绝句都有门可入,有法可依。五言律诗之原在梁、陈之间,然后可知古体变为近体律诗之渐进过程,"必浸淫于初,然后可观于盛"③。但五律之初起与兴盛之交容易辨别,兴盛与中晚之交则难以区分,因此"必选其佳者微吟而深思之"④,才可对有唐一代五律之升降起伏了解详备。七言律诗则并不主张从学杜甫入,须从王维、李颀入门再渐而入杜。计东认为,唐人中许浑的七律诗调最平、法最俗,与李商隐之雅有天渊之别,但在清初诗坛"阳弃其名而阴效其实"⑤者不在少数,尤为痛恨此种风气,认为若走此路则诗道复古尤难。对于五言绝句则主张学习李白、杜甫,然认为学杜甫尚且有法可循,而李白之五绝实从古乐府《子夜》《四时》《欢闻》等变化而出,变幻万端,难以揣摩学习。对于七言绝句则推崇唐代,因其被引入音乐,谐律可歌而"音节尤和顺"⑥。计东认为,王昌龄、李白的七绝虽正宗却难

---

① (清)计东:《答诸弟子论诗二十五则 有序》,《改亭文集》卷十二,清乾隆十三年计璜读书乐园刻本。
② (清)计东:《答诸弟子论诗二十五则 有序》,《改亭文集》卷十二,清乾隆十三年计璜读书乐园刻本。
③ (清)计东:《答诸弟子论诗二十五则 有序》,《改亭文集》卷十二,清乾隆十三年计璜读书乐园刻本。
④ (清)计东:《答诸弟子论诗二十五则 有序》,《改亭文集》卷十二,清乾隆十三年计璜读书乐园刻本。
⑤ (清)计东:《答诸弟子论诗二十五则 有序》,《改亭文集》卷十二,清乾隆十三年计璜读书乐园刻本。
⑥ (清)计东:《答诸弟子论诗二十五则 有序》,《改亭文集》卷十二,清乾隆十三年计璜读书乐园刻本。

学，于唐人中尤深嗜最为庸目所轻的杜甫七绝，赞其"音节即未可歌，而一往疏淡骀荡之致，诗人胸中何可一日无也"①。此外，还称赏李商隐绝句雅俗共赏，但对其在叙事中涉入议论深恶痛绝，如"不问苍生问鬼神"之句"已开恶道"②。虽然如此，计东在作品中也掺杂不少议论式的诗句，可谓理论与实践并未完全统一。

毫无疑问，计东的诗学主张是宗经复古、取法乎上，上溯《诗经》，探源《离骚》，博采历代诸家之长，同时尊崇唐诗，对唐以后诸诗家避而不谈，恰是他抑宋、轻元明的明证。无疑，他是尊杜的。对于如何学杜，也有一套自己的主张和看法。他不赞成初学诗者以学杜入门，容易积成大病。他将杜甫之于诗比作孔子之于人，需得其人力量如孟子方可学之。他认为，杜诗之最佳者变化若神龙，"可爱而不可学"，"其率意径情，乱头粗服，在彼则无所不可，在我则必不可也"③。如若学诗者能"正鹄之所在，殚心求之，自省而有得焉，且玩其神奇变化之法"④，方可称作善学杜者。杜甫的五言、排律的才调、使事用典千古无双。而杜诗的诗法详备，能使初学者有迹可寻，老学者亦"范我驰驱而不可轶"⑤。所以曾刻意学杜的白居易得杜十之六七，李商隐得其四五，皆足称名家。而李贺《恼公》一篇亦可谓颇得杜法。计东认为，排律之妙"在情事贯穿从容，步骤妙若天然，百韵不见多，八韵不见少"⑥。有唐一代，杜甫实为排律之开山之祖，白居易沿其源流，亦足称家。需合两家集中佳作烂

---

① （清）计东：《答诸弟子论诗二十五则　有序》，《改亭文集》卷十二，清乾隆十三年计瑸读书乐园刻本。
② （清）计东：《答诸弟子论诗二十五则　有序》，《改亭文集》卷十二，清乾隆十三年计瑸读书乐园刻本。
③ （清）计东：《答诸弟子论诗二十五则　有序》，《改亭文集》卷十二，清乾隆十三年计瑸读书乐园刻本。
④ （清）计东：《答诸弟子论诗二十五则　有序》，《改亭文集》卷十二，清乾隆十三年计瑸读书乐园刻本。
⑤ （清）计东：《答诸弟子论诗二十五则　有序》，《改亭文集》卷十二，清乾隆十三年计瑸读书乐园刻本。
⑥ （清）计东：《答诸弟子论诗二十五则　有序》，《改亭文集》卷十二，清乾隆十三年计瑸读书乐园刻本。

熟成诵，然后再旁采他家方可。如若不能深谙其法，"夸多斗靡，如小儿捉对，累棋语句，虽工不如不作之为愈也"①。除了学习唐人诗法外，计东还主张从唐诗选本中辨别入门邪正之径，"品汇其分别次第，正始正宗，大家名家，羽翼接武，正变余响旁流"②。因而认为，若以唐诗选本根植入骨，再广采诸家诗之长，则是学诗可取之法。

三 对和韵、诗题、诗序等相关问题的看法

此外，计东还对作诗的相关问题发表了看法。他不赞成初学诗者便作次韵、和韵之诗，若次和"盛于元、白、皮、陆，诗格从此日卑"③，看重诗之格调。尤其是险韵尤其不宜用，如《次和中州韵》无入声，"以入散于平去上之中，故作诗者失粘最多，且或未明'粘'字之解"④。计东所作四百余首诗中，次韵、和作不超过 20 首，小心谨慎可见一斑。他还主张学诗不宜速成，以专而精为佳。学诗最好能做到一年专学一体，抑或不必拘泥于年数，"但以入妙为期"⑤。最为重要的是做到"学五古诗，若不知有七古者；学五律诗，若不知有七律者"⑥，则会由专而锐，锐而深，深而纯。这也不独是他之于学诗的看法，研习其他文体也主张以此法。作诗实难，用字工拙需精心琢磨，"疵累甚易，安妥甚难"⑦。所以，计东主张

---

① （清）计东：《答诸弟子论诗二十五则 有序》，《改亭文集》卷十二，清乾隆十三年计琎读书乐园刻本。
② （清）计东：《答诸弟子论诗二十五则 有序》，《改亭文集》卷十二，清乾隆十三年计琎读书乐园刻本。
③ （清）计东：《答诸弟子论诗二十五则 有序》，《改亭文集》卷十二，清乾隆十三年计琎读书乐园刻本。
④ （清）计东：《答诸弟子论诗二十五则 有序》，《改亭文集》卷十二，清乾隆十三年计琎读书乐园刻本。
⑤ （清）计东：《答诸弟子论诗二十五则 有序》，《改亭文集》卷十二，清乾隆十三年计琎读书乐园刻本。
⑥ （清）计东：《答诸弟子论诗二十五则 有序》，《改亭文集》卷十二，清乾隆十三年计琎读书乐园刻本。
⑦ （清）计东：《答诸弟子论诗二十五则 有序》，《改亭文集》卷十二，清乾隆十三年计琎读书乐园刻本。

取己所长而精心锻造，避己所短弃而不为。他以李白为例，认为以李白之天才奇思，集中七律不过三四首，恰是避己之短的缘故，只需专于其擅长的文体，亦可务尽其妙。恰如欧阳修所谓牡丹华艳与荔枝甘美，二者以"不兼物之美，故能各极其精"①。他还对时人学诗贪多而力争人先的风气表示不满，认为此种做法只会导致诸体不精，因而主张作诗在精而不在多，"多作一首不如少作一首，少则多可传，多则少可传"②。《改亭诗集》中诗歌仅有494首，这个数目在以多产著称的明清诗家中不算多。其中古体诗137首，近体诗357首。古体诗中五古112首，七古25首；近体诗中五言律诗104首，五言排律23首，七言律诗101首，七言绝句129首。从这组数据看，计东虽强调学诗从古体入，但创作的古体诗从数量上来说仅大概是近体诗的三分之一；在体裁上也各有偏重，古体诗中偏爱五古、次七古，近体诗中偏重作七绝、五律、七律，五言排律涉及不多，而五言绝句更是一首没有。可见计东在诗歌创作时基本践行了他的诗学创作主张，取己所长，避己所短，尽量做到少而专、专而精。

此外，他还对诗题、诗序的写法表达了自己的见解。他认为，古人观诗必先观目录，便可得之本末大概，因而提倡拟定诗题要谨慎，不宜轻率。诗的小序则应因需而作，且字数不宜过多，做到"百炼而出，简而括，洁而隽"，方称可贵。他称许杜甫诗序，认为序虽稍长，然如《公孙大娘剑器舞》《赠苏侍御涣追和高达夫》《人日》三诗之序皆"蕴藉顿挫，姿致嫣然"③，并非妄作。他在作诗序时也注意简洁凝练而有韵味。如《弹琴峡》小序："居庸关北二十里，群峰环合，林木蔽亏，怪石嶙峋，泉声清激，下有弹琴，峡上有赏音台。余从王公发渔阳至上谷，憩此有诗。"④ 写得言语清冽简

---

① （清）计东：《答诸弟子论诗二十五则　有序》，《改亭文集》卷十二，清乾隆十三年计璸读书乐园刻本。
② （清）计东：《答诸弟子论诗二十五则　有序》，《改亭文集》卷十二，清乾隆十三年计璸读书乐园刻本。
③ （清）计东：《答诸弟子论诗二十五则　有序》，《改亭文集》卷十二，清乾隆十三年计璸读书乐园刻本。
④ （清）计东：《弹琴峡　有小序》，《改亭诗集》卷三，清乾隆十三年计璸读书乐园刻本。

洁，意味隽永。《别慧湖感赋》："去年盛夏，慧湖主人招予看荷花。及秋冬间，时时饮此。每更一节候，湖边风景即殊，感慨系之。今复春矣，予行期已定，独游湖堤言别，纪之以诗。"① 也是简洁有法，并无赘言。且他亦不苟作诗序，集中仅有8篇小序，可以说基本践行了自己的这一主张。

除了重视诗歌的教化功用和实用性外，计东还强调情志的重要性，"才郁于中，境拂于外，情志勃𧰼于中外之间，不自制而发于诗"②，要有感而发，不平则鸣。他反对"无所拂郁而觊其名，群然而诗之"③，对"明七子"以来无病呻吟、因袭模拟而毫无创新的诗坛境况表示担忧，"迩来诗人多于往时百倍，我未见新"④。在他的诗歌作品中，无论是对自我性情遭际、亲情、友情的抒写，抑或是描摹山川风物，感情都真挚而强烈，践行着缘情而发的诗学观念。

第二节　计东诗歌创作刍论

诚如蒋寅先生所说："对文学来说，最大的困难永远来自形式方面，如何用一个新颖的或者说独特的形式来表达自己想要说的东西，是每一个有作为的文学家无法摆脱的苦恼。生当封建时代的末世，似乎古汉语的一切表现形式都已被前人用完，甚至连要表达的东西也都被前人表达过了。在近代社会姗姗迟到之前，作为传统文学创作骨干的士大夫阶层似乎已失去了表达新东西的冲动。"⑤ 就诗歌而言，发展至清代已臻完备，可供文人创造和发挥的空间日益逼仄，以至于出现"竹垞以经解为韵语，赵瓯北以史论为韵语，翁覃溪以

---

① （清）计东：《别慧湖感赋　有序》，《改亭诗集》卷五，清乾隆十三年计琰读书乐园刻本。
② （清）计东：《答诸弟子论诗二十五则　有序》，《改亭文集》卷十二，清乾隆十三年计琰读书乐园刻本。
③ （清）计东：《答诸弟子论诗二十五则　有序》，《改亭文集》卷十二，清乾隆十三年计琰读书乐园刻本。
④ （清）计东：《答诸弟子论诗二十五则　有序》，《改亭文集》卷十二，清乾隆十三年计琰读书乐园刻本。
⑤ 蒋寅：《清代文学论稿》，凤凰出版社2009年版，第16页。

考据金石为韵语,虽各逞所长,要以古人无体不备,不得不另辟町畦耳"①。在这种有意识的反抗和创新思潮影响下,清人写诗另辟蹊径,其中最引人注目也成为清诗特色之一的就是行旅、怀古题材的书写,清人别集中出现了大量以"游草"抑或地域命名的行旅诗、诗集等,如丘逢甲《仓海君庚戌罗浮游草》、董含《山游草》、叶封《嵩游诗》、陈文述《岱游集》、叶燮《己畦西南行草》以及王士禛《蜀道集》《南海集》等,据尤侗"维扬遇计甫草读其《游草》感赠"②可知计东也有《游草》诗集,大体创作于康熙七年(1668)之前,其他诗集如以所客游之地命名者,如《汝颍集》《中州集》《广陵集》《关塞集》,还有收录其康熙八年(1669)冬游金陵及康熙九年(1670)春夏客汝、洛、嵩山诸作的《竹林集》,以上诸集即今经过合并删减所存的《改亭诗集》。可以说,计东在游食南北过程中所创作的诗歌正是清初这类创新题材的代表,在某种程度上更是创风气之先者。如被封为得江山之助典范、被竞相模仿的王士禛所作《蜀道集》,作于康熙十一年(1672)去四川主持乡试途中,而计东早在王士禛尚未登立坛坫时便已创作了数个此类诗集。这些诗篇是他游食南北而有意识地摆脱日常诗歌书写范式,不断开拓自我认识、眼界的结晶,在清初诗坛趋于雅饬前带来了一股来自草莽的雄肆遒劲的诗风。

姚椿有言:"古之人才聚于幕府者为多,而于诗人为尤盛。盖其见闻繁富,阅历广博,凡欣愉忧愤之情,身世家国之故,其于人己晋接,皆足征性情、抒才藻。自风雅以来,行旅篇什,唐宋以降,幕府征辟之士,班班著见载籍者,大抵其客游之作居多也。"③历经明清鼎革,越来越多的文人开始走入幕府,如计东与友人吴兆宽、孙枝蔚、陈维崧等皆是其中一员。谋取衣食是他们入幕的主要动机,间接上也有期望借此实现经世之志的愿望。他们通过入幕游食,能

---

① (清)吴仰贤:《小匏庵诗话》卷一,清光绪八年刊本。
② (清)尤侗:《看云草堂集》卷五,载杨旭辉点校《尤侗集上》,上海古籍出版社2015年版,第624页。
③ (清)姚椿:《史赤霞遗集序》,《晚学斋文集》,《清代诗文集汇编》第522册,第419页。

得以结识上层名流,开阔眼界和见识,协助幕主处理公务,闲暇之余与幕僚切磋诗文,从事文学创作,进行学术交流,进而建立自己的文学网络,成就自己的声名。计东便是其中游食为生的文人代表,所形成的独特诗风正是多年游食生涯影响下的产物。

明清时期的一些作家"给我们的印象几乎是他们不食人间烟火,为游览而写山水诗,为慰藉而作送别诗,为相思而写爱情诗"①,缺乏丰富的细节和鲜活的面目,对作家的生存状况、写作动机等具体面目认识不够。而计东的诗歌则为我们展示了他丰富而细腻的内心世界,真实呈现了游食南北的幕客人生中的辛酸悲苦、失意惆怅。目今所存《改亭诗集》分体编年,所收诗歌大抵是计东自顺治十一年(1654)至康熙十四年(1675)去世前创作的,而顺治十一年(1654)之前的诗歌作品未得留存刊刻是一方面原因,也与他热衷于功名而专攻时文,并不重诗有莫大关联。计东人生的后二十余年,"游走"几乎是他的关键词之一。在游走过程中,他背井离乡,游谒达官显宦之门,依人忍辱。正是因为这份丰富而持久的游食经历,让他随幕主辗转四方,与幕友切磋诗艺,抑或馆谷、讲学各地,与当地文士名流诗酒唱和,游览山川风物,创作了思乡、怀亲、忆友、纪游、咏怀、咏史、咏物、酬唱等题材多样的诗篇,展现了鲜明而独特的创作风貌。兹将其大体分为三类,对计东诗歌的艺术风貌进行详细探析。

一 情深意挚的怀亲悼友

诚如诗学思想中主张诗歌宜重情,计东认为"诗原于情"②,在作诗时也积极践行这一主张,强调"太上贵忘情,我何为情役"③,不仅作诗重情,尤其是在具怀亲悼友之作中,"情"字也是频繁提及的字眼,达50余次。他将情灌注于诗中,写对家人的思念追忆、对

---

① 朱丽霞:《明清之交文人游食与文学生态:以徐渭、方文、朱彝尊为个案》,上海古籍出版社2008年版,黄霖序,第2页。
② (清)计东:《玉壶堂诗稿序》,《改亭文集》卷二,清乾隆十三年计瑸读书乐园刻本。
③ (清)计东:《望夕听同门魏山公弹琴感旧有作》,《改亭诗集》卷一,清乾隆十三年计瑸读书乐园刻本。

友人的怀念追悼，呈现出以情动人的鲜明特征。

　　常年在外游食，家人永远是计东诗歌中时常吟咏的主题，所包含的感情永远是充满温情的，同时也伴有强烈的自责愧疚之情，以情动人是他鲜明的特色，诗作感情深厚，格调遒劲。《壬子三月朔渡江，行淮泗间，口号十首》（其八）："父母生我时，抱我避风霜。生年近半百，年年大道旁。"① 写父母对幼时自己的爱护，与成人后漂泊羁旅的自己形成鲜明对比，令人读之倍感心酸，可谓以情动人至矣。计东给妻和妾的寄内诗，写妻更多的是从贤良温顺、相敬相偕的视角，写妾更为注重姿容音貌的描摹，是他异于常人的书写特征，如《七月初八夜听雨边城，有作寄内》："酒醒心事集，灯暗旅魂低。何日巴山句，长吟和老妻。义山巴山雨夜诗，老妻最爱诵之，故为落句。"② 《寄内》："我从春暮渡青淄，忆汝深闺独坐时。胆小须教娇女伴，啼痕莫遣老亲知。欲操井臼偏多病，自写平安更不迟。怪底池边杨柳色，年年风雨送离思。"③ 写对妻子的思念、愧疚之情，生动而感人肺腑。如《偶作寄妾》："我履汝所制，履穿忆汝频。剪刀出清晓，纤手动初春。客路三千里，离愁十二旬。辽西今夜月，应照梦中人。"④ 写远游思妾，情思缠绵，亲切动人。《七夕二首时在宣府官舍》："去年今夕好，久客乍归来。流水池塘静，匡床枕簟开。老亲可脱粟，小妇进香醅。微醉携纤手，双星看一回。"⑤ 写久游归来与家人相处，温馨可亲。《初冬院中月下闻歌》："掺手忆闺房，此技各能奏。每当清宵长，竞歌为母寿。老眼发浓笑，欢喜及童幼。"⑥ 思忆一家人嬉笑欢乐的场景，温婉动人。《道傍见落花》："小妻惊柳色，稚子望家书。"⑦ 写妾与子对自己的思念，娇俏灵动。而他对母亲的思念、愧疚之情也写得真挚动人。如

---

① （清）计东：《改亭诗集》卷一，清乾隆十三年计琰读书乐园刻本。
② （清）计东：《改亭诗集》卷三，清乾隆十三年计琰读书乐园刻本。
③ （清）计东：《改亭诗集》卷五，清乾隆十三年计琰读书乐园刻本。
④ （清）计东：《改亭诗集》卷三，清乾隆十三年计琰读书乐园刻本。
⑤ （清）计东：《改亭诗集》卷三，清乾隆十三年计琰读书乐园刻本。
⑥ （清）计东：《改亭诗集》卷一，清乾隆十三年计琰读书乐园刻本。
⑦ （清）计东：《改亭诗集》卷三，清乾隆十三年计琰读书乐园刻本。

《朝歌道中盘行遇雨二首》:"我家北窗前,橘柚亦相如。计时当渐熟,我母立踟蹰。念子在远游,怅然发长嘘。"① 写母亲对远游在外的自己的思念,跃然纸上。计东将这份对家人的思念、内疚之情,写得深沉而悲凉。如《偶题》:"寄语老亲知未信,家书昨梦到南楼。"② 《排闷》:"心痛遥疑母啮指,可怜久客裘蒙茸。"③ 《不寐》:"百日家书断,三秋旅夜长。"④ 他的诗歌中除了思念,更多的是多年游走在外不能教子侍亲的愧疚自责之情。如《庚戌除夕》:"倚闾负慈母,惭恨满天涯。"⑤ 《出都次日二首》:"负米违慈母,无车感旧游。劳生真计拙,归梦满西畴。"⑥ 《投赠吴明府》:"负米归来空两肩,倚闾阿母双眼穿。"⑦ 《癸丑元日杜门旅馆二首》:"小人有母在,不敢负平生。"⑧ 《江宁奉酬施愚山参政》:"子为负米出,何以慰老亲。"⑨ 《坠马宣镇城南 六月二十八日》:"负米慰衰亲,十年客中夏。"⑩ 《壬子除夕》:"最是家园今日里,老亲双眼为谁穿。"⑪ 这些诗歌真实呈现了一个疲于奔走求食以养亲的穷愁落魄文士形象,其中充盈着孝子计东的真情挚意,读之令人不禁感慨动容。康熙元年(1662)是计东人生的重要转折点,命运急转直下,先是科考落第,又痛失长子计准,"那堪报罢日,又作悼亡人"⑫,复以奏销案被褫革举人身份。尤其痛失爱子,成为他一生永远的痛。甫闻爱子去世,他"泪尽征衣湿,堤长度马迟"⑬。他追忆爱子临终情形,自

---

① (清)计东:《改亭诗集》卷一,清乾隆十三年计璜读书乐园刻本。
② (清)计东:《改亭诗集》卷六,清乾隆十三年计璜读书乐园刻本。
③ (清)计东:《改亭诗集》卷二,清乾隆十三年计璜读书乐园刻本。(卷六亦有收录)
④ (清)计东:《改亭诗集》卷三,清乾隆十三年计璜读书乐园刻本。
⑤ (清)计东:《改亭诗集》卷三,清乾隆十三年计璜读书乐园刻本。
⑥ (清)计东:《改亭诗集》卷三,清乾隆十三年计璜读书乐园刻本。
⑦ (清)计东:《改亭诗集》卷二,清乾隆十三年计璜读书乐园刻本。
⑧ (清)计东:《改亭诗集》卷三,清乾隆十三年计璜读书乐园刻本。
⑨ (清)计东:《改亭诗集》卷一,清乾隆十三年计璜读书乐园刻本。
⑩ (清)计东:《改亭诗集》卷一,清乾隆十三年计璜读书乐园刻本。
⑪ (清)计东:《改亭诗集》卷五,清乾隆十三年计璜读书乐园刻本。
⑫ (清)计东:《良乡道中遇宝应李素臣有赠四首》,《改亭诗集》卷三,清乾隆十三年计璜读书乐园刻本。
⑬ (清)计东:《良乡道中遇宝应李素臣有赠四首》,《改亭诗集》卷三,清乾隆十三年计璜读书乐园刻本。

责、愧疚与痛苦的情绪交织，令人读之涕下："痛哉为人父，早岁不努力。但知轻去家，憔悴久为客。可怜所娇儿，未或长绕膝。儿病父岂知，父行儿雨泣。薄德动天怒，一举碎白璧。"① 他还时常因哀思过度而在梦中惊醒："哽噎难出声，旅仆颇惊动。醒来泪覆面，拭涕忆沉痛。"② 这份哀痛真挚而动人心魄，纵使间隔数百年也仍能让我们感受到这份父之于子的思念与哀恸。

此外，计东在怀悼友人的作品中也蕴含着发于真心、倾吐于口的真挚情感，呈现出以情动人的特征。在计东多年游走南北的生涯中，虽多数时候仰视权贵，低眉折腰，但同时也结交了许多知交好友。他们在他伤心失意、落魄困顿之时施以援手，安慰开解，不能不让他铭感于心，感激涕零，以致在友人遽然离世时震惊悲痛，伤感不已。《哭吴扶九先生》："曲曲溪流对夕阳，孤舟系缆一登堂。羊昙痛哭谁知己？向秀悲歌只自伤。剩有遗书空满架，不堪稚子仅扶床。几年讲席承恩地，依旧梧桐覆短墙。"③ 写他对岳丈吴翺多年讲学授教乃至帮扶的恩情，由景入情，以羊昙痛悼谢安，向秀歌哭追思嵇康、吕安之典故表达自己的悲痛之情，意味深长。《追哭侯研德、宋畴三》："存亡遂异路，哀怨独前途。天道劳疑信，神仙竟有无。友恩惭未报，洒泪问遗孤。"④ 写他伤心悲痛友人的离世，深惭自己寥落失意，不能回报友人侯涵、宋德宏相携相助的恩情，真挚而深沉。《哭王耻古都谏二首》："青蒲碧血淋漓在，白日丹心想象孤。更有十千沦落士，感恩封事哭穷途。"⑤ 写他对王命岳曾拜疏为包括自己在内的江南士绅在奏销案中讹误之事昭雪的感激，并不拘泥于个人的得失，而是对这份延及数千士人的恩泽而感激，大有境界。《哭宋迢之绝句十首呈座主宋中允公》："已看桑户返于真，我

---

① （清）计东：《梦严四览民》，《改亭诗集》卷一，清乾隆十三年计琎读书乐园刻本。
② （清）计东：《梦严四览民》，《改亭诗集》卷一，清乾隆十三年计琎读书乐园刻本。
③ （清）计东：《改亭诗集》卷五，清乾隆十三年计琎读书乐园刻本。
④ （清）计东：《改亭诗集》卷三，清乾隆十三年计琎读书乐园刻本。
⑤ （清）计东：《改亭诗集》卷三，清乾隆十三年计琎读书乐园刻本。

愧琴张涕泪新。最忆汐轩梅树下，青精美酒劝愁人。"① 以深邃细腻的笔触追忆与恩师宋之绳爱子宋迨之交往的情景，表达了对友人猝然离世的悲痛怀吊之情。这份对友人的怀吊之情之真、之深、之烈涌动于诗端笔尖，令人读之涕下。计东的这种真心、真性、真情并不随着时间的流逝而消失，在他的诗集中常能见到历经数年甚至数十年，对离世友人仍耿耿难忘的哀思怀悼之作。如《卢龙客邸与楚友述往事，因追悼亡友梅惠连、黄敬渝、曹石霞、王亦世，得四截句存一》："交期转觉童时好，怀旧空存善哭身。半夜边风吹客起，不知落月照何人。""忽起亡友悲，平生寡同调。追悼久益深，悲风摇宿草。"② 他交友还不分贵贱穷达，与友人的仆人也结下深厚的友谊，甚至在其去世十年后予以忆念，并哭之以诗："久客邠沟绝可怜，中宵忆汝忽潸然。金明寺里吹糜日，刑部街头炙饼年。病肺多时音渐失，寄棺中路骨难旋。今朝汝若相随在，话旧犹能识数贤。"③ 这份重情至性着实难能可贵。甚至是只有一面之缘抑或素未谋面者，他也真诚地哀悼怀念。如对"仅一拜匡床"的孙奇逢，也发自内心地为之痛惜哀伤，含音激楚沉郁："幸入征君里，征君近已亡。三号长夜半，一恸短墙旁。"④ 对素未谋面却推许其文章的侯方域也深沉而真挚地怀悼："生前恨汝非知我，死后惭予一恸君。今日风流推大手，他时凭吊在遗文。"⑤ 除了以上诗篇外，计东哭悼龚鼎孳的组诗《威县车中见月，哭龚芝麓先生四首》⑥ 也尤为感人，颇见风致：

车中见明月，车下立徘徊。尽日行三辅，频年赋八哀。西州门未叩，南斗望空回。白马何时会，千人恸哭来。

---

① （清）计东：《改亭诗集》卷六，清乾隆十三年计璸读书乐园刻本。
② （清）计东：《改亭诗集》卷六，清乾隆十三年计璸读书乐园刻本。
③ （清）计东：《追悼徐侍御仆陈哑子口号》，《改亭诗集》卷五，清乾隆十三年计璸读书乐园刻本。
④ （清）计东：《容城哭孙征君十四韵》，《改亭诗集》卷四，清乾隆十三年计璸读书乐园刻本。
⑤ （清）计东：《哭侯朝宗》，《改亭诗集》卷五，清乾隆十三年计璸读书乐园刻本。
⑥ （清）计东：《改亭诗集》卷三，清乾隆十三年计璸读书乐园刻本。

身贱虽通谒，心知重有师。君宗人已没，捐弃竟安之。
月下深杯酒，花前信手诗。谁知成永诀，执绋独予迟。

独坐频垂涕，风尘更怆神。此身何所托？吾道失斯人。
赵壹惭穷鸟，庄周恨涸鳞。龙门今亦有，喟独感公真。

长物嗟无有，孤情真可哀。高天知震悼，薄海共悲摧。
秘器东园赐，生刍北道来。成都桑八百，尚愧有余财。

龚鼎孳素以礼贤下士著称，计东游谒公卿生涯中也得到了他的多方照拂。得闻龚鼎孳遽归道山，时尚奔波于途的计东哀恸欲绝，垂涕怆神，茫然若失。他痛惜群贤失去领袖，引赵壹为答谢友人作《穷鸟赋》和庄周涸辙之鲋的典故，自惭尚未报恩酬谢。全诗声情并茂，字字真情，令人读来颇觉悲音激楚，感慨淋漓。这种痛语悲情与一般的场面应酬不可同日而语。

计东常年游谒四方求食，少与家人相聚，儿子、丈夫、父亲身份的长期缺失，让他上愧对老母，中有负妻妾，下亏欠子女。聚少离多的现实让他更加珍视与家人的这份感情，相聚之时便会更为珍惜，游食在外时自是更为思念，从而造成了他对家人较常人更为深厚而复杂的感情，将这份愧疚之情、思念之绪寓之于诗，感情便更加真挚深沉，显示出以情动人的鲜明特征。同样地，通过多年游食南北的经历，计东建立了广泛的社会关系，与各地名士建立了深厚的友谊，他们或是知交，或是恩人，或是师友，是他在游食过程中重要的存在。他们的抚慰、帮扶和提携成就了计东，重情感恩的他在创作思念、怀悼友人的诗作时也显得格外动人，字字情真、句句意切。

二 哀怨悲愤的游谒旅食

计东在入清后八年时间里一直处于隐逸状态，然随着清朝统治的稳定以及养家生存之需，加之个人对功名的渴求，让他走上了应举之路，虽在顺治十四年（1657）得中举人，却不幸在顺治十八年（1661）的奏销案中以讹误被褫革，不得再参加科举。之后十余年的人生里，他一直处于游谒乞食的状态。他一生行迹遍及南北，遍谒公卿之门，诗文因好游而益工，其中"诗不苟作，时露胸中抱负"[1]。若论起计东作品中具有浓郁个人色彩、抒发自我性情的作品当属游谒旅食时所作诗篇，长期的游食生涯让他的诗歌风格整体偏于孤寂、哀怨、悲愤，不平之鸣毕现，将一个有志难伸、怀才不遇、依人忍辱的失意落泊文人形象鲜明地展示出来。计东的后半生长期处于漂泊流离状态，奋力于世却屡受摧折，这种孤独寂寥、抑郁自伤的心理酿就了他哀怨凄楚、悲愤激越的诗风，也让他跳脱出一般诗家伤春悲秋的藩篱尤其是吴地诗风的影响，而独抒自我心灵。当然，他在游谒公卿时，也不得不创作一些具有应酬、奉承性质的诗作，但总体上能保持自我才情、风格，不影响他诗歌的价值。如他《通政张公拜御赐黄白鱼、獐鹿等物，召东共食，即席限韵四首》记录了一次他作客宴集的情景："立雪师门二十年，今来频喜侍樽前。忽惊异馔登三品，知有恩颁自九天。推食后堂传弟子，分甘同闬集诸贤。感恩独有芦中士，烂醉寒宵意惘然。""纳言高步入金门，每饭时时戴国恩。山海击鲜本禹贡，君臣一气接尧樽。灯明私邸迎新腊，月见初弦得旧痕。何日和羹瞻上相，小人桑下受壶飧。"[2] 全诗充满了小心谨慎的夸耀、赞扬、恭维之辞，并没有过高的艺术价值。依人乞食也让他免不了有代人写作之事，如《代述怨辞四首》《即席代赠》《月夜代蕲水姚九兄送友之扬州》《代友答姚九兄次前韵》等便是此种情况下的产物。

在计东的诗作中，最有价值的还是他在游谒旅食时所创作的诗篇，哀怨愤懑又生气勃勃，"挟小四海、卑视万古"[3]，充满浓郁的自我性情特征。在《改亭诗集》中时常能见到计东描写作幕求食时

---

[1]（清）沈德潜：《清诗别裁集》卷五，清乾隆二十五年教忠堂刻本。
[2]（清）计东：《改亭诗集》卷五，清乾隆十三年计琰读书乐园刻本。
[3]（清）董说：《计甫草诗序 癸未》，《丰草庵前集》卷二，《清代诗文集汇编》第7册。

的心酸与凄楚:"负米客京华,庾釜须主人。周防从所主,束缚同众宾。旬日不得出,局曲含苦辛。"① "仰面事贵人,握手语同学。"② 多数时候,他的游谒生活都是伤心失意的,"予本热中人,十年遭弃置"③,"十年俯首叹沉沦,每到秋来倍怆神"④,"明发感知我,凄然不能安。一吟黄雀诗,泪下如汍澜"⑤,不禁让他发出"儒冠既已误,壮志俱成空"⑥的悲叹。他在驿站、幕府抑或旅途中,都留下了不少诗篇记录羁旅游谒时的心酸苦楚,充满哀怨与愤懑。《沈绎堂宪副招同诸公宴集即席和陈胤倩十四首》⑦ 是他即席应和之作:

> 坐客谁非第一流,谭经说剑总销忧。逢人莫怪偏憔悴,十载京华避贵游。

> 衮衮诸贤半少微,曳裾到处有光辉。怜予歧路空更辙,依旧长安一布衣。

> 岁岁攀条泣柳枝,长吟杜老怕春诗。灯红月黑人俱醉,我独伤心对酒卮。

诗人回顾自己十载游谒京华的生涯,伤心失意、蓬飘憔悴的自己与友人"衮衮诸贤半少微,曳裾到处有光辉"形成鲜明对比,哀怨自伤自不待言。而这种好友纷纷得意腾达的情况并不在少数,不

---

① (清)计东:《太保敬哉王先生招饮丰台观芍药得诗四章》,《改亭诗集》卷一,清乾隆十三年计璜读书乐园刻本。
② (清)计东:《兖州旅次感怀》,《改亭诗集》卷一,清乾隆十三年计璜读书乐园刻本。
③ (清)计东:《广陵五日宴集作 有序》,《改亭诗集》卷一,清乾隆十三年计璜读书乐园刻本。
④ (清)计东:《立秋日有作与颍州诸同学》,《改亭诗集》卷五,清乾隆十三年计璜读书乐园刻本。
⑤ (清)计东:《酬宋右之缪歌起二首》,《改亭诗集》卷一,清乾隆十三年计璜读书乐园刻本。
⑥ (清)计东:《示兄子炳 时归自山左》,《改亭诗集》卷一,清乾隆十三年计璜读书乐园刻本。
⑦ (清)计东:《改亭诗集》卷六,清乾隆十三年计璜读书乐园刻本。

能不让他在表达对友人羡慕祝福的同时自怨自伤,愤懑哀叹:"惭予摇落人皆弃,愿尔飞扬自得师。"① "君已飞腾摩日月,我仍摇落度冬春。"② "乘风摇曳三千里,感旧凄凉四十朝。"③ "十载惊寥阔,惭余类转蓬。"④ 他以诗记录自己多年乞食经历,多是哀怨凄楚的。如"几年羁旅泪,未洒向牛衣。"⑤ "底事爱风尘,年年悲远道。"⑥ "可惜芳菲日,多为行役时。乡心飞鸟疾,别泪故衣知。今夜妆楼里,应怜听子规。"⑦ 道尽羁旅的辛酸悲苦。《七月望后宣府偶成二首》:"四十年来事事非,每于默坐泪沾衣。高秋此日惭生我,垂老于今爱息机。豪气未除真害事,壮心不已欲何依。最怜白发高堂上,拭眼登楼望子归。"⑧ 诗中写他回想自己四十年来所历经人事起伏,不禁悲从中来,自惭、自愧、自伤充溢全诗。屡经世事摧折打击,让他发出"去矣人宜贱,归哉志不群"⑨ "赖有空文娱白日,忍无真意答苍天"⑩ "远游难即返,身废竟何如"⑪ 的感慨,哀怨悲愤之情冲溢而出。随着时间的推移,他的雄心壮志渐被消磨殆尽:"于今死灰心,万虑都不屑。"⑫ "耳热三蕉叶,心添一寸灰。"⑬ 可见灰心失望已极。作于康熙十一年(1672)的诗歌《七月朔卧病宣镇城中二首

---

① (清)计东:《夜示刘凡暨刘岜诸兄弟》,《改亭诗集》卷五,清乾隆十三年计璜读书乐园刻本。
② (清)计东:《任邱旅壁见严方贻辛丑四月南归醉题一律次韵和之》,《改亭诗集》卷五,清乾隆十三年计璜读书乐园刻本。
③ (清)计东:《将至都门有作寄侯研德陆丽京俞右吉诸子》,《改亭诗集》卷五,清乾隆十三年计璜读书乐园刻本。
④ (清)计东:《奉柬申凫盟兼寄观仲随叔二首广平月夜作》,《改亭诗集》卷三,清乾隆十三年计璜读书乐园刻本。
⑤ (清)计东:《旅夜不寐成二首》,《改亭诗集》卷三,清乾隆十三年计璜读书乐园刻本。
⑥ (清)计东:《兖州旅次感怀》,《改亭诗集》卷一,清乾隆十三年计璜读书乐园刻本。
⑦ (清)计东:《送春》,《改亭诗集》卷三,清乾隆十三年计璜读书乐园刻本。
⑧ (清)计东:《改亭诗集》卷五,清乾隆十三年计璜读书乐园刻本。
⑨ (清)计东:《旅夜不寐成二首》,《改亭诗集》卷三,清乾隆十三年计璜读书乐园刻本。
⑩ (清)计东:《壬子除夕》,《改亭诗集》卷五,清乾隆十三年计璜读书乐园刻本。
⑪ (清)计东:《旅夜不寐成二首》,《改亭诗集》卷三,清乾隆十三年计璜读书乐园刻本。
⑫ (清)计东:《十九夜见月》,《改亭诗集》卷一,清乾隆十三年计璜读书乐园刻本。
⑬ (清)计东:《冬夜月下光禄卿席上作四首》,《改亭诗集》卷三,清乾隆十三年计璜读书乐园刻本。

时坠马次日》可以说是他晚年心绪的总结：

> 寒雨萧萧下，空囊欹枕听。身因一跌误，肠逐九回停。
> 弃物安时命，空文寄醉醒。南华频在眼，鸿翼想冥冥。
>
> 俄然七月朔，客路历三时。甘旨人谁寄？酸辛我自知。
> 炼金须绕指，学佛只低眉。力疾清晨坐，愁深泪似丝。①

这一年，诗人已年近半百，仍漂泊在外，饱受羁旅之苦。因坠马受伤的他，不得不卧病于宣镇驿馆，思及自身处境，不禁心绪翻动，愁肠百转，眼前的景色也变得萧瑟凄寒。他愤恨于"身因一跌误，肠逐九回停"，客游已久依旧无用于世，"弃物安时命，空文寄醉醒"，个中酸辛甘旨难与外人倾吐，让他学着诵研佛法寻求内心的平和，以"炼金须绕指，学佛只低眉"进行自我排解，仍免不了愁深泪频流的苦楚。

曾经，计东也是充满雄心壮志的。他曾对自己有所期许，引也曾困顿失意最终却功成名就的先贤以自况寄意。如《兖州旅次感怀》："昔贤时未遇，浪游亦濩落。重耳出亡久，曹卫恣轻薄。蔡泽将入秦，釜鬲遭夺掠。主父困齐赵，日暮叹空橐。"② 此诗接连列举重耳、蔡泽、主父偃等人，感叹诸人也曾遭遇伤心失意、欺凌侮辱，但终是封侯拜相，功耀千古："何当微风起，魁豪奋寂寞。勋华耀天家，恩荣颇挥霍。鸣钟召宾朋，冠剑分入幕。"③ 所以，他借此安慰开解自己"男儿当失意，隐忍包羞颜。屈伸如神龙，邈焉不可攀"④，一定能如先贤一样终将有所成就。《秋怀十一首 在顺德、广平两郡使院中作》："卫青方为奴，平津尚畜牧。迟暮何足悲，时

---

① （清）计东：《改亭诗集》卷三，清乾隆十三年计璸读书乐园刻本。
② （清）计东：《改亭诗集》卷一，清乾隆十三年计璸读书乐园刻本。
③ （清）计东：《改亭诗集》卷一，清乾隆十三年计璸读书乐园刻本。
④ （清）计东：《辽西过李广射石处二首》，《改亭诗集》卷一，清乾隆十三年计璸读书乐园刻本。

会不可卜。"① 则以卫青、主父偃曾出身低微、未得展才安慰自己。他还专写"两贤俱薄命，遭逢同悒郁"的李白和杜甫，也曾"洎乎困末路，依人给衣食"，但千秋之后终得"声光转辉赫"②。他感慨昔贤"未遇时也，则不难以王佐之才委蛇磬折于羁旅无聊之中，含垢忍辱于州郡有司之手"③，强烈批评明代以来科举制度对士人的摧残和折磨："士之甚不遇者，莫若有明以来，格于令甲，束以章程，既不许若汉之上书天子，从公卿荐辟以自进，又不许若唐之自干主司及宰相，或授官从书记于幕府，又不许若宋太学生之得参论朝事。斤斤焉，靡靡焉，童子日占毕，乡塾由郡县而升之学使者，不遇则老于童子科已耳。诸生日执业庠序，三岁而试之棘闱，不遇则老于诸生已耳。"④ 他曾在游食任邱道中回望当时正在为新进士胪唱的京师，发出"寂寞隆中啸，苍茫督亢图。昔贤知未遇，时一哭穷途"⑤的深沉感慨，为天下被消磨老死于道的才士而悲叹呼号。

他将古人的困顿失意与自身的愤懑哀怨相融合，尽力用先贤的事迹自我作鼓励和开解，"予翟然听之若白也立于我前，我见其磊磊落落，无聊不平于中，与我赋诗言笑于此也"⑥，让他纵使处于伤心失意、寥落困顿的境地，仍能充满抱负和希望。他以诗移情，也会作一些乐观的诗歌自勉，保持自我期许："为画谋食资，杜门养经纶。安知十年后，我无席上珍。大哉烈士怀，可贱不可贫。"⑦ 安慰友人也安慰自己："各有慈亲在，须宽游子悲。人生虽半百，努力未嫌迟。"⑧ 勉励自己身处逆境仍要努力向上："古来公卿将相多孤儿，

---

① （清）计东：《改亭诗集》卷一，清乾隆十三年计斑读书乐园刻本。
② （清）计东：《六月虞山王先生招游南池登太白楼有作奉呈》，《改亭诗集》卷五，清乾隆十三年计斑读书乐园刻本。
③ （清）计东：《李白论》，《改亭文集》卷十二，清乾隆十三年计斑读书乐园刻本。
④ （清）计东：《赠徐山仿序》，《改亭文集》卷五，清乾隆十三年计斑读书乐园刻本。
⑤ （清）计东：《任邱道中回望西山有感　是日为新进士胪唱》，《改亭诗集》卷三，清乾隆十三年计斑读书乐园刻本。
⑥ （清）计东：《钱湘灵文集序》，《改亭文集》卷三，清乾隆十三年计斑读书乐园刻本。
⑦ （清）计东：《江宁奉酬施愚山参政》，《改亭诗集》卷一，清乾隆十三年计斑读书乐园刻本。
⑧ （清）计东：《慰缪天自　时天自瞿父艰欲归未得》，《改亭诗集》卷三，清乾隆十三年计斑读书乐园刻本。

当时蠖伏人谁知？人生堕地要努力，遭逢那得无顺逆。"①但现实是残酷的，他的一生都未能施展抱负，实现理想，最终被消磨殆尽，只能期盼"几时有余粟，养母更论文"，过上"荷锄治田园，服食娱老亲。观书竹林内，啸咏见天真"，"负米归故里。左顾越江碧，右揽吴山紫。著书授生徒，灌园树兰芷。傲舞老亲前，此乐谁能比"②的隐逸生活，所幸他尚能保有文士的骄傲，"谁令意气消磨尽，自信文章尚有神"③，虽失意消沉仍不乏气骨。这种自我安慰和开解恰好昭示了他的悲伤失意、愤懑自伤，实是伤心无奈之举。

三 壮美遒劲的山川风物

计东虽是吴人，然一生壮游南北，"逾河涉洛，遥望嵩山、少室、苏门之蓊秀，其间长林修竹，飞瀑清湍，绵亘而不绝，至于菟园雁池、铜台紫陌之旁，日落风号，狐啼而鸱啸"④，"其车辙马啼之所及，率皆明季时战争旧垒也，故其戈头矢镞，阴磷遗骼，往往杂出于颓垣野田、荒烟蔓草之中，见之恒有苍凉壮烈、愤然不平之余思"⑤，以游食四方得以遍览山川形胜、草木虫鱼之状，得以壮气骨、新耳目，摆脱吴侬山水诗的秀丽婉约，将大好河山描摹得遒劲、苍凉而壮美，形成另一种风貌。

实际上，计东是逐渐认识到壮游山川对诗歌创作的作用的。他出身吴地，见惯了和丽秀美的江南山水，却甚少在诗中描摹抒写，自谓"予生长东南，所习见江浙诸山，大都芊绵浅纡，靓秀雅润，非有高峦巨谷，拔地倚天，作奇伟魁杰大人之观也"⑥，"及壮游河朔间，循太行之麓，观林虑、苏门、王屋诸山，复从虎牢循北邙之

---

① （清）计东：《歌别彭定夫》，《改亭诗集》卷二，清乾隆十三年计瑸读书乐园刻本。
② （清）计东：《鹿皮裘初成志喜自述》，《改亭诗集》卷一，清乾隆十三年计瑸读书乐园刻本。
③ （清）计东：《别颍州张孝廉》，《改亭诗集》卷五，清乾隆十三年计瑸读书乐园刻本。
④ （清）汪琬：《计甫草中州集序》，《钝翁前后类稿》卷二十九，载李圣华笺校《汪琬全集笺校（二）》，人民文学出版社2010年版，第626页。
⑤ （清）汪琬：《计甫草中州集序》，《钝翁前后类稿》卷二十九，载李圣华笺校《汪琬全集笺校（二）》，人民文学出版社2010年版，第626页。
⑥ （清）计东：《晋游诗集序》，《改亭文集》卷二，清乾隆十三年计瑸读书乐园刻本。

麓，观伊阙、缑氏、辗辕、熊耳，登嵩山二室之巅，见涧、瀍、伊、洛四水合流如带之奇丽，然后叹江左之所习见者，诚未及焉"①，开阔眼界后不禁感叹山川形胜之壮美，开始认识到壮游对诗文创作的重要性。但有友人对他提出批评："惜乎！子诚所谓循太行之麓而未尽太行之形胜也。"②故而希望他能遍游三晋的山川形胜，亲身见识和感受大自然的鬼斧神工，必将对诗文创作大有助益："子东未逾井陉，西未渡河，未遍游三晋，又安知太行之无穷及其支山之庄严峭厉、雄峻博大、崒嵂狞恣，莫可纪极之状百千倍于子所见者乎？子如见之如宛人见绛衣大冠之真人也，如画手之图天策府中之英公、鄂公毛发，羽箭奕奕飞动，且畏且愕，荡荡默默，不能自得也。"③而计东的友人中也有不少以壮游而获得诗歌创作水平提升、风格变化者，与他们往来品鉴诗歌也让他进一步认识到壮游对诗歌创作的功用，从而更加重视。如以壮游而工于诗的友人张佩玉（佩玉为其字，名讳未详，颖川人），"自燕逾赵，遍历三晋归，尽出其诗示予，所咏晋中诸山情状，果如客言。而其格律之苍凉、才调之雄岸、意气之磊砢，果有得于名山之助者"④。计东读之为之叹服摧折，"急欲投笔，西渡河，游三晋，尽览西北诸山之胜，荡涤其所习见于东南者，然后与张子相应以唱酬之诗也"，期望自己能"得早见之，资其气势以为诗歌"⑤。再如他入王泽弘幕时结识的好友王泽弘之子王材任，多年随父奔波劳苦于风尘之中，"舟樯之所簸荡，车马之所驰骤，寒暑朝暮，逆旅之所羁愁不自得，盖历万余里亦良苦矣"⑥，得以尽览山川胜势，诗才颇得江山之助，计东认为"其诗才之汗漫，格律之崒嵂，心目之高旷而英多，则得助于洞庭、大河、滹沱、衡漳、桑乾诸水，中原燕赵、太行、王屋、孟门、飞狐口诸大山，雄

---

① （清）计东：《晋游诗集序》，《改亭文集》卷二，清乾隆十三年计瑸读书乐园刻本。
② （清）计东：《晋游诗集序》，《改亭文集》卷二，清乾隆十三年计瑸读书乐园刻本。
③ （清）计东：《晋游诗集序》，《改亭文集》卷二，清乾隆十三年计瑸读书乐园刻本。
④ （清）计东：《晋游诗集序》，《改亭文集》卷二，清乾隆十三年计瑸读书乐园刻本。
⑤ （清）计东：《晋游诗集序》，《改亭文集》卷二，清乾隆十三年计瑸读书乐园刻本。
⑥ （清）计东：《王子重诗集序》，《改亭文集》卷四，清乾隆十三年计瑸读书乐园刻本。

关绝塞，惊风大漠，千里萧条之登眺为多也……凡所以开其心臆、供其凭吊、拓其识力者，无所不至，宜其诗之富有而工也矣"①，对友人的诗歌水平称赏不已，更加懂得了壮游所触的那些广博怪丽山川风物，可以激发自身抑塞磊落之气，对创作大有助益。

多年来，计东壮游南北，以敏锐而独特的审美感受，创作了诸多"自京师北走宣、云，南历沼、漳、邢、魏，东之济、兖"②所见的山川形胜之作，并将个人抑郁不平之思、慷慨激昂之气、落拓不屈之情融入其中，诗作不拘体裁，写景状物充满阳刚、苍凉而遒劲之气。如写出发辽西见闻，气象开阔，格调苍凉："边山青历历，塞水清粼粼。驱车渡滦河，河流仅濡轮。院中久拘束，快哉此城闉。川原一寥廓，天地开心神。昔日重守边，此郡多风尘。锋镝屡流血，萧条无居人。"③写居庸关奇峰险峻，雄浑激越，又融入个人寥落抑郁的情思，余韵悠长："岩峣万里扼幽燕，中外才通一线天。山若饥鹰群奋翮，关如卧虎独张拳。泉声激石淙淙合，树色含云漠漠连。自笑弃繻空老大，布衣羞逐传车旋。"④写在夔州九日见闻，写景气象疏阔苍凉，抒怀沉郁落拓："河朔最逢秋气早，江天独望暮云开。""院中秋老角声催，仰视鸿飞敛翼回。一寸心为趋府尽，百端愁自倚间来。"⑤写蠡县道中所见所感，顿挫苍凉，昂扬阔大："人家墙北角，残雪尚棱棱。日气温虽遍，寒飙敌未能。浮图栖冻雀，睥睨立豪鹰。汉县蠡吾地，千秋感废兴。"⑥写将至卢龙次沙河驿前行军途中见闻，气象壮美，层次井然："猎猎旌旗指大风，行行车骑发天东。盘山出谷高低引，急管横箛晓夕同。"⑦"边月新秋夜，哀

---

① （清）计东：《王子重诗集序》，《改亭文集》卷四，清乾隆十三年计璜读书乐园刻本。
② （清）尤侗：《传》，计东《改亭文集》卷首，清乾隆十三年计璜读书乐园刻本。
③ （清）计东：《发辽西西行言怀》，《改亭诗集》卷一，清乾隆十三年计璜读书乐园刻本。
④ （清）计东：《居庸关》，《改亭诗集》卷五，清乾隆十三年计璜读书乐园刻本。
⑤ （清）计东：《九月魏博次杜陵夔州九日韵》，《改亭诗集》卷五，清乾隆十三年计璜读书乐园刻本。
⑥ （清）计东：《蠡县道中》，《改亭诗集》卷三，清乾隆十三年计璜读书乐园刻本。
⑦ （清）计东：《将至卢龙次沙河驿言怀》，《改亭诗集》卷五，清乾隆十三年计璜读书乐园刻本。

音四面齐。战场多旧鬼，野祭有遗黎。杵乱愁人听，风惊倦鸟栖。遥遥天汉上，河鼓渐垂西。"①写怀来城登楼所见，沉郁苍凉，壮阔凄美："怀来城内有高楼，四望山山绕蓟邱。暖翠逼空疑日暮，夏云翳谷似清秋。六龙初返西征驾，独石长悬北固愁。衰草连天时极目，不劳铁骑控边州。"②写宣府中秋时节风物，悲壮苍凉，哀怨凄楚。在写景状物的诗作中，《宣府逢立秋是岁闰七月》是计东极为出色的一首，最能代表他写景状物的风格：

秋气吾所爱，边城太早寒。披裘三伏惯，拥絮五更残。风自长城落，天连大漠宽。摩霄羡鹰隼，健翮尔盘桓。③

该五言诗作于康熙十一年（1672），此年的计东49岁，仍漂泊羁旅，为人作幕。此次他随幕主王泽弘至近畿防卫要地宣府（今河北宣化），见边塞秋色，有感而作。首联点题即标新立异，言明自己与传统文人悲秋伤怀不同，表达了对秋气的喜爱，转而又直言此边塞之城寒冷过早来临，引发读者好奇心。接着笔锋急转直下，以"披裘三伏惯，拥絮五更残"极言北方边塞三伏天里气候之寒冷，气温起伏之大，让人不禁与江南旖旎和煦的风光进行对比。在北地萧索苦寒的天气里，却有"风自长城落，天连大漠宽"这样气象雄浑、壮美阔达的风光，给人振奋激昂之感。诗人见此美景，心胸激荡，曾因失意落魄而灰心消弭的志气抱负昂扬而起，将之寄托于自在翱翔的鹰隼，能展翅奋飞，盘桓于辽阔天空，直上云霄。诗人积极用世、大展雄才之志毕现。

在计东笔下，普普通通的景、物一经熔铸锻造便有了生机，充满气势和情感。如：写松树"枝如虬龙方起蛰，气可吞云未上天"④

---

① （清）计东：《宣府中元夜即事》，沈德潜《清诗别裁集》卷五，清乾隆二十五年教忠堂刻本。
② （清）计东：《怀来城登楼》，《改亭诗集》卷五，清乾隆十三年计琰读书乐园刻本。
③ （清）计东：《改亭诗集》卷三，清乾隆十三年计琰读书乐园刻本。
④ （清）计东：《别卢龙孤竹山堂后三松树》，《改亭诗集》卷二，清乾隆十三年计琰读书乐园刻本。

"凌云不畏孤生难,独立中庭见深秀"①;写桧树"庭中双桧树,气概踞天雄""蠢蠢欲腾上,势若无寒空";②写黄河"惊沙走白波""注海东流急,输漕北极多"③;写趵突泉"参天拔地声鸣雷。明珠白璧争喷激,三穴鼎立凌楼台"④;写菊花"窗前每相见,翛然心气静。此物从何生,能令影亦好。寒风吹渐急,在室宁独保。弃捐旦暮间,埋根托衰草"⑤。无不生机勃勃又极具气势或情感,是诗人欲奋力呼号、奔腾向上的寄托,也是伤心失意、弃捐无用的象征。因而,计东所描摹的山川风物,是有所寄托的。他常用比兴寄托的手法,借物抒发自己落泊失意、怀才不遇的凄苦悲愤情怀。如他以苍凉遒劲的笔法歌咏鸣叫的雄鸡,因无人赏识而发出哀鸣,其声绵长"叶宫商",其声悲伤"如变征",其声呜咽"带冰雪",其声慌乱"转荼苦",引发诗人自伤怜才之意。⑥"赏音独有予,起舞亦何事。舞罢天未晞,泪落连珠子。"⑦"感人啼不休,意气空骚屑。倚枕听沉吟,我为汝击节。"⑧用比兴的手法以雄鸡失声、无用于世来自比,直言进退失据、不得一展才华的苦楚与无奈,感叹自己与雄鸡一样怀才而不遇:"咄咄汝南鸡,汝今不得啼。啼声有迟速,憎汝各有宜。骄人憎汝速,愁人憎汝迟。"⑨他还塑造了"尾湛胕复溃,漉汗如流澌"却不被人赏识而"夜夜发哀嘶"⑩的老骥形象,对其深有理解、同情与共鸣:"我闻泪纵横,知尔心所悲。"⑪从老骥的遭际引发自我"不怨伏枥久,惭负伯乐知"的孤独无助、怀才不遇之

---

① (清)计东:《又赠别文起堂前一松》,《改亭诗集》卷二,清乾隆十三年计琰读书乐园刻本。
② (清)计东:《奉别天雄书院后双桧》,《改亭诗集》卷一,清乾隆十三年计琰读书乐园刻本。
③ (清)计东:《日暮同子旷望黄河》,《改亭诗集》卷三,清乾隆十三年计琰读书乐园刻本。
④ (清)计东:《趵突泉》,《改亭诗集》卷二,清乾隆十三年计琰读书乐园刻本。
⑤ (清)计东:《菊花影》,《改亭诗集》卷一,清乾隆十三年计琰读书乐园刻本。
⑥ (清)计东:《鸡鸣诗六章》,《改亭诗集》卷一,清乾隆十三年计琰读书乐园刻本。
⑦ (清)计东:《鸡鸣诗六章》,《改亭诗集》卷一,清乾隆十三年计琰读书乐园刻本。
⑧ (清)计东:《鸡鸣诗六章》,《改亭诗集》卷一,清乾隆十三年计琰读书乐园刻本。
⑨ (清)计东:《鸡鸣诗六章》,《改亭诗集》卷一,清乾隆十三年计琰读书乐园刻本。
⑩ (清)计东:《老骥》,《改亭诗集》卷一,清乾隆十三年计琰读书乐园刻本。
⑪ (清)计东:《老骥》,《改亭诗集》卷一,清乾隆十三年计琰读书乐园刻本。

悲，甚至低沉到期盼达到"失主走风尘，但乞免鞭笞"①的境地便可满足，足见遭际的凄楚惨淡。写豫让桥："秋尽蓬山惨不骄，流泉夹岸夕阳遥。"②写白杨："悲风摇晓日，倒影泣斜阳。"③无不有诗人的影子寓于其中。不唯如此，计东写景也壮美遒劲，充满气势。如写宝应城外景色，气象开阔："三湖连浩淼，万堞起春阴。形胜还襟带，雄怀试一临。"④如写弹琴峡美景：

> 四山围绕处，千里一泉来。奇石声相激，清言郁不开。
> 似琴弹变征，穿峡起鸣雷。赏识高轩意，临流首重回。⑤

弹琴峡位于居庸关北二十里，诗人从幕主王泽弘前往渔阳道中憩息于此，见"群峰环合，林木蔽亏，怪石嶙峋，泉声清激，下有弹琴，峡上有赏音台"⑥，美不胜收，遂感发于诗。计东在描摹如此清幽静美的景色时，也不免将气与势注入其中，写得奔腾回环，壮美遒劲。

结　语

可以说，在有意识的自我创新之下，多年游食生涯对计东的诗歌创作产生了重大影响，主要呈现出怀亲悼友之作以情动人、游谒旅食之作哀怨悲愤、描摹山川风物则壮美遒劲的创作特征。我们可以发现，计东的诗歌不类吴音，无论是咏怀、抒情抑或写景状物，都能融入个人性情、遭际等自成特色，是他个人性情、人格与心灵的真实记录与写照。他用发之于心的真情、真意、真感将"士不遇"的悲愤哀怨发之于诗，创作了题材丰富、风格多样的诗篇。当然，

---

① （清）计东：《老骥》，《改亭诗集》卷一，清乾隆十三年计琪读书乐园刻本。
② （清）计东：《豫让桥　顺德道中》，《改亭诗集》卷六，清乾隆十三年计琪读书乐园刻本。
③ （清）计东：《白杨》，《改亭诗集》卷三，清乾隆十三年计琪读书乐园刻本。
④ （清）计东：《宝应城外》，《改亭诗集》卷三，清乾隆十三年计琪读书乐园刻本。
⑤ （清）计东：《弹琴峡　有小序》，《改亭诗集》卷三，清乾隆十三年计琪读书乐园刻本。
⑥ （清）计东：《弹琴峡　有小序》，《改亭诗集》卷三，清乾隆十三年计琪读书乐园刻本。

他所为哀怨、悲愤、忧思之作也招致了批评的声音。友人李念慈认为，诗人"性情激越，皆本于伦物是非，当世治忽之大要，初不以一己之得失、一时之劳悴有动于中，而遽发于言也。即或自悲不遇，亦必自度其才果可一出而有当于伦物，当世之大非漫然为怨悱也"①，因而质疑计东是否感情过于激愤怨悱，有失于儒教所谓敦厚，"今子之才果可自信于用世乎？不可自信则安可汲汲于得、戚戚于失也"②。当然，这只是过激之辞。计东正是因怀才不遇不得不游食四方、羁旅漂泊，才发出了"失路之怨、幽愤之思，时不可掩"③，进而让他摆脱明代以来复古流于机械模拟的桎梏，成为清初诗坛一抹鲜明而独特的亮色。

第三节 思子亭诗文征集与清初"根柢六经"的古文宗尚

康熙元年（1662）冬，计东年仅十六岁的长子计准去世。哀毁难禁的他在四年后于寓所旁构"思子亭"来纪念爱子，并遍请友人为诗作文，以念兹在兹的意志力，将这项怀子征文活动持续十余年之久。本文借计东以"思子亭"为主题的诗文（如今所见以文为主，诗作较少）征集活动，详细考察是何种缘由和动力促使他发起并持续这一活动，背后是否有其他目的，题写诗文的名士由此引发的"情与礼"的论争背后，反映了清初士人何种情礼观，又与清初文坛"根柢六经"的古文宗尚有何关系，现结合相关文献资料做深入探讨，以求正于方家。

一 思子亭诗文征集之缘起

据现有资料看，计东一生共育有二子一女，长准，次默，女名

---

① （清）计东：《严方贻稿序》，《改亭诗集》卷四，清乾隆十三年计璸读书乐园刻本。
② （清）计东：《严方贻稿序》，《改亭诗集》卷四，清乾隆十三年计璸读书乐园刻本。
③ 吴江区档案局、吴江区方志办编：《垂虹识小录》，江苏广陵书社有限公司2014年版，第75页。

不详，长于两子。计准（1647—1662），字念祖，聪颖早慧，少有"神童"之目，颇具乃父之风。计东自是对长子颇为爱重，寄予厚望。在父亲计东眼中，"贤长子"计准颖敏异常，"年十二，以文章受知于廷尉李公"，"公命准论伊洛渊源心要，准应对详敏"①，还为之延请复社宿儒张九临授业。在时人眼中，计准的形象也是贤而慧的。在姻亲朱鹤龄的印象中，计准"早慧而贤"②。仅有一面之缘的汪琬眼中的他"少而娟娟美秀""高才好学"③。魏禧赞他"孺子幼慧，能文章，独好儒先之学"④。秦松龄言他"年十二，即有志于性命之学，五经而外，濂、洛、关、闽之书无不窥，而欲穷其阃奥"⑤。董以宁谓他"贤而有才，欲著《圣学救》书"⑥。尤侗亦以"才子"称之。宋实颖更是在他"数从甫草往来既庭之家。既庭爱之，许以其女配焉"⑦。计准也是不负众望，顺治十八年（1661），年仅十五便补为诸生，且所著《圣学救》一书将成，声誉大起。计东自是喜不自禁，深慰门风振济有人，让他得以暂时忘记因奏销一案被褫革功名的痛楚。第二年，计东将外出游食，其时计准已病，却有意向父亲隐瞒了自己生病一事，许是自感命不久矣，遂在辞别父亲时依依不舍、挥泪如雨，"儿病父岂知，父行儿雨泣"⑧。康熙元年（1662）年末，便不幸殇于痘，年仅十六。面对爱子的离世，计东悲伤难禁，以致惊痛哀毁，难以接受：

---

① （清）计东：《赠朱庭怡序》，《改亭文集》卷六，清乾隆十三年计琰读书乐园刻本。
② （清）朱鹤龄：《题思子亭卷子》，载《愚庵小集》卷十四，上海古籍出版社1979年版，第667页。
③ （清）汪琬：《孝贞女墓志铭》，《钝翁前后类稿》卷四十五，载李圣华笺校《汪琬全集笺校（二）》，人民文学出版社2010年版，第837页。
④ （清）魏禧：《书计甫草思子亭卷后》，载《魏叔子文集外篇》卷十三，胡守仁、姚品文、王能宪校点，中华书局2003年版，第651页。
⑤ （清）秦松龄：《书计甫草思子亭记后》，《苍岘山人文集》卷六，《清代诗文集汇编》第147册。
⑥ （清）董以宁：《计甫草思子亭图记跋》，《正谊堂文集》不分卷，清康熙书林兰荪堂刻本。
⑦ （清）汪琬：《孝贞女墓志铭》，《钝翁前后类稿》卷四十五，载李圣华笺校《汪琬全集笺校（二）》，人民文学出版社2010年版，第837页。
⑧ （清）计东：《梦严四览民》，《改亭诗集》卷一，清乾隆十三年计琰读书乐园刻本。

> 壬寅岁将尽，我丧贤长子。尔来百里外，冲寒渡江水。
> 三日留草堂，哀慰极深至。示我诗四章，晶晶泪盈纸。
> 老母为增悲，病妻哀欲死。好友结良姻，厚谊当如此。①

从这首计东写给友人的诗作中真实还原了计氏一家对痛失亲人的哀伤："老母为增悲，病妻哀欲死。"除了友人严临前来追悼慰问，诗文书信致悼宽慰者亦不在少数。曾王孙写信予以宽慰，谓计准天生异人，自是难以长留人世，并劝慰他要克制情感，不宜悲伤过度："迩来老伯母康健善饭，老嫂以下谅俱纳福，独长公生天最早，心焉如割，然如此异人，自难久留尘世。西河之痛，昔贤不免。顾悲之无益，尤愿吾兄以理制之耳。"②汪琬亦对计准早慧而夭深感痛惜，作诗慰之："笔冢累累砚欲穿，每将文字苦雕镌。著书也被天公恼，不使童乌与汝名。"③朱鹤龄言计准如"琼花瑶草，自当植根天上，人间不得而有，此以慰甫草"④。葛芝发出"多少人间玉树残"⑤的感慨。秦松龄不无惋惜地表示，计准"所著有《圣学救》一书，未竟而殁。倘假之以年，使得底于成，可不谓吾道之幸，而顾不幸而殇，天耶！人耶！"⑥

对于长子的离世，友人的劝慰和开解并未稍减计东内心的悲痛，他"不忘起居寝食，则有缠绵愤恻之声；岁时膜腊，则有涕泣憔悴不能忍之色"⑦，悔恨自己未能早有所成，长得儿女绕膝："痛哉为

---

① （清）计东：《梦严四览民》，《改亭诗集》卷一，清乾隆十三年计琪读书乐园刻本。
② （清）曾王孙：《与计甫草》，《清风堂文集》卷八，清康熙四十五年曾安世刻本。
③ （清）汪琬：《闻计孺子殇寄甫草二首》，《钝翁前后类稿》卷三，载李圣华笺校《汪琬全集笺校（一）》，人民文学出版社2010年版，第124页。
④ （清）朱鹤龄：《题思子亭卷子》，载《愚庵小集》卷十四，上海古籍出版社1979年版，第667页。
⑤ （清）葛芝：《元夕前一日集从吾馆看灯次诸子韵》，《卧龙山人集》卷五，清康熙九年自刻本。
⑥ （清）秦松龄：《书计甫草思子亭记后》，《苍岘山人文集》卷六，《清代诗文集汇编》第147册。
⑦ （清）汪琬：《计氏思子亭记》，《钝翁前后类稿》卷三十二，载李圣华笺校《汪琬全集笺校（二）》，人民文学出版社2010年版，第688页。

人父，早岁不努力。但知轻去家，憔悴久为客。可怜所娇儿，未或长绕膝。"① 这种悔恨和悲伤一直伴随着他，抑郁终生，岁止五十二当与此有关。在其诗文集中，常能见到他以深情的笔触追忆爱子的文字，"壬寅岁将尽，我丧贤长子"②，"那堪报罢日，又作悼亡人"③"予被废之明年，又丧我长子准……胸中每有自娱于文之处，环顾左右，呫呫无可与语者，黯然念准儿泪下"④。十余年后，"凡宗党姻戚谈及孺子之早慧而贤，无不累欷太息"⑤，更遑论至亲至爱的计东。时间的流逝并未消解平复丧子的痛楚，在计准去世四年后，计东"匆忍殇之久而思，思而不置，为构思子亭，属米紫来图之"⑥，"求芝麓先生题其首"⑦，于居所旁筑思子亭以寄哀思，并四处征集诗文以祭，还出资刊刻爱子遗集："集士大夫诔之，既又为之谥，又刻其遗文。"⑧ 以"志学孺子"私谥爱子："执爻丹生，私谥为志学孺子。"⑨ 据汪琬之子汪筠所述，可以大体知晓《思子亭卷》的情状："一手卷，长丈余，前为龚尚书题'思子亭记'四大字，次米进士所绘图，又次先生记。后有龚尚书跋。"⑩ 据朱鹤龄所言可知，"记斯亭者，名贤数十人"⑪，"一时能文章者，俱有题跋"⑫，目前所

---

① （清）计东：《梦严四览民》，《改亭诗集》卷一，清乾隆十三年计璜读书乐园刻本。
② （清）计东：《梦严四览民》，《改亭诗集》卷一，清乾隆十三年计璜读书乐园刻本。
③ （清）计东：《良乡道中遇宝应李素臣有赠四首》，《改亭诗集》卷三，清乾隆十三年计璜读书乐园刻本。
④ （清）计东：《竹林集自序》，《改亭文集》卷十三，清乾隆十三年计璜读书乐园刻本。
⑤ （清）朱鹤龄：《题思子亭卷子》，载《愚庵小集》卷十四，上海古籍出版社1979年版，第667页。
⑥ （清）董以宁：《计甫草思子亭图记跋》，《正谊堂文集》不分卷，清康熙书林兰苏堂刻本。
⑦ （清）汪琬：《再跋思子亭记》，《佚著》卷二，载李圣华笺校《汪琬全集笺校（四）》，人民文学出版社2010年版，第2207页。
⑧ （清）汪琬：《计氏思子亭记》，《钝翁前后类稿》卷三十二，载李圣华笺校《汪琬全集笺校（二）》，人民文学出版社2010年版，第687页。
⑨ 盛泽镇人民政府、吴江市档案局编：《盛湖志（上）》，江苏广陵书社有限公司2011年版，第139页。
⑩ （清）汪琬：《跋思子亭记》，《钝翁前后类稿》卷四十八，载李圣华笺校《汪琬全集笺校（二）》，人民文学出版社2010年版，第910页。
⑪ （清）朱鹤龄：《题思子亭卷子》，载《愚庵小集》卷十四，上海古籍出版社1979年版，第667页。
⑫ （清）董以宁：《计甫草思子亭图记跋》，《正谊堂文集》不分卷，清康熙书林兰苏堂刻本。

知者有：汪琬《跋思子亭记》《再跋思子亭记》《计氏思子亭记》、董以宁《计甫草思子亭图记跋》、秦松龄《书计甫草思子亭记后》、金之俊《题计甫草思子亭》、雷士俊《书计甫草思子亭图卷后》、冒襄《题计甫草思子亭记后》、魏禧《书计甫草思子亭卷后》、王崇简《跋计孝廉思子亭卷》、朱鹤龄《题思子亭卷子》、金作霖《思子亭》，皆一时名家。《思子亭》卷由是而形成。计东本人应有传文，惜未得传世，其诗文集中未见收录。从目前所存诗文看，计东应已将所征诗文装裱成"思子亭卷子"，题写者能见到他人所撰内容，故而引发了关于"情与礼"主题的论争。征集活动自康熙四年（1665）始，据朱鹤龄所谓"迄今逾十年"[①]可知持续十余年之久。

  计准去世前，已聘宋实颖女景昭为妻，时尚未婚娶，当时年仅十三岁的宋景昭"闻讣号恸，欲奔丧。请于准父东，东以年幼，不便许矢志为之守节"[②]，并自誓"吾死生计氏妇也。即日屏栉沐，布衣蔬食，愿以此终其身。既庭奇女之志，将以归计氏，而甫草虑其少也，犹与未决"[③]，"守贞居小楼，十年不下。微闻亲戚有欲夺其志者，辄不食凡二十日，呕血至尽死"[④]，时为康熙九年（1670）十一月十五日。宋景昭"死时年二十三，诸宗党闵之，私谥孝贞"[⑤]。计东一家对这个儿媳是颇为满意的，曾憧憬"我母及我夫妇有此佳儿佳妇，承欢晨夕，诚天下之至乐也"[⑥]。宋景昭曾在计准去世后提出要至计家为之守节的请求，计东"诚恐媳一至我家，我母及病妇必崩心痛哭，且至伤生，故再三坚辞，至重负媳贞烈之操，不夺之

---

  ① （清）朱鹤龄：《题思子亭卷子》，载《愚庵小集》卷十四，上海古籍出版社1979年版，第667页。
  ② 盛泽镇人民政府、吴江市档案局编：《盛湖志（下）》，江苏广陵书社有限公司2011年版，第609页。
  ③ （清）汪琬：《孝贞女墓志铭》，《钝翁前后类稿》卷四十五，载李圣华笺校《汪琬全集笺校（二）》，人民文学出版社2010年版，第837页。
  ④ （清）魏禧：《书计甫草思子亭卷后》，载《魏叔子文集外篇》卷十三，胡守仁、姚品文、王能宪校点，中华书局2003年版，第651页。
  ⑤ （清）汪琬：《孝贞女墓志铭》，《钝翁前后类稿》卷四十五，载李圣华笺校《汪琬全集笺校（二）》，人民文学出版社2010年版，第836页。
  ⑥ （清）计东：《祭冢媳孝贞宋女文》，《改亭文集》卷十五，清乾隆十三年计琪读书乐园刻本。

志，使媳不永其年也"①，始大悔恨流涕太息，感慨"'此真吾子妇也！吾负若多矣。'引舟载其棺以归"②，与姻友宋实颖商榷后，决定将两个孩子合葬，使之生未同衾而死得同穴。可以推断的是，两家联姻是基于计东与宋实颖友情基础上的父母之命，然计准生前"数从甫草往来既庭之家。既庭爱之，许以其女配焉"③，不排除两家儿女在婚前已见过面的可能，已有一定的情感基础。这也为计准早逝，而宋景昭誓要为之守节甚而自尽，提供了除了合乎礼教之外的另一种解释，但同时也应注意到，在当时的礼教宗法之下，这实为一种必然。计东有《祭冢媳孝贞宋女文》哀之，含音凄婉。宋实颖亦有《孝贞女传》，惜未得传世。计东复又遍邀友人为贤子节妇撰记、题跋、作诗，因宋实颖生平资料稀少，故难以知晓他在其中的参与程度如何。目今所见有汪琬《孝贞女墓志铭》、归庄《贞孝诗为宋氏作》、尤侗《孝贞女赞》。仲棅④亦为之立传，惜未见。

其实，构思子亭怀念去世的子女并非计东首创，而是始于明中期唐宋派著名代表人物、被誉为"明文第一"的归有光。计东素昔对归有光推崇备至，自谓"既读先生之文，而又深敬先生之志行"⑤，对其人、其学、其行多有效法模仿。而他对归有光的推扬则是受父计名的影响。计名曾在计东新婚之时手书"蛰庵"二字赐之。三十余年后，计东撰《蛰庵记》怀念父亲，"因绎吾父之意，释蛰字之义，语次儿曰，《易》曰'潜龙'，《系辞》曰'龙蛇之蛰'，其义一也。若以龙蛇当阳气，潜藏之候必潜蛰为宜。如《诗》'遵养时晦'之义，犹未深知《易》也。当可见可跃可飞之时，勋业塞

---

① （清）计东：《祭冢媳孝贞宋女文》，《改亭文集》卷十五，清乾隆十三年计瑛读书乐园刻本。
② （清）汪琬：《孝贞女墓志铭》，《钝翁前后类稿》卷四十五，载李圣华笺校《汪琬全集笺校（二）》，人民文学出版社2010年版，第837页。
③ （清）汪琬：《孝贞女墓志铭》，《钝翁前后类稿》，载李圣华笺校《汪琬全集笺校》，人民文学出版社2010年版，第837页。
④ 仲棅，盛泽人，国子监生，行高学博，才名极盛。著有《易经衍义》四卷。时人称盛泽文坛"前有卜孟硕，后有仲瑶光"。
⑤ （清）计东：《顺德建归震川先生祠堂碑》，《改亭文集》卷十四，清乾隆十三年计瑛读书乐园刻本。

天地，而至人之所为退藏于密者，当寂然不动。此即舜禹有天下，而不与程子所谓千兵万马与蔬食饮水，曲肱而枕之，总归无事。此潜蛰之至义也"①，遂以归有光所谓"丈夫得志则龙蛇，不得志则蚯蚓"的龙蛇之喻教导子孙，尝夸赞族侄计炳"必龙蛇之才"，自惭"老兵久无所用于世"，"所志蚯蚓已矣"②。他还在诗文之中屡屡提及归有光，有十余次之多。还在康熙六年（1667）九月过归有光曾佐之顺德，于郡署旁废圃中设瓣香泣拜。友人汪琬在《说铃》中记之。康熙十二年（1673），计东所奉幕主顺天督学王泽弘按部至顺德考校多士，遂"询之郡县、稽之志乘、考之名宦祠迹"，捐俸为归有光建祠堂，祠成后自为记，并属计东作《顺德建归震川先生祠堂碑》。

计东对归有光的继承和效法还体现在对构建思子亭的模仿上。归有光长子归𪫺孙与计准相类，亦是丰神秀异，聪慧机敏，"尝试之三史，即能自解。诸生来问学者，余少出，令儿口传，往往如所言。或人自外舍，辄就几旁展卷，视所读何书。余闲居无事，学著书，每一篇成，即持去，忻然朗诵；与之言世俗之事，不屑也"③，且孝友笃诚，病重之际仍不忍双亲悲痛、受累："大人不任劳，勿以吾故不睡也。……吾母勿哭我，吾母羸弱，今三哭我矣。"④ 更为凑巧的是，两个孩子均是在十六岁时因病去世，只是计准殇于痘，而归𪫺孙所患何病其父并未言明。嘉靖二十七年（1548）十二月，43岁的归有光痛失长子，悲不能禁，遂于次年筑思子亭，自作《思子亭记》《亡儿𪫺孙圹志》以祭，写得缠绵悲切，令读者泫然而泣。黄宗羲曾赞《思子亭记》道尽天下丧子之殇与痛："无聊之极，结为怪想。余于迎儿之殇，坐卧恍惚，作此言辞，岂意震川先已描出。"⑤ 要

---

① （清）计东：《蛰庵记》，《改亭文集》卷九，清乾隆十三年计琰读书乐园刻本。
② （清）计东：《竹林集自序》，《改亭文集》卷二，清乾隆十三年计琰读书乐园刻本。
③ （明）归有光：《亡儿𪫺孙圹志》，载周本淳校点《震川先生集》卷二十二，上海古籍出版社1981年版，第533页。
④ （明）归有光：《亡儿𪫺孙圹志》，载周本淳校点《震川先生集》卷二十二，上海古籍出版社1981年版，第534页。
⑤ 黄宗羲编：《明文授读》，载《四库存目丛书》集部第400册，齐鲁书社1997年版，第794页。

之，正是在种种巧合之下，加之计东对归有光的推崇和效法，才有了构思子亭并拓伸为一项持续十余年的诗文征集活动。

二 征集主题引发的"情""礼"论争

作为封建社会的传统文人，深受儒家传统文化熏染，言行上通常会自我约束，动辄必得合乎古礼。古往今来，丧子者比比皆是，然计东却将这份悲痛与思念以构亭征文的形式展现出来，这份执着的爱与勇气非常人可比。即便是思子亭的首创者归有光以成人之丧葬子，在建亭之初也有是否逾礼的顾忌，故在所撰《亡儿翻孙圹志》的结尾加入大段议论，意在为自己的行为作辩护，力证自己并未违背古礼："延陵季子之葬子，非古有也，而孔子之所谓合礼者也。余于吾儿，欲勿殇也，其可乎"，并谨慎地表示"书以志余之悲而已"①。而将此举推扬广大的计东建思子亭后，以"思子"及衍生的"孝贞"为主题遍邀一众友人作诗撰文，来纪念爱子计准、贤妇宋景昭，这一举动必然就招致了时人的质疑与批评，也由此引发了对情与礼的论争和探讨。如今所见十余篇诗文，参与题词者论争的焦点在情与礼，论争者则不自觉地划分为三派：逾礼越情、逾礼合情和合礼合情。

丧子后，计东的悲伤并未随着时间的流逝而稍减，从众友人笔下可见一二。

尤侗称"甫草哭之哀"②，秦松龄亦言"甫草哭之恸"③。王崇简谓"甫草思之昧昧，求之遑遑"④。董以宁言"甫草勿忍殇之久而思，思而不置"⑤。这份哀思忧伤无处排解，也就有了构亭思子之

---

① （明）归有光：《亡儿翻孙圹志》，载周本淳校点《震川先生集》卷二十二，上海古籍出版社1981年版，第535页。
② （清）尤侗：《孝贞女赞》，《西堂杂组二集》卷六，载杨旭辉点校《尤侗集上》，上海古籍出版社2015年版，第244页。
③ （清）秦松龄：《书计甫草思子亭记后》，《苍岘山人文集》卷六，《清代诗文集汇编》第147册。
④ （清）王崇简：《跋计孝廉思子亭卷》，《青箱堂文集》卷十，《清代诗文集汇编》第17册。
⑤ （清）董以宁：《计甫草思子亭图记跋》，《正谊堂文集》不分卷，清康熙书林兰荪堂刻本。

举,"日月往矣,作思子亭以寓无已至情"①,"作记以述其悲"②。康熙四年(1665),计东甫有构亭之意,便与好友汪琬商榷,并嘱托其作记,却遭到友人强烈的质疑和批评。汪琬既是思子亭诗文征集的第一位参与者,亦是计东丧子后心路历程的见证者,计准"及眘而殇,甫草哭之恸,遂集士大夫诔之,既又为之谥,既又刻其遗文,逾四载,甫草来言曰:'吾思孺子甚,吾将构亭所居之旁,以思子命名子,盍为我记之。'"③他对此颇为不满,与计东有过不少争论。他先是对计东丧子已久却哀思过度深为不满,斥责其近乎无节:"今者孺子之殁,其历岁月也固久且远矣,而甫草犹眷焉不忘,起居寝食则有缠绵凄恻之声,岁时朦腊则有涕泣憔悴不能忍之色,其殆近于无节矣。"④他"方以越礼为虞",又见计东"树之亭",遂质问友人"是亦不可以已乎",计东则回以"未也,孺子也贤,吾将以礼成人者礼之"。⑤汪琬对此大为担忧,"遂正告之曰:'昔子夏之丧明,此过乎情者也'"⑥,批评计东,"不知裁之以礼……先王制礼,不敢过也。此施诸父母且然,而况所谓殇子者乎?"⑦又苦口婆心地以圣人之训规劝他:"孺子虽贤,然不得比于童汪锜之列明矣。今既思之过甚,而又益之以非礼,则是委弃先王之制,而甘蹈子夏之遗辙也。甫草其慎之。"⑧并表示自己此番言论意在"本乎送殇之礼而

---

① (清)王崇简:《跋计孝廉思子亭卷》,《青箱堂文集》卷十,《清代诗文集汇编》第17册。
② (清)秦松龄:《书计甫草思子亭记后》,《苍岘山人文集》卷六,《清代诗文集汇编》第147册。
③ (清)汪琬:《计氏思子亭记》,《钝翁前后类稿》卷三十二,载李圣华笺校《汪琬全集笺校(二)》,人民文学出版社2010年版,第687页。
④ (清)汪琬:《计氏思子亭记》,《钝翁前后类稿》卷三十二,载李圣华笺校《汪琬全集笺校(二)》,人民文学出版社2010年版,第687页。
⑤ (清)汪琬:《计氏思子亭记》,《钝翁前后类稿》卷三十二,载李圣华笺校《汪琬全集笺校(二)》,人民文学出版社2010年版,第687页。
⑥ (清)汪琬:《计氏思子亭记》,《钝翁前后类稿》卷三十二,载李圣华笺校《汪琬全集笺校(二)》,人民文学出版社2010年版,第688页。
⑦ (清)汪琬:《计氏思子亭记》,《钝翁前后类稿》卷三十二,载李圣华笺校《汪琬全集笺校(二)》,人民文学出版社2010年版,第688页。
⑧ (清)汪琬:《计氏思子亭记》,《钝翁前后类稿》卷三十二,载李圣华笺校《汪琬全集笺校(二)》,人民文学出版社2010年版,第688页。

折衷之，以圣人之训非薄待孺子而然也，亦以效忠爱于吾友"①。汪琬本意是劝计东节哀，但对越礼树亭的行为极不赞同，以中行之道规勉他以礼制情，又以礼训之，斥其无节，大有不近情理之态，不免让人难堪。汪琬作为发端者，此记一出，遂将思子主题的基调定位情与礼之争，后来之题词者所言大都不离此旨。

以汪琬对计东的了解，他深知自己的规勉并不能"禁甫草使勿思"②。事实上，计东也确如汪琬所料，坚定地将征集活动继续下去，直至其去世，达十余年之久。从汪琬所言看，计东最初发起的思子诗文征集活动看起来是真挚而纯粹的。然而，伴随着思子亭诗文征集的同时，计东于康熙五年（1666）二月受严沆所托，遍邀能文之士为其母严太夫人作祝寿诗文。此次征集历时一年有余，计东在康熙六年（1667）十月南归后奉交严沆。从如今所见寿严太夫人诗文看，题词者并未有只字言及计东。若不是计东有意提及，后人很难知晓他在其中发挥的作用。计东是否乘此征集之便，为思子亭索文求诗尚待考量，然不免有为名趋利之嫌。此次征集也为思子亭的征集积累了一定的经验，并借严沆之名结交了一众友人，对计东后续的诗文征集乃至游食求职多有助益。

和汪琬持同一态度的还有冒襄，亦认为"甫草哭子，至溢礼逾情"③。秦松龄亦赞同汪琬的观点，认为"其文反复辩证有理。吾谓甫草之痛其子，固不免于过"④。对于以汪琬为首诸人"溢礼逾情"的观点，一时名贤从不同的角度予以了批驳和辩争。金之俊的意见与之完全相左。同遭丧子之痛的他多了一份共情和理解，态度坚决地认为计东既不溢礼，亦未逾情："我两人同病相怜，有如是乎。甫草哀其子孺子不已，而为亭以思之，非过也，宜也；思之不已，而

---

① （清）汪琬：《计氏思子亭记》，《钝翁前后类稿》卷三十二，载李圣华笺校《汪琬全集笺校（二）》，人民文学出版社 2010 年版，第 688 页。
② （清）汪琬：《计氏思子亭记》，《钝翁前后类稿》卷三十二，载李圣华笺校《汪琬全集笺校（二）》，人民文学出版社 2010 年版，第 688 页。
③ （清）冒襄：《题计甫草思子亭记后》，《巢民诗文集》文集卷六，清康熙刻本。
④ （清）秦松龄：《书计甫草思子亭记后》，《苍岘山人文集》卷六，《清代诗文集汇编》第 147 册。

诸名公又为图绘文章，以表章而考论之，非过也，宜也。亦将为之立后焉，宜也；亦将选地以葬焉，宜也。信乎其非过也。"① 对计谁的才学充分肯定："况孺子年少而学邵，即圣学救一书，尤足妖彭而寿殇者欤？"并对同卷题词者表示质疑："余是以饮痛书此，以质之卷内诸贤。"② 雷士俊态度亦与金之俊相类，认为"先王丧礼长子，三年降而期又降，而大功小功，使甫草丧孺子衰绖逾时，不除是为坏礼，不可也。若除衰绖而春露秋霜履之凄怆怵惕，亦无已之情礼之遗意，未为不可也"③。雷士俊亦有丧子之悲："余幼儿多十三岁殀，平昔脱粟之饭，其病也，贫不能疗治，其没也，不能具绞绤以敛，其殡也，不能买地以葬。余怆怛饮泣，颇嗛于心，乃哭之。"④ 故而推人及己，对计东此举大有共情之处，抱以同情之理解，"观甫草为孺子而构亭，则其推慈父之心尽隆，于孺子者，得无憾矣。余以贫之故，嗛于吾儿多，迄今耿耿"，并对汪琬予以批驳，认为其缺少共情，不能深切体会友人之悲："曾子不知子夏之悲，苕文不知甫草之悲，亦不知余之悲。余以余之悲，知甫草之悲，言之独异于苕文。"⑤ 同时，与金之俊稍有不同的是，他认为计东已然逾礼，但"虽然乐正子伤其足而有忧色，子夏之丧明绳之礼为过，而其情为可悯也"⑥。董以宁对以上诸君之说不为苟异，亦不为苟同，认为"然则礼者，苟其缘于情、起于义而得乎人心之所安，则圣人皆勿禁"，赞汪琬之言可谓"规勉之至"⑦，认为雷士俊所言"较之汪说，似于

---

① （清）金之俊：《题计甫草思子亭》，《金文通公集》卷十，清康熙二十五年怀天堂刻本。
② （清）金之俊：《题计甫草思子亭》，《金文通公集》卷十，清康熙二十五年怀天堂刻本。
③ （清）雷士俊：《书计甫草思子亭图卷后》，《艾陵诗文钞》文钞卷十六，清康熙莘乐草堂刻本。
④ （清）雷士俊：《书计甫草思子亭图卷后》，《艾陵诗文钞》文钞卷十六，清康熙莘乐草堂刻本。
⑤ （清）雷士俊：《书计甫草思子亭图卷后》，《艾陵诗文钞》文钞卷十六，清康熙莘乐草堂刻本。
⑥ （清）雷士俊：《书计甫草思子亭图卷后》，《艾陵诗文钞》文钞卷十六，清康熙莘乐草堂刻本。
⑦ （清）董以宁：《计甫草思子亭图记跋》，《正谊堂文集》不分卷，清康熙书林兰荪堂刻本。

情与义更宜"，但坚持认为计东并未因思子构亭而越礼、殇礼："但圣人而下，尚未能事事合于中行，而特欲援古礼以裁其父子之爱，而使之无过，谓不得思而子焉。吾恐其伤心转甚也。天性之恩不嫌过厚，况甫草又何尝越礼而殇礼？""乃因爱子之故致伤，吾父母之身慈且累孝，此曾子所以责之严，子夏所以悔之决也。使甫草而果如是，岂惟荛文责之，吾亦责之矣。若仅仅构亭以思，思虽久，不至于丧明而于礼又原无越也。则虽为曾子，必且原之。"① 此言一出，"遂使群公各各叹服"②。而王崇简则站在这样的立场表示："甫草之情深，而荛文之论正。父子朋友之间，可以两无遗憾矣。"③

及至宋景昭于康熙九年（1670）不食而死，计东遂将之与子计准合葬，在接下来的诗文征集中又加入了节妇的主题。汪琬复受计东所请作《孝贞女墓志铭》，令人意外的是，汪琬态度有所转变，由必合于礼转为礼有变，对节妇大为赞扬，并在计东受到时人责难不该将未嫁之女葬入夫家时反复为之申辩："有难甫草者曰：'《周礼》禁迁葬嫁殇，彼宋氏之女也胡为乎同穴于此。'予为甫草解之曰：'《礼》所禁者，谓夫生而未聘与未许嫁者也。今男氏已聘矣，女氏又已诺矣，何不可合之？'有难者曰：'女未庙见，不祔于姑，归葬女氏之党，如之何其可合也？'予曰：'不然。礼有常焉，有变焉。取女有吉日，而死，女斩衰以吊。既葬，除之者，常也；守贞不字，变也。'既庭之女之为孺子也，始则膏泽不御，觞酒豆肉不尝，及其继也，绝粒捐躯而勿之恤，变之变者也。夫既俨然计氏之妇矣，安得以未成妇之礼格之。"④ 与对待建思子亭的态度相比，汪琬显得更为通融宽宥，对礼之变予以了一定的包容，先后态度如此迥异，着实令人疑惑。然而，在接下来的征集活动中，题词者针对汪琬认为计东构思子亭纪念计准越情逾礼之说的争论并未消歇。魏禧对汪琬

---

① （清）董以宁：《计甫草思子亭图记跋》，《正谊堂文集》不分卷，清康熙书林兰苏堂刻本。
② （清）董以宁：《计甫草思子亭图记跋》，《正谊堂文集》不分卷，清康熙书林兰苏堂刻本。
③ （清）秦瀛：《己未词科录》卷七，清嘉庆刻本。
④ （清）汪琬：《孝贞女墓志铭》，《钝翁前后类稿》卷四十五，载李圣华笺校《汪琬全集笺校（二）》，人民文学出版社2010年版，第837页。

之文的态度则是"甚爱其文,而惜其苟于礼",并为计东辩白,纵使贤子节妇构亭合葬,虽过于情却不会扰乱纲常伦理:"五常渎乱,礼义乖离,则岂过于情者之所致乎?"① 严沆亦在此文末点评,赞同魏禧之观点:"天下之害,生于不及情,不生于过情,语似偏至却极中正。"作为姻亲的朱鹤龄亦认为不必拘泥于古礼:"吾友苕文汪子独引周人葬殇之文,裁之以礼,其言正矣。虽然礼可禁也,情不可禁也。"并以5岁去世便被立碑树墓的程邵公为例,为之辩白:"以礼观之亦过矣,然至今不闻有非之者。"② 然对宋景昭"衔悲不食,卒死以殉"的行为,仅认为其事甚奇,却并未对合葬一事作何评价,仅将之作为计淮之附庸和陪衬,赞其过于常人:"能使许字之女亦为之崩心绝粒之死,靡他,此非孺子之早慧而贤,实有大过人者而能然耶?"③ 王崇简则赞同计东构亭思子之举,肯定情的重要性,主张宽容待之:"甫草情之所至,有不得自已者。先王缘情制礼,固有情之所钟、礼所不载者矣。"④ 而对其将宋景昭配祀家祠之举也予以了足够的宽容,认为"以情之不能已,为之配,为之后,盖欲存其人也。揆之礼为难行,徒滋非礼之议,是以情而存之今日者,渐且以非礼而泯没于他年矣",并颂扬"子之才、女之贞,固可并存于不朽"。⑤

其实,质疑计东者并非没有共情式的怜悯和同情。汪琬与计东有姻亲之谊,还于顺治十二年(1655)丧女慧姑,应能对计东思子建亭多一份理解,却以圣人之道规之,而对节妇之行更为包容,裁之以礼之变。而同遭丧子之痛的冒襄则寄希望于死而再生。因母马恭人病危,冒襄遂"坚以身及两儿祷神请代,又行万善功过格残腊。

---

① (清)魏禧:《书计甫草思子亭卷后》,载《魏叔子文集外篇》卷十三,胡守仁、姚品文、王能宪校点,中华书局2003年版,第651页。
② (清)朱鹤龄:《题思子亭卷子》,载《愚庵小集》卷十四,上海古籍出版社1979年版,第667页。
③ (清)朱鹤龄:《题思子亭卷子》,载《愚庵小集》卷十四,上海古籍出版社1979年版,第667页。
④ (清)王崇简:《跋计孝廉思子亭卷》,《青箱堂文集》卷十,《清代诗文集汇编》第17册。
⑤ (清)王崇简:《跋计孝廉思子亭卷》,《青箱堂文集》卷十,《清代诗文集汇编》第17册。

而长子八岁殇,余与妇以得所请",母得病愈,后果又得一子,貌若长子,故以计准"当必再生以报罔极"①来安慰计东。而秦松龄则对计准的才学予以了充分肯定,"倘假之以年,使得底于成,可不谓吾道之幸",并援引归有光为子翱孙治成人之丧并圹志比之,认为计准之贤过于归子,哀思铭记自是在情理之中:"昔归震川氏丧其子,以为先王之礼因时损益,轻重之宜一听之人。既又作思子之亭于吴淞江上,其词甚哀。夫计孺子之贤应过于归氏之子,震川之思其子且逾时而不能忘,况贤如孺子,甫草又如之何其弗思也?"②

三 从情礼观论争看清初士人的古文宗尚

既是好友又同遭丧子之痛的汪琬,却反对计东树亭思子之举,甚至以礼训之,言辞之犀利,几至不近人情、不通情理。而那些与汪琬持相同、相近抑或相反态度的题词者皆是明末清初重要的古文家,关于情与礼的论争背后所体现的情礼观,展现了诸子各自的古文根柢和取向。为践行这种主张,清初文人做了不同程度的努力和尝试,体现在古文上便是根柢六经,主张经世致用,以礼制情。

情与礼作为内在情感与外在行为规范,彼此不总是和谐共存的,常会出现矛盾和冲突,而清初士人多会受儒家伦理传统制约,选择以礼制情,可以说是入清后反思明亡根由的结果。综观汪琬的文章会发现,以礼制情是一大特征,而这与他根柢六经的古文创作理念息息相关。汪琬作为仕清文人代表,所作多盛世之文,主张复归儒学与经学,重视经世致用,为文"时而吊古,时而伤今,总以挽回世道,扶持文运为心"③,谨守圣贤之道,主张以礼来解决现实问题:"当礼教废坏久矣,儻蒙先生斟酌今古,原本礼经,而又上不倍国家之制,下不失风俗之宜,用以扶翼人伦,开示后学,甚善

---

① (清)冒襄:《题计甫草思子亭记后》,《巢民诗文集》文集卷六,清康熙刻本。
② (清)秦松龄:《书计甫草思子亭记后》,《苍岘山人文集》卷六,《清代诗文集汇编》第147册。
③ (清)钱肃润辑评:《文瀚初编》卷十二,清康熙刻本。

甚善。"① 他自谓"求诸圣贤之道，达于日用事为而根柢于修己治心者，概未有合"②，对儒道礼法丝毫不敢违越，对个人性情极为克制，故而对计东以礼规之："世之甚昵其子者，往往牵于骨肉之私而不知裁之以礼，是以过情者多而不及情者寡。"③ 责其"殆近于无节""委弃先王之制"，甚至认为如若计准"尤潜心宋儒之说，若深有得于性命者，然则甫草之久而不忘也固宜"④，否则就被视为越礼无节，可见其对根柢六经的执着。他这种近乎严苛的标准也招致了魏禧的批评。魏禧对汪琬的反复辩证予以批驳："予尝见之汪户部稿中《思子亭记》，甚爱其文而惜其苛于礼。……天下之害生于不及情，不生于过情。臣不忠，子不孝，兄弟、夫妇、朋友不终，虽群匹失丧，反巡其故乡，求如大鸟兽之翔回踯躅，燕雀啁噍之顷有不可得者。呜呼！五常渎乱，礼义乖离，则岂过于情者之所至乎？……故苟其贤且才，虽胡越之子，犹将生而爱之，死而悲之，而况于其子。甫草久而不忘，且为亭旌其悲，谁曰不宜？"⑤ 从表面看，魏禧与汪琬对构亭思子一事各执一词，针锋相对。其实，魏禧亦对礼非常尊崇。当易堂九子之一的何腾蛟因丧子有过情之哀，他曾写信劝说，主张丧子之痛不应表现得过于丧亲之痛："先生往遭大丧，忧毁刻至，哀感行路。今当赤子之丧，亦得无有所升降等杀于其间哉？人子之于亲，以为过也而有所不及；父母于子，以为不及也而已过。夫几几乎其将同之也，先生必有所不安于心；若几几乎同之，而或万一共几几过之，谅贤者所不敢出也。"⑥ 当老师杨夫子因丧弟而悲

---

① （清）汪琬：《答顾宁人先生书》，《钝翁续稿》卷十二，载李圣华笺校《汪琬全集笺校（三）》，人民文学出版社 2010 年版，第 1402 页。
② （清）汪琬：《与曹木欣先生书二》，《钝翁前后类稿》卷十八，载李圣华笺校《汪琬全集笺校（一）》，人民文学出版社 2010 年版，第 465 页。
③ （清）汪琬：《计氏思子亭记》，《钝翁前后类稿》卷三十二，载李圣华笺校《汪琬全集笺校（二）》，人民文学出版社 2010 年版，第 688 页。
④ （清）汪琬：《计氏思子亭记》，《钝翁前后类稿》卷三十二，载李圣华笺校《汪琬全集笺校（二）》，人民文学出版社 2010 年版，第 688 页。
⑤ （清）魏禧：《书计甫草思子亭卷后》，载《魏叔子文集外篇》卷十三，胡守仁、姚品文、王能宪校点，中华书局 2003 年版，第 651 页。
⑥ （清）魏禧：《与李咸斋书》，载《魏叔子文集外篇》卷五，胡守仁、姚品文、王能宪校点，中华书局 2003 年版，第 222 页。

戚逾礼，他亦以弟丧不宜哀过大丧而劝使夫子"勉而循诸礼"，"一二日间亦遂坦然不失其常度"①。这与汪琬的看法基本上是一致的，只是二人对礼法的尊崇和对情感的克制程度有所不同。魏禧为文"原本经传，动关风教"②，注重实用性，而少抒情，在表达情感时比较含蓄内敛，哀而不伤。如《先伯兄墓志铭》，以含蓄克制的情感记述了兄长魏祥悲慨的一生，对其惨遭杀害的经历没有表现出过度的哀毁哭诉，在《祭孔正叔先生文》亦是"以第一至交而不作痛哭之态，则文弥朴而情弥至矣"③，只是不如汪琬对情感克制程度强烈，这也是二人矛盾点所在。故而魏禧在致计东的书信中表达了对汪琬为文过于谨慎克制的不满："（汪琬）奉古人法度，犹贤有司奉朝廷律令，循循缩缩，守之而不敢过。"④ 计东亦言汪琬以六经为旨归，"圣人之道，载于六经。学者能从经见道，而著之为文，不使经与道与文三者析而不可复合"⑤，"立言命意，皆有所本，即一字一句，其根柢亦有所自来"⑥，动辄以儒教为典范，体现出强烈的以礼抑情倾向。可以说，由计东、魏禧到汪琬，从侧面展现了清文的一个走向。

另一个坚定支持汪琬主张的题词者冒襄也是以礼抑情的代表。冒襄作为明末四公子之一，既受家族伦常规范制约，又受竟陵派性灵说影响，在情感抒写上呈现出既脱俗复雅又以礼抑情的特征："今雉皋冒辟疆，独能以奇俊之才发名通之论，抒写性情，抽扬胸臆，

---

① （清）魏禧：《与李咸斋书》，载《魏叔子文集外篇》卷五，胡守仁、姚品文、王能宪校点，中华书局2003年版，第223页。
② （清）施闰章：《寄魏凝叔》，载何庆善、杨应芹点校《施愚山集》文集卷二十八，黄山书社2014年版，第568页。
③ （清）魏禧：《祭孔正叔先生文》，载《魏叔子文集外篇》卷十四，胡守仁、姚品文、王能宪点校，中华书局2003年版，第695页。
④ （清）魏禧：《答计甫草书》，载《魏叔子文集外篇》卷五，胡守仁、姚品文、王能宪校点，中华书局2003年版，第247页。
⑤ （清）计东：《钝翁类稿序》，《改亭文集》卷一，清乾隆十三年计琪读书乐园刻本。
⑥ （清）汪琬：《附录二序跋赞题》，载李圣华笺校《汪琬全集笺校（五）》，人民文学出版社2010年版，惠周惕序，第2263页。

超然自放，不与二者之间。"① 祭悼文《祭老妻苏孺人文》是冒襄对情的克制和对礼的遵守的典范之作，通篇以儒家传统礼教标准来描述妻子苏孺人贤良恭顺的一生，孝顺公婆，善待亲族，宽仁仆婢，甚至与丈夫一同祈祷以自己和儿子之身代生病婆婆马恭人"我与妻密祷身代儿代"②，即冒襄在《题计甫草思子亭记后》中所提"老母马恭人危病复多，征应不祥，余坚以身及两儿祷神请代"③一事。及至母愈子殇，冒襄眼中妻子的形象确是符合伦理纲常的："吾妻不大声哭儿，幸得代也。"十足一个"不近人情"、"刻板冰冷"的孝妇贤妻形象。而在陈维崧《苏孺人传》笔下，面对儿代母死，苏孺人却是对外"色喜"、对内多哭泣之声的悲情母亲形象："盖自衮也殇，而孺人哭泣之声未尝达于户外，出则欣然色喜，曰：'儿死，吾姑其获生乎！且固吾夫子志也。'"这在冒襄笔下却避而不谈，谨守古礼，矜持自重，克制情感的宣泄，并在居丧期间严格遵守"居丧不赋诗"的传统，由此也就能理解冒襄为何不赞同计东树亭思子之举，而责其溢礼逾情了。

认为计东已然逾礼却仍持宽容态度的雷士俊则折中情礼，更多的是从情、礼两全的角度出发。雷士俊"为文章博辩质实，根柢经术，出入群史，自名一家"，"著书明道，穷讨六经、周礼、诸史、百氏之说"④，主张缘情制礼，表现出一定的融通性。丧子丧弟的他更能理解这种痛楚和悲伤："子之于父也，致丧三年，及祭思死者，如不欲生。思其居处，思其笑语，故君子有终身之忧，忌日不乐，情之所在，诚无已也，而何疑于父乎？"⑤所以，在家弟淑度去世后一个月，自己因弟丧而不为寿，两个月后，罢祝继祖母六十大寿，以此来表达对亡者的尊重和怀念，并在受到质疑时，援引古今，以

---

① （清）冒襄著辑：《同人集》，载《冒辟疆全集》，凤凰出版社2014年版，第769页。
② （清）冒襄：《祭老妻苏孺人文》，《巢民诗文集》文集卷七，清康熙刻本。
③ （清）冒襄：《题计甫草思子亭记后》，《巢民诗文集》文集卷六，清康熙刻本。
④ （清）王筑夫：《清处士雷君伯吁墓志铭》，雷士俊《艾陵文钞》卷首，《四库禁毁书丛刊》集部第90册。
⑤ （清）雷士俊：《书计甫草思子亭图卷后》，《艾陵诗文钞》文钞卷十六，清康熙莘乐草堂刻本。

先王之制《丧礼》辩之,并指出:"盖哀动于内而服其服,因以恶其饮食,变其居处,哀之有余者,非此无以安,哀之不足者睹其服而勉以致焉。所谓以故兴物也。而哀有不同,服亦有差。哀之重者其服重,服何准乎?准于哀也。三年之外,期为尤重。其服在尊者不论卑者,若父之于子,兄之于弟,夫之于妻,皆彝伦至戚而不能恝者。"①在肯定了情与礼的重要性的同时强调礼随情变、缘情制礼,主张通过礼制的变化来消弭情与礼之间的冲突和矛盾。这种观点还在他的《丧礼论》中有所体现:"复古丧礼甚难,特宽一步为善诱法。"②

当情与礼发生冲突时,选择情占上风者也大有人在。金之俊在撰写祭文时就放任情感宣泄,不因礼法的约束而克制情感。他的《哀京儿文》连呼"呜呼痛哉"八次之多,被赞"此岂让韩子《十二郎》、李子《寄文》耶"③?《哭宝儿文》被评"如风雨中与骨肉语生死事,悽恻不堪。再读西河之痛,正以一痛传膝下,有此人也,又幸矣"④。《痛儿世湉文》则言明自己为子作悼文虽越礼却实因子"知汝之有道气、无童心,实实堪悼。非我之溺于舐犊,而慨等之为老年爱少子"⑤。连丧三子的金之俊也因此更能理解计东的丧子之痛,所以表现得更为融通宽和,反映在古文创作上就是缘情制礼。金之俊虽并不擅为文,但平素以学欧阳修、曾巩自命,继承唐宋古文传统,又深受佛教影响,为文整体偏于圆润柔和,折中情礼,甚至更重视情。他入清后迅速投降,得顺治帝重用,上疏、行事皆以宽怀为主,平和中庸,并未如汪琬、魏禧、秦松龄、冒襄等人那样痛定思痛,深刻反思明亡之根由,批判有明一代空疏无用的文风,从而有意呼吁恢复文本六经的古文传统,所以对礼的尊崇和要求并不如他人强烈,表现得更为宽和融通。

---

① (清)雷士俊:《卑幼初丧不当受贺议》,《艾陵诗文钞》卷三,清康熙莘乐草堂刻本。
② (清)雷士俊:《丧礼论中》,《艾陵诗文钞》卷一,清康熙莘乐草堂刻本。
③ (清)金之俊:《哀京儿文》,《金文通公集》卷十七,清康熙二十五年怀天堂刻本。
④ (清)金之俊:《哭宝儿文》,《金文通公集》卷十七,清康熙二十五年怀天堂刻本。
⑤ (清)金之俊:《痛儿世湉文》,《金文通公集》卷十七,清康熙二十五年怀天堂刻本。

作为《思子亭》诗文征集活动的发起者,计东是站在情的一端来对待礼的,"酌人情所能行,然后礼不为虚设"①,主张缘情制礼。他痛悼爱子计准的离世,虽未有关于《思子亭》的诗文传世,但从他为儿媳宋景昭所作《祭家媳孝贞宋女文》看亦是痛心难过的,然同时对其殉节的行为也是赞赏的,以"奇女子"称之:"我媳生不及事我母及舅姑而死,后犹能以苦节伟行为人人所称道,光荣我单门,映曜我长子,此诚我媳之至孝,而非衰门薄祚之所易得也。"②这也就是对儿媳恪守礼法的肯定,甚至夸赞她的赴死之举更贤于古人:"古今未嫁之女闻夫讣而慷慨引决者,载籍多有,然未若我媳之从容蕴藉,得情义之至,正使人思之为贤于慷慨引决者。"③可见计东对古礼是并不敢违越的。但同时,他也能不被俗礼束缚,表现出不拘礼法的一面。如他曾赞谒一以孝闻名于世的后生黄孝子,以师礼事之,称赏他"能独身徒步万里,蛮瘴之乡,蛇虎盗贼,风波险阻,饥寒疾病,出万死一生,以返其亲,是天地鬼神所敬也"④。这种情礼观反映在计东的古文宗尚上便表现得更为融通而多元。所以他的古文思想既主张根柢六经、尊经重道,又有理学的影子,倡导穷理尽性,同时又受王学左派影响,有修正派的思想。计东作为欧阳修、归有光一脉古文的宗法者,延续了欧、归文本六经的古文主张,在融通了诸家思想的基础上承继了根柢六经的古文传统,只是在涉及具体的古文创作时,并不完全尊崇礼,而忽视情,主张缘情制礼,重视情的作用,因而他的诗文呈现出以情动人的特征。

结　　语

文本六经作为重要的古文传统,发展至明代出现了一定程度的

---

① 计东评语,参见(清)魏禧《与宗子发论未葬不变服书》,载《魏叔子文集外篇》卷六,胡守仁、姚品文、王能宪校点,中华书局2003年版,第278页。
② (清)计东:《祭家媳孝贞宋女文》,《改亭文集》卷十五,清乾隆十三年计璸读书乐园刻本。
③ (清)计东:《祭家媳孝贞宋女文》,《改亭文集》卷十五,清乾隆十三年计璸读书乐园刻本。
④ (清)陈庚焕:《林孝子传》,《惕园初稿》文卷一,李祖陶《国朝文录》,清道光十九年瑞州府凤仪书院刻本。

断裂。除了宋濂、方孝孺、归有光等少数人是坚定的支持者，大多已出现了偏离。前后七子倡言复古，古文取法秦汉而偏于文辞和情采，已偏离了古文根柢六经的传统。公安派则反对复古和模拟，提倡性灵，与根柢六经的传统相去更远。而阳明心学的出现对世道人心产生巨大影响，最终流于空疏虚妄的文风，给古文根柢六经的传统带来的冲击无疑更大。经历明清易代的文人眼见朝代更迭，大厦倾颓，不得不开始反思明亡根由，批判明中期以来前后七子、唐宋派、公安派和竟陵派等文风脱离现实的弊端，故而这一时期的文人古文观总体上表现为反对空疏无用的王学末流，主张复倾程朱理学，进而引发对礼学的关注和重视，呼吁"值此人心陷溺之秋，苟不以礼，其何以拨乱而反之正乎？"① 在这一主流思想下，清初文人纷纷复归儒学与经学，强调对情的克制和对礼法尊崇，主张恢复文柢六经的古文宗尚。可以说，《思子亭》题词者的情礼观恰是对这一思潮的反响呼应和具体展现。以计东、汪琬、魏禧、董以宁、秦松龄、冒襄、王崇简、雷士俊、金之俊等为代表的文人，虽对情与礼的关系看法稍有差异，然不论是缘情制礼还是以礼制情，抑或折中情礼，整体上仍表现出对礼的尊崇，只是对情的重视程度不一，这背后的动机正是对恢复文本六经古文传统的呼吁和回应，显示出清初文人为倡导重视经世致用之学，重新审视古文源流所做的努力和尝试。

第四节　"松陵四子"的确立及相关问题论略

中国古代文学史上，文人并称现象屡见不鲜，至有清一代而蔚为大观，甚而达到稍有名气的文人都有某个并称称谓，有的还不止一个。在并称视域下，文人彼此间存在的相似或相通特质被过度放

---

① （清）顾炎武：《答汪苕文》，《蒋山佣残稿》卷二，载《顾亭林诗文集》，中华书局1959年版，第195页。

大，而个人通常会被置于并称关系整体来审视，不再是孤立的个体，这就很容易造成过于重视共性而忽略个性，事实上并称文人彼此的风格、成就、地位、价值也不尽相同，不应等量齐观。可以说，对文人并称现象出现确立过程的考察，就是对文学史中某一群体、流派、风格、文学批评等另一维度的解读："有时候，它是某一时期文坛横断面的扫描；有时候，它是某种风格集中的呈现；有时候，它是某种文学流派的表现形态。"①

以吴中文人计东、顾有孝②、潘耒③、吴兆骞④为例，四人并称"松陵四子""松陵四君"，但另一并称群体"吴江四子"张隽⑤、吴炎⑥、潘柽章⑦、董二酉⑧亦有"松陵四子"之目。在明清时期，"松陵"即为吴江的别称，如是，"吴江四子"与"松陵四子"当为同义，便会造成称谓混乱，让后人难以分辨孰先孰后、具体成员究竟为谁、成就如何。基于此，本节拟结合史料，考辨"松陵四子"这一并称关系究竟是何人何时提出，如何确立，四子文学成就如何，彼此有何往来，得以并称缘由为何，在文学史上意义何在等，以便明晰相关问题的含混不清之处，并力图打破群体意识怪圈，还原彼时文人作为独立个体的本来面目以及并称群体之于文学、时代、文化的多维面貌。

---

① 刘跃进：《中国古代文学通论：魏晋南北朝卷》，辽宁人民出版社2005年版，第167页。
② 顾有孝（1619—1689），字茂伦，号雪滩钓叟，临终更号雪滩头陀，江苏吴江人，明诸生，入清后以遗民终，工于诗，著有《雪滩钓叟集》。另编有《唐诗英华》《江左三大家诗钞》《吴江诗略》等诗文选本近二十种。
③ 潘耒（1646—1708），原名潘栋吴，字次耕，号稼堂，江苏吴江人。专精经史词章，康熙十八年（1679）博学鸿词征试，以布衣授翰林院检讨，纂修《明史》，著有《遂初堂集》《类音》。
④ 吴兆骞（1631—1684），字汉槎，号季子，江苏吴江人。幼有神童之目，工诗擅赋，惊才绝艳。顺治十四年（1657）举人，身陷科场案，被流戍宁古塔二十三年，著有《秋笳集》。
⑤ 张隽（约1593—1663），字非仲，又字文通，号西庐，江苏吴江人。明诸生，著有《西庐文集》《西庐诗草》《古今经传序略》《三部略》《易序测义》等。
⑥ 吴炎（1624—1663），字赤溟、如晦，号赤民、愧庵，江苏吴江人。明诸生，明亡后，隐居不仕。长于史学，著有《韭溪集》《今乐府》等。陈去病辑有《吴赤溟先生遗集》一卷。
⑦ 潘柽章（1626—1663），字圣木，号力田，江苏吴江人。精通百家，长于史学。明诸生。明亡后，隐居终生。著有《国史考异》《松陵文献》。
⑧ 董二酉，字诵孙，江苏吴江人。少有神童之誉，学问渊博，善书法。

一 "松陵四子"称谓的提出与地位的确立

"松陵四子"这一称谓，最初是在个体场域进行阐释而出现的，总体有一个由个体场域阐释到公共场域阐释的过程，这也是很多并称关系形成的大致路径。按民国时期文人陈去病的说法，"松陵四子"是承接"四遗老"而来，四人最初是以"四才子"之名出现在文坛的："先是国变后，邑中有王、戴、潘、吴四遗老之目。及潘、吴遭故，而后起者，又有计、顾、潘、吴四才子之目，即改亭、茂伦、稳堂、汉槎是也。"① 此中所谓四遗老，潘、吴即指潘柽章、吴炎，而王当指王锡阐②，戴当指戴笠③。就如今所见资料看，"四才子"这一提法具体是何人提出尚不得而知，但可以肯定的是在"松陵四子"这一并称出现之前，四人已作为一个整体以"四才子"之名并行于世，但并未获得大范围流传，且据陈去病之言推测，四人并称至少是在康熙二年（1663）潘柽章、吴炎等人身陷庄氏《明史》案被害之后。当然，还要注意的是，在此之前，除了出生稍晚的潘耒，其他三人在顺治朝已各立名目，在文坛享有盛誉。而实际上，早于四人之前已存在与之并称称谓极为相近的另一群体"吴江四子"，即是前文提及的潘柽章、吴炎与张隽、董二西的并称。"吴江四子"一说最早见于同时同邑文人殳丹生④《贯斋遗集》，而集中内容具体为何今未得见，《（乾隆）震泽县志》、《（同治）苏州府志》、黄兆柽的《（光绪）平望续志》等皆引其说："吴江四子，张隽年最长，董二西次之，吴炎又次之，潘柽章最少。皆博闻有才，

---

① （清）陈去病：《陈去病全集》第2册，上海古籍出版社1999年版，第865页。
② 王锡阐（1628—1682），字寅旭，号晓庵，别号天同一生，江苏吴江人。精通经史，尤精天文历算，著名天文学家。入清后隐居乡间，以教书为业。惊隐诗社成员之一，与吕留良、张履祥等讲授濂洛之学。
③ 戴笠（1614—1682），字耘野，初名鼎立，字则之，江苏苏州人。明诸生，明亡后，入秀峰山为僧，后居家教授，隐居终生，为潘耒之师，著有《秀骨集》《寇事编年》《殉国汇编》等。
④ 殳丹生（1609—1678），字山夫，原名京，字彤宝，号贯斋，浙江嘉善人。明诸生，入清后改今名，诗古并工，著作甚富，有《贯斋遗集》三十卷。

弃诸生，以著述自娱。……《贯斋遗集》。"①

还有一点需要着重提及的是，"庄史之祸"是一个重要的转折点，对前、后四子都产生重要影响：前四子中的吴炎、潘柽章、张隽皆因此而殒身丧命，案发时董二酉已去世两年，亦被剖棺戮尸；后四子才得以继之而起，成为新的"松陵四子"。

许是为了与"吴江四子"区别开来，才有了"松陵四子"的并称，而国初便出现的"四才子"则是其前身，且后世文人正是在"四才子"基础上划定以计东、顾有孝、潘耒、吴兆骞为中心的并称范围。对"松陵四子"形成有重要推动作用的则是乾嘉时期的文人张廷济②、翁广平③等人。起初，嘉兴文人张廷济对四子中的吴兆骞抱有极大的同情和敬仰，生平喜读其诗，搜罗几尽，并将"吴孝廉汉槎唱和之作与友朋之尺牍"④梓为《秋笳附编》，请好友翁广平为之作序。翁广平在序中明确指出："夫汉槎，'松陵四君子'之一也。三子者，计甫草、顾茂伦、潘稼堂也。"⑤此处可以看出，此际的四人因均身出松陵，已有"松陵四君子"之目，但仍不是"松陵四子"。而翁广平平时亦有藏书的习惯，对计东次子计默的作品有意收罗。当计东族裔计光炘欲搜罗先人计东、计默的诗文集付之剞劂时，翁广平遂尽出所藏计默诗文集赠之，并为刻成之《计菉村遗稿》作序。翁广平之序也透露出"四子"之名在清初便文学成就斐然，诗、古文辞、应世时文皆已获乡里称许、雄视一世的事实："我邑于国初时，称计、顾、潘、吴四子者，谓甫草、雪滩、稼堂、汉槎也，四子俱以诗、古文辞雄视一世，其后裔皆能以读书世其家。然都为

---

① （清）冯桂芬：《（同治）苏州府志》卷一百四十八，清光绪九年刊本。
② 张廷济（1768—1835/1848?），原名汝林，字顺安；又字作田，号叔未，又号海岳庵门下弟子，晚号眉寿老人，浙江嘉兴人。嘉庆三年（1798）解元。诗朴劲典核，精金石考据、篆刻、书法，著有《眉寿堂集》《桂馨堂集》《清仪阁古印偶存》《清仪阁诗钞》等。
③ 翁广平（1760—1842），字海琛，一作海村，江苏吴江人。道光元年（1821）举孝廉方正。工隶书，善画山水。著有《听莺居文钞》《此静坐斋书目》《金石集录》《松陵文献》《续松陵文献》《吾妻镜补》等。
④ （清）翁广平：《秋笳附编序》，《听莺居文钞》卷三，《清代诗文集汇编》第466册。
⑤ （清）翁广平：《秋笳附序》，载（清）吴兆骞、戴梓《秋笳集·归来草堂尺牍·耕烟草堂诗钞》，黑龙江大学出版社2010年版，第280页。

应世时文，亦颇有声，庠序登科第者惟甫草。"① 从翁广平《听莺居文钞》看，集中对家乡松陵人文、历史、风物有强烈的认同感和自豪感，对家乡前贤也有不少推扬称颂之语。嘉庆十九年（1814）冬，姚鼐②在为《听莺居文钞》作序时，便注意到这一特点，称赞翁广平俨然为家乡先贤之继起者："今翁子继稼堂诸君而起，著作之富未肯稍让，而其处境有极人世所难堪者。"③ 在序中，姚鼐虽未对四子有整体性夸赞，然在细数吴江一地钟毓人物时则提及其中三子潘耒、吴兆骞、计东，并对三人坎壈不遇的人生经历抱以无限同情："古人云：'非穷愁不能著书。'又曰：'文章憎命达。'即以吴江一邑论之，如潘稼堂、徐虹亭以博学鸿儒科入词垣，不久落职。吴汉槎以科场事遣戍，计甫草以奏销案被斥。"④ 赞其"遗集至今流布人间。盖天欲因厄其一身，正所以畀之千古也"⑤。嘉庆二十一年（1816），另一个为翁广平文集作序者汪家禧⑥则明确提及"松陵四子"，并对四子之文赞誉有加："松陵顾、计、潘、吴四子，以文藻烁一时。"⑦ 同时还称赞翁广平"既具计、顾、潘、吴之文藻，兼朱、陈、王、沈之朴学"⑧。从陈去病、张廷济、翁广平、姚鼐、汪家禧等人言论看，"松陵四子"的声名在当时乃至后世已流传并得到广泛的认同，只是称谓不一，尚未统一固定下来，但可以肯定的是，计、顾、潘、吴已经以一个固定的、捆绑式的团体面目并行于世了。

"松陵四子"之称的正式定名，达成由个体阐释到公共阐释的转

---

① （清）翁广平：《序》，计默《菉村文集》卷首，清咸丰九年秀水计氏刻本。
② 姚鼐（1732—1815），字姬传，一字梦谷，世称惜抱先生、姚惜抱，安庆府桐城（今安徽桐城）人。著名散文家，与方苞、刘大櫆并称"桐城派三祖"。诗文书艺俱佳。乾隆二十八年（1763）进士，乾隆三十八年（1773）入四库全书馆充纂修官，乾隆三十九年（1774）秋借病辞官归里，以授徒为生。著有《惜抱轩文集》《惜抱轩诗集》等，辑有《古文辞类纂》。
③ （清）姚鼐：《序》，翁广平《听莺居文钞》卷首，《清代诗文集汇编》第466册。
④ （清）姚鼐：《序》，翁广平《听莺居文钞》卷首，《清代诗文集汇编》第466册。
⑤ （清）姚鼐：《序》，翁广平《听莺居文钞》卷首，《清代诗文集汇编》第466册。
⑥ 汪家禧（1775—1816），字汉郊，浙江仁和（今杭州）人。清诸生，精通经易，尝作《易消息解》，所著多毁于火，仅存《东里生烬余集》。
⑦ （清）汪家禧：《序》，翁广平《听莺居文钞》卷首，《清代诗文集汇编》第466册。
⑧ （清）汪家禧：《序》，翁广平《听莺居文钞》卷首，《清代诗文集汇编》第466册。

变，则得益于嘉庆时期文人翁广平之子翁雒①。翁雒有意将四人进行合并推广，特以"人物群像"画辅以记、跋综合运用作为四子并称的有效传播方式，标榜家乡名人，为所崇拜前贤积极渲染造势。受父亲影响，翁雒追慕四子，遂"购求四像，而手摹之，阅五寒暑而后成"②，名曰《松陵四君画像》，以示乡里，还"推是册而广之"，期望四子"俾夫百余年来，老成典型均得以勿坠于地"③，遂延请顾广圻④作《松陵四君画象记》、张云璈⑤作《"松陵四子"遗像跋》。以人物画像群图形式作为固定、传播并称组合的做法古已有之，如南朝画像砖《竹林七贤与荣启期》、宋李公麟《饮中八仙图》、宋刘松年《十八学士图》等，都是以画像形式成为并称佳话的代表。翁雒有意采取这种形式将"松陵四子"这一组合推而广之，取得了良好的宣传效果。他还不满足于此，又效仿先人以人物合咏形式而作的咏史诗，将合咏诗歌作为并称佳话的有效传播手段，作《"松陵四子"咏》《题"松陵四子"象画册》；还请友人张廷济作《翁小海雒松陵四先生画像》诗，为每人各作一首，加以歌咏。他们以醒目明确的诗题对四子并称名号反复加以强调颂扬，无疑对并称称谓的确立起到积极的促进作用。通过翁雒等人的一系列举动，"松陵四子"这一并称关系逐步达成向公共场域阐释扩散的效果。张云璈在跋中明确指出，"松陵四子"这一称谓得名于翁雒，至此，"松陵四子"之名得以定型："吴江翁君小海，摹其乡先辈计东、顾有孝、潘耒、吴兆骞四先生遗像邮示，谓之'松陵四子'。"⑥他还提到，在四人

---

① 翁雒（1790—1849），江苏吴江人，翁广平次子。画有凤慧，初写人物，中年后专攻花鸟、草虫、水族，尤善画龟。笔精墨妙，生动尽致。尝作论画绝句，多附逸事。有《小蓬海遗诗》。
② （清）张云璈：《"松陵四子"遗像跋》，《简松草堂诗文集》文集卷十一，清道光刻三景阁丛书本。
③ （清）顾广圻：《松陵四君画象记》，《思适斋集》卷五，清道光二十九年徐渭仁刻本。
④ 顾广圻（1766—1835），字千里，号涧薲，别号思适居士，江苏苏州人。诸生，不事科举，年三十补博士弟子员。长于校勘目录之学，淹通经史、天文、历算、舆地。能诗词。撰有《说文辨疑》《战国策札记》《淮南子校勘记》《思适斋集》《思适斋词》等。
⑤ 张云璈（1747—1829），字仲雅，浙江钱塘人。博学工诗，嘉庆十二年（1807），选湖南安辐知县，后调湘潭，多惠政，著有《简松草堂诗集》《简松草堂文集》等。
⑥ （清）张云璈：《"松陵四子"遗像跋》，《简松草堂诗文集》文集卷十一，清道光刻三景阁丛书本。

之前已有"松陵四子",也即前文所提"吴江四子",然因"松陵"乃吴江的别称,故二者常被人混用:"前乎此'松陵四子',为董二酉、吴炎、潘柽章、张隽,皆罹庄史之祸,著作多不传,由其无识而入患难,未可与后四子比矣。"① 且认为前四子因"无识而入患难",声名不可与后四子同日而语,故后世所称"松陵四子"多专指计、顾、潘、吴四人。

值得注意的是,"松陵四子"这一称谓还涉及了文人并称的构成规则。从语言学角度看,"松陵四子"是地域+数目词+端语的结构,松陵是地域,四是数目词,子可理解为才子或君子,表达了对四人的美好寄寓。并称关系下,成员的排序问题也是文人并称现象中常引人关注的对象,或以齿次,或以地位,或以成就,或出于声韵,常会以此引人褒贬次第。从翁广平等人提及后四子时的顺序看,"松陵四子"的排序为计东、顾有孝、潘耒、吴兆骞,且已是固定不变的顺序。按四人生年来看,顾有孝最年长,计东次之,吴兆骞再次之,潘耒最幼,可知诸人对四子则并非按年龄。从音韵学角度看,计、顾、潘、吴更合平仄,但潘、吴、计、顾也不拗口。从才学、声名来看,四人各有所擅,未有一个统一的标尺,声名似乎吴兆骞略胜一等。缘何如此排序,笔者也尚未得要领。从传播路径看,"松陵四子"并称名号先是在本土松陵一带得到承认,继而扩大到苏州府,又突破本省范围远播他省,如另一文化重地浙江省,所涉地区不限于钱塘、杭州、嘉兴、嘉善等地,再如安徽桐城等地,实现了由小到大、由近及远的文人并称文化传播。

二 "松陵四子"的交游与文学活动揭橥

吴中历来是文人渊薮,"才艺代出,斌斌称极盛"②。近人薛凤昌云:"吾吴江地钟具区之秀,前后相望,振藻扬芬,已非一日。粤

---

① (清)张云璈:《"松陵四子"遗像跋》,《简松草堂诗文集》文集卷十一,清道光刻三景阁丛书本。

② (明)袁宏道:《叙姜陆二公同适稿》,《瓶花斋集》卷六,载钱伯城笺校《袁宏道集笺校(中)》,上海古籍出版社2008年版,第695页。

自季鹰秋风，希冯芳树，天随笠泽，成书师厚，宛陵名集，流风所扇，下逮明清，人文尤富。……风雅相望，著书满家，份份乎盖极一时之盛。"① 这些意气风发的文人，同出一乡，趣味相投，彼此砥砺，俱以文章学问名重一时，形成了熠熠生辉的吴中文坛。四子得以从一众俊彦中脱颖而出，以"松陵四子"这一整体面目并行于世，足见其才学优长。那么，四子在世时关系如何，是否有所往来，从事哪些文学活动，对文坛又有何影响呢？

　　细考前、后四子的身份可以发现，其彼此关系尤为错综复杂。董二酉、吴炎、潘柽章、张隽四人为知交好友，吴、潘、张均不幸因庄廷鑨《明史》案而死，案发时董二酉已去世两年，亦被剖棺戮尸。计东、顾有孝、潘耒、吴兆骞皆一生穷愁不遇。由此八人平生遭际也可窥知彼时文人生存境遇之艰。这前后"松陵四子"之间多是姻友亲缘，关系盘根错节。吴炎乃计东岳父吴翻从子，是惊隐诗社的骨干成员，而计东则是其同出惊隐诗社的好友朱鹤龄的内侄。潘柽章、顾有孝亦是惊隐诗社成员。张隽和董二酉为表兄弟。潘柽章与潘耒为同父异母兄弟，又与朱鹤龄相友善，与吴炎交最善，而吴炎为潘耒之师。潘柽章的妻子为沈自炳之女，而计东和吴兆骞曾在沈自炳家之东楼读书，顾有孝与沈自炳为表兄弟。计东与吴兆骞为总角之交，其父计名乃是吴兆骞的授业恩师，潘耒与吴兆骞是中表昆弟。计东父计名与潘耒之父潘凯同为复社创始人。可以说，除去后世文人出于同情与推崇将之并称之外，在前、后四子生活的清初，江南文坛的声气名利通常为一些世家大族或文化世家所掌握、主导，"吴江四子"抑或"松陵四子"名号的达成实有相互捆绑的小团体色彩，彼此奖掖推崇已是彼此之间不需言明的常态。

　　四子本是诗礼传家的世家子弟，少年成名，本可拥有光明灿烂的前途，但不幸遭遇亡国之殇。面对国家危亡，这些年轻人乃至其家族都表现出了应有的节义和担当。由明入清后，这些意气风发又才华横溢的文人历经动荡和劫难，在时代和命运的打击和压迫下渐

---

① 柳亚子、薛凤昌：《序》，《吴江文献保存会书目》卷首，1918年油印本。

渐凋零殆尽。入清后，全国各地的反清斗争并未消歇，而吴中文士亦未屈服于清廷的统治，聚众结社活动尤为活跃。其中有顺治七年（1650）成立于吴江的遗民诗社——惊隐诗社，又名"逃社"，意为"暂时的逃避，而潜谋再举"，自成立起便受到清朝统治者的密切监视。吴炎、潘柽章、顾有孝、计东等都是诗社成员，当时在文学和思想上都产生了重大影响。四子中顾有孝家之北郭草堂、潘柽章的韭溪草堂都是成员集会的地点。吴炎、潘柽章、顾有孝、计东等人与成员魏耕往来密切，而魏耕又是山阴秘密反清团体一员，这些人彼此之间的往来结社除文学活动外，也明显带有一定的政治倾向。潘柽章、吴炎"以故国遗民，绝意仕进，相与遁迹林泉，优游文酒，芒鞋箬笠，时往来于五湖三泖之间"①，创作了诸多怀念故国的爱国诗篇，还一同作《今乐府》各百首，风行一时。二人相约同修《明史》，"苏之吴江，有吴炎、潘柽章二子，皆高才。当国变后，年皆二十以上，并弃其诸生，以诗文自豪。继而曰：'此不足传也！当成一代史书，以继迁固之后。'于是购得实录，复旁搜人家所藏文集奏疏，怀纸呕笔，早夜矻矻，其所手书，盈床满箧，而其才足以发之。"② 还未及成书，不幸在康熙二年（1663）受南浔庄廷鑨《明史辑略》案牵连，仅因参阅者有二人姓氏，同被凌迟处死。潘柽章之妻沈自炳女沈氏被发至黑龙江给配包衣，届时已身怀有孕，分娩后遂自刎以殉。年方十六的潘耒护嫂前往北地，后又经理其丧。眼见兄长惨遭屠戮，自己却无能为力，他的痛苦与怨愤在诗中有所表达："我欲拔剑，剑缺摧锋。我欲弯弓，弦绝矢穷。命居刃端，瞥如石火。隔谷不来，孰为救我？朋仇一言，奋身相捐。孰是同气，而不我怜。一猿中箭，群猿啾啾。嗟尔匪人，不我同仇。"③《恸哭七十韵》更是写得缠绵悱恻，悲楚激昂。兄长死后，潘耒过了一段极为

---

① （清）陈和志、倪师孟：《震泽县志》，载《中国方志丛书》，台北成文出版社有限公司1970年版，第340页。
② （清）顾炎武：《书吴潘二子事》，载《亭林诗文集》文集卷五，中华书局1959年版，第115页。
③ （清）潘耒：《隔谷歌》，《遂初堂集》诗集卷十六补遗，清康熙刻本。

艰难的日子，其子潘其炳谓父"当是时，祸患弥天，亲戚削迹，行路寒心。府君藐然一身，感慨自奋，奔驰数千里，不避危难。比归，上奉高堂，下抚弱弟。饘粥之田已尽，先世数椽亦不保。流离琐尾，一岁三四迁，尝卜居上沙山中"①。为避祸，潘耒改名换姓为吴琦，字开奇，先后拜戴笠、徐枋、顾炎武等人为师，大有所成。其余参与编选庄氏《明史》者还有张隽和董二酉。张隽本不愿参与，然因他博通经史，被时人宗为"经师""人师"，明代理学家部分的写作只有他能胜任，庄氏遂再三延请才使他勉为同意。案发时，张隽年已七十余，谈笑从容被逮。而董二酉虽已去世，仍惨被剖棺解尸。四子罹难后，受到文字狱打击的惊隐诗社因遭此变故而解体。诚如严迪昌先生所言，吴中地区的士气文风亦随之产生重大转变："吴、潘之遭极刑，'逃社'亦随之涣散，吴中劲节之气严遭摧挫，遗民诗风转入低沉，悲慨心音渐为淡化。极盛百年的吴门人文在康熙年间出现断谷现象，或者说进入了另一种组合结构，吴、潘之死及'惊隐'解体，实为转折点。"②也就是在此节点，后四子继起而立，并逐渐在声名上超过前四子。

与前四子相比，后四子虽不致身遭屠戮，然命运亦坎壈多艰。需要说明的是，因潘耒顺治三年（1646）才出生，故与其他三子的交往资料不多，尤其三子早期的活动参与很少。入清后，计东接连遭遇失去亲人的打击。顺治二年（1645），祖母去世；顺治三年（1646），父丧。居忧期间，计东与好友吴兆骞一同读书于顾有孝岳父沈自炳家，彼此切磋诗文，以排解丧亲之痛。三人还一同四处参加社集。当是时，江南初定，清廷在顺治二年（1645）便在江南举办了乡试，明末沉寂的社事再次活跃起来。到了顺治五年（1648），南闱乡试举行，原来的复社、几社旧人宋德宜、宋德宏、宋实颖等相继应试，并与当时名士酝酿设立文社，订言社事。计东基于父亲

---

① （清）潘耒：《皇清征仕郎日讲官起居注翰林院检讨稼堂府君行述》，《遂初堂集》卷首，清康熙四十九年许汝霖序刻本。

② 严迪昌：《清诗史（上）》，浙江古籍出版社2002年版，第266页。

计名、岳父吴翯在复社所积累的人脉和名望，在清初的社集中尤为活跃。顺治六年（1649），计东与顾有孝、吴兆骞、朱彝尊等人携立慎交社，当时的许多名士也纷纷加入。三子与当时的文人角逐艺苑，由此声名鹊起，尤其时年方十六七岁的吴兆骞，惊才绝艳，援笔立就，使见者咋舌，无不望风而低首，以才子视之。

四子在文学上各有所长，治学兴趣不一，然并不影响他们彼此砥砺切磋，相携相助，互相成就声名。顾有孝善诗，矜慎不苟作，被视为"词坛耆硕"。创作之余，他将一生大部分精力都放在选诗上，以此为业，选本涉及唐律、明诗、清初诗、本邑诗等，约二十种之多，在清初一大批选家中声名最著、影响最大："盖时运承平，骚坛竞起，几于家学梅坡、人师雪滩。"① 顺治十四年（1657），顾有孝编选《唐诗英华》，计东一同参辑，其中计东所参与程度尚不得而知，然可以肯定二人都是抱着主张自抒性情、反对复古模拟的诗学理念来进行编选工作的，这从二人的诗歌作品中便可见一斑。值得一提的是，书中所避之讳皆是明朝皇帝，清代则无一避字。可见入清已逾十余载，他们仍未对新朝予以认同，而此举能避过清廷的审查实为万幸。《唐诗英华》一出，影响甚巨，扭转了明七子、竟陵末流之弊，使吴中地区诗学风气为之一变，也使顾有孝名满天下。前四子中的潘柽章亦对此书大为推扬："明末，吴中诗习多渐染钟、谭。有孝与徐白、潘陆、俞南史、周安、顾樵辈，扬榷风雅一以唐音为宗，有孝选《唐诗英华》，盛行于时，后来诗体为之一变。"② 康熙九年（1670），计东在顾有孝编选完《今诗三体骊珠集》《百名家英华》后，受其嘱托"至京师缮录司马诗"，并为之作序："我友顾茂伦选《今诗三体骊珠集》《百名家英华》既竣，而自憎其择之未精也，乃搜辑当世大人专集为百名家诗钞之选，今春方刻成宗伯先生诗，而属东至京师缮录司马诗，致之吴门，适幸竟读为序，以

---

① 薛凤昌序，周之祯、费善庆编：《垂虹诗剩》卷首，民国四年吴江费华尊堂刻本。
② （清）潘柽章：《松陵文献》卷十，清康熙三十二年潘耒刻本。

上之且以致我友也。"① 康熙十一年（1672），计东还为顾有孝所选《驯鹤轩诗选》作序。在为彼此声名奖掖提升上，可以说都是不遗余力的，他们所从事的文学活动也对清初诗风、诗学趣尚的转变产生重要影响。除了在选诗、创作方面互助推扬，二人还对词集评点有所涉猎，于该年一同与当时的词坛耆宿彭孙遹、王士禄、吴兆宽、王士禛、邹祗谟、毛甡、赵沄、陆世楷、沈攀、许虬等共同参与龚鼎孳《香严斋词话》评点，互通声气。

除计东外，顾有孝也与吴兆骞有编辑诗选的合作，并在此过程中彼此推许称扬。顾、吴二人相识的最早资料见于吴兆骞十三四岁时所作《子夜歌》二首，即为和顾有孝而作。二人曾一同出游，吴兆骞有《冠霞阁同顾茂伦赵若千晚眺》诗，"笛思迎寒切，砧声入暮哀。萧条天际雁，几日故园来？"② 尽发乡关之思。当顾有孝隐居垂虹桥时，吴兆骞亦有《题茂伦隐居》诗以赠："顾欢高卧处，经岁掩柴关。雨色低春树，云阴散晓山。池荒侵草碧，帘卷映花间。薄暮歌声起，应知采药还。"③ 除了日常诗文往来，二人还在选诗上有过商榷与合作。顺治十八年（1661），顾有孝与董二西合编地方性清诗选本《吴江诗略》，意在推扬时贤，内收吴兆骞诗十八首，在选辑具体诗篇时应与流戍北方的吴兆骞有过书信往来商榷："《今诗萃》及《吴江诗略》所选我诗，妹可着沈华将细字写了，照样圈点，寄我一看。"④ 顾有孝也因此险些被牵连至庄氏《明史》案中。在遇赦南归后的康熙二十一年（1682），吴兆骞与顾有孝还与蒋以敏共同编选了《名家绝句钞》："吴郡顾荣茂伦，挥扇多暇。适逢吴札乍返延州汉槎，遂相与研露晨书，燃糠暝写，撷两朝之芳润，掇数

---

① （清）计东：《宝翰堂诗集序》，《改亭文集》卷一，清乾隆十三年计琏读书乐园刻本。
② （清）吴兆骞：《冠霞阁同顾茂伦赵若干晚眺》，《秋笳前集诗》卷五，载麻守中校《秋笳集》，上海古籍出版社2009年版，第172页。
③ （清）吴兆骞：《秋笳前集诗》卷五，载麻守中校《秋笳集》，上海古籍出版社2009年版，第192页。
④ （清）吴兆骞：《家书第十五》，载（清）吴兆骞、戴梓《秋笳集·归来草堂尺牍·耕烟草堂诗钞》，黑龙江大学出版社2010年版，第260页。

氏之菁华，凡若干篇，都为一集。"① 次年，吴兆骞携之入京四处传扬，影响甚大。吴兆骞延请好友徐乾学、纳兰性德为此书作序。王士禛对国朝仅将他及钱谦益、汪琬三人选入，特作《顾茂伦、吴汉槎撰〈绝句诗〉，国朝止三家，乃以拙作参牧翁、钝翁之间，戏寄二首并示钝老》，对二人以示感谢。约在此际，顾有孝辑《闲情集》，吴兆骞亦曾助其参订。

正是在一次次的诗文集编选、社集的交流、切磋与推扬中，三子逐渐声名鹊起。而潘耒虽较少参与三子的活动，然继承恩师顾炎武衣钵，在清初实学、史学领域声名显赫，影响巨大，这也是他能成为"松陵四子"一员的关键。四子不仅时常一同参加各类文学活动、集会，还在生活中彼此帮扶互助。计东诗文集中常出现"予因茂伦得交南昌喻子"② "我友顾茂伦，每言程少府"③ 一类的字句，可知顾有孝在计东四处游走晋谒时会为之推扬举荐。顺治十一年（1654），丁酉科场案发，吴兆骞不幸身陷其中。计东、顾有孝多方奔走斡旋未果，吴兆骞最终被褫革举人身份并流戍宁古塔达二十余年之久。吴家被罚没财产，计东不惜析产以助吴家，并与顾有孝、宋德宜等多方奔走，倾力斡旋营救，以致吴兆骞有"感恩入骨"之感："儿凡事承右与甫，骨肉至爱，重为周全，儿真感恩入骨。"④ 在狱中，吴兆骞有《秋夜寄计甫草》抒发心怀："槐树沉沉鼓角催，愁看清露满荒苔。金风入树秋阴薄，璧月临窗夜色来。献赋未知圣主意，行吟还使故人来。天边鸿雁南飞急，怅望江南首重回。"⑤ 流戍期间，吴兆骞也与计、顾往来诗文书信不断。顺治十五年（1658），顾有孝作《与吴汉槎书》予以宽慰："荀卿氏有言：'怨人者穷，怨天者无志。'愿仁兄详味其言，则目下漂流绝塞，家室流

---

① （清）纳兰性德：《名家绝句钞序》，《通志堂集》卷十三，清康熙三十年徐乾学刻本。
② （清）计东：《南昌喻氏诗序》，《改亭文集》卷四，清乾隆十三年计琰读书乐园刻本。
③ （清）计东：《赠程昆仑郡丞》，《改亭诗集》卷一，清乾隆十三年计琰读书乐园刻本。
④ （清）吴兆骞：《家书第二》，载（清）吴兆骞、戴梓《秋笳集·归来草堂尺牍·耕烟草堂诗钞》，黑龙江大学出版社2010年版，第241页。
⑤ （清）吴兆骞：《秋夜寄计甫草》，《西曹杂诗》卷四，载麻守中校《秋笳集》，上海古籍出版社2009年版，第135页。

离，亦作会稽、曹卫观可耳。由此而竖起脊梁，潜心理道，以上承天意，则今日之忌兄祸兄者，非兄之益友耶？曷恨哉？汉槎勉之！远大在前，努力自爱。"① 顺治十六年（1659），吴兆骞作《闰三月朔日将赴辽左留别吴中诸故人》，请父亲分别抄送于十四位平生知交好友，计东、顾有孝均在其中。顺治十八年（1661），吴兆骞接连修书两封一千五百余字寄予计东，感念其奔走相助的恩情："昨年遘难，吾兄屡顾我若卢之中，衔涕摧心，慰藉倍至。等公孙之奔走，似田叔之周旋，愧荷深情，犹在心骨。广陵佛舍向与畴老杯酒终宵，班荆笑语，何图此别，遂隔死生，永念曩游，寸肠欲裂。弟形残名辱，为时僇人，垂白衰亲，盛年昆季，吁嗟何罪？"② 纵使吴兆骞被流放二十余年，众友人依然没有放弃营救之念。康熙十九年（1680），时任翰林院检讨的潘耒首次写信并赋诗一首给素未谋面的表兄吴兆骞，叙及两家渊源，表示自己通过表兄吴兆宽（计东姻亲）已"具知表兄旅况"，并欣喜地透露自己正与众友人设法营救的具体细节，"兹新例宏开，西还可待。阃咨到后，弟与电兄，雀跃起舞。……已将吴、钱二姓家属，别具一呈，令小僮同徐仆充递，尚移刑部查案，往复之间，正费时月。然大体得当，皂帽西来，正复不远。尔时握手叙心，真所谓相对如梦寐矣"③。潘耒在所赋诗中对吴兆骞的才学深表服膺，赞其"七岁参玄文，十岁赋京都。竟体被芳兰，摇笔干骊珠。凌颜而轹谢，此才今则无"④，并对其遣戍遭遇寄予无限同情，并不断给予他赦还之希望。在计东下世六年后的康熙二十年（1681）冬，在顾有孝、潘耒与纳兰性德、顾贞观、徐乾学、宋德宜等人多方斡旋下，吴兆骞终于遇赦归乡。归来后，互相敬仰的二人终得相晤于京师，以诗赋著称的吴兆骞多次赞扬潘耒之赋"不落齐梁风格"⑤，并赞"次老之才，李供奉流也"⑥，推崇备至。

---

① 李兴盛主编：《吴兆骞杨瑄研究资料汇编》，黑龙江大学出版社2014年版，第136页。
② （清）吴兆骞：《与计甫草书》，载（清）吴兆骞、戴梓《秋笳集·归来草堂尺牍·耕烟草堂诗钞》，黑龙江大学出版社2010年版，第228—229页。
③ 李兴盛、全保燕主编：《秋笳余韵外十八种（上）》，黑龙江人民出版社2005年版，第30页。
④ （清）潘耒：《寄怀吴汉槎表兄》，《遂初堂集》诗集卷三，清康熙刻本。
⑤ （清）潘耒：《伤逝赋》，《遂初堂集》文集卷一，清康熙刻本。
⑥ （清）吴兆骞：《寄电发》，载（清）吴兆骞、戴梓《秋笳集·归来草堂尺牍·耕烟草堂诗钞》，黑龙江大学出版社2010年版，第262页。

通过四子关系的梳理可以发现，他们同出一乡，有鲜明的地域意识，彼此亲缘关系也错综复杂，无论是在家乡吴中还是京师，抑或江浙等文学场域中，他们都十分注重彼此声名的奖掖，在彼此危难时倾力相助，还有意以编纂诗选、诗略等形式推扬家乡名士，并通过编选《唐诗英华》《今诗三体骊珠集》《百名家英华》等来扭转当时的诗坛风气。可以说，透过四子这一并称群体，折射出了清初江南文人群体创作、交游乃至文学批评的某些片段，并关联着彼时的文学流派、文学趣尚、文人结社以及政治文化环境，对清初文学相关领域的研究来说无疑是一个有益的切入点和审视维度。

三 "松陵四子"并称缘由及其文学史意义

吴中乃江南文化重地，人才辈出，我们不禁疑问，为何是计东、顾有孝、潘耒、吴兆骞四人并称"松陵四子"，所据为何？通过深入梳理考察发现，古人大体是从四人之才学、性情和坎壈不遇的遭际三方面来考量的。

就才学来说，四子赢得了当时乃至后世文人的普遍认同。顾有孝专于编选，潘耒长于实学、史学，计东擅作古文，吴兆骞工于诗歌、骈赋已是时人的共识。乾隆时吴江文人袁景辂直言："吾邑人文，国初最盛。经术推朱鹤龄，古文推计改亭，诗赋则擅场虽多，当以吴孝廉为最。"[1] 只是并未将四子作为一个整体来评价。到了乾嘉时期，四子便开始以整体面目出现，并在才学上得到文人广泛的认同。汪家禧认为四子在文上的成就是他们获得认可的关键："松陵计、顾、潘、吴四子，以文藻烁一时。"[2] 姚鼐认为，四子因坎坷经历而使文学词章大有所成，是"非穷愁不能著书""文章憎命达"[3]的典型代表。翁广平则称"四子俱以诗、古文辞雄视一世"[4]，全面肯定了四子的才学。晚清的陈康祺则专指诗歌是四子皆擅长之学：

---

[1] （清）袁景辂：《国朝松陵诗徵》，清乾隆三十二年吴江袁氏爱吟斋刻本。
[2] （清）汪家禧：《序》，翁广平《听莺居文钞》卷首，《清代诗文集汇编》第466册。
[3] （清）姚鼐：《序》，翁广平《听莺居文钞》卷首，《清代诗文集汇编》第466册。
[4] （清）翁广平：《序》，计默《菉村文集》卷首，清咸丰九年秀水计氏刻本。

"计甫草东、顾茂伦有孝、潘稼堂耒、吴汉槎兆骞,皆吴江人,皆以诗笔雄视当世,皆落拓无所遇。"① 叶德辉亦谓吴江为诗人渊薮,认可潘耒、吴兆骞、计东的文学地位:"有清开国,则有徐电发、潘次耕两太史,以鸿词掇大科,联翩台阁;吴汉槎、计甫草两孝廉,领袖江湖"②。从众人的评价可以发现,四子在诗词文赋方面的才学都得到了认可,并不局限于某一个文学领域。

翁雒《"松陵四子"咏》③对四子评价极高,在诗中高度概括了四子的生平遭际与才学:

计甫草

也曾簪笔侍枫宸,依旧归来四壁贫。五论安危传弱冠,一流租税谢头巾。

不教雄略酬王猛,总为怜才哭谢榛。宜兴三家谓魏叔子、侯朝宗、汪苕文争鼎力,强弓独自挽千钧。

顾茂伦

残年身世苦沧桑,天遣骚坛属老苍。文选楼高湖海重,玉山堂闭水云凉。

一餐斋菜名流附,十载生刍吊客忙先生没后十年始无吊客。今日滩头谁钓雪,三衣归去上慈航。

潘次耕

青鞋布袜走瑶京,倾国公侯侧目惊。完璧死生师友义,破巢患难弟兄情。

白鸥入梦多归思,金马虚期累重名。五岳倦游双户键,龙章还眷老书生康熙圣驾南巡,赐五言律诗。

吴汉槎

万死投荒历百艰,笳声吹老鬓毛斑。不缘鸡树承丹诏,谁

---

① (清)陈康祺:《郎潜纪闻》卷八,清光绪刻本。
② (清)叶德辉撰:《天放楼诗钞序》,载张晶萍校点《叶德辉诗文集(一)》,岳麓书社2010年版,第387页。
③ (清)翁雒:《小蓬海遗诗》,中华书局1986年版,第31—32页。

赎蛾眉入玉关?

　　词赋惊看驰屈子,姓名恨未落孙山。挥金屈膝皆非易谓宋相国、徐司寇、顾孝廉诸公卿,洒泪平生旧往还。

　　从翁诗的排序看,依然是计、顾、潘、吴。在诗中,翁雒谓计东尝著《筹南五论》挽明危局,也曾高中举人却转因奏销案被褫革;赞其才略不输王猛、谢榛之流,尤其在散文方面的成就,计东"强弓独自挽千钧",与散文三大家魏禧、侯方域、汪琬争足鼎立。谓顾有孝"天遣骚坛属老苍。文选楼高湖海重",诗名高卓,又因编选《唐诗英华》等,一改前后七子积习之弊,使当时诗风为之一变,影响之巨以至于逝去十年内吊客不绝。潘耒《唐诗选评》、翁雒《集唐诗》等皆是受此影响的产物。谓潘耒继承恩师顾炎武之"顾学",促进清初实学的进一步发展;在兄长潘柽章因庄氏《明史》案被杀后,一力护送其妻沈氏北上流戍地,在沈氏自尽后又扶柩南还;曾以布衣之身得博学鸿词科第二,入翰林院参修《明史》,引得公卿侧目;不容于时辞官归隐后,仍得皇帝眷顾,以《老马行》诗婉拒。谓吴兆骞惊才绝艳,"词赋惊看驰屈子",却不幸身陷科场案,被流放宁古塔二十余年。幸得宋德宜、徐乾学、顾有孝等人奔走斡旋,才得返归南国。可见四子在当时亦在各自所擅领域成就突出,名扬于世。对于四子在文学上的才华和成就,后世文人是深为服膺的。

　　吴中素为文薮,四人能从中一众俊彦名流中脱颖而出以"松陵四子"并称,高卓的才学无疑是其中的重要因素,除此之外,他们这种张扬自我的个性也是一个重要原因。吴人对四子乃至董二酉、张隽、潘柽章、吴炎的个性早有认知:"八人者,皆气凌一世,往往以小事与人忿争,或竟奋殴,人尽畏之。"① 与前四子相比,后四子个性更为张扬,这也是四人被并称的因素之一。跳荡不羁如计东,时人视之为狂人:"至顺德,追忆归有光,尝佐此郡,有《厅记》

---

① (清)柴小梵:《梵天庐丛录(一)》,山西古籍出版社1999年版,第378页。

二篇。便策蹇往来，求其遗址不可得，徘徊署旁废圃中，西向再拜，流涕被面，仆夫匿笑，了无怍色。至泰安，雪后攀铁索，造日观峰，于峰之旁见丰碑屹立，大书：'《礼》为人子，不登高，不临深。'即再拜其下，杖策下山。自海陵归，渡江，大风雨雪，舟不得发。同行者垂首叹惋，计坐柁楼下，手王阮亭诗读之。至论郑少谷绝句，哭失声，既乃大喜，雪中起坐，观江涛澎湃，吟啸自乐。至吴见黄孝子向坚，请称弟子。"[①] 直言无隐如顾有孝，"见有举止错忤、勿克当意者，出其微词冷语中人要害，勿顾人头面发赤，而胸中实温良易直，不为崖岸斩绝也"[②]。一旦有见解不合，动辄攘臂忿争者如潘耒："明有史仲彬者，相传为官于朝，曾从建文出亡。有《致身录》一书，是仲彬所著，历叙出亡之事，并从亡诸臣。而虞山钱氏有十无之辩，稼堂宗其说，以攻史氏。史氏后人亦颇盛，遂成仇隙。后史氏请于当道及搢绅先生，以仲彬入乡贤祠。徐电发检讨釚与焉，稼堂复作书与徐辩论。后史与稼堂会于其姻娅沈宅，席间，言及仲彬事，竟至攘臂，一邑传以为笑。"[③] 恃才狂傲如吴兆骞，大言"安有名士而不简贵者"，"在塾中见同辈所脱帽，辄取溺之。塾师责问，兆骞曰：'居俗人头，何如盛溺。'师叹曰：'他日必以高名贾祸'"[④]。曾戏谓汪琬："江东无我，卿当独步。"[⑤] 从这些评价之语可以看出，四子性格之张扬简傲。

　　四子独特的个性也给他们的人生带来了诸多祸端与坎坷，怀才而不遇，坎壈而多难。当然，四子命途坎坷与当时的政治环境也不无关系。丁酉科场案，吴兆骞因此被流戍北方数十年；轰动朝野的庄氏《明史》案，潘耒因兄长潘柽章而被牵连在内，被迫改名奔命；辛丑奏销案，计东被褫革举人功名；顾有孝则拒不入仕，以布衣终

[①] （清）钱林：《文献徵存录》卷一，清咸丰八年有嘉树轩刻本。
[②] （清）徐釚：《雪滩头陀传》，《南州草堂集》卷二十五，清康熙三十四年刻本。
[③] （清）柴小梵：《梵天庐丛录（一）》，山西古籍出版社1999年版，第378页。
[④] （清）天台野叟著，许朝元点校：《大清见闻录下卷·艺苑志异》，中州古籍出版社2000年版，第37页。
[⑤] （清）陈和志：《（乾隆）震泽县志》卷十九人物七，清光绪重刊本。

老。回到四子个性本身,也可发现性格与命运关系之一二。计东自谓"伊予年十一,摇笔为文章。健如初生犊,跳荡不自量"①,"我多言躁动疏虞,开罪于人"②,以致他后半生四处游食投谒屡遭摧折,"其在吾吴,狎主齐盟,与予辈横经说剑,议论风生,一座尽倾,间或激不平之鸣,嘻笑怒骂,无所不有,见者怪之"③。潘耒性情刚直,自谓"愚戆性成,不谙世故,酒酣耳热,转喉触讳,往往获罪于先生长者"④。他以布衣之身入史馆后,"尤精敏敢言,无少逊避"⑤,与修史诸官旦有分歧,便引经据典辩争批驳,不肯逊让。"科甲之嫉其以布衣而同馆"⑥,最终被掌院学士牛钮以"浮躁轻率,有玷讲官"⑦之名弹劾而遭降调。吴兆骞"少时简傲,不拘礼法"⑧,学成后更是傲放自衿,"不谐于俗,以故乡里嫉之者众"⑨,顺治十四年(1657)身陷科场案以致遣戍当与此有莫大关联,其父吴晋锡亦言爱子实为仇家构陷,"不意仇人一纸谤书,遂使天下才人,忽罹奇祸,投荒万里,骨肉分离,惨莫惨于此矣"⑩。和三人相比,顾有孝一生相对平顺,然亦是终生不遇。他少而任侠,在明亡后也曾"与山陬海澨之客相往来,思欲有所为"⑪,在历经弘光政权覆灭和恩师陈子龙死国难后,愤而焚毁儒生衣冠,弃诸生籍,隐居于吴江垂虹亭畔,终生不出,即便是康熙十八年(1679)举行的博学鸿词科,得公卿力荐,仍以病坚辞不就。因而,四子怀才却不遇于时,

---

① (清)计东:《赠许于王侍御》,《改亭诗集》卷一,清乾隆十三年计琏读书乐园刻本。
② (清)计东:《对兰有感,再成四首》,《改亭诗集》卷六,清乾隆十三年计琏读书乐园刻本。
③ (清)尤侗:《传》,计东《改亭文集》卷首,清乾隆十三年计琏读书乐园刻本。
④ (清)潘耒:《祭叶文敏公文》,《遂初堂》文集卷二十,清康熙刻本。
⑤ (清)冯桂芬:《(同治)苏州府志》卷一百六,清光绪九年刊本。
⑥ (清)李光地:《本朝人物》,载陈祖武点校《榕村语录—榕村续语录》卷九,中华书局1995年版,第687页。
⑦ (清)陈康祺:《郎潜纪闻》卷六,清光绪刻本。
⑧ 盛泽镇人民政府、吴江市档案局编:《盛湖志(上)》,江苏广陵书社有限公司2011年版,第171页。
⑨ (清)徐釚:《孝廉汉槎吴君墓志铭》,《南州草堂集》卷二十九,清康熙三十四年刻本。
⑩ (清)吴晋锡:《示兆骞》,载(清)吴兆骞、戴梓《秋笳集·归来草堂尺牍·耕烟草堂诗钞》,黑龙江大学出版社2010年版,第237页。
⑪ (清)孙静庵编著,赵一生标点:《明遗民录》卷四,浙江古籍出版社1985年版,第30页。

才高而命蹇，这不能不引发时人乃至后世的理解与同情，以"松陵四子"合称之也就在情理之中了。顾广圻认为，四子"所遇不同，而其遇之归于穷则同"①。张云璈亦有此论："四子者，其出处不一，其怀才不得志于时，则大略相似。"② 而这也是翁雒绘四子图像而广之的初衷："此翁君所以不平，而图其像也。"③

四子各有所擅，深得后世文人的肯定和推许，而他们才高命蹇的遭际也引发了广泛的同情。翁雒受父亲翁广平影响，钟爱四子，描摹四子画像并四处征集诗文，初衷亦是出于对四子遭际之"所以不平，而图其像"："天之于此数人，分其灵淑之气以生之，异其沉瀣之菁以成之，乃与其才与其识，而独不与其遇。改亭有经世之略，论事能动史阁部；雪滩亦游陈黄门之门；稼堂从数千里持嫂氏遗骸，间关以归。是皆抱经济、负血性，能为人所不能为，未可仅以词章目之。即汉槎之赋，能邀睿赏而不蒙鸡竿之赦，岂天生之而忘之而又忌之耶？不惟忌之，且摧折之、困苦之，以濒于死，不知天之有意欤？为无意欤？"④ 顾广圻则认为，四子所遇不同却同归于穷："或牵连遭黜，或终身行遁，或裁登旋替，或窜逐濒殆，所遇不同，而其遇之归于穷则同。"皆因其学而光炎难泯："士生于世，其能卓然自立，没而为人称道者，亦曰学而已矣。是故其不学也，岂无禄位？赫奕容貌壮佼，沾沾自喜，而转昕遄尽，徒类孤雏腐鼠。其学也，则虽槁项黄馘、偃蹇困顿，瀊死无时，而光炎难泯。闻其风者，往往流连遗迹，至于弗能自已。"⑤ 而其画像、声名得以传流后世，"不啻与古来盛德丰功丹青炳焕者等，岂非四君之各显其学，有以自

---

① （清）顾广圻：《松陵四君画象记》，《思适斋集》卷五，清道光二十九年徐渭仁刻本。
② （清）张云璈：《"松陵四子"遗像跋》，《简松草堂诗文集》文集卷十一，清道光刻三景阁丛书本。
③ （清）张云璈：《"松陵四子"遗像跋》，《简松草堂诗文集》文集卷十一，清道光刻三景阁丛书本。
④ （清）张云璈：《"松陵四子"遗像跋》，《简松草堂诗文集》文集卷十一，清道光刻三景阁丛书本。
⑤ （清）顾广圻：《松陵四君画象记》，《思适斋集松》卷五，清道光二十九年徐渭仁刻本。

致于此乎？"① 在张云璈看来，"四子者，其出处不一，其怀才不得志于时，则大略相似。其人或甘沉沦，或遭罪遣。虽潘稼堂太史八金门上玉堂，受圣主特达之知，以为可吐才人之气矣。而少撄家难，流离颠沛，仕亦旋斥。所谓诗人例穷，不知谁创之，而谁主之也。夫天下岂独四子然哉？松陵亦岂仅此四子哉？"② 是为以此四人之不遇，指代天下文人之不遇。

同样身为吴江文人的翁广平亦是安贫力学之士，"不以穷困动其心"③，为文"议论闳肆，反复驰骋，而不乖于法。记、传、序事诸作，洋洋数千言，自出炉锤，熔铸伟辞，无剽窃模拟之迹"④，"文中间及经术、算数之学，钩贯金石，考稽旧闻，其能足媲甬上全先生"⑤。被姚鼐目之为四子的知音与继起者："翁子虽贫穷，其文学辞章未尝不遇知音也。……今翁子继稼堂诸君而起，著作之富未肯稍让，而其处境有极人世所难堪者。"⑥ 汪家禧则赞他"既具计、顾、潘、吴之文藻，兼朱、陈、王、沈之朴学"⑦。这种自我代入抑或被他人目之为如四子般怀才不遇，可以说是四子影响在后世的映照和投射。翁广平特为每人作传一篇，而对四子的穷愁不遇，则更为同情吴兆骞的遭际，认为"三子虽穷达不同，然皆得优游林下以自适"，而"独汉槎遣戍万里之外，雪窖冰天，历二十五年之久，故其佗傺厄塞，悲愤无聊之况，一一发之于诗"。⑧ 他还对吴兆骞之诗激赏不已，"披其前后集而尽读之，其苍凉雄丽如幽燕老将、河洛少年也。其情辞哀艳，如寡妇之夜哭、弱女之捐躯也。其清婉溜亮，忧悱凄惨，如黄莺紫燕之和鸣，老狐断猿之啼啸也。诗人之境遇至

---

① （清）顾广圻：《松陵四君画象记》，《思适斋集松》卷五，清道光二十九年徐渭仁刻本。
② （清）张云璈：《"松陵四子"遗像跋》，《简松草堂诗文集》文集卷十一，清道光刻三景阁丛书本。
③ （清）姚鼐：《序》，翁广平《听莺居文钞》卷首，《清代诗文集汇编》第466册。
④ （清）姚鼐：《序》，翁广平《听莺居文钞》卷首，《清代诗文集汇编》第466册。
⑤ （清）汪家禧：《序》，翁广平《听莺居文钞》卷首，《清代诗文集汇编》第466册。
⑥ （清）姚鼐：《序》，翁广平《听莺居文钞》卷首，《清代诗文集汇编》第466册。
⑦ （清）汪家禧：《序》，翁广平《听莺居文钞》卷首，《清代诗文集汇编》第466册。
⑧ （清）翁广平：《秋笳附编序》，《听莺居文钞》卷六，《清代诗文集汇编》第466册。

此而困极，诗人之体格亦至此而穷尽矣"①。对于四子的怀才不遇，翁广平更是将之与屈原、李白、韩愈、苏轼辈相提并论："古今来，恃才能而不遇者，若三闾大夫、李太白、韩昌黎、苏子瞻辈，其文章诗赋断为千秋绝调。"且认为四人正是因遭贬斥才使诗文穷而后工，成就不朽的声名："然使此四人者不遭贬斥，其文章诗赋必不能若是之工，若是之悲壮，若是之流布而动人哭泣歌舞也。"②

张云璈在感慨四子之不遇的同时，也认为四子声名已得远播后世，口耳相传，天下仍有无数仁人志士怀抱四子之才，同遭四子之不遇，却终生籍籍无名，声名并未如四子一样在后世流传："虽然君子疾没世而名不称，而四子至今在人耳目，似亦可以无憾矣。嗟乎，世固有如四子之才，有四子之啬，而并不得如四子之名者，是又望四子而如在天上也，尤可慨已。"③顾广圻不禁呼吁，天下如翁广平等怀才不遇者能如四子一样声名不坠，从而引发对全天下士人的期许和祝愿："诸公之光炎难泯，亦正犹夫此四君也。"④

在儒家传统文化做主导的封建社会，济世救民、致君尧舜是文人的普遍志向，然能实现抱负者寥寥，怀才不遇情结便成了文人创作中反复吟咏的主题。自古"文士多数奇，诗人尤薄命"⑤，屈原、贾谊、曹植、陶渊明、李白、杜甫、苏轼等都作为怀才不遇的典型，被历代文人寄予了无限的同情，一直被吟咏、称颂、怀念着。"松陵四子"亦因才高学深，个性简傲张扬，却终生穷愁不遇，又同出一乡，更容易引发后世文人的广泛同情、喜爱与关注，进而自我代入引发怀才不遇之憾。这也是四人的价值意义所在，作为怀才不遇的典型被定义、流传下来。

---

① （清）翁广平：《秋笛附编序》，《听莺居文钞》卷六，《清代诗文集汇编》第466册。
② （清）翁广平：《秋笛附编序》，《听莺居文钞》卷六，《清代诗文集汇编》第466册。
③ （清）张云璈：《"松陵四子"遗像跋》，《简松草堂诗文集》文集卷十一，清道光刻三景阁丛书本。
④ （清）顾广圻：《松陵四君画象记》，《思适斋集》卷五，清道光二十九年徐渭仁刻本。
⑤ （唐）白居易著，丁如明、聂世美校点：《白居易全集》，上海古籍出版社1999年版，第970页。

结　　语

　　诚如严迪昌先生所言："诗歌史上屡见之'七子''五子''十子'一类名称，不应轻忽为一般的文人风雅习气，其实这类现象正是朝野诗坛领袖们左右风气走向的表征。"[1] 而"松陵四子"不唯在诗坛，实则各有所擅，引领一时："经世文章动帝乡"[2] "空怀济世安人略，曾有惊天动地文"[3] 的计东，"物外搜罗归大雅，箧中文字绝无伦"[4] 的顾茂伦，"漫拢彩笔修秦史，脱却山衣事汉臣"[5] 的潘耒，"君恩如海许南旋，听了笳音二十年"[6] 的吴兆骞，"人但悲其数奇运蹇而已"[7]，一同在文学史上留下了一抹独特的亮色。"松陵四子"并非有统一学术主张的文学团体或流派，然四人以其突出的文学成就各自树立，又因同出一乡、个性张扬、怀才不遇而被联系、捆绑为一个小文学团体。或许，在华夏五千年灿烂的文学文化史上，"松陵四子"的声名虽不如"竹林七贤""建安七子""屈宋""元白""三苏""李杜"等并称群体那么响亮，才学也不如陶渊明、曹植、李白、杜甫、苏轼等人光耀千古，却也是文学史上少见的整体面目均是以过人的才学、张扬的个性、坎坷的遭际而闻于世，进而成为怀才不遇的失意文人乃至文学团体的代表之一，而被后世惋惜着、尊崇着、颂扬着，而这也是"松陵四子"的价值和意义所在。

---

[1] 严迪昌：《清诗史（上）》，人民文学出版社2011年版，第456页。
[2] （清）张廷济：《翁小海雒松陵四先生画像》，《桂馨堂集》顺安诗草卷三，清道光刻本。
[3] （清）翁雒：《题"松陵四子"象画册》，载《屑屑集》，中华书局1985年版，第42页。
[4] （清）翁雒：《题"松陵四子"象画册》，载《屑屑集》，中华书局1985年版，第42页。
[5] （清）翁雒：《题"松陵四子"象画册》，载《屑屑集》，中华书局1985年版，第42页。
[6] （清）张廷济：《翁小海雒松陵四先生画像》，《桂馨堂集》顺安诗草卷三，清道光刻本。
[7] 李孟符：《春冰室野乘》，载《民国笔记小说大观（第一辑）》，山西古籍出版社1995年版，第192页。

第五章　奏销案与江南文人心态、文学表达

顺治十八年（1661），清朝统治者以追比逋欠钱粮为名，在全国范围内发起奏销案①，尤以苏州、松江、常州、镇江四府及江宁等地打击最重，13517名江南绅衿被牵连其中，一时间斯文扫地。一场大案，哀鸿遍野，众多文人或遭褫革或被降谪，甚而被刑责逮捕。江南文人士气备受打击，无数文人的命运就此发生转变，吴江文人计东及其一众友人如吴伟业、宋德宜、严沆、龚鼎孳、金之俊、汪琬、王时敏、宋实颖、邵长蘅、吴兆宽、吴骧、彭师度、王昊、叶方蔼、徐乾学等，均被牵涉其中。奏销案的原因、经过为何，对江南士人产生何种影响和后果，涉案士人有何种表现等，亟待详细梳理和考察。故而，本章拟钩稽文献史料，对以上种种问题试作剖析和解答。

第一节　奏销案的背景与经过

奏销案作为清初三大案之一，在各类清史档案中却语焉不详。明清史学家孟森有感于"以张石州之博雅，所撰《亭林年谱》中不能定奏销案之在何年，可见清世于此案之因讳而久湮之"②，遂钩稽

---

① 孟森称之为"辛丑江南奏销案"。伍丹戈认为应是"顺治十七年各省奏销案"。就江南奏销案而言，韩世琦《抚吴疏草》称之为"顺治十七年分江南抗粮一案""江南抗粮不纳一案""江宁抚属抗粮一案"等，应是当时清政府对此案的正式称谓。

② 孟森：《心史丛刊》，辽宁教育出版社1998年版，第1页。

诸多私家记载，撰《奏销案》一文，目前学界也有数篇专门的研究文章，然仍有诸多不明之处，个中细节亟待详叙说明。兹从奏销案前的江南文学、政治生态入手，深入剖析奏销案发生的背景与经过。

一　奏销案前的江南文学、政治生态

其实，清朝统治者发动奏销案并非一时之兴，江宁巡抚韩世琦以"抗粮"称之，恰好揭示了奏销案发起的真实目的，乃是以欠粮、抗粮为借口，弥补因应对各地反清势力而造成的军饷不足，进而整顿全国财政，而江南作为历来的赋税重地，更是首当其冲，加之郑成功的顺利北上，江南人心异动，屡屡结社聚会，反清势力不断，更坚定了清朝统治者整治打压江南文士的决心。要了解整个案件的前因后果，融忠臣与酷吏于一身的江宁巡抚朱国治①是不能不提的关键人物。谓之"忠臣"，则是相对于清政府而言，在各类官修史籍中，形象多是正面的。顺治十八年（1661），奏销案发，清廷一举数得，既弥补了财政亏空，又打击了江南士子，朱国治居功甚伟。康熙十年（1671），朱国治补云南巡抚。康熙十二年（1673），吴三桂起兵反清，朱国治因拒降被杀，身被分而食之，死状凄惨至极。三藩平定后，清廷从优议恤，将其列入"忠义"死难臣子之列："加赠户部右侍郎，予祭葬如典礼，荫一子入监。世宗宪皇帝时入祀昭忠祠。"② 对于百姓而言，朱国治则是不折不扣的"酷吏"。顺治十六年（1659）冬，朱国治被擢为江宁巡抚，在任期间恰值灾旱，依然不顾民生搜刮无度，人称"朱白地"。在康熙十年（1671）任云南巡抚期间，也克扣军粮，导致兵变。这样一个"两面人"，在奏销案中发挥了重大的作用，所以一切要从朱国治与江南士民的恩怨谈起。

---

① 朱国治（？—1673），字平寰，辽东抚顺人，隶属清朝汉军正黄旗。顺治四年（1647）贡生，授固安知县，后擢至大理寺卿；顺治十六年（1659）任江宁巡抚，任内罗织"哭庙案""奏销案"，打击江南士绅不遗余力，康熙元年（1662）革职；康熙十年（1671），补云南巡抚；康熙十二年（1673），"三藩之乱"前夕，被吴三桂杀死。

② （清）《官修八旗通志》卷一百九十四，清文渊阁四库全书本。

自唐以后，江南逐渐发展为全国经济中心，尤其七府财赋倍于他省："苏、松、常、镇、嘉、湖、杭七府，财赋甲天下。"① 而其中的苏州、松江、常州的财赋更是占江南之大半："财赋之大势在东南，东南之大势在苏、松、常三郡，何也？东南之财赋当天下之半，而三郡之财赋当东南诸大郡之大半故也。"② 财富的增加必然就导致了赋税的繁重，这种情况在明清时期尤甚，且名目繁多："江南赋役，百倍他省，而苏松尤重。迩来役外之征，有兑役、里役、该年、催办、捆头等名，杂派有钻夫、水夫、牛税、马豆、马草、大树、钉麻、油铁、箭竹、铅弹、火药、造仓等项，又有黄册、人丁、三捆、军田、壮丁、逃兵等册。"③ 钱泳亦云："以苏、松、常、镇、杭、嘉、湖、太仓推之，约其土地，无有一省之多，而计其赋税，实当天下之半，是以七郡一州之赋税，为国家之根本也。"④ 然在如此重赋之下，江南"工商贾人之利，又居农之什七，故虽赋重，不见民贫"⑤。江南一直作为财政枢纽控制着国家的经济命脉，同时也作为文化中心长盛不衰，这不能不引起统治者的关注和忌惮。

钱粮的富庶与文化的繁盛不可避免地滋长了江南士绅的奢靡之风与桀骜之气，喜结社、善设客、讲排场、蓄娼妓，"嘉隆以来，豪门贵室导奢导淫，博带儒冠长奸长傲，日有奇闻叠出，岁多新事百端"⑥。由明入清后，这种风气仍被江南士人争相沿袭，表现之一就是呼朋唤友，结社频仍："明社既屋，士之憔悴失职、高蹈而能文者，相率结为诗社，以抒写其旧国旧君之感，大江以南，无地无之。其最盛者，东越则甬上，三吴则松陵……松陵为东南舟车之都会，

---

① 《明实录·嘉靖十六年九月戊戌》卷二百零四，台湾"中央研究院"历史语言研究所校勘本，"中央研究院"1962年版。
② （清）计东：《兵备副使方公寿序》，《改亭文集》卷七，清乾隆十三年计瑸读书乐园刻本。
③ （清）董含撰，致之校点：《三冈识略》，辽宁教育出版社2000年版，第81页。
④ （清）钱泳撰，孟裴校点：《履园丛话（上）》，上海古籍出版社2012年版，第63页。
⑤ （明）王士性撰，吕景琳点校：《广志绎》，中华书局1997年版，第32页。
⑥ （明）范濂：《记风俗》，《云间据目抄》卷二，载《历代笔记小说大观》，江苏广陵古籍刻印社1995年版，第508页。

四方雄俊君子之走集,故尤盛于越中。"① 继明末复社、几社余波,清初成立了一系列文社,并时常举行社集,成员十几人至数百上千人不等,其中影响较大的有慎交社、同声社、惊隐社、十大郡社等,"吴浙之间,各有部署……每社各数十人,以为倡和,推之各邑,无不皆然"②。随着文社增多,流弊遂现:"本朝始建,盟会盛行,人间投刺,无不称盟弟者,甚而豪胥市狙能翕张为气势者,缙绅蹑屦问讯,亦无不以盟弟自附,而狂澜真不可挽。"③ 其中势同水火的慎交社、同声社"分曹角立,传集公所,醵金治酌,人以千计,席以百计,投刺通名,互相征逐,今日订盟,明日申约,聚讼不休,于是局中局外,谤议四起,传为笑柄"④。文人结社,彼此互通声气,互壮声势,不断通过诗文怀寄对故国的哀思与追念,并表现出对"夷狄"入主中原的强烈抵触,在朝廷眼中已是不安定的碍眼存在。如其中的惊隐社聚集了全国各地的遗民,时常秘密集会,带有明显的抗清复明意图:"明社既屋,士之憔悴高蹈而能文者,相率结为诗社。大江以南,无地无之,如惊隐等社最著,选题斗韵,抒写故国之感,隐与朝中故旧通声气。"⑤ 而钱谦益便是"朝中故旧"之一。作为降志失节的贰臣,入清后的钱谦益一直饱受诟病和訾议:"晚节摧颓,至尽丧其数十年谈忠说孝之面目。"⑥ 然而,自责悔恨之余的钱谦益也在暗中从事反清活动:"时桂王立于粤中,瞿式耜为大学士,郑成功、张名振、张煌言舟师纵横海上,谦益皆与之通。"⑦ 顺治十三年(1656),钱谦益有松江之行,参加惊隐社的集会。这是

---

① (清)杨凤苞:《书南山草堂遗集后》,《秋室集》卷一,《续修四库全书》第1476册。
② (清)佚名:《研堂见闻杂记》,载《台湾文献史料丛刊(五)》,台湾大通书局1987年版,第41页。
③ (清)佚名:《研堂见闻杂记》,载《台湾文献史料丛刊(五)》,台湾大通书局1987年版,第60页。
④ (清)陆文衡:《时事》,《啬庵随笔》卷三,清光绪二十三年吴江陆同寿刻本。
⑤ (清)管绳莱:《追述旧事诗注》,载王学泰《中国古典诗歌要籍丛谈(下册)》,天津古籍出版社2004年版,第144页。
⑥ 《满清野史四编》,载《笔记小说大观(第10册)》,台北新兴书局有限公司1983年版,第284页。
⑦ 邓之诚:《清诗纪事初编》卷三,上海古籍出版社1984年版,第306—307页。

一次带有秘密任务的出行。其时，钱谦益已密受永历皇帝旨意，联络东南，"不特通海，又入黔请命，招集海上义兵，以与延平（即郑成功）相呼应久矣"①。此次前往松江，正是企图策反当时的苏松常镇提督马进宝，为郑成功顺利北上打通关节，所以杜登春说"六十年社局屡绝而得延一线者，赖有七八公耳。鼎革之后钱牧斋、吴梅村、曹秋岳联络之"②。这只是清初众多反清团体、文人的缩影，全国各地反清行动此起彼伏，尤以江南为最。面对江南文人意图如此明显的反清复明行动，加之顺治十六年（1659）郑成功的成功北上，清政府不能不予以高度警觉和重视，分别在顺治九年（1652）和顺治十七年（1660）发布禁社诏令。

除钱谦益外，另一位大名鼎鼎的贰臣吴伟业也是联络各方的重要人物。慎交、同声二社因志趣、理念不同，加之受奸人挑拨，遂纷争不止，势同水火。慎交社由尤侗、汪琬、计东、吴兆骞、吴兆宽、宋实颖等苏州籍文士主持，同声社则由章素文、王胜时、杜登春等松江籍文人执牛耳。顺治十年（1653），钱谦益不愿见两社分化内斗，碍于身份不便出面，遂请深受两社推重的吴伟业调解，合为十大郡社，轰动一时。当是时，两社自竖高墙，入社标准严苛，被拒之门外者不在少数。有杭州人陆鎏因入社被拒，遂怀恨在心，上书讦告两社屡兴社事实为故明社稷之忧，社内成员秘密联络郑成功，助其北上，而作为宗主的吴伟业首当其冲。所幸经过审查，陆鎏以诬告罪反坐，"士心始安"③。逃过一劫的吴伟业不禁感叹："此吾祖宗之大幸，而亦东南之大幸也。"④ 然而，文社由此遭到致命打击，社事之禁也愈加严苛，"自是家家户户，人人屏迹，无有片言只

---

① （清）朱希祖：《明季史料题跋》，辽宁教育出版社1998年版，第44页。
② （清）杜登春：《社事始末》，参见（清）蒋平阶编、（清）吴伟业纂、（清）杜登春纂《东林始末 复社记事 社事始末》，中华书局1991年版，第20页。
③ （清）杜登春：《社事始末》，参见（清）蒋平阶编、（清）吴伟业纂、（清）杜登春纂《东林始末 复社记事 社事始末》，中华书局1991年版，第21页。
④ （清）吴伟业著，李学颖集评标校：《与子暻疏》，载《吴梅村全集（下）》，上海古籍出版社1990年版，第1133页。

字敢涉会盟之事矣"①。据吴伟业言，他能死里逃生，实赖"诸君子营救之力亦多"②。吴伟业虽未言明施救之人，然苏松提督梁化凤、时已在朝为官的宋徵舆等一定在施救之列："江上之得免者，赖主盟皆在朝列。"③ 彼时，一大批江南文人陆续参加科举，一部分人已在朝廷立足，成为江南文人的庇护和施救者。如顺治十四年（1657）的科场案，不下百位江南文人牵连其中，吴兆骞及方拱乾、方章钺父子被流戍宁古塔，丁澎被流徙至吉林尚阳堡。吴兆骞得宋德宜、计东、徐乾学等多方奔走斡旋，后来之赦还也多赖众友人之功，"其友大学士宋德宜、尚书徐乾学酿金赎之得释归"④。方拱乾父子则获吏部主事顾予咸施以援手："桐城方氏，长君娄冈讳孝标、次君邵村讳亨成与余为同年友，称莫逆交，遘科场之祸，阖门戍宁古塔，亲故皆敛足。余奔走求救不得。"⑤ 除了南人外，天津宝坻人杜立德也施以援手，诸人多赖其保全。顺治十四年（1657）的丁酉科场案，涉案的江南士子被施以严惩，遭到重创："丁酉之役，江南两座主及分房诸公与逮繁举子既讯鞫后，天子不复严问，以为可因缘幸脱，或长系狱中矣。至岁杪，忽降严纶，两座师骈斩西市，十六分房诸公皆绞死于长安街；举子则各决四十，长流宁古塔，而财产皆入官；诸父兄妻子，各随流徙。按宁古塔，在辽东极北，去京七八千里。其地重冰积雪，非复世界，中国人亦无至其地者。诸流人虽各拟遣，而说者谓至半道为虎狼所食、猿狄所攫或饥人所啖，无得生也。向来流人，俱徙上阳堡（当作'尚阳堡'），地去京师三千里，犹有屋宇可居，至者尚得活。"⑥ 经此打击，一时之间江南文运萧然，"江

---

① （清）杜登春：《社事始末》，参见（清）蒋平阶编、（清）吴伟业纂、（清）杜登春纂《东林始末　复社记事　社事始末》，中华书局1991年版，第21页。
② （清）吴伟业著，李学颖集评标校：《与子暻疏》，载《吴梅村全集（下）》，上海古籍出版社1990年版，第1133页。
③ （清）杜登春：《社事始末》，参见（清）蒋平阶编、（清）吴伟业纂、（清）杜登春纂《东林始末　复社记事　社事始末》，中华书局1991年版，第21页。
④ （清）陈和志：《（乾隆）震泽县志》卷十九，清光绪重刊本。
⑤ （清）顾予咸：《雅园居士自叙》，赵诒琛、王大隆辑《戊寅丛编》，1938年排印本。
⑥ （清）佚名：《研堂见闻杂记》，载《台湾文献史料丛刊（五）》，台湾大通书局1987年版，第43页。

浙文人涉丁酉一案不下百辈，社局或几于熄矣。一年之内，为槛车谋行李、为复壁谋衣食者无虚日"①，"戊戌当场屋大创后，主司举子兢兢守法，单寒之士悉进"②。尽管经历科场案的清扫，得以幸免的江南士子重整旗鼓后依然继续应试。慎交、同声两社成员陆续高中：顺治十四年（1657），计东、彭珑、钱中谐中举人，钱中谐于次年中进士；顺治十六年（1659），徐元文一甲第一中状元，叶方蔼一甲第三中探花；顺治十七年（1660），徐乾学中举人。"两社同朝数辈，文章声教实为海内亘古所未睹"③。

对于清政府和江南士民来说，顺治十六年（1659）都是一个特别的年份。这一年，在钱谦益、魏耕、归庄等人的联络帮助下，郑成功北上长江，与张煌言合兵攻下镇江，直逼金陵，为延明祚的一大良机，"五月初，忽闻江上之警。京口将军全军覆没。江左皆为震动"④，"四方响应，皆谓中兴"⑤。一时之间，江南人心异动，"龙盘虎踞古都会，伫看开门夹道迎"⑥。更有人"乘海逆犯顺，造讹惑众。于本年（顺治十六年）七月十五日该州行香，恶等率劣魏廷献并不知名姓三四十人，拥挤学宫，口称郑国姓已到，你们还敢在此征粮。该州谕以海寇小丑，荡平指日……恶等即横加詈辱，几至奋臂殴（击）"⑦。不少江南士人纷纷出面为郑军奔走联络，鼓动宣传，暗中资助、投靠："己亥，海师至京口，金坛诸搢绅有阴为款者。"⑧

---

① （清）杜登春：《社事始末》，参见（清）蒋平阶编、（清）吴伟业纂、（清）杜登春纂《东林始末　复社记事　社事始末》，中华书局1991年版，第20页。

② （清）杜登春：《社事始末》，参见（清）蒋平阶编、（清）吴伟业纂、（清）杜登春纂《东林始末　复社记事　社事始末》，中华书局1991年版，第20页。

③ （清）杜登春：《社事始末》，参见（清）蒋平阶编、（清）吴伟业纂、（清）杜登春纂《东林始末　复社记事　社事始末》，中华书局1991年版，第21页。

④ （清）王抃：《王巢松年谱》，载《丛书集成续编》，上海书店1994年版，第27页。

⑤ （清）佚名：《研堂见闻杂记》，载《台湾文献史料丛刊（五）》，台湾大通书局1987年版，第47页。

⑥ （清）卢若腾：《金陵城》，载李怡来编《留庵诗文集》卷上，金门县文献委员会1960年版，第31页。

⑦ 顺治十六年十月江宁巡按卫贞元揭帖，中国第一历史档案馆藏。

⑧ （清）佚名：《研堂见闻杂记》，载《台湾文献史料丛刊（五）》，台湾大通书局1987年版，第52页。

"缙绅多有以招之来者。"① 钱谦益有《秋兴八首乙亥七月初一日，正郑成功初下京口，张苍水直逼金陵之际》，对郑成功、张苍水等人的复明之举大加歌颂，热切地期盼大明"中兴"："龙虎新军旧羽林，八公草木气森森。楼船荡日三江涌，石马嘶风九域阴。扫穴金陵还地肺，埋胡紫塞慰天心。长干女唱平辽曲，万户秋声息捣砧。"（其一）"金刀复汉事逶迤，黄鹄俄传反覆陂。武库再归三尺剑，孝陵重长万年枝。天轮只傍丹心转，日驾全凭只手移。孝子忠臣看异代，杜陵诗史汗青垂。"（其八）②

此际，方以智、钱澄之、归庄等纷纷积极策应郑军，专赴金陵迎候。身居金陵的杜濬前往太仓联络陆世仪、毛师柱、王石谷等人，密图接应海上之师。清廷眼看郑军攻至南都，大为震惊，迅速调遣兵力，加强防御。是年七月二十四日，趁郑军围而不攻、纵酒享乐之际，清军举兵反击，大败郑军，"一朝胡骑如云合，百战雄师涂地倾。金陵城，城下未歇酣歌声，芦苇丛中乱尸横。咫尺孝陵无人拜，人意参差天意更"③。虽已大败郑军，扼制了反攻之势，然江南士民的态度和举动让清政府积怒于心。有些人虽未有明显的复明举动，然对明、清两方的战事保持着密切的关注。如钱谦益《秋兴八首八月初二日闻警作》："王师横海阵如林，士马奔驰甲仗森。戎备偶然疏壁下，偏师何竟溃城阴？凭将按剑申军令，更插鞬刀儆士心。野老更阑愁不寐，误听刁斗作秋砧。"④ 冷士嵋《海天别》："岂料全军先失利，万艘飞下一时还。夜半杀声城外起，城里纷纷出城死。两岸人家百万余，尽被戈兵拥都市。京江焚劫夜如朝，烈焰腾空照江水。奔号投窜城东西，万姓仓皇火烟里。"⑤ 王时敏《亥秋书事》："方惊烽火急，忽报羽流奔。露布朝传数，铙歌夕奏繁。江边空战骨，海

---

① （清）顾公燮：《贞文先生》，载苏州博物馆等编《丹午笔记 吴城日记 五石脂》，江苏古籍出版社 1985 年版，第 141 页。
② （清）钱谦益著，钱曾注：《投笔集》卷上，清宣统二年邓氏风雨楼本。
③ （清）卢若腾：《金陵城》，载李怡来编《留庵诗文集》卷上，金门县文献委员会 1960 年版，第 32 页。
④ （清）钱谦益著，钱曾注：《投笔集》卷上，清宣统二年邓氏风雨楼本。
⑤ （清）冷士嵋：《江泠阁诗集》卷三，《清代诗文集汇编》第 111 册。

外漫羁魂京口士民，有随海船去者。不识苍天意，同驱入死门。"① 吴伟业《七夕感事》："南飞乌鹊夜，北顾鹳鹅军。围壁钲传火，巢车剑挂云。江从严鼓断，风向祭牙分。眼见孙曹事，他年著异闻。"② 王昊《兵船行》："一朝连烽迷海道，帆樯如山忽然倒。旗鼓虚张杨仆营，艨艟以人田横岛。沙溪十里飞黄埃，人家门户昼不开。横刀跃马满街市，海船方去官军来。"③ 陈瑚《江上》："片帆江上畏烟波，匝月风尘负薜萝。城郭惊心离乱久，姓名答客嗫嚅多。"④ 少数江南缙绅"才望宫樯，便恣狂逞，把持包揽，结纳条陈，正供不（纳），帽挺身揎比，两造未质，则硬口拦和，弱肉可口，则怙威强噬，此其风江南多有"⑤。如颍州的吴鼎、徐养度、刘猗蓍等人乘机抗粮不纳，欺压乡里："三人者，欺陵官长，逋赋税以藐公，践压乡邻，恣骗诈而肥。"⑥ 魏廷献纠集三四十人拥挤学宫，大呼"郑国姓已到，你还敢在此征粮"，为郑军张帜造势。江南士民的种种行径必然会激怒积怨已久的清廷。

清廷虽在此前已发布禁社诏令，又在丁酉科场案中打击了部分江南士人，然力度和范围仍是不足以威慑人心。于是，乘此次通海之案，"清廷势力大张，欲藉是立威，以警后来，乃罗织诸与郑部下曾通声气者骈戮之；不足，又开告密之门，凡有仇家好事者，伪造逆籍注某某名，则立逮捕，置极刑，家属从死，或没为官奴婢，如刲羊豕。于是毒痛江海，祸遍缙绅，往往有偶与海客往来，有司即指为通寇，系维以去，阖家引颈就戮，无可一言辨者"⑦。进而，一

---

① （清）邓之诚：《清诗纪事初编》卷一，中华书局1965年版，第52页。
② （清）吴伟业著，李学颖集评标校：《吴梅村全集（上）》，上海古籍出版社1990年版，第356页。
③ （清）汪学金：《娄东诗派》卷十五，清嘉庆九年诗志斋刻本。
④ （清）汪学金：《娄东诗派》卷十一，清嘉庆九年诗志斋刻本。
⑤ 中国第一历史档案馆所藏档案，顺治十六年十月，"江宁巡抚卫贞元为劣衿藐法抗粮辱官害众事揭帖"，顺治朝内阁揭帖，第24函，第0562号。
⑥ 中国第一历史档案馆所藏档案，顺治十六年十月，"江宁巡抚卫贞元为劣衿藐法抗粮辱官害众事揭帖"，顺治朝内阁揭帖，第24函，第0562号。
⑦ 许国英：《指严笔记·红花铺》，载佚名著，伍跃等整理《康雍乾间文字之狱（外十二种）》，北京古籍出版社1999年版，第104页。

场范围更加深广的打击正在酝酿中:"满清统治阶级是历史上头脑最见清醒的少数民族掌政权者,入主中原伊始,就抓住了看似不急之务其实乃颇为要害的一个问题:对以江南文化世族为核心的士阶层道统的高压性整肃。"①

顺治十六年(1659)冬,朱国治由大理寺卿被迁擢为江宁巡抚。朱国治此人"性残刻,而尤与士大夫为仇雠"②,到任后即搜刮百姓,与江南士民积怨颇深。顺治十七年(1660)冬,又任命以贪酷著称的任维初③为吴县知县。上任后,任维初一面催征赋税,又一面侵吞公粮中饱私囊,"以漕米遍枲易金以饱抚臣朱国治"④,一时间民怨沸腾。顺治十八年(1661)的两个针对江南文士的大案——哭庙案和奏销案,都与二人脱不了干系。顺治十八年(1661),奏销案爆发前,尚有一个小插曲,即哭庙案,亦因追比钱粮而起,实为奏销案之先声。是年正月,清世祖顺治帝驾崩,金圣叹等诸生借哭庙之机俱列知县任维初罪状,由此成狱:

> 邑令任维初以苛征民赋,平仓获私,人士皆为之不平。于是诸生倪用宾、沈玥、金圣叹等,遂有抗粮哭庙之举,适清世祖哀诏至苏,抚臣朱国治以哀诏初临之日,正臣子哀痛之时,乃千百成群,肆行无忌,列罪不可逭者三条,乃穷治其罪,自倪用宾、金圣叹以次十八人,皆坐斩。惟顾予咸独免于难。⑤

文中所提顾予咸⑥,可以说是身涉哭庙案与奏销案的重要人物。

---

① 马大勇:《流放诗人方拱乾论》,《黑龙江社会科学》2003年第2期。
② (清)张永铨:《闲存堂集》文集卷十,清康熙刻增修本。
③ 任维初,山西石楼人,选贡生。
④ (清)佚名:《研堂见闻杂记》,载《台湾文献史料丛刊(五)》,台湾大通书局1987年版,第51页。
⑤ (清)谢国桢著,谢小彬、杨璐主编:《谢国桢全集(第1册)》,北京出版社2013年版,第715页。
⑥ 顾予咸(1613—1669),字小阮,号松交,江南长洲人。顺治三年(1646)举人,次年中进士,著有《雅园居士自叙》《温飞卿集笺注》等。

顾予咸身出吴中著名望族唯亭顾氏，在当地很有声望，朱国治甫任就曾前去拜访。关于顾予咸为何坐于哭庙案中，个中曲折在其《遭难自述》有详细记载：

> 顺治十八年辛丑正月，世祖上宾，敷天同痛，哀诏至抚司，郡邑集绅士哭临。会有吴令某（令为任维初，后以贪婪被纠，正典刑）私盗漕米，易值以媚抚（抚为朱国治），诸生某某职践更者不能平，因讦令诸不法事。抚某疑荐绅与其谋，借征输事，邀绅公议，屡目予而不言其故，予亦不能先意以承。诸生又以事不白，群奔哭孔庙。庙与抚署相先后，哭声达署，抚大惧。吴中故习，诸生事不得直，即作卷堂文，以儒冠裂之夫子庙庭，名曰"哭庙"。抚未之前闻，既恐且恨，张皇撼拾，纠诸生惊大行、抗国赋，言言皆反侧所为，密以闻，举朝大震。廷议，遣满部堂按状，并去秋纳欵附海各欵，合督抚、提镇而公讯焉。抚恐得实，急谋所以自全，因密讦缙绅指使预谋者，意属于予，满部堂诺之。抚遂先檄监司某具诸生狱。监司与令同乡，左袒令，令得直，坐诸生以罪。①

顾予咸在此案中仗义执言诸生无罪，罪在任令任维初，是以遭到朱国治的嫉恨和报复："郡绅顾松交（予咸），素与抚臣议左，抚臣心衔之。诸生之变起，抚臣始亦欲松交为调人；松交不应，于是愿得而甘心。既具疏，勘臣至，逼诸生，并牵染松交，亦即逮至江宁，同闭狱，去不死无间矣。松交好友张无近，为之行金上下，捐数万金与四辅，特批免绞并免革职，得不死，而诸生斩。"② 朱国治还在给朝廷的有关哭庙案的奏疏中颠倒黑白，为自己和任维初辩白，极言吴地士民之恶，以"毒螯"拟之，此时便已露出追比钱粮之端

---

① （清）钱思元、孙珮辑，朱琴点校：《吴门补乘——苏州织造局志》，上海古籍出版社2015年版，第477页。
② （清）佚名：《研堂见闻杂记》，载《台湾文献史料丛刊（五）》，台湾大通书局1987年版，第51页。

倪:"为县令催征招尤,劣生纠党肆横,谨据实陈奏亟求法处事。看得兵饷之难完,皆由苏属之抗纳,而吴县为尤甚。新令任维初,目击旧官皆以未完降革,遂行严比,以顾考成,欲破从前之积习,顿起物情之怨谤。是考成未及,而已试其毒也。劣生倪用宾等,厕身学宫,行同败类。当哀诏哭临之日,正学子欲绝之时,乃千百成群,肆行无忌,震惊先帝之灵,罪大恶极,其不可逭者一也。县令虽微,仍系命官,敢于声言扛打,目中尚有朝廷乎,其不可逭者二也。尤可异者,道府自有公审,乃串凶党数千人,群集府学,鸣钟击鼓,其欲何为哉?不能为诸生解也。……总之,吴县钱粮历年逋欠,沿成旧例,稍加严比,便肆毒螯,若不显示大法,窃恐诸邑效尤,有司丧气,催征无心,甘受参罚,苟全身家而已,断不敢再行追比,撄此恶锋以性命为尝试也。"① 褚人获认为,奏销案的爆发实因朱、顾二人的个人私怨:"江南奏销之狱,起于巡抚朱国治欲陷考功员外郎顾予咸,株连一省人士无脱者。"② 待顾予咸被释归家,"倾城求见,雅园三径,肩相摩,趾相错"③,可见人心向背。其实,奏销案的爆发固然有朱国治个人恩怨的因素存在,但从当时的政治环境来看,表面是经济问题,"江南财赋半天下,苏、松、镇、常与江宁五郡又居江南大半之赋"④,实则是更为深层复杂的政治原因,恰如梁启超所指出的那样:"那时满廷最痛恨的是江浙人,因为这地方是人文渊薮、舆论的发纵指示所在,'反满洲'的精神到处横溢,所以自'窥江之役'以后,借'江南奏销案'名目,大大示威。"⑤

二 奏销案的经过

顺治去世不久,辅政四大臣鳌拜、索尼、苏克萨哈、遏必隆倡

---

① (清)佚名:《哭庙纪略》,载《痛史》第2种,商务印书馆1911年版,第3页。
② (清)吴伟业著,李学颖集评标校:《吴梅村全集(下)》,上海古籍出版社1990年版,第1470页。
③ (清)顾予咸:《雅园居士自叙》,赵诒琛、王大隆辑《戊寅丛编》,1938年排印本。
④ (清)叶方蔼:《序》,韩世琦《抚吴疏草》卷首,清康熙五年刻本。
⑤ 梁启超:《中国近三百年学术史》,复旦大学出版社1985年版,第108页。

导"率祖制,复旧章"①,崇满抑汉,对汉族官员和江南士绅进行镇压和威慑。顺治十八年(1661)正月二十九日,下达"新令",摧折江南绅衿的主旨便已定下:

> 钱粮系军国急需,经营大小各官,须加意督催,按期完解,乃为称职。近览章奏,见直隶各省钱粮拖欠甚多,完解甚少,或系前官积逋,贻累后官;或系官役侵挪,借口民欠。向来拖欠钱粮,有司则参罚停升,知府以上,虽有拖欠钱粮未完,仍得升转,以致上官不肯尽力督催,有司怠于征比,枝梧推诿,完解愆期。今后经营钱粮各官,不论大小,凡有拖欠参罚,俱一体停其升转,必待钱粮完解无欠,方许题请开复升转。尔等即会同各部寺,酌立年限,勒令完解。如限内拖欠钱粮不完,或应革职,或应降级处分,确议具奏。如将经管钱粮未完之官升转者,拖欠官并该部俱治以作弊之罪。②

在此前的赋税征收政策中,对官员的要求并不严苛,"近来参处拖欠,降调纷纭,新旧交待,反误催征。官员屡更,拖欠如故"③。从顺治十八年(1661)所发的这份上谕可以看出,此次以"军国急需"为由追缴钱粮,官员考成较之以往严苛得多,赋税征收与官途挂钩,迫使官员不得不强力催逼征收以自保。其实,此前官员屡征难完,也与其瞻顾情面、徇私枉法有关:"征比难完,率由衿绅藐法抗粮不纳也,地方官循瞻情面,不尽法征比。"④ 然而,更多的原因则在于部分绅衿地主抗粮不纳、隐匿土地不报、冒免钱粮:"吴下钱粮拖欠,莫如练川。一青衿寄籍其间,即终身无半镪入县官者,至

---

① 赵尔巽:《清史稿》,载天津古籍出版社编辑部编《二十四史》第14卷,天津古籍出版社2000年版,第66页。
② (清)徐珂:《顺治辛丑奏销案》,载《清稗类钞》第3册,中华书局1984年版,第995页。
③ 《清实录·世祖章皇帝实录》卷一百一十二,顺治十四年十月庚午。
④ 《清实录·圣祖仁皇帝实录》卷二,顺治十八年三月至五月戊午。

科甲孝廉之属，其所饱更不可胜计。以故数郡之内，闻风猬至，大僚以及诸生，纷纷寄冒，正供之欠数十万。"① 颍州的三个生员吴鼎、徐养度、刘倚蕃"藐视令甲，阻挠税赋，将全书开载钱粮假称误派，赴上告理……现今钱粮五千七百余两，悬项无征"②。更有生员免役逃税，致使钱粮拖欠严重："自贫儒偶蹑科第，辄从县大夫干请书册，包揽亲戚、门生、故旧之田，如本名者仅一百亩，浮至二千，该白银三百两，则令管数者日督寄户完纳。……是秀才一得出身，即享用无白银田二百亩矣。"③ 曾做过邑令的陆陇其便表达了为官者催征之艰难："催饷之檄如雨，积道之案如山，昼夜艰辛，癯欲骨立。"④ "钱谷之积逋者新旧累亿，宪檄催饷奚舍如火，晓夜征输，苦莫以应。"⑤ 常常是"旧赋未清，新饷已近，积逋常数十万。时司农告匮，始十年并征，民力已竭，而逋欠如故"⑥。时隔一个多月，清廷又于顺治十八年（1661）三月十九日下达一道谕令：

  近观直省钱粮逋欠甚多，征比难完，率由绅衿藐法，抗粮不纳，地方官瞻徇情面，不尽法征比。嗣后着该督抚责令道、府、州、县各官立行严饬，严加稽察。如仍前抗粮，从重治罪；地方官不行察报，该督抚严察一并题参重处。其内外大小各官及进士、举人、贡生之兄弟、宗族、亲戚，悉挂绅士牌扁，倚籍势力，抗粮不纳，把持官府，贻累小民，尤为可恶，以后严行禁革。如有仍前悬挂牌扁者，着该督抚按及地方官严察，拿解来京，并知情故纵，本官一并治罪。如该督抚按及地方官遇

---

① （清）佚名：《研堂见闻杂记》，载《台湾文献史料丛刊（五）》，台湾大通书局1987年版，第49页。
② 顺治十六年十月江宁巡按卫贞元揭帖，中国第一历史档案馆藏。
③ （明）范濂：《记赋役》，《云间据目抄》卷四，民国年间上海进步书局印行本。
④ （清）陆陇其：《答曹微之进士》，《三鱼堂文集》卷六，《清代诗文集汇编》第117册。
⑤ （清）陆陇其：《答表叔李慧生》，《三鱼堂文集》卷六，《清代诗文集汇编》第117册。
⑥ （清）董含：《江南奏销之祸》，载董含撰，致之校点《三冈识略》卷四，辽宁教育出版社2000年版，第674页。

有前项弊端，不行察解，事发一并从重议处。①

其实，第一道上谕发出后，拖欠钱粮已缴纳近完："康熙登极，仍以本年为顺治十八年，四大臣当国，未及一月，即严催十七年奏销钱粮，一时人情皇急，惧祸者即于正月内完清，而未完者正十分之八。"②但清廷还是发布了更为严苛的谕令。与上一道相比，此次上谕打击的对象为抗粮不纳的绅衿，一旦查实就"拿解来京"治罪，并牵连至其兄弟、宗族、亲戚等，远远超出逋欠钱粮的范围，可见清廷是酝酿已久，意在借此机会打击、镇压地主阶级："哭庙案亦以追比田赋起，则酷吏示威自庚子年已如此。时新令尚未定，有司用以摧折江南士类者主旨已定，岂有幸哉？"③可以说，"奏销案是满清朝廷对待汉族士大夫政策发生变化的结果，是满清朝廷对于汉族绅衿从入关初期的拉拢、迁就、安抚的绥靖政策转化为控制、打击、奴役的镇压政策的表现"④。起初，清廷意在整顿全国范围内的赋役，不独江南。当时的广东、福建、江西、陕西、山东等省份也有所波及，然唯有江南辖属的苏州、松江、常州、镇江以及溧阳县等地实施最严，打击最重。而这离不开江宁巡抚朱国治的推波助澜。

朱国治接到此道上谕，立即领会到谕令的精髓恰恰暗合自己报复江南士绅的私心，同时又能为自己未按时完赋开脱，"令其所属守令查逋粮者，胪列其名以上闻"，于四月向朝廷上疏，将过错归罪于江南绅衿和衙役："苏、松、常、镇四府钱粮抗欠者，多因分别造册，绅士一万三千五百余，衙役二百四十人"⑤，并表示"不重惩无以示警"⑥。朝廷接到奏疏后下旨重处江南绅衿：

---

① 《清实录·圣祖仁皇帝实录》卷二，顺治十八年三月至五月戌午。
② （清）曾羽王：《乙酉笔记》，载上海人民出版社编《清代日记汇抄》，上海人民出版社1982年版，第24页。
③ 孟森：《心史丛刊》，辽宁教育出版社1998年版，第11页。
④ 伍丹戈：《论清初奏销案的历史意义》，《中国经济问题》1981年第1期。
⑤ （清）《官修八旗通志》卷一百九十四，清文渊阁四库全书本。
⑥ （清）张永铨：《闲存堂集》文集卷十，清康熙刻增修本。

> 各该省逋欠钱粮，皆由该地方顽劣绅衿依势抗粮……若不严加惩处，恐无以儆将来，将各属十七年分绅衿、衙役未完钱粮姓名、数目造册题参前来。为照绅衿、衙役抗粮不纳，业经题有定例。今查册开：苏、松、常、镇四府属并溧阳县未完钱粮文武绅衿，共计一万三千五百一十七名。臣部备查：文武乡绅未完四分以下者，张王治等共一千七百五十五名，生员史顺哲等共九千四百七十五名；未完五六七分者，乡绅许元弼等二百五十名，生员黄文辉等共一千二百一十九名；未完八九十分者，乡绅姚宗典等共一百六十六名，生员顾如升等共六百五十二名。逐一分析造册，移送吏、礼、兵三部外，应请敕下各该部查照定例议处。其各未完钱粮，限文到二月内照数严追完解，以济军需可也。……奉旨：绅衿抗粮不纳，殊为可恶，该部照定例严加议处具奏。……又准兵部咨覆户部题前事：奉旨：这拖欠钱粮武□、乡宦、进士、举人、生员等，旨到之日，该抚即提解来京，从重治罪旨。未到前完纳钱粮的，免提解。……又准礼部咨覆户部题前事：奉旨：这拖欠钱粮举、贡、监生，生员等，旨到之日，该抚即提解来京，从重治罪。旨未到前完纳钱粮的，免提解。①

> 现任官降二级调用；衿士褫革，衙役照赃治罪有差。②

于是，朱国治接到指示后"先行常之无锡，苏之嘉定。至十八年五月，通行于苏、松、常、镇四府及溧阳一县"③。案发具体时间"除无锡、嘉定案，其他奏销案则都发生在顺治十八年。具体说，顺治十八年四月十五日，是巡抚朱国治参报欠粮绅衿的时间，后来判定是否欠粮的时间依据即是以顺治十八年四月为界，在此之前为没

---

① （清）韩世琦：《题明凌撄疏》，《抚吴疏草》卷三，清康熙五年刻本。
② 赵尔巽：《清史稿》，载天津古籍出版社编辑部编《二十四史》第14卷，天津古籍出版社2000年版，第774页。
③ （清）叶梦珠：《赋税》，载来新夏点校《阅世编》卷六，上海古籍出版社1981年版，第136页。

第五章　奏销案与江南文人心态、文学表达　297

欠粮，此后则是欠粮"①。江南四府一县的乡绅 2171 名、生员 11346 名，共计 13517 名，不论欠钱多寡均遭黜革降调："阖省缙绅之官于朝者，居于乡者，或宦于四方者，自科目贡监以至诸生，其甲户之名有欠一两或五钱，下至于三五厘者，无不被褫革、系图圄。甚而郡邑庠中缝掖之士，无一二存者。"②造成的冤假错案不可胜数："时吴中士子，未谙国法，有实欠未免者，有完而总书未经注销者，有实未欠粮而为他人影冒立户者，有本邑无欠而他邑为人冒欠者，有十分全完总书以纤怨反造十分全欠者，千端万绪，不可枚举。"③"于是有田之家，蹙蹙靡骋，情愿每亩一两，贷人完粮，卒无有应者。又以儒册借人，前程既黜，纷纷赔偿。设帐者席不暇暖，既查本册钱粮，严逼寄户输纳；又查各县冒立，甚有绝不闻知，而被冒册致去前程者。"④朱国治"坏江南乡绅无数"⑤，"以是颇有刻核名"⑥。作为江南奏销案的始作俑者，朱国治深知自己在江南不得人心，"以钱粮兴大狱，株连绅衿万余，又杀吴郡诸生一二十人，知外人怨之入骨"⑦。为了防止民变，他还暗中疏请外援镇守，可见当时官、民之间已呈剑拔弩张的对立之势："自知吴民衔怨，旦夕防变。密疏于朝，请以郎大将军镇苏。"⑧顺治十八年（1661）冬，朱国治渐感局势失控，"恐吴人为变"⑨，正值其父去世，遂以丁忧为由请

---

① 付庆芬：《清初"江南奏销案"补证》，《江苏社会科学》2004 年第 1 期。
② （清）张永铨：《瞿秋崖传》，《闲存堂集》文集卷十，清康熙刻增修本。
③ （清）佚名：《研堂见闻杂记》，载《台湾文献史料丛刊（五）》，台湾大通书局 1987 年版，第 52 页。
④ （清）曾羽王：《乙酉笔记》，载上海人民出版社编《清代日记汇抄》，上海人民出版社 1982 年版，第 25 页。
⑤ （清）姚廷遴：《历年记》，载上海人民出版社编《清代日记汇抄》，上海人民出版社 1982 年版，第 84 页。
⑥ 赵尔巽：《清史稿》卷，载天津古籍出版社编辑部编《二十四史》第 14 卷，天津古籍出版社 2000 年版，第 774 页。
⑦ （清）佚名：《研堂见闻杂记》，载《台湾文献史料丛刊（五）》，台湾大通书局 1987 年版，第 53 页。
⑧ （清）佚名：《研堂见闻杂记》，载《台湾文献史料丛刊（五）》，台湾大通书局 1987 年版，第 54 页。
⑨ （清）佚名：《研堂见闻杂记》，载《台湾文献史料丛刊（五）》，台湾大通书局 1987 年版，第 53 页。

求离任。作为正黄旗人，按规制朱国治只需守丧二十七日即可复仕。然他"恐吴人为变，仓猝离任，轻舟遁去，吴中为幸"①。朝廷则以他"不候代归，部议擅离职守，革职"②。朱国治以此方式退场，也算恶有所报了，然对他的惩罚并未停止。此次奏销案中被革的歙县廪生方光琛，中式后被黜，为躲避惩处亡命至云南，入吴三桂幕，时为之献计，并在康熙下令削藩之际鼓动吴三桂反叛。适值朱国治起任云南巡抚，兵败被俘，正是在方光琛的劝说下为吴三桂所杀。因果善恶如此，不免令人唏嘘。

对于巡抚朱国治的离去，"吴中为幸"，然继任的巡抚韩世琦③也并未让江南绅衿得到丝毫喘息。如果说，朱国治是奏销案的发起人，那么，韩世琦则是政策的彻底贯彻者，奏销案正是在他手上达到成功打击江南士绅的目的。韩世琦原于顺治十八年（1661）六月任顺天巡抚，"于顺治十八年十一月二十二日，接提塘官徐士伟赍捧江宁巡抚敕书一道……于康熙元年正月二十五日已赴江宁新任"④，日夜兼程，到任即着手处理朱国治留下的一团乱麻："前抚臣交代未完之案，积至三百三十宗。"⑤朝廷拔擢韩世琦，是经过慎重的磋商和考量的："江南财赋半天下，苏松镇常与江宁五郡又居江南大半之赋。征调旁午，挽输络绎，必藉敏练大臣，识大体，持重者，方可膺是选。于是廷议咸谓非韩公不可。"⑥韩世琦接此巨任也是内心惶恐难安："调抚江宁，深思财赋之重、百姓之疲，更为天下最称繁难之地，而加以年来旱涝频仍，兵兴饷诎，乃以臣愚，当此剧任拜命之平，益甚恐惶。"⑦自康熙元年（1662）至康熙八年（1669），韩

---

① （清）佚名：《研堂见闻杂记》，载《台湾文献史料丛刊（五）》，台湾大通书局1987年版，第53页。
② （清）《官修八旗通志》卷一百九十四，清文渊阁四库全书本。
③ 韩世琦（生卒年不详），字心康，蒲州人，明大学士韩爌曾孙。隶旗籍为辽人，幼被掳，故隶汉军旗籍。
④ （清）韩世琦：《恭接敕印并缴旧印疏》，《抚吴疏草》卷一，清康熙五年刻本。
⑤ （清）韩世琦：《请展限疏》，《抚吴疏草》卷一，清康熙五年刻本。
⑥ （清）叶方蔼：《序》，韩世琦《抚吴疏草》卷首，清康熙五年刻本。
⑦ （清）韩世琦：《到任日期疏》，《抚吴疏草》卷一，清康熙五年刻本。

第五章　奏销案与江南文人心态、文学表达

世琦任职江宁巡抚的八年间，平息和安抚了江南士绅的抵抗对立情绪，并未使民怨从朱国治移至自己身上，避免了朱国治在任所酿成的一触即发、剑拔弩张之势，同时又完成了朝廷赋予的全完钱粮的使命："第一批续完的，绅户就有一千九百二十四人，生员一万零五百四十八人；第二批续完的，绅户一百三十一人，衿户一百二十四人；第二批又报续完三百四十九人，旨后完纳者又有九十七人，未续完者除正法者三人外，实际上只有四人未完所欠钱粮。"①江南四府一县"共欠条银五万余两"②，"当是时，绅衿衙役欠者固有，要不及民欠十分之一"，朝廷却将民欠问题置之不问，有意与江南士人为难之心昭然若揭。华亭生员曾羽王不禁感慨："钱粮之急，莫甚于康熙元年以后。"③

韩世琦因此于康熙四年（1665）受到朝廷嘉奖，不能不说他能力之强、手段之高："江宁地方钱粮自顺治元年以来，从未全完，今韩世琦克副简用之意，将五府钱粮拮据全完，殊为可嘉，着从优加二级。"④而这一成绩的背后则是韩世琦对江南士绅、百姓的威压、强征和剥削。龚鼎孳在弹劾韩世琦的奏疏中便直言"该抚不论多寡，一概揭参，该部未经查核，一概降革，以致三吴财赋最重，故明三百年来从不能完之地，而年来俱报全完，虽惕息于功合，不敢不勉力输将，然该抚朝夜拮据及地方剜肉医疮之状，可以想见"⑤。

在康熙六年（1667）的京察中，韩世琦便因舆论不孚拟降三级，因在贯彻奏销案中功勋卓著，得受朝廷宽免："韩世琦将江南数年拖欠钱粮全完，勤劳地方军务，着照旧留任供职。"⑥而到了康熙八年

---

① 宫宏祥：《论"江南奏销案"》，《太原理工大学学报》（社会科学版）2005年第1期。
② （清）叶梦珠：《赋税》，载来新夏点校《阅世编》卷六，上海古籍出版社1981年版，第137页。
③ （清）曾羽王：《乙酉笔记》，载上海人民出版社编《清代日记汇抄》，上海人民出版社1982年版，第33页。
④ （清）韩世琦：《奏加衔谢恩疏》，《抚吴疏草》卷五十三，清康熙五年刻本。
⑤ （清）叶梦珠：《赋税》，载来新夏点校《阅世编》卷六，上海古籍出版社1981年版，第139页。
⑥ 吴忠匡总校订：《韩世琦传》，载《满洲名臣传》卷十九，黑龙江人民出版社1991年版，《满汉名臣传》第一册，第539页。

(1669)，韩世琦陆续遭到御史杨维乔、李棠、傅感丁等人的弹劾。从弹劾内容中可以看出韩世琦在吴任职的种种不法之事。该年三月，杨维乔疏言韩世琦捏报征收钱粮数目："所属地方仍有康熙三年未完屯折银九千一百余两，四年未完地丁银一万四千七百余两，屯折银一万二千六百余两，则前次捏报情弊显然。"① 六月，御史李棠疏言："江宁抚臣韩世琦，恣意诛求，肆行贪虐，舞女歌儿，采买殆尽，京都之宅第，无论已而，原籍满洲之宅第，华饰非常，驰送金银车马，络绎不绝，且长芦有商名行盐矣，天津又有宅第矣，何一非竭民膏血者乎？又何必以某官馈银若干两，某事受银若干两，而后为贪恶实据？请赐严加处分，另简贤能，庶民命得庆更生。"② 韩世琦因此被议解任，后查明其满洲宅第实为其弟世玑所有，"驰送金银"之说亦无根据。十月，傅感丁又上疏弹劾："钱粮既报全完，必无锱铢欠缺。原任江宁巡抚韩世琦以全完累邀加衔加级，乃今于离任日疏劾苏、松、常、镇各府属钱粮俱有撮借透冒，多至七十余万两，何前后悖谬至此？苏、松各府每年奏销全完，其无民欠，可知以本年之赋供本年之用，皆有一定款项，有何款项至烦撮借？此必韩世琦平昔与各属分肥，迩同作弊，一旦计穷，更图巧卸。"③ 经查实，韩世琦于离任时"始纠举那移诸弊以卸责。州县官前此钱粮全完，实属捏报"④，于是被部议削加级。

韩世琦虽承朱国治之后贯彻造册名单，但并未全然不辨是非、不分对错，对朱国治造册错误之处、冒名诬陷、绅衿是否欠粮和旨后完欠等问题予以了订正。康熙三年（1664）五月，韩世琦上疏"伏乞皇上轸念江南财赋重地，邦本宜培，溥施如天之仁，蠲此难完

---

① 吴忠匡总校订：《韩世琦传》，载《满洲名臣传》卷十九，黑龙江人民出版社1991年版，《满汉名臣传》第一册，第539页。
② 吴忠匡总校订：《韩世琦传》，载《满洲名臣传》卷十九，黑龙江人民出版社1991年版，《满汉名臣传》第一册，第539页。
③ 吴忠匡总校订：《韩世琦传》，载《满洲名臣传》卷十九，黑龙江人民出版社1991年版，《满汉名臣传》第一册，第539页。
④ 吴忠匡总校订：《韩世琦传》，载《满洲名臣传》卷十九，黑龙江人民出版社1991年版，《满汉名臣传》第一册，第540页。

凤逋，宽民力以裕新征，将见江南百万生灵欢呼"①。康熙四年（1665），又请减苏松田赋："臣之愚昧，窃敢推广皇度，与其民力不胜，逃亡莫保，议蠲于催征不得之后，孰若预涣恩纶，施惠于浮赋当减之先，全民于敲脂剥髓之余，孰若早敷宽政，爱养于元气未瘵之日，扩普天一视之仁，怜吴民偏重之累，将苏、松二府钱粮仿佛元时制赋旧额，兼照各省见征大例，准与酌量，大赐减省。"② 吴人顾公燮还记载了韩世琦施惠政于民的二三事："康熙三年，巡抚韩世琦奏请移驻京口，去之日，恐兵有变，预与将军谋，先备船城外，饬令兵一时尽行出城，不许停留，民赖以安。是时有借兵银者再三还不清，名曰满债。韩公廉知其弊，预令欠户远避，用巡抚封条贴于门首，兵来索债，见此情形，只得舍之而去。吴人立祠于虎邱山塘，春秋祀之。"③ 除了上述被弹劾的不法事，韩世琦在任期间的举措让他获得了部分江南士民的人心，这也是他能平息民怨又得完征钱粮的重要原因所在。

第二节 奏销案发后的文人关系与士行士风转变

关于"江南问题"，孔飞力曾如是论述："既恐惧又不信任，既赞叹不已又满怀妒忌，这便是满人对于江南的看法，而叫魂危机正是由江南而起的。在这个'鱼米之乡'，繁荣兴旺的农业与勃勃发展的商业造就了优雅的气质和学术成就。北京大部分的粮食供应，是经由大运河从江南运来的。因此，几百年来，帝国的统治者们便发现，他们需要不断地同江南上层人士争夺那里多余的粮食。同样令北京统治者感到头痛的，是如何才能建立起对于江南倨傲不驯的上层学界的政治控制。江南的学界精英所期期以求的并不仅仅是在科

---

① （清）韩世琦：《户属催征不得疏》，《抚吴疏草》卷三十八，清康熙五年刻本。
② （清）冯桂芬：《（同治）苏州府志》卷十二，清光绪九年刊本。
③ （清）冯桂芬：《（同治）苏州府志》卷一百四十八，清光绪九年刊本。

举考试中占有一席之地或获得高官厚禄。如果有什么人能让一个满族人感到自己像粗鲁的外乡人，那就是江南文人。"①"江南"在每个江南文人心中往往是财富与文化中心的代表，纵使在为异族所灭后仍引以为傲地保持固有而封闭的江南中心意识："夫天下要害必争之地不过数四，中原根本自在江南。长淮汴京，莫非都会，则宜移楚南诸勋重兵，全力以恢荆襄。上扼汉沔，下撼武昌。大江以南，在吾指顾之间。江南既定，财赋渐充，根本已固，然后移荆汴之锋，扫清河朔。"② 的确，"江南问题"的核心是"江南文人"。而定鼎天下后，清统治者刚柔并济，一边打击又一边笼络江南文人，"始入关则连岁开科，以慰蹭蹬者之心，继而严刑峻法，俾恔求之士称快"③。在不断发生的打击与怀柔之下④，江南士人的生存空间开始日渐分裂、不断缩小，因挤压之势日益强烈而造成的挫折之感也渐趋强烈。吴江人陆文衡曾总结道："江南绅士何多难也。丁酉、戊戌间有发觉科场一案；己亥海艘内犯，有绅士投贼一案；庚子有曍水逋粮一案；今辛丑又有吴庠诸生攻讦县令一案，前后逮系、黜革、斩戍、籍没、株连，累累不下千人，惨祸不忍见闻。"⑤ 可以说，通过奏销案，"惨祸不忍见闻"的现实达到了高峰。而清廷借以打击江南士人的夙愿也可以说得到了更有成效的实现，江南的文学、政治生态也因之发生了不同程度的转变。兹以计东及其牵涉奏销案之友人为中心，钩稽相关文献，对奏销案发后不同阶层的文人在生存视域下的交往关系，士风、士行转变，以及由此造成的权力失语现象等试作剖析。

---

① 孔飞力：《叫魂 1768 年中国妖术大恐慌》，陈兼、刘昶译，生活·读书·新知三联书店 2014 年版，第 90 页。
② 陈寅恪：《柳如是别传》，"钱牧斋致瞿稼轩书"，生活·读书·新知三联书店 2001 年版，第 1036 页。
③ 孟森：《心史丛刊》，辽宁教育出版社 1998 年版，第 34 页。
④ 仅顺治一朝，就有顺治二年（1645）剃发令，十四年（1657）南闱科场案，十八年（1661）苏州哭庙案、金坛通海案、江南奏销案等。
⑤ （清）陆文衡：《时事》，《啬庵随笔》卷三，清光绪二十三年吴江陆同寿刻本。

一 施救与自救视野下的文人交往关系释读

顺治十八年（1661）的奏销案，无数文人的命运就此发生转变。计东及其一众友人如吴伟业、宋德宜、严沆、龚鼎孳、金之俊、汪琬、王时敏、宋实颖、邵长蘅、吴兆宽、吴骐、彭师度、王昊、徐乾学、徐元文、叶方蔼、王命岳等，各人遭遇之状况不同，被降调者有汪琬、吴伟业、徐元文、吴骐、叶方蔼，被褫革功名者有计东、宋实颖、吴兆宽、徐乾学、邵长蘅、王昊、彭师度等，而金之俊、龚鼎孳、宋德宜、严沆、王命岳诸人，则或多或少以不同方式影响了案件的走向。凡此，都可圈可点，足以生发出饶有兴味的话题。现从施救与自救的维度进行梳理，以揭示其中的心态、关系以及案发过程中的历史褶皱之处。

直接酿成奏销案者毫无疑问是江宁巡抚朱国治，这位既帮助清廷弥补了财政亏空，又有效打击了江南士子的功臣，对清廷可谓居功甚伟。其继任者韩世琦则更为谨慎，在有效执行清廷旨意的同时，也比较妥善地化解了一些激发对立情绪和官民矛盾的问题，一定程度上缓解了文人与朝廷的紧张关系。即在不断危逼缴纳欠赋的同时，也适当做开解的工作。康熙五年（1666），韩世琦将康熙元年（1662）至康熙四年（1665）间自己与朝廷往来的奏疏辑为《抚吴疏草》刊行于世，邀请吴伟业、叶方蔼、沈世奕、顾予咸、顾赟为之作序。其中的吴伟业、叶方蔼、顾予咸都是奏销案的罹罪者，又都无一例外对韩世琦抚吴以来的政绩大加称赞，肯定他之于江南的再造之功。诸人之赞美自然不免阿谀夸大之嫌，与权力的妥协与软化相关，但也在一定程度上说明了韩世琦的"能臣"素质。

与韩世琦一样深为清廷所信任的吴中文人金之俊时亦在朝为官，且是正一品的翰林国史院大学士兼太子太师。作为历侍三朝的著名贰臣，金之俊有着敏锐的政治嗅觉，这或许是他能在明、清两朝屹立不倒的关键所在。如是，他在奏销案发过程中的表现就更值得玩味。在朱国治所呈造册上，金之俊子金世溪欠钱三厘五毫、侄金子政欠钱八分一厘二毫，欠额并不多，可是顺治十八年（1661）五月，他第一时间以涉案者的身份上《吁天认罪疏》："臣尝思举家叨受国恩，值此军需孔亟，自应争先输税，为他姓倡，岂容拖欠丝毫，干大法而负大恩，反自臣始。故先于顺治十四、五、六、七年间预呈前后各抚按求其行县清察金姓花名，每年完欠钱粮细数，严行追比，叠蒙批准在案。不意臣子见任虾职，尚有三厘五毫之欠。臣既未能早督全完，族侄生员金子政复冒立官户，致有八分一厘二毫之欠，臣又不能觉察指参，数年来预呈抚按一片趋事苦心，今俱托之空言矣。大法已干，大恩已负矣。臣之罪其尚可赎乎？惟有束身伏辜，请皇上褫臣之职，仍置臣于法，为大臣不能教训子侄、体国急公者之戒，庶积玩知警而军需有赖矣。臣不胜惶悚，激切待命之至。"① 更有意思的是，金世渼其实并未有任何拖欠，反是"家属金魁遵照会计由单，先经如数全完，尚有透纳银一钱一分零，奸书陈子调于造报前抚奏销册内，辄将本户田粮额外浮开九钱有零"②。金世渼得知后以"罣议不甘，具疏申辩"③，然田产远在故乡吴江，纵使有冤，在消息滞塞的古代，也需要一定的时间才能传达。而金之俊已率先上疏认罪，可见畏罪之心切。如此迅速认罪的结果，便是杜绝了朝廷详核造册、核议宽免的可能，导致此案没有任何转圜的可能，为清廷重拳出击提供了最佳借口。

作为江南文人的代表，金之俊的所作所为当然属于冒天下之大不韪。陆文衡言："抚公朱，因见协饷不前，创为绅欠衿欠之法，奏销十七年份钱粮，但分厘未完，即挂名册籍，目以'抗粮'。司农方拟驳核，而曹溪相国子侄亦册欠有名，亟上认罪一疏，于是概不敢议宽免，照新例革职枷责者，至一万三千五百十七人。"④ 钱陆灿在给钱名世的手书中直接讥之"逢恶助虐，为三吴大罪人"⑤。一时间，金之俊为江南文人所共弃。当他康熙元年（1662）秋以原官致

---

① （清）金之俊：《吁天认罪疏》，《金文通疏草》卷六山中奏草，清康熙二十五年怀天堂刻本。
② （清）韩世琦：《覆金世渼一案多收多纳疏》，《抚吴疏草》卷十七，清康熙五年刻本。
③ （清）韩世琦：《覆金世渼一案多收多纳疏》，《抚吴疏草》卷十七，清康熙五年刻本。
④ 孟森：《心史丛刊》，辽宁教育出版社1998年版，第16页。
⑤ 孟森：《心史丛刊》，辽宁教育出版社1998年版，第16页。

仕归吴，清廷评价甚高："金之俊清勤练达，历任院部，效力有年，劳绩素著，既经引年乞休，赐袍服一套，着以原官致仕，荫一子入监读书，地方如有关系国家利弊重大事情，仍许陈奏。"① 而吴人却对其充满鄙夷与唾弃，"乡评物论，皆不与之"②。归吴后，金之俊"营太傅第，后街曰'后乐'，前巷曰'承恩'。吴人夜榜其门曰：'后乐街前长乐老，承恩坊里负恩人。'又赠对句曰：'一二三四五六七亡八，孝弟忠信礼义廉无耻。'又云：'仕明仕闯仕清，三朝之俊杰；纵子纵孙纵仆，一代岂凡人。'"③ 还被人投匿名帖，"诋其在明居显秩，曾降流贼李自成"④。金之俊诉请两江总督郎廷佐查办。郎廷佐"令有司穷治之"，株连无辜，被降二级，金之俊亦受到朝廷的斥责，因"违例妄诉"⑤，被削太傅衔。

事实上，这位"三吴大罪人"归乡后的生活并不寂寞，各类应酬往来的人群中依然可以见到他活跃的身影，甚至一些深受其害的文人也并未断绝同他的往来。如因奏销案被革去举人功名的计东，因怀念年仅十六岁而逝的长子计准，于康熙四年（1665）在寓所旁筑思子亭，遍征诗文，其中也包含了金之俊所作之文《题计甫草思子亭》。金之俊在文中写到了自己的不幸："岁在顺治己丑，余年已望六，连殇子京郎、实郎。……不意康熙丁未冬十月，我年七十五矣，突丧我幼儿世湉。"⑥ 或许因为同遭丧子之痛，让两人有了更多的共通和共情之处。不过更大的可能是彼此之前即有所交往。金之俊是计东内叔吴骢的乡试座主，曾对其闱中之卷赞赏有加："格劲思深，寻常尺幅间饶有异境，当是力学嗜古之士"⑦，彼此关系应该不错。而计东至少居留京师期间已拜见过这位同乡前辈，并且也得到

---

① （清）金之俊：《乞休致仕疏》，《金文通疏草》卷六山中奏草，清康熙二十五年怀天堂刻本。
② 邓之诚：《清诗纪事初编（上）》，上海古籍出版社2013年版，第377页。
③ 邓之诚：《清诗纪事初编（上）》，上海古籍出版社2013年版，第377页。
④ （清）《官修八旗通志》卷一百八十九，清文渊阁四库全书本。
⑤ （清）《官修八旗通志》卷一百八十九，清文渊阁四库全书本。
⑥ （清）金之俊：《题计甫草思子亭》，《金文通公集》卷十，清康熙二十五年怀天堂刻本。
⑦ （清）金之俊：《吴羽三行稿序》，《金文通公集》文集卷二，清康熙二十五年怀天堂刻本。

了他的欣赏。金之俊所编《会墨卷》,就是在计东的帮助下完成的:"会甫草计子以两浙名隽来贡于廷,能精古今业,胸中卓然有先辈典型者,偕仲儿世濂取全闱卷,竭昼夜力卒业焉。"① 可见二人关系非常不错。金之俊回乡后,与计东曾于康熙某年在孙祚庭(字太原)的席上相见。计东在诗中将金之俊为官时与致仕后的生活做了对比:"相公朝回多清暇,焚香把卷坐其下。有时急管间娇丝,召客飞觞极欢罢。一从高卧去东山,高阁平津尽日闲。陪棋每忆花前事,扫门谁许共追攀。我看旧邸悬卿月,后堂重向渊源说。吐握依然芳树边,卿相风流同一辙。论文稽古捋长须,意气襟怀谁得如?"② 在他的眼中,金之俊的面貌不是坑尽三吴文人的罪魁,反是诗酒风流、颇有清论的致仕卿相,诗中不无阿谀奉承之语:"最是掖垣存谏草,至今清论满扶舆。指顾宣麻玉殿头,五云深处看鸣驺。苍生会待东山相,客醉车茵可复留。"③ 这与金之俊归乡后遭受的待遇截然不同,着实令人疑惑,也或许是有意避而不谈。康熙六年(1667)仲冬朔,计东与姻友宋实颖还一起拜访过金之俊,诗有"知己三秋阔"之句,知距离上次相聚已三年之久,也可见奏销案后他们的交往并不频繁。不过,久别重逢的三人,共同探讨佛典,互相切磋诗艺,且有知己之叹:"知己三秋阔,相逢道长时。津谈世外事,欣赏法王师。禅悦嘉宾款,诗评良晤侈。何须矜理学,端足傲群居。"④ 一同相聚的顺治八年(1651)举人的宋实颖,亦因奏销案而诖误,辗转江湖,不复有仕进的机会⑤,竟然也保持了与金之俊的交往。康熙元年

---

① (清)金之俊:《会墨法定本序》,《金文通公集》文集卷一,清康熙二十五年怀天堂刻本。
② (清)计东:《古藤歌孙太原祚庭席上作》,《改亭诗集》卷二,清乾隆十三年计琪读书乐园刻本。
③ (清)计东:《古藤歌孙太原祚庭席上作》,《改亭诗集》卷二,清乾隆十三年计琪读书乐园刻本。
④ (清)金之俊:《仲冬朔,宋既庭、计甫草过我,阅案头内典,因出近咏正之》,《金文通公集》诗集卷五,清康熙二十五年怀天堂刻本。
⑤ 后康熙十八年的博学鸿词科,仍以罢归,官兴化教谕终老。尤侗无不惋惜地表示:"独惜以子长、既庭之才沦落不偶,自放于荒江寂寞之滨。"尤侗:《缪歌起稿序》,《西堂杂组二集》卷二,载杨旭辉点校《尤侗集上》,上海古籍出版社2015年版,第174页。

（1662），已致仕归乡的金之俊正值古稀之年，自作《年谱韵编》以韵语叙平生遭际，特地请宋实颖为之作序。金之俊谓己"荏苒壬寅岁，正逮古稀年。犹厕黄扉籍，昼夜凛逭遭。激切吁归老，荷蒙天恩全。稠叠隆异数，古今实罕兼。抚躬还循省，益惧报称难"①。金之俊此举当是有意为之，直言"趁今腕力健，书此俟考焉。天犹假年乎，再续留后看"②，大有千秋功过留待后人评说之意。而宋实颖在此风口浪尖之际毅然为之作序，亦是令人费解。个中缘由或许在金之俊《谢宋实颖春秋秘稿序》中可以找到答案。宋实颖为金之俊《春秋秘稿》作序后，金之俊作诗答谢，隐晦地表示"蒙君爱我掩瑕疵，欲以栋梁腐草移。争奈自知恒泚笔，流年空饯汗淋漓"③。所谓"爱我掩瑕疵"当是二人仍保持往来的关键。而金之俊对宋实颖的服膺和尊敬似乎也还真诚："幼习麟经管蠡窥，南宫偶滥未探奇。惟君直洞诸经髓，尤妙全融四传岐。羽翼尼山新化笔，鼓吹文定翊昌时。自惭后学迷趋步，阐发如君真我师。"④ 值得注意的是，金之俊表达感谢的这首诗："闪电流光寒暑积，深惭耄齿尚无闻。抚今追往如临镜，妍媸状态却纷纭。"⑤ 临镜自照，"妍媸状态却纷纭"的感慨，不知是对朋友的肺腑之言，还是有意讳言的遮掩？而宋实颖和计东的宽容甚至忽略的态度，似乎可看出奏销案过后彼此的私交似乎并未受到太大的影响。

同样私交未受影响的还有时任刑部郎中的汪琬，同出一乡又同朝为官的二人应是保持了良好的私交，案发前，汪琬已寓居于金之俊宅邸，"予既寓居太傅息斋先生之第，其第逾堂而左得东厢

---

① （清）金之俊：《年谱韵编》，《金文通公集》文集卷二十一，清康熙二十五年怀天堂刻本。
② （清）金之俊：《年谱韵编》，《金文通公集》文集卷二十一，清康熙二十五年怀天堂刻本。
③ （清）金之俊：《谢宋既庭年谱序》，《金文通公集》诗集卷六，清康熙二十五年怀天堂刻本。
④ （清）金之俊：《谢宋既庭春秋秘稿序》，《金文通公集》诗集卷五，清康熙二十五年怀天堂刻本。
⑤ （清）金之俊：《谢宋既庭年谱序》，《金文通公集》文集卷六，清康熙二十五年怀天堂刻本。

三楹"①,甚至获得了充分的自由,被赋予了私自修葺的权力,"治其一辟廧,南向设几榻,为燕休之所,暇即坐卧其中,自非理文书接宾客,率不他徙,遂名之曰容安轩"②。奏销案发后,汪琬被降二级为北城兵马司指挥,时隔一年后仍未搬离金之俊住处,也并未表现出对金氏有所怪罪怨怼之态,反将之作为容身之所、避世之地,颇有满足自得之感:"今予左官司城逾一年,所矣出处语默之际,虽与靖节异道,及其退居此轩,也有图书以怡目,有酒茗以适口,从容俛仰,以视文忠见逐有司,不得已而偃息桄榔之下者,相距岂不远哉?"③然而,令人意外的是,在二人的作品中,并未有太多提及对方之处,甚至相互往来的活动都几乎未见,仅有汪琬在受友人请托作《重修报恩寺记》时提及报恩寺与金之俊的渊源,是时金之俊已去世:"康熙五年,太傅金文通公归老于家,偕其仲子侍卫君顾而叹息,促延剖石璧公主之。"④况且,二人致仕后均归吴中避世隐居,却少有往来,个中缘由不能不引人深思。

奏销案发后,与金之俊表现恰好相左的是同时在朝的官员龚鼎孳,他与金之俊一样,于鼎革之际有三仕的经历,此际却勇于出面斡旋,为江南文人发声。康熙二年(1663),龚鼎孳上呈《宽民力以裕赋税疏》,使"江南积逋三百余万"⑤得以赦免;康熙六年(1667)五月,又以兵部尚书之身进《请宽奏销疏》,"请复江南降黜绅士不下千人"⑥:"伏乞天慈念奏销事出创行,过在初犯,惩创既久,又遇诏恩,敕下该督抚通查处分诸人,如果于顺治十八年以内将原报欠数完全者,比照有司在任完粮之例,量与开复,使天下

---

① (清)汪琬:《容安轩记》,《钝翁前后类稿》,载李圣华笺校《汪琬全集笺校(二)》,人民文学出版社2010年版,第678页。
② (清)汪琬:《容安轩记》,《钝翁前后类稿》,载李圣华笺校《汪琬全集笺校(二)》,人民文学出版社2010年版,第678页。
③ (清)汪琬:《容安轩记》,《钝翁前后类稿》,载李圣华笺校《汪琬全集笺校(二)》,人民文学出版社2010年版,第678页。
④ (清)汪琬:《重修报恩寺记》,《钝翁续稿》,载李圣华笺校《汪琬全集笺校(一)》,人民文学出版社2010年版,第1494页。
⑤ (清)严正矩:《大宗伯龚端毅公传》,闵尔昌《碑传集补》卷四十四,民国十二年刊本。
⑥ (清)严正矩:《大宗伯龚端毅公传》,闵尔昌《碑传集补》卷四十四,民国十二年刊本。

晓然知朝廷之意，原以警惕冥愚，未尝绝其自新之路，庶几催科之中不失抚字，而人心感悦，民困亦以获苏矣。"① 身为南人，龚鼎孳此举无疑顶着巨大的舆论和政治压力，也确实因为包庇江南士人之嫌而颇招物议："时多訾之。公毅然曰：'以我一官赎千万人职，何不可？'"②

有意思的是，同朝为官的龚鼎孳与金之俊也颇有私交。康熙元年（1662），金氏告假南归之际，龚鼎孳有诗送之："三吴消息近如何？砧杵声中野哭过。投甌已怜游士尽，算缗徒讶赭衣多。鱼龙旧垒缘江戍，箫鼓高城横海戈。流涕慰安诸父老，主恩开府戒骊珂。"③ 诗中，龚鼎孳似乎有意提及三吴士人的情状，所谓"野哭过""游士尽""赭衣多"，道出了奏销案后江南文士的凋零沉沦之状。从诗作本身看，彼时的龚鼎孳似未将江南士人惨遭打击的罪责归咎于金之俊的认罪自保；随后所写《寿息斋太傅七十》诗，则有"萧然云月高寒意，帘阁香凝贝叶篇"④，似乎是在安慰惊慌未定的金之俊。让人怀疑金之俊在奏销案中所担负的角色，到底是出于个人的被动自保，还是来自清廷的逼迫示意，而二者之间的尺度如何，也许在阴郁迷离的历史雾霾中根本无法捕获到星星点点真相。

龚鼎孳对奏销案的关注也体现在送都谏严沆假归杭州的诗中。他希望通过严沆转致江南朋旧屏息敛迹以自保："宁辞汉殿前薪积，但祝吴天解网多。朋旧中林烦寄语，急将名姓闭烟萝。"⑤ 而这次送行，金之俊也用同题以五言、七言各作两首诗送之，但并未有只言片语提及奏销案抑或江南士人，只是对严沆能荷皇恩归乡表示艳羡：

---

① （清）龚士稚编：《龚端毅公（鼎孳）奏疏》，载《近代中国史料丛刊续编第33辑》卷四，文海出版社1976年版，第323页。
② （清）严正矩：《大宗伯龚端毅公传》，闵尔昌《碑传集补》卷四十四，民国十二年刊本。
③ （清）龚鼎孳：《送太傅息斋先生假归吴门（其二）》，《定山堂诗集》卷二十八，清康熙十五年吴兴祚刻本。
④ （清）龚鼎孳：《定山堂诗集》卷二十九，清康熙十五年吴兴祚刻本。
⑤ （清）龚鼎孳：《严颢亭都谏内擢假归武林》，《定山堂诗集》卷二十九，清康熙十五年吴兴祚刻本。

"故园春正好,况荷主恩还。抒荩丹诚著,陈情子道全。"① 严沆在奏销案中的具体表现如何,并没有资料可以说明。然从金之俊所谓"抗疏承家学,抡才表勿欺。鸿名君已集,莼脍我同思"②"漫说时清靡阙事,还资献替达枫宸"③ 可见,直言上疏是严沆的职责所在,已让他获得鸿名的,或许也包括为涉案士人鸣冤。而号称"江左三凤凰"之一的彭师度(1624—?)的《上严灏亭副宪书》或可作为侧面印证,至少他是值得信赖并且被认为是可以沟通朝廷的官员之一。耐人寻味的是,彭师度虽有自我辩白,然在同被诖误的曾羽王印象中,他却是"诡立官甲,致孙遹亦遭黜革"④,实为冒册毁人前程的小人。彭孙遹为此也曾"诘讼抚军",却无济于事,最终只得"破家问遣",而实际"所欠之粮,不及数钱"⑤。或许,彭师度是无心之失致使族人彭孙遹被牵连,故而在为自己辩白、表忠心的同时,也为同样无辜遭遇褫革的钱中谐、彭孙遹、计东、董俞等鸣冤求情,认为他们皆是可堪国家任使的通明之才,希望严沆能向朝廷陈说无辜者之冤屈:"江南奏销一案,罢斥万余。以分毫之逋欠,遭森严之重科。禁锢数年,积重难返,虽改业死亡者已多,而青年洁行、沉困里闬者,亦自不乏。进士如钱中谐、彭孙遹,孝廉如计东、董俞等,皆有通明之才,可备任使。先生能乘此机会,陈共冤而举之乎?"⑥ 严沆表现究竟如何,相关文献阙如,然就今日史籍所见,则多为江南士人之于龚鼎孳的感念和赞誉。甫中进士即因奏销之累被

---

① (清)金之俊:《送严子餐都谏给假南归》,《金文通公集》诗集卷二,清康熙二十五年怀天堂刻本。
② (清)金之俊:《送严子餐都谏给假南归》,《金文通公集》诗集卷二,清康熙二十五年怀天堂刻本。
③ (清)金之俊:《送严子餐都谏给假南归二首》,《金文通公集》诗集卷三,清康熙二十五年怀天堂刻本。
④ (清)曾羽王:《乙酉笔记》,载上海人民出版社编《清代日记汇抄》,上海人民出版社1982年版,第25页。
⑤ (清)曾羽王:《乙酉笔记》,载上海人民出版社编《清代日记汇抄》,上海人民出版社1982年版,第25页。
⑥ 谭国清主编:《历代名人书札·彭师度上严灏亭副宪书(二)》,西苑出版社2003年版,第237页。

褫革的董含说:"后大司马龚公特疏请宽奏销,有'事出创行,过在初犯'等语,天下诵之。"① 计东也谓其"照雪七闽奏销绅士","疏请蠲十五年以前逋赋,全活无算,又昭雪七闽奏销绅士,俾不锢废于盛世,又星变求言,应诏密请蠲积逋,肆赦天下。……诏请开复江南三郡万余人诖误,闻者感泣,公好生之德大矣"②。当康熙十二年(1673)龚鼎孳去世,计东悲不自禁,发出"高天知震悼,薄海共悲摧""独坐频垂涕,风尘更怆神。此身何所托?吾道失斯人"③ 等哀恸之词,足见其情之悲。遗民好友杜濬称赞龚鼎孳"人苦肠枯,公苦肠热"④,指出:"出处之道,处以为身,出以为民而已。求之当世,处以为身者,当如宣城沈耕岩先生;出以为民者,当如合肥龚芝麓先生。"⑤ 吴伟业亦赞他"唯尽心于所事,庶援手乎斯民"⑥。

另一位如彭师度一样的辩白者长洲人宋德宜则成功地完成了自救与施救。时任翰林院编修的宋德宜因名列造册,遂遭斥革,降二级调用。然与家人详核之后,宋德宜便向朝廷自诉冤情,请求复核。据继任巡抚韩世琦奏疏所言,宋德宜"名下实在户田共计一十四顷十亩一分有奇,此外并无别产。十七年应纳条银,查会计之数额,该一百九十两一钱七分,验其纳银簿票,全完之外,尚有透纳银二钱八分"⑦。实因长洲奸胥"私将纳过八十号一票完银一两失销入册,而又额外浮开银三两二钱五分零,以致朦胧误报完欠"⑧。事后,奸胥"犹敢狡称会计颁迟,妄希诿饰"⑨,"长洲县经管催征之

---

① (清)董含撰、致之校点:《三冈识略》,辽宁教育出版社2000年版,第81—82页。
② (清)计东:《寿大司马合肥龚先生序》,《甫里集》卷二,清康熙刻本。
③ (清)计东:《威县车中见月,哭龚芝麓先生四首》,《改亭诗集》卷三,清乾隆十三年计斑读书乐园刻本。
④ (清)杜濬:《序》,龚鼎孳《定山堂诗集》卷首,民国甲子龚氏瞻麓斋重校印本。
⑤ (清)杜濬:《送宋荔裳之官四川按察使序》,《变雅堂文集》卷五,清光绪二十年黄冈沈氏刻本。
⑥ (清)吴伟业:《题龚芝麓寿序》,载李学颖集评标校《吴梅村全集(中)》,上海古籍出版社1990年版,第804页。
⑦ (清)韩世琦:《宋德宜欠粮疏》,《抚吴疏草》卷八,清康熙五年刻本。
⑧ (清)韩世琦:《宋德宜欠粮疏》,《抚吴疏草》卷八,清康熙五年刻本。
⑨ (清)韩世琦:《宋德宜欠粮疏》,《抚吴疏草》卷八,清康熙五年刻本。

革职知县刘令闻，职司钱谷，任役舞文，将奏销重务，不亲加检察，疏忽之咎亦所难辞"①。户科给事中柯耸即疏言吏役侵欺捏报现象："或于正额之外妄立名色，而多派私征；或将已完之粮不登收簿，而注欠重比；或受本户嘱托而粮数飞砌隔图；或侵一人钱粮而零星散洒各户，一经册报，无不照数赔完。如不立法严惩，漏卮将何底止？即如二等侍卫臣金世渼、台臣周季琬、词臣宋德宜、叶方蔼等各疏称，照由单之数早已透完，而经承妄捏报欠。身列朝班之人，蠹书尚敢舞法作奸，以完作欠，则村野愚民受若辈之私增暗砌，不知其几矣！"②最终，宋德宜得复原官，朝廷下令："嗣后被参抗粮官员绅衿如果有情事冤抑，即赴该督抚衙门辩告。"③经手官吏如经承徐宁宇、长州知县刘令闻、苏州知府余廉征和江宁巡抚朱国治等都受到了惩处。翰林院编修叶方蔼因欠钱一厘、翰林院修撰徐元文因飞洒、二等侍卫金世渼因浮开、翰林院侍读冯源济因被冒名等原因名列造册，均有上疏辩白。朝廷明知其无辜被冤，仍持"轩冕与杂犯同科，千金与一毫等罚"④的原则，予以降级处分，可见打压江南士人之决心，然又同罪异罚，对欠粮绅户的处罚明显轻于衿户。当然，也是因宋德宜等人的上疏陈奏，促使造成冒开错误的经手官吏都受到了惩处，进而使江南士人有了喘息之机。后来，屡受拔擢、终入内阁的宋德宜，始终关注江南赋税的问题。康熙十一年（1672），当康熙问及江南逋赋之田，宋德宜极言苏、松赋重，民生困苦："江南多荒版田，册载虚名，实无租入可供国课，非尽官吏中饱。"⑤最终，苏、松四府得免一半钱粮。

还有一位成功实现自救的幸运者则是徐元文，不过耗时达四年之久。案发时，徐元文甫任翰林院修撰，名列朱国治所呈逋赋册中，按例应被降二级为銮仪卫经历。徐元文为证清白，特乞假回乡亲自

---

① （清）韩世琦：《宋德宜欠粮疏》，《抚吴疏草》卷八，清康熙五年刻本。
② 章开沅：《清通鉴（顺治朝/康熙朝）》，岳麓书社2000年版，第502页。
③ （清）韩世琦：《题明凌擂疏》，《抚吴疏草》卷三，清康熙五年刻本。
④ （清）董含：《三冈识略》，辽宁教育出版社2000年版，第81页。
⑤ （清）徐乾学：《宋文恪公行状》，《憺园文集》卷三十三，清康熙刻冠山堂印本。

调查原委。经过韩世琦多方审讯查明，徐元文在昆山田地仅六顷三十四亩七分零，应纳条银八十七两四钱四分六厘，早被家属徐庆于奏销前如数交足，甚至还多缴纳了八钱四厘。至于他缘何会出现在造册之中，则是被希图避役者冒名所致，且不止一人：被同乡非同族的书役徐调"移改额赋，并将己田三十六亩飞洒徐庆户内，致悬欠额"①；又被长洲县奸衿王树滋将田一百九十亩"诡立徐邦户名，擅注修撰职衔，挂欠条银七两一钱六分"②；还被僧人明夏将田六十亩"冒立元文乡榜原名，后以前田暂抵窑户曹君章之瓦价，完粮则仍旧，户章亦因循未改。乃缘戴田多孤，故亦虚悬尾欠，以致元文奏销罣议"③。徐元文"具词控县拘询"④，不仅洗刷了自身冤屈，使冒名之人被治罪，还使得涉案官员被调查问训：前任巡抚朱国治，长洲县知县周仲达、王任，昆山县知县王见龙，长洲县知县刘令闻等"册报蒙混之各官历疏参奏，业准户、刑二部复核，奉旨发落"⑤。这场自救之行历时四年之久才真正达成，方得旨复原官，补内国史院修撰。这场打击虽以沉冤昭雪告终，但给徐元文身心带来了不小的打击。他在左官后的诗中陈说含冤欠逋赋之累："负郭曾无田百亩，逋租还有累千端。杨雄椠为耽奇拙，晏子裘于向晚寒。"⑥委屈灰心之余不禁起了归隐之意："自笑生涯常是客，由来吏隐不论官。葺茅莫就灵氛卜，且许枫江问钓滩。"⑦可见奏销一案给他带来的摧折。

在计东的记忆中，时任刑科都给事中的王命岳亦是施以援手的

---

① （清）韩世琦：《覆徐调等冒立徐元文户名欠粮疏》，《抚吴疏草》卷二十一，清康熙五年刻本。
② （清）韩世琦：《覆徐调等冒立徐元文户名欠粮疏》，《抚吴疏草》卷二十一，清康熙五年刻本。
③ （清）韩世琦：《覆徐调等冒立徐元文户名欠粮疏》，《抚吴疏草》卷二十一，清康熙五年刻本。
④ （清）韩世琦：《覆徐元文一案各官口供疏》，《抚吴疏草》卷五十，清康熙五年刻本。
⑤ （清）韩世琦：《请提周仲达等疏》，《抚吴疏草》卷三十一，清康熙五年刻本。
⑥ （清）徐元文：《左官后作二首》，《含经堂集》卷一，清刻本。
⑦ （清）徐元文：《左官后作二首》，《含经堂集》卷一，清刻本。

朝中官员："先生曾拜疏为江南绅士十七年违误一案昭雪。"① 王命岳自幼受知于黄道周，与计东有同门之谊。其施救或者是出于职责所在，这从韩世琦《抚吴疏草》即可以看出其所奏疏言的大致内容，是针对实际情况且切中要害的："由单旧例每年冬季户部订定，俱于春前颁发。今江南、苏州等处十八年由单至十二月朔日该府尚未给，十七年由单至十八年七八月间始发有司催征，创为约征名色，使绅民无所适从，以致拖欠被参。"② 按规定，"由单"是户部每年仲春前发布的百姓应缴钱粮赋税名目的凭证，而江南各府迟误"由单"发放是导致士民未能照数完纳的重要原因③。韩世琦辩称："臣自履任以来，首严申饬，务遵定限颁布，毋容后时。惟是苏、松、常三府有白粮一项，自顺治六年迄今，每岁奉文半折由单，相沿改刊，但改折之文行在九月，则改刊亦应在十月即为料理，十一月通行颁布。夫何各属积习疲玩，每致愆期，致科臣有催科全凭由单之疏。"④ 最后，朝廷"按迟报月分司、道、府、州、县等官并经承吏胥分别降罚拟罪，通行在案"⑤。据此可知，牵连如此之广的奏销案实是在多方因素的催发下酿成的。王命岳这一造福于江南士人的举动，或许作用甚微，却彰显出其一贯关心国事民生的拳拳之心，深为时人感佩。他"抗疏言事，不避忌讳，引古援今，精炼痛切，海

---

① （清）计东：《哭王耻古都谏二首》，《改亭诗集》卷五，清乾隆十三年计璸读书乐园刻本。
② （清）韩世琦：《覆苏松常三府属顺治十七十八年分由单疏》，《抚吴疏草》卷十七，清康熙五年刻本。
③ 经查，江南各府迟误日期：顺治十七年在朱国治治下，苏州府违限一个月十六日，松江府违限一个月三日，常州违限为最，具体时间未详；顺治十八年在韩世琦治下，苏州府违限四日，松江府违限十三日，常州府违限二十日。顺治十八年分续征由单：苏州府迟误二个月，松江府迟误十七日，常州府迟误八个月二十五日。参见（清）韩世琦《覆苏松常三府属顺治十七十八年分由单疏》，《抚吴疏草》卷十七，清康熙五年刻本。
④ （清）韩世琦：《覆苏松常三府属顺治十七十八年分由单疏》，《抚吴疏草》卷十七，清康熙五年刻本。
⑤ 经管藩司则左布政使徐为卿，而经承为刘嘉栋也。府官则江宁府原管知府徐恭，接催知府张羽明，经承则朱冠益也；苏州府原管知府余廉征，接管知府武弘祖，经承则苏御天也；松江府原管知府刘洪宗，接管知府郭廷弼，经承则谢诛云也；常州府原管知府赵琪，经承则倪绅也；镇江府原管知府刘进礼，接管知府孔贞来，经承则邹继望也；若道官则江宁道参政武攀龙，苏松道副使孙丕承，常镇道参政陈彩也。参见（清）韩世琦《抚吴疏草·覆康熙元年由单迟误职名疏》卷十四，清康熙五年刻本。

内传诵"①，周亮工即有言："平时念动皆军国，半夜香焚听鬼神。"②王士禛则挽言："封事堂堂在，风霜字字新。可怜天下任，无复见斯人。"③ 而计东也以诗歌表达了江南士人的心声："青蒲碧血淋漓在，白日丹心想象孤。更有十千沦落士，感恩封事哭穷途。"④ 如是，康熙七年（1668）王命岳的病逝，让计东有失去同道知己之痛："君既游仙予坐废，夜台尊酒共谁亲？"⑤

隔着历史烟尘，如今已难以看清这场案件中每一个个体的真切面目。但透过以上施救与自救者的行事、心迹，仍可以感受到面对灾难时江南士人的向心力和凝聚力。有的人尽力甚微，然仍使陷入绝境者的痛苦得以缓解，有了转圜的余地与可能。如常州府学教授郭士璟洞察先机，见朱国治疏造册重处逋欠者，遂"夜扣府听事，挝其鼓请见太守，请按三日不发，旦即榜示通衢，许以三日内补输，数百人无不保全者"⑥。凤阳司理黄贞麟甫闻诸生彼逮，便向县令陈言："彼逋赋者皆未验其实，忍令僵死于狱乎？"⑦ "及讯，则或舞文吏妄为注名，或误报，或续完，悉得原而释之。"⑧ 嘉定的绅衿欠仍有8000余两未完，因"人户已绝，无从追索，抚臣仍欲械送，道臣王公及好义乡绅，各捐金补偿，乃止"⑨。面对浩劫来临时的困境能以无畏的勇气和毅力施以援手，尤能考验苦难中的人性与文明。如涉案绅衿中有三千余人被镣铐加身，押解至刑部候审，仅吴中便有数百人之多，如吴伟业、王昊、王揆、韩菼、黄与坚、王瑞国等。

---

① （清）周硕勋：《（乾隆）潮州府志》卷四十二，清光绪十九年重刊本。
② （清）周亮工：《雨露美王公也》，《赖古堂集》卷十，载朱天曙编校《周亮工全集（一）》，凤凰出版社2008年版，第451页。
③ （清）王士禛：《哭耻古都谏二首》，《渔洋诗集》卷二十，载《王士禛全集（一）》，齐鲁书社2007年版，第454页。
④ （清）计东：《哭王耻古都谏二首》，《改亭诗集》卷五，清乾隆十三年计瑛读书乐园刻本。
⑤ （清）计东：《哭王耻古都谏二首》，《改亭诗集》卷五，清乾隆十三年计瑛读书乐园刻本。
⑥ （清）张云章：《奉直大夫工部屯田司主事郭公墓志铭》，《朴村文集》卷十四，清康熙华希闵等刻本。
⑦ （清）张英：《张英全书（上）》，安徽大学出版社2013年版，第466—467页。
⑧ （清）张英：《张英全书（上）》，安徽大学出版社2013年版，第467页。
⑨ （清）佚名：《研堂见闻杂记》，载《台湾文献史料丛刊（五）》，台湾大通书局1987年版，第50页。

诸人惨状难以言说："昨见吴门诸君子被逮过毗陵，皆银铛手桔拳，徒步赤日黄尘中，念之令人惊悸，此曹不疲死亦道渴死耳。""书生以逋赋笞辱，都成常事。"① 幸得"吾郡顾（兼山）贽、顾（松文）予咸、沈（韩倬）世奕辈，极力营斡，遂得免解"②，走至常州被中道放还："洒然如镬汤炽火中一尺甘露雨也。"③ 施救者顾贽、顾予咸、沈世奕、杨廷鉴等都是吴中名士，其中的顾予咸以考功员外郎的身份辞病归乡，在哭庙案中幸免又在奏销案中被落职，杨廷鉴则是后来详细记述这段历史的邵长蘅表兄，二人亦涉奏销被革诸生籍。彼时的江南还有很多良心未泯者"多不肯为县令，往往自请改教职以就闲散，其能为县令者，则邵青门之所谓'乳虎'而已"④。"而江宁独免者，因太守（徐恭）知功令之严，尽数报足而后催征，故不及难"⑤。事实上，这些手无寸铁者皆未有能力阻止灾祸的发生，甚至也未能使受难者摆脱惩处、缓解危局，却体现了江南问题出现的原因，以及成为问题的关键所在。

二 生存视域下士风、士行的转变

奏销案对江南文人的打击无疑是巨大而深远的。他们或被降谪官职，或被褫革功名，甚至不得再参加科举考试，就此失去进身之阶，江南世家大族因此而家道衰落者也不在少数，也因此导致他们经济地位的下降而失去话语权。影响更为深远的是，在生存环境日益逼仄狭窄的空间下，士行悄然发生改变，进而影响士风，大抵是"士风之升降也，不知始自何人。大约一二人唱之，众从而和之。和之者众，遂成风俗，不可猝变。追其变也，亦始于一二人而成于众

---

① （清）邵长蘅：《与杨静山表兄》，《青门簏稿》卷十一，《邵子湘全集》，《清代诗文集汇编》第 145 册。

② （清）佚名：《研堂见闻杂记》，载《台湾文献史料丛刊（五）》，台湾大通书局 1987 年版，第 53 页。

③ （清）邵长蘅：《与杨静山表兄》，《青门簏稿》卷十一，《邵子湘全集》，《清代诗文集汇编》第 145 册。

④ 孟森：《心史丛刊》，辽宁教育出版社 1998 年版，第 12 页。

⑤ （清）叶梦珠撰，来新夏点校：《阅世编》卷六，上海古籍出版社 1981 年版，第 137 页。

和。方其始也，人犹异之，及其成也，群相习于其中，油油而不自觉矣"①。士风、士行的转变使得士人整体由自信张扬转为低沉内敛，甚而集体失语，道德感、社会责任感日益丧失。这种转变恐是统治者和士人都不愿见到又确然发生的。

"庠序一空"，士人失去进身之阶。奏销案后，全国其他省份涉案的乡绅后多被赦免并恢复头衔，"又各省奏销，如山东举人张景灿等、福建举人张瑞俊等、陕西贡生张焯等，及广东、浙江等处绅衿，俱蒙免议，此皇恩之宽宥于他省者然也"②。然江南四府一县"独以抗粮名目，摈遗圣世"③，未能得到朝廷的宽恕，致使"两江士绅得全者几无"④，2171名乡绅和11346名生员被黜革降调，"而江南官、儒永行禁锢"⑤，这样的惩处不可谓不酷烈。康熙八年（1669），江南绅衿也曾向奉旨巡历沿海的总督麻勒吉具呈申诉，"麻公恻然有怜才之意，批候详抚会题，郡守张公升衢备文详请，疏上反致部驳，自是不敢复诉"⑥。这样的惩罚持续了十余年之久，直至康熙十四年（1675），为缓解三藩之乱带来的军饷紧缺问题，清廷遂广开事例："奏销案中绅衿无别案被黜者，许纳银开复。原系职官，照品级纳银，自五百两至六千两不等。又进士纳银一千五百两，举人纳银八百两，监生纳银二百两，生员纳银百二十两，俱准开复。"⑦但实际捐钱开复者却少之又少，历经十五年之久，已是壮者衰而强者老，早已丧失了进身之志，且物力少艰，纵使"事例广开，有力者皆捐纳得官，不藉科目，不援资格，即由太学中式者，往往掇巍科鼎甲。故乡绅于百中尚纳一二，进士、举人于十中尚纳二三，至贡、监、生员纳者则千中不过一二人矣"⑧。除了被褫革、降调的绅衿，江南

---

① （清）叶梦珠撰，来新夏点校：《阅世编》卷四，上海古籍出版社1981年版，第83页。
② （清）叶梦珠撰，来新夏点校：《阅世编》卷六，上海古籍出版社1981年版，第142页。
③ （清）叶梦珠撰，来新夏点校：《阅世编》卷六，上海古籍出版社1981年版，第142页。
④ （清）周寿昌撰，李军政标点：《思益堂日札》，岳麓书社1985年版，第76页。
⑤ （清）叶梦珠撰，来新夏点校：《阅世编》卷六，上海古籍出版社1981年版，第141页。
⑥ （清）叶梦珠撰，来新夏点校：《阅世编》卷六，上海古籍出版社1981年版，第138页。
⑦ （清）叶梦珠撰，来新夏点校：《阅世编》卷六，上海古籍出版社1981年版，第138页。
⑧ （清）叶梦珠撰，来新夏点校：《阅世编》卷六，上海古籍出版社1981年版，第138页。

各府县也出现了"仕籍、学校为之一空"①的现象，各地未被牵连者所剩无几。如仅松江一府便有两千余人诖罪，其中上海一县仅有二十八名生员幸免。常州"自缙绅先生多陷密网，士子有至空庠者，常之士数百人皆诖籍中"②。"常熟一县，计七百余人，宫墙为之一空"③。统计显示，明代一府五学，有生员三千余人，而奏销案后每学仅有六七十人，甚至二三十人，缩减十倍不止。明代一县每科的生员名额便有六七十名，奏销案后已缩减至大县四名、中县三名、小县二名。顺治十八年（1661）冬的岁试中，"所存在册与试者每学多者不过六七十人，少者二三十人，如嘉定学不过数人而已"④。学臣胡在恪唱名之时亦为之堕泪，叹息"江南英俊，销铄殆尽"⑤。自康熙元年（1662）至六年（1667），江南童子入泮极难，一直被禁行童子试，致使"学子丧气，甚者改业，每逢县试，不过二三百人耳。……驯至十八年奏销而后，学校几空，遂有今年补廪而明年即贡，年未二十而登岁荐者，贡之易，从来未有也。府学廪缺至三十余名，县学缺至十七八名，岁、科一等之末而亦得递补者，廪之易，亦从来所未有也"⑥。奏销案后所带来的次生灾难对以科第作为进身之阶的江南士大夫来说，打击无疑是毁灭性的。

绅衿纷纷被逼输家析产甚而破产以偿逋赋，经济、政治地位下降。涉案江南绅衿尤其那些田产大户，大多以田为累，"道路之人，惟见愁眉百结，求死不能；而田连阡亩之家，其惨尤甚"⑦，一旦欠粮在册，即被黜革提问，身家立破，不得不析产甚至破产，方可偿

---

① （清）董含：《江南奏销之祸》，载董含撰，致之校点《三冈识略》卷四，辽宁教育出版社 2000 年版，第 81 页。
② （清）张云章：《奉直大夫工部屯田司主事郭公墓志铭》，《朴村文集》卷十四，清康熙华希闵等刻本。
③ （清）钱泳：《欠粮》，《履园丛话》卷一，清道光十八年述德堂刻本。
④ （清）叶梦珠撰，来新夏点校：《阅世编》卷一，上海古籍出版社 1981 年版，第 26 页。
⑤ （清）叶梦珠撰，来新夏点校：《阅世编》卷一，上海古籍出版社 1981 年版，第 27 页。
⑥ （清）叶梦珠撰，来新夏点校：《阅世编》卷一，上海古籍出版社 1981 年版，第 27、30 页。
⑦ （清）曾羽王：《乙酉笔记》，载上海人民出版社编《清代日记汇抄》，上海人民出版社 1982 年版，第 25 页。

清逋赋以自保,"富厚之家踊跃急公,输将恐后"①,"自是而后,官乘大创之后,十年并征,人当风鹤之余,输将恐后,变产莫售,黠术□□。或一日而应数限,或一人而对数官,应在此失在彼,押吏势同狼虎,士子不异俘囚"②。一些无力偿还者不得不选择营债一途,即军营中一种高利贷款,无异于抱薪救火:"时惟有营债一途,每月利息加二加三,稍迟一日,则利上又复起利。有雷钱、月钱诸名,大都借银十两加除折利,到手实止九两,估足纹银不过八两几钱,完串七两有零。而一时不能应限,则衙门使用费已去过半,即其所存完串无几,而一月之后,营兵追索,引类呼群,百亩之产,举家中日用器皿、房屋、人口而籍没之,尚不足以清理,鞭笞絷缚,窘急万状,明知其害,急不择焉。故当日多弃田而逃者,以得脱为乐,赋税之惨,未有甚于此时者也。"③ 以上海县为例,知县涂贽"征粮甚迫,比较严切,百姓无措,多借营债,情愿加二利息,如过期还有小利,稍不如法,拿到家去吊打,惨状万千,顷刻几倍,破家者甚多。"④ 华亭人曾羽王本已无亏欠,却被任意飞派欠银八两,"勒令输库,官串竟置不问"⑤。百般无措的他也曾打算不计利息轻重借营债偿债,幸得在顺治十八年甫中进士的叶映榴相助,"慨借纹银六两,得免于辱"⑥。其他未如他幸运的士绅则是饱受皂隶、官府的威逼羞辱之苦:"刑尊追比之酷,凡明经、武举、子衿,日受鞭扑。皂隶之横,无异官府。一任册书总房,上下其手,未完者行贿作免,已完者即有官串,虽哭诉当道,但云前人故纸也,何得作准?或即收监,或受鞭责,否则竟责原差。其费更为不等,贫儒以册规为膏火,至此甘受赔补。问之业户,其田或展转相售,即欲其代偿,

---

① (清)许治等修纂:《风俗》,《乾隆元和县志》卷十,乾隆二十六年刻本。
② (清)叶梦珠撰,来新夏点校:《阅世编》卷六,上海古籍出版社1981年版,第137页。
③ (清)叶梦珠撰,来新夏点校:《阅世编》卷六,上海古籍出版社1981年版,第137页。
④ (清)姚廷遴:《历年记》,载上海人民出版社编《清代日记汇抄》,上海人民出版社1982年版,第83页。
⑤ (清)曾羽王:《乙酉笔记》,载上海人民出版社编《清代日记汇抄》,上海人民出版社1982年版,第33页。
⑥ (清)曾羽王:《乙酉笔记》,载上海人民出版社编《清代日记汇抄》,上海人民出版社1982年版,第33—34页。

亦不可得也。"① 彼时官府追逼严酷无餍、缙绅不堪其苦的情状在太仓乡绅王时敏笔下也可略见一二："迨陵谷迁改，世事推移，诛求之乌钞难堪，胥吏之狼攫无餍，驯至衿捉肘露，叠耻囊羞。而迩年赋敛促数，加派烦苛，款项多端，纷淆孰辨。且新令锲急，如烈火峭涧，犯之立糜，田为祸媒，莫甚今日。是以富室相戒，寸壤不收，负郭膏腴，贬价莫售。鬻田之路既塞，易银之道愈穷。比限频临，追呼叠至。"②

王时敏为明朝首辅王锡爵之孙，此一王氏乃太仓最为鼎盛的望族，"娄东鼎盛，无如琅琊、太原"③即是指此。由明入清时王家田产约有五千五百亩，实属江南居上之富者。入清后，因赋税征收、灾荒、物价骤降、家族开销庞大等因素，至顺治十八年（1661），仅余三千亩。奏销案发，王时敏惊魂难定、梦寐不安，因欠逋赋，两个儿子进士王揆、生员王扶均被革除功名，又因无力完赋，不得不析产于九子，分田任赋。在《分田完赋志》中，他陈说田赋之累："顾此日田之为累，夫人知之。世俗之老而传者，大都籯金棱锪，贻其子以富乐。吾独计土任赋，贻之以累，实于心有戚戚然。况田非饶美，岁有丰凶，万一年谷不登，赋调繁重，则赔贩之苦，更有不可胜言者。"④纵使如王家这样数代富庶的大户也是百般周营，才得免予提解，其他缙绅之家的境遇恐是更为艰难。纵使应对还算及时得当，王时敏一家也是仓皇惊惧之心与穷愁困窘之状时时萦绕："每当签票交驰，不免仓惶四应，顾瞻戚党，称贷无门，搜索空囊，典质无物，自维风烛残息，日夕忧煎，犹涸辙之鱼，寒号之鸟，顾生不能，求死不得，其苦殆难以言喻也。"⑤"既苦于不了之婚嫁，又不堪无艺之诛求，皮尽髓枯，徒存空质，不得已而弃产偿逋。"⑥失

---

① （清）曾羽王：《乙酉笔记》，载上海人民出版社编《清代日记汇抄》，上海人民出版社1982年版，第34页。
② （清）王时敏：《遗训·分田完赋志》，《王烟客先生集》，《清代诗文集汇编》第7册。
③ （清）佚名：《研堂见闻杂记》，载《台湾文献史料丛刊（五）》，台湾大通书局1987年版，第53页。
④ （清）王时敏：《遗训·分田完赋志》，《王烟客先生集》，《清代诗文集汇编》第7册。
⑤ （清）王时敏：《遗训·分田完赋志》，《王烟客先生集》，《清代诗文集汇编》第7册。
⑥ （清）王时敏：《遗训·自述》，《王烟客先生集》，《清代诗文集汇编》第7册。

去了作为乡绅的特权，王时敏一家时常受到官府滋扰欺压，乃至家仆的轻视不驯。直至康熙九年（1670），王时敏仍怀着惊惧不安的心情撰下《家训》，告诫子孙以早完国课为首要之义，"方今田赋，功令最急。苟有逋悬，祸亦最重，此天下皆然，而江南为甚。吾家清白之遗，家无长物，各房析箸时，惟分授田亩，贻之以累。当此春月开征，先期赔垫，鬻田路绝，无贷无门，且头绪多端，以赤手四应，剜肉医疮，良为剧苦。然既有田在籍，虽膏枯髓竭，催科自难宽免，输将岂容暂延。宜主人与管数家人时刻提心在口，殚思虑以筹画，焦唇舌以督催，捃拾经营，陆续投纳。完过随索印票总册，照数填明，庶可杜移易飞洒之弊"①。王时敏这样在精神上的恐慌忧惧，可谓彼时江南士大夫遭受奏销打击后的普遍心理。

无独有偶，吴江松陵大族吴晋锡一家也是在忧惧交加中度日。吴晋锡一家因受第三子吴兆骞在顺治十四年（1657）的科场案牵连被押解于京师，终于在康熙十八年（1679）的正月遇赦，得以举家南还。却又赶上长子吴兆宽"以逋赋除名，不得就试有司"②，在已为吴兆骞一案倾尽家产的情况下，吴晋锡一家既要为吴兆骞"谋接济之事"③，又不得不四处筹措吴兆宽所欠官府钱粮。远在塞外的吴兆骞也是忧愤难耐，惦念家中情形，自责不已，致书宽慰老父："不知家中又作何举动，作何光景，想俱是儿前生罪业，故受此苦报，念头到此，惟皈依三宝一着而已。吾家当破巢之后，人情凉薄，此不待言，父亲当勿介意。"④ 在此种焦灼的情况下，吴晋锡之妻杜氏忧惧而卒，吴晋锡也于次年七月初八日忧愤成疾而逝，"中丞没，而家益落"⑤。弥留之际的吴晋锡嘱咐儿子将自己的铭旌刻为"前进士

---

① （清）王时敏：《遗训·家训》，《王烟客先生集》，《清代诗文集汇编》第 7 册。
② （清）吴兆宽：《爱吾庐诗稿》卷首，清刻本，哈佛大学汉和图书馆藏。
③ （清）吴兆骞：《家书第七》，载（清）吴兆骞、戴梓《秋笳集·归来草堂尺牍·耕烟草堂诗钞》，黑龙江大学出版社 2010 年版，第 249 页。
④ （清）吴兆骞：《家书第七》，载（清）吴兆骞、戴梓《秋笳集·归来草堂尺牍·耕烟草堂诗钞》，黑龙江大学出版社 2010 年版，第 249 页。
⑤ （清）吴兆宽：《爱吾庐诗稿》卷首，清刻本，哈佛大学汉和图书馆藏。

某人之墓"①，眷怀故国之情溢于言表，可见新朝对他乃至儿孙的一系列打击与迫害，使他至死也未对之给予接纳和认同。计东因与吴兆宽结为姻亲，遂被牵累褫革举人功名。因与吴家父子数十年的交谊，虽被牵累，计东仍慷慨解囊帮扶吴家，"复缘奏销累君割产以偿，君让还其半"②。经此一事，计氏和吴氏家族都家道衰落，不复往日光景。

奏销案后的江南，甚至出现了元朝时富人的境况，"往往以田为累，委契于路，伺行人拾取"③，"以田自送于人，复以银找足其费，即求每亩五分，亦不可得"④。常州生员邵长蘅被黜革功名后，仍心有余悸，急将祖产送人，甚至将田产得以脱手视为幸事，"未几，里诸生十余人，以多田赋逋，伍伯累累絷颈去，被箠笞荷校府门，至有毕命者"⑤，乡人始识其先见之智。经此打击，邵长蘅在给表兄杨廷鉴的信中剖白心迹，直言自己为保有读书人的尊严、免遭笞辱破产以偿亦在所不惜："先人贻薄田八百余亩，一月间为某斥卖过半，然不名一钱，只白送与人耳。……窃见两年来，新法如秋荼凝脂，县令如乳虎，隶卒如狮犬，书生以逋赋笞辱，都成常事。某实不忍以父母遗躯受县卒挤曳入讼庭，俛酷吏裸体受杖，乃愤而出此，为纾祸计耳。然缘此得家累渐轻，故吾亡恙。"⑥松江顾氏一族"自佐山兄弟参政起家，传子光禄丞清宇正心，增其式廓，助义田以赡役，赐甲第，辟名园。万历中，又以赈荒高义，赐官光禄，亦一时之盛。崇祯末，家仅一孝廉暗生胤光，而故业余风，犹宛然不改。至顺治中，子孙以逋赋累万，驯致毁家。康熙初，遗业荡然无存矣"⑦。其他如崇祯朝相国钱龙锡家族"子孙以逋赋毁家，闻之流离实甚"⑧；

---

① （清）韩菼：《燕勒吴公墓志铭》，吴安国纂修《吴氏族谱》卷十一，清乾隆四十一年刻本。
② （清）尤侗：《传》，计东《改亭文集》卷首，清乾隆十三年计璸读书乐园刻本。
③ 孟森：《心史丛刊》，辽宁教育出版社1998年版，第11页。
④ （清）曾羽王：《乙酉笔记》，载上海人民出版社编《清代日记汇抄》，上海人民出版社1982年版，第33页。
⑤ 孟森：《心史丛刊》，辽宁教育出版社1998年版，第12页。
⑥ （清）邵长蘅：《与杨静山表兄第二书》，《青门簏稿》卷十一，《邵子湘全集》，《清代诗文集汇编》第145册。
⑦ （清）叶梦珠撰，来新夏点校：《阅世编》卷五，上海古籍出版社1981年版，第116页。
⑧ （清）叶梦珠撰，来新夏点校：《阅世编》卷五，上海古籍出版社1981年版，第117页。

"新场储鼎芳,有田三千亩,以欠粮监比;陆方中,田有数千,弃家远遁。类此指不胜屈。时有以田为累,亩值银四五钱。尚无售者"①。可以说,奏销案是江南文化世家、望族衰落消亡过程中重要的一环,其对江南士大夫所造成的冲击是持久而深远的。仅以计东及其友人为例,其中吴江计东家族,乃至其诸多友人家族如太仓吴伟业家族、王时敏家族,长洲汪琬家族、宋德宜家族、宋实颖家族,吴江吴晋锡家族、吴骥家族,常州邵长蘅家族等纷纷被网罗在内,"额课虽完,例必褫革,视原欠之多寡,责几十、枷几月,以为等杀"②。在这场案件中,他们不仅失去田产,经济地位下降,更被剥夺了作为缙绅的种种优待、读书人的尊严,乃至前途功名尽毁。

士风由张扬外放转为低沉内敛,士人集体失语,丧失道德感、社会责任感。经历奏销案打击后,江南士人之士风与晚明以来已迥然相异,诚如奏销案亲历者董含所发感叹:"风俗之日趋于下也,犹江湖之流而不返也,然未有甚于今日者。"③ 晚明以来,士大夫之风清朗有节,好持清议、敦气节、重名义,"善善同清,恶恶同浊,有东汉党锢诸贤之风,其小人亦慷慨慕义,公正发愤,然或时捍法网"④,甚至指摘政事,上书言事:"往时缙绅公会雅集,团坐一处,讲求时事得失,咨询地方利弊,凡衙门积蠹大恶,皆耳而目之,谒当事,侃侃指陈,或公函条议,当事虚心采纳,以故上下之情通,而梓里蒙福,蠹恶亦有所畏惮。"⑤ 而"燥竞""气矜""气躁""气激"也是士风的另一种表现,赵园先生认为以"戾气"概括有明一

---

① 王镜蓉、袁希洛修,储学洙纂:《遗事》,《(民国)二区旧五团乡志》卷十八,《上海乡镇旧志丛书》第14册,第157页。
② (清)佚名:《研堂见闻杂记》,载《台湾文献史料丛刊(五)》,台湾大通书局1987年版,第50页。
③ (清)董含:《三吴风俗十六则》,载董含撰,致之校点《三冈识略》卷十,辽宁教育出版社2000年版,第223页。
④ (清)许治等修纂:《风俗》,《乾隆元和县志》卷十,乾隆二十六年刻本。
⑤ (清)陆文衡:《风俗》,《啬庵随笔》卷四,清光绪二十三年吴江陆同寿刻本。

代乃至晚明的士风有一定的准确性。① 士之气盛，甚至能干预地方政事，左右官长任留，"至近日吴越间地方长吏，稍不如意，辄以恶语谇之"②。崇祯七年（1634），复社领袖张溥与苏州府推官周之夔相龃龉，生员附之，张贴檄文迫使周之夔离职改任为吴江知县。崇祯十五年（1642），又有无锡生员因钱粮未能及时发放遂哄起驱逐县令之事。朝廷亦不加追罚，士风之张扬气激如此，甚至上官亦畏而敬之："近日风俗愈浇，健儿之能哗伍者，青衿之能卷堂者，山人之能骂坐者，则上官即畏而奉之如骄子矣。"③ 计东的恩师刘宗周曾对这种风气予以批评："江南冠盖辐辏之地，无一事无衿绅孝廉把持，无一时无衿绅孝廉嘱托，有司惟力是视，有钱者生。且亦有衅起琐裦，而两造动至费不赀以乞居间之牍，至转辗更番求胜，皆不破家不已。甚之或径行贿于问官，或假抽丰于乡客，动盈千百，日新月盛。官府之不法，未有甚于此者也。"④ 顺治十八年的哭庙案即是这种风气的余习，吴县诸生以哭庙为名讨檄不法官长任维初，抗纳欠粮，进而爆发了奏销案。而"哭庙"之行一直是"吴中故习，诸生事不得直，即作卷堂文，以儒冠裂之夫子庙庭"⑤。晚明余习在顺治年间仍有留存，然经过几次大案的摧折、威压，江南士人已风声鹤唳，"杜门扫轨，兢兢自守，与地方官吏不轻通谒，或间相见，备宾主之礼以去。学宫士子多读书自好，鲜履讼庭"⑥。尤其奏销案后，"三吴人文，甲于远近，家弦户诵，不必世家。迩来征徭之害，遍及横经，郡邑下僚，皆得而辱之，鞭挞缧绁，与奴隶无异。诗书礼义之风荡然矣"⑦。陆文衡直言，士人"好持公论，见官府有贪残不法

---

① 参见赵园《明清之际士大夫研究 士风与士论》，北京师范大学出版社2014年版，第1页。
② （明）沈德符：《历代笔记小说大观·万历野获编》，上海古籍出版社2012年版，第563页。
③ （明）沈德符：《历代笔记小说大观·万历野获编》，上海古籍出版社2012年版，第492页。
④ （明）刘宗周著，丁晓强点校：《刘宗周全集》第4册，浙江古籍出版社2012年版，第185页。
⑤ （清）钱思元、孙珮辑，朱琴点校：《吴门补乘——苏州织造局志》，上海古籍出版社2015年版，第477页。
⑥ （清）许治等修纂：《风俗》，《乾隆元和县志》卷十，乾隆二十六年刻本。
⑦ （清）董含：《三吴风俗十六则》，载董含撰，致之校点《三冈识略》卷十，辽宁教育出版社2000年版，第224页。

者，即集众倡言，为孚号扬庭之举，上台亦往往采纳其言"的情景已是"前明故事也，今非其时也"①。经历奏销案打击后，江南士人"半归废斥，大都以名义自处，虽登两榜、官禁林者，卒安贫困守，或出入徒步，不自矜炫"，其社会地位亦大大下降，"里巷狡猾不逞之徒见绅士无所畏避，因凌轹之，绅士亦俛首焉。又风俗之一变也"②。而士人也收息行迹，转为内敛自束："前辈两榜乡绅，出入必乘大轿，有门下皂隶跟随，轿伞夫五名俱穿红背心，首戴红毡笠，一如现任官体统。乙榜未仕者，则乘肩舆。贡、监、生员新贵拜客亦然。平日则否，惟遇雨天暑日，则必有从者为张盖，盖用锡顶，异于平民也。今则缙绅、举、贡，概用肩舆，士子暑不张盖，雨则自擎，在贫儒可免仆从之费，较昔似便，然而体统则荡然矣。"③"康熙以来，科第甚盛，士大夫当官多清正自守，居乡不事干谒，屏衣服舆从之饰，引掖后进，唯恐不及。"④

据计东所言，老友汪琬"性情急，不能容物，意所不可，虽百贲育不能掩其口"⑤，如有不和，动辄"跃起大骂""操戈以攻前辈"⑥，一生中与钱谦益、叶燮、归庄、阎若璩等人交恶。奏销案起，汪琬以刑部郎中职降二级为北城兵马司指挥。计东所作《钝翁生圹志》中记述了汪琬由刚直张扬转为低调内敛的过程："累官至刑部郎中，以诖误镌秩补司城，刚直不畏强御，多惠政，都人至今思之。再进户部，用才能出，视西新关仓，人人皆以清要待翁。翁独移疾乞归，卜居城之西郭及尧峰之麓，葬其两先人，益读书著述于其旁。当道大吏求一见翁面，不可得也。"⑦ 在好友宋荦眼中，汪琬"通籍三十余年，家食几二十年，杜请谒，绝苞苴，敦俭素，其难进

---

① （清）陆文衡：《时事》，《啬庵随笔》卷三，清光绪二十三年吴江陆同寿刻本。
② （清）金吴澜、李福沂修纂：《风俗·占候》，《昆新两县续修合志》卷一，清光绪六年刻本。
③ （清）叶梦珠撰，来新夏点校：《阅世编》，上海古籍出版社1981年版，第85—86页。
④ （清）宋如林修，孙星衍、莫晋纂：《风俗》，《嘉庆松江府志》卷五，清嘉庆二十三年松江府学刻本。
⑤ （清）计东：《汪蛟门诗集序》，《改亭诗集》卷二，清乾隆十三年计琬读书乐园刻本。
⑥ （清）计东：《与周栎园书》，《改亭文集》卷十，清乾隆十三年计琬读书乐园刻本。
⑦ （清）计东：《钝翁生圹志》，《改亭文集》卷十四，清乾隆十三年计琬读书乐园刻本。

易退，亦近日荐绅先生所难者"①，居家期间也是低调而内敛的。他于康熙十八年（1679）虽举博学鸿词科，然任翰林院编修仅两月便以疾告归，归乡后"家居泊然，有守若此，此古今文人所难，且能使嫉翁者亦称之，异口同辞"②，颇有清正之誉，按汪琬从前的种种行径看着实是难以想象的。

吴伟业自顺治十年（1653）被迫仕清后，内心一直悔恨内疚，多次试图辞官归乡而不得。奏销案发，门下弟子中关系亲厚者王昊"实系他人影立，姓名在籍中，事既发，控之当道，许之题疏昭雪，惟夏亦谓免于大狱，不意廷意以影冒未可即信，必欲两造到都合鞫，于是同日捕到府"③。而吴伟业按回籍官员革职例，被褫革。他自言"奏销适吾素愿"④，涉案的一万三千余位江南士人中，大抵是唯一一位欣然接受者。然而，他也同样遭受了恫吓、勒索与折磨，斯文扫地，被镣铐加身，"几至破家"，"怖畏几死，赖门人卢綋为粮道而免"⑤。脱身后的吴伟业自此直至康熙十八年（1679）去世，一直是采取逃避现实、不问世事、不言政治的态度度过余生的。晚年的他心力俱枯，自谓"吾同事诸君多不免，而吾独优游晚节，人皆以为后福，而不知吾一生遭际，万事忧危，无一刻不历艰难，无一境不尝辛苦"⑥，一生历经的风波患难在他心里造成的创伤无疑是巨大的。避世之余，他也注意到了江南士大夫经历摧折后士行和风气的转变："自租调更徭之日急，则有虎吏市魁，乘意气以陵出衣冠之上，士大夫杜门谦退，苦身自约者，渐不为闾巷之所尊礼，至与黔首无异，有识伤之。"⑦事实上，吴伟业的居乡生活也处在种种"监

---

① （清）宋荦：《汪钝翁本传》，《国朝三家文钞·汪钝翁文钞》卷首，清康熙三十三年刻本。
② （清）计东：《钝翁生圹志》，《改亭文集》卷十四，清乾隆十三年计琰读书乐园刻本。
③ （清）佚名：《研堂见闻杂记》，载《台湾文献史料丛刊（五）》，台湾大通书局1987年版，第50页。
④ （清）吴伟业：《与子暻疏》，载李学颖集评校标《吴梅村全集（下）》，上海古籍出版社1990年版，第1132页。
⑤ 邓之诚撰：《清诗纪事初编（上）》，上海古籍出版社2013年版，第393页。
⑥ （清）吴伟业：《与子暻疏》，载李学颖集评校标《吴梅村全集（下）》，上海古籍出版社1990年版，第1133页。
⑦ （清）吴伟业：《顾母施太恭人七十序》，载李学颖集评校标《吴梅村全集（中）》卷三十八，上海古籍出版社1990年版，第812页。

护"之下,他所谓"吾于言动,尺寸不敢有所逾越,具在乡党闻见"①,恰是此种情状下的结果。无独有偶,汪琬、韩菼、徐乾学等文人也在受"监护"之列,康熙在密谕两江总督傅拉塔的奏报中,并着意强调"此等密本,文虽不好,勿令他人写。此事应慎之"②。

顾予咸自顺治十六年(1655)由考功司以病假归吴中后,先陷哭庙案得免,不久复诖罪奏销而被落职。顾予咸在反思自己何以"祸甫脱,复以抗粮之罪加三吴"时,认为奏销案"虽三吴之劫运,而实余阶之厉也",因己"直言无隐,往往触当途忌讳"③。自此之后,居乡则低调内敛,不复与巡抚朱国治争过辩非、据理力争的魄力与风采,"惟以行己矜式于乡"④,"出则为良有司、佳吏部,处则为缙绅大夫之贤者"⑤,呈现出与之前迥然不同的风貌。康熙二年(1663),王时敏则在吴伟业的劝说下将传家之宝——《曹娥碑》让儿子王抃用以求取功名。康熙五年(1666),江宁巡抚韩世琦将奏疏《抚吴疏草》刊行于世,吴伟业、叶方蔼、顾予咸作为奏销案的罹罪者却为之作序,无一例外对韩世琦抚吴以来的政绩大加称赞,称其对江南有再造之功。然从韩世琦抚吴以来的行事看,诸人不免有阿谀夸大之嫌,不能不说这是威权高压下的妥协与软化。计东也曾在历经打击后小心谨慎地表示:"东,吴民也,何敢言事。"⑥

这些士大夫敛息屏气,委曲求全,在某种程度上已达成了软化与妥协,"多以廉耻相尚,缙绅之在籍者无不杜门扫轨,著书作文,以勤课子弟为务,地方官吏非有公事不轻通谒,盖素所矜惜然也。士子读书咸知自好,有终身不履讼庭只字不入公门者。富厚之家踊

---

① (清)吴伟业:《与子暻疏》,载李学颖集评校标《吴梅村全集(下)》,上海古籍出版社1990年版,第1133页。
② 中国第一历史档案馆编:《两江总督傅拉塔奏报麦收并官民感戴蠲免钱粮折》,载《康熙朝满文朱批奏折全译》,中国社会科学出版社1996年版,第25页。
③ (清)顾予咸:《雅园居士自叙》,赵诒琛、王大隆辑《戊寅丛编》,1938年排印本。
④ (清)韩菼:《吏部考功司员外郎顾先生墓表》,《有怀堂文稿》卷二十,《清代诗文集汇编》第147册。
⑤ (清)尤侗:《雅园居士自叙跋》,《雅园居士自叙附录》,赵诒琛、王大隆辑《戊寅丛编》,1938年排印本。
⑥ (清)计东:《与周栎园书》,《改亭文集》卷十,清乾隆十三年计琪读书乐园刻本。

跃输将，惟恐后时"①，"自乡先生之气不伸而清议不立，大小吏益无所畏惮而治日坏"②，而官府的威望却得以重塑甚至提升。更有甚者，逢迎媚上，曲意奉承，丑态毕露："迩来士大夫日贱，官长日尊，于是曲意承奉，备极卑污，甚至生子遣女，厚礼献媚，立碑造祠，仆仆跪拜，此辈风气愈盛，视为当然，彼此效尤，恬不为怪。以父母付畀之身，而屈体辱受，不自爱惜如此。噫，亦丑矣。"③ 出现了与明末乃至清初缙绅"类能自重，当事亦接之惟谨"④迥异的风气。董含还列举了一系列士大夫失去礼义廉耻、斯文扫地的现象，感慨"此人心之漓者愈漓，而世道之下者愈下"⑤：往昔士大夫重视清望，不愿与乡里富人为伍，然"今人崇尚财货，见有拥厚赀者，反屈体降志，或订忘形之交，或结婚姻之雅，而窥其处心积虑，不过利我财耳。遂使此辈忘其本来，趾高气扬，傲然自得"⑥；吴下士大夫素来护惜名节，尚廉洁者多而汲汲营利者少，读书务实者多而干谒投机者少，然"今则反是，于是一夫发难，列款揭帖，几遍天下。小人往往挟持君子，体统遂不可问矣"⑦；缙绅中亦有寡廉鲜耻者不惜与地方奸猾之人"联为宗族，揖为上宾，信乎衣冠扫地矣"⑧。

乾隆朝的无锡人黄印对江南士人有概括式的评价，道出了江南士风之变，完全丧失了知识分子应有的尊严和社会责任："今科名日

---

① （清）李光祚修，顾诒禄纂：《风俗》，《乾隆长洲县志》卷十一，载《中国地方志集成·江苏府县志辑》，江苏古籍出版社1991年版，第93—94页。
② （清）韩菼：《吏部考功司员外郎顾先生墓表》，《有怀堂文稿》卷二十，《清代诗文集汇编》第147册。
③ （清）董含：《三吴风俗十六则》，载董含撰，致之校点《三冈识略》卷十，辽宁教育出版社2000年版，第223页。
④ （清）董含：《三吴风俗十六则》，载董含撰，致之校点《三冈识略》卷十，辽宁教育出版社2000年版，第223页。
⑤ （清）董含：《三吴风俗十六则》，载董含撰，致之校点《三冈识略》卷十，辽宁教育出版社2000年版，第225页。
⑥ （清）董含：《三吴风俗十六则》，载董含撰，致之校点《三冈识略》卷十，辽宁教育出版社2000年版，第225页。
⑦ （清）董含：《三吴风俗十六则》，载董含撰，致之校点《三冈识略》卷十，辽宁教育出版社2000年版，第223页。
⑧ （清）董含：《三吴风俗十六则》，载董含撰，致之校点《三冈识略》卷十，辽宁教育出版社2000年版，第223页。

盛，列谏垣者有人，居九列者有人，百余年来从无有抗权幸，陈疾苦，谔谔不回如古人者。虽谨慎小心，不敢放纵，要之，保位安身之念，周其胸中，久不知有气节二字矣。故邑志于本朝先达，政绩可以铺张，即理学亦尚可缘饰，惟气节不可强为附会。"①

第三节 奏销案与江南文人的文学表达

所谓"文变染乎世情，兴废系乎时序"②，文人与时代相互牵染，文学随世情而变。以八股取士为例，如果说顺治朝的八股文可称彬彬极盛，至顺治末年仍属清新俊逸，然辛丑奏销之后，清廷加强了八股取士对文人的控制，文运也随之出现了重大转变，文气逐渐流于单薄，纵使中间曾短暂废八股而专用策论取士，提倡实学而黜革浮华，至康熙八年（1669）复以八股取士，"文品之卑靡日甚，即有一二名家，不克自振也"③。而就奏销案而言，经此打击的江南呈现出文运被厄而为之一变的现象，"怀才抱璞之士，沦落无光，家弦户诵之风，忽焉中辍，一方文运，顿觉索然"④。对于清廷发动的奏销案，江南士人惊惧不安的同时心中不免颇有微词，在各类笔录诗词文等作品中有或显或隐的描写与表达，从中亦能见出文士之气沦丧之状。而奏销案对这些士人的影响不只是失去田产抑或被革功名，对其人生行迹和文学趣尚也产生重大影响，表现为人生路径的改变与文学创作的转向。

一 隐曲幽微的记述与表达

每每在提及身涉奏销案的自己抑或他人时，江南文人多以"诖误"称之，他们发自内心地认为这是一场冤假错案，涉案的很多人都是诖误其中却被惩处过重："但总其数，虽有累万之多，究竟各人

---

① （清）黄卬：《备参·前鉴》，《锡金识小录》卷十，清光绪二十二年太湖王念祖活字本。
② （南朝梁）刘勰：《时序》，载《文心雕龙》，上海古籍出版社2015年版，第253页。
③ （清）叶梦珠：《文章》，载来新夏点校《阅世编》，上海古籍出版社1981年版，第185页。
④ （清）叶梦珠：《赋税》，载来新夏点校《阅世编》，上海古籍出版社1981年版，第141页。

所欠，仅分厘之不等，然其中或有亲族冒名立户者，或因岁歉而完纳后时者，如官户则因远宦在外，儒户则因游学四方，一时照管不及者，种种情由，本人限于不觉，且参后照额全完，是与顽梗之徒，故为抗纳者有间，推情似有可原。"① 这些文人留下了不少隐曲幽微的记述与表达作品，如同是诖误奏销者，董含有《三冈识略》、叶梦珠有《阅世编》、王时敏有《西庐家书》（十通）、曾羽王有《乙酉笔记》、姚廷遴有《历年记》等，都是记录和还原奏销案细节线索的作品，具有重要的史料价值，其他文人也留下不少关于奏销案的文学作品，为我们了解彼时文人在时代裹挟下的悲欢与心曲提供了重要的文学、史学资料。

董含②《三冈识略》记载了自顺治元年（1644）至康熙三十六年（1697）的见闻逸事，"间有刺讥，义归劝惩"③，其中对奏销案以及此案前后三吴人文、风俗、习尚等的变化有直观而详瞻的记录，可与其他文献互为印证，具有重要的史料价值。作为松江名家董其昌后代的董含本于顺治十八年（1661）中殿试二甲第二名进士，"未几，名列奏销钱粮案，被黜者几二百人，予亦屏居田里"④，其弟董俞亦是因"江南逋赋之狱起，士绅同日除名者万有余人，而董君不幸绶名其间，于是弃去帖括"⑤，二人子孙"尚未有达人"⑥，可称没落。董含对此段经历自谓"回思往事，恍如一梦，然蕉鹿之是非，塞马之得丧，于我何有焉"⑦，道尽了不得已境遇下自我纾解悲

---

① （清）叶梦珠：《赋税》，载来新夏点校《阅世编》，上海古籍出版社1981年版，第140页。
② 董含（1624—1697年以后），字阆石，又字榕城，别号赘客、莼乡赘客，松江华亭（今上海）人。年十五，补博士弟子员。顺治十一年（1654）举人，顺治十八年（1661）进士。著有《安蔬堂诗稿》《闲居稿》《古乐府》《山游草》《闵离草》《北渚草》《三冈识略》等。
③ （清）卢元昌：《三冈识略序》，载董含撰，致之校点《三冈识略》卷首，辽宁教育出版社2000年版，第1页。
④ （清）董含：《莼乡赘客自述》，载董含撰，致之校点《三冈识略》卷十，辽宁教育出版社2000年版，第226页。
⑤ （清）宋琬：《宋琬全集》，辛鸿义、赵家斌点校，齐鲁书社2003年版，第35页。
⑥ （清）叶梦珠：《门祚》，载来新夏点校《阅世编》，上海古籍出版社1981年版，第117页。
⑦ （清）董含：《莼乡赘客自述》，载董含撰，致之校点《三冈识略》卷十，辽宁教育出版社2000年版，第226页。

愤失意心绪的无奈。他对朝廷重处江南士绅却"至贪吏蠹胥，侵役多至千万，反置不问"①的不同惩处标准痛心疾首，大呼"吁，过矣"②，代表了彼时大多数人的心声。

吴伟业则为我们提供了更为翔实的催征细节，在给姻亲郁滋的寿序中记述了自己惨遭催逼勒索之状："余莲勺之田舄卤，渼陂之畎污莱，二顷榛芜，三时卤莽。况扶风掾吏，竞算钱刀；京兆诸生，高谈盐铁。阖境之苛求已甚，老大之悉索奚堪？曾无担石之储，日举倍称之息。"③纵使已身陷囹圄，自顾不暇，吴伟业仍不忘关心其他涉案亲友。如《送王子维夏以牵染北行四首》："只疑栎阳逮，犹是济南征。名字供人借，文章召鬼憎。"（其一）"比来狂太减，翻致祸无端。"（其二）"此中多将相，何事一书生？末俗高门贱，清时颂系轻。为文投狱吏，归去就躬耕。"（其三）④再如《别维夏》："惆怅书生万事非，赭衣今抵旧乌衣。六朝门第鸦啼绕，九月关河木叶飞。"⑤诗中赠别的对象是吴伟业门下弟子王昊，因被冒名而无辜牵涉奏销。对于弟子蒙冤被缚，吴伟业不顾风险，为之发不平之鸣，作诗表达惋惜、愤恨之心曲，对清廷予以批判和控诉。王昊也对自己突陷囹圄错愕不已，自谓"万虑已都遣，躯命俱蜉蝣"⑥，作为部分入狱亲历者用诗歌为我们呈现了当时文人惊魂遭难的真实状态："朝候中丞门，暮伏太守堂。太守怒作色，胥吏皆虎狼。转侧泥潦间，惊魂逐琅珰。捉缚似犬鸡，驱迫入圜墙。子弟互叫嚎，僮仆走

---

① （清）董含：《江南奏销之祸》，载董含撰，致之校点《三冈识略》卷四，辽宁教育出版社2000年版，第81页。
② （清）董含：《江南奏销之祸》，载董含撰，致之校点《三冈识略》卷四，辽宁教育出版社2000年版，第81页。
③ （清）吴伟业：《郁静岩六十序》，载李学颖集评标校《吴梅村全集（中）》，上海古籍出版社1999年版，第798—799页。
④ （清）吴伟业著，李学颖集评标校：《吴梅村全集（上）》，上海古籍出版社1999年版，第358页。
⑤ （清）吴伟业著，李学颖集评标校：《吴梅村全集（上）》，上海古籍出版社1999年版，第455页。
⑥ （清）王昊：《遭难诗九首》，《硕园诗稿》卷十四，《清代诗文集汇编》第102册。

踉跄。抚心还自慰，往哲相颉颃。风流慕羑里，遭逢思冶长。逼侧天地间，千古应同伤。"①

除王昊外，吴伟业的姻友王瑞国也讹误其中。在为王瑞国所作之诗中，吴伟业记述了友人被催逼欠税乃至输产破家之情状，无疑具有诗史价值：

> 王郎头白何所为，罢官岭表归何迟？衣囊已遭盗贼笑，襆被尚少亲朋知。我书与君堪太息，不如长作五羊客。君言垂老命如丝，纵不归人且归骨。入门别怀未及话，石壕夜半呼仓卒。胠箧从他误攫金，告缗怜我非怀璧。田园斥尽敝裘难，苦乏家钱典图籍。爱子摧残付托空，万卷飘零复奚惜。吁嗟乎！十上长安不见收，千山远宦终何益。君不见，郁孤台临数百尺，恶滩过处森刀戟。历遍风波到故乡，此中别有盘涡石。②

该诗作于顺治十八年（1661），王瑞国卸去广东省增城知县历尽风波方返乡即被奏销一案牵连，"历遍风波到故乡，此中别有盘涡石"，诗人引"告缗"的典故代指王瑞国是被人诬告致罪，不得不卖田鬻书，倾尽家财。"郁孤台临数百尺，恶滩过处森刀戟"更是道尽了彼时士人所处的世间惨境。此外，吴伟业还将目光投注其他涉案之人，并对之表达惋惜同情之感。如，《赠昆令王莘云尊人杏翁》："半载江南客未深，玉山秋静夜沉吟。九边田牧思班壹，三辅交游识季心。快马柳城常命酒，软舆花县暂闻琴。白头闲说西京事，曾记循良久赐金。莘云有能名，未半载，以钱粮报罢。"③再如，《赠学易友人吴燕余二首》："注就《梁丘》早十年，石壕呼怒荜门前。范升免后成何用，宁越鞭来绝可怜。人世催科逢此地，吾生忧患在先天。

---

① （清）王昊：《遭难诗九首》，《硕园诗稿》卷十四，《清代诗文集汇编》第102册。
② （清）吴伟业：《短歌》，载李学颖集评标校《吴梅村全集（上）》，上海古籍出版社1999年版，第263—264页。
③ （清）吴伟业著，李学颖集评标校：《吴梅村全集（上）》，上海古籍出版社1999年版，第454页。

从今郫上田休种,帘肆无家取百钱。"① 这些对诸友人被催逼胁迫情状的描写和刻画,无疑也是吴伟业本人遭际、处境的映照,既是伤人,亦是自伤。康熙三年(1664),吴伟业受顾予咸约请,与诸友人会于雅园,其中的顾予咸、曹尔堪俱是同陷奏销案者,丁澎则是此前身涉丁酉科场案者。曹尔堪之诗开篇即言明此次集会意旨为"罟网怜今密"②,而"余生均足感,握手不胜情"③ 则将诸人的遭逢际遇、劫后余生的共通共情之感透现出来。丁澎刻于康熙年间的《扶荔词》邀请了一众友人予以评点,其中计东、严沆、吴伟业、龚鼎孳、汪琬、宋实颖、彭孙遹等均为身涉奏销案者。可知这些江南士人在案发后的岁月里仍继续保持了友谊,惊惧沦落之余仍相携相助、彼此抚慰。

王时敏除了《家书》之外,也有诗作言及奏销案。如《亥秋书事》言自己饱受催征之苦,字字情真泣血,无疑是彼时饱受官府催逼士民的真实写照:"鼙鼓无时息,输将苦四应。戍兵终日至,田税叠年征。灶冷虚晨爨,机残暗夜灯。间阎贫到骨,何以佐军兴。"④ 三子王撰也在诗中记述了奏销案给江南士民造成的影响:"频年遭荒侵,负郭多蒿蓬。官长赋税亟,催科术弥工。循良载古史,未遇黄与龚。十室九悬磬,咨嗟众所同。"⑤ 七子王摅也表达了家族身陷赋役催逼下门户难支的苦楚:"半鬻田庐赋役中,难支门户干戈后。"⑥ 闲居家中的邵长蘅回忆这段惊心动魄的经历仍是心绪难平、惊惧难安:"事往闲寻忆,犹惊三木魂。登车当死别,还里愧生存。命托长

---

① (清)吴伟业著,李学颖集评标校:《吴梅村全集(上)》,上海古籍出版社1999年版,第459页。
② (清)曹尔堪:《甲辰夏顾松交铨部雅园午集,同周文夏侍御、沈绎堂副使、丁飞涛祠部二首》,徐崧《百城烟水》卷三,清康熙二十九年刻本。
③ (清)曹尔堪:《甲辰夏顾松交铨部雅园午集,同周文夏侍御、沈绎堂副使、丁飞涛祠部二首》,徐崧《百城烟水》卷三,清康熙二十九年刻本。
④ (清)王时敏著,毛小庆点校:《王时敏集(上)》,浙江人民美术出版社2016年版,第60页。
⑤ (清)王撰:《和陶咏贫士七首(其六)》,《揖山集》卷四,清康熙王氏三余堂刻本。
⑥ (清)王摅:《送怿民兄燕游》,《太仓十子诗选·步檐集》,《四库全书存目丛书》集部第384册。

镜在，诗称无佛尊。塞翁忘虑久，得失更休论。"① 韩菼受奏销案牵连，房屋复被时驻防兵圈占，更代为修葺，十余年后追忆此番经历仍义愤难平："破巢兵扑捉，勾租吏怒嗔。输租仍殿租，褫辱及衣巾。室毁还作室，督趣旧主人。"② 海盐文人彭孙遹因名为人所冒，亦诖误其中，在给同被褫革的董含的诗中愤恨难平地写道："秋林落叶点风尘，寒雨空江日夜哀。离后弟兄多病老，霜前鸿雁尺书来。壮年俱抱怀沙痛，盛世乃虚入洛才。好赋东巡献行在，圣明早晚祀之莱。"③ 顺治十八年（1661），施闰章"分守湖西，壤瘠岁饥，有司坐逋赋失职相望，予奉檄按部督促。是时西南用兵，不逾时，符牒三四至，吏民后期者法无赦。于乎！一官贬斥不敢辞，当奈民何？有痛相告诫而已，作湖西行"④："节使坐征敛，此事旧所无。军糈日夜急，安敢久踟蹰。昨日令方下，今日期已逾。揽辔驰四野，萧条少民居。荆榛蔽穷巷，原田一何芜。野老长跪言，今年水旱俱。破壁复何有，永诀惟妻孥。岁荒复难鬻，泣涕沾敝襦。肠断听此语，掩袂徒惊吁。所惭务敲朴，以荣不肖躯。国恩信宽厚，前此已蠲逋。士卒待晨炊，孰能缓须臾。行吟重呜咽，泪尽空山隅。"⑤ 作为负责督征官员的施闰章也惊叹于催征之严苛紧迫，有心施救却无能为力，只能在诗篇中记录下备受催征之苦的江南士绅百姓的惨状。康熙二年（1663）冬，因丁酉科场案被流戍宁古塔的方孝标获释后途经苏州，也记下了奏销案之后士人沦落之状："衮衮群公为奏销，悬车岂待北山招？辕门昨日昌黎寿，止有三人衣锦袍。"⑥ 可见，奏销案给

---

① （清）邵长蘅：《草堂杂兴十首（其三）》，《青门簏稿》卷四，《邵子湘全集》，《清代诗文集汇编》第 145 册。

② （清）韩菼：《出都述怀　己未九月》，《有怀堂诗稿》卷一，《清代诗文集汇编》第 147 册。

③ （清）彭孙遹：《寄董阆石即次见怀来韵》，《松桂堂全集》卷十三，《清代诗文集汇编》第 125 册。

④ （清）施闰章：《湖西行》，载何庆善、杨应芹点校《施愚山集2》诗集卷六，黄山书社 2014 年版，第 108 页。

⑤ （清）施闰章：《湖西行》，载何庆善、杨应芹点校《施愚山集2》诗集卷六，黄山书社 2014 年版，第 108 页。

⑥ （清）方孝标：《吴门竹枝词（其四）》，载唐根生、李永生点校《钝斋诗选》卷二十二，黄山书社 2014 年版，第 392 页。

江南士人的心灵造成的创伤是持久且深刻的。

汪琬在《宋既庭五十寿序》中记述自己与友人宋实颖身陷奏销案时亦以"诖误"称之："曾不数年,江南奏销案起,被诖误者万人,而先生遂屏不复与会试,此其可叹息者也。会予在郎署,亦以此得罪,陆沉左官中。"①也透露了自己内心潜藏的悔恨不平之感,透过他,也让我们看到另一个牵涉此案的宋实颖的心声意绪,也代表着那些对待奏销案与汪琬截然不同者的表现："予坎壈有年,意颇悔恨,而先生从容捉手,无毫发流落不平之感。抵暮,还宿予书舍,秉烛相对,娓娓数百言,所以规切予甚至。"②被谪为北城兵马司指挥后,汪琬在康熙元年(1662)秋冬间于任上作《兵马司西阁记》,记述了自己被贬后的经历与心态。兵马司虽名义上是分属官吏的巡城使者,品秩与部主事相当,然职务猥杂,所辖之地"若穷村委巷、饼师酒媪、牧竖贩夫、酌酒谇语、攘鸡、逐狗之属,无所不当","士大夫仕宦中朝者,皆得以公事檄使之"③。据汪琬所言,每当朔望进谒上官,需"俛首伛偻,若将拜于庭者,使者不许,乃止。或出遇御史于道,下马走避,望其诃殿远去,然后得行"④。这对于傲岸自负的汪琬而言无异于对其人格、尊严的侮辱。被贬谪为北城兵马司指挥后,汪琬更是遭到其他同为京官的士大夫的轻视和嘲讽,"士大夫悉轻视之,至以相讥嘲"⑤。他甚至遭到有心人的刻意监听、打探,有好事者曾前去探听他是否对当前职位有所不满："子亦有不快于中邪?"汪琬引汉孙宝"不遭者可无不为"的典故表示自己虽

---

① (清)汪琬:《钝翁前后类稿》,载李圣华笺校《汪琬全集笺校(二)》,人民文学出版社2010年版,第664页。
② (清)汪琬:《钝翁前后类稿》,载李圣华笺校《汪琬全集笺校(二)》,人民文学出版社2010年版,第664页。
③ (清)汪琬:《兵马司西合记》,《钝翁前后类稿》,载李圣华笺校《汪琬全集笺校(二)》,人民文学出版社2010年版,第677页。
④ (清)汪琬:《兵马司西合记》,《钝翁前后类稿》,载李圣华笺校《汪琬全集笺校(二)》,人民文学出版社2010年版,第677页。
⑤ (清)汪琬:《兵马司西合记》,《钝翁前后类稿》,载李圣华笺校《汪琬全集笺校(二)》,人民文学出版社2010年版,第677页。

以不得志而身处卑位,却可以如孙宝一样无所不为:"予以不才,幸蒙屏弃于此,此亦予祭灶请比邻之时也,而又何不快之有?"① 而"客遂匿笑去"② 道出了当时人心叵测之情状。实际上,"不遭者可无不为"是古代士人生不逢时、志不得伸的愤懑之辞,于此透露出汪琬内心当是义愤难平的。

诚如叶梦珠的自我剖白,纵使自身有万般怨愤悲叹,随着时间的流逝也都渐被消磨殆尽,"马齿加长,功名之志亦衰",而创作《阅世编》的初衷大抵是"阅世至此,为之兴慨。略取疏稿、呈稿之存者,附录于后,以识此案亦有可原之情,究之不能上格,逮天心既转,而人事又不能副,是非人一生之时命使然,亦运会之一奇也"③,不失为一种无可奈何之后的不甘。文人的种种记录与书写或许改变不了自己和他人的处境,却是他们遭遇不公后的秉笔直书,是心绪的真实表达,亦是对奏销案这场人祸的怨憎和恐惧,更是对后世的一种警示。

二 人生行迹与文学趣尚的转变

可以说,奏销案对江南士人所造成的影响和打击是巨大的。它使得无数文人的人生行迹与文学趣尚发生了转向,"弃家客游者有人,仰屋毙瘰者有人,改名就试者有人,纵酒逃禅者有人,文士之气,稍稍沮丧"④。仅以松江为例,"吾松士子,昔年无游学京师者,即间有之,亦不数见。自顺治十八年奏销案以后,吴元龙卧山学士始入都援例入监。癸卯、甲辰,联登科甲,选入庶常。其后游京者始众,其间或取科第,或入资为郎,或拥座谈经,或出参幕府,或落托流离,或立登膴仕,其始皆由沦落不偶之人。既

---

① (清)汪琬:《兵马司西合记》,《钝翁前后类稿》,载李圣华笺校《汪琬全集笺校(二)》,人民文学出版社2010年版,第677页。
② (清)汪琬:《兵马司西合记》,《钝翁前后类稿》,载李圣华笺校《汪琬全集笺校(二)》,人民文学出版社2010年版,第677页。
③ (清)叶梦珠:《赋税》,载来新夏点校《阅世编》,上海古籍出版社1981年版,第138页。
④ (清)杜登春:《社事始末》,参见(清)蒋平阶编、(清)吴伟业纂、(清)杜登春纂《东林始末 复社纪事 社事始末》,中华书局1991年版,第21页。

而缙绅子弟与素封之子继之，苟具一才一技者，莫不望国都而奔走，以希遇合焉"①。这场案件改变的不仅是文人的生存方式，更使他们的人生行迹发生不同程度的转向，尤其对文学创作的影响更是深远的。

吴伟业在康熙三年（1664）给友人冒襄的信中抱怨自己因困窘不能自给加之追比公人之扰，才力、心力大不如前，文学创作并未因穷窘之境有所进益："弟少时读书，自以不至抵滞。比才退虑荒，心力大减，百口不能自给，而追呼日扰其门，以此吟咏之事，经岁辄废，'穷而后工'，徒虚话耳。"②并道出江南文苑凋零沦落之状，已至"忧能伤人"之境，疲于衣食而无暇诗文："自虞山云亡，后生才俊如研德者，忧能伤人，一二已填沟壑，此中人士救死不赡，何暇复问诗文！毗陵赋额稍轻，故其年在潭府屡岁，尚可不生内顾。"③甚至说"娄东向以吟坛自命者，半为饥寒所夺"④，可见彼时的江南文人，在奏销案打击后困窘的生活状态对他们的文学创作产生了巨大的影响，所造成的重创也是不可估量的。晚年的吴伟业寄情山水，几乎每年都外出游山玩水，山水诗大多平和淡远，无一点火气，然而细品其诗表象之下则是有意掩饰的痛苦和忧伤。不止诗坛、文坛，时任扬州府推官王士禛因言，时词坛亦是"苏、松词林甚少"："康熙初，予自扬州入为礼部主事时，苏松词林甚少。现任数公又皆以奏销一案诖误，京堂至三品者，亦止华亭宋副都直方征舆一人。迄今三十载，乃极盛。其他无论即状元鼎甲，骈肩接踵，而身兼会状两元者，如癸丑韩宗伯慕庐菼、丙辰彭侍讲访濂定求、乙丑陆侍讲澹成肯堂，皆是也。他如翰林台省尤众，地气盛衰

---

① （清）叶梦珠撰，来新夏点校：《阅世编》，上海古籍出版社1981年版，第87页。
② （清）吴伟业：《与冒辟疆书》，载李学颖集评标校《吴梅村全集（下）》，上海古籍出版社1990年版，第1174页。
③ （清）吴伟业：《与冒辟疆书》，载李学颖集评标校《吴梅村全集（下）》，上海古籍出版社1990年版，第1174页。
④ （清）吴伟业：《与冒辟疆书》，载李学颖集评标校《吴梅村全集（下）》，上海古籍出版社1990年版，第1173页。

信有时哉！"① 江南词坛的词风发生了明显的变化，除尚稼轩风外，风格整体偏于深沉悲慨。以阳羡词派为例，成员吴伟业、邵长蘅、计东、宋实颖、彭师度、王昊、董含、彭孙遹、曹尔堪等均是身涉不同流派的名家，俱在奏销案被打击之列，这样重大的政治事件不能不对他们的创作心态、文学风格产生影响，个人无常的命运和坎坷的遭际投射在文学创作上，则使整个词派显示出沉郁哀伤的萧索之气。如被陈廷焯称为"梅村绝笔"②的吴伟业词作《贺新郎·病中有感》："万事催华发。论龚生、天年竟夭，高名难没。吾病难将医药治，耿耿胸中热血。待洒向、西风残月。剖却心肝今置地，问华佗，解我肠千结。追往恨，倍凄咽。故人慷慨多奇节。为当年、沉吟不断，草间偷活。艾炙眉头瓜喷鼻，今日须难诀绝。早患苦、重来千叠。脱屣妻孥非易事，竟一钱不值何须说。人世事，几完缺。"③然经历世事摧折后，吴伟业将身世之感、懊悔之叹熔铸成苍凉悲苦的词风，便显得格外真切动人："悲感万端，自怨自艾。千载下读其词，思其人，悲其遇。"④ 另一位创作风格发生显著变化的如彭孙遹，作词本以艳情当家，后之"《延露词》亦有两副笔墨。如《华逊来生日》云云、《长歌》云云、《酌酒与孙默》云云，又时带辛气"⑤，"《延露词》率多悲壮，不减稼轩"⑥。《延露词》中的部分作品是他被黜革后游走于江西、岭南等地抑郁自伤之作，词风沉郁悲壮，这与他因奏销案被累落职的人生经历是分不开的。及至康熙十八年（1679），"已觉浮名真我累，十年出处两无依"⑦的彭孙遹始得以博学鸿词试第一，此后的创作风格又是一变，可见个人境遇对

---

① （清）王士禛：《香祖笔记》卷七，载《王士禛全集》6，齐鲁书社2007年版，第4614—4615页。
② （清）况周颐：《蕙风词话》卷四，载《词话丛编》五，中华书局1986年版，第3827页。
③ （清）吴伟业著，李学颖集评标校：《吴梅村全集（中）》，上海古籍出版社1990年版，第585页。
④ （清）况周颐：《蕙风词话》卷四，载《词话丛编》五，中华书局1986年版，第3826页。
⑤ （清）吴衡照：《莲子居词话》卷一，清嘉庆刻本。
⑥ （清）李调元：《雨村词话》卷四，载唐圭璋编《词话丛编》，中华书局1986年版，第1436页。
⑦ （清）彭孙遹：《秋夜闻梵》，《松桂堂全集》卷十一，《四库全书》集部第1317册。

文学创作的影响之大。

王时敏在明时"居乡颇言地方利弊兴革,为民请命。鼎革之际,独能保其家,以术自全"①,经历奏销案打击后,"自伤失学,不敢言诗"②。晚景萧条,家计困窘,诗文书画作品中多言敛征之苦,"赋役""赋税""逋欠"等是出现频率极高的词汇。康熙元年(1662),他在为八子王掞所画《仿古山水册》的册后题跋中写下了奏销案给自己身心、文学创作带来的打击和影响:"吾年来为赋役所困,尘坌满眼,愁郁填胸,于笔研诸缘,久复落落。此册为儿子掞乞画,日置案头,每当烦懑交并,无可奈何,辄一弄笔以自遣。而境违神滞,心手相乖,如古井无澜,老蚕抽茧,了无佳思以发奇趣。每帧虽借古人之名漫为题仿,实未能少窥其藩,下笔不胜颜汗。"③当他回忆官府催征缙绅的情形时,仍心有余悸:"当事者因空四五万,欲将州民性命填补。三月中比较,造九斤大板,打至十五,未有不死者,三日内连毙数人。……凡被杖责者,血肉狼藉,接踵到门。我偶送客遇见,必被群拥呼号。"④康熙七年(1668),计东于广陵得晤王时敏,从他口中所呈现的王时敏,似乎已摆脱了奏销案的阴影,转为惬意自适的状态:"兴衰阅尽浑无意,对酒当歌也不妨。渥丹颜色语洪钟,岳岳丰标似老松。"⑤反而是计东自被褫革后四处漂泊投谒,不得不感慨"羁旅幸逢床下拜"⑥"风义只今摇落尽,新声美酒又黄昏"⑦。然而,康熙八年(1669),王时敏不得不鬻画以赡家计,曾经富庶已极的太仓王氏家道已渐至衰落,可知计东所言王时敏对外所呈现的怡然自适的状态只是掩盖在惊惧痛苦之

---

① 邓之诚撰:《清诗纪事初编(上)》,上海古籍出版社2013年版,第50页。
② 邓之诚撰:《清诗纪事初编(上)》,上海古籍出版社2013年版,第51页。
③ (清)王时敏:《王奉常书画题跋》卷上,清宣统二年刻本。
④ (清)王时敏:《丙午一》,《西庐家书》,丛书集成续编本。
⑤ (清)计东:《广陵喜晤王奉常烟客先生口占二绝》,《改亭诗集》卷六,清乾隆十三年计璸读书乐园刻本。
⑥ (清)计东:《广陵喜晤王奉常烟客先生口占二绝》,《改亭诗集》卷六,清乾隆十三年计璸读书乐园刻本。
⑦ (清)计东:《娄东王奉常招集某公园亭,遇苏昆生有感旧事,即席成二首》,《改亭诗集》卷六,清乾隆十三年计璸读书乐园刻本。

外的表象。

汪琬被降调后,"以刚介不宜于俗,又患羸疾,归卧山中,遂不肯出",然计东以对老友的了解,知其"聊以文章自娱,非翁本怀也"[1]。本可在政治上有所为、大展才华的汪琬,经历世事摧折后,自感于世无用,遂转为一心读书著书,在文学上尤其是古文方面大有进益。同抱身世之感的计东不禁发出感慨:"嗟乎!使以翁之材力丰采得大用于世,则汉申屠嘉、魏相、唐陆贽其人也。今翁既无志于用世,则予言亦遂无征矣。"[2] 计东本人亦是"以姻友诖误不得入闱策"[3],加之康熙元年(1662)长子的去世,遂一蹶不振,自感身处穷途,遂弃制举之文而转攻古文:"予被废之明年,又丧我长子准,自念既穷于世,独有太史公所云垂空文以自见耳。故癸卯、甲辰后,始肆力于古文辞。"[4] 每每回忆起这段诖误经历带给自己的影响,计东的遗憾悔恨之意溢于言表,"误"是他给自己所作的注解:"我丁酉举于京师,不五年,遭诖误,不能与进取。"[5] "我方怀百结,纡郁将谁通?儒冠既已误,壮志俱成空。"[6] "身因一跌误,肠逐九回停。"[7] 这场案件带给他的是余生都在四处奔走游谒乞食中度过,"十余年来未尝一日不劳苦于四方,以谋菽水也"[8]。"仰而依人,无一善状"[9]"仰面事贵人,握手语同学"[10]"予方急衣食,侘傺走风尘。朝驰濑水畔,暮宿笠泽浒"[11] 几乎是他后半生的常态。他不得不四处投谒,求亲靠友,来奉母养亲。他曾上《与宋牧仲书》向

---

[1] (清)计东:《钝翁生圹志》,《改亭文集》卷十四,清乾隆十三年计瑸读书乐园刻本。
[2] (清)计东:《钝翁生圹志》,《改亭文集》卷十四,清乾隆十三年计瑸读书乐园刻本。
[3] (清)计东:《严方贻稿序》,《改亭文集》卷四,清乾隆十三年计瑸读书乐园刻本。
[4] (清)计东:《竹林集自序》,《改亭文集》卷二,清乾隆十三年计瑸读书乐园刻本。
[5] (清)计东:《对兰有感再成四首》,《改亭诗集》卷六,清乾隆十三年计瑸读书乐园刻本。
[6] (清)计东:《示兄子炳 时归自山左》,《改亭诗集》卷一,清乾隆十三年计瑸读书乐园刻本。
[7] (清)计东:《七月朔卧病宣镇城中二首 时坠马次日》,《改亭诗集》卷三,清乾隆十三年计瑸读书乐园刻本。
[8] (清)计东:《送唐万有游广陵序》,《改亭文集》卷七,清乾隆十三年计瑸读书乐园刻本。
[9] (清)计东:《与宋牧仲书》,《改亭文集》卷十,清乾隆十三年计瑸读书乐园刻本。
[10] (清)计东:《兖州旅次感怀》,《改亭诗集》卷一,清乾隆十三年计瑸读书乐园刻本。
[11] (清)计东:《江宁奉酬施愚山参政》,《改亭诗集》卷一,清乾隆十三年计瑸读书乐园刻本。

宋荦寻求帮助，有投奔之意；还曾上书汪琬请求援引，被以"丈夫不宜轻受人恩"①婉拒。让他意绪难平的是，曾经的知交好友境遇多得升转，自己却仍沦落失意："念我生平交，浮湛殊天渊。"②"升沉既殊势，宁复悲乖分。"③这不能不让他灰心失意，"独有失职士，坎壈多悲辛。褞褐困京华，蒙袂避故人"④。友人宋德宜则给予了安慰和开解，并屡次对他伸出援手，让他意绪稍平："何意华簪友，握手情弥亲。""感遇我虽悲，对君心自平。"⑤"寡谐世多忤，营已讵非难。拳拳愧高谊，委怀许为殚。"⑥无疑，奏销案对他的精神打击是巨大且带有毁灭性的，面上时有凄怆之色："东又以友人相诖误，一废不复振，……辄怆然不自胜。"⑦他自感"久无所用于世"⑧，悲苦愁闷的意绪贯穿于他的诗文之中，也让他的作品多了沉郁厚重之感，友人汪琬谓其诗文风格转而为"彷徨而凄恻""幽阒而深长"⑨"激昂沉郁，而出之以顿挫"⑩，也恰是奏销案所给他带来的次生影响。康熙七年（1668）夏，在扬州短暂游食的计东在友人汪懋麟眼中依然是"依人古来难，为客多遭迍"，"倚闾有老母，久缺昏与晨"。⑪汪懋麟对包括计东在内的江南士人的遭际深感不平："惜哉遭禁锢，有才未得申。有司重赋税，胥吏尤可嗔。一钱遂放废，士林多苦辛。沉冤谁为白，无力通紫宸。"⑫他的看法亦可视作当时文人对诖误奏销者的普遍心声。在奏销案的打击下，那些才华满腹

---

① （清）计东：《答汪钝翁书》，《改亭文集》卷十，清乾隆十三年计璸读书乐园刻本。
② （清）计东：《走笔寄汪苕文》，《改亭诗集》卷一，清乾隆十三年计璸读书乐园刻本。
③ （清）计东：《酬宋右之缪歌起二首》，《改亭诗集》卷一，清乾隆十三年计璸读书乐园刻本。
④ （清）计东：《酬宋右之缪歌起二首》，《改亭诗集》卷一，清乾隆十三年计璸读书乐园刻本。
⑤ （清）计东：《酬宋右之缪歌起二首》，《改亭诗集》卷一，清乾隆十三年计璸读书乐园刻本。
⑥ （清）计东：《酬宋右之缪歌起二首》，《改亭诗集》卷一，清乾隆十三年计璸读书乐园刻本。
⑦ （清）计东：《吴振六哀辞 有序》，《改亭文集》卷十五，清乾隆十三年计璸读书乐园刻本。
⑧ （清）计东：《竹林集自序》，《改亭文集》卷二，清乾隆十三年计璸读书乐园刻本。
⑨ （清）汪琬：《序》，计东《改亭文集》卷首，清乾隆十三年计璸读书乐园刻本。
⑩ （清）汪琬：《序》，计东《改亭文集》卷首，清乾隆十三年计璸读书乐园刻本。
⑪ （清）汪懋麟：《赠计甫草》，《百尺梧桐阁集》卷六，《清代诗文集汇编》第151册。
⑫ （清）汪懋麟：《赠计甫草》，《百尺梧桐阁集》卷六，《清代诗文集汇编》第151册。

却因重税、暴吏的重重压迫以"一钱"而遭放废的文人，不得不走上更为艰辛的人生之路，才华得不到施展，"沉冤谁为白，无力通紫宸"当是诖误文人一种普遍存在的含冤不平又无能为力的状态。

与计东遭际相似的友人还有被吴伟业叹为天下无双之才的王昊。计东在为其《硕园诗稿》所作序中记录了二人因奏销案而发生的命运转变以及文学志趣的转向与进益。王昊身出娄东琅琊王氏，为王世懋曾孙，与计东也曾"相抵掌天下事，奕奕有飞扬之气"①。顺治十七年（1660）四月，王昊在嘉定因亲友株累被逮，率先一步陷入奏销案，被押解入京发落："予以牵染北上，自夏迄秋，行期未定。中间系狱者凡五日，归家不及半月，其余则皆在郡邸。"②他与计东俱是以诖误奏销坐废的典型代表，人生路径也因此发生了转变。此后，计东浪游两河、齐赵间常五六年不得归家；王昊则"自隐于骚人酒徒之中，游匡庐彭蠡归，复爱苕霅山水之胜，扁舟往来"③。王昊也和计东一样曾一心工于时文，在"辛丑前尚欲以制科起家，继二美先生数世科名蝉联之盛，屈首应制之技，其气方犹未专，其神明尚有他物可以训扰而牵制之者"④，不得再走科举一途后，文学趣尚转为诗歌、古文、词、乐府，亦因"浩然无萦于人世，悲吟长啸，中酒高眠于山巅水涯寒风冰雪之间"⑤而大有进益。计东与之别后七年于吴兴相见，"握手相慰劳"，也不禁感叹王昊之诗"益专且锐，工力加于前数年十倍，又身经忧患，胸中孤愤抑塞之气蓄久，而无所泄"⑥，认为他大抵是得益于"心如寒灰，头有白发""周游晚归风雨相伴"⑦的人生经历，诗歌的意蕴益加深厚，"益沉郁顿挫缠绵悱恻，有合于变《小雅》《楚辞》之义，非近日诸漫然为诗者可及

---

① （清）计东：《序》，王昊《硕园诗稿》卷首，《清代诗文集汇编》第102册。
② （清）王昊：《游三寺诗》，《硕园诗稿》卷十四，《清代诗文集汇编》第102册。
③ （清）计东：《序》，王昊《硕园诗稿》卷首，《清代诗文集汇编》第102册。
④ （清）计东：《序》，王昊《硕园诗稿》卷首，《清代诗文集汇编》第102册。
⑤ （清）计东：《序》，王昊《硕园诗稿》卷首，《清代诗文集汇编》第102册。
⑥ （清）计东：《序》，王昊《硕园诗稿》卷首，《清代诗文集汇编》第102册。
⑦ （清）计东：《序》，王昊《硕园诗稿》卷首，《清代诗文集汇编》第102册。

也"①。计东对王昊等与自己遭际相似的友人抱以理解与同情的同时，内心也是悲愤难平的，感叹纵使诗文不可磨灭于后世，然"遭逢若此，悲乎已矣"②。对这些"自放于圣世"③的文人，不能不掬一把同情之泪。

无独有偶，"庚子、辛丑间，士之抱奇才负积学而以此案终其身湮没不彰者，不可胜数"④，"势家子弟被缧绁而转沟壑者相踵也"⑤。计东的友人也纷纷走上了和他相同的道路，如邵长蘅、吴兆宽。邵长蘅自遭黜革，便断了功名一念。为摆脱官府苛责追比，田产已廉价售卖大半，家道遂落，由富家贵公子变得一贫如洗，不得不四处入幕做宾，辗转治生："家益落，饥驱燕楚间。余妻居不能治饭，即日治糜耳，然犹杂马蓝藜苋手饪之。"⑥他自谓"作客十余年，南北纵横八千里"⑦，行迹遍及南北，但都时间不长。在给友人的信中，他剖白心路历程，并描绘自己晚年所期盼的生活方式："习懒成癖，必欲使仆求田问舍，碌碌如蜣蜋转丸粪壤，非惟不愿，实亦不能。曩时颇锐意进取，今思此事，亦同嚼蜡。每见势要人，一旦蹉跌，颠沛流离，求如我辈藿食布衣，何可复得？人寿少至七八十者，犬马齿三十益一。曹子桓有云：'年未三十，已成老翁。'矧过之耶？仆意再浪游两三年，俟馈粥粗给，便当营一室一舫，出则纵游山水，归则坐斗室作蠹鱼。其中偶有吟咏，比之风蝉雨蚓，意致亦不大恶。仆足老矣。一弟子员如饱瓜得谢去之，极为畅适。第家累似难骤遣，然驱犊课耕，此中亦复得小佳趣。"⑧奈何"俭岁谋生拙，

---

① （清）计东：《序》，王昊《硕园诗稿》卷首，《清代诗文集汇编》第102册。
② （清）计东：《序》，王昊《硕园诗稿》卷首，《清代诗文集汇编》第102册。
③ （清）计东：《序》，王昊《硕园诗稿》卷首，《清代诗文集汇编》第102册。
④ （清）俞樾：《荟蕞编》，载《俞樾全集》第25册，浙江古籍出版社2017年版，第71页。
⑤ （清）张履祥：《书改田碑后》，《杨园先生全集》卷二十，道光二十年刻本。
⑥ （清）邵长蘅：《亡儿士騄圹志铭 诗文到真处即是极至》，《青门簏稿》卷十二，《邵子湘全集》，《清代诗文集汇编》第145册。
⑦ （清）邵长蘅：《与吴澹庵通参》，《青门簏稿》卷十一，《邵子湘全集》，《清代诗文集汇编》第145册。
⑧ （清）邵长蘅：《与陈柯亭三首》，《青门簏稿》卷十一，《邵子湘全集》，《清代诗文集汇编》第145册。

微躯救过难"①，后半生不得不在漂泊羁旅中度过，自我与志向渐被风霜磨平殆尽："青山不尽穷途恨，白日长悬万里愁。磨盾弃繻年少志，谁怜老大滞沧洲。"② 友人宋荦对他的遭际惋惜不已，"世竞惜山人厄于一第，佗傺不得志以老"③，认为"国朝布衣之以文鸣者，自商丘侯朝宗、宁都魏叔子外，唯山人可鼎足而立"④。沈德潜也对他大加赞赏："山人古文与侯朝宗、魏叔子称鼎足。诗力追唐人，晚变苏、黄、范、陆之派，亦宋诗中佼佼者。"⑤ 也算是不幸中之一幸。

同样，吴兆宽自因奏销案被黜革诸生后，亦不得再入闱策，眼看家道衰落，遂绝意进取，"乃担囊蹑屩，客游于诸故人之门，不得已怀挟铅椠，馆宾幕以自给。于是浮湖湘、走燕赵，徘徊于禹穴舜陵之下，放怀击节，以发其佗傺不平之气，中所不自得，往往见之于诗"⑥。曾经，吴兆宽也是翩翩佳公子，"被服纤华，意气甚逸。……诗书之气既深又雅，足以砭俗正足，以励风尚，粹然温厚"⑦，三子树臣眼中的他"一生读书谭道，齐志穷泉，学无愧俯仰，而志不酬一日，才不为世用，道罕究于时也"⑧。对于他的不遇，友人严绳孙深为惋惜，但也感喟吴兆宽虽经世事摧折贫老以终，却无诡随之态："余因益叹如弘人，斯真可谓名士者也。自其为佳公子，至于老且贫，未尝有所诡随于世，徒以不得志，无能展其所有以殁。"⑨ 其实，后半生四处漂泊做幕，吴兆宽心中不能不有忧伤怨愤之言和壮志难酬之感，"老而就宾僚之列，顾影自吊，亦将如浣花老之遇阳城、玉溪子之游桂管，叹息年徂，悲伤物化"⑩。他向友人诉说艰辛，"自兹翻覆异枯荣，

---

① （清）邵长蘅：《百感》，《青门簏稿》卷四，《邵子湘全集》，《清代诗文集汇编》第145册。
② （清）邵长蘅：《晚晴书怀 壮语有气》，《青门簏稿》卷五，《邵子湘全集》，《清代诗文集汇编》第145册。
③ （清）宋荦：《青门山人墓志铭》，《西陂类稿》卷三十一，清文渊阁四库全书本。
④ （清）宋荦：《西陂类稿》卷引，清文渊阁四库全书本。
⑤ （清）张维屏：《国朝诗人徵略》，中山大学出版社2004年版，第207页。
⑥ （清）张尚瑗：《序》，吴兆宽《爱吾庐诗稿》卷首，清刻本，哈佛大学汉和图书馆藏。
⑦ （清）严绳孙：《序》，吴兆宽《爱吾庐诗稿》卷首，清刻本，哈佛大学汉和图书馆藏。
⑧ （清）吴树臣：《序》，吴兆宽《爱吾庐诗稿》卷首，清刻本，哈佛大学汉和图书馆藏。
⑨ （清）严绳孙：《序》，吴兆宽《爱吾庐诗稿》卷首，清刻本，哈佛大学汉和图书馆藏。
⑩ （清）张尚瑗：《序》，吴兆宽《爱吾庐诗稿》卷首，清刻本，哈佛大学汉和图书馆藏。

余亦含辛门户倾"①，"余更抱迍邅，十载经风霜。不能事雕饰，依人历温凉"②。他也曾心怀壮志，期有所成，纵使被革功名后不得不为人做幕，仍是心怀希望的："公孙四十尚牧豕，翁子五十行负薪。伯起授经终特达，桓荣稽古岂长贫。"③ "老骥常怀千里忧。"④ 奈何时移世易，"白发相逢多难日，青山作客壮怀空"⑤。入幕羁旅生涯多是穷愁局促的："嗟我羁愁客，抚剑心彷徨。"⑥ "吟眺不自展，俛仰局樊笼。"⑦ 但同时，漂泊不定行走南北的经历也开阔了他的眼界，使他在文学上大有进益，"专精诗文"⑧："三十年来，涉历险阻，患难备尝，遂淡于仕进，沉酣嗜古，诗歌力追少陵，多沉雄苍厚之作。古文原本经术，则中垒、南丰之遗也。"⑨ 也许，对吴兆宽而言，失去了进身之阶，却成就了一位诗人、古文家，也算是失之东隅而收之桑榆。

顺治十八年（1661）的奏销案，"三吴士大夫削天官、春官之籍者多至万余人，后起用不及什一二"⑩，致使游食士人猛增，出现了入清后士人游食的第一个高潮，这与奏销案打击后江南士人被褫革功名失去进身之阶有莫大关联。为生计乃至功业计，入幕是再合适不过的谋生途径。"自古诗人多出幕僚"⑪，四处游食的经历使文人得江山之助，创作了大量的山水诗、投谒诗、送别诗、唱和诗；文人代幕主撰写文章、奏疏、信札等，使清代骈文得以复兴。可以

---

① （清）吴兆宽：《述怀赠张九临》，《爱吾庐诗稿》不分卷，清刻本，哈佛大学汉和图书馆藏。
② （清）吴兆宽：《赠别刘大震修兼示沛元》不分卷，《爱吾庐诗稿》，清刻本，哈佛大学汉和图书馆藏。
③ （清）吴兆宽：《述怀赠张九临》，《爱吾庐诗稿》不分卷，清刻本，哈佛大学汉和图书馆藏。
④ （清）吴兆宽：《述怀赠张九临》，《爱吾庐诗稿》不分卷，清刻本，哈佛大学汉和图书馆藏。
⑤ （清）吴兆宽：《喜晤张祖望有赠》，《爱吾庐诗稿》不分卷，清刻本，哈佛大学汉和图书馆藏。
⑥ （清）吴兆宽：《泊淮上》，《爱吾庐诗稿》不分卷，清刻本，哈佛大学汉和图书馆藏。
⑦ （清）吴兆宽：《旅馆苦雨柬祝子雕》，《爱吾庐诗稿》不分卷，清刻本，哈佛大学汉和图书馆藏。
⑧ （清）冯桂芬：《（同治）苏州府志》卷一百六，清光绪九年刊本。
⑨ （清）屈运隆编纂：《吴江县志》卷十三，清康熙二十四年刻本。
⑩ （清）陈康祺：《壬癸藏札记》卷九，清光绪刻本。
⑪ （清）叶绍本：《自序》，《兼山堂诗》卷首，清光绪十二年沈申佑重刊本。

说，文人入幕促进了游食文学的兴盛。然而，那些希冀有用于世、本可大有作为的文人却因奏销案的打击而改变人生路径与创作志趣，更多的是如董含所谓"古今既茫茫，天地殊浩浩。吾生等石火，陨落同腐草"①一般的境况，最终归于沉寂与无闻，可算是一代文人巨大的悲哀与不幸。

本章小结

从政府层面来说，自定鼎以来，"江南问题"一直是困扰清政府的致命症结。作为天下文薮和财富中心的江南，士绅反清的意念和行动持续十余年不止，不能不引起清政府的恐惧和忌惮。追欠逋赋以济军需的经济因素固然有之，然更深层次的则是政治层面的满汉矛盾，抗粮正好为清政府提供了冠冕堂皇的理由和借口以清除威胁统治的不稳定因素，官府威望得以重塑、政治地位渐趋稳固。故奏销案作为清初三大案之一，对江南士绅的打击之广、惩处之烈前所未有。对江南士人来说，涉案的一万余人被褫革、降调后纷纷破产、经济地位下降，意味着江南士大夫阶级的衰败和没落。失去特权和优待的他们无疑已被驯服、被软化，士风由张扬转为内敛，更有甚者丧失气节风骨，奔走钻营，没有廉耻感和社会责任感。他们在政治高压下逃避现实，不问政治，潜心学问，也造就了评点、金石、训诂、考据、音韵等学问的发达。计东及其一众友人在这一大背景的影响和冲击下，个人前途命运、文学趣尚、谋生路径等都发生了不同程度的改变。康熙十四年（1675），因三藩之乱而急需筹措军饷时，朝廷方准许涉案士绅纳银开复，这些江南士绅已是"壮者衰而强者老，进身之志既灰，物力之难日甚"②，无数仁人志士消歇于历史长河之中，不幸成为那个时代和政治的牺牲品，难免让人唏嘘感慨，意绪难平。

---

① （清）董含：《夏日杂咏》，姜兆翀辑《国朝松江诗钞》卷四，嘉庆十四年刻本。
② （清）叶梦珠：《赋税》，载来新夏点校《阅世编》，上海古籍出版社1981年版，第138页。

全书结语

  计东是江南文士汲汲于功名声业、希冀有用于世的典型代表。他虽出身世代书香之家，祖上曾显赫一时，却家道渐衰，不得不肩负起"努力振衰宗"的家族使命，奋力于世，渴求立身扬名，得中举人又因讹误奏销案被褫革不得再试，又因长子计准的早逝而灰心丧气，后半生游走四方，遍谒公卿名宦之门，依人求食，遭受风霜白眼无数。所谓祸福相依，正是因他四处游谒，行迹遍及南北，苏州、扬州、山东、河南、河北、京师等地都留下他的足迹，心中郁积的愤懑与不甘寓之于诗，让他跳脱出清初吴地诗文宗尚的藩篱，而自成规格。

  其实，详细考察古代文人的姻亲关系会发现，姻亲网络在他们的一生中占有重要的地位，对其一生影响甚巨。以计东为例，毫无疑问，他一生的经历是曲折坎坷的，怀才而不遇，一腔抱负无从施展。正是姻亲的缘故，他在奏销案中被牵连褫革，人生路径发生巨变。也正是姻亲的关系，在他困难失意之时，常得其相助。他们或与之诗酒酬唱，纾解心怀；或为之提供寄身之所，结交名流。不仅让他扩大了交游范围，结社、唱和等文学活动频仍，提升声名，激发文学创作，还促成了谋生途径和生存方式多样化，为他的游谒之旅提供了更多可能。

  除了姻亲外，"奏销案"，"思子亭"，"游谒"也是计东人生的关键词。特殊的经历让他的人生增添了异样的色彩，心路历程与文学表达也与众不同。奏销案是清初三大案之一，江南一万余名绅衿牵涉其中，经此打击的士人在心态、人生路径与文学创作上都发生不同程度的转变，故以计东及一众友人为中心进行考察和探究，让我们对那个时代、彼时的文坛与文人有了更为深入且具体的认识。历经了顺治十八年（1661）奏销案褫革举人身份后，康熙元年（1662）的丧子之痛更让计东备受打击，久而不能忘，遂构思子亭并遍征诗文怀吊爱子，由此引发了题词者关于情与礼的论争，而这论争背后则显示了清初文人对文本六经古文传统的复归与呼唤。计东灰心丧气之余不得不选择四处游谒求食，并发生文学趣尚的转移，由时文转攻古文。矛盾的骈散文学观让他的文学书写独具特色，在诗歌上也由不重视诗歌转为以诗抒情，与文人往来论文酬唱，与文坛密切联系，创作了一系列风格奇崛恣肆、气势凌厉而又具有浓郁个人悲情的诗文作品。这些作品可以说是清初游食之风盛行大背景下游谒文人遭际、创作、心态的集中而立体的呈现，让他在清初一众诗文名家中卓然不群，占得一席之地，成为文学史上不容忽视的存在。

  本书秉持"由文献进入文心"的理念，立足于作家与作品，深入而客观地挖掘和还原计东的家族世系、生平遭际、姻亲网络等情况，并注重从文学史视野横向与纵向的比较来考察计东的文学思想与创作，力求对其在清初文坛的地位与价值有客观而公允的认识与评价。

参考文献

一　古籍文献

（一）总志、方志、史书、档案类

《明实录》，台湾"中央研究院"历史语言研究所校勘本，台湾"中央研究院"1962年版。

（清）《（康熙）吴江县志》，清光绪抄本。

（清）《（乾隆）吴江县志》，载《中国地方志集成》，凤凰出版社2008年版。

（清）《官修八旗通志》，清文渊阁四库全书本。

（清）陈和志：《（乾隆）震泽县志》，清光绪重刊本。

（清）陈和志、倪师孟：《震泽县志》，载《中国方志丛书》，台北成文出版社有限公司1970年版。

（清）成瓘：《（道光）济南府志》，清道光二十年刻本。

（清）冯桂芬：《（同治）苏州府志》，清光绪九年刊本。

（清）郭琇纂：《吴江县志》，清康熙二十四年本。

（清）黄之隽编纂，赵弘恩监修：《（乾隆）江南通志》，江苏广陵书社有限公司2010年版。

（清）金吴澜、李福沂修纂：《昆新两县续修合志》，清光绪六年刻本。

（清）屈运隆编纂：《吴江县志》，清康熙二十四年刻本。

（清）宋如林修，孙星衍、莫晋纂：《嘉庆松江府志》，清嘉庆二十三年松江府学刻本。

（清）孙静庵编著，赵一生标点：《明遗民录》，浙江古籍出版社 1985 年版。
（清）许治等修纂：《乾隆元和县志》，清乾隆二十六年刻本。
（清）周硕勋：《（乾隆）潮州府志》，清光绪十九年重刊本。
《清实录》，中华书局 1985 年版。
（清）朱希祖：《明季史料题跋》，辽宁教育出版社 1998 年版。
《中国地方志集成·江苏府县志辑》，江苏古籍出版社 1991 年版。
王钟翰点校：《清史列传》（第 18 册），中华书局 1987 年版。
赵尔巽：《清史稿》，天津古籍出版社 2000 年版。

（二）别集、总集类

（明）归有光著，周本淳校点：《震川先生集》，上海古籍出版社 1981 年版。
（明）袁宏道著，钱伯城笺校：《袁宏道集笺校》，上海古籍出版社 1981 年版。
（明）李攀龙著，包敬第标校：《沧溟先生集》，上海古籍出版社 1992 年版。
（清）计东：《不共书》，明崇祯十七年计氏枕戈草堂本。
（清）计东：《甫里集》，清康熙刻本。
（清）计东：《改亭文集》，清乾隆十三年计瑸读书乐园刻本。
（清）陈僖：《燕山草堂集》，清康熙刻本。
（清）潘江：《木厓集》，清康熙刻本。
（清）潘耒：《遂初堂集》，清康熙刻本。
（清）黄宗羲：《南雷文约》，清康熙刊本。
（清）冒襄：《巢民诗文集》，清康熙刻本。
（清）孙枝蔚：《溉堂集》，清康熙刻本。
（清）葛芝：《卧龙山人集》，清康熙九年自刻本。
（清）周亮工：《赖古堂集》，清康熙十四年周在浚刻本。
（清）龚鼎孳：《定山堂诗集》，清康熙十五年吴兴祚刻本。
（清）金之俊：《金文通公集》，清康熙二十五年怀天堂刻本。

（清）纳兰性德：《通志堂集》，清康熙三十年徐乾学刻本。

（清）宋荦、许汝霖选：《国朝三家文钞》，清康熙三十三年刻本。

（清）徐釚：《南州草堂集》，清康熙三十四年刻本。

（清）曾王孙：《清风堂文集》，清康熙四十五年曾安世刻本。

（清）董以宁：《正谊堂文集》，清康熙书林兰荪堂刻本。

（清）张云章：《朴村文集》，清康熙华希闵等刻本。

（清）王撰：《揖山集》，清康熙王氏三余堂刻本。

（清）刘榛：《虚直堂文集》，清康熙刻补修本。

（清）叶燮：《己畦诗集》，清康熙叶氏二弃草堂刻本。

（清）徐乾学：《憺园文集》，清康熙刻冠山堂印本。

（清）朱彝尊：《曝书亭集》，清康熙刻本。

（清）张永铨：《闲存堂集》，清康熙刻增修本。

（清）宋荦：《西陂类稿》，清文渊阁四库全书本。

（清）张玉书：《张文贞集》，清文渊阁四库全书本。

（清）沈德潜：《清诗别裁集》，清乾隆二十五年教忠堂刻本。

（清）孙原湘：《天真阁集》，清嘉庆五年刻增修本。

（清）陈文述：《颐道堂集》，清嘉庆十二年刻道光增修本。

（清）顾广圻：《思适斋集》，清道光二十九年徐渭仁刻本。

（清）张云璈：《简松草堂诗文集》，清道光刻三景阁丛书本。

（清）张廷济：《桂馨堂集》，清道光刻本。

（清）李绂：《穆堂初稿》，清道光刊本。

（清）计默：《菉村文集》，清咸丰九年秀水计氏刻本。

（清）计默：《计希深菉村诗抄》，清抄本。

（清）林昌彝：《衣讔山房诗集》，清同治二年广州刻本。

（清）张履祥：《杨园先生全集》，清同治十年刻重订本。

（清）李元度：《天岳山馆文钞》，清光绪六年刻本。

（清）罗汝怀：《绿漪草堂集》，清光绪九年罗式常刻本。

（清）叶绍本：《兼山堂诗》，清光绪十二年沈申佑重刊本。

（清）方孝标：《钝斋诗选》，清抄本。

（清）吴兆宽：《爱吾庐诗稿》，清刻本。

（清）叶方霭：《叶文敏公集》，清抄本。

（清）陈玉璂：《学文堂文集》，《清代诗文集汇编》（第142册）。

（清）王时敏：《王烟客先生集》，《清代诗文集汇编》（第7册）。

（清）王崇简：《青箱堂文集》，《清代诗文集汇编》（第16册）。

（清）任源祥：《鸣鹤堂诗集》，《清代诗文集汇编》（第62册）。

（清）董说：《丰草庵文集》，《清代诗文集汇编》（第71册）。

（清）王昊：《硕园诗稿》，《清代诗文集汇编》（第102册）。

（清）叶燮：《己畦诗集》，《清代诗文集汇编》（第104册）。

（清）冷士嵋：《江泠阁诗集》，《清代诗文集汇编》（第111册）。

（清）陆陇其：《三鱼堂文集》，《清代诗文集汇编》（第117册）。

（清）邵长蘅：《邵子湘全集》，《清代诗文集汇编》（第145册）。

（清）秦松龄：《苍岘山人文集》，《清代诗文集汇编》（第147册）。

（清）韩菼：《有怀堂集》，《清代诗文集汇编》（第147册）。

（清）翁广平：《听莺居文钞》，《清代诗文集汇编》（第466册）。

（清）张镠：《冬青馆集》，《清代诗文集汇编》（第490册）。

（清）彭孙遹：《松桂堂全集》，《清代诗文集汇编》（第125册）。

（清）储大文：《存砚楼文集》，清文渊阁四库全书本（第1327册）。

（清）杨凤苞：《秋室集》，续修四库全书（第1476册）。

（清）雷士俊：《艾陵文钞》，四库禁毁书丛刊（集部第90册）。

（清）顾炎武：《顾亭林诗文集》，中华书局1959年版。

（清）卢若腾著，李怡来编：《留庵诗文集》，金门县文献委员会1960年版。

（清）朱鹤龄撰：《愚庵小集》，上海古籍出版社1979年版。

（清）徐作肃：《偶更堂集》，上海古籍出版社1982年版。

（清）钱谦益著，钱曾笺注，钱仲联校：《牧斋初学集》，上海古籍出版社1985年版。

（清）翁雒：《屑屑集》，中华书局1985年版。

（清）吴伟业著，李学颖集评标校：《吴梅村全集》，上海古籍出版社1990年版。

（清）侯方域著，王树林注笺：《侯方域集校笺》，中州古籍出版社

1992年版。

（清）魏禧著，胡守仁、姚品文、王能宪校点：《魏叔子文集》，中华书局2003年版。

（清）王士禛：《王士禛全集》，齐鲁书社2007年版。

（清）李元度撰，王澧华校点：《天岳山馆文钞》，岳麓书社2009年版。

（清）叶德辉撰，张晶萍点校：《叶德辉诗文集》，岳麓书社2010年版。

（清）汪琬著，李圣华笺校：《汪琬全集笺校》，人民文学出版社2010年版。

（清）陈维崧著，陈振鹏标点，李学颖校补：《陈维崧集》，上海古籍出版社2010年版。

（清）吴兆骞、戴梓：《秋笳集·归来草堂尺牍·耕烟草堂诗钞》，黑龙江大学出版社2010年版。

（清）陈子龙著、王英志辑校：《陈子龙全集》，人民文学出版社2011年版。

（清）杨宾：《杨宾集》，浙江古籍出版社2012年版。

（清）谢国桢著，谢小彬、杨璐主编：《谢国桢全集》，北京出版社2013年版。

（清）施闰章撰，何庆善、杨应芹点校：《施愚山集》，黄山书社2014年版。

（清）冒襄：《冒辟疆全集》，凤凰出版社2014年版。

（清）尤侗著，杨旭辉点校：《尤侗集》，上海古籍出版社2015年版。

（清）姜宸英著，杜广学辑校：《姜宸英集》，人民文学出版社2018年版。

（三）年谱、宗谱、传记类

（清）李元度纂，易孟醇点校：《国朝先正事略》，岳麓书社2008年版。

（清）钱思元、孙珮辑，朱琴点校：《吴门补乘——苏州织造局志》，上海古籍出版社 2015 年版。

（清）《吴氏族谱》，清乾隆四十一年刻本。

（清）刘汋：《先君子蕺山先生年谱》，清乾隆四十二年山阴刘毓德刻本。

（清）杨谦：《朱竹垞先生年谱》，清刻曝书亭集诗注本。

（清）惠栋：《渔洋山人自撰年谱注补》，清红豆斋刻本。

（清）庄怡孙纂修：《毗陵庄氏增修族谱》，清光绪元年木活字本。

（清）顾师轼：《吴梅村先生年谱》，清光绪三年太仓吴氏重刻光绪印本。

（清）《锡山许氏宗谱》，民国十六年孝源堂、敦彝堂铅印本。

（清）王抃：《王巢松年谱》，江苏省立苏州图书馆 1939 年版。

（清）钱大昕：《疑年录·续疑年录附补》，中华书局 1991 年版。

（清）王抃：《王巢松年谱》，《丛书集成续编》，上海书店 1994 年版。

（清）钱保塘：《历代名人生卒录》，北京图书馆出版社 2002 年版。

赵经达：《汪尧峰先生年谱》，民国刻又满楼丛书本。

（四）诗话、文话、笔记、杂著类

（南朝梁）刘勰：《文心雕龙》，上海古籍出版社 2015 年版。

（明）范濂：《云间据目抄》，载《笔记小说大观》，江苏广陵古籍刻印社 1995 年版。

（明）王士性撰，吕景琳点校：《广志绎》，中华书局 1997 年版。

（清）潘柽章：《松陵文献》，清康熙三十二年潘耒刻本。

（清）王晫：《今世说》，清康熙二十二年霞举堂刻本。

（清）魏宪：《诗持一集》，魏氏枕江堂清康熙刻本。

（清）宋长白：《柳亭诗话》，清康熙天茁园刻本。

（清）钱肃润辑评：《文瀫初编》，清康熙刻本。

（清）袁景辂：《国朝松陵诗徵》，清乾隆三十二年爱吟斋刻本。

（清）汪学金：《娄东诗派》，清嘉庆九年诗志斋刻本。

（清）姜兆翀辑：《国朝松江诗钞》，清嘉庆十四年刻本。

（清）吴衡照：《莲子居词话》，清嘉庆刻本。

（清）林昌彝：《射鹰楼诗话》，清咸丰元年刻本。

（清）钱林：《文献徵存录》，清咸丰八年有嘉树轩刻本。

（清）吴仰贤：《小匏庵诗话》，清光绪八年刊本。

（清）邓汉仪：《诗观二集》，慎墨堂刻本。

（清）周廷谔著，顾我钧校：《吴江诗粹》，清抄本。

（清）周春：《耄余诗话》，清抄本。

（清）戴璐：《吴兴诗话》，《吴兴丛书》，民国吴兴刘氏嘉业堂刊本。

（清）李祖陶：《国朝文录续编》，《续修四库全书》集部第1671—1672册。

（清）姚廷遴：《历年记》，载上海人民出版社编《清代日记汇抄》，上海人民出版社1982年版。

（清）徐珂：《清稗类钞》，中华书局1984年版。

（清）张其淦：《明代千遗民诗咏》，载《清代传记丛刊》，台北明文书局1985年版。

（清）况周颐：《蕙风词话》，载唐圭璋编《词话丛编（五）》，中华书局1986年版。

（清）朱彝尊著，黄君坦校点：《静志居诗话》，人民文学出版社1990年版。

（清）杜登春：《社事始末》，参见（清）蒋平阶编、（清）吴伟业纂、（清）杜登春纂《东林始末　复社记事　社事始末》，中华书局1991年版。

（清）黄生：《诗麈》，载《皖人诗话八种》，黄山书社1995年版。

（清）李光地著，陈祖武点校：《榕村语录——榕村续语录》，中华书局1995年版。

（清）沈其光撰，杨焄校点：《瓶粟斋诗话》，载张寅彭主编《民国诗话丛编（五）》，上海书店2002年版。

（清）张维屏编撰，陈永正点校，苏展鸿审订：《国朝诗人徵略》，中山大学出版社2004年版。

（清）管绳莱：《追述旧事诗注》，载王学泰《中国古典诗歌要籍丛谈》，天津古籍出版社 2004 年版。

（清）潘衍桐著，夏勇、熊湘整理：《两浙𬨎轩续录》，浙江古籍出版社 2014 年版。

（清）韩世琦：《抚吴疏草》，清康熙五年刻本。

（清）邹漪：《启祯野乘二集》，清康熙十八年金阊存仁堂素政堂刻本。

（清）徐崧：《百城烟水》，清康熙二十九年刻本。

（清）宋荦：《筠廊偶笔二笔》，清康熙刻本。

（清）唐鉴：《学案小识》，清道光二十六年四砭斋刻本。

（清）黄卬：《锡金识小录》，清光绪二十二年太湖王念祖活字本。

（清）陆文衡：《啬庵随笔》，清光绪二十三年陆同寿刊木活字本。

（清）震钧：《天咫偶闻》，清光绪甘棠精舍刻本。

（清）陈康祺：《壬癸藏札记》，清光绪刻本。

（清）闵尔昌：《碑传集补》，民国十二年刊本。

（清）顾予咸：《雅园居士自叙》，赵诒琛、王大隆辑《戊寅丛编》，民国二十七年排印本。

（清）龚士稚编：《龚端毅公（鼎孳）奏疏》，载《近代中国史料丛刊续编第 33 辑》，文海出版社 1976 年版。

（清）叶梦珠，来新夏点校：《阅世编》，上海古籍出版社 1981 年版。

（清）曾羽王：《乙酉笔记》，载上海人民出版社编《清代日记汇抄》，上海人民出版社 1982 年版。

（清）周寿昌撰著，李军政标点：《思益堂日札》，岳麓书社 1985 年版。

（清）李桓：《国朝耆献类徵初编》，载《清代传记丛刊·综录类》第 181 册，台北明文书局 1985 年版。

（清）陈去病：《五石脂》，参见（清）陈去病、（清）顾公燮、（清）佚名，《丹午笔记 吴城日记 五石脂》，江苏古籍出版社 1985 年版。

（清）吴德旋：《初月楼闻见录》，台北明文书局1985年版。

（清）佚名：《研堂见闻杂录》，载《台湾文献史料丛刊（五）》，台湾大通书局1987年版。

（清）陈康祺：《郎潜纪闻四笔》，中华书局1990年版。

（清）许国英：《指严随笔》，中共中央党校出版社1998年版。

（清）柴小梵：《梵天庐丛录》，山西古籍出版社1999年版。

（清）董含撰，致之校点：《三冈识略》，辽宁教育出版社2000年版。

（清）纪昀总纂：《四库全书总目提要》，河北人民出版社2001年版。

（清）钱泳撰，孟裴校点：《履园丛话》，上海古籍出版社2012年版。

（清）于源、项映薇：《古禾杂识　镫窗琐话》，文物出版社2016年版。

天台野叟著，许朝元点校：《大清见闻录下卷·艺苑志异》，中州古籍出版社2000年版。

二　今人研究论著类

（一）研究著述类

《民国笔记小说大观》，山西古籍出版社1995年版。

王树林主编：《中国文化世家·中州卷》，湖北教育出版社2004年版。

陈宝良：《中国的社与会》，浙江人民出版社1996年版。

陈飞：《中国古代散文研究》，福建人民出版社2005年版。

陈居渊：《清代朴学与中国文学》，百花洲文艺出版社2000年版。

陈平原：《从文人之文到学者之文——明清散文研究》，生活·读书·新知三联书店2004年版。

陈廷炜：《姓氏考略》，中华书局1985年版。

陈文新：《中国文学编年史》，湖南人民出版社2006年版。

陈寅恪：《柳如是别传》，上海古籍出版社1980年版。

陈柱：《中国散文史》，上海书店 1984 年版。

陈祖武：《清人学术拾零》，湖南人民出版社 2002 年版。

邓之诚：《清诗纪事初编》，上海古籍出版社 2013 年版。

福建师范大学中文系古典文学教研室：《清诗选》，人民文学出版社 1997 年版。

傅璇琮、蒋寅主编：《中国古代文学通论》，辽宁人民出版社 2005 年版。

龚华智：《嘉兴明清望族疏证》，方志出版社 2011 年版。

郭英德：《明清文学史讲演录》，广西师范大学出版社 2005 年版。

郭预衡：《中国散文史》，上海古籍出版社 2000 年版。

韩进廉：《无奈的追寻：清代文人心理透视》，河北大学出版社 2001 年版。

黄天骥：《纳兰性德和他的词》，广东人民出版社 1983 年版。

霍有明：《清代诗歌发展史》，陕西人民出版社 1993 年版。

江庆柏：《清朝进士题名录》，中华书局 2007 年版。

江庆柏：《清代人物生卒年表》，人民文学出版社 2005 年版。

蒋寅：《清代诗学史》，中国社会科学出版社 2012 年版。

蒋寅：《清代文学论稿》，凤凰出版社 2009 年版。

蒋寅：《清诗话考》，中华书局 2007 年版。

蒋寅：《王渔洋与康熙诗坛》，中国社会科学出版社 2001 年版。

蒋寅：《学术的年轮》，凤凰出版社 2010 年版。

柯愈春：《清人诗文集总目提要》，北京古籍出版社 2001 年版。

孔飞力：《叫魂·1768 年中国妖术大恐慌》，陈兼、刘昶译，生活·读书·新知三联书店 2014 年版。

李婵娟：《清初古文三家年谱》，世界图书广东出版公司 2012 年版。

李崇元：《清代古文述传》，商务印书馆 1940 年版。

李灵年、杨忠、陆林：《清人别集总目》，安徽教育出版社 2000 年版。

李兴盛主编：《吴兆骞杨瑄研究资料汇编》，黑龙江大学出版社 2014 年版。

梁启超：《清代学术概论》，上海古籍出版社1998年版。

梁启超：《中国近三百年学术史》，复旦大学出版社1985年版。

梁廷灿编：《历代名人生卒年表》，商务印书馆1933年版。

刘世南：《清诗流派史》，人民文学出版社2004年版。

马积高：《清代学术思想的变迁与文学》，湖南人民出版社2002年版。

马茂军、刘春霞、刘涛：《中国古代散文思想史：文化生态与中国古代散文思想的嬗变》，人民出版社2011年版。

孟森：《清史讲义》，广西师范大学出版社2005年版。

孟森：《心史丛刊》，辽宁教育出版社1998年版。

欧明俊：《古代散文史论》，上海三联书店2013年版。

漆绪邦：《中国散文通史》，首都师范大学出版社2014年版。

钱穆：《中国近三百年学术史》，九州出版社2011年版。

钱锺书：《谈艺录》，生活·读书·新知三联书店2007年版。

钱仲联：《梦苕庵论集》，中华书局1993年版。

钱仲联：《清代文学论集》，齐鲁书社1983年版。

钱仲联：《清诗纪事》，江苏古籍出版社1989年版。

阮忠：《中国学术档案大系：中国散文史学术档案》，武汉大学出版社2011年版。

尚小明：《清代士人游食表》，中华书局2005年版。

沈松勤：《明清之际词坛中兴史论》，上海古籍出版社2018年版。

盛泽镇人民政府、吴江市档案局编：《盛湖志》，江苏广陵书社有限公司2011年版。

孙微：《清代杜诗文献学论考》，凤凰出版社2007年版。

谭正璧编：《中国文学家大辞典》，上海书店1981年版。

王德昭：《清代科举制度研究》，中华书局1984年版。

王炜编校：《清实录·科举史料汇编》，武汉大学出版社2009年版。

王英志：《清人诗论研究》，江苏古籍出版社1986年版。

王运熙、顾易生：《中国文学批评史新编》，复旦大学出版社2001年版。

王运熙、顾易生：《中国文学批评通史——清代卷》，上海古籍出版社 1996 年版。

王镇远：《清诗选》，上海书店 1994 年版。

王镇远：《中国书法理论史》，黄山书社 1990 年版。

魏中林：《清代诗学与中国文化》，巴蜀书社 2000 年版。

文学遗产编辑部编：《世纪之交的对话》，上海古籍出版社 2000 年版。

夏承焘：《唐宋词论丛》，中华书局 1962 年版。

谢国桢：《明末清初的学风》，人民出版社 1982 年版。

谢飘云：《中国古代散文研究论丛》，世界图书出版社 2013 年版。

谢无量：《中国大文学史》，中华书局 1918 年版。

谢正光：《清初诗文与士人交游考》，南京大学出版社 2001 年版。

严迪昌：《清诗史》，浙江古籍出版社 2002 年版。

杨念群：《何处是"江南"？——清朝正统观的确立与士林精神世界的变异》，生活·读书·新知三联书店 2010 年版。

易鑫鼎：《中国古代散文研究论辩》，百花洲文艺出版社 2006 年版。

于景祥：《中国古代散文小史》，辽海出版社 2012 年版。

袁行云：《清人诗集叙录》，文化艺术出版社 1994 年版。

张伯伟：《中国古代文学批评方法论》，中华书局 2002 年版。

张慧剑：《明清江苏文人年表》，上海古籍出版社 1986 年版。

张舜徽：《清人文集别录》，华中师范大学出版社 2004 年版。

张修龄：《清初散文论稿》，复旦大学出版社 2010 年版。

张燕瑾、吕薇芬：《20 世纪中国文学研究·清代文学研究》，北京出版社 2001 年版。

张云龙：《清初散文三家研究》，齐鲁书社 2007 年版。

张仲谋：《清代文化和浙派诗》，东方出版社 1997 年版。

章开沅：《清通鉴》，岳麓书社 2000 年版。

章培恒、骆玉明：《中国文学史新著》，复旦大学出版社 2007 年版。

中国第一历史档案馆编：《康熙朝满文朱批奏折全译》，中国社会科学出版社 1996 年版。

中国革命博物馆编：《磨剑室诗词集》，上海人民出版社1985年版。
周绚隆：《陈维崧年谱》，人民出版社2012年版。
朱保炯、谢沛霖：《明清进士题名碑录索引》（增补本），上海古籍出版社1998年版。
朱丽霞：《明清之交文人游食与文学生态：以徐渭、方文、朱彝尊为个案》，上海古籍出版社2008年版。
朱则杰：《清诗代表作家研究》，齐鲁书社1995年版。
朱则杰：《清诗史》，江苏古籍出版社2000年版。

（二）硕博学位论文及期刊论文类

杜广学：《姜宸英研究》，博士学位论文，黑龙江大学，2016年。
杜桂萍：《"名士牙行"与清初"赠送之文"的繁荣——以袁骏、孙默征集活动为中心的考察》，《求是学刊》2016年第5期。
杜桂萍：《"名士牙行"与孙默归黄山诗文之征集》，《社会科学战线》2015年第1期。
杜桂萍：《袁骏〈霜哺篇〉与清初文学生态》，《文学评论》2010年第5期。
付庆芬：《清初"江南奏销案"补证》，《江苏社会科学》2004年第1期。
高亢：《吴兆骞年谱》，《承德民族师专学报》（社会科学版）1993年第1期。
宫宏祥：《论"江南奏销案"》，《太原理工大学学报》（社会科学版）2005年第1期。
郭英德：《布衣之文：清前期文坛身份意识的强化与文化权力的转移》，《福建师范大学学报》（哲学社会科学版）2019年第5期。
黄建军：《宋荦与康熙文学交往考论》，《湖北民族学院学报》（哲学社会科学版）2010年第6期。
姜盼：《计东诗文研究》，硕士学位论文，黑龙江大学，2015年。
李洁非：《计东尺牍读感》，《文化月刊》1997年第7期。
李圣华：《汪琬的古文理论及其价值刍议》，《文艺研究》2008年第

12 期。

李圣华：《汪琬与清初古文论争：兼及清初古文"中兴"》，《中国文学研究》2012 年第 1 期。

李忠明：《计东〈上太仓吴祭酒书〉涉及的若干史实考证》，《南京师范大学文学院学报》2008 年第 4 期。

罗时进：《家族累世婚姻与文学"濡化"》，《光明日报》2020 年 2 月 24 日第 13 版。

马大勇：《流放诗人方拱乾论》，《黑龙江社会科学》2003 年第 2 期。

伍丹戈：《论清初奏销案的历史意义》，《中国经济问题》1981 年第 1 期。

辛丽文：《汪琬交游考述》，博士学位论文，广西师范大学，2010 年。

张则桐：《计东与康熙初年文风》，《古典文献研究》2010 年第 6 期。

周雪根：《计东诗歌浅析》，《作家杂志》2008 年第 8 期。

周雪根：《清代吴江诗歌研究》，博士学位论文，苏州大学，2010 年。

邹瑜：《计东年谱》，硕士学位论文，上海财经大学，2011 年。

后　　记

　　这部书稿的前身是我的博士论文，以清初文人计东为中心来对清初文坛试作一点思考与探讨。2020年博士毕业答辩不久，即被恩师杜桂萍先生选入其主编的"清代诗文研究丛书"，对于我这枚甫入高校的"青椒"而言，既是厚爱与幸运，亦是鞭策与考验！

　　犹记得当年选择计东作为研究对象时，内心犹疑不定，担心自己对个案研究把握不好而泯然众人。但恩师鼓励我，个案也别有天地，要时刻保持问题意识，多疑多思多看，慎用、智用文献，勾连激活其内部联系，由文献进入文心，进而绾结文学、文本与文化，也可以以小见大、见微知著。带着这份教诲，在构思框架和撰写时，我一直在试图突破计东个人的藩篱，见出别样的洞天。研究之初，我对计东以及他的生活是面目模糊而不解的，大概知道他在明朝时是十分关心时局的热血诸生，曾作十万余言《筹南论》力图挽救国家颓局，却在入清八年后应试当朝，又一生都郁郁不得志。本着文人理应恪守忠节的观念，心中颇为非之。随着研究的深入，计东的面目日渐清晰而鲜活，对他也多了一份理解与同情。他的十年科场生涯屡战屡败，虽中举人又因讹误"奏销案"而被褫革，终其一生坎壈不遇，为衣食奔波游走南北，似乎未得一刻喘息之机。当我将目光聚焦于明清易代特殊情势下，把"游走"作为计东人生的关键词来审视，跟随他的脚步，透过他的诗文，伴随着种种"游走"勾连起的南北文人，看到了形式多样的文学活动与文学创作相伴而生，共同构建起清初文坛兴盛巨厦的多个一隅；也理解了彼时文人"谋道不谋食""忧道不忧贫"的人格坚守被打破背后的动机，通过分析其价值选择、日常生活方式、文学创作题材、思想内蕴、审美心态，来重新审视置身于特殊历史空间中文人创作的历史性与时代性，当是更能彰显以计东为代表的清初文人身兼古文家、诗人、评点家、仕子、幕客、塾师等多重身份所勾连起的南北文学交融与传播现象，以及在游走过程中文化性格之成长、文学风貌之呈现、文艺形式之嬗变，并藉此对清初文坛诸多文学现象与生态试作多维度、深层次的考察。文学是人学，文学研究对象更是离不开人，必然是处于种种复杂社会关系中鲜活生动、变动不居的人。如何去定义、描述、呈现人、文学现象与时代并非易事，在撰写过程中我试图能在观念、范围、方法等层面寻求突破，努力进入彼时文学的发生过程，考察其中的状态、因革、形态如何，虽无法提供所有相应的因果诠释，也期盼能发现更多生动、鲜活的细节，提高"像素"，让所研究的每一个"人"眉目清晰、栩栩如生。

引导我步入学术之门，让我这棵朽木如今看来尚可雕可观，最要感谢的就是恩师杜桂萍教授，没有她的教导、敦促和激励，就不会有如今的我。自 2011 年 9 月拜于恩师门下至今，愈发得她"已识乾坤大，犹怜草木青"的慈悲爱护。我眼中的恩师是美貌与智慧并存的女神，温暖可爱，一点也不高冷。她在评阅指导论文、敦促我为人向学时"博我以文，约我以礼"，言辞谆谆，倾囊以授。而其他时候，她都是和善而温暖的，时常会透露出一丝可爱，乐于接受新鲜事物，会问"大咖是什么""土嗨又是啥"，还会去了解我喜欢的明星，并很认真地思索我万一要嫁给那个人该当如何，还会对我嘘寒问暖，分享她当年撰写博士论文时应对身体病痛的种种方法，更会关心我的终身大事，有时比我父母还要着急。工作后，作为菜鸟教师的我每天都疲于奔命，讲课有些吃力，需要花大量精力去备课，恩师会传授我讲课经验，同时叮嘱我"少年辛苦终身事，莫向光阴惰寸功"，不能放弃成长和进步，要把努力当做人生的一种常态来对待，更要对学术抱有敬畏之心。这些细碎而珍贵的爱都让我倍感温暖！近几年，恩师时常会感慨自己老了，身体偶尔会出现些小毛病，工作却愈加繁忙，似乎总也忙不完，让我心疼不已又自责不能替她分担一二。吾师道德文章，高山仰止，冥顽愚鲁如我，承蒙不弃，教我诲我如灯塔，知我爱我如慈母。有她在，我的学术和人生之路都不再彷徨无措。如海深恩未报其万一，每念及此，羞愧无地！

十年前，恩师创办了以"求是知非，昌明学术"为宗旨的知非论坛，杜门弟子一起以诤友之心、同门之爱切磋学问、砥砺向学，也让我在一次次唇枪舌战、直言无隐的批评与指正中求是知非，无论是博士论文还是学术文章都离不开论坛的打磨提升，还让我慢慢锻就了一颗强心脏，敢于倾听并正视批评的声音。感谢既是良师也是胜友的师姐、师兄、师妹、师弟们，在学业和生活上都助益我良多！尤其在社科楼一同努力向学、相亲相爱的伙伴们——丽敏大师姐、铭明师姐、建欣师姐、金芳姐、西西师妹，还有时时以黾勉踔厉精神感染激励我的淑岩师姐、广学师兄、洪洲师兄、任刚师弟等等。纸短情长，恕不一一。此外，清华大学周绚隆先生、北京大学张剑先生、华东师范大学彭国忠先生曾不远千里、不畏苦寒、不辞辛劳亲赴北国冰城，参加我的博士论文预答辩会和线上答辩会，对拙稿的修改提升大有裨益；还有为拙著付出辛勤汗水的责任编辑中国社会科学出版社张潜老师等，以此方寸之地谨表谢忱！成长路上遇见的每一位"望之俨然，即之也温"的师、"直、谅、多闻"的友，吾何其幸也！这些温暖而可爱的人，我都会在心中一一珍藏！

谨以此书献给"拊我蓄我，长我育我。顾我复我，出入腹我"的父母，感谢他们没有迫于世俗的压力急于催婚催生，无怨无私地供我一路读到"女博士"，希望女儿能成为你们的骄傲！还要感谢一母同胞的妹妹，在我多年读书而未能养护双亲时为我分担，并支持鼓励我勇于坚守自己的梦想，今生能与她成为姐妹是我莫大的幸运。在博士论文致谢中，我还特意感谢了彼时尚未出现的关先生，是他的不出现，让我可以专心追寻自己的梦，成为更好的自己。而如今，更好的我已遇见更好的他。

这部书稿作为步入学界的见面礼、人生的第一部专著，算是一个甫入学术之门的稚嫩后生的一点思考与总结，期可聊作一观，也愿是自己学术思考的新开端。如今拙著行将付梓，细碎啰嗦说了很多，也难掩内心的惶恐不安，囿于学识，其中鲁鱼亥豕之讹难免。当与不当，敬请学界师友不吝教正！

于金苗
癸卯冬月写于寓庐